Eric Berg
Die Blankenburgs

AF178134

ERIC BERG

Die Blankenburgs

Band 1

Roman

blanvalet

Penguin Random House Verlagsgruppe FSC® N001967

1. Auflage 2022
Copyright © 2021 by Eric Berg
Copyright © 2021 by Blanvalet in der
Penguin Random House Verlagsgruppe GmbH,
Neumarkter Straße 28, 81673 München
Redaktion: Angela Troni
Umschlaggestaltung: Johannes Wiebel | punchdesign,
unter Verwendung von Motiven von Richard Jenkins Photography
und Shutterstock.com (sanyanwuji, Ysbrand Cosijn,
Piotr Wawrzyniuk, Zabotnova Inna, wacomka, Be_your_self)
WR · Herstellung: DiMo
Satz: KCFG – Medienagentur, Neuss
Druck und Bindung: GGP Media GmbH, Pößneck
Printed in Germany
ISBN 978-3-7341-1182-2

www.blanvalet.de

*Für Petra Hermanns, meine Literaturagentin,
mit der mich seit zwanzig Jahren eine vertrauensvolle
und herzliche Zusammenarbeit verbindet*

»*Alle glücklichen Familien sind einander ähnlich; unglücklich ist jede Familie auf ihre eigene Art.*«

Leo Tolstoi (1828 – 1910), *Anna Karenina*

Erster Teil

Als die Erde bebte (1929 – 1931)

1

Oktober 1929

Elise blickte zur großen Treppe der Eingangshalle. Von dort weiter nach rechts auf die imposante Standuhr, die Viertel nach sieben zeigte. Auf ihre Tochter Emma, die summend an der Wand lehnte, mit den Schuhspitzen wippte und die Augen zur Decke richtete. Wieder zur Treppe. Das Schweigen war kaum auszuhalten.

Keiner von ihnen sagte ein Wort. Elise, weil das Ticken der Uhr sie nervös machte. Ihr Vater konnte Verspätungen nicht ausstehen, und ihr Mann wusste das. Emma, weil sie keine Lust hatte, weder auf die anstehende Geburtstagsfeier noch auf das Wiedersehen mit der Verwandtschaft und schon gar nicht darauf, einen rosafarbenen Hut samt den passenden Schuhen zu tragen. Mit siebzehn war sie in einem Alter, in dem viele Mädchen die Dinge ablehnten, einfach, weil es die Dinge waren. Rosa, vor einem Jahr noch heiß geliebt, war passé.

»Darf ich den Hut abnehmen?«

»Keinesfalls«, erwiderte Elise. »Es hat zwanzig Minuten gedauert, ihn dir aufzusetzen.«

»Das Viech juckt aber.«

»Mit der Farbe hat das gewiss nichts zu tun.«

»Rosa ist keine Farbe, Mama, Rosa ist ein Klischee. Ich könnte mir genauso gut ein Schild auf den Kopf setzen, auf dem steht: *Ich bin ja so süß*.«

»Die waren leider ausverkauft. Was willst du? Seit einem halben Jahr liege ich dir damit in den Ohren, dass wir Hüte einkaufen. Nun passt dir nur noch dieser hier, weil du deine Haare in die Wolken wachsen lässt, und ohne kannst du unmöglich gehen. Dein Großvater hasst Frauen ohne Hüte.«

»Und das ganze Tamtam nur für meine über alles geliebten Cousins. Der eine ist ein Langweiler, der immer nur von Sport und Politik redet, und der andere hat nichts als Albernheiten im Kopf.«

»Du sollst die beiden nicht mögen, du sollst ihnen zum Geburtstag gratulieren.«

»Das ist doch scheinheilig, jemandem Glück zu wünschen, den man nicht mag.«

»Sie wünschen dir auch immer Glück.«

»Doch bloß, weil man ihnen sagt, dass sie es tun sollen.«

»Du tust es auch nur, weil ich es dir auftrage. So etwas nennt man Höflichkeit, die hat schon Kriege verhindert.«

Argumente waren für Elises Tochter Eiszapfen im Frühlingswind, sie hatten ein kurzes Leben. Wenn Richard nicht in den nächsten Minuten erschien, war Emma glatt imstande, sich den Hut vom Kopf zu reißen, die Frisur zu zerwühlen und im Garten auf den nächsten Baum zu klettern. Dass das Kind inzwischen fast erwachsen war, hatte nichts an dieser über die Jahre kultivierten Marotte geändert. Ihr Vater ließ es ihr immer noch durchgehen.

Elise machte einige Schritte zur Treppe hin, so als wollte sie tatsächlich nachsehen, wo ihr Mann blieb. Am Geländer hielt sie inne. Ergriff es. Ließ es wieder los, als sei es zu heiß.

»Das machst du ja doch nicht!«, rief Emma quer durch das Atrium und wiegte sich zu einer Walzermelodie in ihrem Kopf. Das war ihre Art, den kleinen Sieg zu feiern.

Richard Dobel war dafür bekannt, dass er nie etwas vergaß, niemals. Schon gar keine Familienfeier. Wenn er also nicht aus seinem Büro herauskam, hatte er einen gewichtigen Grund. Es musste mit dem Telegramm zu tun haben, das eine Stunde zuvor eingetroffen war.

»Er drückt sich«, sagte Emma lachend. »Er hat so viel Lust auf diese verkrampfte Feier wie auf eine Woche mit Mumps im Bett.«

Elise kannte ihren Mann besser als Emma ihren Vater. Selbst wenn Richard das Familientreffen unwillkommen gewesen wäre – er bemaß einen Termin nicht nach dem Grad des Amüsements, das ihn erwartete, so wenig, wie ein Uhrzeiger sich fragte, ob er Lust auf die Zwölf hatte.

»Ach, Biene!«, rief Elise, als sie im ersten Stock eine Bewegung bemerkte. Selbst aus den Augenwinkeln und wenn man nur den Schatten sah, erkannte man, wenn das erste Hausmädchen vorüberging. Eigentlich hörte man es auch. Unter ihrem Schritt erzitterten die Gläser in den Vitrinen wie unter einem Vorbeben.

Bienes Oberkörper wölbte sich wenig elegant über das Geländer. »Ja, gnädige Frau?«

Eigentlich hieß sie Eberhardine, aber außer Richard, der Kosenamen grundsätzlich ablehnte, nannte sie niemand so. Ihrem Körperbau und ihrer Stimme nach hätte sie eigentlich Hummel heißen müssen, und wie es zu Biene gekommen war, wusste niemand mehr, auch sie selbst nicht. Seit einundzwanzig Jahren war sie inzwischen im Haus, seit Elises Eheschließung, und davor schon bei den Blankenburgs, Elises Eltern. Nicht nur deshalb war Biene längst nicht mehr wegzudenken.

»Du hast dem gnädigen Herrn vorhin das Telegramm gebracht, nicht wahr? Was stand denn drin?«

»Also wirklich, gnädige Frau«, brummte Biene und stemmte einen Arm in die Hüfte.

»So meine ich das nicht. Was hat er denn gesagt, als er es entgegennahm?«

»Er hat es nur groß angeglotzt. Verzeihung, interessiert besehen. Der gnädige Herr meint ja, ich drücke mich nicht vornehm genug aus.«

Elise seufzte. »Und mit welchem Gesichtsausdruck hat er es besehen?«

»Ehrlich, gnädige Frau, ich bin Ihr Hausmädchen und nicht die Schülerin dieses Professors Feudel.«

»Freud, liebe Biene«, korrigierte Emma. »Der Begründer der Psychoanalyse.«

»Derselbige.«

Biene hatte geholfen, Emma auf die Welt zu bringen. Später war sie für ein paar Jahre ihr Kindermädchen geworden, weil Emma mit niemand anderem zurechtgekommen war. Drei Erzieherinnen hatte die Vierzehnjährige, Fünfzehnjährige binnen zwei Jahren verschlissen.

»Mama denkt, dass Papa noch arbeitet, aber ich glaube, dass er das nur vortäuscht, damit er seinen großspurigen Neffen nicht die Hand geben muss. Was soll das alles? Das Rad wäre nie erfunden worden, wenn drei Frauen klug drüber geschwatzt hätten. Ich für meinen Teil habe genug davon, mit diesem albernen rosafarbenen Hut hier herumzustehen. Ich gehe jetzt rauf und …«

»Nein, lass mich!«, rief Elise, ohne zu überlegen. Das tat sie gleich danach, aber da war es zu spät. Vor ihrer Tochter, mehr noch vor Biene, wollte sie sich keinen Rückzieher leisten.

»*Ma chère Maman*«, sagte Emma lachend. »Was ist denn nur in Sie gefahren? Biene, was hast du Mama heute in den Tee getan? Ein Kraut namens Courage?«

Auch Biene lachte, und nun gab es wirklich keinen anderen Weg mehr für Elise als den in Richards Büro.

»Ich bin gar nicht so«, sagte sie, während sie mit übertrieben durchgedrücktem Kreuz die Treppe hinaufging. »Es macht mir nicht das Geringste aus und Richard auch nicht. Ich denke nur, er wird sowieso gleich herauskommen.«

Noch als sie den Gang entlang auf die Tür zuschritt, hoffte sie darauf. Ebenso, als sie die rechte Hand zum Klopfen hob. Im letzten Moment bemerkte sie, dass sie noch ihre Handschuhe trug, und als würde es einen bedeutenden Unterschied machen, wie man an eine Tür klopfte, zupfte sie das feine Linnen Finger für Finger von ihrer Haut. Das dauerte gewiss eine Minute. Doch auch die war irgendwann vergangen, ohne dass sich die Tür von selbst geöffnet hätte.

Ein Blick in den silbernen Prunkspiegel gleich daneben verlängerte die Frist erneut. Die schwarzen Haare passten, wenn man ehrlich war, nicht zu Hut und Kleid. In dieser Saison waren Ocker und Braun in Mode, was natürlich niemand so nannte. Die Caféhäuser, die Promenaden und die Salons in Frankfurt waren voll von Roben in Marone, Kakao, Kirschbaum und Terrakotta.

Ebendeshalb hatte Elise Weiß gewählt. Nicht Schnee, nicht Apfelblüte, sondern, falls jemand sie darauf ansprechen sollte, simples Weiß.

Weiß im Oktober, bei Regen.

Von Zeit zu Zeit sagte ihr Richard, dass sie auf ihre Weise genauso berechenbar sei wie jene Menschen, von deren Berechenbarkeit sie sich abgrenzen wolle, und dass sie gut daran tue, von Geschäften und Kartenspielen die Finger zu lassen. Was er anfasste, wurde zu Gold, daher wusste er vermutlich, wovon er sprach.

Was war das da in ihren Augen? Dort, hinter dieser Gleichmut? Traurigkeit, weil sie sich von Richard verkannt fühlte? Weil er niemals etwas lobte, was sie tat, sondern immer nur, was sie darstellte: ihre tadellose Haltung, ihre etwas zu stark ausgeprägten Wangenknochen, die ihr einen Anschein von Robustheit verliehen, den schlanken, faltenlosen Hals? Die Augen, immer wieder ihre schwarzen Augen, an denen er sich nicht sattsehen konnte. Darin lag ein Hauch von Flieder, so als hätte jemand eine Kelle voll Violett in einen Topf mit schwarzer Farbe gerührt. Vor seinen Freunden im Sportclub – Richard war Mitglied, spielte aber nur selten Tennis – prahlte er gerne mit seiner Frau, sie hatte es einmal zufällig mit angehört. Ihr war nicht wohl dabei, dass ihr Erscheinungsbild Gesprächsgegenstand in Männerrunden war, auch wenn sie dabei gut wegkam. Sie verfüge, sagte er außerdem über sie, über eine klassische Anmut, wie die Frauen in den Romanen Thomas Manns.

Vielleicht wäre dieses Kompliment etwas wert gewesen, würde Richard Dobel Romane lesen. Doch er bevorzugte Börsenberichte und ließ sich ansonsten von seinem Sekretär über den Inhalt der neuesten Belletristik informieren, falls – was eher unwahrscheinlich war – im Kreis seiner Sportkameraden, Freunde und Geschäftspartner die Sprache auf Literatur kommen sollte.

Durch die Bürotür drang der dumpfe Gong der Halbachtglocke. In diesem Moment hätten Elise, Richard und Emma eigentlich das Haus ihrer Schwester betreten müssen. In diesem Moment zückte ihr Vater sicher seine Taschenuhr und warf einen kritischen Blick darauf.

»Richard?«

Sie klopfte. Räusperte sich. Atmete tief durch.

»Richard?«

Ihre Hand schwebte über der Türklinke, senkte sich auf sie nieder. Sie öffnete die Tür gerade so weit, dass sie hindurchpasste.

»Richard, entschuldige bitte, der Wagen wartet. Und Papa, Ophélie und die Jungs gewiss auch schon. Bist du so weit?«

Er saß auf seinem ausladenden ledernen Schreibtischsessel, der sehr hart gepolstert war. Richard mochte nichts Weiches. Sein Händedruck, sein Schritt, sein Blick – alles war fest. Nicht streng, aber stramm. Umso überraschender war, dass er Elise an diesem Abend aus glasigen Augen entgegensah. Hätte sie es nicht besser gewusst, hätte sie auf Alkohol getippt. Allerdings trank Richard nie, keinen Tropfen, nicht einmal Champagner, der für die Familie ihrer Eltern gar nicht zu den Alkoholika zählte.

Erst als sie näher trat, erkannte Elise die wahre Ursache.

Als es acht Uhr durch war, winkte Ophélie den Diener heran. »Beginnen Sie, die Hors d'oeuvre anzubieten«, wies sie ihn an.

»Das werden Sie unterlassen«, befahl Adalmar Blankenburg.

»Aber Vater!«, rief sie. »Die Gäste trinken seit einer Stunde Champagner, ohne etwas im Magen zu haben.«

»Sie haben Champagner im Magen, das genügt ja wohl. Wenn sich einer beklagt von dem blaublütigen Gesocks, das du und dein Mann eingeladen habt, schickst du ihn zu mir. Solange Elise nicht eingetroffen ist, gibt's nichts zu essen.«

»Meine kleine Schwester ist beklagenswert unpünktlich«, beschwerte sich Ophélie.

»Haben Sie nicht gehört, Lakai?«, herrschte Adalmar den jungen Diener an. »Treten Sie auf Ihren Platz zurück, und wehe, ich sehe Sie auch nur einen Krümel anbieten. Dann fliegen Sie hochkant raus.«

Ophélies Hals bebte. Es war *ihr* Haus. Es waren *ihre* Freunde, die ihr Vater brüskierte. *Ihre* Feier, die er ruinierte. Er wusste, was er ihr damit antat, und bemühte sich nicht, es zu verstecken. Die Wahrheit lag ihm auf den Lippen, die sich zu einem zynischen Lächeln formten, als der Diener seinen Anweisungen gehorchte, ohne noch einmal Rücksprache mit seiner Herrin zu halten. Spöttisch wandte Adalmar sich ihr zu.

»So, meine Liebe. Nun, wo das geklärt ist, bist du wohl so freundlich, deinem Vater Champagner nachzuschenken. Falls du das hinkriegst.«

Sie ergriff eine Flasche. Ihre Hände zitterten. Vor Wut natürlich, über die Demütigung. Doch auch weil sie seinen Blick auf sich spürte. Er las gerne in den Gesichtern nach, was er angerichtet hatte, und nach all den Jahren war Ophélie für ihn wie ein offenes Buch.

Immer, wenn er mit ihr sprach, fixierte sein Blick ihr linkes Auge, das seit dreißig Jahren nicht mehr existierte. Er hätte ihr problemlos ins rechte Auge sehen können, so wie ihr Mann, wie ihre Kinder, wie alle normalen, höflichen Menschen. Er bevorzugte jedoch das verlorene. Und erinnerte sich mit einem gewissen Amüsement an die dazugehörige Geschichte. Anfangs hatte er ihr ein Holzauge verpasst, mit dem sie aussah wie eine fleischgewordene Figur aus dem Marionettentheater. Später ein Porzellanauge, Marke Blankenburg natürlich. Nach ihrer Heirat hatte sie sich Gesichtsmasken aus Stoff anfertigen lassen, außerdem geflammte Brillen …

»Was ist denn das für ein neuartiges Geflitter um deinen Kopf herum?«, fragte Adalmar.

Ophélie war vor einiger Zeit dazu übergegangen, einen Federhut tief in die linke Gesichtshälfte zu ziehen und eine seidene Augenklappe auf die leere Höhlung zu heften. Wer nicht genau hinsah, kam gar nicht auf den Gedanken, da könnte was nicht stimmen.

»Seltsames Konstrukt. Sind das Rebhuhnfedern?«

»Paradiesvogel.«

»Damit siehst du aus wie eine Pariser Kokotte. War das etwa die verwegene Idee deines Mannes?«

»Edmond hat nichts damit zu tun. Mir gefällt es so besser.«

»Lächerlich.«

Adalmar versuchte, nach dem Hut zu greifen, doch

sie wich ihm aus. Er setzte nach, sie trat einen Schritt zurück.

»Hab dich nicht so, alle hier wissen, was sich unter dem Geflitter verbirgt.«

Am liebsten hätte sie ihm entgegnet, dass auch alle wüssten, was sich hinter der Knopfleiste seiner Hose verbarg, und doch ließe er das Beinkleid nicht herunter.

»Wenn alle im Bilde sind, ist es kaum nötig, sie damit zu behelligen.«

»Ich habe als junger Mann bekanntlich die Hälfte meines kleinen Fingers verloren. Trotzdem habe ich mich nie damit lächerlich gemacht. Man muss zu seinen Unzulänglichkeiten stehen, das stählt den Charakter.«

Die Fingerkuppe eines Mannes mit dem Auge einer Frau zu vergleichen! Unzulänglichkeit … Erst mit dreißig Jahren hatte Ophélie geheiratet, lange nach Elise, die sechs Jahre jünger war. Eine Einäugige war nun mal keine gute Partie. Zudem hatte Ophélie nach dem Verlust ihres Auges sehr an Gewicht zugenommen und es nie wieder in den Griff bekommen. Zu allem Übel hatte beides über die Jahre zu einer Art Schwermut geführt.

Bis Edmond aufgetaucht war.

Auch jetzt trat er wieder an ihre Seite. Das genügte, damit Adalmar die Übergriffe sein ließ – vorerst. Es gab keinen Grund für ihn, seinen französischen Schwiegersohn zu respektieren oder gar zu fürchten, aber auch keinen für Edmond, Adalmar zu respektieren oder zu fürchten. Wo man ihn nicht fürchtete, fühlte Adalmar sich nicht wohl. Dies wiederum führte bei ihm nicht selten zu noch größerer Reizbarkeit als sonst.

Edmond holte sein Prunkstück von Taschenuhr hervor und sagte: »Damian sollte jetzt seine Glückwünsch und Trinkenspruch erhalten. Er ist die Erbe der Blankenburgs, und es macht keine gute Gesicht, ihn so stehen zu lassen und warten.«

Edmonds Deutsch war auch nach zwanzig Jahren in Frankfurt noch recht fehlerhaft, deshalb sprach er in der Regel nicht viel. Musste er auch nicht, denn Edmond hatte keine geschäftlichen und nur sehr wenige gesellschaftliche Verpflichtungen. Auf seiner Visitenkarte, die er verteilte wie ein Prediger Bibeln, stand »Privatier«. Dies war er aus voller Überzeugung, er ging sogar so weit zu behaupten, dass es durchaus eine Kunst sei, eine Rolle als Privatier, also als Nichtsnutz, sinnvoll auszufüllen.

»Schwiegersohn«, sagte Adalmar. »Deinem Kauderwelsch entnehme ich, dass du mir vorschreiben willst, wann ich meine Rede zu halten habe. Niemand sagt mir, was ich zu tun habe, du als Allerletzter.«

»Kaudewisch? Was ist das?«, fragte Edmond, womit er Adalmars Äderchen, die sich von der Nase bis zu den Ohren erstreckten, zum Pulsieren brachte.

»Hampelmann, du. Ich habe ein Porzellanimperium aufgebaut, als man dir noch Brei in die prallen Backen gestopft hat.«

»Imperium?«, wiederholte Edmond, steckte ein Zigarillo in die silberne Spitze und zündete es an. »Ist es nicht so, liebe Schwiegervater, dass du es geerbt hast nur? Einhundertundzwölf Person dieses Imperium gehabt hat? Und heute, fünfzig Jahr später, hat es wie viele Person? Einhunderteinunddreißig? Uuuh, eine spektakülär Steigerung um neunzehn Person in eine halbe Jahrhundert. Lass mich deine Hand schütteln, oh große Imperator.«

Tatsächlich ergriff er die Rechte von Ophélies Vater, die dieser ihm sogleich wieder entzog.

»Du lackierter Parvenü«, giftete Adalmar. »Wenigstens wissen wir, dass du das, was du bist, aus eigener Kraft geschafft hast, nicht wahr? Ein Verbannter, Ausgestoßener, ein Paria für seine eigenen Leute. Mieser kleiner Schwerenöter ...«

»Damit das hier mal vorangeht«, ertönte eine Stimme aus der Mitte des Salons. Damian hob das Glas. »Auf meine Familien, die Blankenburgs und die Fleurys.«

Ein Fünfzehnjähriger rettete die Situation. Nach diesem Trinkspruch blieb Adalmar nichts anderes übrig, als die Geburtstagsrede auf Ophélies Erstgeborenen zu halten, und so geschah es. In den Stolz der Mutter mischte sich die Sorge, wie die Welt wohl morgen aussehen würde, nach diesem Disput.

»Wieso hast du ihn provoziert?«, fragte sie Edmond.

»Weil es dafür nur wenige Anstrengung braucht. Und weil deine Vater keine andere Sprach mehr hasst als die ironische.«

»Er ist alt.«

»Ja, aber du verteidigst ihn noch immer, tausend Kränkung später.«

»Er ist mein Vater.«

Edmond zuckte mit den Schultern und leerte das Champagnerglas, das er anschließend wie ein Kartenspieler sein Herzass zwischen den Fingern jonglierte, während er lange an der Zigarettenspitze sog. »Ich bin da viel ehrlicher. Meine Familie mich hat fallen gelassen, deshalb ich auch sie. Soll sie fahren zu Teufel.«

Für Edmond war alles einfach. Es lag an Frankreich, am Blut seiner Familie, am Geld, das er im Überfluss hatte. Er brach so schnell einen Streit vom Zaun, wie er ihn wieder beizulegen vermochte. Diese Leichtigkeit war sein Glück – und zugleich sein Unglück. Denn sie hatte ihm gewissermaßen die Verbannung eingebracht.

Ophélie hatte Edmond de Fleury vor sechzehn Jahren bei einer Abendgesellschaft in Königstein im Taunus kennengelernt, zu der Nachbarn der Blankenburgs eingeladen hatten. Sie fand ihn sogleich anziehend, und er störte sich nicht an ihren Makeln. Nach zehn Minuten war sie in seine dandyhafte Gelassenheit verliebt. Nach zwanzig Minuten war er in ihr verbliebenes Auge verliebt, mit dem sie ihn anhimmelte.

Noch am selben Abend sagte er zu ihr: »Ich muss Sie vor mir warnen, Mademoiselle. Meine Familie mich hat verstoßen, weil ich habe drei Kinder von drei verschiedene Frauen. Das nennt man hierzulande eine Windenhund, *n'est pas?*«

Wären diese Frauen Hausmädchen gewesen, Wäscherinnen oder Bauerntöchter, kein Fleury hätte ihm ernste Vorhaltungen gemacht. Doch hatte er sich die Schwester eines Bankiers ausgesucht, die Mutter eines jungen Ministers sowie die Tochter eines Romanciers, dessen Berufsstand in der Grande Nation weit höheres Ansehen genoss als jener der beiden anderen. Da Edmond unmöglich alle drei Geschwängerten ehelichen konnte und eine Heirat mit einer von ihnen unweigerlich die Familien der beiden anderen erbost hätte, schickte man ihn fort. Jeder andere Fleury wäre in den diplomatischen Dienst eingetreten und hätte die Interessen der Nation in Siam, Kolumbien oder Abessinien vertreten. Allerdings hätte das Arbeit bedeutet.

Zuerst war er nach England gegangen, doch ohne Titel, Posten oder Militärkarriere erhielt man dort als Franzose keine Einladungen und langweilte sich zu Tode. Die Niederländer waren ihm zu protestantisch, die Italiener zu chaotisch, die Schweizer zu ernst und die Österreicher zu charmant, also strandete er in Ermangelung von Alternativen eher zufällig in Deutschland. Er fand, die Deutschen hätten ihren Perfektionismus dermaßen perfektioniert, dass sie selbst die Sünden vervollkommneten, und das sei doch eine recht annehmbare Haltung.

Ophélie schlug seine »Warnung« in den Wind, auch weil er sie mit Charme vorgetragen hatte. Die Hochzeit fand sechs Monate später statt, was auch Adalmar nicht verhindern konnte. Schon bald kamen ihre Zwillingssöhne zur Welt und ein paar Jahre später Marie.

Ein einziges Mal hatte sich Ophélie gegen ihren Vater durchgesetzt.

Sie hoben das Glas, als der Patriarch auf seinen Enkel anstieß, den zukünftigen Erben der Manufaktur.

»Hier, mein Bester«, sagte Adalmar und überreichte dem Geburtstagskind eine kleine Kiste. Darin befand sich eine silberbeschlagene Pistole. »Stammt von achtzehnhunderteinundsiebzig. Damit hat der Bruder meines Vaters gewiss ein paar Franzmänner erschossen.«

Adalmar lachte und warf einen hämischen Seitenblick auf seinen Schwiegersohn, den er damit jedoch nicht treffen konnte. Edmond war so wenig Patriot wie Adalmar ein Gentleman.

»Ich weiß nicht recht«, wandte Ophélie ein. »Ist Damian nicht ein bisschen zu jung für eine Waffe?«

»Mumpitz«, bügelte Adalmar den Einwand nieder. »Ich war selbst erst fünfzehn, als ich diese Pistole von meinem Vater geschenkt bekam. Der Junge hat Muskeln, ein paar zu viele für meinen Geschmack. Wozu sollen die gut sein, wenn nicht, um sich mit einer massiven Pistole wie dieser zu einem Meisterschützen zu entwickeln? Ich treffe heute noch einer Maus auf eine Entfernung von dreißig Metern ins Auge, sagen wir ins linke.« Er lachte mit Schmelz über die Gemeinheit.

»Danke, Großvater«, sagte Damian, der so tat, als bemerke er nichts. Er hatte die schwarzen Haare der Blankenburgs, das markante Kinn der Fleurys und ein Lächeln, mit dem er in nicht allzu ferner Zukunft wahrscheinlich ein paar Mädchenherzen brechen würde.

»Mit Mamas und Papas Erlaubnis werde ich die Pistole vorläufig noch nicht benutzen. Ich wüsste auch gar nicht, worauf ich schießen sollte. Obwohl, wenn ich es mir recht überlege, fällt mir das Hinterteil meines Mathematiklehrers ein, der uns gerade mit Arithmetik triezt.«

Die Gesellschaft lachte.

»Im Ernst, Großvater. Die Kiste bekommt einen Ehrenplatz in meinem Zimmer, versprochen.«

»Mumpitz. Morgen kommst du zu mir nach Königstein, hast du verstanden? Im Wald machen wir Sport, also Schießübungen. Und weißt du, worauf wir schießen werden? Auf die Tassen der Konkurrenz. Dafür taugen sie gerade noch, zum Zerbersten.«

Er lachte und genoss es sichtlich, dass ein paar der Gäste einstimmten, darunter auch sein zweiter Enkel Maxim. Er war nur drei Stunden jünger als Damian, geboren eine halbe Stunde nach Mitternacht, und trotz der unverkennbaren Ähnlichkeit zu seinem Bruder hätte man die beiden niemals verwechseln können. Ihre Augen waren zwar identisch, die dunkle, fast schwarze Farbe, die Größe und Form, der wache Ausdruck, einfach alles. Leuchteten in den Augen des Älteren Interesse, Aufgeschlossenheit und Witz, so waren es Schabernack und Raffinesse in denen des Jüngeren.

Adalmar beugte seinen langen, hageren Oberkörper nach vorn und kniff dem jüngeren der Brüder in die Wange. »Na, wer in diesem Raum hat wohl als Nächster Geburtstag? Und worauf darf er sich dann freuen?«

Maxim kniff seinem Großvater zu dessen Verblüffung ebenfalls in die Wange. »Na, wer in diesem Raum wird wohl als Nächster ins Gras beißen? Und worauf darf er sich dann freuen?«

Elise starrte auf den schweren Türklopfer aus Messing direkt vor ihr. Er stellte die Medusa dar, mit Schlangen auf dem Haupt und weit aufgerissenem Schlund – der eigenwillige Humor ihres Schwagers Edmond. Den Türklopfer hatte Elise vorher nie bemerkt, obwohl die Gebrauchsspuren auf eine langjährige Nutzung hindeuteten. Gewiss war sie schon hundertmal daran vorbeigegangen … Aber war das wichtig?

Mit dem gleichen wohltemperierten, leicht benommenen Erstaunen stellte sie just in diesem Moment fest, dass sie Richard nicht liebte. Natürlich hatte sie das schon immer gewusst, so wie man weiß, dass man eines Tages sterben wird. Aber wenn es schließlich so weit ist, überrascht es einen doch.

War es in ihrer Ehe überhaupt je um Liebe gegangen? Vielleicht sollte man eher über Zuneigung oder Respekt

nachdenken, davon war dann und wann etwas zu spüren gewesen. Sonntags, manchmal. An kalten Winterabenden. Wenn Freunde zu Besuch kamen und ein paar
Tage blieben.

War das jetzt noch wichtig?

Elise klopfte.

Hinter ihr breitete sich die kalte Oktobernacht aus,
unterbrochen von einer einzelnen Straßenlaterne, deren
gelbliches Licht sich über das nasse Pflaster ergoss. Der
Wagen, der sie gebracht hatte, war um die Ecke gefahren, wo er bis zu ihrer Rückkehr wartete.

Sie war allein.

Ich bin allein, dachte sie. Richard ist tot. Und ich
trage Weiß.

Ein Diener öffnete, sie übergab ihm den Mantel und
betrat das Haus. Ihre nassen Sohlen knirschten auf dem
Marmorboden, der Duft von Rosen vermischte sich mit
dem von gebratenen Gänsen und warmen Teigwaren.
Stimmen wehten ihr entgegen, ein Zweiklang von gedämpften Ahs und Ohs, ausgestoßen von Salondamen
und -löwen, die gleichsam einem Zirkuskunststück beiwohnten. Nicht lange und ein Gepolter eroberte die
Hoheit. Unverkennbar die Stimme eines Mannes, der
seit einem halben Jahrhundert herrschte.

Elises Vater wandte ihr den Rücken zu, als sie auf ihn
zuging. Ophélie stand zwischen ihm und ihrem jüngeren Sohn Maxim, körperlich ein Bollwerk, tatsächlich
aber kaum in der Lage, Adalmar länger als ein paar
Sekunden die Stirn zu bieten. Sie trug – was sonst? – ein
Kleid in Kakao, gekrönt von einem Hut in Mokkasahne.

»Elise«, sagte sie.

»Ophélie«, erwiderte Elise. »Guten Abend, Papa.«

Er wandte sich ihr zu, und der Zorn schien von ihm abzublättern, wie Eis an einer Fensterscheibe im Sonnenschein taut.

»Meine Liebste«, sagte er. »Endlich. Du wurdest heiß erwartet.«

»Richard ist tot«, murmelte sie, so als würde sie sagen: Der Wagen hatte eine Panne.

Es folgten die unvermeidlichen Beileidsbekundungen, ein paar stark beringte Hände legten sich auf stark geschminkte Lippen, einige Herren griffen sich in die Pomade.

»Hirnschlag, hat der Arzt gesagt. Es muss vor etwas mehr als einer Stunde passiert sein. Das hier lag vor ihm auf dem Schreibtisch. Ich habe nicht alles verstanden. Es ist ein recht langes Telegramm.«

Sie versuchte mit aller Kraft, feuchte Augen zu bekommen, und als es gelang, spürte sie tatsächlich, wie sich die Trauer in ihrem Körper ausbreitete.

Ophélie trat einen Schritt auf sie zu und streckte die Hand aus, als wolle sie sie auf ihren Arm legen. Doch es blieb bei dem Versuch. Auch schwesterliche Solidarität war etwas, das gelernt sein wollte.

»Ed… Edmond«, stammelte Adalmar, nachdem er das Telegramm gelesen hatte. »Ich muss … Ich müsste mal dein Büro benutzen. Für ein wichtiges Telefonat, du verstehst?«

Ein eigenes Büro wäre für Edmond in etwa so nützlich gewesen wie ein Bügelzimmer.

»Falls du ungestört telefonieren möchtest, liebe Schwiegervater, kannst du das machen von unsere Boudoir aus. Wie heißt das hier? Privatzimmer? Ruhezimmer? Möchtest du, dass der Hampelmann dich bringt dorthin? Bitte sehr, soll mir eine Vergnügen sein.«

Adalmar war nicht mehr derselbe Mann, als der er den Salon betreten hatte, und nachdem er gegangen war, fielen nicht wenige Blicke auf das Telegramm auf dem Boden. Es dauerte zwei, drei Minuten, bevor Maxim es aufhob. Wenig erstaunlich, dass er es als Einziger fertigbrachte. So etwas wie Furcht schien ihm seit jeher fremd zu sein. Respekt ebenfalls.

»Was steht darin?«, fragte seine Mutter mit zittriger Stimme.

Nachdem Adalmar zwei Telefonate geführt hatte, suchte er nach Stift und Papier. Schnell wurde er im Sekretär seines Schwiegersohns fündig und griff angewidert danach. Parfümierte Briefbögen und lavendelblaue Tinte in einem Raum, in dem Scheherazade gehaust haben könnte, erregten seinen Ekel.

Während er schrieb, dachte er an seinen Sohn Otto, den er an den Krieg verloren, und an Wido, seinen Jüngsten, den das Opium ihm genommen hatte. Mit aller Macht versuchte er, sich an die Liebe zu erinnern, die er ihnen entgegengebracht hatte, als sie noch klein waren, sehr klein. Doch wie das mit lange vergangenen Gefühlen nun einmal so war: Adalmar konnte sie nur durch die Schleier tausender Tage hindurch betrachten, weshalb sie ihm seltsam unwirklich vorkamen. Eher so, als wäre er der Zuschauer eines Theaterstücks, in dem er selbst die Hauptrolle spielte.

Die Hoffnungen, die er einst mit seinen Söhnen verknüpfte, waren vor ihnen gestorben. Der eine war dumm genug gewesen, sich in einen verlorenen Krieg zu stürzen, wo ihm – idiotisch und sinnlos – ein Doppeldecker auf den Kopf fiel. Der andere, noch dümmere, hatte sich weggeworfen an ein Gift und dessen Giftmischerin.

Was Adalmars Töchter anging ... Mit Ophélie war es wie mit seinen Söhnen, er hatte sie nur als Säugling geliebt. Sobald sie alt genug war, um Unterwürfigkeit zu zeigen, war seine Verachtung stärker als das Blut, und nach dem Verlust ihres Auges fand er sie geradezu abstoßend.

Von Elise hatte er lange Zeit geglaubt, sie sei das einzige Kind, das er ins Herz geschlossen habe, stellte an diesem hässlichen Novembertag, als er den Brief schrieb, jedoch fest, dass er sie lediglich benutzt hatte, um sie Ophélie vorzuziehen.

»Pilar«, seufzte er.

Schön war sie gewesen, seine spanische Frau, nicht wirklich hübsch, aber schön auf ihre Art. Schwarze Haare, strenge Züge, eine Seele von Mensch. Elise kam ein bisschen nach ihr. Erstaunlich, dass sie jemanden wie ihn zu lieben vermochte. Ihr Herz war um einiges größer als ihr Verstand. Vielleicht nur deshalb hatte er sie ebenfalls geliebt. Seit vielen Jahren vermisste er sie, so wie ein Frierender die Wärme vermisst.

Seine Firma, die Manufaktur – dafür hatte Adalmar Blankenburg gelebt. Sie hatte ihn jung gehalten, wie es eine Mätresse nicht besser vermocht hätte, und war stets ebenso devot gewesen.

All diese Erinnerungen machten ihn alt. Und was alt machte, das tötete. Er empfand keine Liebe mehr, für gar nichts. Man hatte ihn betrogen, sein Schwiegersohn, das Glück, die Banken, die Kinder, die sich an Ideologien, Idiotien oder idiotische Männer verschenkt hatten, sie alle. Das Leben hatte sich von Adalmar abgewandt. In seiner üblichen Manier, Schlimmes mit Schlimmerem zu vergelten, wandte er sich nun konsequent von den Lebenden ab.

Er setzte seine lavendelblaue Unterschrift unter das Dokument.

»Pilar, ich komme.«

»Die Börse in New York ist zusammengebrochen«, las der junge Maxim vor. »Stahlwerte, Konsumwerte, Bankenwerte, fast alles ist nichts mehr wert. Onkel Richard hat anscheinend ... Da laus mich doch der Affe! Der Trottel, pardon, aber Tante Elises Mann hat eins Komma vier Millionen Reichsmark in New York investiert, das sind über neunzig Prozent des Firmenvermögens. Wenn das stimmt ... Wenn das Geld wirklich verloren ist, dann ...«

»Dann was?«, fragte Ophélie.

»Dann ist die Manufaktur Blankenburg pleite.«

»Was du da redest! Du bist ja noch ein Knabe, woher willst du das wissen?«

»Zufällig interessiere ich mich für Geschäfte, *Maman*. Auch für die Börse.«

»Edmond, bitte sag mir, dass das Kind nur naseweis daherredet.«

Auch Edmond las das Telegramm, sogar zweimal, und kam zum gleichen Schluss. »Das Geld ist *perdu*, so viel steht fest. Richard hat fast alles in Aktien von Banke und Stahlkonzerne in Amerika investiert. Er hätte genauso gut Herbstlaub kaufen können, das hat ungefähr dieselbe Wert.«

»Wir … wir sind also tatsächlich bankrott?«

»Nicht wir, Chérie. Ich habe meine Vermögen zu die größte Teil in Gold angelegt, und hier steht, Gold ist um die Doppelte gestiegen. Damit sind wir zweimal so reich wie gestern. Wie sagt man hier? Stinkenreich.«

Ein Knall schreckte alle auf, so laut und scharf, dass er noch nicht einmal Ahs und Ohs auslöste, sondern nur Erstarren.

Die letzten Minuten hatte Elise in halber Bewusstlosigkeit verbracht. Sie hatte alles gehört, ohne irgendeinen Gedanken dazu zu haben oder eine Schlussfolgerung zu ziehen. Einzig das Bild ihres Gatten, der sie noch aus dem Tode heraus angestarrt hatte, stand ihr vor Augen. Und Emma, das arme Kind, das weinend zusammengebrochen war wie die New Yorker Börse. Biene war bei ihr. Biene vermochte Emma größeren Trost zu spenden als ihre Mutter.

Der Knall holte Elise zurück in die Gegenwart. »Ophélie, ihr habt doch nicht etwa eine Waffe in eurem Boudoir?«

»Gott behüte, nein!«

Damian rief: »Die Pistole, die er mir geschenkt hat, ist noch in der Kiste.«

Da sagte sein Bruder Maxim, so als hätte er gerade einen grandiosen Einfall gehabt: »Hey, ich sollte nachher doch auch eine kriegen.«

2

Am Donnerstag, dem 24. Oktober, bricht in den Ver-
einigten Staaten von Amerika die Börse ein, nachdem
sie einen jahrelangen Höhenflug erlebt hat. Aus an-
fänglicher Unsicherheit wird Angst, und aus der Angst
entsteht Panik. Daraufhin unternehmen einige große
Banken Stützkäufe, wodurch sich die Lage kurzfristig
beruhigt. Doch der Abwärtstrend setzt sich am darauf-
folgenden Montag fort. Der Aktienwert vieler Unter-
nehmen sinkt so weit, dass deren Kredite nicht mehr
gedeckt sind. Die Banken fordern ihr Geld zurück. Am
Dienstag fallen die Kurse ins Bodenlose, manche Unter-
nehmen haben nur noch ein Prozent des Wertes der Vor-
woche. Als Folge davon brechen auch die europäischen
Börsen ein.

So hatte Tankred es sich immer vorgestellt. Haargenau
so. Das Herz der Blankenburgs. Königstein, ein Städtchen am Südhang des Taunus, umgeben von Wäldern,
Obsthainen und Burgen. Der Herrensitz der Blankenburgs, die Villa Vanora, zwei, drei Steinwürfe von der
Villa Rothschild entfernt mit Blick auf Frankfurt und
die Mainebene. Ein großes schmiedeeisernes Tor, ein
gewundener Weg, ein Park, ein Brunnen, ein Kasten

von Haus. Die kalte Eingangshalle, Steinböden, stoff-
bespannte Wände, schwere Vorhänge. Die in solchen
Häusern unvermeidliche Ahnengalerie in ewiger bewe-
gungsloser Ernsthaftigkeit, neun Kaufmannsgesichter
von frostiger Blässe. Und in der Mitte des Herzens der
Blankenburgs befand sich deren Seele: die legendäre
Porzellanblume.

In einem Bildband hatte er ein Foto davon entdeckt,
in Schwarz-Weiß. Mit geschlossenen Augen hatte er
sich das Symbol der Blankenburgs, das zum Gründungs-
mythos des Familienunternehmens gehörte, in Farbe
vorgestellt. Seine Fantasie hatte ihn nicht getrogen.

Vor ihm, in einer Vitrine, ruhte auf einem Kissen ein
gewundener, stricknadeldicker, etwa sechzig Zentimeter
langer Stiel im vornehmsten Eierschalenweiß, von dem
fünf sattgrüne Blätter abzweigten. Das Stielende barg
den Blütenkopf wie eine kostbare Brosche. Die etwa
zwanzig winzigen Blüten des halbrunden Kopfes
schimmerten weiß und rosa, und man konnte ohne
Übertreibung sagen, dass dieses Kunstwerk die Natur
an Schönheit noch übertraf. Auch die echte, in Asien
beheimatete Porzellanblume hatte jenes wächserne
Kolorit, dem sie ihren Namen verdankte. Doch war das
»Opus 1« der Blankenburgs so filigran, so detailliert
gearbeitet, dass selbst Menschen wie Tankred, die sich
im Grunde nichts aus Porzellan machten, kurz der
Atem stockte.

Im Jahre 1768 hatte der Gründer des Familienunternehmens, Ludwig Emanuel Blankenburg, die Porzellanblume unter erheblichem Aufwand anfertigen lassen
und sie der »Großen Landgräfin« Karoline Henriette
von Hessen-Darmstadt zum Geschenk gemacht. Ein

Coup, zweifellos. Die Blankenburgs avancierten dadurch zu Hoflieferanten. Ein beinahe identisches Modell ging an den »vielgeliebten König« Louis XV. von Frankreich, weil man immer schon gute Verbindungen in das Nachbarland gehabt hatte und sich Aufträge aus Versailles versprach. In den Wirren der Revolution wurde dieses Exemplar zerstört, wohingegen man die hessische Blume, fortan auch »Karolinenblume« genannt, im Jahre 1806 zurückkaufte und seitdem wie einen Gralsschatz hütete. Sie war der Inbegriff des Aufstiegs und ebenso unantastbar. Gewiss hatte sie seit Jahrzehnten keiner mehr in der Hand gehalten, denn es war Tradition, sie nur bei der Übergabe der Manufaktur vom Vater auf den Erben hervorzuholen.

Neun Patriarchen – Ludwig Emanuel, Emanuel Friedrich, Friedrich Moritz, Moritz Christian, Ethelbert, Konrad, Albert, Siegfried, Adalmar. Sie alle hingen in etwa drei Metern Höhe, von wo aus sie auf ihr Pantheon hinabblickten, und sah man einmal von der wechselnden Mode ab, der sie unterworfen gewesen waren, ähnelte die gebieterische Wirkung, die sie auf den Betrachter hatten, sich auf erschreckende Art. Unter ihnen waren deutlich kleinere Porträts ihrer jeweiligen Ehefrauen und Kinder gruppiert. Hier und da hatten sich doch tatsächlich so etwas wie eine individuelle Anmutung und ein schwärmerisches Flair in die Bilder eingeschmuggelt.

»Sie wünschen?«

Zwei Minuten, dachte er. Man hatte ihn lediglich zwei Minuten warten lassen.

»Ich habe soeben die Gesichter Ihrer Familie studiert«, sagte er nach einem kurzen Blick über die Schulter. »Ich habe das Vergnügen mit Elise Dobel, nicht wahr?«

»Ja, und Sie sind ...«

»Wenn man es versteht, in Gesichtern zu lesen, ist das ein großer Vorteil, wussten Sie das?« Er deutete nacheinander auf die Porträts an der Wand. »Ophélie, Adalmars Erstgeborene ... ihr verbliebenes Auge verschwindet beinahe im Fleisch, ebenso die Lippen, die nach innen zu wachsen scheinen. Sie verbirgt ihre Gefühle. Dann Wido, der Jüngste, ein Gesicht, so zart und wächsern, als wäre es zum Zerbrechen verurteilt. Ihres dagegen, gnädige Frau, strahlt Haltung aus, eine gewisse tragische Größe ...«

»Sollte das Ihre Art sein zu kondolieren, Herr ...«, sie warf einen kurzen Blick auf die Visitenkarte, die er dem Hausmädchen überreicht hatte, »Horch, dann muss ich Ihnen leider sagen, dass ...«

»Das ist nicht mein Name.«

»Wie bitte?«

»Sie ahnen nicht, was man im Frankfurter Gallusviertel alles für ein paar Mark kaufen kann. Ich hätte auch einen Säugling mitbringen können, aber für meine Zwecke wäre das wenig dienlich.«

»Ich verstehe nicht.«

»Ich habe gelogen, um vorgelassen zu werden. Überlegen Sie mal. Wäre ich tatsächlich ein Horch und somit Mitglied einer Dynastie von Autobauern, hätte ich nicht solche Klamotten an.«

Abgewetzte Schuhe, der Hemdkragen gammelig wie welker Salat. Zwar trug er einen dunkelgrauen Anzug, doch der war ihm mindestens eine Nummer zu groß. Seit zwei Jahren nahm Tankred kontinuierlich ein paar hundert Gramm pro Monat ab. Ihm war völlig klar, dass er aussah wie jemand, der etwas wollte und dafür keine Gegenleistung zu erbringen gedachte.

»Und wie lautet Ihr richtiger Name?«

»Schamitzke. Tankred Schamitzke.«

»Nun denn, Herr Schamitzke. Da Sie offenbar nicht vorhaben zu kondolieren, muss ich Sie bitten zu gehen. Dieses Haus befindet sich in Trauer.«

»Ich weiß. Es rafft die Männer dieser Familie in geradezu erschreckender Anzahl dahin. Ihre Brüder, Ihr Mann, Ihr Vater ... Wer soll das Unternehmen nun führen?«

»Das werde ich kaum mit Ihnen erörtern.«

Tankred deutete auf das Porträt von Adalmars Zweitgeborenem. »Über Otto haben wir noch gar nicht gesprochen. Er hat das, was ich ein mittleres Gesicht nenne: weder ambitioniert noch gelangweilt, weder streng noch liebevoll, weder intelligent noch dumm. Na ja, wenigstens nicht allzu dumm. Man sieht ihm nicht an, ob er den ganzen Tag angeln gehen oder lieber ein gutes Geschäft abschließen will, und auch nicht, ob er überhaupt zu einem von beiden fähig ist. Andere haben das für ihn entschieden. Eine Feder im Wind, den Launen aller möglichen Kräfte ausgesetzt. Im Krieg ist ihm ein Doppeldecker auf den Kopf gefallen, nicht wahr? Was für ein passendes Ende für einen Luftikus. Übrigens, ich bin sein Sohn.«

Anders als die falsche Visitenkarte, log die Geburtsurkunde nicht. Tankred Schamitzke war der 1907 geborene leibliche Sohn von Otto Blankenburg und der Wäscherin Paula Schamitzke. Er war in der Nähe von

Berlin zur Welt gekommen, wo Otto die Handelsschule besucht und viel Wäsche zu waschen gehabt hatte. Auch ohne Details zu kennen, ohne überhaupt etwas über die Geschichte von Paula und Otto zu wissen, konnte man sie sich gut ausmalen. Herrje, das passierte andauernd – in kleinen Kammern, im Heu, in Dachmansarden, hinter dem Waschzuber … Im besten Fall waren es rührselige Romanzen mit der Lebensspanne von Schmetterlingen, im schlimmsten eine Sache von fünf heftigen Atemzügen.

Immerhin hatte Otto zu seinem Abenteuer gestanden, was gemeinhin eher die Ausnahme war. Jahrelang schickte er Paula Schecks, und nachdem er gefallen war, übernahm sein Vater diese Aufgabe. Als Tankreds Mutter im Jahr 1922 an Tuberkulose starb, sorgte Adalmar dafür, dass sein illegitimer Enkel eine mittlere Schulbildung bekam, unter der Voraussetzung, er halte seine Herkunft weiterhin geheim.

»Eine Wäscherin«, sagte Ophélie kopfschüttelnd. »Ottos Geschmack war immer schon sehr simpel.«

»Geschmack oder nicht«, erwiderte Elise. »Er gehört zur Familie. Und er ist eine Waise.«

Sie saßen zu dritt im Arbeitszimmer des Verstorbenen, Tankred mit seinen beiden in Schwarz gehüllten Tanten, von denen keine wagte, den Sessel hinter dem massiven Schreibtisch zu belegen. Das Hausmädchen servierte Tee und musterte den Zweiundzwanzigjährigen mit unverhohlener Neugier und Skepsis.

Er zwinkerte ihr zu. Nicht auf *diese* Art, sondern als wollte er sagen: Hallo, schön dich wiederzusehen.

»Die Waise ist erwachsen«, konterte Ophélie. »Ich sehe nicht ein, dass wir uns mit den fleischgewordenen

Hinterlassenschaften von Ottos Vorliebe für Frauen mit großen Brüsten herumschlagen sollen.«

»Sie waren normal groß«, widersprach Tankred.

Ophélie warf ihm einen feindseligen Blick zu. Mischen Sie sich nicht ein, das geht Sie gar nichts an, sollte das heißen.

Sie richtete sich auf und sagte genüsslich, als würde sie die Worte vorher lutschen: »Aber du warst ja schon immer auf Ottos Seite, Elise. Dein *Lieblingsbruder.* Nichts als Flausen hatte er im Kopf. Ein Handvoll Flausen und ansonsten gähnende Leere. Du hast ihn immer vor Papas Anwürfen in Schutz genommen. Lächerlich, ein großer Bruder, der sich von seiner kleinen Schwester verteidigen lässt.«

Elise sank ein wenig auf ihrem Stuhl zusammen, und Ophélie gab einen missbilligenden Laut von sich.

»Also, junger Mann, nun zu Ihnen. Was wollen Sie? Geld natürlich. Sie müssen wissen, dass kein Geld mehr da ist, das Sie abstauben könnten.«

»Ophélie!« Elise legte den Zeigefinger auf die Lippen.

»Was ist? Es gibt keine Kanalratte zwischen Frankfurt und Königstein, die nicht um die desaströse Lage der Manufaktur wüsste. Eine Lage, nebenbei erwähnt, die *dein* Mann verschuldet hat. Richard hat die Blankenburgs ruiniert, und er hat Vater auf dem Gewissen, das willst du doch wohl nicht leugnen?«

Unter Ophélies Trommelfeuer wurde Elise immer kleiner. Kaum dass sie wagte sich zu räuspern, geschweige denn den Blick ihrer Schwester zu suchen. Denn die bösartigsten Vorwürfe sind jene, die zutreffen.

»Ophélie, ich bitte dich. Wir haben Richard gestern erst bestattet«, erwiderte sie schwach. »Und übermorgen tragen wir Vater zu Grabe. Es ist unangemessen, wenn du ...«

»Es war noch viel unangemessener, derart abenteuerliche Summen in Aktien zu investieren. Amerikanische Aktien.«

Auch um von der geknickten Elise abzulenken, fläzte Tankred sich provokant in den Sessel, legte ein Bein über die Armlehne, schob sich ein Konfekt in den Mund und sagte: »Vielleicht überrascht es dich, Tante Ophélie, aber ich bin nicht gekommen, um Ärger zu machen.«

»Unterstehen Sie sich, mich zu duzen und Tante zu nennen, Sie Schamitzke Sie.«

»Die paar Kröten für meine Alimente werden ja wohl aufzutreiben sein. Alles Weitere sehen wir dann. Sie wollen doch nicht, dass ein Blankenburg bettelnd durch Königstein läuft. Was sollen die Leute denken?«

»Jetzt hör sich einer diesen Schlingel an. Den Namen Blankenburg haben große Kaufleute getragen, Meister des Kunsthandwerks, Visionäre und ...«

»Und bankrottierende Selbstmörder.«

»Sie sind keiner von uns, Sie sind ein Flegel mit einer Geburtsurkunde, die so vergilbt ist wie Ihr Hemdkragen. Auf der Stelle verlassen Sie unser Haus.«

»Ich habe noch nicht ausgetrunken. Was ist das eigentlich? Mit Tee kenne ich mich nicht aus.«

Ophélie entwand ihm die Tasse und kippte ihm den lauwarmen Inhalt ins Gesicht. »Ceylon, schwarz, nussiges Aroma. Es kommt besonders gut heraus, wenn man es sich von der Nase ableckt, wie Hunde es tun.«

Tankred grinste die resolute Frau an, folgte dem Rat und leckte sich einen Tropfen von der Nase.

»Wir sind am Ende«, sagte Ophélie nach einigen Sekunden, in denen sie sich wie Duellanten in die Augen gesehen hatten. »Ich bin sicher, Sie finden den Ausgang alleine. Leute wie Sie finden immer den Ausgang.«

Er verließ das Arbeitszimmer seines Großvaters und betrachtete ein letztes Mal dessen Porträt in der Eingangshalle.

Biene führte ihn wortlos hinaus. Bevor sie die Tür hinter ihm schließen konnte, wandte er sich ihr zu und sagte: »Hast du mich vorhin eigentlich erkannt?«

»Nein, sonst hätte ich dich nicht vorgelassen.«

»Ich habe mich also verändert?«

»Äußerlich.«

Sie wollte die Tür schließen, doch Tankred stellte einen Fuß dazwischen.

»Ich habe Briefe, sehr interessante Briefe. Bei Gelegenheit sprechen wir mal darüber. Einen schönen Tag wünsche ich dir.«

Bis zum Abend brauchte er, um vom Taunus zurück nach Frankfurt zu gelangen. Bis Niederhöchstadt ging er zu Fuß, ab und zu regnete es, dann stellte er den Kragen auf und zog die Kappe tiefer ins Gesicht. Dort nahm ihn ein gnädiger Lastwagenfahrer mit, und das letzte Stück fuhr er mit der Straßenbahn. Beinahe hätte der Schaffner ihn erwischt, aber er sprang im letzten Moment ab. Es war längst dunkel, als er die Bornheimer Wohnung betrat.

Dubbe und Schimmi, seine Mitbewohner, warteten schon auf ihn.

»Mensch, warum hat das so lange gedauert?«, begrüßte Dubbe ihn.

»Mein Mercedes hatte eine Panne. Warum wohl, Blitzbirne? Ich hab mir die Hacken abgelaufen.«

»Hast du Geld bekommen?«, fragten die beiden gleichzeitig mit dem hungrigen Blick räudiger Hunde.

»Einen Tritt in den Hintern habe ich bekommen. Meine dicke Tante hat Haare auf den Zähnen. Aber die andere scheint mich zu mögen, darauf kann ich vielleicht aufbauen.«

»Scheiß aufs Aufbauen, Mensch. Wir haben nichts mehr zu futtern. Schimmi hat heute seine Arbeit verloren, die Schuhfabrik hat erst mal dichtgemacht. Produktionsstopp nennen die das. Und ich hab den ganzen Tag umsonst mit dem Schild an der Straßenecke gestanden.«

Es lag auf dem Stapel Schmutzwäsche in der Ecke: NEHME JEDE ARBEIT AN, NUR 1 MARK AM TAG. Gebracht hatte es bisher kaum etwas. Erst ein einziges Mal, vorgestern, hatte einer von ihnen drei Laster mit Zementsäcken entladen und war mit einer lumpigen Mark nach Hause gekommen. Es gab einfach keine Arbeit. Dafür viele Leute mit Schildern. Und jeden Tag wurden es mehr.

»Mir hat heute einer angeboten, mit ihm auf die öffentliche Toilette zu gehen«, sagte Schimmi. Trotz seiner zwanzig Jahre sah er aus wie fünfzehn. Alles an ihm war ein bisschen kleiner als im Durchschnitt: die Nase, die Ohren, die Finger. Sein nettes Gesicht brachte ihnen mehr ein als ihrer sechs Hände Arbeit.

»Hast du's gemacht?«

»Nee. Hab drei Mark verlangt, da hat er mir einen Vogel gezeigt, ist ein paar Meter weitergefahren und hat einen anderen eingesammelt.«

Schimmi kratzte sich. Nach Dubbes Zimmer hatten

die Bettwanzen jetzt auch seines erreicht, und Tankred wusste, dass es nur eine Frage von Tagen war, bis er morgens mit den gleichen Pusteln aufwachen würde.

»Ich habe noch fünf Mark im Strumpf«, sagte er.

»Dann ist Ebbe.«

»Deine Schecks haben uns bisher über Wasser gehalten«, sagte Dubbe. »Ohne die sind wir aufgeschmissen.«

»Weiß ich doch«, erwiderte Tankred. »Aber was soll ich machen? Ich habe nichts als eine Geburtsurkunde, und um vor Gericht zu gehen, fehlt mir das Geld. Ich könnte mir noch nicht mal den Busfahrschein dorthin kaufen. Also, ihr Schlaumeier, noch irgendwelche genialen Einfälle?«

Sie saßen um das Licht der Gasfunzel herum, deren Brennstoff wohl noch für zwei, drei Abende reichte.

»Lasst uns losgehen«, sagte Tankred.

Losgehen, das bedeutete üblicherweise drei Brötchen und Tunke kaufen, das Abendessen. Um die Häuser streifen. Wenn sich die Gelegenheit bot, eine Frikadelle mopsen. Schlimmere Sachen machten sie nicht. Keinem von ihnen wäre es eingefallen, jemandem eins überzubraten und die Geldbörse zu klauen. Noch nicht. Für drei junge Männer wie sie wäre das ein Leichtes. Beschissene Zeiten brachten beschissene Situationen hervor, und beschissene Situationen erleichterten es Menschen, sich beschissen zu verhalten. Frauen setzten ihre Säuglinge aus. Männer bestahlen ihre Eltern. Brüder schickten ihre Schwestern nachts auf die Straße. Fabrikanten prellten Angestellte um ihren Lohn. Und die Betrogenen zündeten die Häuser ihrer Chefs an. Das alles passierte im November 1929.

Nur Dubbe, Schimmi und Tankred hielten zusammen wie Pech und Schwefel. Sie hatten sich im Kontor eines Kolonialwarenimports kennengelernt, wo ihre Abneigung gegen den Chefkontoristen sie vereinte. Zu dritt hatten sie ihm die Stirn geboten – und waren zu dritt entlassen worden. Seither teilten sie sich die Wohnung, das Geld und das Essen ebenso wie die Probleme und die Hoffnungen. Waren sie verschiedener Meinung, stimmten sie ab. Der Unterlegene schloss sich den beiden anderen an. Sie gingen um zwei Ecken zu einem Kiosk und kauften sich ein dürftiges Abendessen.

»Erzähl doch mal«, sagte Dubbe, während er das trockene Brötchen zerriss, in die Soße stippte und quer in die Backe stopfte. Seine Zähne waren schwarz, genau wie die viel zu großen Augen und das Haar, das ihm in Strähnen auf der blassen, pickligen Stirn klebte. Natürlich war Dubbe nicht sein richtiger Name, sondern der hessische Ausdruck für das Wort Tupfen. Auf der Nasenwurzel, zwischen den Augenbrauen, hatte er ein Muttermal, rot und kreisrund wie ein Alarmsignal. »Wie leben die so, deine Verwandten?«

»Bisher in Saus und Braus. Aber der Schwarze Freitag hat sie voll erwischt, glaube ich. Meine eine Tante, die jüngere, ist sehr hübsch und sehr traurig. Sie hat mir leidgetan.«

»Solche Leute fallen auf Seide«, sagte Dubbe. »Mach dir um die keine Sorgen. Jetzt mal Hand aufs Herz … irgendwas muss da doch für uns zu holen sein.«

Tankred nickte. »Ich habe die Angel ausgeworfen, und ein Fischchen schwimmt schon drum herum. Besser gesagt, ein Bienchen.«

Er kam nicht dazu, das Wortspiel zu erklären. Fünf Halbstarke in braunen Hemden sprachen sie an, umringten sie, die Beine scheinbar am Boden festgewachsen wie stramme Eichen. Von den Braunhemden hatten sie in letzter Zeit immer mehr auf den Straßen gesehen, einer großspuriger als der andere, aber irgendwie auch furchteinflößend. In der Regel schmierten sie Hauswände mit Parolen und komischen Symbolen voll, kloppten die Kommunisten zusammen oder wurden von ihnen zusammengekloppt.

Die Halbstarken luden sie zu einer Versammlung ein, wo es Freibier und Bratwurst geben sollte. Vor allem auf Tankred hatten sie es abgesehen, da er von den dreien – trotz der Gewichtsverluste der letzten Jahre – am kräftigsten war, wohingegen Dubbe sehr mager und Schimmi sehr kindlich aussah.

»Geht ihr nur«, sagte Tankred zu seinen Freunden. »Für mich ist das nichts.«

»Stell dich nicht so an, bei uns kannst du was werden«, maulte der Anführer der Braunhemden und packte ihn am Oberarm.

Ja, dachte Tankred. Zur Dumpfbacke kann ich bei euch werden.

Er entwand sich dem Griff und ging davon in die Nacht. Ein paar Straßenzüge weiter standen Bettler um eine brennende Tonne herum, um sich zu wärmen. Allerlei Zeug warfen sie hinein, ohne miteinander zu sprechen, die Gesichter tief in zerschlissenen Mänteln und Hüten vergraben. Tankred wollte sich schon zu ihnen gesellen, als ihm im letzten Moment schlecht wurde.

Bald schon, dachte er, werde ich ihr Schicksal teilen, spätestens wenn ich nächste Woche die Miete nicht mehr bezahlen kann. Der Hausmeister wird nicht lange fackeln, sondern uns am Kragen packen und auf die Straße werfen. Die Koffer wird er behalten, bis auf die Klamotten. Seine Frau wird uns hinterherrufen, dass wir Abschaum sind. Und das Ärgste ist, dass sie Recht hat.

Er ging weiter, scheinbar ziellos, landete nach einigen Umwegen aber doch dort, wo er immer landete, wenn er nicht mehr weiterwusste: bei Gitti. Ihre Wohnung lag nicht weit vom Hauptbahnhof entfernt, gleich neben dem Etablissement, in dem sie früher gearbeitet hatte und das ihr inzwischen gehörte. Von der achtzehnjährigen Nutte zur Puffmutter in nur zehn Jahren, das war Frankfurter Rekord, und viele fragten sich, wie sie das geschafft hatte. Denn Gitti war keine ausgesprochene Schönheit, sie hatte rote Haare, Sommersprossen, eine Rubensfigur und eine von hunderten kleiner brauner Flecken übersäte blasse Haut. Einer ihrer Freier hatte ihr mal die linke Brust aufgeschlitzt. Mit dem Geld ihrer ersten Jahre hatte sie eine Kneipe aufgemacht, von dem dortigen Erlös nebenan das Etablissement eröffnet.

Tankred war nie ihr Kunde gewesen. Na ja, nicht so richtig. Zwei Jahre lang hatte er in der Kneipe am Tresen gesessen und sein Bier geschlürft, ohne dass sie, die kaum noch selbst dort ausschenkte und sich hauptsächlich um ihren Edelpuff kümmerte, ihn bemerkt hätte. Ein Nicken, ein paar unverbindliche Worte, das war alles. Eines Abends hatte einer der Gäste abfällig gerufen: »Ach, da kommt ja die Igitti!«, und schäbig gelacht. Tankred hatte ihm eins auf die Nase gegeben. Eigentlich hatte er mehr eingesteckt als ausgeteilt, aber genau das führte dazu, dass Gitti ihn in ihrer Wohnung verarztete. Ein paar Tage später schliefen sie das erste Mal miteinander und dann alle paar Wochen, etwa ein Jahr lang. Danach seltener, aber es kam noch vor. Gitti war für Tankred eine Mischung aus ehemaliger Geliebter, von der man nicht loskommt, und schwesterlicher Vertrauter.

»Bubi, so spät noch.« Sie nannte ihn immer schon so, ohne besonderen Grund. »Ich habe ein paar Löffel Linseneintopf übrig, willst du was? Wir schnippeln eine Bockwurst für dich rein, und fertig ist das Menü.«

Er setzte sich an ihren wackeligen Tisch. Gitti neigte nicht zum Prunk. Obwohl sie sich inzwischen neue Möbel leisten konnte, wohnte sie noch immer mit ihrem alten Zeug.

»Wie ist es gelaufen in den letzten ... Wie lange ist das her, dass wir uns gesehen haben, hm?«

»Am Schwarzen Freitag. Nur wussten wir da noch nicht, wie schwarz er wird.«

»Ach ja, als die Erde bebte. Ich habe eine Handvoll Kunden seither verloren. Sie sind jetzt arm oder tot. Ein Jammer. Reicht dir eine Bockwurst?«

Nicht nur wegen Gittis ausgeprägtem hessischem Akzent hörte sich bei ihr alles nicht so schlimm an. Auch ihre Angewohnheit, Bedeutsames und Banales in einen Atemzug unterzubringen, nahm den Dingen die Schwere.

»Ich würde Dubbe und Schimmi gerne eine mitbringen.«

»Hier hast du noch zwei.« Sie drückte ihm die wabbeligen Würste in die Hände, was ein wenig anzüglich aussah. Gitti lachte. »Na, übst du schon mal für deine männliche Kundschaft?«

Er stimmte in ihr Gelächter ein, warf die Würste auf den Tisch, lehnte sich zurück und fuhr sich mit den Händen durch die Haare. Er wusste, dass es Gitti scharfmachte, wenn er das tat.

Es klappte. Sie trat neben ihn, blickte sinnlich auf ihn hinab und streichelte seinen Nacken.

»Also, wo brennt's, Bubi?«

Er berichtete ihr vom Tod seines großväterlichen Geldgebers und dem Ausflug nach Königstein. »Es war naiv, von meinen Tanten Hilfe zu erwarten. Für die bin ich bloß ein Bastard. Aber weißt du, wen ich da getroffen habe? Biene.«

»*Die* Biene, von der du mir erzählt hast? Euer Verhältnis war ja nicht das beste.«

»Johannes der Täufer und Salome hatten ein besseres Verhältnis.«

»Also, was nutzt dir das?«

»Nichts. Außer ich bringe ihre Briefe ins Spiel.«

»Das wäre unanständig. Ich weiß, es sind harte Zeiten, und wir haben alle unsere schmutzigen Ecken … Aber es gibt einen Unterschied zwischen einem schlauen Fuchs wie dir und einem miesen Arschloch, so wie es nicht egal ist, ob man tratscht oder mit finsterer Absicht falsche Gerüchte in die Welt setzt. Die Trennlinie ist nicht immer gut zu erkennen. Trotzdem, wenn ich mit einem Arschloch ins Bett gehe, dann weiß ich das am nächsten Tag. Und du bist keins, Bubi. Also, warum willst du eins werden? Herrje, wie deine Fingernägel aussehen. So bist du vor deine Tanten getreten? Jetzt mache ich dir erst mal die Hände schön, und dann wird gegessen.«

Was sollte er da noch erwidern? Gitti hatte Recht. Ja,

es wäre arg lumpig, die Briefe zu verwenden. Und ja, seine Fingernägel sahen aus, als hätte er gerade den Garten umgegraben.

Während Gitti ihn manikürte, griff er mit der anderen Hand nach einer Zeitung. Gitti las regelmäßig drei verschiedene, sie sagte, die Hälfte der Stammgäste des Etablissements tauche namentlich dann und wann darin auf, und es sei nützlich, über die Kundschaft auf dem Laufenden zu sein. Doch Tankred war an diesem Abend nicht nach Lesen, und er wollte das Blatt schon wieder beiseitelegen, als er im letzten Moment den Namen Blankenburg bemerkte.

Es war der Gesellschaftsteil. Zwischen dem Bericht über den Selbstmord eines Juweliers und der Flucht eines Bankiers vor dem Zorn seiner Anleger ins rettende Kuba war die Fotografie einer älteren Dame in Schwarz abgedruckt.

Arabella Löwenkind, geborene Blankenburg, gestern aus New York mit dem Luxusliner America *in Bremerhaven angekommen, wird in Kürze in Frankfurt erwartet, um an den Begräbnisfeierlichkeiten für ihren Bruder teilzunehmen. Frau Löwenkind war bis vor elf Jahren ein hochgeschätztes Mitglied der Gesellschaft und tat sich als Mäzenin hervor…*

Und so weiter und so fort.

»Sieh einer an«, sagte Tankred.

Gitti musterte ihn fragend.

»*The sly fox needs to think about a good plan.*«

Ophélie tat, als stünde ihr Entschluss fest. Als sei er das Ergebnis langen Nachdenkens. Die Folge eines logischen Prozesses. Dabei war ihr der Einfall während der Morgentoilette gekommen, zwischen dem Auftragen des Lidschattens auf das rechte und dem Auftragen des Puders auf das verstümmelte linke Auge. Zwischen der Enttäuschung darüber, dass Edmond schon seit Monaten nicht mehr mit ihr schlief, und der Trauer, weil ihr Vater aus dem Leben geschieden war, ohne ihr ein gutes Wort zu schenken. Pariser Kokotte, das war die letzte Kränkung, die er ihr zugedacht hatte. Über die sechsundvierzig Jahre ihres gemeinsamen Weges waren hunderte Kränkungen zusammengekommen, und kaum eine hatte sie vergessen. Sie alle waren niedergeschrieben in dem Tagebuch, das sie seit ihrem siebten Lebensjahr führte.

18. Juni 1890, der allererste Eintrag: »Papa hat mich eine dumme Göre genannt«; 26. Oktober 1894: »Papa sagt, ich habe die Singstimme eines Kakadus«; 5. Februar 1900: »Papa lacht mich aus, als ich das Holzauge zum ersten Mal trage, und sagt, damit könne man ein ganzes Bataillon Kerle vertreiben.«

Räuberhauptmann, Taunushexe, Hippo, Kürbiskopf, Golem – stets vorgetragen mit jenem humorigen Schmelz, der ihm erlaubte, so zu tun, als wollte er sie nur necken. In sehr jungen Jahren war sie ein paarmal weinend davongerannt, was nur dazu führte, dass er ihr den Rufnamen »Tränenreich« verpasste. Spätestens mit zehn gewöhnte sie sich ab zu fliehen. An seinem Verhalten ihr gegenüber änderte das fast nichts. Doch es veränderte Ophélie.

Gleich nach dem Frühstück fuhr sie zu ihrer Schwester nach Königstein.

»Die Manufaktur nach Frankreich verlegen?«, fragte Elise. »Wozu?«

»Um sie zu erhalten, selbstverständlich. Ohne Edmonds Geld wird sie schon in wenigen Wochen nicht mehr existieren.«

Ihr Mann wusste nichts von Ophélies Plan. Noch nicht. Natürlich war es ein abwegiger Gedanke, Edmond könnte die Leitung der Manufaktur übernehmen, würde morgens zur Arbeit fahren und bis achtzehn Uhr hinter dem Schreibtisch sitzen. Die einzigen Tabellen, die Edmond zu lesen verstand, waren die mit den Beständen für Wein und Champagner, und selbst die langweilten ihn nach zwei Minuten. Wozu gab es Kellermeister?

»Mit Edmonds Geld«, wandte Elise ein, »könnten wir die Marke Blankenburg in Frankfurt sichern.«

»Wer dem Äffchen die Banane gibt, entscheidet auch, welchen Tanz es aufführt.«

»Warum Frankreich? Das will mir nicht in den Kopf. Ich dachte, Edmond hätte seinem Heimatland den Rücken gekehrt.«

Das hatte er. Ein Exil war nun einmal leichter zu ertragen, wenn man vor anderen und vor allem sich selbst so tat, als sei es das Schlaraffenland und die Heimat ein Misthaufen. Den wenigen Verwandten, mit denen er noch in Kontakt stand, schrieb er begeisterte Briefe über sein Leben in Frankfurt. Tief im Inneren jedoch zog es ihn in sein Geburtsland zurück. Mit keinem Wort hatte er sich Ophélie gegenüber je dahingehend geäußert, doch seiner Frau waren die Zeichen vergeblicher Sehnsucht allzu vertraut: die Idealisierung des Status quo, die kaum zu verbergende Freude, wenn das

Objekt der Sehnsucht einem den kleinen Finger reichte, so wie ihr Vater, der sie an ihrem zwanzigsten Geburtstag in den Arm genommen hatte, einmal in einem Dutzend von Jahren. Wein von der Loire trank Edmond mit größerer Aufmerksamkeit als pfälzischen oder friulischen, den er achtlos in sich hineinkippte. Wagner und Verdi hörte er pflichtgemäß, bei Gounod und Bizet ging ihm das Herz auf.

Ophélie hatte vor, ihm die Rückkehr in seine Heimat zu ermöglichen. Nicht irgendeine Rückkehr, nachts durch das Stadttor, sondern im Triumph. Als Direktor der Manufaktur Blancbourg, so jedenfalls sollte es auf seiner Visitenkarte stehen. Das vorzüglichste Porzellan würden sie herstellen, elegante Skulpturen als Geschenke verteilen. Welcher Romancier, welcher Bankier oder Minister könnte dann noch erfolgreich gegen Edmond intrigieren? Sein Reichtum und ihre Manufaktur in Kombination waren unschlagbar, und Edmond wäre rehabilitiert.

»Hast du die Zeitungen gelesen?«, fragte Ophélie. »Massenentlassungen werden angekündigt, Investitionen gestrichen, Fabriken geschlossen, und das nur wenige Tage nach dem Schwarzen Freitag. Das wird noch viel schlimmer, glaub mir. Frankreich dagegen ist kaum von der Krise betroffen. Und für Qualität haben Franzosen immer eine zusätzliche Münze in der Brieftasche. Jetzt ist der richtige Zeitpunkt für einen Neubeginn.«

»Wer soll denn die Manufaktur führen? Damian und Maxim sind viel zu jung. Und was deinen Mann angeht ...«

»Es wird sich ein fähiger Direktor finden, bis Damian

und Maxim alt genug sind. Mit Geld kann man alles kaufen, sogar Verstand und Loyalität.«

Elise überlegte, und wie üblich lief sie dabei wie ein Schlossgespenst auf und ab.

Wenn es etwas gab, was Ophélie stets an ihrer Schwester geschätzt hatte, dann ihre Unentschlossenheit, ihr ständiges Zaudern. Elise hatte sich weder entscheiden können, Ophélie zu lieben, noch, sie zu hassen, weder für sie einzutreten noch gegen sie anzutreten. Ihr fehlte sowohl der Wille, Ophélies Konkurrentin zu sein als auch ihre Freundin. Man könnte denken, einer solch gleichgültigen Geschwisterbeziehung fehle es an Komplexität. Doch das Gegenteil war der Fall. Eigentlich gab es kein Gefühl zwischen ihnen, das sich mit nur einem Wort etikettieren ließ.

Es war symptomatisch, dass Elise ihre Überlegungen mit einem Blick auf Adalmars Porträt beendete.

»Eine Verlegung der Manufaktur ins Ausland wäre nicht in seinem Sinne«, sagte sie.

»Er hat es vorgezogen, uns die Entscheidung zu überlassen. Wir sind die Töchter des Chaos.«

Das war keineswegs übertrieben und betraf nicht nur die leeren Kassen der Firma und den landesweiten Zusammenbruch der Wirtschaft. Auch der Blick ins Testament des Patriarchen sorgte für allgemeine Ratlosigkeit. Sie hatten es neben Adalmars leblosem Körper gefunden, aufgesetzt in der Minute vor seinem Tod.

Eine Rekonstruktion der Ereignisse von dem Moment an, als er das Telegramm aus New York gelesen hatte, ergab Folgendes: Vom Boudoir aus hatte er bei dem Börsenhändler angerufen, um sich die Angaben bestätigen zu lassen. Ein so erfahrener Kaufmann wie er benötigte nur wenige Augenblicke, um die Katastrophe in ihrem vollen Ausmaß zu erfassen. Das Werk von Generationen war binnen eines Tages zunichte. Er lockerte die Schleife, knöpfte das Hemd auf, trank einen Cognac und verfasste ein neues Testament. Wieso, das war ihnen ein Rätsel, denn es unterschied sich kaum von dem, das er neun Jahre zuvor, im April 1920, beim Notar hinterlegte, kurz nachdem er Gewissheit über Widos Tod in Tsingtau erhalten hatte. Darin war festgehalten, dass Ophélie siebenundsechzig Prozent der Anteile erhielt – es war Tradition bei Blankenburgs, dass der älteste Erbe zwei Drittel zugesprochen bekam – und Elise dreiunddreißig. Im neuen Testament hingegen standen überhaupt keine Namen mehr. Stattdessen erhielt »der älteste Erbberechtigte ein Prozent mehr als den gesetzlichen Anteil, die übrigen Erbberechtigten ihren gesetzlichen Anteil«. Wieso der Patriarch diese Formulierung gewählt hatte, wusste niemand. Sie war jedoch rechtens, und so hatte er für Ophélie noch in der Stunde seines Todes ein letztes Zeugnis seiner Geringschätzung niedergeschrieben.

»Ich möchte die Firma nicht nach Frankreich verlegen«, beharrte Elise.

»Und ich möchte keine Augenfältchen. Trotzdem bekomme ich welche.«

»Mir gehören laut Vaters Letztem Willen neunundvierzig Prozent, Ophélie.«

»Ja, neunundvierzig Prozent von nichts.«

»Die Hallen, die Angestellten, die Öfen, die Lieferwagen, die Villa ...«

»Das ist Treibholz, Elise. Die Banken, die unterzugehen drohen, werden uns ins Verderben stürzen, um sich selbst über Wasser zu halten. Bestelle einen Buchhalter her, egal welchen, und er wird dir bestätigen, dass in vier Wochen der Ofen aus ist, und zwar im wahrsten Sinne des Wortes.«

»Wir werden hart arbeiten.«

»Du kannst eins Komma vier Millionen Reichsmark nicht durch ein paar Stunden harte Arbeit zweier ahnungsloser Frauen ersetzen, deren Organisationstalent sich bisher im Schreiben von Einladungskarten für die nächste Abendgesellschaft erschöpft hat.«

»Dein Mann hat Geld. Ich bitte dich, Ophélie. Ich habe dich noch nie um etwas gebeten.«

»Das wäre ja auch noch schöner! Wenn hier jemand bei jemandem etwas ...« Sie unterbrach sich. »So kommen wir nicht weiter. Solltest du dich querstellen, werde ich die Hälfte von allen beweglichen Gütern mitnehmen. Das steht mir zu. Dann kannst du sehen, wie du mit dem Rest klarkommst.«

»Sei bitte lieb, Ophélie. Wenn nicht um meinetwillen, dann unseres guten Vaters wegen.«

»*Guten* Vaters? Für dich war er das vielleicht. Für mich war er ein übel gelaunter Despot, der mit Wonne auf mir herumgetrampelt ist.«

Ophélie wusste tief in sich drin, wieso er so böse zu ihr gewesen war. Sie war die Erstgeborene, dabei hatte er sich so sehr einen Sohn gewünscht. Als er ihn schließlich bekam, war es zu spät, da saß die Verachtung für seine Tochter schon zu tief, und er hatte sich daran gewöhnt. Dann der Vorfall, als sie sechzehn war. Von da an kannte seine Gemeinheit kein Halten mehr. Es war ja so leicht, eine hässliche Tochter zu verspotten ...

Die Tränen überkamen sie so überraschend, dass

sie nicht schnell genug ihr Taschentuch hervorholen konnte, weshalb sie sich nach vorne beugte und in die Hände weinte. »Ich hasse ihn«, sprudelte es aus ihr hervor. »Ich hasse ihn, ich hasse ihn.«

Ja, sie sprach die Wahrheit. Und sie log, beides zugleich. An manchen Tagen war ihr der Vater dermaßen zuwider gewesen, dass sie sich wünschte, er möge an der Pestilenz erkranken und eines qualvollen Todes sterben. Am nächsten Morgen hingegen betete sie um eine Geste von ihm, ein freundliches Zwinkern, einen flüchtigen Wangenkuss. Nur sehr selten, meistens zu Weihnachten oder ihrem Geburtstag im Juli, waren ihre Gebete erhört worden. Daher konnte sie es meist kaum erwarten, bis das halbe Jahr zum nächsten Ereignis vorüberging. Darüber war sie alt geworden. Sechsundvierzig war sie, tatsächlich eine alte Frau.

»Nein, das tust du nicht«, sagte Elise sanft, nahm sie in den Arm und wischte Ophélies und ihre eigenen Tränen weg. »Du hasst ihn nicht. Wir stehen uns zwar nicht sehr nahe, Schwester, aber ein wenig kenne ich dich doch. Du gibst dich gerne robust und unnahbar, doch im Herzen bist du ganz anders. Und du bist auch nicht hässlich, das ist Unfug, und das weißt du auch.«

Sie wechselten einen langen Blick. Kaum zu glauben, dachte Ophélie, aber es gab Menschen, deren Schönheit im Kummer noch wuchs. Die geröteten Wangenknochen ihrer Schwester wölbten sich sanft hervor, wo ihre eigenen im Fleisch verschwanden, die tränenbenetzten Lippen lächelten weich, traurig und verheißungsvoll, während Ophélies hart und zu stark geschminkt waren. Am wirkungsvollsten jedoch waren Elises fliederfarbene Augen, die eine ungewöhnliche Tiefe hatten, so als könne man in sie hineinfallen. Für einen Moment war sie drauf und dran, ihren Plan aufzugeben und alles auf null zu drehen, lauter Schlussstriche zu ziehen, auf denen sie neu aufbauen konnten.

Ja, für einen Moment. Bis ihre Augenklappe unter den Tröstungen ihrer Schwester kurz verrutschte und sie sie umständlich zurechtrücken musste.

»Dich hasse ich auch«, sagte sie und riss sich von Elise los.

»Ophélie, nein …«

»Du hast mein Leben ruiniert. Mit allem, was *ich* begehrte, hast *du* gelebt. Gebadet hast du im Leben, während ich darin vertrocknet bin. Alles hast du mir genommen, damals, an jenem Weihnachtstag achtzehnhundertneunundneunzig. Und jetzt werde ich dir alles nehmen.«

Der Besucher war Elise in zweifacher Hinsicht lästig. Die Auseinandersetzung mit Ophélie lag kaum eine Stunde zurück, und die Erschütterung dauerte noch an. Außerdem fragte sie sich, warum gerade dieser Mann ihnen kondolieren wollte. Zwar waren sie über drei Ecken miteinander verwandt, aber er und Elises Vater waren erbitterte Feinde gewesen, und es gehörte schon eine gehörige Portion Chuzpe – oder Häme – dazu, Beileidsbekundungen nach dem Ableben des großen Gegners abzuliefern.

Persönlich begegnet war sie Isaac Löwenkind nie. Keiner der Freunde ihres Vaters hätte den Fehler begangen, einen Löwenkind zur selben Veranstaltung einzuladen wie ihn, selbst wenn sie mit Juden verkehrt hätten, was sie nicht taten. Adalmar Blankenburg hatte nur Freunde seines Schlages, die nicht schlecht über Juden sprachen und nichts Gutes über sie dachten. Wenn die Familie einmal ins Restaurant gegangen war, dann nur in eines, in dem »gewisse Leute« nicht erwünscht waren. So war man sich nie über den Weg gelaufen. Einmal hatte Elise Isaac aus der Ferne gesehen, bei einer Museumsausstellung von zwei unbekannten Künstlern, Modigliani und Picasso oder so ähnlich, aber Richard hatte sie in die entgegengesetzte Richtung geführt, um eine Begegnung zu vermeiden, von der Adalmar gewiss Wind bekommen hätte. Allein die Erwähnung des Namens Löwenkind barg die Gefahr, dass Adalmar der Hemdkragen platzte. Und nun stand das Oberhaupt besagter Familie im Atrium der Königsteiner Villa und begutachtete die Karolinenblume.

Elise hatte ihn sich ganz anders vorgestellt, kraftvoller, imposanter oder als welsgesichtigen Schlaumeier. Der Mann, der hereinkam, hätte auch Schuhverkäufer sein können. Er war ein paar Jahre älter als sie, schlank, vielleicht etwas zu schlank, hatte eine hohe Stirn, Geheimratsecken und ein absolut durchschnittliches Gesicht, das man sofort wieder vergessen hätte, wären da nicht seine leuchtend blauen Augen gewesen. Als er seinen Beileidstext aufsagte, klang seine Stimme so weich und melodisch, dass Elise sich unwillkürlich vorstellte, wie er ein Kind in den Schlaf sang oder ihm eine Gutenachtgeschichte vorlas. Eine seltsame Anmutung, schließlich wurden Kinder für gewöhnlich von ihren Müttern ins Bett gebracht, und sie wusste nicht einmal, ob er Kinder hatte.

Sie dankte ihm mit Worten, die unzählige Witwen jeden Tag unzählige Male sprachen, nicht mehr und nicht weniger. Kurz überlegte sie, ihm etwas anzubieten, bevor ihr einfiel, dass sie erst seit wenigen Tagen Herrin dieses Hauses war und er vor zwei Wochen noch hochkant hinausgeflogen wäre.

»Ich wage nicht, Ihnen auch zum Ableben Ihres Vaters zu kondolieren«, fügte er hinzu. »Alle wissen um unser Verhältnis, das eigentlich nie meines war. Ich habe es geerbt. Verordnete Fehden sind sinnlos, sie machen noch nicht einmal Spaß, wie alles Sinnlose. Wir sollten diese alte Feindschaft begraben.« Er seufzte. »Entschuldigen Sie, das war ein dummer Ausdruck. Ihr Mann wäre sicher meiner Meinung.«

»Er weilt nicht mehr unter uns, um diese Aussage zu untermauern«, erwiderte sie steif, wurde beim Hören ihrer eigenen Worte kalt angeweht und fand kein Mittel, sie durch eine Geste zu erwärmen. »Wir haben nie über Ihre Firma gesprochen.«

Es war, als versuchte er, ihr Versäumnis zu korrigieren, als er sagte: »Die Karolinenblume ist so schön, wie man allgemein sagt. Ein Meisterstück erster Güte. Ihr Vorfahr war ein brillanter Kaufmann mit künstlerischem Geist. Oder ein künstlerischer Kaufmann mit brillantem Geist«, scherzte er. »Ich habe Abbildungen der Blume gesehen, aber der innere Schimmer, der von ihr ausgeht, ist nur in natura zu bestaunen. Wie ein Licht hinter vereisten Fenstern.«

»Ja«, erwiderte sie, so als lauschte ihr Vater an der Tür und zöge sie nachher zur Rechenschaft für jedes freundliche Wort.

Elise beschloss, dem Besuch ein Ende zu machen, und wollte soeben den Arm in Richtung Tür ausstrecken.

Da sagte er: »Ich weiß, wie das ist. Meine Frau ist vor acht Jahren von uns gegangen. Auch ganz plötzlich. Für mich war es eine harte Zeit, für meine Kinder erst … Vor allem meine Tochter hat unsagbar gelitten. Sie war noch sehr jung. Ich war für sie da, so gut ich konnte.«

»Haben Sie ihr vorgelesen?«, erkundigte sich Elise zu ihrem eigenen Erstaunen, so als wäre das die nahe-liegendste Frage.

Isaac lächelte. »Ja, woher wissen Sie? Die Gebrüder Grimm, Andersen, keltische Sagen … Neulich hat sie mir in einem Brief anvertraut, dass die Jahre nach dem Tod ihrer Mutter die schlimmsten für sie waren … und die besten. Sie hat es geliebt, von mir vorgelesen zu be-kommen. Wir waren uns so nah wie nie davor und nie danach.«

Elise nickte wohlwollend. Auch sie hatte ihre Mutter früh verloren, und sie hätte sich einen Vater gewünscht, der sie zu Bett brachte. Das hatte stattdessen manchmal Ophélie übernommen, meistens jedoch eine Gouver-nante, und obwohl es keinerlei Sinn mehr ergab, weil es eine Ewigkeit zurücklag und der heutige Tag nun wirk-lich die falsche Zeit dafür war, grollte sie Adalmar Blan-kenburg, den sie morgen zu Grabe tragen würden.

»Einen schönen Flügel haben Sie. Bechstein?«

»Bösendorfer.«

»Darf ich?«

Er setzte sich ans Klavier und begann aus dem Steg-reif zu spielen – zum Glück nicht Beethovens »Für Elise«, das konnte sie nicht mehr hören, da es jeder zu ihren Ehren spielte, wo sie auch eingeladen war. Es war ein Stück von Bach, vermutete sie, eine Kantate, und er spielte sie so zart, als trauerte er um jemanden.

»Nun möchte ich Sie nicht weiter stören«, sagte er und unterbrach sein Spiel.

»Danke, dass Sie da waren«, entgegnete sie und gab ihm die Hand, die er lächelnd ergriff.

»Danke, dass Sie mich empfangen haben.«

Sie hätte es nicht tun sollen, weil Hausherrinnen so etwas nun einmal nicht machten, aber sie begleitete Isaac Löwenkind selbst zur Haustür und reichte ihm Hut und Mantel.

»Übrigens, unsere gemeinsame Tante kommt heute Abend in Frankfurt an«, sagte er.

»Tante Arabella? Ich … ich hatte keine Ahnung.«

Er lachte. »Ich habe es auch nur aus der Zeitung erfahren. Tante Arabella liebt Überraschungen über alles.«

»Kein Tod ist so elend, dass er sich nicht durch ein formidables Begräbnis auf Hochglanz bringen ließe. Allein auf den unzähligen Blumengestecken könnte Adalmar weich und bequem in den Himmel steigen. Ich fürchte bloß, die Treppe führt hinunter. Daran ändert auch die herzergreifende Rede des Bischofs nichts, denn natürlich entspricht sie nicht der Wahrheit. Aber sie war, wie man in Amerika sagen würde, *damn good*. Hierzulande sagt man wohl eher *vortrefflich* oder so ein balsamisches Zeug.«

Arabella saß auf der Chaiselongue im großen Salon der Königsteiner Villa Vanora, den sie das letzte Mal vor dreiunddreißig Jahren, zwei Monaten und vier Tagen betreten und in dem sich nur wenig geändert hatte. Der wuchtige Stil der Möbel, der Perserteppich, die Kaminuhr – ihr Bruder Adalmar war nie für Veränderungen zu haben gewesen, weder im Großen noch im Kleinen. Daher wäre es keine Überraschung, wenn sie sämtliche Reitpeitschen, die er in seinem Leben zerbrochen hatte, auf dem Speicher vorfinden würde.

»Geistliche müssen begnadete Lügner sein«, sagte sie, »sonst gäbe es noch mehr Selbstmorde. Die Menschen wollen keine Wahrhaftigkeit, sondern die Illusion davon, also das genaue Gegenteil.«

Elise sah Arabella mit dem unsicheren Blick eines Welpen an, der zum ersten Mal auf sein Frauchen trifft. Die alte Dame war sich ihrer Wirkung durchaus bewusst. Elise hatte nur eine verschwommene Erinnerung an sie, denn sie war sieben Jahre alt gewesen, als sie die Tante zuletzt gesehen hatte, ausgerechnet auf der Beerdigung ihrer Mutter, Arabellas Schwägerin. Zu diesem Zeitpunkt galt Arabella bereits als Persona non grata.

Sie nahm sich ein Stück Zucker, rührte in ihrem Tee ohne mit dem Löffel die Tasse zu berühren, und lehnte sich zurück, so wie man es von harmlosen alten Tanten erwartet.

»Manche Menschen sollten vielleicht Angst vor mir haben, vor allem die Süßholzraspler, aber du gehörst gewiss nicht dazu, mein Kind. Also beruhige dich. Es ist nicht nett, eine alte Frau, die ohnehin mit einem trockenen Mund kämpft, die ganze Konversation bestreiten zu lassen.«

»Tut mir leid, Tante Arabella.«

»Als Erstes lässt du mal die Tante weg. Sag Arabella zu mir. Wozu hat man mir diesen aufgedonnerten Theaternamen gegeben, wenn ihn meine engste Verwandtschaft nicht benutzt? Arabella, so heißen Revuegirls.«

Elise lächelte.

»Na endlich!«, rief Arabella. »So ist es besser. Und jetzt sag mir, was du von mir weißt.«

Elises Lächeln verschwand. »Nicht... viel. Aber Papa hat nur Gutes über dich berichtet.«

»Papperlapapp. Wenn er überhaupt von mir gesprochen hat, dann doch nur in Verbindung mit einem Fluch. Wie hat er mich genannt? Eine tückische Elster? Eine Wölfin? Nur raus damit.«

»Also, ich weiß nicht... Salome, glaube ich.«

Arabella lachte. »Großartig. Ja, das war mein Bruder. Bis ich siebenundzwanzig war, hat er mich heiß geliebt, danach hat er mich inbrünstig gehasst. Was anderes kam für ihn nie in Frage, er liebte oder er hasste, er war begeistert oder er verabscheute, er hatte Freunde oder Feinde. Von Letzteren stets weit mehr. Zu jedem Eierbecher hatte er eine dezidierte Meinung. Das muss man ihm lassen, Adalmar war sehr konsequent in seiner Eindimensionalität. Er gehört zu den dümmsten Männern, denen ich je begegnet bin, und wie die meisten seiner bemitleidenswerten Artgenossen war er auch noch stolz auf seine Dummheit.«

Arabella bemerkte Elises Zucken. Vielleicht sollte sie sich mäßigen, immerhin hatte eine Tochter unlängst ihren Vater verloren. Doch Mäßigung gehörte zu den Charaktereigenschaften, die sie mit den Jahren vergessen hatte wie kostbare, eingestaubte Möbel in abgelegenen Räumen.

»Wenn wir uns erst besser kennenlernen, mein Kind, wirst du feststellen, dass nicht Gehässigkeit oder Bösartigkeit aus mir spricht. Obwohl ich durchaus böse und gehässig sein kann, wenn mir danach ist. Ich habe den Mann geheiratet, den ich geliebt habe, und ich hatte fast zwanzig wunderbare Jahre mit ihm. Keine Stunde davon bereue ich, auch nicht die unzähligen meines Witwendaseins. Stünde ich heute noch mal vor der gleichen Wahl wie damals mit siebenundzwanzig, ich würde denselben Weg gehen. Ich habe also gar keinen Grund, deinen Vater zu verdammen. Er hat mir vor dreiunddreißig Jahren die Augen geöffnet und mir somit erlaubt, mich von ihm loszusagen. Mein Leben ohne ihn war weit besser, als es mit ihm gewesen wäre, diesem notorischen Rechthaber und Misanthropen. Er möge in Frieden ruhen. Aber das Beten für seine Seele, meine Liebe, überlasse ich dir und den Geistlichen.«

Arabella traf recht selten den richtigen Ton, was ihr zwar stets leidtat, aber nie lange. Ihrer Nichte jedoch wollte sie näherkommen. Zu dieser Seite ihrer Familie, der Blutsverwandtschaft, hatte sie ihr halbes Leben lang keinen Kontakt gehabt, und jetzt, da sie von der Vergangenheit umgeben war, vom vertrauten Geruch des Perserteppichs und dem jahrzehntealten Ticken der Kaminuhr, überkam sie der überraschende Wunsch nach Rückkehr.

In diesem Haus war sie aufgewachsen, behütet von ihrer sanften Mutter, gefordert von ihrem belesenen Vater, heimlich verliebt in dessen jüngeren Bruder, Arabellas Onkel Konstantin, der nur sieben Jahre älter war als sie. Bis heute bewahrte sie ihr Lieblingsfoto auf, aufgenommen im Frühling 1888. Sie, halb noch Mädchen, halb schon junge Frau, daneben ein junger Mann, ein Rasen, ein Baum, ein gespanntes Netz, zwei Tennisschläger und ein Tisch mit Erfrischungsgetränken. Arabella und Konstantin, die in die Sonne blinzelten.

Er hatte den Arm um ihre Schultern gelegt, sie traute sich kaum, seinen Rücken zu berühren.

Sie blickte aus dem Fenster, dorthin, wo sie vor über vierzig Jahren Arm in Arm mit Konstantin gestanden hatte. 1895 war er bei einem Reitunfall gestorben, als sein Pferd im gestreckten Galopp in ein Maulwurfsloch getreten war. Auf seiner Beerdigung wäre sie beinahe zusammengebrochen, und im Jahr darauf hatte sie Samuel Löwenkind geheiratet, einen Wiesbadener Porzellanhersteller und direkten regionalen Konkurrenten der Manufaktur Blankenburg. Obwohl die Bezeichnung Konkurrent im engeren Sinne nicht zutraf. Löwenkind machte vor allem in Gebrauchsporzellan, formschöne, schlichte und preisgünstige Teller und Tassen für die gute Stube. Die Blankenburgs hatten sich hingegen immer schon als Kunsthandwerker verstanden, die für den gehobenen Geschmack produzierten: feinstes Bone China, nicht nur Gedecke, sondern auch Skulpturen, Schatullen und dergleichen.

Adalmar war von Anfang an gegen diese Ehe gewesen. Offiziell, weil Löwenkind Jude war. Insgeheim, weil er höhere Stückzahlen verkaufte, bei der breiten Masse bekannter war und überdies als freundlicher Mensch galt. Vor allem Letzteres fand Adalmar unverzeihlich. Er verstieß seine Schwester aus der Familie.

Es hatte ihn diebisch gefreut, dass die Ehe Arabellas kinderlos blieb, und als Samuel in Erfüllung seiner Pflicht bei Verdun fiel, trank er einen Schluck von seinem besten Cognac.

Isaac, Samuels Neffe, war ein junger und ebenso liebenswürdiger Mann wie Arabellas Gatte. Wie einen Sohn schloss sie ihn ins Herz, und er erwies sich als würdiger Nachfolger. So würdig, dass Arabella nach einiger Zeit das Gefühl hatte, er könne sich besser entfalten, wenn sie ihm als die Witwe des Vorgängers nicht ständig bei den Geschäften auf die Finger sähe. Daher wanderte sie, kaum war der Krieg vorbei, in die Vereinigten Staaten aus.

Nun, elf Jahre später und mit sechzig Jahren im letzten Lebensabschnitt angekommen, sehnte sie sich nach der Geborgenheit beider Familien. Vielleicht ließe sich ja eine Allianz schmieden, bei der sie das Scharnier wäre.

Sie schenkte sich Tee nach, da Elise in ihrer Zerstreutheit sämtliche Gastgeberpflichten vergaß.

»Ich habe mir überlegt, eine Weile hierzubleiben. New York ist derzeit sowieso kein schöner Ort. Andauernd stürzt sich jemand aus dem Fenster, man muss aufpassen, wo man hintritt. Nimm es mir nicht übel, aber du siehst aus, als könntest du guten Rat gebrauchen. Der Tod deines Mannes und deines Vaters, die Lage der Manufaktur, die Drohungen deiner Schwester, und dann taucht auch noch ein geheimnisvoller Neffe auf. Es ist wie in den Romanen von dieser schnulzigen Schriftstellerin, Hedwig irgendwas. Fehlt nur noch, dass ein vergrabener Schatz auftaucht, der auf einen Schlag alle Probleme löst.«

»An den würde ich allzu gerne glauben.«

»Träume sind für die Nacht, mein Kind. Am Tag schafft man sich mit ihnen mehr Probleme, als man löst.«

»Wenigstens scheint dieser Tankred kein Problem zu werden. Die Rechtsanwälte sagen, dass er keinen Anspruch geltend machen kann, wenn ihn die Familie nicht anerkennt. Und das wird sie natürlich nicht. Wenigstens in der Frage bin ich mit Ophélie einig.«

Dieses Thema mied Arabella, zumindest vorerst. Der junge Mann hatte sie einen Tag zuvor im Grandhotel Augusta aufgesucht, kurz vor der Beerdigung. Sie war gerade aus der Lobby ins Freie getreten und wollte in den bereitgestellten Wagen einsteigen.

»Ich bin Tankred Schamitzke, Ihr Großneffe. Ich lüge nicht, möchten Sie meine Geburtsurkunde haben?«

»Wozu? Ich sehe ja, dass Sie geboren wurden.«

Ihr Chauffeur Roland wollte schon dazwischengehen, doch sie bedeutete ihm, dass es in Ordnung sei.

»Danke sehr. Ich bin der Sohn von Otto. Sehr erfreut, Sie kennenzulernen.«

»Mein Name ist Arabella Löwenkind, die für Großneffen nichts übrighat. Sie wollen immerzu Geld und haben diesen eigentümlichen Blick, der die Frage enthält, wann man endlich abkratzt. Besagten Blick haben Sie zwar nicht, aber dafür stinken Sie aus dem Mund, junger Mann. Was ist das? Hering?«

»Fischtunke.«

»Grauenhaft. Nur einem Seehund erlaube ich es, so zu müffeln.«

»Ob Sie sich wohl bitte bei den Blankenburgs für mich verwenden könnten? Mir geht es nur um meinen monatlichen Scheck, mehr will ich gar nicht.«

»Habe ich es nicht gesagt? Alle Großneffen verlangen bloß ihren monatlichen Scheck und fügen dann heroisch hinzu: Mehr will ich gar nicht.«

»Vielleicht könnte ich irgendetwas dafür tun ... was auch immer.«

»Nur nicht anzüglich werden, ja? Jetzt will ich doch mal diesen Wisch sehen. Nun geben Sie schon her, ich werde Ihre Geburtsurkunde schon nicht benutzen, um meinen Kaugummi darin einzuwickeln. Tatsächlich, Ottos Sohn. Ihr Vater hatte nicht Ihren Schneid. Er war ein Hasenfuß, ich habe ihn nie gemocht. Nein, das stimmt nicht, wenn ich ehrlich bin, habe ich so selten an ihn gedacht, dass ich gar keine Empfindung mit ihm verbinde.«

Sie ließ ihren Blick an Tankred auf und ab gleiten, der geduldig dastand.

»Weit haben Sie es nicht gebracht. Aber Sie haben ein nettes Gesicht, netter als das Ihres Vaters … und bedeutend schlauer. Was hat Sie zu mir geführt? Ihre Schläue, Ihre Gier oder etwas ganz anderes? Nein, antworten Sie mir nicht sofort. Lieber nachher, wenn ich von der Beerdigung zurückkomme. Warten Sie so lange auf mich.«

»Hier?«

Sie drückte ihm eine Münze in die Hand. »Gibt es eine Kneipe in der Nähe?«

»Zwei Straßen weiter in diese Richtung.«

»Trinken Sie dort etwas.«

»Wie erfahre ich, wann Sie zurück sind?«

»Wenn ich vor Ihnen stehe, wie sonst?«

Es sollte noch ein sehr aufschlussreicher Abend werden, ein Abend, wie Arabella sie liebte.

»Erzähl, was ist das für eine Geschichte zwischen dir und Ophélie?«, fragte Arabella ihre Nichte, während sie im Tee rührte.

»Was meinst du?«

Arabella seufzte. »Ich dachte, dir wäre inzwischen

aufgegangen, dass deine Tante alles ist, nur keine alte Närrin. Isaac hat mich ins Bild gesetzt, aber ich hätte auch den Milchmann fragen können oder die Schneiderin. Du bist berühmt, meine Liebe, wusstest du das nicht? Man nennt dich den *Skorpion*.«

»Oh mein Gott!«, rief Elise und kreuzte die Hände vor der Brust. Nach einem Moment der Sammlung würgte sie hervor: »Eine peinliche Geschichte.«

»Natürlich ist sie dir peinlich, alles andere wäre geradezu verrucht. Am Weihnachtstag achtzehnhundertneunundneunzig bekommst du so viel Wolle geschenkt, dass man damit ein ganzes Pony in Pullis hüllen könnte. Jenes Pony zum Beispiel, das du dir eigentlich vom Christkind gewünscht hast. Stattdessen will dein Vater, dass du stricken lernst, und er beauftragt Ophélie, es dir beizubringen. Du wirst bockig, Ophélie wird noch bockiger, und schließlich rammst du ihr kurzerhand die Stricknadel ins linke Auge.«

Elise stand ruckartig auf und lief im Salon umher, wobei sie die Hände rang. Arabella ließ ihr Zeit und trank in Ruhe ihren Tee.

Kanne und Tasse waren bezaubernd: ein rosa Mandelblütenzweig auf weißem Grund, der sich fast um die ganze Fläche zog, aufwändig von Hand bemalt, jedes Teil ein Unikat, allerfeinstes Bone China. Die Serie hieß »Elise« und entstand nach einer Vorlage der damals sechzehnjährigen Tochter des Patriarchen. Sie war zeichnerisch begabt gewesen, zweifellos, doch war dieses Talent später nicht weiterentwickelt worden. Während ihrer Ehe zeichnete Elise höchstens mal Ornamente auf Kondolenz- und Einladungskarten.

»Das war ein schrecklicher Unfall«, begann Elise.

»Ich war ein verwöhntes Kind, gerade mal zehn Jahre alt, und Ophélie hat es ausgekostet, dass ich dieses eine Mal nicht meinen Willen bei Vater durchgesetzt hatte. Sie hat sich darüber lustig gemacht und mir wieder und wieder das verhasste Strickzeug in die Hand gedrückt. Ich weiß auch nicht, was über mich gekommen ist. Plötzlich habe ich zugestoßen ...« Elise ließ sich neben Arabella auf die Chaiselongue fallen. »Es war böse und dumm von mir. Aber noch mal: Ich war damals *zehn* Jahre alt. Gewiss ein Dutzend Mal habe ich mich bei Ophélie schon dafür entschuldigt.«

»Man kann sich nicht entschuldigen, man kann nur um Entschuldigung bitten, das ist etwas völlig anderes, mein Kind. Hat deine Schwester dich je entschuldigt?«

»Ich erinnere mich nicht genau. Auf Vaters Geheiß haben wir nicht mehr über den Vorfall gesprochen. Mein Gott, das ist dreißig Jahre her.«

»Nein, ist es nicht, lieber Skorpion«, widersprach Arabella. »Es ist genau so lange her, wie Ophélie zuletzt voller Schmerz an diesen Vorfall gedacht hat. Das kann heute Morgen gewesen sein, vor einer Stunde, einer Minute. Von den Spätfolgen deiner Tat gar nicht zu reden.«

»Du meinst, wenn ich mich ihr zu Füßen werfe ...«

»Nein, keineswegs. Vor dreißig Jahren, vielleicht auch noch vor zwanzig, hätte das deiner Schwester etwas gebracht. Dafür ist es zu spät, mein Kind. Diese Chance hast du verstreichen lassen.«

»Woher willst du das wissen?«, fragte Elise aufmüpfig. »Du warst seit Ewigkeiten nicht hier, hast das allermeiste verpasst. Ich finde es ziemlich selbstgefällig von jemandem, Urteile zu fällen und Expertisen abzugeben, der unserer Familie den Rücken gekehrt hat. Übrigens durften nur meine Eltern mich ihr *Kind* nennen, sonst niemand.«

Arabella schenkte sich Tee nach, nahm Zucker und rührte erneut in der Tasse, ohne dass der Löffel sie berührte.

»Zunächst einmal«, sagte sie, »finde ich es prinzipiell gut, dass du gegen Autoritäten aufbegehrst und dir nicht alles gefallen lässt. Das bedeutet, dass bei dir noch etwas zu retten ist, was man nicht von vielen Frauen in deinem Alter behaupten kann. Wenngleich du in meinem Fall auf abenteuerliche, geradezu haarsträubende Weise danebenliegst, mein Kind, und dies gleich in mehrfacher Hinsicht.«

Sie griff nach der Kanne und leerte den Rest des dunkelbraunen Inhalts in die Zuckerdose.

»Was machst du denn da?«, sagte Elise irritiert.

Arabella wendete die Kanne und hielt den Ausguss mit dem kleinen Finger zu. »Was steht da unten? *Elise* steht da. Gibt es auch eine Serie *Ophélie*? Nein, die gibt es nicht. Ist dir je aufgefallen, wie dezidiert freundlich mich Ophélie gestern in der Kirche begrüßt hat? Weit offenherziger als du, meine Liebe. Und warum? Ich war die von eurem Vater Geächtete. Das genügt, um mir ihre Sympathie zu verschaffen. Du hast Recht, ich habe in den letzten dreiunddreißig Jahren tatsächlich das allermeiste verpasst. Doch scheint mir, du noch mehr. Elise, du könntest dich nackt vor deiner Schwester in den Schlamm werfen und dich mit einer Geißel blutig peitschen, trotzdem würde Ophélie dir nicht im Ansatz vergeben. Adalmar und du, ihr seid für sie dasselbe. Sie will nicht nur dir schaden, sondern auch eurem Vater. Sie will sein Erbe zerstören. Und zugleich will sie, die ewig Ungeliebte, es an sich reißen.«

Arabella trank ihren Tee aus und trat an den Kamin, um sich den Rücken zu wärmen. »Mit Rache habe ich mich durchaus schon beschäftigt. Als Witwe hat man sonst nicht viel zu tun, und in New York gehört das zum Zeitvertreib älterer Damen. Ich spreche also aus Erfahrung, und ich muss sagen, Ophélies Vorhaben fehlt es nicht an Genialität.«

Elises Brustkorb wog auf und ab vor Erregung.

Das war ein entscheidender Moment. Würde ihre Nichte sie gleich mit Vorwürfen überschütten? Sie zur Feindin erklären? Sie bitten zu gehen? In diesem Fall wäre es gut, dass der Bruch unmittelbar erfolgte, denn Arabella war es leid, ihren Rat an mittelmäßige Personen ohne jede Fähigkeit zur Selbstbetrachtung und demzufolge auch ohne Rückgrat zu verschwenden. Würde Elise in Tränen ausbrechen? Sich in sich zurückziehen und schmollen? Das Schicksal eine hässliche Frau nennen? All das bedeutete furchtbar harte Arbeit.

Und genau danach sah es aus.

»Warum«, sagte sie, »bist du drauf und dran loszuheulen?«

»Weil … weil mich alle verlassen«, antwortete Elise mit einer Stimme, die klang wie vom Rand des achten Höllenkreises. »Richard, Papa, Ophélie, jetzt du … Emma kommt kaum noch aus ihrem Zimmer. Und um mich herum bricht alles entzwei.«

»Jetzt erwartest du wohl, dass ich mich zu dir setze und dich in den Arm nehme, wie? Wollen wir mal sehen, ob es dazu kommt. Aber vorher will ich wissen, wieso du denkst, ich könnte dich verlassen?«

Elise schnäuzte ins Taschentuch. »Weil du dich auf Ophélies Seite schlägst.«

»Zugegeben, ich habe Verständnis für das, was sie tut. Aber ich bin neutral in dieser Angelegenheit. Mir ist es egal, ob die Manufaktur in Frankfurt, in Frankreich oder an beiden Orten fortbesteht. Doch sie *muss* fortbestehen. Auch ich bin eine Blankenburg, auch ich bin groß geworden mit diesem Namen und der Tradition. Und ich sehe das Erbe im Zweifel besser aufgehoben in den Händen einer rachsüchtigen Medusa und deren schwerreichem Dandy von Ehemann als in den Händen einer tränenfeuchten Sirene, die zusammenbricht, nur weil ihr mal jemand auf den Fuß tritt. Heulende Frauen, meine Güte, die gibt es wie Knöpfe in der Kurzwarenabteilung. Fabriken führen solche Frauen gemeinhin nicht … oder nicht lange.«

Bedauerlicherweise tat Elise nicht das Erhoffte, nämlich sich aufzubäumen gegen ihre harten Worte, sondern das Gegenteil. Sie rückte in den inneren Kreis der Hölle vor und schien unwiederbringlich in den Fängen der Verzweiflung gefangen.

Wieder den falschen Ton getroffen, dachte Arabella. Möglicherweise war die klassische Methode, jemanden in den Arm zu nehmen, wirksamer als eine Schocktherapie. So schnell jedoch gab sie ihr Konzept nicht auf.

»Damit ist jetzt Schluss«, sagte sie energisch, ergriff die Teekanne und ließ sie zu Boden fallen, wo sie klirrend zerbrach und sich die Scherben über den halben Salon verteilten. »*Elise* … diese Serie ist überholt. Mandelblüten sind etwas für romantische, müßige Tage, nicht für das, was vor uns liegt. Die Marke Blankenburg braucht frische Ideen, ein neues Design, wie man in Amerika sagt, und nicht diesen Blumenquatsch.«

Ihre Nichte blickte sie fassungslos an.

»Tu dich mit Löwenkind zusammen. Mein Neffe wäre interessiert.«

»Löwenkind? Vater hat ihn gehasst. Niemals! Warte mal, war er etwa deswegen gestern hier? Um Schönwetter zu machen? Sich einzuschmeicheln? Habt ihr euch abgesprochen? Sehr klug ausgedacht, aber da mache ich nicht mit.«

»Ich muss dich bitten, nicht hysterisch zu werden, *my dear*. So etwas würde Isaac niemals tun. Er hat keine Ahnung von meinem Vorschlag. Falschen Stolz muss man sich leisten können, und du bist arm wie eine Kirchenmaus. Isaac und du, ihr solltet eure Kräfte bündeln für die zehrende Strecke, die vor euch liegt. Denn glaub mir, die nächsten Jahre wirtschaftlich zu überstehen wird kein Zuckerschlecken.«

»Niemals!«, wiederholte Elise trotzig. »Eher lasse ich alles vor die Hunde gehen, als Vaters größten Konkurrenten zu hofieren.«

Arabella hatte zwar nicht direkt gelogen, allerdings auch nicht die ganze Wahrheit gesagt. Tatsächlich ging es der Manufaktur Löwenkind kaum besser als der Manufaktur Blankenburg. An der Börse hatte Isaac zwar keinen Heller verloren, weil er nicht spekulierte, aber in den Jahren 1927 und 1928 hatte er große Investitionen in die Produktion getätigt. Sein Eigenkapital war nahezu aufgebraucht, weshalb er ausländische Geldgeber ins Boot geholt hatte, die ihm nun einer nach dem anderen absprangen. Außerdem war er vom Einbruch der Bestellungen geschwächt.

Sie war die Tante der einen und die Tante des anderen, und hier wie dort drohte der Kollaps. Ihrem Geburtsnamen und ihrem verstorbenen Ehemann war sie es schuldig, alles Erdenkliche zur Rettung der Manufakturen zu unternehmen. Jedoch befürchtete sie, dass sie dafür auf der einen wie der anderen Seite dem Teufel die Flanke öffnen musste.

Jetzt war der Zeitpunkt gekommen, Elise in den Arm zu nehmen, und Arabella tat es so innig und lange, bis ihre Nichte sich dem sanften Druck ergab.

»Die Sache mit Löwenkind können wir später in Ruhe besprechen«, bot Arabella an. »Zunächst einmal musst du die Geschäfte übernehmen.«

»Du meinst, ich soll ... *ich* soll die Firma leiten?«, stammelte Elise. Hätte Arabella ihr vorgeschlagen, eine Atlantiküberquerung als Lindberghs Co-Pilotin zu wagen, hätte sie nicht verwunderter dreinblicken können, was wiederum wenig verwunderlich war.

Elises Großmutter, Arabellas Mutter Vanora, hatte als Schottin den Early Morning Tea, den Breakfast Tea, den Afternoon Tea und das Rezept für Haggis in die Ehe mitgebracht. Außerdem war die Königsteiner Villa nach ihr benannt. Elises spanische Mutter, Arabellas Schwägerin Pilar, hatte katholische Inbrunst, die Liebe zu Süßspeisen, das Rezept für Paella sowie ihre schwarzen Augen und Haare beigesteuert. Die geschäftlichen Kenntnisse der Blankenburg-Frauen beschränkten sich darauf zu entscheiden, ob der Preis für Lammkoteletts angemessen war.

»Es wäre einen Versuch wert.« Arabella lachte. »Allerdings hast du auch nur den einen.«

»Aber ... aber Ophélie ... Ihr gehören einundfünfzig

Prozent. Ich kann sie nicht aufhalten, wenn sie gehen und die Hälfte des Inventars mitnehmen will.«

»Dazu wird es nicht kommen. Es gibt einen Ausweg, du hast ihn vorhin sogar selbst erwähnt, zu Beginn unseres Gesprächs. Aber du musst dafür über deinen Schatten springen, und zwar ziemlich weit.«

Der Traum war immer anders und trotzdem der gleiche. Darin kletterte Emma auf einen Baum, ihr Vater hinterher, und als sie beide oben waren, lachten sie, und er sagte: »Spring.« – »Das sind acht oder zehn Meter, Papa.« – »Egal, spring.« Und sie sprang. Oder sie waren in einem kleinen Boot auf einem See, ihr Vater ruderte in die Mitte, lächelte und sagte: »Spring.« Oder sie waren in Frankfurt unterwegs, um einzukaufen. Eine Straßenbahn kam angefahren, ihr Vater lächelte sie an …

Das Ende war immer dasselbe, woraufhin sie völlig verwirrt aus dem Schlaf aufschreckte. Als Erstes dachte sie dann: Ich bin tot. Und dann, wenn ihr bewusst wurde, dass das nicht stimmte: Papa ist tot. Letzteres war kein Traum, kein Trugschluss. Es war die entsetzliche Wahrheit und würde bis ans Ende ihres Lebens so bleiben.

Papa ist tot. Ich werde nie wieder mit ihm sprechen, mit ihm lachen, ihm in die Augen sehen, seine Arme spüren, seine Stimme hören.

Niemals.

Vor ein paar Tagen noch hätte sie den Kopf im Kissen vergraben und es nass geweint. Inzwischen jedoch kam nichts mehr, gar nichts. Wie seltsam, als ob der Körper sich weigerte, weiter zu trauern. Also lag sie einfach nur da und starrte zur Decke, die Hände im Schoß gefaltet, aufgebahrt wie in einem Sarg. Bis sie wieder einschlief …

Zweimal am Tag sah ihre Mutter vorbei, schwarz und leidend, und versuchte, sie zu einem Gespräch zu verleiten. Doch Emma sprach nur wenig, schon gar nicht über ihren Vater. Sie wollte ihn nicht mit ihr teilen, er gehörte ganz ihr. Über warmherzige Plattitüden kamen sie daher nicht hinaus.

Manchmal, wenn ihre Mutter das Zimmer verlassen hatte, wurde ihr die Größe des Verlusts erst wieder bewusst. Natürlich liebte sie sie und spürte auch, dass sie geliebt wurde, aber es war eine gleichmäßige Liebe, so ereignislos wie ein stiller Waldsee. Das innige Verhältnis zu ihrem Vater hingegen glich einem Bachlauf voll Windungen, Kapriolen und sprudelnder Perlen. Allein die herrlichen Sonntagnachmittage, wenn sie für sich waren und etwas unternahmen: mit den Pferden zum Feldberg, den Fahrrädern nach Bad Homburg, dem Cabriolet zum Rhein oder auf ein Eis im Frankfurter Palmengarten. Er hatte immer nur ein paar Stunden in der Woche Zeit für sie gehabt, aber dann eben nur für sie. Sonntags nach dem Frühstück bis zum Abendbrot führte er keine Manufaktur und auch keine Ehe.

Emma ging zum Fenster, wo sie sich die langen braunen Haare bürstete. Der Garten der Villa Vanora breitete sich gähnend vor ihr aus. Sie hatte den langweiligen Park und die schwermütigen Räume im Haus ihres Großvaters nie gemocht und verstand nicht, wieso sie hierher umgesiedelt waren. Die Zimmer in der schönen Beletage-Wohnung unweit der Frankfurter Oper atmeten wenigstens den Geist ihres Vaters. Hier dagegen, in diesem Mausoleum …

»Fräulein Emma«, sagte Biene, die das Frühstückstablett abräumte, »Sie haben ja schon wieder nichts gegessen.«

»Ich habe keinen Hunger.«

»Sie hören sich an wie eine Drehorgel. Lalala, immer dieselbe Melodie. Vor ein paar Jahren hätte ich Sie noch übers Knie gelegt, um Ihren Appetit anzuregen.«

Emma lächelte versunken, ohne den Blick von der Tristesse des Novembers zu nehmen. »Papa hat mich manchmal zum Spaß übers Knie gelegt. Mama hat das nie gemacht.«

»Sie war wohl der Ansicht, das sei in einem vornehmen Haus unangebracht.«

Emma seufzte. »Ist das nicht traurig, wenn man ein Leben lang immer nur das Angebrachte tut?«

»Dafür ist es auf Dauer sehr viel anstrengender, ständig das Unangebrachte zu tun.«

»Ach Biene, du denkst viel zu praktisch.«

»Wissen Sie, was mit Hausmädchen passiert, die nicht praktisch denken? Man setzt sie vor die Tür.«

»Ich beneide dich, Biene.«

»Mich?«

»Du hast eine Aufgabe. Wenn du dich abends ins Bett legst, kannst du dir sagen, dass du etwas geschafft hast.«

»Ja, dann habe ich anderer Leute Böden geschrubbt, deren Kleider ausgebürstet, deren Tisch gedeckt, deren Teppiche geklopft. Wenn Sie wollen, Fräulein Emma, gebe ich Ihnen gerne eine Aufgabe ab, damit Sie sich abends auch mit einem guten Gefühl, schweren Armen und einem schmerzenden Rücken ins Bett legen können. So, und jetzt kleiden Sie sich bitte an, unten wartet Besuch.«

»Für mich?«

»Irgendein Maler, der etwas abgeben will. Eine Dienstbotin ist ihm dafür anscheinend nicht gut genug. Und Ihre Frau Mutter ist in der Stadt.«

»Ich mag niemanden sehen.«

»Sie wollten eine Aufgabe? Das ist eine. Anziehen, jetzt gleich.«

Er war eher klein, nur wenig größer als Emma, und hatte trotz seiner fünfundzwanzig Jahre bereits schütteres braunes Haar. Der Zehntagebart gab ihm einen freigeistigen Anstrich und seine grünen Augen etwas Tiefsinniges.

Unbeholfen knetete er eine Kappe in seinen Händen. »Ich habe die Ehre mit der Tochter von Elise Dobel?«

»Der Tochter von Richard und Elise Dobel«, erwiderte sie. »Warum fragen Sie? Und wo ist Ihre Karte?«

Er lachte nervös. »Eine Karte, mein Gott. So etwas habe ich nicht. Karten sind ziemlich teuer. Wenn es Ihnen recht ist, gnädiges Fräulein, stelle ich mich auf die gute alte Art vor. Schatt, wenn es beliebt. Theo Schatt, Kunstmaler. Ihre Mutter hat mir den Auftrag für ein Porträt erteilt.«

Emma runzelte die Stirn. Ihre Mutter hatte diesen Mann ein Gemälde anfertigen lassen? Angesichts seines Alters musste er unerfahren, angesichts seiner Nervosität unsicher und angesichts seiner schäbigen Schuhe erfolglos sein. Sich von so jemandem porträtieren zu lassen sah Mama nicht ähnlich. Es sei denn, ihr lag mehr am Maler als am Gemälde.

»Wann war das?«, fragte sie.

»Vor einer Woche.«

»Unmöglich. Meine Mutter hatte da überhaupt keine Zeit, Porträt zu sitzen.«

»Oh nein, nein. Ich habe nicht Ihre Mutter gemalt, sondern Ihren verstorbenen Herrn Vater. Mein Beileid zu Ihrem Verlust, gnädiges Fräulein.«

Das hätte sie sich ja denken können! Ein Amateur, noch grün hinter den Ohren, war also gut genug, den wichtigsten Menschen in Emmas Leben zu porträtieren, das letzte Bild von seinem Antlitz zu verewigen. Hingeschludert in nur einer Woche.

»Tag und Nacht habe ich daran gearbeitet, kaum geschlafen. Möchten Sie es sehen?«

»Nein«, stieß sie hervor. Sie hatte es abgelehnt, ihren Vater im Sarg liegen zu sehen, und sie ertrug es nicht, dass das Werk eines Dilettanten das Andenken an ihn beschädigte. Den Raum, in dem das Werk hängen würde, könnte sie niemals betreten, unter keinen Umständen.

Die Hände des Malers quetschten die Kappe zu einem graubraunen Filzball zusammen, und Emma bekam ein schlechtes Gewissen. Der Mann konnte ja nichts dafür. Sicherlich hatte er sein Bestes versucht. Die Schuld lag allein bei ihrer Mutter.

»Also, ich finde es gelungen«, sagte Biene, die sich angeschlichen und das Tuch vom Bild heruntergezogen hatte.

Emma sah doch hin und erstarrte.

Richard Dobel, der sich vom Sohn eines Krämers über eine Arbeit als Tuchhändler und als Direktor einer Großweberei bis zum Geschäftsführer der Manufaktur Blankenburg hochgearbeitet hatte, war zeit seines Lebens belächelt worden. Zunächst von jenen, die nicht viel von Krämersöhnen hielten, später von Händlern, die mehr als er verdienten, sowie von Direktoren, deren Väter und Großväter bereits Direktoren gewesen waren, und zuletzt von den Mitgliedern des neu entstandenen Geldadels der Zwanzigerjahre. Letztere waren bestens vernetzt und – da geriet er zurück an den Anfang seiner Biografie – akzeptierten einen Krämersohn nicht als gleichwertig. Vielleicht ihretwegen hatte er sich dieses leicht spöttische Lächeln zugelegt, das zu sagen schien: Ich bin bereits die neue Zeit, ihr dagegen seid, ohne es zu merken, noch die alte.

In seinem Gesicht lagen Kraft, Selbstbewusstsein, Raffinesse und zugleich eine große Ruhe, die alle einander bedingten. Das eine gab es nicht ohne das andere im einundfünfzigjährigen Leben des Richard Dobel. Dieses Gesicht verleugnete weder die einfachen Verhältnisse noch den Stolz darüber, dass die einfachen Verhältnisse Geschichte waren, und erst recht nicht die Ungeduld, einmal der größte Kaufmann der Stadt zu werden.

Er hatte die Augen eines Seefahrers, der einen unbekannten Kontinent entdeckt. Er hatte die Augen des Igels, der den Hasen foppt. Er hatte die Augen des liebenswertesten Vaters der Welt.

Es war, als stünde ihr Vater noch einmal leibhaftig vor Emma, lebensgroß, optimistisch, so als hielte er gerade mitten in einer Bewegung inne, um sie anzuschauen. Sein Blick schien ihr zu folgen, wohin sie sich auch wandte, und er schien zu sagen: Ich bin bei dir.

Zwei, drei Minuten lang hielt das Porträt sie gefangen, bevor sie sich wieder dessen Schöpfer zuwandte.

»Gefällt es Ihnen, gnädiges Fräulein?«

»Ob es mir ... gefällt?«, brachte sie gerade noch hervor, bevor es ihr die Sprache verschlug. Wie eine Idiotin stand sie da und glotzte den Maler an.

»B... Biene«, stotterte sie schließlich. »Bitte bring uns Tee in den Salon.«

Eine Stunde lang löcherte Emma den Maler mit Fragen, eine Stunde lang lauschte sie seinen Worten wie einem Bergprediger.

Theo Schatt war Schweizer aus Graubünden, das jüngste von neun Kindern, inzwischen Vollwaise und das schwarze Schaf der Familie. Denn als Einziger war er noch unverheiratet und mehr oder weniger brotlos – beides, weil er rastlos umherzog. Er malte, seit er im Alter von acht Jahren einen Kasten mit Zeichenstiften und Papier geschenkt bekommen hatte. Zwölf Jahre lang hatte er Schweizer Landschaften gemalt, also zumeist Berge, bevor er sein Spektrum erweiterte und auf Schusters Rappen das obere Rheintal durchwanderte. Er lebte vom Verkauf seiner Bilder, womit er gerade so über die Runden kam. In Karlsruhe erlernte er die Kunst der Porträtmalerei, die ihm sehr am Herzen lag, bekam jedoch nur selten einen entsprechenden Auftrag.

Vor zwei Jahren war er in Mainz rechts abgebogen, hatte sich ins Rheingau verliebt, kam pro Monat nur noch wenige Kilometer voran und entdeckte schließlich den Taunus.

»Zunächst habe ich hier gewohnt, in Königstein«, sagte er. »Ich habe die Burgruine von allen Seiten gemalt, das Luxemburgische Schloss, das Woogtal, Burg Falkenstein, das alte Rathaus, die Bürgerhäuser ...

Eines Tages vor ein paar Monaten ging ich durch ein leicht abschüssiges Wäldchen, und als ich am anderen Ende heraustrat, kam ich aus dem Staunen nicht mehr heraus. Ich befand mich am Rande eines kleinen Dorfes, zur Linken ein Tal mit Obsthainen und dahinter aufragend das Städtchen Kronberg mit Schloss und der steil ansteigenden Altstadt. Geradeaus vor mir der Fernblick in die Mainebene hinunter, ein unendlicher Horizont …«

Mammolshain, dachte Emma. Nur ein paar Dutzend Häuser. Ihr Vater war dort gerne ausgeritten, möglicherweise, weil der Blick auf das tiefer liegende Frankfurt ihm ein flüchtiges Gefühl von Allmacht gegeben hatte.

»Wir haben dort Kastanien gesammelt, mein Vater und ich«, murmelte sie.

»Ja, die herrlichen Kastanienbäume von Mammolshain. Ich habe sie oft gemalt.«

Die Tasse fiel ihm aus der Hand, Tee tropfte auf seine Hose. Der Umgang mit Porzellan war ihm ganz offensichtlich nicht vertraut, und er war auch sonst kaum präsentabel. Seine Fingerkuppen leuchteten in allen erdenklichen Farben, auch wenn er am Morgen verzweifelt versucht hatte, sie zu säubern. Ein Hemdknopf war abgegangen, wodurch seine üppig wachsenden Brusthaare sichtbar wurden. Und er konnte diese Kappe einfach nicht in Ruhe lassen.

Trotzdem hörte Emma nicht auf, ihm Fragen zu stellen. Zweimal musste Biene neuen Tee bringen, dann Gebäck, schließlich frischen Kuchen vom Bäcker.

Nach zwei Stunden fragte Theo Schatt sie: »Wenn das gnädige Fräulein mögen, dann … es wäre mir wirklich ein Vergnügen und natürlich auch eine Ehre, und ich würde auch kein Geld dafür verlangen und natürlich auch sonst nichts … Also, ich meine … Wenn Sie wollen, können Sie auch gerne eine Freundin mitbringen oder Ihr Hausmädchen oder Ihre Frau Mutter … Ich versichere Ihnen …«

»Ja«, stieß sie hervor, so wie sie nur wenige Stunden zuvor ihr Nein hervorgestoßen hatte. »Ich würde mich sehr gerne von Ihnen porträtieren lassen.«

Er lächelte, und in diesem Moment betrat Emmas Mutter den Salon, in Begleitung eines unbekannten jungen Mannes.

Emma und Theo erhoben sich. »Guten Tag, Mama. Herr Schatt hat Papas Porträt geliefert.«

»Ich habe es bereits bewundert«, sagte Elise und gab dem Maler die Hand. »Es ist sehr gut geworden. Ich bin äußerst zufrieden.«

»Gut?«, rief Emma. »Zufrieden? Mama, es ist einfach … es ist großartig.«

»Habe ich das nicht gerade gesagt? Meine liebe Emma, ich möchte dich mit jemandem bekannt machen. Das ist dein Cousin Tankred, der Sohn meines verstorbenen Bruders Otto. Ihm gehört seit heute ein Drittel der Manufaktur.«

3

Im Winter 1929/30 werden etliche Millionäre zu Bettler – oder zu Selbstmördern. Die Banken stornieren bereits bewilligte Kredite, neue Darlehen werden nicht vergeben. Daher sinkt die industrielle Produktion, wodurch in Deutschland 3,5 Millionen Menschen binnen kurzer Zeit ohne Arbeit sind. Die für 1,5 Millionen Menschen ausgelegte Arbeitslosenversicherung ist völlig überfordert, Ansprüche können nicht erfüllt werden, der Haushalt des Reichs platzt aus allen Nähten. Die Bürger fangen an zu sparen, was die Produktion weiter einbrechen lässt.

Am 14. Januar sucht eine Gruppe Kommunisten den Sturmführer der SA Horst Wessel zu Hause auf und verletzt ihn durch einen Kopfschuss so schwer, dass er einige Wochen später stirbt. Die NSDAP, die bei den Wahlen im Jahr 1928 nur 2,6 Prozent der Stimmen erhalten hat, schlachtet seinen Tod propagandistisch aus.

Elise war Arabellas Rat, Tankred als Ottos legitimen Erben anzuerkennen, nur widerstrebend gefolgt. Aber die Logik ihrer Tante hatte etwas Bezwingendes: Es war besser, ein Drittel von wenig sein Eigen zu nennen als die Hälfte von nichts. Ophélies Einspruch hatte den

Coup nicht mehr verhindern können, das Gericht hatte am Tag vor Weihnachten zu Tankreds Gunsten entschieden, er galt als erbberechtigt und erhielt ein Drittel der Anteile. Damit war Ophélies Umzug nach Frankreich vom Tisch, denn in dieser Frage wusste Elise ihren frischgebackenen Neffen an ihrer Seite. Sechsundsechzig Prozent gegen vierunddreißig – Ophélie schäumte vor Wut.

Auch sonst erwies Tankred sich als nützlich. Er verstand die wirtschaftlich brisante Lage, in der sich die Manufaktur befand, anderenfalls wäre er gleich nach Überschreibung seines Anteils ins nächste Herrenmodegeschäft gegangen und hätte sich von Kopf bis Fuß neu eingekleidet. So pflegten es junge, reiche Erben, die zuvor keinen Heller besessen hatten, zu tun. Stattdessen saß er in seinem verbeulten Anzug mit Elise zusammen und beriet mit ihr die Lage, welche sich kaum verbessert hatte.

Elise hatte die Frankfurter Stadtwohnung verkaufen können, zu einem Spottpreis zwar, doch immerhin. Frisches Geld war nun das Wichtigste, eine Wohnung war inmitten der Krise nur totes Kapital, und für die Königsteiner Villa gab es keine Interessenten. Wer wollte in diesen Zeiten schon vier Gästezimmer unterhalten, geschweige Gäste einladen? Dreißig Mitarbeiter hatte sie schweren Herzens entlassen. Bereits ausgelieferte Waren waren noch unbezahlt, neue Aufträge kamen fast keine mehr herein. Was blieb ihr da übrig?

»Wenn nicht bald ein Wunder geschieht und die Händler ihre Rechnungen begleichen«, seufzte sie, über die Zahlen gebeugt, »muss ich nächste Woche weitere zehn Leute entlassen.«

»Müssen wir«, korrigierte Tankred lächelnd.

»Ja natürlich. Wir.«

Sie konnte ihn noch nicht einschätzen. Im Grunde mochte sie ihn. Seine offene, unverblümte Art, typisch für die Arbeiterklasse, konnte ein großer Vorteil werden. Denn in der Situation, in der sich die Manufaktur, die Stadt, das Land, die Welt befand, waren neben unkonventionellem Denken vor allem Improvisationstalent und Trickreichtum gefragt. Überlebenskünstler wie Tankred waren da von unschätzbarem Wert. Natürlich hatte er vom Geschäft mit Porzellan genauso wenig Ahnung wie sie. Dafür war er geübt im Umgang mit harten Zeiten, denn in diese war er als vaterloser Bastard in den Armenvierteln der Hauptstadt hineingeboren worden. Entweder zerbrach man an einem solchen Schicksal – und zerbrechlich wirkte er nun wirklich nicht –, oder man entwickelte eine Chuzpe, die sich gewaschen hatte.

Andererseits machten Elise ebenjene Eigenschaften, die sie an Tankred schätzte, ein wenig nervös. Erst seit wenigen Tagen hielt sie die Zügel der Firma in der Hand, zumindest einen davon, und das machte jede Entscheidung zu einem Gang durchs Moor. Jeder Schritt konnte einer zu viel sein, kein Schritt, und man verhungerte.

Hinzu kam, dass weder sie noch Tankred sich mit Porzellan auskannte. Wie lächerlich sich das anhörte. Elise, Erbin einer der zehn berühmtesten Porzellandynastien Deutschlands, Gattin des langjährigen Direktors der Manufaktur, verstand von Porzellan eigentlich nur, das fertige Produkt zu bewundern und es zu benutzen. Die erste Porzellanpuppe bekam sie im Alter von drei Jahren geschenkt, den ersten Schmuckkasten mit acht, die erste Sammelfigur, ein Fasan aus der Serie »Tiere aus Wald und Flur«, mit zwölf … Nach der Herstellung hatte sie nie gefragt. Sie wusste nur, dass Blankenburg das beste in Deutschland erhältliche Porzellan verkaufte, Bone China, dessen edles Weiß auf geheimnisvolle Weise durchscheinend wirkte. Wie dieser Effekt zustande kam, interessierte sie so wenig wie die Frage, wie man einen Riesling dazu brachte, eine Aprikosennote zu entwickeln. Aus allen Wolken war sie mit ihren vierzig Jahren gefallen, als man ihr kürzlich mitteilte, dass die Asche von Rinderknochen für den transparenten Effekt und das sagenumwobene Leuchten des weißen Goldes verantwortlich war. Sie hatte das »Bone« nie auf echte Knochen bezogen, sondern geglaubt, dass damit lediglich die ähnliche Farbe gemeint war. All die Jahre hatte sie, fast wie eine Barbarin, aus einem Knochen getrunken, ohne die geringste Ahnung davon zu haben.

»Wusstest du, dass Rinderknochen in unseren Produkten stecken?«, fragte sie Tankred.

»Ja sicher. Habe ich in einem Buch über Porzellanherstellung gelesen«, antwortete er irritiert. »Sprechen wir jetzt bitte über die Kooperation mit Löwenkind?«

»Kommt nicht in Frage«, erwiderte sie heftiger als nötig. Sie wurde den Verdacht nicht los, dass Arabella und Isaac Löwenkind sich gegen sie verschworen hatten und sein Besuch bei ihr den beiden lediglich den Weg ebnen sollte. Das nahm sie ihm übel. All dieses Gerede von seiner toten Frau und den armen Kindern …

»Mein Vater hat Löwenkind nicht über den Weg getraut«, erklärte sie Tankred.

»Dafür hat er deinem Mann über den Weg getraut, und wohin hat ihn das gebracht? In eine gut gepolsterte Kiste, wo er zusammen mit seinem miserablen Urteilsvermögen bis zum Jüngsten Gericht bleiben wird.«

Einige Sekunden lang stockte ihr der Atem angesichts solcher Unverfrorenheit. Und dann, als sie meinte, darauf etwas entgegnen zu können, stockte ihr noch einmal der Atem, diesmal in Ermangelung eines Arguments.

»Was ... Was soll denn eine Kooperation bringen?«, fragte sie schließlich.

»Ich spiele ungern den Lehrmeister, aber das steckt eigentlich bereits in dem Wort selbst, oder nicht? Wir teilen uns die Mitarbeiter, die Öfen, das *Knowhow*, wie man es neuerdings nennt. Das spart enorm Kosten. Hier, ich habe das mal ausgerechnet.«

Er legte ihr eine Aufstellung vor, die vor Zahlen nur so strotzte, von denen jede einzelne ein paar Kilo zu wiegen schien. Wann hatte Tankred das alles gemacht? Und vor allem, wie?

»Die Zeit, die wir uns damit verschaffen«, sagte er, »brauchen wir, um die Firma neu auszurichten. Und Löwenkind ist die einzige Manufaktur, die in Frage kommt. Sie liegt um die Ecke, und wir produzieren mit demselben Material für unterschiedliche Kunden.«

»Ja, aber ... dann müssen wir ja noch etliche Mitarbeiter entlassen.«

»Etwa die Hälfte.«

»Ausgeschlossen. Da käme ich mir unanständig vor.«

»Das wäre so, als würdest du ein Schiff mit Mann und Maus untergehen lassen, nur weil du nicht willst, dass die Rettungsboote schmutzig werden. Willst du eine solche Kapitänin sein, Tante Elise?« Er lächelte auf seine ganz eigene selbstbewusste Weise, indem er einen Mundwinkel weit in die Wange zog. »Ich werde schon drauf achten, dass Löwenkind uns nicht die Butter vom Brot nimmt«, versprach er. »Wenn ich auf eines bedacht sein kann, dann auf meinen Vorteil.«

Manchmal erinnerte Tankred sie an Richard in den frühen Jahren ihrer Ehe, als er gerade zum Direktor der Tuchfabrik aufgestiegen war, strotzend vor Tatendrang und Raffinesse. An jenen Richard, der alles darangesetzt hatte, die erfahrenen Kollegen zu überflügeln, und der sich dabei die Flügel verbrannt hatte. An jenen Richard, der in diesem Augenblick von der Wand auf sie herablächelte wie ein Sieger.

»Trauen Sie dem Kerl bloß nicht über den Weg«, sagte Biene, als Elise mit ihr in der Dienstbotenküche beisammensaß.

Oft kam das nicht vor. Wie die meisten Aufsteiger hatte Richard stets eine gewisse Distanz zu jenen gepflegt, die früher mal seinesgleichen waren. Er hatte es nicht gerne gesehen, wenn Elise mit dem Personal »fraternisierte«, wie er es nannte. Zwei-, dreimal im Jahr hatte sie diesen Wunsch ignoriert, vor allem wenn er geschäftlich auf Reisen war, und stets nur am späten Abend, wenn alle außer Biene bereits schliefen. Seit Richards Tod war die Heimlichtuerei nicht mehr nötig, trotzdem war es später Abend, als Elise eine Tasse Milchkaffee mit ihrem langjährigen Hausmädchen trank.

»Ich habe auf den ersten Blick gesehen, dass mit Tankred was nicht stimmt. Ihre Frau Schwester hat gut daran getan, ihn vor die Tür zu setzen. Warum mussten Sie ihn wieder hereinlassen, gnädige Frau?«

»Ophélie hat mir praktisch keine Wahl gelassen. Meine Tante Arabella hat mir, was das angeht, die Augen geöffnet.«

»Die Bekloppte, die mit Teekannen um sich wirft? Ich habe neulich eine geschlagene Stunde gebraucht, um die Scherben im Salon zusammenzukehren. Wenn Sie mich fragen, hat die Frau nicht mehr alle fünf Sinne beisammen.«

»Biene!«

»Entschuldigung, ich wollte sagen, die alte Dame ist ein wenig exzentrisch. Sehr freundlich von ihr, dass sie nicht auch noch die Vitrine zertrümmert hat. Und was ihren Rat an Sie angeht: Ein Feuer mit Feuer bekämpfen, das kann gut gehen, aber nur wenn man sich mit Feuer auskennt. Sie dagegen, gnädige Frau, werden sich an dem Burschen die Finger verbrennen.«

»Wie kannst du das sagen, wo du ihn kaum kennst?«

»Oh, ich kenne ihn.«

Daraufhin erzählte Biene ihr eine unglaubliche Geschichte. Wie Elises Vater sie vor zwanzig Jahren auf geheime Mission nach Berlin geschickt hatte, um in seinem Namen mit Tankreds Mutter zu verhandeln. Wie Biene der Frau zweimal im Jahr einen Stillschweige-Scheck brachte. Das ergab einen Sinn, denn Adalmar Blankenburg war dafür bekannt, dass er Rechtsanwälten nicht traute. Eigentlich hatte er niemandem getraut. Außer Richard. Und Biene, wie es schien.

»Wieso ausgerechnet du?«, fragte Elise.

Biene zuckte mit den breiten Schultern. »Ich bin in Berlin geboren, kenne mich dort aus. Mit dreizehn bin ich zu Ihren Eltern ins Haus gekommen. Neunzehnhundertzehn allerdings, da war ich schon Teil Ihres, nicht mehr seines Haushalts, gnädige Frau. Er wollte unbedingt vermeiden, dass Ihre Frau Mutter von Ottos Eskapade erfuhr, wo sie doch nie was auf ihren Sohn hat kommen lassen. Deswegen hat er Sie und Ihre Schwester auch nie eingeweiht, gnädige Frau.«

»Heißt das, immer wenn Richard dir Urlaub gegeben hat, damit du deine kranke Cousine in Berlin besuchen kannst ...?«

»War ich in Wahrheit auf dem Weg zu Paula Schamitzke, den Scheck in der Tasche.«

»Und ich habe mich schon gewundert, wie ein Mensch so lange krank sein kann ... Also hat Richard davon gewusst?«

»Ja. Er, ich und Ihr seliger Herr Vater. Ich habe mich immer mehrere Tage in Berlin aufgehalten, auch um zu sehen, ob es dem Jungen an etwas fehlt und ob man sich gut um ihn kümmert. Daher weiß ich, wovon ich spreche. Oh, er hatte schon früh das Talent, sich die falschen Freunde auszusuchen, das kann ich Ihnen sagen. Lumpenpack, Diebesgesindel, das war sein Umgang. Die arme Paula, sie war oft traurig seinetwegen.«

Ächzend stand Biene auf und stellte Zwieback auf den Tisch, den sie in den Kaffee tunkten. Kuchen gab es keinen mehr. Es gab ja nicht mal mehr eine Köchin, die ihn hätte backen, oder ein Küchenmädchen, das ihn hätte beim Bäcker holen können. Zum vierten Mal in Folge hatte Elise ihnen den Wochenlohn nur zu einem Viertel auszahlen können, da hatten sie ihre Zeugnisse verlangt und waren gegangen. Elise war an dem Tag in der Manufaktur gewesen, und da die ungeduldigen

Frauen drohten, zum Ausgleich für den ausstehenden Lohn Hausrat mitzunehmen, hatte Biene ihre Unterschrift auf den Zeugnissen gefälscht und die letzten Groschen in ihrer eigenen Börse zusammengesucht. Dennoch waren einige Gegenstände aus der Küche verschwunden.

»Und dann?«, fragte Elise.

»Tja, dann ist sie gestorben.«

Gedankenverloren hielt Biene den Zwieback so lange in die Tasse, bis er auseinanderfiel und zahlreiche Klümpchen im Kaffee schwammen wie Dreck in einer Pfütze.

Sie schob die Tasse von sich.

»Eines Tages stand Tankred vor der Tür Ihres Vaters und forderte seinen Scheck. Natürlich hat er ihn bekommen, die Summe wurde sogar erhöht und seitdem telegrafisch an ein Postamt in Frankfurt angewiesen. Ich habe ihn jahrelang nicht gesehen, fast hätte ich ihn neulich nicht wiedererkannt, so heruntergekommen, wie er aussah.«

»Man darf niemandem seine Armut vorwerfen, Biene.«

»Da haben Sie Recht. Arm sein ist keine Schande. Aus einem feinen Haus komme auch ich nicht, gnädige Frau. Das Teuerste, was meine Eltern mir je gegeben haben, war das Reisegeld von Berlin nach Frankfurt, damit ich meine Stelle bei Ihren Eltern antreten konnte. Aber ich weiß ein armes Hundchen von einem Straßenköter zu unterscheiden, und leider ist er genau das, gnädige Frau.«

Biene besann sich anders und trank den Kaffee mitsamt der Zwiebackklößchen.

»Sagen Sie ihm bloß nicht, dass ich Sie vor ihm gewarnt habe.«

»Na, so was!«, rief Elise. »Du hast ja regelrecht Angst vor ihm.«

»So ein Mumpitz«, protestierte Biene scharf.

Elise kümmerte sich nicht weiter um den unangemessenen Tonfall. Erst in diesen Tagen war ihr klar geworden, dass sie in Biene eine wichtigere Ratgeberin hatte, als es ihre eigenen Geschwister, die Damen der Gesellschaft und Richard je waren. Möglicherweise war sie nicht im klassischen Sinne gebildet, und um weise zu sein, fehlte es ihr an Jahren, doch sie verstand etwas vom Leben ganz im Gegensatz zur stets auf Samt gebetteten Elise. Das war viel wert in einer Zeit, der man nachsagen konnte, was man wollte, die aber strotzte von Umbrüchen, Launen und Ungewissheiten, kurz: von Leben.

Ein Straßenköter sei Tankred, meinte Biene? Nun denn, Köter waren gerissen, sie rochen die Schliche der Gegner schon von Weitem.

»Darf ich ehrlich mit Ihnen sein?«, fragte Biene, stellte die Butterdose auf den Tisch und begann, den Zwieback zu bestreichen. »Sie machen sich viel zu abhängig von anderen, diese Neigung hatten Sie immer schon. Zuerst war es Ihr Vater. Die Töchter aus dem Hause Blankenburg beten alle ihre Väter an, auch wenn es Sadisten sind wie der Ihre.«

»Biene!«

»Rufen Sie nicht immer meinen Namen, gnädige Frau. Zu Ihrer Mutter und zu Ihnen war er gut … na ja, meistens. Aber zu Ihrer Schwester und zu allen anderen Menschen auf der Welt war er ein Teufel. Wenn

Sie mich jetzt rauswerfen, bitte sehr, aber das musste mal jemand sagen. Danach hat Ihr Mann Ihnen zwanzig Jahre lang alles abgenommen. Er war gewiss kein schlechter Mensch, aber auch er hat Sie klein gehalten, und Sie haben es ihm leicht gemacht. Vierzig Jahre sind Sie nun alt, gnädige Frau, und verstehen so viel vom Porzellangeschäft, wie man einem Pennäler an einem Nachmittag darüber beibringen könnte. Kaum sind Ihr Mann und Ihr Vater tot, klammern Sie sich an irgendwelche Tanten und Neffen, die neuerdings wie Taubenscheiße vom Himmel fallen.«

»Biene!«

»Jetzt tun Sie es ja schon wieder. Ich sage Ihnen jetzt mal was: Nehmen Sie den Zwieback und die Butterdose, krümeln Sie das Bett voll, das ich morgen saubermachen muss, und denken Sie über meine Worte nach. So, jetzt bin ich müde. Gute Nacht, gnädige Frau.«

Tankred staunte nicht schlecht, als er statt Dubbe und Schimmi zwei Nutten in seiner Behausung vorfand. Er kannte sie flüchtig, sie hatten mal für Gitti gearbeitet, sich aber wiederholt nicht an die Hygienebestimmungen des Etablissements gehalten und waren daher rausgeflogen. Danach waren sie sich öfter mal zu nachtschlafender Zeit in den Frankfurter Straßen begegnet, ohne das Wort aneinander zu richten. Drei Sekunden im Vorübergehen, im fahlen Licht einer Laterne, mehr hatten sie nicht gemeinsam. Das und den ständigen Kampf, den nächsten Tag, das nächste Jahr zu erleben.

In dieser Januarnacht war es zu kalt, um auf den Strich zu gehen. Ein eisiger Ostwind trieb den Schnee fast waagerecht durch die Häuserschluchten. Kein Wetter für Freier. Allerdings war es in der Wohnung kaum besser, der Kohleeimer neben dem Ofen war so schwarz und leer wie der Ofen selbst.

»Wo sind meine Freunde?«

Die ältere der beiden Frauen lachte. »Lotti, schau doch mal unterm Bett nach, ob da Freunde liegen?«

Er verstand sofort. Dubbe und Schimmi war das Geld ausgegangen, die Hausmeisterfrau hatte sie davongejagt und stattdessen die zwei Nutten hereingeholt.

»Und meine Sachen?«

»Was glaubst du denn? Die Krähe von Concierge hat sich alles unter den Nagel gerissen, bevor sie uns die Wohnung gab.«

»Einschließlich der Kohlen«, sagte die jüngere.

»Einschließlich der Kohlen«, wiederholte die ältere. »Bei dem Mistwetter verdienen wir nichts, Schätzchen, und hier drin friert uns der Hintern auf den Hockern fest.«

Für eine Minute hatte er den Eindruck, die beiden Nutten sähen aus wie Mutter und Tochter. Als eine der beiden die Gaslaterne etwas höher hielt, bemerkte er jedoch, dass sich nur der Ausdruck ihrer Gesichter ähnelte, so wie neulich bei den Bettlern vor der brennenden Tonne.

»Habt ihr was von meinen Freunden gehört? Dubbe ist der mit dem Fleck auf der Stirn und den großen Augen. Und Schimmi ...«

»Weiß schon, der Niedliche«, sagte die jüngere. »Nee, aber da hing ein Zettel an der Tür. Die Krähe hat ihn mitgenommen.«

Tankred bedankte sich. Im Gehen wandte er sich

noch einmal um und drückte jeder der beiden verblüfften Frauen eine Münze in die Hand.

»Das ist für Kohlen«, sagte er. »Und das für eine Mahlzeit. Die Kneipe unten an der Ecke macht tolle Bratkartoffeln.«

Gegen eine »Gebühr« erhielt er von der Concierge den Zettel, den seine Freunde ihm hinterlassen hatten. Die Adresse war nicht weit entfernt, aber bei dem Schneesturm wäre selbst ein Gang bis zum Ende der Straße ein beschwerlicher Weg gewesen. Die Flocken drangen durch alle Öffnungen seines alten Anzugs, und die Kälte griff von allen Seiten nach ihm. Zu Weihnachten hatte Elise ihm einen flauschigen Kamelhaarmantel von ihrem Mann geschenkt, doch er hatte ihn noch im alten Jahr bei einem Pfandleiher versetzt und die Hälfte des Erlöses telegrafisch seinen Freunden zukommen lassen.

Wenigstens neue Schuhe hätte ich mir kaufen können, dachte er, als er schon nach wenigen Metern nasse Füße bekam.

Genauso nass waren sie gewesen, als er vor einigen Wochen zum ersten Mal das wirtschaftliche Zentrum der Blankenburg-Manufaktur betreten hatte. Die Produktionshallen in Bad Homburg, sozusagen die Keimzelle der Dynastie, lagen wenige Kilometer nördlich von Frankfurt am Südhang des Taunus. Sie strahlten etwas Heiliges aus: fünfzehn Meter hohe Wände, hufeisenförmig um einen Hof angeordnet, Sprossenfenster wie in einer Kathedrale und ein mächtiger Schornstein, der bis in den Himmel zu wachsen schien. Im Inneren der erdig-mineralische Geruch, die riesigen Holzregale mit den Gussformen aus drei Jahrhunderten, die Öfen und die Aufseher in ihren Kitteln, die Soutanen ähnelten. Er hatte immer gedacht, er sei nicht religiös. War er auch nicht. Aber bei diesem ersten Besuch konnte er nachvollziehen, was religiöse Menschen beim Betreten eines Gotteshauses empfanden. Wie klein er sich gefühlt hatte in seinen löchrigen Schuhen inmitten der hohen Hallen und beim Anblick der von Tradition zeugenden Gesichter. Darin war ihm etwas begegnet, um das er in seinem bisherigen Leben stets einen Bogen gemacht hatte: Verantwortung.

Außer an den Weihnachtstagen, die er auf Elises Einladung hin in der Villa Vanora zugebracht hatte, war er aus den Geschäftsräumen der Manufaktur nicht herausgekommen. Ein Feldbett für die Nacht, zweimal am Tag belegte Brote und Kaffee, ein paar Fingerhandschuhe, um der Kälte zu trotzen – das war ihm genug gewesen. Unermüdlich rechnete er Zahlen zusammen, schob sie hin und her, radierte sie mehrfach aus. Was er auf der Handelsschule – leider mit wenig Enthusiasmus – gelernt hatte, holte er mühsam hervor, manches fiel ihm wieder ein, einiges war unwiederbringlich verloren, und er schimpfte mit sich selbst, dass er nicht besser aufgepasst hatte.

War es nicht auch seine Schuld, dass um ihn herum die Belegschaft mit jedem Tag kleiner wurde? Schreibkräfte, Kontoristen, Porzellanmalerinnen, Gießer, Arbeiter, die Fahrer der Auslieferung, Putzfrauen … Menschen, die er montags noch gegrüßt hatte, waren mittwochs entlassen. Als würde eine Seuche grassieren, verschwanden sie. Tankred kämpfte um jeden einzelnen, suchte wie ein Arzt nach Auswegen und Therapien.

Heroisch war dieser Kampf trotzdem nicht. Wenn er ehrlich war, legte er sich nicht in erster Linie für die Leute ins Zeug, deren Arbeitsplatz bedroht war, sondern für das Fortbestehen der Manufaktur. Das lief für die Betroffenen zwar auf dasselbe hinaus, war aber nicht das Gleiche. Wenn er noch ehrlicher mit sich war, dann ging es ihm noch nicht einmal um die Firma. Wieso auch? Weder war er mit ihr aufgewachsen, noch hatte man sie ihm in einem Akt der Liebe oder des Respekts vererbt. Weder waren die Angestellten bekannte Gesichter für ihn, noch verband ihn irgendeine Zuneigung mit den Produkten. Produzent von bemalten Kaffeetassen und Milchkännchen zu sein war für ihn dasselbe, wie Tennisbälle herzustellen. Oder Socken.

Er war wie die frierenden Nutten, die in zehn Jahren verbraucht sein würden. Er war ein miserabler Schüler, ein miserabler Sohn, ein harmloses Schlitzohr und glückloser Glücksspieler, der seinen monatlichen Scheck am Zehnten bereits verprasst hatte und sich dann mit schlecht bezahlten, halbseidenen Geschäften und noch schlechter bezahlten Hilfsarbeiten durchschlug. Alles zerrann ihm zwischen den Fingern. Er hatte Leute wegen ein paar Mark übers Ohr gehauen und sich selbst von Leuten für noch weniger übers Ohr hauen lassen.

An einem wahrlich finsteren Punkt war er gewesen, und dort wollte er nie wieder hin. Verdammt noch mal, er wollte endlich einmal etwas richtig machen. Auf der richtigen Seite wollte er stehen, dort, wo die Sonne hinkam.

Vermutlich war es die beste Idee seines Lebens, Großtante Arabella anzusprechen und sie zu bitten, sich für seinen Scheck einzusetzen. Dass sie ihn gleich zum Erben eines Drittels der Manufaktur gemacht hatte, kam einem Wunder gleich. Für ihn war das eine unglaubliche Chance, eine von der Art, wie man sie – wenn überhaupt – nur einmal im Leben bekam.

Die Marke Blankenburg musste überleben. Dafür verbrachte er die Tage über Rechnungsbücher gebeugt und die Nächte auf dem Feldbett, dafür lief er wie ein Penner herum und ließ zu, dass die Nässe ihm im dicksten Wintersturm die Beine hinaufkroch. Jeder Ofen, der stillgelegt, jeder Lieferwagen, der verkauft, jeder Arbeiter, der entlassen werden musste, war eine persönliche Niederlage für Tankred, weil sie ihn von seinem Ziel entfernte, ein Fabrikant zu werden, ein ehrlicher und erfolgreicher Unternehmer. Zugleich wusste er, dass es nicht anders ging als mit Grausamkeit, all die Kostenfaktoren aus den Bilanzen herauszuschneiden wie Geschwüre.

Tankred machte sich nichts vor: Die Blankenburgs hatten ihn nur als Erben anerkannt, um Ophélie auszutricksen. Er war ein Hilfsmittel, ein Utensil, ein lähmendes Gift, das seine Tante daran hindern sollte, die Manufaktur nach Frankreich zu verlegen. Er war nichts weiter als eine Zahl, dreiunddreißig, die Höhe seiner Anteile. Aufrichtige Akzeptanz oder gar familiäre Verbundenheit spielte keine Rolle. Jeder laue Tee war wärmer als die Zuwendung seiner Verwandten. Und umgekehrt war es kaum anders. Dubbe und Schimmi waren ihm mehr Familie als sein sogenanntes Fleisch und Blut.

Die Adresse, unter der Tankred seine Freunde fand, stellte sich als Clubhaus der Braunhemden heraus. Eine riesige Flagge, deren Symbol aussah wie ein Propeller, zierte den Eingang, was er ein bisschen albern fand, da die Flagge größer war als die Tür. Weit weniger albern war der Typ mit dem Gesichtsausdruck einer Bulldogge, der ihm den Weg versperrte.

»Willst du dich einschreiben?«

»Ich suche meine Freunde, die haben mich eingeladen. Schimmi, so ein Kleiner mit einer Stupsnase. Und Dubbe, er hat …«

»Willst du dich einschreiben?«

Erstens war es schweinekalt, zweitens dunkel und spät, drittens musste er wissen, dass es Dubbe und Schimmi gut ging. Und viertens war ihm das Lügen so geläufig wie der Gang zum Klo.

»Na klar, was denkst du denn? Aber vorher will ich zu meinen Freunden.«

»Wir sind hier alle Freunde. Kameraden, kapiert?«

»Kapiert.«

Die Antwort war offenbar die Eintrittskarte für den Club. Tankred trat ein und lief gegen eine Wand aus Wärme, Bierdunst und Gegröle. Wohin er auch blickte, sah er Propellerflaggen, Braunhemden und Krüge, keine Frauen, keine Wassergläser, keine Zivilisten. Er trug als Einziger einen Anzug, trotzdem beachtete ihn keiner. Sie waren alle viel zu sehr damit beschäftigt, sich über die Tische hinweg kameradschaftlich anzuschreien, nicht im Streit, sondern weil man sein eigenes Wort kaum verstand.

Irgendwo in dem Gewusel entdeckte er Schimmi, was einem Wunder gleichkam, weil sein kleines, zartes Gesicht fast hinter dem Bierkrug verschwand.

Tankred tippte ihn an und gab dem Freund ein

Zeichen, mit ihm an einem ruhigeren Ort sprechen zu wollen. Schimmi holte Dubbe, sie gingen zu dritt in einen dunklen Hinterhof und umarmten sich.

»Was macht ihr denn hier?«, fragte Tankred vorwurfsvoll. »Teufel, seht ihr bescheuert aus in diesen Uniformen.«

»Nun hol aber mal tief Luft, ja?«, sagte Dubbe. Er war schon ein bisschen benebelt, was ihm gar nicht stand, weil seine großen Augen dadurch noch weiter hervortraten. »Was sollten wir denn tun, so ganz ohne Geld?«

»Ich habe euch doch welches geschickt. Telegrafisch, kurz nach Weihnachten.«

»Telegrafisch«, kicherte Dubbe und versetzte Schimmi einen Stoß mit dem Ellenbogen.

»Vom Planeten Königstein, wie?«, höhnte Schimmi, der auch schon nicht mehr ganz frisch war. »Mensch, du kannst heutzutage doch kein Geld telegrafisch anweisen. Das hat sich gleich mal der Typ im Telegrafenamt in die Tasche gesteckt.«

»Oder der Hausmeister«, fügte Dubbe hinzu.

»Oder seine Frau.«

»Oder deren Katze.«

»Ja, schon gut, ich hab's verstanden«, unterbrach Tankred die Aufzählung. Er ärgerte sich über seine Naivität, denn die Zeiten waren nicht mehr normal. Menschen, die vor ein paar Monaten noch anständig gewesen waren, besannen sich eines anderen, um zu überleben. Schimmi hatte Recht – er hatte tatsächlich einige Wochen lang auf einem anderen Planeten gelebt, nur trug der nicht den Namen Königstein, sondern Blankenburg. So sehr war er damit beschäftigt gewesen, die Manufaktur vor dem Untergang zu retten, dass er eines fast vergessen hatte: Die halbe Welt um ihn herum war am Ersaufen.

»Schön, kommt mit. Wir besorgen euch ein Zimmer, ich hab ein bisschen Geld dabei, damit zahlen wir es an und ...«

»He, warte mal«, hielt ihn Dubbe zurück. »Wie ein reicher Unternehmer siehst du nicht gerade aus.«

»Liegt daran, dass ich keiner bin. Bin ein armer Unternehmer, was so viel ist wie ein armes Schwein.«

»Tja, also dann ...«, seufzte Dubbe. »Du, hier ist es gar nicht so schlecht. Sie geben uns Freibier und zwei Mahlzeiten am Tag, und unter dem Dach gibt es Mansarden, in denen wir schlafen können. Nichts Großartiges, aber immerhin.«

»Ja, Dubbe werden sie sicher bald zum Sturmführer machen«, ergänzte Schimmi. »Das ist so eine Art Kompaniefeldwebel. Er soll das Westend kriegen.«

»Ja genau, das Westend«, echote Dubbe. »Ich nehme Schimmi unter meine Fittiche und passe auf ihn auf.«

Tankred fiel aus allen Wolken. »Ihr ... ihr wollt hierbleiben? Bei den Braunhemden?«

»SA«, korrigierte Dubbe ihn. »Es heißt SA.«

»Wofür steht das? Schlägerarmee?«

Dubbes Augen wurden plötzlich klein. »Sturmabteilung. Das weiß doch jeder.«

»Ihr seid beim Schlägertrupp einer Partei, die bei den letzten Wahlen zwischen zwei und drei Prozent bekommen hat. Kein Mensch weiß, wofür SA steht.«

»Die Roten wissen es. Die planen den bolschewistischen Umsturz, und wir stellen uns ihnen in den Weg.«

Das war das erste Mal, dass Tankred Dubbe von Politik reden hörte. Vor ein paar Wochen noch hätte sein Freund beim Wort Bolschewismus gefragt, ob die Krankheit ansteckend sei und man daran sterben könne.

»Ich gebe euch Arbeit in der Fabrik, da wird sich schon was finden. Alles ist besser, als herumzulaufen und Kommunisten zusammenzuschlagen, mal ganz abgesehen davon, dass ihr beide das keine vier Wochen durchhaltet. Ich will euch wirklich nicht beleidigen, aber ein paar Biere und Bratwürste machen aus euch noch keine grimmigen Teutonen.«

Dubbe wollte schon aufbrausen, da hielt Schimmi ihn zurück. »Tankred, wenn du uns Arbeit geben kannst, ist das eine feine Sache, bei der SA verdienen wir nämlich nichts. Aber die Kameraden haben uns gut behandelt, die lassen wir nicht im Stich. Schon gar nicht nach der dreckigen Sache mit Horst Wessel. Du brauchst dir keine Sorgen um uns machen, Dubbe und ich, wir wissen uns zu wehren.«

Schimmi schüttelte lächelnd seine Faust, die einem Zwölfjährigen hätte gehören können. Der Spatz glaubte fest daran, ein Bussard zu sein, weil die Krähen es ihm einredeten. Da half auch kein Spiegel mehr. Erst die Spatzenschleuder würde ihm die Augen öffnen – und hoffentlich nicht sofort für immer schließen.

»Also gut, wenn ihr meint«, seufzte Tankred. Ihm war entsetzlich kalt, ins Haus zu den Braunhemden wollte er trotzdem nicht zurück. »Ich sage euch wegen der Arbeit Bescheid. Frieden, Dubbe?«

»Frieden«, sagte Dubbe, reichte ihm die Hand und zeigte die volle Pracht seiner schwarzen Zähne. »Mach's gut, alter Freund. Und wenn wir was für dich tun können ...«

Beinahe hätte Tankred aufgelacht. Wobei wollten ihm die beiden denn helfen? Einen Bankier hätte er gebraucht, eine Zauberfee, einen Engel oder ...

Mensch, das war *die* Idee. Wenn kein Engel zur Hand ist, nehme man einen Sünder. Besser noch ein Dutzend davon.

»Wenn ich euch eine Liste von Porzellangeschäften in Frankfurt und dem Umland gebe, könntet ihr ein paar eurer kräftigsten Kameraden dazu bringen, den Händlern einen Besuch abzustatten und sie freundlichst um die Begleichung der Blankenburg-Rechnung zu bitten?«

»Na klar, das kriegen wir hin«, versprach Dubbe, der sich sogleich in den Ritterstand erhoben fühlte.

»Aber keine Gewalt, ja? Eure teutonische Präsenz sollte genügen, um die Zahlungsbereitschaft zu erhöhen.«

Sie schrien beide gleichzeitig auf, er lauter als sie. Wie ein sterbender Krieger streckte er sich, verharrte einen Augenblick in dieser Position und sank dann kraftlos zur Seite.

Tankreds nackter Körper glänzte vom Schweiß, doch nach wenigen Atemzügen war ihm schon wieder kalt. Gitti heizte nicht gerne im Schlafzimmer, sie sagte, dadurch trenne sich die Spreu vom Weizen. Männer, die nicht nur auf eine schnelle Nummer aus waren, ließen sich von der Kälte nicht irritieren, die anderen suchten unter Vorwänden oder übel schimpfend das Weite. Doch er glaubte nicht, dass Gitti noch oft Herrenbesuch bekam. Einmal hatte sie ihm gegenüber erwähnt, dass sie – noch keine dreißig – bereits dreimal mehr Sex in ihrem Leben gehabt hatte als eine deutsche Bäuerin an ihrem Lebensende, und das wollte was heißen.

Ohne ihn zu fragen, holte sie aus der Küche etwas Brot, Handkäse und Eingelegtes. Frankfurter Nutten-frühstück nannte sie das.

»Heißer Kaffee?«

»Ich habe ein schlechtes Gewissen«, sagte er.

»Warum?«

»Weil ich so lange nicht mehr bei dir war. Und weil ich immer nur …«

»Weil du immer nur kommst, wenn es dir dreckig geht oder du mich für irgendwas brauchst? Mir ist es lieber, du bist woanders und sehnst dich ab und zu nach mir, als dass du die ganze Zeit über hier herumhängst und dich woandershin sehnst. Was glaubst du wohl, warum so viele Ehemänner in Etablissements gehen und ihre Frauen sich Reitlehrer und Stallknechte als Geliebten nehmen?«

»Das schon, aber …«

»Bubi, lass mich hier nicht in der Kälte herumstehen. Sag deinem Gewissen einfach, es soll die Klappe halten, wenigstens bis es wieder wärmer ist. Was ist denn nun mit dem Kaffee?«

»Jo.«

»Kommt sofort.« An der Tür hielt sie noch mal kurz inne. »Ich bin froh, dass du mal wieder vorbeischaust.«

Er fand, sie hatte ihre Beziehung auf den Punkt ge-bracht, ohne einen von ihnen bloßzustellen. Er brauch-te tatsächlich ab und zu jemanden, der ihn umsorgte, der sein Ego tätschelte, seine Zweifel beseitigte oder, im

Gegenteil, seine Gewissheiten in Frage stellte. Der Sex war nur Nebensache. Gut, er war auch wichtig, aber nicht das Wichtigste. Deswegen schliefen sie ja auch nur noch jedes dritte, vierte Mal miteinander. In Gittis Nähe fühlte er sich geborgen, und ihm fiel kein anderer Ort ein, von dem er das hätte behaupten können. Sie wiederum brauchte jemanden, den sie bemuttern durfte. In ihren Leben gab es nicht viel Liebe.

»Dubbe und Schimmi sind jetzt bei den Braunhemden«, erzählte er nach einer Weile, während sie den starken schwarzen Kaffee schlürften. »Sturmabteilung, ist das zu fassen? Das Einzige, was sie bisher in ihrem Leben gestürmt haben, ist das Bierzelt zur Frankfurter Dippemess.«

»Du neigst dazu, andere Menschen zu unterschätzen.«

»Tue ich nicht.«

»Ihre Fähigkeit zur Verbesserung willst du nicht erkennen, außer bei dir selbst.«

»Sich einer Ideologie zu unterwerfen soll eine Verbesserung sein?«

»Für dich natürlich nicht. Du stehst immer für dich selbst ein. Du streitest für dich und kämpfst, du schummelst, hoffst. Das musst du, weil es sonst keiner tut. Keine Religion, keine Ideologie, kein Verein kann Tankred Schamitzke das geben, was er sich selbst gibt: einen Platz im Leben. Deine Freunde sind anders, sie können nicht ihr eigener Sinn sein, deshalb brauchen sie einen höheren.«

»Du kennst die beiden nur flüchtig.«

»Stimmt, aber den Typ Mensch kenne ich sehr gut, die Straßen sind voll davon. Leute, die sich bemühen und abrackern und denen trotzdem nichts bleibt. Leute, denen Gott zu abstrakt ist und die sich ihr ganz konkretes Himmelreich auf Erden errichten wollen. Leute, die sich von irgendjemandem übervorteilt fühlen, sei es von einem Bonzen, der Regierung, dem Versailler Vertrag oder der Finanzwelt, und die Gleichgesinnte suchen, um zurückzuschlagen. Wut hat Konjunktur. Die Nazis sind auch nicht schlimmer als andere Schreihälse.«

»Wer?«

»Die Nazis. Das ist die Abkürzung für Nationalsozialisten.«

»Verteidigst du diese ... Nazis etwa?«

»Ich habe nur gesagt, sie sind nicht schlimmer als andere. Sie sind Idioten, na und? Sie verachten Frauen wie mich, so wie viele, obwohl sie andauernd Frauen wie mich aufsuchen, wie so viele. Was soll's? Deine Freunde machen bei den Braunhemden die Erfahrung, dass es guttut, Wut und Verachtung in einer Gruppe zu kultivieren anstatt alleine im stillen Kämmerlein. Packst du zwei Menschen mit derselben Anschauung zusammen, fühlen sie sich schon zu dritt.«

»Wie kommt es, dass du so viel von Politik verstehst?«, fragte Tankred.

»Nicht von Politik«, widersprach sie. »Von Männern. Und wer macht die Politik, hm?«

Sie sah beiläufig auf den Wecker. »Verdammt, ich habe in einer Viertelstunde einen Termin beim Zahnarzt. Goldzahn hinten links. Wie ich diesen Pferdemetzger kenne, wird er mich für eine Woche unglücklich machen.«

Sie zog sich in aller Eile an, beugte sich über das Bett und gab Tankred einen Kuss.

»Nimm dir, was du brauchst, Bubi«, sagte sie und eilte davon.

Kaum allein in ihrer Wohnung, verschwand die Geborgenheit. Er hatte gelernt, damit umzugehen. Auch mit dem Alleinsein, das er trotz Gitti, Dubbe, Schimmi und der paar Frauengeschichten empfand, die es in seinem Leben gegeben hatte. Konnte er selbstlos sein? Sich mit ganzem Herzen einer Person oder Sache verschreiben?

Gitti meinte, nein. Allerdings machte es ihr nichts aus.

Ihm auch nicht. Sich in einen Dienst zu stellen, ohne einen unmittelbaren Nutzen davon zu haben, kam ihm dumm vor, und einem Menschen zu verfallen machte blind und verletzbar. Nichts davon wollte er jemals erleben.

Er zog sich an, fuhr sich mit nassen Händen durch die Haare und ging aus dem Haus.

Wenn etwas Ophélies Tage füllte, dann dass sie anhand des Verhaltens ihres Gatten erforschte, wie er sich fühlte. Ging es ihm gut, war er also sorgenfrei, öffnete er zum *petit dejeuner* eine Flasche Champagner, las ausgiebig in der *Le Monde* und der *Frankfurter Allgemeinen*, ließ sich mittags eine Delikatesse servieren, trank Cognac, machte mit Ophélie einen Spaziergang im Palmengarten und ging anschließend in den Herrenclub. Ging es ihm schlecht, bedrückte ihn also etwas, öffnete er zum *petit dejeuner* eine Flasche Champagner, las ausgiebig in der *Le Monde* und der *Frankfurter Allgemeinen*, ließ sich mittags eine Delikatesse servieren, trank Cognac, machte mit Ophélie einen Spaziergang im Palmengarten und ging anschließend in den Herren-club. Und ging es ihm so lala, öffnete er zum *petit dejeuner* eine Flasche Champagner …

Natürlich hätte sie ihn auch einfach nach seinem Befinden fragen können. Nur gehörte Edmond de Fleury zu jenen kauzigen Menschen, die aus irgendeinem für Ophélie unerfindlichen Grund stets behaupteten, es gehe ihnen gut, und die erwarteten, dass ihr Gegenüber diese Aussage auf ihren Wahrheitsgehalt überprüfte.

Daher ging sie ins Detail und überprüfte vor dem Mittagessen, wie viele Zigaretten er bereits geraucht hatte. Ob er nur den Politikteil der Zeitungen oder auch das Feuilleton gelesen hatte. Auf welche Weise er das Silberbesteck hielt und ob er einen Nachschlag verlangte. Ob er zwischen Kaffee und Abendessen Proust las, Verlaine oder einen modernen Amerikaner, etwa Steinbeck. Welchen Wein er für das Diner auswählte. Diese und weitere Indikatoren deutete sie wie eine Wahrsagerin ihre Tarotkarten.

Man konnte getrost sagen, dass Ophélie ihr eigenes Befinden dem ihres Gatten anglich, obwohl es auch Tage gab, an denen es Edmond gut ging und ihr weniger. Etwa, wenn das fehlende Auge wehtat. Der Arzt hatte ihr gesagt, dass Phantomschmerzen auch im Kopf auftreten können, in den Sehnerven. Natürlich ließ sie sich das nicht anmerken. Prinzipiell galt, dass Edmonds Wohlbefinden auf sie übergriff, und wenn sie im Verlauf des Tages zu dem Schluss kam, dass er zufrieden war, ging ein Energieschub durch sie hindurch wie ein Sonnenstrahl, der den Winter vertrieb.

In letzter Zeit hatte sie das Gefühl, Edmond sei unglücklich, genauer, seit der Flegel in den verbeulten

Hosen ein Drittel der Firmenanteile zugesprochen bekommen und so die Verlegung der Manufaktur an die Loire vereitelt hatte. Ihr Geschenk an Edmond. Wie eine tapsige Dienstbotin kam sie sich vor, die ihrem Mann ein Silbertablett vor die Nase gehalten und es ihm dann auf die Hose hatte fallen lassen.

Natürlich beklagte er sich nicht, ebenso wenig wie zuvor, als die Rückkehr nach Frankreich noch gar nicht zur Disposition gestanden hatte. Kein Seufzer kam ihm über die Lippen, stattdessen rauchte er bis zum Mittag nur zwei Zigaretten, las einen Amerikaner, verzichtete auf den Cognac und wählte einen fränkischen Wein – alles klare Anzeichen tiefster Enttäuschung.

Auf Ophélie wirkte sich dieser Umstand verheerend aus, denn sie aß zum Frühstück ein Honigbrötchen mehr, tat drei statt zwei Stücke Zucker in den Kaffee und vertilgte jeden Tag eine Schachtel Pralinen. Die Kleider wurden enger und enger. An Blumen fand sie keinen Gefallen mehr, und was ihre Kinder Damian, Maxim und Marie so trieben, war ihr so gut wie egal. Das Aroma des Versagens begleitete sie überall hin wie ein zu stark aufgetragenes schweres Parfüm, das Kopfschmerzen und Müdigkeit verursacht. Die ganze Zeit dachte sie an das Testament ihres Vaters, konnte sich jedoch nicht darauf konzentrieren. Es war, als flatterten ihre Gedanken wie Motten um sie herum, die sie vergeblich zu erwischen versuchte. Dass etwas an diesem buchstäblich Letzten Willen ihres Vaters nicht stimmte, spürte sie bis in die Haarspitzen.

»Ich komme nicht darüber hinweg«, sagte sie zu Edmond, als die Familie an einem klirrend kalten Februarnachmittag im Palmengarten flanierte.

Das Areal im Frankfurter Westend unweit ihres Hauses war ein botanischer Garten im Privatbesitz. Ententeiche, Spielwiesen, Tennisplätze, ein Tropenhaus – es war für jeden etwas dabei, der sich das Eintrittsgeld leisten konnte. Im Winter waren die Möglichkeiten des Amüsements naturgemäß eingeschränkt, aber eine Eislaufbahn machte den Ausflug dorthin auch für die Kinder attraktiv.

»Lass es gut sein«, sagte Edmond.

Diesen Satz bemühte er ihr gegenüber recht oft und fast immer vergeblich. Etwas gut sein zu lassen mochte für Ophélie ja noch angehen, aber es schlecht sein zu lassen, das fiel ihr schwer. Leider war das Schlechte überall, es lauerte am Wegesrand wie ein Filou, der eigens auf sie gewartet hatte.

»Ich verstehe nicht, wie es so weit kommen konnte«, begann sie von Neuem. »Wieso hat er das getan?«

Edmond zog ein Gesicht wie zu einer hundertmal gehörten Geschichte, was Sinn machte, da er sie gewiss schon hundertmal gehört hatte. Er gab den Jungen Geld, damit sie sich Schlittschuhe ausleihen konnten, und lehnte sich gegen die Brüstung der Eislaufbahn, die an diesem Tag kaum besucht war. Die Krise machte den Eintritt für viele unmöglich, die sich den Besuch vor einem halben Jahr noch problemlos hatten leisten können.

»Du musst immer an eines denken, Chérie«, sagte er. »Dein Vater war eine Schweinhund.«

»Schweinehund«, verbesserte sie ihn.

»Das war es wert, zweimal gesagt zu werden.« Lächelnd holte er das silberne Etui hervor und zündete sich mit der ihm eigenen Langsamkeit und Eleganz ein

Zigarillo an. »Wir brauchen ihn nicht. Wir haben Geld für drei Leben.«

Ophélie ließ nicht locker. »Mir ist klar, dass er mir eine letzte Schmach zufügen wollte. Das älteste Kind hat bisher immer die Manufaktur als Ganzes übertragen bekommen, die anderen wurden ausbezahlt. Ausgerechnet mir gibt er nur einundfünfzig Prozent.«

»Möchtest du, dass ich uns kandierte Nüsse kaufe?«

»Warum?«, erregte sie sich.

»Warum kandierte Nüsse?« Natürlich wusste er, dass sie immer noch vom Testament sprach.

»Weil ich eine Frau bin? Weil er mich nicht gemocht hat? Weil ich ein Krüppel bin?«

»Nein, weil er eine Schweinehund war«, wiederholte Edmond sein Lieblingswort des Tages. »Er wollte, dass du und Elise euch streitend im Dreck wälzt, den er hat hinterlassen. Das ist eine ganz einfache Ding. Schweinehund und fertig.«

Nein, nicht fertig, dachte sie. Wieso hatte ihr Vater »Erbberechtigte« geschrieben? Er hätte Tankred namentlich im Testament erwähnen können: »Otto hat einen illegitimen Sohn namens Tankred Schamitzke, den ich hiermit anerkenne. Tankred und Elise erhalten jeweils dreiunddreißig, meine ungeliebte, entstellte Tochter Ophélie vierunddreißig Prozent.«

Aber nein, er wählte die allgemeine Formulierung »erbberechtigt«.

Ja, er war fies gewesen, ein Sadist. Wäre er arm geboren worden, er hätte gewiss mit Leidenschaft als Knochenbrecher eines Buchmachers gearbeitet. Knochenbrecher wussten sehr gut, womit sie am besten anfingen und wie sie den Schmerz ihrer Opfer steigern konnten. Es gab keinen einzigen gemeinen Witz, den Adalmar Blankenburg sich nicht vorher gründlich überlegt hatte. Keine Demütigung, die er nicht von langer Hand geplant hatte.

Erbberechtigt.

Dieses Wort war eine Tür, deren Schlüssel Ophélie nicht besaß, und während sie noch danach suchte, ging Edmond los, um kandierte Nüsse zu kaufen.

Unterdessen glitten Damian, Maxim und Marie mit wehenden Schals über das Eis. Früher hatte Maxim ständig versucht, seinen um wenige Stunden älteren Bruder aus dem Gleichgewicht zu bringen, was ihm nur selten geglückt war. Meistens war er dabei selbst auf dem Hosenboden gelandet. Also war er irgendwann dazu übergegangen, entweder Marie oder kleinere Jungen »versehentlich« anzurempeln und sich heimlich über ihre unfreiwilligen Pirouetten kaputtzulachen, die meist mit einem wenig eleganten Sturz endeten. Bis Edmond ihm derlei Vergnügen verbot. Einfach nur so über das Eis zu laufen, ohne sich zu langweilen, war für Maxim unmöglich. Langeweile wiederum war für ihn die reinste Folter. Also dachte er sich etwas Neues aus …

Ophélie beobachtete ihren Sohn dabei, wie er einem Herrn im schwarzen Anzug von hinten in die Kufen fuhr, woraufhin dieser zu Boden ging. Sofort half Maxim ihm wieder auf die Beine, um sich nach einer Runde erneut an den Herrn zu wenden und ihm sein Portemonnaie zurückzugeben, das er bei dem Sturz wohl »verloren« hatte. Daraufhin erhielt er tatsächlich eine kleine Belohnung. Manchmal waren es auch Eheringe oder Anstecknadeln, bei Frauen Broschen und

Halsketten, die den Gestürzten abhandenkamen. Ums Geld ging es ihm dabei nicht, denn die Belohnung landete später am Ausgang des Palmengartens in der Mütze eines Obdachlosen.

Maxim hatte es darin zu solcher Perfektion gebracht, dass er die Entdeckung durch seine Opfer nicht zu fürchten brauchte. Eher schon seinen Bruder. Wenn Damian dergleichen mitbekam, ging er sofort dazwischen, und der Spaß war vorbei. Glücklicherweise – aus Maxims Sicht – passierte das nicht oft, denn für Damian war die Eislaufbahn im Winter nichts anderes als die Aschenbahn im Sommer: eine sportliche Herausforderung, auf die er sich fast verbissen konzentrierte, sofern er sich nicht gerade um seine kleine Schwester kümmerte.

Wenn Ophélie ihren Kindern so zusah, weinte ihr rechtes Auge, während das linke schmerzte. Damian hätte es verdient gehabt, einmal die Leitung der gesamten Manufaktur zu übernehmen, Maxim helfend an seiner Seite. Stattdessen musste sie ohnmächtig zusehen, wie ein dahergelaufener Straßenjunge mit vermutlich krimineller Vergangenheit und die ahnungslose, unerfahrene Elise ihren Söhnen im Weg standen und das Unternehmen schlimmstenfalls in den Abgrund führten.

Erbberechtigt.

Edmond trat neben sie und drückte ihr eine kleine, zylindrische Papiertüte in die Hand.

»Kandidierte Nüsse, Chérie.«

Er machte keinerlei Anstalten, ihren Appetit auf Süßes zu zügeln, im Gegenteil. Fast so, als wolle er sie mästen, wohingegen er selbst seit zwanzig Jahren seine Figur hielt und außerordentlich stattlich aussah. Vielleicht mochte er sie aber auch einfach nur glücklich sehen, und kandierte Nüsse schafften das tatsächlich, wenn auch nur kurz.

»Auf den Champs-Élysées schmecken sie besser, nicht wahr?«, fragte sie. »Das denkst du doch.«

»*O ma chère!* Träumst du immer noch von meiner Rückkehr nach Paris im Triumph? Von einer Konfitürenparade?«

Sie lachte. »Konfettiparade«, berichtigte sie wohl wissend, dass Edmond sich ab und zu absichtlich vertat, um sie aufzuheitern. »Du bist ein Schatz. Was wäre mein Leben ohne dich? Und wie gerne würde ich dir eine eigene Manufaktur an der Loire zu Füßen legen.«

Erbberechtigt.

»Stell dir nur mal die Visitenkarte vor«, sagte sie. »Edmond de Fleury, Unternehmer und Fabrikant. Wie hört sich das an?«

»Vor allem nach Arbeit.«

»Nun gut, dann: Edmond de Fleury, Vater von Unternehmern und Fabrikanten.«

»Das hört sich alt an.«

»Hast du denn gar keinen Traum, Liebster, den ich dir erfüllen darf?«

Während er an seiner Zigarettenspitze sog, dachte er ernsthaft darüber nach. »*Au voyage*, reisen würde ich gerne. Es ist eine gute Zeit dafür. Die Schiffe sind halb leer, weil alle Welt … wie sagt man … Ruine ist. Indien vielleicht. Nein, lieber nicht, da gibt es Kobras. In Japan gibt es keine Kobras, oder? Weiter nach China, Tahiti, Hawaii … Die Kinder nehmen wir mit. Eine einzige *voyage* ersetzt zwei Semester Studium, ganz egal in welche Fach. Eine große Spaß. Du vergisst für eine

Weile deine Sorge. Und ich … *bon*, ich betrachte ausgiebig die jungen Frauen in ihren Baströckchen. Das war eine Scherz, Chérie, keine Grund, blass zu werden. Ophélie, was hast du?«

Sie sah ihn mit ihrem verbliebenen Auge entgeistert an. »Das ist es!«

»Was ist was?«

Erbberechtigt.

»Ruf bitte die Kinder herbei, wir müssen sofort gehen.«

»Gehen? Wohin?«

»Zum Telegrafenamt.«

Chen Lu hatte alles bereitgestellt: Strychnin, Chinin, Koffein, Heroin und Milchzucker. Hatte alles genau abgewogen und dann vermischt. Daneben die süßen Reisbällchen, die er so gerne aß und die sie am frühen Morgen mit großer Raffinesse zubereitet hatte, damit er sie auch ja nicht verschmähte. Und dann das!

Sie verklebte gerade ein wenig der Mixtur mit dem ersten Bällchen, gerade so viel, dass es auf eine Pinzette passte, als jemand an der Tür klopfte. Sie erschrak, und die Pinzette fiel ihr aus der Hand.

»*Hún dàn*«, fluchte Chen Lu.

Sicherheitshalber deckte sie alle Zutaten mit einer Bambusmatte ab, zog die Baumwollhandschuhe aus und setzte ihr grimmigstes Gesicht auf. Zusammengenommen mit Widos drei großen Hunden, die sich bereits vor der Tür postiert hatten, ließ sich damit ein Bettler oder ein Gläubiger ohne Weiteres vertreiben.

Sie kannte den Besucher, nicht jedoch seinen Namen. Der Name war unwichtig. Der Mann gehörte zum engsten Kreis um Huang Jonrong, Huang den Pocken-narbigen, dem zweiten Anführer der Grünen Bande. Das allein genügte, um Chen Lu erst erstarren und dann schlucken zu lassen. Die Betriebsamkeit in der engen Straße, die vorübereilenden Kulis, das Geratter der Wagen, die lauten Weiber von gegenüber, das alles erlosch angesichts dieser Augen, die sie direkt anblickten.

»Ja?«, schaffte sie es zu sagen und betete zu allen Göttern des Himmels und der Erde, dass er ihren Fluch nicht gehört hatte.

Einen Mann des Pockennarbigen als *Hún dàn* zu bezeichnen, als vermischtes Ei und damit als Halunken, galt als eine schnelle und unkomplizierte Art zu sterben.

Er streckte ihr allerdings nur zwei Umschläge entgegen. Das eine war ein Brief, das andere ein Telegramm.

Der Brief war kürzer und in ihrer Sprache verfasst, in Mandarin. Er enthielt nur einen Satz: »Ich möchte, dass du den Bitten entsprichst, die in dem Telegramm geäußert werden. Du Yue-sheng.«

Du Yue-sheng, auch Mister Du genannt, war der erste Anführer der Grünen Bande von Shanghai. Er kümmerte sich um die strategische Ausrichtung der Organisation, während dem Pockennarbigen die Durchsetzung der Ziele mit allen Mitteln oblag. Sozusagen war der eine ein Gott und der andere der Teufel. Nur dass sie zusammenarbeiteten.

Das Telegramm war länger und in deutscher Sprache geschrieben. Sie konnte etwas Deutsch, vielleicht auch ein bisschen mehr als etwas. Wido zuliebe hatte sie es gelernt.

Nur im ersten Moment schien es ein Wunder zu sein,

dass diese Zeilen sie erreichten. Sie waren an das Telegrafenamt in Tsingtau gerichtet. Die Stadt war in japanischer Hand und zudem weit entfernt. Eine genaue Adresse war nicht angegeben. Nur: Wido Blankenburg, Tsingtau. Das Telegramm wäre normalerweise sofort im Müll gelandet, reichten die Beziehungen der Organisation nicht weit über Shanghai hinaus und hätte der Inhalt nicht die Aufmerksamkeit eines deutschsprachigen Handlangers irgendwo in Tsingtau geweckt. Mehrfach weitergereicht, war es am Ende in Shanghai in ihren Händen angekommen.

Lieber Wido,
falls du noch lebst, bitte melde dich. Vater ist tot.
Ich brauche dich hier dringend. Bitte, bitte melde
dich. Gott gebe, dass du diese Zeilen erhältst. Gott
gebe, dass du nicht tot bist, wie Vater es uns erzählt
hat. Aber ich habe so eine Ahnung ... Es ist sehr
wichtig, dass du zu uns kommst! Ein Lebenszeichen
von dir, und ich weise dir Geld für die Reise an.
Deine dich liebende Schwester Ophélie.
Oh mein lieber Bruder, ich bete, dass du wohlauf
bist.

Chen Lu wusste recht viel über Widos Familie. Vielleicht aber auch nicht, denn sie kannte nur das, was Wido ihr erzählt hatte, und das musste nicht stimmen. Ophélie gehörte demnach zu den Guten. Von allen Angehörigen stand sie ihm am nächsten. »Eigentlich besteht meine Familie nur aus Ophélie«, hatte er oft gesagt. Die anderen zählten nicht für ihn. Oder waren böse.

Doch das alles war viele Jahre weit weg gewesen, so als hätte Wido ihr ein Märchen vorgelesen. Unwichtig auch, denn niemals hätte Chen Lu gedacht, einen der Menschen, von denen er erzählte, zu Gesicht zu bekommen.

Harsch befahl Chen Lu den winselnden Hunden, sich zu verkrümeln. Sie hasste die Viecher, die herrenlos und dumm waren wie Wido.

»Aber ... das ist am anderen Ende der Welt«, wandte sie ein.

»Wir bringen euch nach Marseille«, sagte der Mann. Er sprach es »Ma Se« aus, von einer solchen Stadt hatte sie noch nie gehört. »Von dort reist ihr mit dem Zug weiter nach Deutschland.«

»Wieso? Ich gehöre nicht zu euch. Ich wollte es immer, aber ihr habt mich zurückgewiesen.«

Zur Grünen Bande zu gehören hatte viele Vorteile. Sie kontrollierte so ziemlich alle Geschäfte – legale wie illegale – in den französischen Vierteln Shanghais und auch die französische Polizei. Aber sie nahmen nur jene als Mitglieder auf, die ihnen von Nutzen sein konnten, und Chen Lu hatte ihnen nichts zu bieten. Für die Prostitution war sie mit ihren vierundvierzig Jahren zu alt und auch nicht ausreichend hübsch. Und sie war in Shanghai nicht gut genug vernetzt, um für die Organisation die Ohren offen zu halten. Alles, was sie konnte, war, Räucherwerk zu verkaufen, morgens vor der Kathedrale der Christen und abends vor den Heiligtümern der himmlischen Götter. Tagein, tagaus.

»Jetzt weisen wir dich nicht mehr zurück.«

Der Umstand, dass Mister Du ihr einen Brief schrieb, ihn jedoch von einem Vollstrecker des Pockennarbigen überbringen ließ, war eine unmissverständliche Botschaft: Wir haben viel mit dir vor, doch weigerst du dich, wirst du dir wünschen, im Mutterleib verreckt zu sein.

»Was soll ich denn dort tun, in Europa?«

»Ihr werdet abgeholt. In zwei Stunden.«

»Aber meine Tochter ist nicht zu Hause, ich muss sie erst suchen gehen, und ich weiß nicht, wo sie ist.«

»Sie wird da sein.«

Je weniger Chen Lu von der Opiumhöhle zu sehen bekam, in der Wido seine Tage verbrachte, desto besser. Es gab unzählige davon in Shanghai, und eine war wie die andere: dunkel, verqualmt, betäubend. Eine solche Konzentration von Schwäche an einem Ort gab es nirgends, nicht einmal im Arbeitslager. Opium machte die Menschen passiv, fügsam. Seit China 1842 den Krieg gegen die Briten verloren hatte und gezwungen war, seine Märkte für die Einfuhr der Droge zu öffnen, war das Land davon überschwemmt worden. Das halbe Volk geriet in Abhängigkeit und fast die gesamte Beamtenschaft. Die einzigen Profiteure waren die britischen Handelshäuser, die im dreckigen Geld schwammen, und jene Europäer, die sich in der Folge die Schlaffheit des riesigen Landes zunutze machten: Portugiesen, Deutsche, Franzosen – und die Triaden, die chinesischen Banden.

Seit einigen Jahren jedoch änderte sich die Politik der Grünen Bande. Sie hatte sich mit den Kuomintang verbündet, der Nationalbewegung unter Chiang Kai-shek, die allerdings entschiedene Gegner des Opiums – und des Kommunismus – waren. Beides bekämpften sie mit brutaler Härte. Daher war es nicht nur langfristig zerstörerisch, regelmäßig Kunde einer Opiumhöhle zu sein, sondern auch unmittelbar. Es hatte mehrfach Massaker an Opiumsüchtigen gegeben, und Chen Lu hegte ab und zu die Hoffnung, die Grüne Bande oder die Kuomintang würden ihr das »Problem Wido« abnehmen.

Schon einmal hatte sie versucht, ihn zu vergiften, brachte es jedoch nicht fertig. Danach hatte sie versucht, ihn im Stich zu lassen, und auch das war gescheitert. Sie kam nicht von ihm los, und es ärgerte sie maßlos, dass sie dafür keine vernünftige Begründung fand.

Es dauerte eine Weile, bis sie Wido zwischen den schweren Rauchvorhängen entdeckte. Er lag auf einer Ruhebank, den Körper auf die Seite gedreht, und sog an einer langen Pfeife. Er sah aus wie ein schlafendes Kind.

»Wido.« Sie rüttelte kräftig an seiner Schulter, weil sie wusste, dass man mit Zartheit bei einem benebelten Opiumraucher nicht weit kam. Er fiel beinahe von der Bank.

»Wido, aufstehen!«

Das Verrückte war, dass niemand ihn in seinem Zustand zu irgendetwas hätte bewegen können, schon gar nicht dazu aufzustehen, nur auf ihren Befehl hin funktionierte er stets tadellos. Manchmal glaubte sie, dass sie ihn nur deswegen nicht umbrachte.

Er ließ die Pfeife fallen und erhob sich, schwankend zwar, aber auf zwei Beinen.

»Wir müssen hier weg, Wido. Stütz dich auf mich.«

Eine Stunde später stiegen sie mit zwei in aller Eile gepackten Reisetaschen und drei Hunden in ein vornehmes englisches Automobil mit Chauffeur. Ohne die Hunde würde Wido niemals irgendwohin fahren, nicht einmal in diesem Zustand hätte sie ihn dazu gebracht. Der Vollstrecker des Pockennarbigen hatte Recht gehabt, Shuilian saß bereits auf dem Rücksitz, mit großen Mädchenaugen, die selbst den Hartherzigsten erweicht hätten, und einem Herzen aus Eis, das selbst Chen Lu manchmal frieren ließ.

»Wohin fahren wir, Mutter?«

»Ich weiß es nicht.«

»Und warum fahren wir?«

»Man will es so.«

»Wenn ich schon von hier wegmuss, dann nach Amerika.«

»Europa.«

»Das ist auch gut.«

Wido schlief auf der Stelle ein, kaum dass er saß und seine Hunde gestreichelt hatte. Der Vollstrecker des Pockennarbigen schloss die Tür.

»Wann und wie erfahre ich, was ich tun soll?«, fragte sie ihn durch das heruntergelassene Fenster. »Ich weiß doch nichts.«

Der Mann klopfte mit der flachen Hand zweimal auf das Dach, und der Wagen setzte sich in Bewegung.

Der Chauffeur sprach kein Wort. Sie hätte ihn einen Hurensohn schimpfen können, und er hätte den Mund nicht aufgemacht. Wido schlief. Die Hunde schliefen. Shuilian weinte. Chen Lu hatte also nichts anderes als ihre Gedanken, um sich zu unterhalten. Und das tat sie ausgiebig. Sie wusste nichts, vermutete viel, bezweifelte alles. Sie fuhren einige hundert Kilometer weit zu einem

Hafen, von dem sie noch nie gehört hatte. Der Chauffeur stieg aus, sprach mit einem Kapitän und überreichte ihm einen Brief und eine Schatulle, in der vielleicht Geld, vielleicht Gold, vielleicht auch Perlen waren. Als der Kapitän nickte, weckte Chen Lu Wido auf.

»Hier, iss ein Reisbällchen.«

»Ich will nicht.«

»Sie sind gut.«

»Wo sind wir?«

Sie gingen an Bord eines kleinen Schiffes, auf das nicht mehr als zwanzig Passagiere passten. Die Kabine war nicht groß, aber sauber.

»Iss ein Reisbällchen.«

»Ich habe keinen Hunger.«

Opiumsüchtige hatten fast nie Hunger, außer nach Opium.

Das Schiff lief aus. Chen Lu verließ das Land, das sie kannte, um in ein Land zu reisen, von dem sie nur wusste, dass Wido heilfroh gewesen war, es verlassen zu können.

»Iss ein Reisbällchen«, sagte sie abends.

»Nein.«

»Du isst das jetzt.«

Endlich. Er aß den klebrigen Reis, vermischt mit einer Paste aus süßen Azukibohnen, verfeinert mit Kirschblüten. Und er aß Strychnin, Chinin, Koffein, Milchzucker und Heroin, eine Mischung, die nach den neuesten Erkenntnissen der Medizin dazu gedacht war, Opiumsucht zu heilen.

Chen Lu wusste auch nicht, warum sie sich die Mühe machte.

Emma verliebte sich auf Anhieb in Theo Schatts Atelier, wo Berge, Flüsse, Seen und Wälder, wo Wiesen und Obstgärten, wo der Zauber der ganzen Welt auf wenigen Quadratmetern zu bestaunen waren. Jedes Detail stimmte mit ihren Vorstellungen von einer pittoresken Künstlerwerkstatt überein – die Farbspritzer auf dem Holzboden, die sich hintereinanderstapelnden Gemälde, das geöffnete Fenster, das den Blick auf eine weite, verschneite Landschaft freigab. Der Winter 1930 wollte einfach kein Ende nehmen, was Emma ihm unter normalen Umständen niemals verziehen hätte, war sie doch von Natur aus ein Frühlingskind.

In diesem Jahr war es ihr egal, was der Winter trieb. Denn auf die Liebe für Theos Atelier folgte die Liebe für Theos Stil, für seine Neigung zu Pastelltönen, für Schönheit, Reinheit, Unverbrauchtheit. In seiner Malerei gab es nichts Düsteres. Der Tod kam darin nicht vor. Seine Bilder waren wie Farbe gewordene Gedichte von Eichendorff. Umgeben von so viel Wärme, blühte sie während der zahllosen stundenlangen Porträtsitzungen trotzig auf.

Emma verstand genug von Malerei, um zu wissen, dass Theo genügend Skizzen von ihr hatte, um die Arbeit ohne sie fortzusetzen. In einer unausgesprochenen Übereinkunft ignorierten sie jedoch diese Tatsache und hielten die Anwesenheit des Objekts für unabdingbar. Es war eine kleine, harmlose Verschwörung, die sie aneinanderkettete und an der sie beide ihren Spaß hatten.

»Wen von Ihren Kollegen schätzen Sie am meisten?«, fragte Emma, um mehr über ihn zu erfahren.

»Tot oder lebendig?«

»Ganz egal.«

»August Macke.«

»Oh.«

Sie hatte auf Claude Monet gehofft, vielleicht Caspar David Friedrich, da hätte sie mitreden können. Macke sagte ihr nichts.

»Diese aus sich heraus leuchtenden Farben, kombiniert mit der Ruhe in seinen Stillleben … unvergleichlich. In seinen letzten Lebensjahren wandte er sich dem Kubismus zu.«

Augenblicklich verliebte sie sich in den Kubismus im Allgemeinen und Macke im Speziellen.

»Leider«, fügte Theo nach einer Weile hinzu, »ist der Kubismus eine Sackgasse.«

Augenblicklich verdammte sie den Kubismus. »Gewiss.«

Eine Minute lang schwiegen sie wieder.

»Fertig«, sagte er schließlich.

»Fertig?«, stieß sie hervor. Das Wort war wie eine Schelle, die sie aus einem Traum aufweckte.

»Fertig«, wiederholte er mit belegter Stimme.

Langsam glitt Emma vom Hocker herunter, ließ sich sehr viel Zeit, das Kleid glattzustreichen, und ging erst, als die Verzögerung lächerlich zu werden drohte, um die Staffelei herum.

Die porträtierte Frau saß im Damensitz auf einem Pferd, die Zügel locker in der Hand, wobei sie den Betrachter aus erhöhter Position direkt anschaute. Sie lächelte, den Kopf leicht zur Seite geneigt, wie nach einem verwegenen Scherz. Zwei hellblaue Hutbänder in der Farbe ihrer Augen flatterten um die blonden lockigen Haare und kontrastierten mit dem frischen rosa Teint des Gesichts.

»Das bin ich?«, rief sie.

»Gefällt es Ihnen etwa nicht, Fräulein Emma?«

»Das … es … ich …«, brachte sie lediglich hervor. Natürlich war sie die Person auf dem Gemälde, die Ähnlichkeit war ganz offensichtlich. Aber so hatte sie sich selbst nie gesehen – als wunderschöne Frau, ein wenig kokett und von unübersehbarer Sinnlichkeit. Im Spiegel erblickte sie stets eine andere. Und nun hielt Theo Schatt gewissermaßen einen Spiegel vor den Spiegel und brachte damit etwas zum Vorschein, was sie zwar ersehnt, aber nie vermutet hätte. Doch nicht nur ihr eigenes Wesen war um einige Facetten erweitert worden, auch das des Künstlers.

Das also war sein Blick auf sie! Ein Blick, der nicht nur aus den Augen kam.

Als Emma erkannte, dass Theo sie genauso liebte wie sie ihn, war es ein paar Sekunden lang, als würde eine göttliche Hand mit einem großen Schwamm einmal über ihr ganzes Leben fahren und alle Sorgen wegwischen.

»Ich finde keine Worte dafür«, sagte sie schließlich. »Meister Schatt, Sie zeigen mir da etwas, was … Ich hätte nicht gedacht, dass Sie … Es ist überwältigend.«

Abrupt wandte sie sich ab und ging zum Fenster. Ein eiskalter Windstoß wehte Emma entgegen und tat gut, denn ihr Kopf glühte.

Der göttliche Moment war vorüber, die irdischen Nöte lasteten wieder auf ihr. Theo und sie, das durfte nicht sein. Alles, außer ihren Gefühlen, sprach dagegen. Dass ihre Mutter gegen diese Verbindung sein würde, war dabei nicht das größte Problem. Emma hatte es schon vor Jahren zu einer Freizeitbeschäftigung erhoben, ihrer Mutter auf der Nase herumzutanzen. Sie wusste jedoch, dass ihr Vater, würde er noch leben, eine Liaison und erst recht eine Heirat mit Theo verbieten würde. Als freischaffender Künstler stand der Maler auf derselben gesellschaftlichen Stufe wie ein Reitlehrer oder ein Gastwirt, eben jemand, den man nie übers Wochenende in sein Landhaus einladen würde. Jedenfalls nicht in den Kreisen, in denen ihre Familie verkehrte. Emma selbst hatte ihn bei ihrer ersten Begegnung ebenfalls recht hochnäsig behandelt.

»Ich habe da noch etwas für Sie«, sagte Theo.

Er war von hinten an sie herangetreten und überreichte ihr eine Schachtel, darin eine Miniatur für ein Medaillon. Es war die kunstvolle farbige Nachzeichnung eines Fotos, ihres absoluten Lieblingsfotos von ihr und ihrem Vater.

»Eine kleine persönliche Zugabe«, sagte er.

Das war einfach zu viel. Sie konnte sich nicht länger zusammenreißen und begann, leise zu weinen.

»Sie sind so gut zu mir, Meister Schatt«, murmelte sie. »Und ich kann Sie noch nicht einmal bezahlen. Meine Mutter gibt mir so gut wie nichts mehr.«

»Bitte sprechen Sie nicht von Geld, Fräulein Emma.«

Er war perfekt. Er war so viel besser als all die Schnösel in ihren feinen Anzügen mit ihren sorgsam gewachsten Bärten, denen nichts anderes einfiel als Diamanten und Pelzmäntel, um ihre Auserwählte zu erfreuen. Und für einen solchen Mann durfte ihr Herz nicht schlagen?

Aber ihr Vater ... Sie wusste, wie er reagiert hätte, wäre er noch am Leben. Er würde ihr liebevoll über die Haare und die Wange streicheln und sagen: »Wir finden jemanden, für den dein Herz schlägt und der trotzdem etwas hermacht.«

Und sie – sie würde ihm glauben und nachgeben.

Oder nicht?

»Möchten Sie mich vielleicht auf einen Spaziergang begleiten?«, fragte sie Theo, so als seien Spaziergänge eine Medizin, die man in Fällen größter Verunsicherung gemeinhin verabreichte.

Das Tal mit den Obsthainen, durch das sie schlenderten, nannten die Leute »süßes Gründchen«. Zumeist waren es alte Apfelbäume, aus deren Früchten man Saft und Most herstellte. Doch der warme Spätsommer, in dem das alljährlich geschah, war so weit von der eisigen Kälte des Frühmärz entfernt wie Emmas Gefühle von der erbarmungslosen Wirklichkeit.

Minutenlang beschränkte ihre Konversation sich auf die Landschaft, das Wetter, die Auswirkungen des Wetters auf die Landschaft und darauf, ob sie beide angemessen gekleidet waren. Als es dazu rein gar nichts mehr zu sagen gab, schwiegen sie, und eine Weile war nichts anderes zu hören als der knirschende Frost unter ihren Stiefeln.

Dann begannen sie gleichzeitig und mit einem Elan zu sprechen, als seien sie auf eine großartige Erkenntnis gestoßen.

»Mit unseren Sitzungen ist es ja nun wohl ...«, sagte sie.

»Sie würden eine hervorragende ...«, sagte er.

Sie lachten.

»Bitte, Sie zuerst, Meister«, sagte Emma.

»Nach Ihnen«, sagte Theo.

»Ich bestehe darauf«, sagte Emma.

Er errötete, als er erst auf seine abgewetzten Stiefelspitzen blickte und danach in den Obsthain, dann kurz in den silbergrauen Himmel und schließlich in Emmas Augen. »Eine hervorragende Zeichnerin würden Sie abgeben, Fräulein Emma.«

Sie blieb stehen. »Ich?«, rief sie. »Ich habe noch nie gezeichnet.«

»Sie haben ein gutes Auge für Details und einen Sinn für Ästhetik. Das ist schon das halbe Handwerk.«

»Ich fürchte, die andere Hälfte des Handwerks wird mir für immer verschlossen bleiben. Meine Mutter behauptet immer, mit meinen Beinen tanze ich zwar den elegantesten Walzer und den schnellsten Charleston, aber meine Hände könnten sogar Knetmasse zerstören.«

»Wenn das so ist … Ich bringe Ihnen gerne bei, mit den Füßen zu malen wie Renoir.«

Sie lachten, und auf einmal begriff Emma, worauf er hinauswollte.

»Sie wollen mich das Zeichnen lehren?«

»Zuerst das Zeichnen, dann das Malen. Natürlich nur wenn Sie ernsthaft daran interessiert sind.«

»Ob ich … ob ich …?« Das war überhaupt die Idee. Auf diese Weise könnte sie weiterhin Zeit mit Theo verbringen, ohne sich auf mehr einzulassen als bisher. Die Distanz bliebe gewahrt. »Und ob ich interessiert bin.«

»Unter Einbeziehung Ihrer Hände?«, fragte er lächelnd.

»Ich werde ein ernstes Wörtchen mit meinen Händen reden.« Sie lachten erneut, und Emma war im Glück. »Mit Ihnen Zeit zu verbringen, Meister Schatt, das ist für mich wie Durchatmen.«

Diesmal erröteten sie alle beide. Emma, weil sie aus einer Gefühlswallung heraus etwas sehr Weitgehendes gesagt hatte, und Theo, weil er nicht damit gerechnet hatte, diesen Satz jemals von einer attraktiven Frau zu hören. Er war noch keine dreißig, und schon fielen ihm die Haare aus. Weder war er groß und stattlich gebaut wie seine fünf Brüder, die allesamt Bauern geworden waren, noch hatte er ein hübsches Gesicht. Vom Wesen her war er eher in sich gekehrt, besonders mitteilsam war er nicht. Alles, was er hatte, waren seine Malerei und seine grünen marmorierten Augen. Auf den Tanz-festen seiner Jugend war er regelmäßig abgeblitzt oder hatte die viel zu groß geratenen Frauen abbekommen, die aus seiner Sicht eher furchterregenden Steilwänden glichen.

Glücklicherweise konnte man bei diesem Wetter so tun, als erröte man wegen der Kälte. So setzten sie den Spaziergang fort, wobei sie taten, als hätte Emma die letzte Bemerkung nie gemacht. Noch so eine kleine Verschwörung, es wurden immer mehr: die Sitzungen, die nicht mehr nötig gewesen wären, das Kompliment, das die eine nie gesagt und der andere nie vernommen hatte, die von Herzen kommenden Geschenke des Ma-lers, die seine Liebe ausdrückten, welche Emma geflis-sentlich übersah …

Ein wenig viktorianisch fand Emma dieses Herum-drucksen schon. Nach dem Großen Krieg waren die Sitten freier geworden, die Lebensart offener. Nur nicht in ihren Kreisen. Ihr Großvater, der jüngst verstorbene Adalmar Blankenburg, hatte zwar grässliche Manieren gehabt, die ihm allerdings ein jeder verzieh, da er über sehr viel Geld sowie eine geradezu wilhelminische

Disziplin und Tugend verfügte. Fiel dennoch einmal ein moralischer Schatten auf sein Haus, etwa in Form eines unehelichen Enkels, überstrahlte er ihn mit dem Glanz des Goldes. Ein offenes Techtelmechtel mit Angehörigen der unteren Klassen oder fremder Kulturen ging leider immer noch nicht als exotisch durch, sondern galt als Geschmacklosigkeit oder Schlimmeres.

Was war das eigentlich: untere Klassen? Gab es das überhaupt noch? Und wenn ja, warum? Waren nicht neue Zeiten angebrochen, die solche Standesunterschiede nicht mehr duldeten?

Emma wünschte, dass Theo sie in den Arm nehmen, dass er ihr Gesicht sanft zu sich hindrehen würde, dass sie zum Paar würden auf diesem vereisten Feldweg, umgeben von kahlen Apfelbäumen. Was, wenn er sagte: Wir fahren in die Schweiz, noch heute, pack deine Sachen. Ihr Leben, wie es vor ihr lag, konnte an der Seite eines Künstlers eine ganz andere Richtung nehmen.

Sie liebte diese Vorstellung.

Einige Stunden später jedoch, als sie am Grab ihres Vaters mit ihm Zwiesprache hielt, erwähnte sie Theo mit keinem Wort.

4

Am 29. März 1930 wird der Konservative Heinrich Brüning vom Reichspräsidenten Hindenburg zum Reichskanzler ernannt. Er steht einem aus fünf Parteien bestehenden Kabinett vor, das in einem Dilemma steckt. Gemäß dem Versailler Vertrag sind immer noch hohe Reparationen zu zahlen, außerdem darf die deutsche Reichsmark nicht abgewertet werden, um die Konjunktur anzukurbeln, dabei rutscht die Weltwirtschaft immer weiter in die Krise. Per Notverordnung setzt Brüning daher ein rigoroses Sparprogramm in Kraft. Öffentliche Investitionen finden kaum noch statt, Arbeitslosen- und Sozialhilfe werden stark gekürzt. Die Steuern auf Löhne, Einkommen und Umsätze werden erhöht, ebenso die Steuern auf Zucker, Bier und Tabak. Aus Angst vor einer Inflation betreibt der neue Reichskanzler eine radikale Senkung der Preise und Löhne. Banknoten sind kaum noch im Umlauf.

Für Arabella ging ein Wunschtraum in Erfüllung. Am 29. März 1930, dem Tag der Ernennung Brünings, handelten die Häuser Blankenburg und Löwenkind eine Kooperationsvereinbarung aus. Die Familie ihrer Geburt und die Familie ihres geliebten Ehemannes schlossen sich in der schlimmsten Krise ihrer Existenz zusammen.

Und zwar buchstäblich um fünf vor zwölf. Die Uhrzeit mochte Zufall sein, in jedem Fall stand sie sinnbildlich für die Lage der beiden Manufakturen. Einige Wochen zuvor hatte auch der letzte amerikanische Investor seine Einlagen bei Löwenkind zurückgezogen. Für einen Spottpreis hatte man daraufhin die letzten Lagerbestände aufgelöst, um die einhundertfünfzig Angestellten auszuzahlen, die nun nichts mehr zu tun hatten. Die Öfen erkalteten. Die Lieferwagen standen still. Die Aktiva des Unternehmens brachen ein.

Bei Blankenburg hingegen ging es seit Kurzem leicht bergauf. Überraschend viele Kunden hatten ihre Rechnungen bezahlt, wonach es ein paar Wochen zuvor nicht ausgesehen hatte. Dadurch waren die Einnahmen sprunghaft gestiegen. Gleichzeitig war die Belegschaft um sechzig Prozent geschrumpft, was erhebliche Kosten sparte. Dies hatte dazu geführt, dass sich die Machtverhältnisse bei den Verhandlungen verschoben hatten. Blankenburg, zu Jahresbeginn noch die an Umsatz schwächere Manufaktur, warf zum ersten Mal seit einem halben Jahr wieder Gewinn ab, wenn auch nur minimal.

Die Vertreter beider Firmen saßen sich in einem Sitzungssaal des Grand Hotels Augusta gegenüber, in dem Arabella seit ihrer Ankunft in Frankfurt wohnte. Neutraler Boden gewissermaßen, auf dem sich die Kaufleute trafen, die gestern noch Konkurrenten gewesen waren.

Auf der einen Seite Arabellas Neffe Isaac Löwenkind, ein hagerer Fünfundvierzigjähriger mit einer schwachen Lunge und viel zu kalten Händen. Doch die Wärme und Sanftmut seines Wesens umgaben ihn wie eine Aura. Arabella liebte ihn wie einen Sohn. Seine Eltern hatten sie, die pro forma zum Judentum konvertierte Katholikin, stets distanziert behandelt, meist sogar ablehnend, er dagegen hatte sich in der liebevollen Zuneigung für seine Tante nie beirren lassen.

In guten Zeiten war er der beste Chef, den die Belegschaft sich wünschen konnte. Er zahlte die höchsten Löhne der Branche, spendierte eine Weihnachtszulage und investierte viel in die Sicherheit der Arbeitsplätze, was die Zahl der Betriebsunfälle fast auf null gebracht hatte. Jeden seiner Mitarbeiter kannte er mit Vor- und Nachnamen, Morgen für Morgen ging er herum und gratulierte den Geburtstagskindern des Tages. Sein persönlicher Lebensstil war bescheiden.

In schlechten Zeiten jedoch, da machte Arabella sich nichts vor, war er ein miserabler Unternehmer, weil er einfach nicht in der Lage war, seinen Angestellten wehzutun. Die Hälfte seines Vermögens war bereits dafür draufgegangen, den Status quo von vor der Krise annähernd zu erhalten.

Sein eigentliches Problem war jedoch ein anderes, ein absolut normales. Denn es schien eine Art Naturgesetz zu geben, das besagte, dass gute Männer oft schlechte Söhne haben. Das Beste, was Arabella über Isaacs einzigen Sohn Esra sagen konnte, war, dass er sich für die Firma nicht im Mindesten interessierte. Esra war faul und gleichgültig, außer wenn es um Frauen ging, da lief er zur Hochform auf.

Vermutlich war er noch am Morgen bei einer gewesen, denn als er verspätet eintraf, roch er nach einem billigen, schweren Parfüm, bei dem man unwillkürlich an rote Samtvorhänge und schwarze Unterwäsche denken musste.

Auf der anderen Seite des Tisches saßen Arabellas Nichte Elise sowie der junge Tankred. Arabella selbst thronte am Kopfende und hätte die Misere am liebsten mit einem gut gefüllten Geldkoffer beendet. Leider beschränkte sich ihr Vermögen auf den monatlichen Scheck von jener Stiftung, die ihr Mann vor seinem Tod gegründet hatte. Davon konnte sie ohne Nöte leben. Um eine der beiden Manufakturen zu retten, geschweige denn beide reichte das Geld jedoch selbst bei größter Sparsamkeit nicht aus.

»Löwenkind hat mehr Mitarbeiter«, stellte Tankred fest, »außerdem die besseren Öfen und die Lieferwagen. Von alldem hat Blankenburg weit weniger, also ist klar, dass Löwenkind davon den … nettes Wortspiel … Löwenanteil tragen muss.«

»Und was bringt Blankenburg in diese Allianz ein?«, fragte Isaac.

»Geld«, antwortete Tankred selbstbewusst. »Und unsere Kunden. Wie ich höre, hat Löwenkind extreme Einbußen an beidem zu verzeichnen.«

»Es ist wahr, unsere Kunden zahlen nicht, und die Bestellungen gehen zurück. Aber das wird nicht so bleiben.«

»Vielleicht. Vielleicht auch nicht. Wie lange wollen Sie warten, um das herauszufinden?«

»Ich wäre ein schlechter Unternehmer«, sagte Isaac, »wenn ich mich darauf einließe, dass Löwenkind die Lasten dieser Kooperation allein trägt.«

»Natürlich zahlen wir für die Nutzung Ihrer Ressourcen«, warf Elise ein, der der aggressive Verhandlungsstil ihres Neffen offensichtlich unangenehm war. »Aufgrund glücklicher Umstände sind wir derzeit einigermaßen solvent. Siebzig Prozent unserer Außenstände sind beglichen, daher sehen wir uns in der Lage, einen Anteil an Ihren Kosten in Höhe von fünfzig …«

»Fünfundzwanzig Prozent«, unterbrach Tankred sie. »So lautet unser Angebot.«

»Fünfundzwanzig?«, rief Isaac. »Das ist …«, er suchte nach einem diplomatischen Wort und fand es, »… sehr sparsam.«

»Meine Großzügigkeit liegt gerade mit einem schlimmen Kater im Bett.«

»Darüber hinaus ist es unangemessen.«

»Angemessen ist, was beide Unternehmen überleben lässt«, erwiderte Tankred.

»Ich wollte es Ihnen eigentlich ersparen«, sagte Isaac mit einem Seitenblick auf Elise, »aber Ihre Manufaktur ist veraltet, und damit meine ich nicht nur die Öfen und anderen Arbeitsmittel. Sie wird auch veraltet geführt. Die Organisationsstruktur ist streng hierarchisch, wie man es sonst nur von der Armee kennt, und was Ihre Buchführung angeht, die ist bestenfalls antik zu nennen.« Er wandte sich Tankred zu. »Ich nehme an, Sie wissen um Ihre Produktivität.«

»Die …«

»Pro-duk-ti-vi-tät«, wiederholte Isaac.

»Also, ich …«

»Das Verhältnis der produzierten Güter zu den Produktionsfaktoren.«

»Worauf wollen Sie hinaus?«, fragte Tankred verärgert.

»Ein Arbeiter bei Blankenburg erwirtschaftet vierzig Prozent weniger als einer bei Löwenkind, wobei Ihre Leute dafür das Geringste können. Langsame Entscheidungsprozesse, eine konservative Einstellung gegenüber neuen Methoden und Techniken und ... bitte verzeihen Sie ... neuerdings auch eine wenig erfahrene Unternehmensleitung sind die Ursache. Sie treffen Ihre Entscheidungen mit bester Absicht, aber ohne Sachverstand. Sie haben kein Ziel, und das versuchen Sie durch chaotische Maßnahmen zu kompensieren.«

»Dafür haben wir Kunden, Sie nicht«, erwiderte Tankred verärgert.

»Jetzt schlagen Sie um sich, weil Sie sich ertappt fühlen.«

»Unser Angebot bleibt bestehen. Fünfundzwanzig Prozent.«

»Wenn Sie mir ein Viertel der Kosten abnehmen, ist das nicht mehr als ein Strohhalm für mich.«

»Schon richtig, ein Strohhalm ist kein Luftkurort. Aber ein Strohhalm ist immerhin ein Strohhalm. Er verschafft Ihnen Zeit, die Sie sonst nicht haben. Ohne das Geld von Blankenburg sind Sie, grob geschätzt, in zwei Monaten pleite.«

»Wir werden beide untergehen, Löwenkind aus Geldmangel und Sie aus Ahnungslosigkeit. Fünfundvierzig Prozent«, bot er Tankred und Elise an.

Elise streckte bereits die Hand aus, aber Tankred sagte bestimmt: »Dreißig. Und ich übernehme die Produktionsleitung.«

Isaac lachte. »Die Produktionsleitung für Blankenburg und Löwenkind?«

»Ich dachte, wir legen die Produktion zusammen?

Das ist doch der Sinn dieses Heckmecks, oder etwa nicht?«

»Mein Sohn ist bereits Produktionsleiter. Außerdem haben Sie auf dem Gebiet keinerlei Erfahrung.«

»Die hat Ihr Sohn auch nicht, obwohl er bereits seit zwei Jahren für Sie arbeitet.« Er sah sein Gegenüber, den nur wenige Jahre älteren Esra, direkt an. »Was ist, habe ich dich geweckt?«

»He, Sie, reden Sie nicht so mit mir, ja?«

»Ich bin überrascht, dass du überhaupt mitbekommst, dass wir über dich reden.«

Esra sprang auf. »Du Berliner Bulette.«

»Besser eine saftige Berliner Bulette als eine leere Frankfurter Flasche.«

»Ich poliere dir gleich die Fresse.«

Tankred stand auf, die Hände in den ausgebeulten Hosentaschen. »Ich kann es kaum erwarten.«

Nun erhob sich auch Isaac. »Wir beruhigen uns jetzt alle bitte wieder«, sagte er bedächtig mit einem Seitenblick auf seinen Sohn. »Zurück zur Sache, Herr Schamitzke. Vierzig Prozent, und Sie werden gleichberechtigter Produktionsleiter.«

»Ihr letztes Wort?«

»Mein letztes Wort.«

Ein paar Atemzüge lang sagte keiner etwas, dann sammelte Tankred seelenruhig seine Unterlagen zusammen. »Schade, auf dreiunddreißig Prozent hätten wir uns eingelassen. Ich weiß nicht, wie es dir geht, Tante Elise, aber ich hätte jetzt Lust auf ein Bier.«

Ein paar Stunden später saß Arabella mit Tankred in einem schicken Café auf der Zeil, der großen Einkaufsstraße in der Frankfurter Innenstadt. Zwischen riesigen Palmen in Keramiktöpfen und blitzendem Silberbesteck, zwischen Kellnern in Livree und sechsstöckigen Torten verhandelte es sich ihrer Erfahrung nach leichter als in einem Konferenzraum mit Schwarz-Weiß-Drucken an der Wand. Draußen, nur einen Meter von ihnen entfernt, zog dichter Nebel durch die Straßen, und der Nieselregen ließ die Vorübereilenden den Blick senken.

»Geht es Ihnen auch so?«, fragte sie. »Wenn ich im Warmen sitze, betrachte ich gerne die armen Hunde auf der anderen Seite des Fensters. Eine gesellschaftlich akzeptierte Form der Schadenfreude, meinen Sie nicht auch?«

»Was wollen Sie?«

»Zunächst einmal geht es um das, was Sie wollen. Ein Bier vielleicht?«, fragte sie und deutete auf den Ober, der an ihren Tisch getreten war.

»Einen Tee will ich. Schwarz. Und so einen Spieß, an dem dunkler Zucker klebt.«

Arabella übersetzte für ihn. »Mein Großneffe wünscht einen Orange Pekoe mit karamellisiertem Stangenkandis. Eine Kanne und zwei Tassen, bitte.«

In dem knappen halben Jahr, seit Tankred an sie herangetreten war, hatte er sich äußerlich kaum verändert. Seine Kleidung war immer noch so fadenscheinig wie seine Manieren. Das zeigte ihr, wo seine Interessen lagen, oder anders gesagt, wo seine Eitelkeit nicht zu suchen war. Letztendlich strebten alle Menschen nach Geltung, irgendeiner Geltung, nur schlugen sie völlig unterschiedliche Wege ein, um dieses Ziel zu erreichen. Zwischen Mode und Macht lag nun mal ein weites Feld an Möglichkeiten. Zweifellos tendierte Tankred eher zu Letzterem.

»Orange Pekoe«, sagte sie. »Den Tee hat Ophélie Ihnen ins Gesicht gekippt, als Sie ihr das erste Mal gegenübersaßen, nicht wahr? Woraufhin Sie es zu Ihrem Lieblingsgetränk gemacht haben. Das hat Stil.«

»Hören Sie auf, mir Honig um den Bart zu schmieren«, erwiderte er.

»Als Honighändlerin bin ich nicht bekannt.«

»Sie haben mich notgedrungen als Erben installiert, um zu verhindern, dass Ophélie die Manufaktur ins Ausland verlegt. Im Gegenzug habe ich versprochen, Elise zu einer Kooperation mit Löwenkind zu bewegen, was ich getan habe.«

»Nun denn, junger Mann, die Zusammenarbeit steht noch aus.«

»Dreiunddreißig Prozent von Löwenkinds Kosten. Ich hoffe doch sehr, Sie sind von Ihrem Neffen autorisiert.«

»Worauf Sie Gift nehmen können. Achtunddreißig.«

»Fünfunddreißig. Ich bin nicht mehr der Bursche, der Sie bettelnd vor dem Grandhotel abgefangen hat.«

»Oh doch, das sind Sie. Genau derselbe Filou. Sechsunddreißig.«

»Einverstanden.«

»Einverstanden«, wiederholte sie. »Zu zahlen jeweils am Monatsanfang, keine Diskussion darüber. Und ersparen Sie mir bitte den Handschlag. Sie wären imstande, mir die Knochen zu brechen.«

Der Kellner servierte den Tee, und sie warteten, bis er von dannen gezogen war.

»Dann sind wir jetzt quitt«, stellte Tankred klar.

»Keiner ist dem anderen noch etwas schuldig, jeder hat den anderen benutzt.«

»Das versteht man in Amerika unter fairem Handel«, sagte Arabella nickend und goss ihnen Tee ein, der angenehm in der Tasse dampfte.

Nun, da sie ihr Ziel erreicht hatte, die beiden Manufakturen vor dem unmittelbaren Untergang zu retten, war es an der Zeit, über die Stunde, den Tag, das Jahr hinaus zu denken. Isaac war lungenkrank und Esra ein ständig paarungsbereiter Orang-Utan, der niemals die Führung der Firma übernehmen durfte.

»Da unser Motor der gegenseitigen Ausnutzung so schön warmgelaufen ist«, sagte sie und roch am Tee, »wäre es ein Jammer, ihn abkühlen zu lassen.«

»Jetzt haben Sie mich neugierig gemacht.«

»Das hat mir schon lange kein junger Mann mehr gesagt.«

»Was wollen Sie?«

»Wieder geht es zunächst um das, was Sie wollen.« Diesmal verwies sie auf einen Kellner, der ihnen eine geöffnete Zigarrenkiste darbot.

»Darf ich auch zwei?«, fragte Tankred, und Arabella nickte. »Danke. Die sind für Schimmi und Dubbe, gute Kumpels von mir. Ich selbst rauche nur Selbstgedrehte.«

»Gehören diese Kumpels zufällig zu Ihrer Meute? Schauen Sie nicht so verwundert. Es ist gewiss kein Zufall, dass sich seit zwei Monaten die Angriffe auf Porzellanläden im ganzen Land häufen und deren Inhaber anschließend ihre Rechnungen bei Blankenburg begleichen. Oder dass sie aufhören beim Juden zu bestellen und stattdessen zu Ariern wechseln. Das muss ein

Ende haben. Ich möchte, dass Sie Ihre Kettenhunde zurückpfeifen. Und bitte tun Sie uns den Gefallen und streiten Sie die ganze Sache nicht ab.«

Tankred lächelte. Per Rundschreiben hatte Dubbe sämtliche Ortsgruppen seiner komischen SA aufgefordert, jüdische und den Kommunisten nahestehende Porzellangeschäfte »aufzusuchen«, wie sie es nannten. Ein jeder wusste, was man zu tun hatte, nämlich Radau machen. So komisch war das dann nicht mehr. Anfangs war es Tankred mulmig geworden, weil das deutlich weiter ging, als er ursprünglich verlangt hatte, und außerdem gegen das Gesetz verstieß. Doch der Erfolg einerseits sowie das Ausbleiben einer Reaktion der Staatsmacht andererseits hatten ihn beruhigt.

»Ich lege großen Wert darauf, dass niemand verletzt wird«, sagte er.

»Außer ein paar tausend Teetassen. Und Löwenkinds Umsatz.«

»Den Umsatz soll ich also für zwei Zigarren wieder aufpäppeln, ja?«

»So billig lassen Sie mich bestimmt nicht davonkommen.«

»Ich wüsste nicht, was Sie mir anbieten könnten.«

»Wie wäre es mit einem Namen? Sie wollen doch Blankenburg heißen, oder?«

»Scheiße«, rutschte es ihm heraus.

Arabella lachte. »In Amerika sagen wir *shit*«, und meistens bedeutet das so viel wie: Jetzt hat man mich. Wo, darüber spricht eine Dame nicht.«

Schenke ihm eine Seidenkrawatte, dachte sie, und er wird sie als Wäscheleine benutzen. Schenke ihm einen Bentley, und er wird den Rücksitz zur Schlafkoje umfunktionieren. Schenke ihm einen angesehenen Namen, und er wird anfangen zu sabbern.

»Woher wissen Sie das?«, fragte er.

»Ich habe nur gut geraten. Ihre Eitelkeit spricht ganz offensichtlich nicht auf Geld und Güter an, sonst würden Sie nicht herumlaufen wie der Sohn meines amerikanischen Gärtners. Schade eigentlich, denn solche Leute sind meist harmlos und schnell abgefrühstückt. Man schenkt ihnen irgendetwas absolut Gewöhnliches, etwa eine Lampe von Tiffany, oder man lädt sie zu einem Wochenende auf Long Island ein, und schon fressen sie einem aus der Hand. Tankred Schamitzke dagegen beißt in die Hand, die so etwas versucht, nicht wahr?«

»Kann ich einen Kuchen bekommen? Ist kein flapsiger Spaß, sondern Ernst. Ich habe Hunger.«

Arabella gab dem Kellner mit gelassener Geste ein Zeichen.

»Ich schätze, diese Verachtung materieller Werte hat mit Ihrer ärmlichen Kindheit zu tun. Nach einer Jugend, wie Sie sie verbracht haben, ist man entweder gierig nach Gold und Statussymbolen, oder man hat diese Träume ein für alle Mal hinter sich gelassen wie die Masern. Da kommt Ihr Kuchen. Ich hoffe, Sie mögen Pistazien.«

»Ich liebe Pistazien. Was ist das?«

»Ich kann mittels meiner *connections* bewirken oder verhindern, dass Sie den Namen meiner Familie tragen dürfen. Was ist Ihnen wichtiger? Ihrem jüdischen Kooperationspartner zu schaden oder vom Schamitzke zum Blankenburg zu avancieren?«

Hastig und ungelenk biss er in den Kuchen, so wie

ein Kind es nach der Schule an Omas Küchentisch getan hätte.

»Ich glaube, ich habe Sie unterschätzt«, sagte er.

»Das haben Sie nicht. So wenig, wie ich Sie unterschätze. Sie wären imstande, Ihre Schlägertrupps aufs Neue loszuschicken, sobald Sie den Namen haben. Sie sind ein Teufel, eine Schlange …«

»Warum laufen Gespräche mit Juden früher oder später immer aufs Alte Testament hinaus?«

»Ich bin keine Jüdin von Geburt an, nur meinem Mann zuliebe konvertiert. Und lenken Sie nicht ab, wenn ich bitten darf.«

»Wenn Sie mich für den Teufel halten, warum sitzen wir dann noch so nett beieinander?«

»Erstens kann man die Art, wie die Krümel aus Ihrem Mund quer über den Tisch schießen, kaum als ›nett beieinandersitzen‹ bezeichnen. Und zweitens treffe ich mich mit Ihnen, weil ich es muss. Außerdem bin ich daran gewöhnt, in Amerika ist man ständig mit Leuten zusammen, die einem schaden wollen. Also, sind wir uns einig, was Ihren Namen und Ihre Kumpane angeht?«

»Sind wir.«

»Dann herzlich willkommen in einer der ältesten und verkommensten Porzellandynastien der Welt. Wussten Sie, dass mein Urgroßvater der Sohn des Kutschers war? Einer meiner Großonkel hat in Deutsch-Ostafrika ein ganzes Dorf terrorisiert, als sein Eigentum betrachtet und die einheimischen Frauen zu Dutzenden … Sie wissen schon. Und meine Großmutter soll mit einem der Kaisersöhne ein amouröses Abenteuer in Wiesbaden gehabt haben, falls man in Wiesbaden überhaupt amouröse Abenteuer haben kann.« Sie schenkte sich und ihm Tee nach. »Ich rede übrigens nur deshalb so viel, um zu verhindern, dass Sie mir noch mehr von Ihrem Kuchen abgeben. Bitte, trinken Sie.«

Er tat wie ihm geheißen, doch nur weil es um Kuchen und Tee ging. Arabella konnte nicht genau sagen, welchen Anlass er ihr dafür bot, doch sie spürte, dass dieser junge Mann eine große Chance darstellte – und zugleich eine große Gefahr. Sicherlich, er hatte marodierende Banden zum Schaden von Löwenkind eingesetzt. Verglichen mit den Intrigen innerhalb der konservativen Kreise, die Adalmar all die Jahre gegen seinen jüdischen Konkurrenten gesponnen hatte, war diese zeitlich eng begrenzte Aktion jedoch fast harmlos zu nennen. Tankred hatte sich eine Phase der politischen Destabilisierung zunutze gemacht, die sicherlich nicht lange anhielt, und getan, was er am besten konnte: sich auf ein gemeines Niveau begeben. Da niemand verletzt worden war, konnte man darüber hinwegsehen.

Allerdings war da noch etwas anderes, ein vages Gefühl, dass Tankred sich nicht lange mit dem Erreichten zufriedengeben, dass er nach mehr streben könnte. Das war sowohl für Elise, Emma und Ophélie als auch für Isaac und seinen Sohn Esra nicht ungefährlich, die allesamt zu häuslich, zu unerfahren, zu gutmütig und zu ideenlos waren, um gegen einen Hasardeur zu bestehen. Andererseits tat den Manufakturen Blankenburg und Löwenkind ein zupackender Unternehmensführer not. Ein Kaufmann im besten Sinne war ihr blutjunges Gegenüber noch lange nicht, aber er war durchsetzungsstark. Seine Mittel waren mehr als zweifelhaft, seine Entschlossenheit war für einen Mann seines Alters hingegen bemerkenswert.

Arabella wusste: Wenn man einem Strauchdieb, der mit einer geladenen Pistole herumfuchtelte, nicht entkommen konnte und auch nicht über ausreichende Mittel verfügte, um ihm die Stirn zu bieten, dann blieb einem nichts anderes übrig, als ihm die Hand seiner Tochter zu geben.

»Eine letzte Sache sollten wir noch besprechen«, sagte Arabella und vergewisserte sich, dass Tankred kein weiteres Stück vom Kuchen abbiss. »Wussten Sie, dass Isaac eine Tochter hat? Sie heißt Debora, lebt in einem Brüsseler Internat und ist *sweet sixteen*. Die junge Dame ist so schön, wie ihr Bruder dumm ist. Muss ich noch mehr sagen?«

Elise gab sich keiner Illusion hin – als Geschäftsfrau mit Durchsetzungsvermögen hatte sie auf ganzer Linie versagt. Sie hatte sich gegen Entlassungen ausgesprochen, sie waren erfolgt; sie war gegen eine Kooperation mit Löwenkind gewesen, nun war sie da; sie hatte Isaac Löwenkind die Übernahme von fünfzig Prozent der Kosten anbieten wollen, Tankred hatte ihn auf sechsunddreißig heruntergehandelt. Wie ein Pfauenweibchen kam sie sich vor, das sich im Kreis drehte, verzweifelt darum bemüht, ein Rad zu schlagen, und dabei immer wieder stolperte.

Vielleicht war sie einfach nicht gemacht fürs *business*, wie Arabella sagte. Oder fürs Druffhauen, wie Biene sagte.

Ein paar Wochen lang hatte sie in der Vorstellung gelebt, sie sei das in der Literatur so beliebte verkannte Talent, das unterdrückte Geschlecht, welches sich aus dem Staub erhob und zu ungeahnten Höhen aufschwang. Irgendwie klappte das bei ihr nicht, irgendwie war sie flügellahm. Dass sie nach wie vor sehr ängstlich war, wenn sie geschäftliche Entscheidungen zu treffen hatte, war dabei das geringere Problem. Neue Dinge machten grundsätzlich Angst, deswegen ließen so viele Leute die Finger davon. Die Angst würde sich legen. Und dass Anspruch und Wirklichkeit noch nicht zueinanderpassten, ja sich noch nicht einmal auf einander zubewegten, musste auch nicht für immer so bleiben. Aller Anfang war schwer und schwerfällig.

Viel schlimmer war, dass es ihr gar nichts ausmachte, keine durchsetzungsfähige Geschäftsfrau zu sein. Weder störte sie, dass Tankred mit jedem Tag mehr in die Firma hineinwuchs, während sie sich von ihr entfernte, noch dass bereits erste Entscheidungen über ihren Kopf hinweg gefällt wurden. Gar nicht mal von Tankred selbst, sondern von den Verantwortlichen in Verwaltung und Produktion, die sich mit ihren Anliegen meist an ihn wandten. Tankred sprach ihre Sprache. Er trug ihre Kleidung. Er zerrupfte in der Pause eine Brezel und teilte sie unter den Angestellten auf. Er ging herum, schenkte Kaffee aus, erzählte Witze und hörte den Leuten zu. Täte Elise dasselbe – selbst wenn sie es fertigbrächte –, es wirkte künstlich, geradezu lächerlich.

Sie hatte das Bedürfnis, mit jemandem darüber zu sprechen. Von Biene und Arabella wusste sie, wie sie über ihre Zurückhaltung dachten. War es allzu vermessen, sich jemandem anvertrauen zu wollen, der ihr nicht gleich den Kopf wusch und sie in eine andere Richtung zu drängen versuchte? Emma würde nur mit der Schulter zucken, da könnte sie sich auch gleich mit der Teetasse unterhalten. Ihre Wahl fiel daher auf eine

Person, der sie vor ein paar Monaten noch nicht einmal ihre Lieblingsfarbe offenbart hätte, und sie bat sie für den nächsten Tag zum Tee.

»Danke für Ihre Einladung«, sagte Isaac Löwenkind.

»Ich danke Ihnen, dass Sie ihr nachgekommen sind. Das ist nicht selbstverständlich.«

»Wie meinen Sie das?«

»Na so, wie die Verhandlungen gelaufen sind. Ich möchte mich vorab für das Betragen meines Neffen entschuldigen. Gott sei Dank hat Tante Arabella eingegriffen, und nun sind wir Partner.«

»Ja, nun sind wir Partner«, wiederholte er lächelnd.

»Für mein eigenes Verhalten möchte ich mich ebenfalls entschuldigen. Zwischendurch habe ich Ihre ehrlichen Motive, was unsere Kooperation angeht, angezweifelt. Ich … ich hatte Unrecht.«

»Das haben wir alle mehrmals am Tag.«

Sie fand, dass er besser aussah als bei den letzten beiden Aufeinandertreffen. Zwar waren Kondolenzbesuche und Waffenstillstandsverhandlungen per se nicht dazu geeignet, sich ins beste Licht zu rücken, aber er hatte schon sehr verletzlich gewirkt. Das war an diesem Nachmittag anders. Lag es nur an der Märzsonne, die den Salon durchflutete, als er ihn durchschritt? Oder an dem Bouquet aus Traubenhyazinthen, das er ihr überreichte und deren Blau fast genau der Farbe seiner Augen entsprach?

»Die Blumen sind aus meinem Garten. Als ich heute Morgen daran vorbeiging, habe ich sofort an Sie gedacht. Wegen der Farbe Ihrer Augen.«

»Meiner Augen? Sie sind schwarz.«

»Nicht ganz. Da ist auch Blauviolett drin.«

»Mein Mann hat drei Jahre gebraucht, um mir das zu sagen.«

»Wer so aufgewachsen ist wie ich, gnädige Frau, redet nicht gerne um die Dinge herum. Und der Einfluss meiner Tante ... unserer Tante ... hat ein Übriges getan.«

Elise nickte lächelnd. »Ja, Arabella redet stets ohne Umschweife.«

»Ohne Umschweife? Noch direkter als diese Frau ist nur eine Spritze.«

Elise lachte, bot Isaac einen Platz an und läutete nach dem Tee. »Was meinen Sie mit ›so wie ich aufgewachsen bin‹?«

»Ich bin von Geburt an Asthmatiker. Es gab Phasen in meiner Kindheit, da wusste ich im April nicht, ob ich den Oktober erlebe. Das prägt. Und es kann jederzeit wieder so weit kommen.«

»Ich würde Ihnen jetzt gerne sagen, dass es mir leidtut, aber ich denke, das hören Sie andauernd.«

Er blickte sie dankbar an. »Ich glaube, wir alle leiden unter irgendeinem Aspekt unserer Kindheit, schließlich kann die Erziehung genauso beherrschend für unser Leben sein wie Asthma, eine schiefe Wirbelsäule oder als Findelkind aufzuwachsen. Selbst wenn man sich als Erwachsener mit aller Kraft gegen das stemmt, was man uns in frühen Jahren einzutrichtern versucht hat, wäre es ebenjene Anstrengung, die uns beherrschen würde. Über seine Kindheit kann man nicht reiben wie mit einem Schwamm über eine Schiefertafel. Das Geschriebene käme immer wieder zurück.«

Biene brachte den Tee, was Elise die Gelegenheit gab,

über seine Worte nachzudenken, während sie einschenkte und Zucker und Milch verteilte.

Wie nonchalant er über solche Dinge sprach! Und wie wahr sie seine Anschauungen fand. Genau deswegen hatte sie ihn eingeladen. Bei ihrer ersten Begegnung hatte sie erraten, dass er seiner Tochter ein guter Vorleser gewesen war, nur anhand seiner weichen, gefühlvollen Stimme. Und er als Witwer hatte Verständnis für ihre Situation gezeigt. Deshalb kam es ihr vor, als hätten sie ein Gespür füreinander, so unwahrscheinlich, ja fremdartig dieser Gedanke auch war. Denn wie könnte sie sich in einen asthmatischen jüdischen Geschäftsmann hineinversetzen? Und er sich in eine katholische Hausfrau? Doch wie um ihr zu beweisen, dass es richtig war, sich an ihn zu wenden, brachte er genau jene heikle Frage zur Sprache, die sie umtrieb.

»Ich wollte eigentlich Arzt werden«, begann er. »Doch mein Vater ist früh gestorben, und ich war der einzige Neffe meines kinderlosen Onkels Samuel, Arabellas Mann, der die Manufaktur Löwenkind in siebter Generation führte. Daher wurde ich, was ich nun bin. Ich gebe mein Bestes, aber ich bin nicht für diese Aufgabe gemacht. Hätte ich einen kaufmännisch begabten Bruder, wäre ich nie Unternehmer geworden. Hätte ich einen kaufmännisch begabten Sohn, würde ich lieber heute als morgen die Geschäfte an ihn übergeben. Ich verstehe nur zu gut, wie Sie sich fühlen. Ratlos, orientierungslos. Wir stehen vielleicht beide nicht dort, wo wir hingehören. Doch wo wäre das? Mit dem Platz im Leben ist es wie mit vielen anderen Dingen: Man muss viel lernen, um zu erkennen, dass man wenig weiß.«

Es war wirklich unglaublich, wie gut er ihre Gedanken erriet, und sie versteckte ihr Erstaunen darüber offenbar schlecht.

»Es war nicht nur Intuition«, erklärte er lächelnd. »Im Januar waren Sie viermal pro Woche in der Manufaktur, im Februar zweimal pro Woche, und nun kommen Sie nur noch montags vorbei. Ich konnte mir nicht vorstellen, dass Sie etwas Geschäftliches mit mir besprechen wollen. Da blieb nicht viel anderes übrig, gnädige Frau.«

»Bitte, nennen Sie mich Elise.« Gemessen an der Dauer und Intensität ihrer Bekanntschaft war es ein ziemlich freimütiges Angebot.

»Sind Sie sicher?«

»Ja.« Sie hob die Tasse an. »Nein.« Sie stellte die Tasse wieder ab. »Da sehen Sie es, ich bin mir nicht einmal über die kleinsten Dinge im Klaren. Ein Wunder, dass ich es schaffe, mich morgens anzukleiden.«

Er lachte, und sie stimmte erleichtert ein.

Elise, die sich zum ersten Mal seit langer Zeit unbeschwert fühlte, sagte nach einer Weile, da sich genau deswegen ihr schlechtes Gewissen meldete: »Dabei ist die Sache ernst.«

»Allerdings ist sie das. Man stelle sich vor, Sie würden Ihre Besucher unbekleidet empfangen.«

Isaac schaffte es immer wieder, dass sie vergaß, wer er war, so als legte er es bewusst darauf an. Ja, er war ihr Partner in der Not und zugleich ein freundlicher, verständnisvoller Mann. Daher war er hier. Aber obwohl sie wirtschaftlich gesehen auf derselben gesellschaftlichen Stufe standen, gehörte er anderen Kreisen an, die jene Kreise kaum berührten, in denen ihre Familie verkehrte. Er wusste das sehr wohl. Hatte er nicht selbst von Zwängen gesprochen? Das betraf ihre wie seine Erziehung, ihre wie seine familiären Verhältnisse, ihr wie sein Umfeld. Und doch, wenn er scherzte wie gerade eben, wenn er ihr Blumen überreichte, die ihn an ihre Augen erinnerten, wenn er auf intime, berührende Weise von sich sprach, dann kamen ihr all diese künstlichen, durch Religion und Gesellschaft verfügten Abstandsgebote hohl vor.

Als Isaac nach einer Stunde ging, fühlte sie sich erfrischt wie lange nicht, was ihr seltsamerweise erst auffiel, als Biene ihr einen skeptischen Blick zuwarf.

Elise verbrachte die nächsten Tage und Wochen damit, die Familienfinanzen zu ordnen, neues Hauspersonal einzustellen und der Villa Vanora – wenn auch mit beschränkten Mitteln – einen Hauch jener Noblesse zurückzugeben, die im letzten halben Jahr verloren gegangen war. Kurz, sie tat im Grunde das, was sie immer getan hatte, und fühlte sich mit jedem Tag leichter.

Gerne hätte sie sich auch um die Familie gekümmert, wenn deren kümmerliche Reste es denn zugelassen hätten. Mit Tante Arabella traf sie sich jeden Donnerstag für eine Stunde zum Frühstück im Hotel Augusta. Von Ophélie hörte sie gar nichts mehr, was ein schlechtes Zeichen war. Man mochte es kaum glauben, aber mit ihrer Schwester war sie immer dann am besten ausgekommen, wenn sie sich beklagte und jammerte wie eine Sirene. Das war zwar anstrengend, aber man war vor Überraschungen sicher. Blieb Ophélie hingegen still, heckte sie etwas aus.

Bevor sie im Alter von siebzehn die Aufmerksamkeit ihres Vaters zu erringen versuchte, indem sie zu einer entfernten Verwandten nach Düsseldorf durchbrannte, bevor sie im Alter von neunzehn die Aufmerksamkeit ihres Vaters zu erringen versuchte, indem sie ihr Zimmer kurz und klein schlug, bevor sie im Alter von dreißig die Aufmerksamkeit ihres Vaters zu erringen versuchte, indem sie einen Franzosen zum Ehemann nahm, bevor also all das und einiges mehr geschah, hatte sie jeweils wochenlang kaum einen Piep von sich gegeben. Kaum anzunehmen, dass sich daran etwas geändert hatte, nur weil ihr Vater tot war. Vermutlich modifizierte sie bloß ihre Zielrichtung.

Blieb also Emma übrig.

Hätte man Elise gefragt, wer der wichtigste Mensch in ihrem Leben sei, hätte sie, ohne zu zögern, ihre Tochter genannt. Doch mit der Liebe ist es manchmal wie mit jenen Hoffnungen, die umzusetzen weit schwieriger ist, als sie sich auszumalen. Sooft sie versuchte, Emma ihre Zuneigung zu zeigen, so oft genügte sie ihrem Anspruch nicht. Überall waren Barrieren. Zunächst einmal ihre Tochter selbst, die von Anfang an kein Geheimnis daraus gemacht hatte, ein Vaterkind zu sein. Richard wurden gewissermaßen göttliche Ehren zuteil, während Elise die Rolle der Priesterin zukam. Mit Ausnahme »des Gesprächs«, das sie bald nach Emmas dreizehntem Geburtstag geführt hatten, fanden keine intimen Unterhaltungen zwischen ihnen statt. Emma vertraute sich entweder Biene an oder ihrem Vater. Ab und zu gab es Missstimmungen zwischen Mutter und Tochter, wie sie überall vorkommen, aber niemals Glanzpunkte oder besondere Momente, die ein Leben hindurch leuchten.

Anfangs hatte Elise sehr darunter gelitten. Hätte ich

doch bloß, warum schaffe ich es nicht, wieso bringe ich nicht einmal das fertig – das waren nur drei von hundert Gedanken, die sie zu hundert Gelegenheiten quälten. An Emmas Geburtstag und zu Weihnachten war es besonders schlimm. Wochenlang bereitete Elise alles vor, zerbrach sich den Kopf über das beste Geschenk, ging in drei Dutzend Läden und suchte sogar das Geschenkpapier mit Bedacht aus, um dann mit einem Dankeschön und einem Wangenkuss belohnt zu werden. Richard dagegen wies seine Sekretärin an, in der Mittagspause ein Parfüm oder ein Halstuch zu kaufen, und wurde mit Küssen und Umarmungen überschüttet.

Elise erinnerte sich nicht mehr, wann sie aufgehört hatte, für Emma mehr sein zu wollen als eine akzeptable Institution an der Seite ihres Vaters. Sie hatte sich in die ihr zugewiesene Rolle ohne Protest oder Widerstand gefügt, vielleicht aus Selbstschutz, möglicherweise auch aus tiefer Enttäuschung oder Bitterkeit. Die meisten menschlichen Entscheidungen werden ja nicht nur aus einem Gefühl heraus getroffen, sondern sind das Resultat eines ominösen Amalgams.

Und dann Richards Tod. Auf den außerplanmäßigen Abgang des Hauptdarstellers reagierten die Mitglieder des Ensembles, indem sie stehen blieben, wo sie sich gerade befanden, unfähig zur Improvisation. Das Ganze ergab keinen Sinn mehr, alle wussten das und verharrten in Sprachlosigkeit.

Elise spürte genau, dass Emma eine romantische Beziehung zu dem Maler Theo Schatt aufbaute. Zunächst die endlosen Porträtsitzungen, nun die Ausritte bei schönem Wetter, die Andeutungen von Biene und schließlich dieser kaum unterdrückte verträumte Ausdruck in den Augen, den Elise als junge Frau bei so vielen Altersgenossinnen beobachtet und seinerzeit vergeblich nachzuahmen versucht hatte. Natürlich wäre es ihre Aufgabe als Mutter, ihre minderjährige Tochter darauf anzusprechen oder zumindest geeignete Maßnahmen zu treffen, um einen eventuellen Schaden zu verhindern. Doch Elise tat nichts dergleichen. Sie ließ das Mädchen gewähren. Nicht weil sie Emma bedingungslos vertraute. Auch nicht weil Emma sich ohnehin jedem mütterlichen Gebot widersetzt oder nur zum Schein gebeugt hätte, um es listig zu umgehen. Sie tat es aus einem einzigen Grund: um einen Streit mit ihrer Tochter zu vermeiden. Davor fürchtete sie sich nämlich wie vor einem schweren Gewitter in freier Natur.

Jeden Abend nahmen sie das Essen gemeinsam ein, Elise rechts des leeren Stuhls am Kopfende, Emma links. Die Mutter hielt ihre Tochter über die Vorkommnisse in der Manufaktur auf dem Laufenden, fragte gelegentlich, ob sie für Emma eine Besorgung in Frankfurt machen solle, nahm sie dann und wann zum Frühstück bei Arabella mit und bat sie um Unterstützung bei der Auswahl des Hauspersonals. Das war alles.

»Gnädige Frau, so geht das nicht weiter«, platzte Biene eines Tages heraus, als sie ihr das Frühstück servierte. »Sie nehmen meine Warnungen wegen Emmas Umgang einfach nicht ernst.«

»Natürlich nehme ich sie ernst. Ich ignoriere sie bloß«, erwiderte Elise mit einem Augenzwinkern. »Meine liebe Biene, du weißt doch selbst, was passiert, wenn ich Emma Vorschriften mache. Sie wird mich töten.«

»Nur mit Blicken, gnädige Frau. Kein allzu hoher Preis, wenn es um die Ehre Ihrer Tochter geht, finde ich.«

»Sie ist achtzehn.«

»Ja eben!«

»Ich kann sie nicht anketten.«

»Wieso eigentlich nicht? Nur vorübergehend natürlich. Wenn Sie das Kind damit vor einer Dummheit bewahren …«

»Wäre das denn so schlimm?«, fragte Elise. »Ich meine die Verbindung mit diesem Maler.«

»Gnädige Frau!«, rief Biene und schlug die Hand vor den Mund. »Wenn das der gnädige Herr gehört hätte.«

Elises Augen erkalteten. »Nun, das hat er nicht. Glaube ich zumindest. Und falls doch, möchte er bitte zur Kenntnis nehmen, dass sich die Zeiten geändert haben.«

»Das stimmt allerdings«, entgegnete Biene beißend, aber wenig überraschend.

Es war allgemein bekannt, dass die meisten Dienstboten deutlich konservativer waren als ihre Herrschaft. Ziemlich verrückt, so als würden Sklaven denjenigen zum Teufel jagen, der ihre Ketten sprengen will. Biene bildete da keine Ausnahme. Sie redete zwar gerne familiär mit ihren Arbeitgebern, bildete sich aber zu keinem Zeitpunkt ein, zu deren Familie zu gehören. Dieser Logik folgend, würde sie niemals jemanden ihres Standes als Blankenburg oder Dobel und damit über ihr stehend akzeptieren. Tankred nicht und Theo Schatt schon gar nicht.

»Was, wenn Sie ihr eine Alternative präsentieren?«, schlug sie vor. »Es ist doch so, gnädige Frau, wenn man einem Lämmchen nichts anderes als fauliges Wasser vorsetzt, wird es das vor Durst irgendwann schlürfen.«

Der Vergleich war zwar unappetitlich, aber nicht völlig von der Hand zu weisen. Überdies ließe sich auf diese Weise eine Konfrontation vermeiden.

Doch leichter gedacht als getan. Die prekäre Lage der Blankenburgs hatte sich längst herumgesprochen, die Kooperation mit dem jüdischen Unternehmer ebenfalls, weshalb Emma nicht mehr als gute Partie galt. Elise durchforstete ihre Erinnerung nach unverheirateten männlichen Gästen früherer Gesellschaften, zu denen Richard und sie eingeladen waren oder eingeladen hatten. Immerhin, dreizehn Namen blieben übrig. Einer war inzwischen an der Syphilis gestorben, ein anderer hatte sich nach dem Schwarzen Freitag in den Main gestürzt, zwei hatten geheiratet, einer war nach Afrika ausgewandert, und ein anderer galt als ewiger Junggeselle, aus Gründen, über die man nicht sprach. Von den sieben Verbliebenen sagten fünf ab. Da waren es nur noch zwei.

Victor Oberholz war ein niederrangiger Ministerialbeamter, dem man das Attribut »vielversprechend« verliehen hatte – vor sechs Jahren. Seither hatte sich an seiner Position im hessischen Justizministerium nichts geändert. Auf dem Stuhl über ihm saß – oder vielmehr klebte – ein alter Griesgram, der sich weigerte, in Pension zu gehen oder zu sterben. Auf der Habenseite war zu verbuchen, dass Victor attraktiv, charmant, wohlhabend und ein unterhaltsamer, gern gesehener Gast war. Zudem würde sein Vorgesetzter nicht ewig leben. Dann, so hieß es, käme die Karriere von Oberholz wie aus der Kanone geschossen in Gang.

Die Metapher traf auf den zweiten Kandidaten in noch höherem Maße zu, zum einen, weil er längst Karriere machte, zum anderen, weil er beim Militär war. Caspar Ritter von Lerch war mit seinen sechsundzwanzig Jahren bereits Hauptmann des Heeres und damit einer der jüngsten Offiziere dieses Ranges in der Wehrmacht. Seine Familie stammte aus altem hessisch-nassauischem Adel, und in den letzten dreihundert Jahren hatte wohl keine Schlacht auf deutschem Boden stattgefunden, an der nicht einer seiner unzähligen Vorfahren teilgenommen hatte, meistens auf Seiten der Sieger. Unter anderem deshalb waren die Ritter von Lerchs reich, sowohl an Meriten als auch an Moneten und Muskeln.

Emma und er kannten sich. Caspars Familie war einst recht oft in der Villa Vanora zu Gast, und umgekehrt waren die Blankenburgs auf Schloss Lerchenberg gern gesehen. Negativ fiel ins Gewicht, dass er im Umgang mit Zivilisten im Allgemeinen und Frauen im Besonderen recht wortkarg war. Bei den wenigen Gelegenheiten, zu denen Emma und Caspar aufeinandergetroffen waren, bestand ein deutliches Missverhältnis zwischen seinen verstohlenen, bewundernden Blicken für Emma, die in die tausend gingen, und den an sie gerichteten Worten, deren Zahl geringer war als Caspars Alter.

Die beiden vielversprechenden Kandidaten erhielten eine Einladung zum Diner in die Villa Vanora für den 19. April, zusammen mit Arabella, Tankred, den Löwenkinds sowie Ophélie, Edmond und ihren Söhnen, wobei Elise nicht mit dem Erscheinen der vier Letztgenannten rechnete.

»Das macht sie nur, um mich zu quälen«, sagte Emma, als Biene ihr das Kleid zuschnürte.

»Ihre Mutter?«

»Nein, Josephine Baker, die Sängerin. Natürlich Mama, wer denn sonst? Der Zweck dieser Abendgesellschaft ist so offensichtlich, dass es zum Himmel schreit.«

»Im Moment sind Sie es, die schreit, Fräulein Emma. Ich selbst habe Ihrer Mutter zu einem geselligen Abend mit ein paar anständigen, saftigen Kerlen geraten. Das lenkt Sie ab und eröffnet neue Möglichkeiten.«

»Saftige Kerle? Dass ich nicht lache. Dieser geschniegelte Amtsstuben-Tausendsassa etwa? Seine Witze sind derart soßig ... Und immer derselbe Rhythmus. Tatata, tatata, hahaha. Außerdem, wie kann man nur Oberholz heißen?«

»Besser als Unterholz.«

Im Erdgeschoss ertönte die Türglocke. Die ersten Gäste trafen ein, empfangen von der Gastgeberin Elise.

»Und der andere? Ein Amboss ist unterhaltsamer als dieser Mann.«

»Sie haben mal für ihn geschwärmt, damals, als Kind. Ich glaube, Sie verglichen ihn mit Robin Hood.«

»Was weiß man schon mit elf, zwölf Jahren?«

»Mit dreizehn haben Sie ihm ein Foto von sich geschenkt, mit einer Locke auf der Rückseite. So furchtbar langweilig kann er nicht gewesen sein.«

»Bevor Vater ihn letztes Jahr eingeladen hat, habe ich ihn jahrelang nicht gesehen. Die Offiziersschule hat aus ihm einen Stecken gemacht.«

»Bitte stehen Sie still, sonst bin ich zur Suppe immer noch nicht fertig. Sie lassen sich zu sehr gehen in letzter Zeit. Der Umgang mit diesem ... diesem Maler mit seinen Schafen und Sumpflandschaften lässt Sie nach und nach zu einem Waldmenschen werden. Sie tragen die Haare nicht mehr schön ...«

»Ich trage sie offen.«

»Ja, für ihn. Ich habe seine Zeichnungen gefunden.«

Im Erdgeschoss ertönte ein weiteres Mal die Türglocke.

»Du hast in meinen Sachen gestöbert?«

»Ich bin das Hausmädchen. Wenn ich die Schubladen nicht mehr öffnen darf, kann ich auch gleich meine Koffer packen. Unter dem Mieder, Fräulein Emma, also wirklich! Hätten Sie sie nicht zu den Hüten packen können? Aber dort hätte ich sie nicht so schnell gefunden, und das wollten Sie, gell? Alle Mädchen aus gutem Hause wollen, dass die Zofe Bescheid weiß. Ich verstehe wirklich nicht, warum. Als hätten wir mit der normalen Schmutzwäsche nicht schon genug zu tun.«

»Sind die Zeichnungen nicht das Schönste, was du je gesehen hast?«, schwärmte Emma.

»Allerdings. Ich habe die Titel auswendig gelernt. Junge Dame vor vereistem Fenster. Junge Dame im tauenden Schnee. Junge Dame im Krokusbeet. Altes Hausmädchen beim Erbrechen.«

»Biene!«

»Ist doch wahr. Einfach schrecklich, wenn Künstler verliebt sind. Und Sie sind es auch. Nicht abstreiten. Die anderen Zeichnungen habe ich nämlich auch entdeckt, und die sollte ich bestimmt nicht finden, jede Wette. Die unter der Schublade. Ihre Zeichnungen, Fräulein Emma. Theo auf einer Waldlichtung. Theo im Krokusbeet. Theo ...«

»Hör auf!«

»Ach, nehmen Sie es mir nicht übel. Mit Schubladen kenne ich mich aus. Der Klang, wenn man sie öffnet, verändert sich, wenn etwas darunterliegt. Sag ich Ihnen für die Zukunft. Irgendwann sind Sie verheiratet, Fräulein Emma, und dann bezahlt Ihr Mann Ihre Zofe, Sie verstehen?«

Zum dritten Mal ertönte die Türglocke.

»Wirst du es Mama sagen?«, fragte Emma traurig.

»Versprechen Sie mir, nicht mit diesem Theo durchzubrennen?«

»Ich verspreche es.«

»Und Sie werden auch keine kleinen Theos machen?«

»Wo denkst du hin? Er hat mich ja noch nicht einmal auf den Mund geküsst.«

»Um kleine Theos zu machen, ist das auch nicht nötig. Schon gut, verstanden. Und was den heutigen Abend angeht ...«

»Ich werde das Entzücken in Person sein.« Sie stellte sich vor den Spiegel. Sie trug ein langes gelbes Kleid, ein lilafarbenes Halstuch, dazu einen lilafarbenen Gürtel und lilafarbene Schuhe. Außerdem lindgrünen Schmuck. »Wie sehe ich aus?«

»Wie das Entzücken in Person, Fräulein Emma.«

»Eher wie ein Strauß Osterglocken mit Iris.«

Sie verließen das Zimmer und schritten langsam die Galerie hinunter. Für einen Moment war Emma selig, weil sie an den gestrigen Tag mit Theo dachte. Sie waren auf den Altkönig geritten, einen kleinen Berg. Eigentlich ein erloschener Vulkan. Dort hatten sie in der warmen Frühlingssonne gepicknickt, gezeichnet, gelacht, Eidechsen beobachtet, den Vögeln gelauscht ... *Das* war Leben. Dagegen war dies hier Einöde.

Aus dem Salon erklang das typische Gemurmel eines Sektempfangs: Tante Arabella, der geschmeidige Oberholz, der über die Maßen ritterliche Ritter von Lerch, Tankred, Elise und zwei Stimmen, die Emma nicht zuordnen konnte.

Vor der halb geöffneten Tür seufzte sie: »Von mir aus können alle da drin auf der Stelle tot umfallen, es würde mir nichts ausmachen, so egal sind sie mir.« Nach einem bösen Seitenblick von Biene fügte sie schuldbewusst hinzu: »Außer Mama natürlich.«

»Erstens war das nicht sehr nett«, sagte Biene. »Ihre Mutter ist sehr um Sie besorgt. Sie würde niemals …«

»Um die Hortensie vorm Haus ist sie auch besorgt.«

»Sie würde niemals«, beharrte Biene, »etwas gegen Ihre Interessen unternehmen, Fräulein Emma. Wenn Sie so etwas denken …«

»Und zweitens?«, unterbrach Emma ungeduldig.

»Zweitens werden diese Leute da drin nicht tot umfallen. Es sei denn, der Champagner schmeckt nach Mandeln und Sie wissen etwas, das ich nicht weiß.«

Emma und Biene lächelten sich an. Was würde ich bloß ohne sie machen?, dachte die junge Frau.

»Was meinst du, welchem der beiden vielversprechenden Stoffel soll ich zuerst die Hand reichen?« Ohne die Antwort abzuwarten, stieß Emma die Tür auf und ging grazil auf den Mann in Wehrmachtsuniform mit den kurz geschorenen blonden Haaren zu. »Caspar, welche Freude dich wiederzusehen.«

Die Absicht dahinter erschloss sich auch Tankred, obwohl er mit solcherlei gesellschaftlichen Riten nicht vertraut war. Nackt wie eine Hafendirne offenbarte die

Absicht sich jedem der Anwesenden: die Auswahl der Gäste, Elises angespannte Gesichtszüge, Emmas hängende Schultern, die Sitzordnung ... Das arme Mädchen saß zwischen dem scharrenden Gockel und dem steifen Bussard. Abwechselnd ließ sie sich vom selbstverliebten Wortreichtum des Mannes zu ihrer Linken berieseln und musste unter Aufbietung aller Kreativität die Unterhaltung mit dem Mann zur Rechten fast allein bestreiten. Sie hatte einen Orden verdient, fand Tankred. Wenn er einen Betrag auf den aussichtsreichsten Kandidaten hätte setzen müssen, dann auf den Ritter. Seine Bewunderung für Emma wirkte aufrichtig. Er sah aus, als wollte er jeden Moment aufstehen und um ihre Hand anhalten – und als wäre ihm im nächsten der Mut in die Socken gerutscht.

Das zweite arme Mädchen des Abends saß neben ihm. Debora war so schön, wie Arabella behauptet hatte: langes blondes Haar mit rötlichem Schimmer, glänzend wie Blattgold, feine, fast schon erwachsene Gesichtszüge, ein aufmerksamer Blick aus hellen Augen. Man hatte sie eigens für diesen Abend aus ihrem belgischen Internat geholt, denn auch sie sollte verkuppelt werden – mit ihm. Er wusste es, sie wusste es, und sie wusste, dass er es wusste. Vielleicht gerade deswegen gingen sie unbefangen miteinander um.

Sie sprachen über Dinge, von denen sie etwas verstanden, über Brüssel, Berlin, das Havelland und die Ardennen, über Brause, Krapfen und Pralinen. Tankred hatte sich für den Abend herausgeputzt. Eigentlich war er herausgeputzt worden, von Elise, die es sich nicht hatte nehmen lassen, ihm mehrere Anzüge und ebenjenen Smoking schneidern zu lassen, den er trug. Er fand, dass er gut darin aussah, dennoch mochte er das Kleidungsstück nicht.

Debora war nett. Sie drückte sich gewählt aus, gab ihm jedoch zu keinem Zeitpunkt das Gefühl, nicht dazuzugehören. Entweder war sie zu jung, um hochmütig zu sein, man hatte sie instruiert, oder sie war extrem gut erzogen. Ihr Bruder war nicht anwesend. Tankred konnte sich nicht vorstellen, dass Debora ihn vermisste. Die beiden waren zu unterschiedlich in ihren wesentlichen Charakterzügen.

Ihm gefiel, dass Tante Arabella ihm gegenüber so deutlich zum Ausdruck gebracht hatte, worauf sie hoffte. Überhaupt mochte er klare Ansagen. Er sollte Debora heiraten, vielleicht nicht sofort, aber in ein, zwei Jahren. Damit wäre er die Klammer, um Löwenkind und Blankenburg zu verbinden. Damit hätte er einen Fuß sowohl in dieser als auch in jener Firma. Das war ein enormer strategischer Vorteil gegenüber Deboras Bruder Esra, der zudem unfähig war. Die ganze Idee ergab einen Sinn, das gefiel ihm. Alle hätten etwas davon, außer der dümmliche Löwenkind-Sohn. Den steckte er ohne Probleme in die Tasche. Hirnlose Nuttenvernascher wie Esra hatte er in Berlin einmal pro Woche plattgemacht. auf die eine oder andere Art.

Eine Jüdin zu heiraten machte ihm nichts aus, allen Vorurteilen zum Trotz, die zurzeit die Runde machten: Juden seien wie die Aasgeier, Juden unterwanderten die Wirtschaft …

Er fand nicht, dass der jüdische Straßenbahnschaffner, der ihn manchmal kontrollierte, ein wirtschaftsunterwandernder Aasgeier war. Auch nicht der Torhüter des FC Königstein, die Porzellanverkäuferin von der Konstablerwache und die Blumenfrau an der Alten Oper. Und was die Bankiers betraf – zum Teufel, die waren doch alle Aasgeier, einer wie der andere.

Wenn es nach ihm ginge, wäre die Sache geritzt. Aber er wusste, dass sich diese Entscheidung seiner Kontrolle entzog, und in solchen Fällen war es klüger, sich zurückzulehnen und gut auszusehen. Vor allem nicht zu gierig oder forsch zu wirken, das kam weder bei gebildeten jungen Damen und schon gar nicht bei ihren Vätern an.

Elise erhob sich für eine Tischrede, wobei sie den ersten Schlag mit dem Löffel gegen das Weinglas erst ausklingen ließ, bevor sie einen weiteren und einen dritten hinzufügte. Einzeln hieß sie ihre Gäste willkommen, verlor erst einige charmante Worte über den Lackaffen Oberholz, dann über den Ritter mit dem Vogelnamen. Schließlich ging sie auf die jahrzehntelange Rivalität der Manufakturen von Blankenburg und Löwenkind ein, die nun überwunden seien und sich in eine Freundschaft und vielleicht irgendwann noch mehr umwandeln ließen.

Herrje, sie trug ganz schön dick auf, aber zugleich merkte man ihr an, dass sie in ihrem Element war. Wie ein im Netz zappelnder Fisch, der seinem Fänger im letzten Moment entwischt war. Als Dame des Hauses war sie großartig – und genau an diesem Platz wollte Tankred sie auch in Zukunft wissen.

»Abschließend möchte ich meinem Neffen Tankred danken, der keinen geringen Anteil daran hat, dass wir heute hier in Eintracht beieinandersitzen. Ich halte den Augenblick für geeignet, um Ihnen die freudige Nachricht zu verkünden, dass Tankred mit dem heutigen Tag den Namen Blankenburg tragen darf. Schamitzke war gestern.«

Damit hatte er nicht gerechnet. Er hätte gedacht, dass seine Tante ihn noch ein wenig hinhalten würde, um ihn auf die Probe zu stellen. Aber sie schien es ernst zu meinen mit der Fusion und mit ihm als künftigen Erben.

Der Applaus der Anwesenden untermalte Tankreds Etappensieg. Als er sich erhob und den Blick über die Gesichter der Applaudierenden gleiten ließ, stellte er jedoch fest, dass sich nur zwei Personen wirklich mit ihm freuten: Elise und Debora. Die anderen klatschten nur aus Höflichkeit. Arabella fragte sich wohl, ob sie das Richtige tat, und Isaac Löwenkind, ob Tankred der Richtige war. Emma war alles egal, was mit der Firma und ihrer Familie zusammenhing, und für den Lackaffen und den Ritter würde er niemals zum Club gehören, Schamitzke hin, Blankenburg her.

Er wollte gerade ein paar Worte sagen, als seine Tante Ophélie das Speisezimmer betrat. Sie blieb in der schwungvoll geöffneten Tür stehen und grinste bis zu den Ohren.

»Einen wunderschönen guten Abend wünsche ich allerseits.«

»Du kommst spät, Ophélie«, sagte Elise. »Aber deswegen bist du nicht weniger willkommen. Im Gegenteil, ich bin sehr froh, dich zu sehen. Bitte, setz dich doch.«

»Sehr freundlich von dir, liebe Schwester. Nur scheinst du zu vergessen, dass dieses Haus, in dem du dich einquartiert hast, zum Teil auch mir gehört. Ich benötige keine Einladung, um mich hinzusetzen. Aber das will auch gar nicht. In einer Stunde werde ich fürstlich dinieren, und zwar in meinem Frankfurter Haus mit meinen Gästen. Sie kommen von sehr weit her, musst du wissen, und sind hungrig. Tut mir leid, aber ich platze vor Begeisterung, sie dir vorzustellen.«

»Ja … gerne«, sagte Elise.

Ophélie winkte jemanden heran, woraufhin ein hagerer Mann eintrat, der aussah, als könnte ihn ein Windstoß aus dem feinen cremefarbenen Anzug wehen. Er hatte einen fast aschgrauen Teint und die Körperhaltung eines geprügelten Knechts. Tankred schätzte ihn zunächst auf etwa fünfzig, bis er bemerkte, dass er frühzeitig vergreist und in Wahrheit in seinen Dreißigern war.

Elise wirkte irritiert darüber, dass Ophélie ihr jemanden vorstellte, der – das sah man sofort – nicht dem normalen Umgang einer Blankenburg entsprach. Höflich, wie sie war, schritt sie auf ihn zu und streckte ihm bereits die Hand entgegen, als sie mitten in der Bewegung innehielt. Sie schreckte zurück, kreuzte beide Hände über dem Dekolleté und ächzte: »Mein Gott! Das … das kann nicht … Bist du es wirklich?«

»Da staunst du, was? Deine einäugige Schwester vermag die Toten aufzuerwecken«, sagte Ophélie süffisant.

»Wido?«

»Ja, Elise, ich bin's«, bestätigte er. Seine Stimme klang seltsam brüchig, so als sei sie notdürftig repariert worden.

Nach einer weiteren Geste Ophélies trat eine Frau ein. Eine Chinesin, klein, aber robust, der Tankred trotz ihrer offensichtlichen und verständlichen Scheu angesichts der fremden Umgebung sofort ansah, dass mit ihr nicht zu spaßen war. Kampfgeist und Zähigkeit spiegelten sich in ihrem Blick. So wie er hatte auch sie schwere Zeiten durchgemacht, mit dem Unterschied, dass sie doppelt so alt war und ihre schweren Zeiten daher doppelt so lange angedauert hatten.

Hinter ihr trat ein Kind ein, nein, eigentlich schon eine junge Frau, ungefähr in Deboras Alter, eine Halbchinesin. Der europäische Einfluss verlieh ihrem Gesicht einen Zug, den Tankred später als »anheimelnde Exotik« bezeichnen sollte, da er das Unbekannte mit dem Vertrauten mischte. Doch in diesem Augenblick dachte er nicht über irgendwelche Worte für das nach, was er erblickte.

Denn was er erblickte, war nicht weniger als das Schönste, das ihm je begegnet war.

Zweiter Teil

Die schwarze Sonne (1931 – 1933)

5

Bei der Reichstagswahl vom September 1930 wird die NSDAP, die ungewohnt aggressive Töne gegen das Ausland anschlägt, zur zweitstärksten politischen Kraft in Deutschland. Daraufhin ziehen internationale Geldgeber riesige Geldmengen ab, Investitionen und Kredite sinken gegen null. Die Arbeitslosigkeit steigt auf 6,1 Millionen bei nur mehr etwa 12 Millionen Beschäftigten.

Dass Reichskanzler Brüning die Reparationszahlungen als »unerträglich« bezeichnet, erschüttert das Vertrauen in die Zahlungsfähigkeit Deutschlands weiter. Ein Staatsbankrott wird befürchtet, innerhalb von nur zwei Wochen sinken die deutschen Gold- und Devisenreserven um die Hälfte, und die Zahl der Insolvenzen steigt drastisch.

Im Mai 1931 erklärt eine der fünf deutschen Großbanken, die DANAT-Bank, ihre Zahlungsunfähigkeit. Im Sommer verschlimmert sich die Lage zusehends.

Für Ophélie liefen die Dinge nicht so, wie sie es sich vorgestellt hatte, was bedeutete, dass sie schlecht liefen. Wido machte nicht das, was sie wollte. Seit sechzehn Monaten versuchte sie, ihn dazu zu bringen, mit seinen

Anteilen in ihrem Sinne zu stimmen. Doch das tat er nicht. Er selbst stimmte gar nicht ab, sondern ließ sich durch seine Frau Chen Lu vertreten, und Chen Lu wollte alles so belassen, wie es war. So sei es am besten, so sei es üblich in ihrem Land. Bloß keine Experimente. Das war natürlich Unsinn, Ophélie hatte sich dahingehend erkundigt. Wenn die Chinesen nicht experimentierfreudig waren, wie hatten sie dann Papier und Porzellan erfinden können? Chen Lu stammte aller Wahrscheinlichkeit nach aus einem Geschlecht von Bauern und Dienern, denen Fantasie äußerst suspekt zu sein schien.

Früher wäre das nicht passiert. Wido und sie – die Älteste und der Jüngste der vier Geschwister – hatten immer zusammengehalten, wenn auch vielleicht nur deshalb, weil sie am meisten unter ihrem Vater litten. Elise als Adalmars Liebling war stets außen vor gewesen, und Otto hatte Glück im Unglück, denn er bekam nur ab und an die Launen des Alten zu spüren, mehr aber auch nicht. Wido hingegen hatte sich fast täglich vorhalten lassen müssen, was für ein Schwächling er doch sei, nur weil er sich nicht fürs Geschäft, sondern für die im Entstehen befindliche Filmbranche interessierte. Ja, er wollte Filme drehen, sagte das auch und erntete nur Hohn und Spott. Wido sprach davon, ins Ausland zu gehen, vielleicht nach Amerika. Daraufhin sagte Adalmar: »Ins Ausland willst du? Kannst du haben!«, und schickte ihn nach China in die Kolonie Tsingtau, um den Nachschub an Knochenasche für die Manufaktur sicherzustellen. Nebenbei sollte er dort auch endlich kaufmännische Erfahrungen sammeln.

Was war nur mit ihm geschehen in den letzten fünfzehn Jahren? Er war ein ganz anderer Mensch. Einst neugierig und voller Elan, eine lodernde Flamme, war er zu einem Aschehaufen verkümmert, apathisch und wortkarg. Kaum dass Ophélie ihn dazu bringen konnte, über ihre gemeinsame Jugend zu sprechen, geschweige denn über sein Leben in Tsingtau und Shanghai. Ließ er sich doch einmal darauf ein, und drang sie zu ihm durch, dauerte es nicht lange, und Chen Lu ging dazwischen. Das tat sie ohne Rücksichtnahme auf abendländische Umgangsformen. Schluss für heute, Wido ist müde, das war Chen Lus favorisierter Einwand, um zu unterbinden, dass die Geschwister einander näherrückten. Und auch Wido, plötzlich hellwach, konnte es dann nicht abwarten zu gehen.

Ophélie hielt dennoch Chen Lu für das eigentliche Problem. Eine Chinesin als Schwägerin war zwar ungewöhnlich, hauptsächlich war es jedoch Chen Lus derbes Auftreten, mit dem Ophélie nicht klarkam. Monatelang hatte sie auf die sanfte Art versucht, Chen Lu auf ihre Seite zu ziehen, sie mit schönen Kleidern und der Aussicht auf ein Schlösschen an der Loire zu ködern. Doch an seine kratzbürstige Frau war noch schwerer heranzukommen als an den phlegmatischen Wido. Also war Ophélie direkter geworden. Immerhin hatten die beiden es allein ihr zu verdanken, dass sie in den Genuss eines Viertels der Erbanteile gekommen waren. Ohne sie würde Chen Lu noch in Holzpantoffeln durch Shanghai schlurfen und Wido tun, was immer er dort gemacht hatte, so genau wusste man das nicht. Auf Wido hatte diese Kritik dieselbe Wirkung wie ein Schlag in ein Kopfkissen. Und Chen Lu sagte: »Schluss für heute, Wido ist müde, und die Hunde müssen spazieren geführt werden.«

Es ging nicht voran, keinen Millimeter. Ein Gutes hatte diese Situation, nämlich dass Elise und Tankred ebenfalls abblitzten mit ihren Annäherungsversuchen. Chen Lu lehnte in Widos Namen den Vorschlag von Elise ebenso ab, mit der Familie in die Villa Vanora zu ziehen, wie Tankreds Angebot, die junge Shuilian auszuführen, damit sie sich an das Leben in Deutschland gewöhnen könne. Chen Lu zog in eine nicht sehr geräumige Wohnung im Frankfurter Norden, schlug sämtliche Einladungen aus, lud ihrerseits niemanden ein und erschien lediglich zu den Sitzungen des Familienrates, um ihr Stimmrecht auszuüben.

»Wido könnte sterben, und wir würden es nicht mitbekommen«, sagte Ophélie im Mai 1931 zu Edmond.

Es war später Abend, sie lagen im Bett, und Edmond las noch einen Roman von Balzac. Das tat er immer, wenn er sich die Sehnsucht nach der Pariser Gesellschaft austreiben wollte.

»Sogar Nonnen haben mehr gesellschaftlichen Umgang als mein kleiner Bruder und seine chinesische Gefängniswärterin.«

»Machst du dir Sorgen um Wido oder um deine Geschäft?«, antwortete er halb abwesend, während er eine Seite umblätterte.

»Um beides.«

»Hältst du immer noch an diese Plan fest, nach Frankreich zu gehen? In Frankfurt haben wir alles, was ein Mensch braucht, um zufrieden leben zu können. Wir haben eine Haus mit eine breite Avenue vor die Tür für die Einkäufe, eine Wald zum Fenster nach hinten für die Spaziergänge und schließlich eine Bank, die nicht von Pleite bedroht ist. Ach ja, und eine Weinkeller.«

Inzwischen war Ophélies Wunsch, ihrem Mann die Rückkehr in sein Heimatland zu ermöglichen, nicht mehr der Hauptgrund, weshalb sie unbedingt von hier fortwollte. Sie spürte, dass etwas vor sich ging, etwas Bedrohliches. Allerdings konnte sie nicht mit ihm darüber sprechen, weil sie keine Worte dafür hatte. Jede Gefahr braucht einen Namen, damit andere sie weder als akute Überspanntheit noch als chronische Depression einstuften.

Ophélie verstand von Politik gerade so viel, um sich bei einem ins Politische abgleitenden Tischgespräch mit einer Floskel aus der Diskussion zu stehlen. Jedoch vertraute sie ihren Instinkten. Sie waren von ihrem bissigen, zynischen Vater in mehreren Jahrzehnten darin geschult worden, nahendes Unheil zu erahnen oder, besser gesagt, dessen vage Anzeichen zu erkennen. Die Gesellschaft veränderte, die Sprache radikalisierte sich. Die junge Generation war nicht bereit, die Folgen der Kriegsschuld der Älteren zu tragen, die ältere Generation hingegen war nicht bereit, die Folgen der Auswüchse habgieriger junger Großkapitalisten zu tragen. Der Konsens des Zusammenlebens brannte an allen Ecken und Enden. Wohin das führen mochte, konnte sie nicht sagen, doch der Fluchtreflex in ihr war stark.

»Ich will eine eigene prosperierende Firma für unsere Söhne, nicht ein gutes Viertel einer Manufaktur, die gerade so über die Runden kommt. Außerdem habe ich Wido nicht von den Toten auferweckt, um seiner Frau eine Kreuzfahrt um die halbe Welt zu spendieren.«

»Also doch.«

»Was doch?«

»Es geht dir gar nicht um Wido, sondern nur um deine sture Wille.«

»Wie könnte es mir um Wido gehen? Wer ist Wido? Chen Lus Handpuppe, mehr nicht. Ich erkenne ihn nicht wieder. Seine Puppenspielerin behauptet, er habe eine chronische Bronchitis, deswegen spreche er so wenig. Aber ist das glaubhaft?«

Edmond blätterte eine weitere Seite um. »Kaum.«

»Du sagst es. Wäre er wirklich krank, hätten sie ja wohl mein Angebot angenommen, ihn zur Kur zu schicken. Im Übrigen unterscheidet sich sein Zustand während des Sommers nicht im Geringsten von dem während des Winters. Ein Lungenkranker hüstelt, ächzt, keucht, irgendetwas, aber Wido sitzt einfach nur da und starrt vor sich hin. Ich sage dir, mein Bruder ist nicht mehr richtig im Kopf. Aufgrund eines Unfalls vielleicht. Oder einer Krankheit. Es gibt doch Krankheiten, die das Hirn schädigen, oder?«

Edmond gähnte. »Deine Bruder hat Drogen genommen, sehr wahrscheinlich Opium. In China gibt es Opiumhöhlen in jeder Stadt, so wie hier eine Puff.«

»Ich muss doch sehr bitten.«

Er blickte kurz auf. »Seit wann bist du so zimperlich?«

»Nicht das mit dem Puff. Dass Wido süchtig ist, kannst du nicht so einfach behaupten. Woher willst du das wissen? Mit so etwas kennst du dich doch gar nicht aus.«

»*Ma chère*, vielleicht wirke ich wie eine Schlafmütz, aber in Wahrheit ich habe wache Augen. Und ich habe eine Leben vor dir gehabt. Und ich weiß, wie eine Opiumsüchtiger aussieht. Und ich weiß, wie eine ehemalige Opiumsüchtiger aussieht und sich verhält. Wido ist auf Entzug. Unsere entzückende Schwägerin gibt ihm etwas zur Entwarnung.«

»Entwöhnung. Aha … und was?«

Er blätterte eine Seite um. »Eine Pulver, eine Pill … Der Süchtige verliert das Verlangen nach Opium und wird … wie sagt man … fidele.«

»Stimmt, manchmal war Wido geradezu überdreht. Das war, bevor Chen Lu ihn uns völlig entzogen hat. Er hat von sich aus angefangen zu erzählen, war sogar ein wenig albern …«

»Das ist die Wirkung von die Heroin, eine Bestandteil von der Pulver.«

»Ich staune, was du alles weißt. Du hast es doch nicht etwa selbst schon genommen!«

»*Mon Dieu*, nein! Es macht süchtig.«

»Sagtest du nicht eben, dass man damit die Sucht heilt?«

»Die Opiumsucht. Stattdessen wird man süchtig nach Heroin.«

»Was für ein Irrsinn! Man tauscht eine Sucht gegen eine andere?«

»Ja, aber das hat sich noch nicht herumgesprochen. Das Wissen ist noch jung, und viele meinen, Heroin sei eine Arznei, eine Wündermittel. Und die, die es besser wissen, sind oft der Meinung, dass es weniger schlimm ist, von Heroin abhängig zu sein als von Opium.«

»Warum?«

»Opium macht schlaff, Heroin fidele. In meine Herrenclub ist diese Zeug ziemlich beliebt. Die Gentlemen nehmen es vor die Kartenspiel, das macht die Sache lustiger, sagen sie. Aber ich weiß, dass sie es inzwischen viel öfter nehmen ... nehmen müssen. Mindestens zweimal täglich.«

Ophélie dachte nach. Wido war demnach in zweifacher Hinsicht in den Klauen seiner Frau gefangen. Er brauchte sie, um vom Opium die Finger zu lassen, und er brauchte sie, damit für Nachschub an seiner neuen Droge gesorgt war, von der er vermutlich nicht einmal wusste, dass es sich um eine Droge handelte. Er fühlte sich einfach gut und beschwingt und wollte, dass das so blieb. Darum ließ er sich auf ihre Bedingungen ein, überließ ihr das Stimmrecht, ging nicht mehr aus dem Haus ... Wie einen Kanarienvogel hielt diese Chinesin Ophélies Bruder. Sie fütterte ihn, erhielt ihn am Leben, hatte ihn in der Hand, spielte mit ihm.

Es stellte sich die Frage, warum Chen Lu so handelte? Soweit Ophélie erkennen konnte, machte sie sich Widos Zustand nicht zunutze, indem sie ihn rupfte wie eine Weihnachtsgans. Nicht einmal mit einem Schloss hatte man sie bestechen können.

Eigentlich gab es nur zwei Möglichkeiten. Entweder Chen Lu liebte Ophélies Bruder und hatte keine Hintergedanken. In diesem Fall würde sie nur sein Bestes wollen, ihn nicht mit Drogen vollstopfen und nicht von der Familie isolieren. Oder sie hatte ihn aus Berechnung geheiratet, scherte sich einen feuchten Kehricht um seine Gesundheit und nahm, was sie erhaschen konnte.

Doch sie tat weder das eine noch das andere. Sie hielt Wido in einer Abhängigkeit und machte ihn gefügig, aber nutzte ihren Vorteil nicht für eigene Zwecke? Schwer vorstellbar.

»Wenn ich nur mal an Wido herankäme, ohne dass sie dabei ist«, dachte Ophélie laut nach. »Ich bin sicher, ich könnte ihn dazu bewegen, einer Aufteilung der Manufaktur zuzustimmen.«

Edmond blätterte eine Seite um. »Ich gebe es auf zu wiederholen, dass du von eine fixe Idee besessen bist. Diese Geschichte hat eine Bart so lang wie der von Methüsalem, und ich …«

»Es geht nicht um eine fixe Idee, es geht um Hitler«, unterbrach sie ihn. »Frag mich nicht, wie und weshalb, aber ich weiß, dass dieser Mann dabei ist, mein Land zu verändern, und wenn er damit fertig ist, will ich auf keinen Fall mehr hier sein. Schluss, aus, so ist das.«

Edmond ließ das Buch sinken. »Hitler? Dieser kleine Mann mit die kurze *moustache*?« Er legte eine Fingerkuppe zwischen Lippen und Nase. »Wegen diese zornige Giftzwerg wir müssen die Unannehmlichkeit von eine Umzug in Kauf nehmen?«

»Hast du mal gelesen, was er über Franzosen schreibt?«

»Nein, ich bevorzuge Balzac. Schlimmer als der kann Monsieur *petit moustache* nicht über Franzosen schreiben.«

»Du weißt, dass ich schon vor der Reichstagswahl vom letzten September von hier wegwollte. Die jüngsten Ereignisse bestärken mich darin. Aber es ist müßig, darüber zu verhandeln, da mein armer Bruder meinem Einfluss entzogen ist. *C'est la vie, c'est la mort, c'est la guerre.*«

Seufzend cremte sie sich die Hände ein und entfernte die Maske, die ihr linkes Auge bedeckte, dann ließ sie den Kopf auf das Kissen sinken, kuschelte sich an die Seite ihres Mannes und versuchte, an nichts Schlimmes mehr zu denken.

Edmond liebkoste sie mit einer Hand, mit der anderen blätterte er eine weitere Seite um. »Wenn du Chen Lu ablenkst, nehme ich Wido mit in meine Club. Dort bekommt er, was er will … und du auch, Schatz.«

Für den Spätnachmittag des nächsten Tages bestand Ophélie spontan auf einer Sitzung des Familienrates, an der sie selbst, Elise, Tankred und Chen Lu teilnahmen. Als Chen Lu in ihre Wohnung zurückkehrte, war Wido verschwunden.

Derweil sagte Edmond, umgeben von seinen Freunden im Club zu seinem Schwager: »Es ist ganz einfach, lieber Wido. Du bekommst die Pill, ich bekomme eine Unterschrift.«

Wido saß in einem Sessel, in dem er beinahe verschwand. »Ich will nach Hause. Dort wartet Chen Lu mit Reiskuchen. Den brauche ich, verstehst du? Ich brauche ihn dringend. Für meine Gesundheit.«

»Die Pill bewirkt das Gleiche. Sie macht dich gesund und fidele.«

»Nein, keine Pille, ich brauche Reiskuchen.«

Wido schwitzte, als säße er in der Savanne, und zitterte gleichzeitig, als wäre er auf einer Antarktis-Expedition.

»Eine Praline. Wir stecken die Pill in eine Praline, wie wäre das?«

»Steck die verdammte Praline samt Pille in die Möse deiner Frau, wenn du willst. Ich brauche Reiskuchen, du Idiot.«

Die Jahre in China hatten Wido nicht nur an den Rand der Debilität gebracht, sondern ihn auch den Jargon der einfachen Arbeiter gelehrt. Er versuchte aufzustehen, doch die Clubmitglieder, die sich über die Abwechslung zum ewigen Kartenspielen, Rauchen und Trinken freuten, hinderten ihn daran. In jeden von ihnen hätte Wido dreimal hineingepasst. Sein Adamsapfel trat hervor wie bei einem Geier, und seine Augen steckten in grauschwarzen Höhlen.

»Das ist also dein Schwager?«, fragte eines der Clubmitglieder. »Erfrischend.«

»Eine Schwager kann man sich nicht aussuchen.«

»Stimmt auch wieder. Willst du ihm eine verpassen, oder soll ich das machen?«

Edmond sah die Dinge pragmatisch. Menschen, an denen ihm nichts lag, konnten ihn weder beleidigen noch beeindrucken. Er änderte seine Strategie.

»Du hast Recht, lieber Wido. Eine Reisküch ist eine feine Ding. Du willst Reisküch, also bekommst du Reisküch.«

Er wandte sich an einen seiner Clubfreunde, den belgischen Handelsattaché. »Kann der Koch hier eine Reisküch zubereiten?«

»Soll das ein Witz sein? Für dein Zigarettenetui backt er dir Napoleons Hochzeitstorte nach.«

Edmond nahm vorher die Zigaretten heraus. »Zum Teufel mit Napoleon und die Torte. Eine schöne, süße saftige Reisküch mit Spezialfüllung, *s'il vous plaît.*«

Am nächsten Tag tauchte Wido wieder auf, putzmunter, um eine Dosis Heroin reicher und eine Unterschrift ärmer. Mit einer Mehrheit von einundfünfzig zu neunundvierzig Prozent verfügte Ophélie umgehend die Zweiteilung der Manufaktur. Im Juli zog sie mit Edmond und ihren Söhnen an die Loire.

Der Schock über das Auseinanderbrechen der traditionsreichen Firma und die Hitze eines heißen Sommertages verbündeten sich, und als der letzte Lastwagen vom Hof der Manufaktur rollte, voll beladen mit Gerätschaften und Rohmaterial, brach Elise zusammen. Tankred und Chen Lu fingen sie im letzten Moment auf und brachten sie in eine der Produktionshallen, wo es kühler war – und leider nun auch sehr leer.

Elise hatte alles versucht, dieses Szenario zu verhindern. Noch am Vorabend war sie bettelnd zu ihrer Schwester gegangen und hatte sie beschworen, keinen Bruch herbeizuführen. Ophélie war konziliant und bot ihr Platz an. Sie saßen in zwei alten Gründerzeitsesseln vor dem Kamin, den einzigen Möbelstücken in dem ansonsten kahlen Raum. Ophélie hatte alles verkaufen oder verbrennen lassen.

Die mahnenden Worte Tante Arabellas im Ohr, leistete Elise – eigentlich zum ersten Mal, wenn sie ehrlich war – Abbitte für den Schmerz, den sie ihrer älteren Schwester vor mehr als dreißig Jahren zugefügt hatte.

»Warum?«, hatte Ophélie leise gefragt, und ihr Flüstern hallte wider in der Leere des Zimmers. Sie flüsterte auch während des übrigen Gesprächs. »Warum hast du es getan?«

»Das ist jetzt so lange her, ich weiß es nicht mehr.«

»Sehr billig, findest du nicht?«

»Viele Kinder tun Sachen, die sie später lächerlich finden und bereuen.«

»Immer noch billig.«

»Es war eine schreckliche Laune zu deinen Lasten.

Ich wünschte, ich könnte dieses Unglück ungeschehen machen. Aber das ist noch lange kein Grund, unsere Firma ...«

»Nicht so schnell, Elise. Du holperst schon wieder über alles drüber, als würde es dir gehören. Mein Leben gehört dir nicht, und trotzdem bist du darauf herumgetrampelt.«

»Es tut mir leid, Ophélie.«

»Wie leid?«

»Wirklich sehr leid.«

»Ich habe also etwas bei dir gut?«

»Aber natürlich.«

»Gut, dann gib mir drei Finger.«

»Was?«

»Daumen, Zeige- und Mittelfinger deiner rechten Hand. Verabschiede dich, und dann holen wir jemanden mit einer Axt.«

»Das ist ... doch nicht dein Ernst.«

»Mein voller Ernst. Nach einem Arzt schicken wir auch gleich noch. Verbluten wirst du also nicht.«

»Kindisch ist das.«

»Nicht kindischer, als mir mit einer Stricknadel das Auge auszustechen.«

»Ich *war* ein Kind.«

»Auch die Launen von Kindern fallen nicht einfach so vom Himmel. Sie haben irdische Ursachen.«

»Wir drehen uns im Kreis. Es ist schlicht zu lange her.«

»Versuche dich zu erinnern.«

»Ich kann nicht.«

»Schade, deine Erinnerungslücke wird dich die halbe Manufaktur kosten.«

»Ophélie, ich flehe dich an …«

»Sag es!« Selbst der Befehlston war eingehüllt in Flüstern.

»Nein, ich …«

»Sag mir endlich, was für ein Miststück ich für dich war.«

»Ja, du warst ein Miststück! Bist du nun zufrieden? Mein Gott, ich konnte dich nicht ausstehen. Du bist mir auf die Nerven gegangen mit deinen ewigen Maßregelungen, ich soll gerade sitzen, ich soll schön sprechen, ich soll schön schreiben, ich soll die Teetasse mit drei Fingern halten …«

»Daumen, Zeige- und Mittelfinger der rechten Hand. Du hast es erst gelernt, nachdem du mich verstümmelt hattest. Da ging es plötzlich.«

»Ich gebe zu, ich war … recht bockig, aufsässig und ohne Manieren. Andererseits hast du es genossen, die große Schwester zu spielen.«

Ophélie schüttelte den Kopf. »Ich hätte in dir viel lieber eine Freundin gehabt als nur die kleine Schwester. Aber unsere Mutter hat mir auf ihrem Sterbebett das Versprechen abgenommen, dass ich dich zu einer Dame mache. Du siehst, ich musste die große Schwester sein.«

»Das wusste ich gar nicht. Wieso hast du mir das nie gesagt?«

»Das habe ich, sehr bald nach Mutters Tod. Aber du hast nur gehört, was du hören wolltest. Und du wolltest nur hören, was Papa gesagt hat. Ich kam in deinem Kosmos nicht mehr vor, nachdem du … nachdem du getan hast, was du nun einmal getan hast.«

Elise blickte betroffen zu Boden. »In meinem tiefsten Inneren habe ich mich so sehr geschämt, dass ich dir fortan aus dem Weg ging, wo ich konnte. Auch geistig, du verstehst? Ich habe versucht, so wenig an dich zu denken wie nur möglich. Ich war noch so jung und dumm und trotzig. Wenn sich eine Verhaltensweise erst einmal festgesetzt hat ... Gib mir die Möglichkeit, meine Untat an dir wiedergutzumachen. Was uns verbindet, ist ungleich mehr als alles, was uns trennt. Wir haben unseren jüngsten Bruder wieder, wir haben einen Neffen, eine Firma mit Tradition und die Aufgabe, sie in die Zukunft zu tragen.«

Sie hatte Ophélies Hand ergriffen und an ihre Wange geführt. Die Schwestern hatten sich eine Weile angesehen, ohne Zorn oder Geringschätzung, so wie sich Menschen ansehen sollten, die eine lange gemeinsame Geschichte verband.

Dann hatte Ophélie ihre Hand zurückgezogen. »Es ist zu spät, Elise. Zu spät.«

Arabellas Prophezeiung hatte sich erfüllt. Ein dreißig Jahre alter Schmerz, dessen böse Fratze einem täglich im Spiegel gehässig entgegenblickte, ließ sich nicht durch ein paar gesalbte Zaubersprüche vertreiben. Vielleicht hatte Ophélie Recht, und es war wirklich zu spät, für alle Zeit. Die leeren Fabrikhallen, das ausgeräumte Lager, die zerbrochene Manufaktur waren Elises Preis für eine Sekunde des Trotzes vor zehntausend Tagen.

»Ich habe versagt«, gestand sie Tankred und Chen Lu. »Die Arroganz meines Mannes, die Feigheit meines Vaters, die Sucht meines jüngeren Bruders und mein jahrzehntelanger Stolz ... Wir alle haben uns zusammengetan und an unserem Untergang gearbeitet. Wir waren auf einem guten Weg. Nun ist es aus, aus und vorbei. So ist es doch, oder?«

Elise benötigte keine Bestätigung von Tankred. Sie wusste, dass die Manufaktur Blankenburg, dem Großteil ihrer Aktivposten beraubt, am Ende war. Mit einem Schlag war die Firma nur noch halb so viel wert, was unweigerlich dazu führen musste, dass die Banken ihre Kredite kündigten. Das war das unbarmherzige Gesetz des Finanzdschungels: Die Schwachen wurden erlegt, damit die Überlebensfähigen genug zu futtern hatten.

»In einer Stunde treffe ich mich mit Löwenkind zu einer Krisensitzung«, sagte Tankred. »Willst du mitkommen?«

»Nein«, antwortete Elise.

Sie hätte Isaac gerne wiedergesehen. Aber es war klar, dass er, um nicht in den Strudel zu geraten und Löwenkind zu retten, die Kooperation beenden würde. Und sie wollte ihm diese Entscheidung durch ihre Anwesenheit nicht noch schwerer machen. In den letzten Monaten hatten sie sich mehrmals getroffen. Es waren immer schöne Stunden gewesen, so schön, dass Elise sich jedes Mal auf das nächste Treffen freute. Stets hatte sie eine mögliche Ehe von Tankred und Debora vorangetrieben, und nun, da sie auf der Kippe stand, stellte sie fest, dass es dabei gar nicht um die beiden jungen Leute und auch nicht um den Nutzen für die Manufaktur gegangen war. Wenn Elises Neffe sich offiziell mit einer Jüdin aus gutem Hause verlobte, war es dann nicht möglich, dass auch sie selbst …?

»Versuche zu retten, was zu retten ist.«

Sie rechnete nicht damit, dass Tankred sofort aufbrechen würde, und nachdem er gegangen war, bemerkte sie überrascht, dass sie mit Chen Lu allein war. Das war noch nie vorgekommen. Elise sah immer zu, dass Emma, Tankred, Biene oder sonst jemand anwesend war, wenn sie mit ihrer Schwägerin sprach. Chen Lu löste – nun, nicht direkt Angst, aber ein gewisses Unwohlsein in ihr aus. Es lag an ihrer Mimik. Chen Lu zeigte immerzu denselben Gesichtsausdruck, und der war so nichtssagend wie ein unbeschriebenes Blatt. Keine mahlenden Wangenknochen, kein Lächeln, weder verengte noch geweitete Augen, einfach gar nichts. Manchmal wünschte sich Elise, Chen Lu gegen eine Tür laufen zu sehen, nur um zu beobachten, was dann passierte. Biene nannte sie »die Spuk-Madam«.

»Ich weiß eine Lösung«, nuschelte Chen Lu. Sie nuschelte immer, ließ ganze Silben weg und ersetzte sie durch unerträglich langgezogene Vokale, die da nicht hingehörten. Aus Lösung wurde Lösngaaaaa.

Elise rieb sich verzagt die Schläfen. »Das glaubst auch nur du. Sehr viel Geld ist die einzige Lösung, und ich sehe keines. Siehst du etwa welches? Also bitte, geh zu Wido, backe ihm einen von deinen Reiskuchen.«

»Ich weiß, wie wir an sehr viel Geld kommen.«

Elise blickte ihre Schwägerin fragend an.

Chen Lu nickte. »Aber wie das im Leben so ist, alles hat seinen Preis.«

Am Vorabend, etwa zu der Zeit, als Elise zu ihrer Schwester gefahren war, um sie umzustimmen, hatte jemand an Chen Lus Tür geklopft. Es war jener Mann, der vor vierzehn Monaten schon einmal an ihre Tür geklopft hatte und dann noch einmal vor fünf und vor drei Monaten. Sie kannte die Prozedur, daher stellte sie keine Fragen. Sie sagte Wido, dass sie noch einmal wegmüsse, und folgte dem Mann. Er war nur ein Chauffeur, wie jener, der sie damals von Shanghai zum Hafen gebracht hatte, ein Stummer. Er brachte sie in ein nobles Hotel, Zimmer vier, eine Suite, wo der »Vizekonsul« sie empfing. So nannte er sich, so hatte sie ihn anzureden, aber er war kein Diplomat. Er konnte keiner sein, da es keinen Konsul gab, jedenfalls keinen echten.

China als Nationalstaat existierte praktisch nicht. Der Kaiser war vor zwanzig Jahren abgesetzt worden und lebte im Exil, die kommunistischen Machthaber herrschten nicht, sie waren zerstritten und wurden von den Kuomintang bedrängt. Japanische Invasoren zogen bombend und plündernd durchs Land. Wo es noch friedlich war, teilten sich Briten, Franzosen, Portugiesen und chinesische Kartelle die Macht.

Der Vizekonsul war ein Statthalter von Mister Du, dem Chef der Grünen Bande. Ausgesprochen wurde das nicht. Wenn er überhaupt jemals seine Hintermänner erwähnte, bezeichnete er sie als »seine Regierung«, und irgendwie stimmte das ja sogar. Aber meistens sagte er einfach »wir«.

»Wir sind irritiert und auch ein wenig enttäuscht«, sagte er, schenkte ihr grünen Tee ein und vergaß nicht, ihr dazu einen Haferkeks anzubieten.

Der Vizekonsul war ein älterer, überaus höflicher Mann von der Sorte, die sich für die Unannehmlichkeiten entschuldigen, bevor sie einem die Kehle durchschneiden lassen. Entgegen dem Klischee des Skrupellosen hatte er muntere, fast fröhlich wirkende Augen, einen gepflegten Spitzbart und feingliedrige Hände.

Seine Bewegungen waren so langsam, dass die Glieder seines Körpers dahinzugleiten schienen.

»Vor vierzehn Monaten haben wir uns geeinigt, die Manufaktur Blankenburg zum Verteilerzentrum unserer Anti-Opium-Pille zu machen und von dort aus halb Europa zu versorgen. Nach sechs Monaten sollte es so weit sein. Was hast du bisher unternommen?«

»Wido ist so gut wie geheilt. Er ... er braucht unentwegt Reiskuchen, aber von Opium ist keine Rede mehr. Wie verabredet, sollte er in Kürze an entscheidender Stelle in der Firma arbeiten und alles für den Empfang der ersten Lieferung vorbereiten.«

»Doch nun ist die Manufaktur am Ende, wie wir hören, und zwar durch dein Versagen.«

»Man hat mich getäuscht.«

»Was sollen wir von dir halten, wenn du dich von einer Einäugigen täuschen lässt? Unsere Erwartungen waren andere.«

»Aber ich ...«

Der Vizekonsul klappte nur kurz den Zeigefinger aus und wieder ein. Das genügte, um Chen Lu schweigen zu lassen.

»An der bevorstehenden Spaltung der Manufaktur ist nichts mehr zu ändern, außer durch eine Lösung, deren Grausamkeit so viel Licht werfen würde, dass damit nichts gewonnen wäre. Meine Regierung ist in dieser Hinsicht meinem Rat gefolgt. Wir möchten nun von dir wissen, was du benötigst, um den Rest der Firma, an der dein Mann beteiligt ist, zu retten.«

Chen Lu rutschte unruhig auf dem Stuhl hin und her. »Geld, nehme ich an.«

Der Vizekonsul lächelte und nippte an seinem Tee.

»Daran soll es nicht scheitern, doch das kann nur der Anfang sein. So, wie die Dinge liegen, glauben wir nicht, dass du und dein Mann in der Lage seid, unsere Operation dauerhaft zum Erfolg zu führen. Daher benötigen wir eine dritte Person.«

Sie wollte widersprechen, doch der Zeigefinger des Vizekonsuls hatte etwas dagegen.

»Eine dritte Person, klug und entschlossen, im Idealfall skrupellos. Du wirst dich darum kümmern. Wir helfen der Familie Blankenburg, und im Gegenzug wird sie uns helfen. Ansonsten …« Seine Hände klappten zu beiden Seiten auf. »Noch eine Tasse Tee, bevor wir die Details besprechen?«

Elise konnte kaum glauben, welchen Vorschlag ihr Chen Lu da unterbreitete. »Einhunderttausend Reichsmark? Woher hat Wido denn so viel Geld?«

»Er hat Freunde.«

»Chinesen?«

»Hast du etwas gegen Chinesen?«

»Und die geben ihm so mir nichts, dir nichts eine derart hohe Summe?«

»Das ist für diese Leute nicht viel Geld.«

»Nun denn, für mich ist es viel Geld, und ich will mehr darüber wissen, bevor ich einwillige. Wer sind diese Freunde?«

»Sie möchten im Hintergrund bleiben.«

»Sogar ich weiß, dass das immer ein schlechtes Zeichen ist. Mir ist dieser unverhoffte Geldregen nicht geheuer.«

»Das ist der Preis, von dem ich gesprochen habe.«

Zurück in der Villa Vanora, ließ Elise sich von Biene

Hut und Mantel abnehmen. Mitten im Atrium blieb sie stehen und starrte in die Vitrine, in der seit Generationen die Porzellanblume lag und die Elise an diesem Tag zum ersten Mal leer vorfand.

Auch das noch, dachte sie. Das Symbol der Blankenburgs geraubt, entführt und auf dem Weg nach Frankreich. Ihr Vater würde sich im Grabe umdrehen.

»Ophélie war hier?«, fragte sie Biene.

»Heute Morgen, kurz nachdem Sie fortgefahren sind, gnädige Frau. Sie ist wie ein Wirbelwind durchs Haus gefegt. Ich wusste gar nicht, dass sie sich so schnell bewegen kann. Sie selbst vermutlich auch nicht, zum Schluss war sie völlig außer Atem. Aber sie hat nicht gefunden, was sie suchte.«

Biene holte die Porzellanblume hervor und stellte sie zurück in die Vitrine. »Ich habe sie in der Küche zwischen den Krügen und Vasen versteckt.«

Elise fiel Biene um den Hals. »Wenn ich mich auf niemanden mehr verlassen kann, auf dich jederzeit.«

Ihre Rührung war ein wenig pathetisch angesichts der Tatsache, dass sie sich nie viel aus der Porzellanblume gemacht hatte, deren Schönheit unbestritten war. Schon als Kind hatte sie die Vitrine nicht anfassen dürfen, geschweige denn die Blume, die nie mit etwas anderem als Pfauenfedern und Samtkissen in Berührung kam. Solches Gehabe wie um eine Monstranz fand Elise übertrieben. Nun aber war sie froh, dass das empfindliche Ding dort geblieben war, wo es die letzten sechzig Jahre geruht hatte.

»Ich konnte Ihre Schwester weiß Gott immer gut leiden, gnädige Frau. Aber was sie Ihnen jetzt antut, das ist nicht richtig.«

»Ophélie ist fort, Biene. Sie geht ihren eigenen Weg, daran ist nichts mehr zu ändern. Ich muss mich mit dem Morgen beschäftigen, und da sieht es düster aus.«

»So schlimm?«

»Noch schlimmer als letztes Jahr. Und in dieser Lage macht mir Widos Frau einen dubiosen Vorschlag ...«

»Die Spuk-Madam? Gehen Sie bloß nicht darauf ein.«

»Er könnte die letzte Rettung sein.«

»Wido hatte immer schon einen verheerenden Frauengeschmack. Erinnern Sie sich noch an die angebliche österreichische Baronin, die ihm Anteile an einer nicht vorhandenen Silbermine verkaufte und sich als Küchenmädchen entpuppte? Oder an die Strumpfverkäuferin, die mit seinem letzten Heller und seinem besten Anzug mitten in der Nacht auf und davon ist? Und deren Nachfolgerin wollen Sie auf den Leim gehen? Ich habe es Ihnen schon einmal gesagt, wenn Sie sich bitte erinnern wollen, gnädige Frau: Von keiner Tante, keinem Neffen und keiner Schwägerin sollten Sie sich die Butter vom Brot nehmen lassen. Sie haben es vorgezogen, ein Hausmütterchen zu bleiben, aber das Schicksal lässt sich nur kurz vor die Tür schicken. Früher oder später steht es wieder auf der Matte und klingelt Sturm. Jetzt lassen Sie es Herrgott noch mal herein.«

An diesem Tag saß Elise noch lange da, nur sie und die Porzellanblume, die wie eine Frucht auf dem Tisch thronte, wo sie noch nie gelegen hatte. Sie dachte ernsthaft darüber nach, das filigrane Kunstwerk mit einer einzigen Handbewegung zu Boden zu schleudern.

Nein, es würde nichts bewirken. Die Winde würden sich nicht erheben. Die Villa würde nicht vom Erdboden verschluckt. Niemand würde vom Blitz getroffen. Alles wäre wie vorher: Die Uhren würden ticken, die Herzen schlagen. Die Karolinenblume war eine gebrannte Mischung aus Ton, Feldspat und Quarz, bekleckst mit Glasur und Farbe. Das war's. Einhundertpaarundfünfzig Jahre alt, na und? Etliche Kommoden waren genauso alt, unzählige Bäume, Schiffe, Ackerpflüge, Gebetsbücher … Sie alle wurden irgendwann einmal ausgemustert, sei es von der Natur oder von etwas, das über der Natur stand: der Zeit.

Elise nahm das Opus 1 der Manufaktur Blankenburg in die Hand. Es fühlte sich weich an, obwohl das Material hart war. Einbildung vielleicht. Es ging das Gerücht, dass die Idee zur Blume von der Gattin des Gründers stammte, Christiane-Amalie, deren Hände wunderbar weich gewesen sein sollten, und dass ihre Berührung erst den Zauber der Blume erschuf. Die große Landgräfin war angeblich vom ersten Augenblick an entzückt gewesen, mehr noch von der Glätte und Sanftheit des Materials als von seiner Form und Farbe.

Weitere Geschichten fielen Elise ein. Christiane-Amalies Schwiegertochter Sophie sollte die Porzellanblume an jedem Vollmond in Olivenöl eingelegt, deren Schwiegertochter sie wiederum mit Zitronenschalenabrieb und Lavendelöl behandelt haben. Ein Diener Konrad Blankenburgs starb 1836 bei der Verteidigung des symbolträchtigen Kunstwerks, als er es mit drei Einbrechern aufnahm. Ein Stubenmädchen, das 1869 lange Finger machte, wurde erwischt, entlassen und nahm sich einige Tage danach das Leben. Von da an verwahrte man die Blume in einem gut gesicherten Glaskasten.

Damit endeten die überlieferten Geschichten – und die selbst erlebten Anekdoten begannen.

Da war Bärbel, die Tochter der Köchin und etwa so alt wie Elise, die schon als Kind davon träumte, die Karolinenblume einmal in der Hand halten zu dürfen. Adalmar hatte es ihr, trotz Elises Fürsprache, bis zuletzt verwehrt, damals war sie einundzwanzig und starb an einem Tumor.

Da war Frieder, der vierzehnjährige Geselle des Glasers, der eine neue, noch sicherere Vitrine anfertigte. Er schnitzte Elise eine Nachbildung der Karolinenblume aus Lindenholz, die er ihr, schüchtern lächelnd, überreichte und die sie noch immer besaß. Sie hatte ihn danach bald aus den Augen verloren.

Elise wusste nicht, wie lange sie schon mit der Blume in der Hand im Salon saß, als ihre Gedanken von der Karolinenblume fort und hin zu dem gingen, wofür sie stand: zur Manufaktur, zu ihrer Tradition, ihren Produkten, ihren Menschen. Zu Peter Hachel, ein Auslieferer, der in den 1890er Jahren noch mit dem Pferdegespann von der Fabrik zum Bahnhof gefahren war und heute jedes Mal mit einem fröhlichen Hupen das Gelände verließ. Zu Walpurga Boetsch, einer Porzellanmalerin, deren Ideenreichtum und Detailverliebtheit der Manufaktur im Jahr 1912 einen Preis eingebracht hatte. Zu Karl Schneckenberger, dem peniblen Einkäufer des Rohmaterials, der schon ganze Wagenladungen hatte zurückgehen lassen, weil ihm die Körnung nicht passte. Zu Ingrid Memel, der guten Seele in der Kantine, zu Rolf Löbling, Zacharias Klein, Hartmut

Bommers … Sie alle arbeiteten schon ewig in der Manufaktur, sie alle identifizierten sich mit dem Namen Blankenburg, sie alle würden trauern wie um einen guten Freund oder einen geliebten Bruder, wenn der schlimmste Fall einträte. Ganz zu schweigen von den wirtschaftlichen Auswirkungen, schlicht gesprochen, von der Armut, in deren weit geöffnete Arme man sie stoßen würde. Mit welchem Recht dachte sie darüber nach, das uralte Symbol, die Karolinenblume, zu zerstören? Mit welchem Recht dachte sie ans Aufgeben?

Als würde man einer Person ohne Führerschein die Schlüssel zu einem Automobil überreichen, war ihr die Firma in die Hände gefallen, und sie hatte sich auf den Rücksitz gesetzt und darauf gewartet, dass der Wagen losfuhr. Jede Gelegenheit hatte sie ergriffen, um anderen die Führung zu überlassen.

Wie hatte Biene so unnachahmlich gesagt? Das Schicksal klopft, nun lassen Sie es verdammt noch mal rein.

»Du bist eine Blankenburg«, sagte sie laut zu sich selbst. »Du hast diese Manufaktur geerbt, nun fang endlich etwas damit an. Hör auf zu jammern und mach dich gefälligst an die Arbeit.«

Sie schwor sich, die Firma von nun an wie einen Schatz zu behandeln, wie ein leibliches Kind. Und die Karolinenblume war das Symbol. Vorsichtig polierte Elise sie mit einem Seidentuch und stellte sie zurück in die Vitrine.

Biene platzte herein. »Es ist etwas Furchtbares passiert, gnädige Frau. In Frankfurt ist der Teufel los.«

Etwa zur selben Zeit saß Tankred mit Isaac Löwenkind in seinem Haus in Wiesbaden zusammen. Seit Stunden rechneten sie rauf und runter, um Blankenburg & Löwenkind zu retten. Was sie verkaufen konnten, hatten sie in den letzten Monaten bereits verkauft. Alles Weitere ginge an die Substanz. Ohne Material konnten sie nicht mischen, ohne Öfen nicht brennen, ohne Lieferwagen nicht ausliefern. Wie sie es auch drehten und wendeten, am Ende fehlte immer eine Summe zwischen sechzig- und achtzigtausend Reichsmark, um den Betrieb aufrechtzuerhalten. Aber selbst wenn sie die zusammenbrächten – Blankenburgs Kredit war in drei Wochen fällig, Löwenkinds schon in zwei. Alles in allem benötigten sie, einschließlich der fälligen Kredite, fast zweihunderttausend Reichsmark – eine utopische Summe.

»Das war's«, sagte Isaac irgendwann, nahm die runde Lesebrille von der Nase und warf sie quer über den Mahagonitisch. »Selbst wenn wir alle Mitarbeiter entlassen, ist kein Geld mehr da. Man hat mir dreißigtausend Reichsmark für das Haus geboten. Dreißigtausend! Es ist mindestens das Dreifache wert. Wenn es einmal so weit gekommen ist, dass sie einem nur den Bruchteil des Wertes anbieten ...«

Wo die Geier kreisten, war der Leichnam nicht weit, wusste auch Tankred.

Obwohl die volle Wucht des sich anbahnenden Konkurses auch ihn treffen würde, war er einen Moment lang mit seinen Gedanken bei Isaac Löwenkind. Er hatte ihn im vergangenen Jahr schätzen, vielleicht sogar mögen gelernt. Isaac war ein feiner, nachdenklicher Mann und stets bemüht. Mehr als um seine eigene machte er sich um die Zukunft seiner Kinder Sorgen.

»Esra hat gespielt«, sagte er, »und verloren. Etwa

zehntausend Reichsmark. Die er natürlich nicht hat. Er macht alles nur noch schlimmer. Und wissen Sie, was er dazu sagt? Darauf komme es nun auch nicht mehr an. Was soll nur aus Debora werden?«

Er blickte in Tankreds Richtung, wenn auch knapp an ihm vorbei.

Seit sechzehn Monaten ging Tankred regelmäßig mit Isaacs Tochter aus, gerade so oft, um seine Chancen bei ihr zu wahren, aber nicht oft genug, dass man von Umwerben hätte reden können. Sein erster Eindruck von ihr hatte sich bestätigt: Sie war wohlmeinend, wohlerzogen, wohl… was auch immer. Nett für einen Abend, langweilig auf Dauer. Sehr diplomatisch hielt sie ihm seine Mängel vor Augen, nicht um ihn zu belehren, das wäre ja nicht wohlmeinend gewesen, sondern um seinen Status in den Augen ihres Vaters zu erhöhen. Debora sagte Sätze wie: »Vielleicht kümmern Sie sich nicht genug um Ihre Hände. Im Grunde haben Sie sehr schöne Hände.« Und meinte damit: Die Fingernägel müssen kürzer und sauberer werden – das, was schon Gitti bemängelt hatte. Debora sagte: »Der Stummfilm wird sich nicht mehr lange halten.« Und meinte damit: Gehen Sie mit mir in einen Tonfilm. Debora sagte: »Die Opern von Richard Strauss sind allesamt wunderbar. Ich habe die ganze Sammlung auf Schallplatte.« Und meinte damit: Beschäftigen Sie sich mehr mit klassischer Musik.

Er dachte öfter an seine Hände, führte Debora ins Lichtspielhaus und kaufte Platten von Wagner, Brahms und Richard Strauss. Sie fragte: »Und Ravel?« Also besorgte er sich Ravel, von dem er noch nie gehört hatte.

Den Film fand er langweilig. Während er ihn über

sich ergehen ließ, dachte er an Shuilian, Widos wunderschöne Tochter, und überlegte, ob sie wohl Filme mochte. Als er die schwer verdauliche Musik hörte, war ihm danach, Shuilian spätabends in einen Tanzkeller zu führen. Und wenn er sich die Fingernägel reinigte – husch, husch unter Zuhilfenahme der Fingernägel der anderen Hand –, stellte er sich vor, dass Shuilian lachend sagte, es wäre praktischer für ihn, sie zu schneiden. In seiner Fantasie verstand er sich bestens mit Shuilian.

Er hatte sie exakt sechs Mal in den vergangenen sechzehn Monaten gesehen und konnte sich noch an jede Minute des Zusammentreffens erinnern. Shuilian war sehr still, fast unentwegt blickte sie zu Boden. Blickte sie nicht zu Boden, dann auf den Tisch, wenn nicht auf den Tisch, dann auf ihre Beine. Ihre Beine waren grazil, aber sie waren nichts im Vergleich zu ihrem Mund, den Wangen, den Augen. Wenn sie ihn ansah – erst neunmal war das vorgekommen –, bemerkte er, dass es einen Menschen in ihm gab, von dem er bisher keine Ahnung gehabt hatte.

Shuilian dachte nicht im Traum daran, ihre Musik, ihre Bücher, ihre Art der Körperpflege auf ihn zu übertragen. Er wusste, nein, er spürte, dass sie wie ein Schwamm war und unter ihrem schüchternen Gehabe darauf brannte, endlich zu leben. So wie er darauf brannte, ihr dieses Leben zu zeigen.

Wenn er hingegen an Debora dachte, dann überlegte er, ob er inzwischen gut genug für sie war und wann er es wagen durfte, um ihre Hand anzuhalten.

Ehen, bei denen die Partner nicht zusammenpassten, wurden andauernd geschlossen, aus Kalkül. Bei dieser Verbindung war das Kalkül inzwischen weggefallen, da keiner der Partner einen wirtschaftlichen Vorteil mitbrächte. Übrig blieb die Unterschiedlichkeit der Charaktere, der persönlichen Geschichte und der Erziehung. Im Übrigen stellte Tankred fest, dass er vermutlich nur auf Frauen stand, die ein wenig verdorben waren.

Isaac, der noch immer nachdenklich an Tankred vorbei ins Zimmer blickte, sagte: »Ich hatte gestern ein langes Gespräch mit Yaron Amsel, ihm gehören an die neunhundert Wohnungen in Frankfurt, Wiesbaden und Mainz. Er ist schon zweiundfünfzig, und vor einem Jahr ist seine Frau gestorben. Die Kinder sind erwachsen. Er fühlt sich allein.«

Tankred stand auf.

»Ich habe mit Debora gesprochen und sie gefragt, ob ihr Herz an Ihnen hängt«, fuhr Isaac fort. »Es tut mir leid, mein Junge.«

Den Beleidigten zu spielen lag Tankred nicht. Dass er als Schwiegersohn nicht mehr zu gebrauchen war, verletzte weder seinen Stolz – er besaß keinen – noch seine Gefühle, da er für Debora nicht mehr als Sympathie empfand. Allerdings führte ihm der Satz vor Augen, dass seine Aktien im Sinken begriffen waren. Bei Löwenkind war er aus dem Rennen. Deboras künftiger Ehemann, der Juden-Amsel, würde die Manufaktur seines Schwiegervaters mit seinem Geld schon sehr bald aus der Kooperation mit Blankenburg herauskaufen. Damit stand Blankenburg erneut vor dem Aus, diesmal wohl endgültig.

Tankred fuhr von Isaacs Wiesbadener Haus direkt nach Frankfurt, ohne zu wissen, was er dort wollte. Vielleicht war ihm einfach danach, sich irgendwo auszukotzen, in einer Kneipe zum Beispiel, und die Kotze durch Bier zu ersetzen. Oder einen letzten Tee mit Arabella im Hotel Augusta zu trinken, wo sie ihm »*Game over*« ins Gesicht sagen würde. Und: »*So long, honey.*«

In Frankfurt herrschte eine seltsame Unruhe, wie er sogar aus dem Auto heraus bemerkte. Die Fußgänger scherten sich nicht mehr um Verkehrsregeln, sie überquerten die Straße, wie es ihnen gefiel, allem Hupen zum Trotz. Einige Autos standen quer, und in der Innenstadt ging nichts mehr. Ein riesiger Pulk von Menschen verstopfte die Alleen und Plätze.

Plötzlich bemerkte er Dubbe im Getümmel. Er stand ein paar Meter abseits der Menge und dirigierte Männer seines Alters mit entschiedenen Armbewegungen und lauten Rufen. Er trug Zivil. Schon lange hatte Tankred ihn nicht mehr in seinen alten Sachen gesehen, sondern nur noch in der Uniform der Braunhemden, die er so sauber und faltenfrei hielt wie andere Leute ihren Sonntagsanzug.

Tankred stieg aus. »Tag, Dubbe. Was ist denn hier los?«

»Tag, Tanke, lange nicht gesehen. Wie üblich ahnungslos, was? Kommst du wieder von deinem Planeten?«

»Mein Planet stürzt gerade in die Sonne.«

»Hä?«

»Lass gut sein. Im Ernst, was ist das für ein Aufruhr?«

»Mehrere Banken sind zahlungsunfähig, sogar die Dresdner hat ihre Schalter geschlossen.« Er deutete auf das Gründerzeitgebäude, in dem sich die größte Filiale der Dresdner Bank in Frankfurt befand. »Die Leute wollen an ihr Geld.«

»Die Leute? Oder deine braunen Jungs?«

»Sieh dich mal um, das sind an die zweitausend Menschen, wenn nicht mehr. Ich habe höchstens zwei Dutzend mitgebracht.«

»Wozu?«

Die Antwort gab Dubbe nicht ihm, sondern einem halbwüchsigen Pimpf, der ihn atemlos fragte, wann sie loslegen sollten.

»In Ordnung, benutzt die Knüppel, um die Scheiben einzuschlagen. Die Fenster sind zwar vergittert, aber das macht nichts. Wir wollen ja nicht wirklich rein, sondern nur so tun, als ob. Verstanden?«

»Verstanden, Sturmführer«, sagte der Pimpf und rannte los, als stürme er auf das gegnerische Tor zu.

»Jemand muss die Speerspitze bilden«, erklärte Dubbe Tankred. »Was brave Bürger sich nicht trauen, müssen wir ihnen vormachen.«

»Damit sie aufhören, brave Bürger zu sein?«, fragte Tankred.

»Du hast es begriffen. Wir befinden uns mitten in einer Revolution, mein Freund, nur haben das bis jetzt die wenigsten bemerkt. Das wird sich nach heute ändern.«

Die ersten Fenster zerbarsten, zerschlagen von grölenden SA-Männern, die ihre Identität verbargen und die der Mann anführte, mit dem Tankred sich einst die Wohnung und den Platz in der Scheiße geteilt hatte. Dubbe war inzwischen in seine Uniform hineingewachsen, und das nicht nur körperlich. Er war der SA-Sturmführer von Frankfurt, gab Befehle und erteilte Lektionen in faschistischer Ideologie.

»Wo ist Schimmi?«, fragte Tankred.

»Der ist vor zwei Monaten zur Polizei gewechselt.«

»Nicht dein Ernst! Schutzmann ist er geworden?«

»Nee, zur politischen Polizei. Zu denen, die uns im Auge behalten sollen.«

Dubbe lachte schmutzig, streckte den Arm aus und deutete auf eine Gruppe wichtig aussehender Zeitgenossen, allesamt in gepflegten Anzügen und mit Hüten. Unter ihnen, als Kleinster, stand Schimmi. Weder sie noch die uniformierten Polizisten schritten gegen die Erstürmung der Bank ein. Es hatte den Anschein, als verhielten sie sich neutral, doch genau damit spielten sie in Wahrheit den Protestierenden in die Hand.

»Wie du siehst, haben wir überall Freunde«, sagte Dubbe grinsend. »Brüning ist am Ende. Der macht's nicht mehr lange.«

Ein weiteres Fenster zerbarst, die Ersten begannen, mit den Schultern gegen die schwere Tür anzurennen.

Tankred seufzte. »Da habe ich etwas mit dem Reichskanzler gemeinsam. Ich bin auch am Ende.«

»So schlimm?«

»Schlimmer.«

»Kacke.«

»Kannst du laut sagen. Hast du Arbeit für mich?«

Dubbe gab ein paar Befehle, bevor er sich wieder Tankred zuwandte. »Du hast immer zu uns gestanden, zu Schimmi und mir. Ohne den Scheck deines Großvaters hätten wir die Jahre achtundzwanzig und neunundzwanzig vielleicht nicht überlebt.«

»Du redest doch sonst nicht so geschwollen daher. Was willst du mir sagen, Dubbe?«

»Du musst in die SA eintreten, bevor ich dir eine Arbeit verschaffen kann. Und natürlich in die Partei.«

»In diese … NPSDA?«

»NSDAP. Ich schicke dir ein paar Broschüren zu.«

»Ja, gut«, seufzte Tankred. »Die Partei ist das eine. Aber deine braune Truppe da … Das ist nichts für mich.«

»Ich weiß, du hältst uns für Schläger.«

Die Tür der Dresdner Bank gab krachend nach, woraufhin der brüllende Mob in das Gebäude eindrang und alles kurz und klein schlug, was er in die Finger bekam.

»Da liegst du nicht ganz falsch«, sagte Tankred augenzwinkernd. »Vielleicht kann Schimmi etwas für mich tun.«

»Nein, warte. Ich habe da etwas für dich, das dürfte dir eher liegen. Von Schimmi weiß ich, dass die Parteiführung plant, in Kürze einen Sicherheitsdienst aufzubauen. Könnte man auch innerparteilichen Geheimdienst oder so nennen. Die suchen händeringend schlaue Leute. Ich kenne niemanden, der schlauer ist als du.«

Dubbe zog ein Notizheft aus der Tasche und schrieb etwas hinein, bevor er die Seite herausriss.

»Wende dich nächste Woche an diesen Mann hier. Nicht vorher, ich muss erst noch mit ihm telefonieren, klar? Er wird dir helfen. 'Tschuldigung aber jetzt muss ich meine Jungs unterstützen. Mach's gut, Tanke. Kopf hoch und nicht vergessen: anrufen!«

Tankred ging zu seinem Auto zurück. Auf dem Zettel stand eine Telefonnummer und darüber: Heinrich Himmler, Reichsführer SS.«

An einem Sonntag auf den Altkönig zu reiten war für Emma von symbolischer Bedeutung. Im Alter von sieben Jahren hatte ihr Vater sie erstmals dorthin mitgenommen, am Tag nach ihrem Geburtstag, an dem er ihr ein Pony geschenkt hatte. Seitdem hatten sie diesen Ausflug jedes Jahr mindestens ein halbes Dutzend Mal zwischen Mai und September wiederholt, immer zur selben Stelle. Dort gab es eine Wachholderheide am Südhang, umgeben von dichtem Wald, auf der es an sonnigen Tagen nach Kräutern und Steinen duftete, wo Schmetterlinge und Hummeln von Blume zu Blume und Drosseln von Baum zu Baum flogen. An bewölkten Tagen fegte ein kühler Wind über die sich wogenden Gräser. Es war der Lieblingsplatz von Emmas Vater gewesen. Dort hatte er sich auf den Boden gelegt, tief eingeatmet, mit ihr geredet, gelacht. Ihres Wissens hatte er nie jemand anders als sie dorthin mitgenommen. Manchmal allerdings war er allein hingegangen.

So wie Emma nach seinem Tod. Den ganzen Sommer 1930 und den halben Sommer 1931 war sie ganz allein auf den Altkönig geritten, nur sie, das Pferd, ein Tagebuch und tausend Erinnerungen. Dass sie an diesem schwülheißen Tag im Spätjuli Theo zu einem Ausritt dorthin einlud, war für sie mehr als eine Geste. Es war eine Vorentscheidung.

»Hier verbringst du also deine verträumten Stunden? Das ist ein zauberhafter Ort«, sagte er, als er abstieg. Er streckte ihr beide Arme entgegen, und Emma ließ sich willig vom Sattel in seine Hände gleiten. »Von einer so zauberhaften Frau war auch nichts anderes zu erwarten.«

Die spätviktorianischen Verklemmungen hatten sie schon lange hinter sich gelassen. Aus ihrer freundlichen Beziehung zueinander war eine herzliche geworden, aus der herzlichen eine zärtliche. Nur den letzten Schritt wagte keiner von ihnen zu gehen, obwohl sie beide wussten, dass es nur eine Frage der Zeit war.

»Hier finde ich eine Ruhe, die ich sonst nur verspüre, wenn ich mit dir zusammen bin, Theo.«

Er ließ den Blick schweifen. »Ich kenne diesen Ort.«

»Bist du auf deinen Wanderungen hier vorbeigekommen?«

»Nein. Ich kenne ihn von deinen Bildern.«

»Das kann nicht sein, ich habe diese Wachholderheide noch nie gezeichnet.«

»Doch, du weißt es nur nicht. Die Stimmung dieses verzauberten Ortes ist in viele deiner Landschaftszeichnungen eingeflossen.«

Sie schmiegte sich an ihn. Das Hemd stand zwei Knöpfe zu weit offen, seine üppigen Brusthaare waren wie ein vertrautes Kissen.

»Du verstehst mich besser als jeder andere, Theo. Hundertmal besser als meine Mutter und tausendmal besser als all die Männer, die sie mir andauernd vorsetzt wie Fraß.« Sie kicherte. »Ich habe ihnen insgeheim schon neue Namen verpasst, Namen von Speisen. Oberholz ist eine Spargelcremesuppe. Ritter von Lerch ein zähes Hüftsteak. Geheimrat Doktor Fronsheim ein Räucheraal …« Sie kicherte erneut. »Ja, ich weiß, es ist ein wenig kindisch. Vielleicht zu kindisch für dich?«

»Wieso fragst du das?«

Sie setzten sich ins Gras. Der Boden war warm und trocken, er wimmelte von Leben.

»Du bist vor einigen Wochen dreißig geworden, ich bin erst zwanzig.«

»Und das stört dich?«

»Überhaupt nicht! Im Gegenteil. Es ist nur so … uns

trennt ein ganzes Jahrzehnt an Erfahrungen voneinander, eine Dekade, in der du herumgekommen bist, ein Reisender nicht nur im geografischen Sinn, sondern einer, der als Maler sein Selbst erforscht hat. Das ist etwas ganz anderes, als wenn man alles, so wie ich, nur von irgendwelchen Lehrern serviert bekommen hat.«

Er ließ ihre Worte eine Weile vor seinem Auge herumschwirren, zusammen mit einem Schwarm winziger Fliegen, die nur eine Armlänge von ihnen entfernt unentwegt umeinandertanzten.

»Und weil du das erkannt hast, bist du erwachsener, als du denkst«, sagte er.

Wieder einmal, wie so oft, verliebte sie sich in seine Worte. Hätte sie Theo nicht kennengelernt, sie hätte von einem solchen Mann geträumt.

»Du bist nicht nur ein verständnisvoller, sondern auch ein aufregender Mann, Theo.«

»Aufregend hat mich bisher noch keine Frau genannt.«

»Vielleicht weil die meisten Frauen das, was dich aufregend macht, gar nicht wahrnehmen. Die wollen hübsche Gesichter oder Macht. Oder Abenteurer, aber bei Abenteurern denken sie an Casanovas, Weltumsegler und Rennfahrer. Deine Sinnlichkeit liegt viel zu tief, als dass oberflächliche Menschen sie erkennen könnten. Ein einziger Pinselstrich von dir kann tausend Gedanken entspringen, Wagnissen und wilden Gefühlen ...«

Er küsste sie. Er küsste sie anders als sonst. Er küsste sie überraschend, innig und lang, und als er nach einer Ewigkeit das Gesicht hob und auf sie hinabblickte, in sie hineinblickte, war sie seine Frau geworden.

Fast nackt lagen sie auf dem von der Sonne erwärmten Heidegras und verfolgten den gemächlichen Zug einiger verstreuter weißer Wolken über den türkisfarbenen Himmel. Theo massierte Emmas Brüste mit der Sanftheit, mit der man ein Kuscheltier liebkost. Sie war bald ganz schläfrig von der Massage, aber auch von dem Glück, das durch ihren Körper flutete, obwohl es nicht nur körperlich war. Der erste Geschlechtsakt ihres Lebens – der erste Tabubruch ihres Lebens. Sie hatten es nicht einfach nur heimlich getan, sondern unter freiem Himmel.

Theo hatte ihre anfänglichen Sorgen zerstreut, jemand könnte sie entdecken. »Die Deutschen verlassen den Weg nicht gerne«, hatte er gesagt. »Eine Million Stunden habe ich schon in eurem Wald verbracht und bin niemals einem Spaziergänger abseits des Weges begegnet. Außer Pilzsammlern, doch es ist Juli.«

Er hatte sie angelächelt und ausgezogen, und sie hatte ihn angelächelt und sich von ihm ausziehen lassen.

Etwas Verbotenes zu tun hatte sie gereizt, etwas Anstößiges zu tun führte sie hingegen in einen Rausch, der dem des Geschlechtsaktes in nichts nachstand. Ja, solch eine Frau wollte sie sein: frei, entfesselt, eigenwillig, keiner Mode und keines biederen Anstands untertan, sondern die Lebensbegleiterin eines Künstlers. Eines Tages vielleicht selbst eine Künstlerin.

»Du hast mir viel über Kunst beigebracht«, sagte sie, »und nun auch noch das.«

Er lachte. »Damit ist es wie mit dem Malen. Man muss einfach nur dem, was an Lust in einem ist, freien Lauf lassen. Alles andere folgt dann der Lust.«

»Ich liebe dich, weißt du das?«

»Du hast es mir schon oft gesagt. Wichtiger ist mir, dass ich es spüre. Ich spüre es, wenn ich dich ansehe, wenn du mit mir sprichst, mich berührst …«

»So geht es mir auch.«

»Du bist mir der liebste Mensch auf der Welt.«

»Und du der meine.«

»Ich sollte jetzt vielleicht einen Ring hervorholen. Aber ich habe keinen.«

Emma lachte. »Ich wäre sehr enttäuscht, würdest du vor mir niederknien und mir eine aufgeklappte Schachtel entgegenstrecken. Von einem großen Geist erwarte ich Geistvolleres.«

Er überlegte einen Moment und ging dann, nackt wie er war, zu seinem Pferd, wo er einen Pinsel aus der Satteltasche hervorholte, aus dem er ein langes Haar zupfte. Auf dem Rückweg pflückte er eine lila blühende Wildblume, verstärkte den Stängel mit dem Pinselhaar, bog und flocht ein wenig und …

»Voilà. Ein floraler Verlobungsring mit einem kleinen Amethyst.«

Ihr stockte der Atem. »Du … du meinst es ernst, ja?«

»Natürlich. Willst du meine Frau werden, schöne Emma?«

Sie war überwältigt. Dieser Mann, diese Stunde mit ihm, der bedeutungsvolle Ort, der fantasievolle Antrag, die Zukunft, die unendliche Zukunft vor Augen – all das war so viel, dass es ihr im wahrsten Wortsinn die Sprache verschlug.

Später als gewöhnlich kehrte Emma in die Villa Vanora zurück, und absichtlich beließ sie den Grashalm, der sich in ihrem Haar verfangen hatte, dort, wo er war. Sie empfand sich nun vollständig als Frau. Kein Mensch konnte ihrem Willen nach diesem Tag noch etwas anhaben. Sie war frei. Und am liebsten hätte sie diese Freiheit der ganzen Welt verkündet. Fürs Erste ihrer Mutter.

Die Tür zum Arbeitszimmer stand einen Spaltbreit offen, Licht drang auf den Flur – beste Voraussetzungen, um ihren Entschluss sogleich in die Tat umzusetzen. Im letzten Moment überlegte sie es sich anders. Den Tag, an dem sie zu einer erwachsenen, freien Frau geworden war, mit einer kindischen Provokation zu beenden, wäre unwürdig. Sie beschloss, sich frisch zu machen, den Halm aus dem Haar zu entfernen und bei einer Tasse Schokolade das ruhige Gespräch mit ihrer Mutter zu suchen.

Sie war gerade ein paar Schritte weitergegangen, als ihre Mutter auf den Flur trat.

»Guten Abend. Ich hatte gehofft, dass du mich nach deiner Rückkehr aufsuchst.«

»Das hatte ich auch vor. Wirklich«, bekräftigte Emma und fingerte vergeblich nach dem Grashalm.

»Darf ich dich kurz sprechen, bitte?«

»Wenn das eine Standpauke werden soll ...«

»Wird es nicht.«

»Ach?«

Elise forderte sie mit einer Handbewegung ein zweites Mal auf, ihr ins Arbeitszimmer voranzugehen. Dort war es behaglicher als früher, doch Emma bemerkte den Grund nicht sofort. Die schweren samtenen Vorhänge waren durch helle, luftige floral bedruckte ersetzt worden, was dem Raum eine feminine Note verlieh.

»Sehr hübsch, deine neuen Gardinen«, lobte Emma.

Sie fand, das war ein guter Einstieg in die bevorstehende Diskussion.

»Danke. Biene hat sie vor etwa einem Jahr aufgehängt«, entgegnete Elise und setzte sich an den Schreibtisch, der ebenfalls »neu« war, wie Emma erst jetzt auffiel. »Das ist ein harmloses Beispiel dafür, dass du dich seit geraumer Zeit nicht mehr für die Vorgänge in unserer Familie interessierst.«

»Ich dachte, die Standpauke fällt aus?«

»Liebe Emma, ich muss dich wenigstens über das Notwendigste informieren.«

»Und das wäre? Sind wir wieder mal bankrott? Oder ist eine weitere Cousine von mir aufgetaucht? Eine Eskimo-Tante vielleicht?«

»Tatsächlich ist unsere finanzielle Lage desolat«, reagierte Elise sachlich auf den Sarkasmus ihrer Tochter.

Emma fühlte sich prompt schuldig und beschloss, ihre Sticheleien zu unterlassen. Auch die dunklen Ränder unter den Augen ihrer Mutter ließen ihr den Spaß an weiteren Frechheiten vergehen. »Das tut mir leid«, sagte sie mit niedergeschlagenem Blick, hob ihn jedoch wieder und fuhr fort: »Aber Theo sagt, dass in jeder Krise auch eine Chance steckt. Wenn du die Manufaktur verkaufst und dazu diese scheußliche Villa, bist du immer noch eine vermögende Frau. Du könntest dich mit Tante Ophélie versöhnen und zu ihr an die Loire ziehen. Oder wieder heiraten. Du bist noch immer hübsch ...«

Sie hielt erst inne, als ihre Mutter neben sie trat, den Grashalm aus ihrem Haar zog und ihn ausgiebig betrachtete.

»Ritter von Lerch hat um deine Hand angehalten.«

»Caspar hat um … meine Hand …« Emma wusste zuerst nicht, was sie sagen sollte. Dann prustete sie vor Lachen. »Dieser stocksteife Soldat, dieser Kasernenmensch? Was denkt der sich eigentlich?«

»Nun, er denkt, dass du eine attraktive, begehrenswerte, liebenswerte junge Dame bist, die ausgezeichnet zu ihm und seiner Familie passt. Er mochte dich schon, als ihr noch zusammen gespielt habt, und hat dich all die Jahre heimlich verehrt. Das ist ziemlich romantisch, nicht wahr? Und du bist doch Romantikerin.«

»Nicht genug, um meinen ehemaligen Spielgefährten zu heiraten. Er ist nahezu stumm geworden. Er ist Mitglied im Johanniterorden, das muss man sich mal vorstellen, eine tausendjährige, völlig überkommene Eliteritterschaft, die vermutlich schon um Jerusalem gekämpft hat. Und er hat einen Hund namens Attila.«

»Alle Adeligen haben irgendwann einmal einen Hund namens Attila. Seiner ist schon lange tot.«

»Du hast Caspar hoffentlich abgewiesen.«

»Das wäre töricht gewesen, immerhin habe ich ihn ermuntert, den Antrag zu machen.«

Nun fiel Emma gar nichts mehr ein, und vermutlich hätte sie irgendeine Grobheit von sich gegeben, hätte ihre Mutter nicht einfach weitergesprochen.

»Was seine Zurückhaltung betrifft, kommt es weniger darauf an, wie viel ein Mann redet, sondern ob das, was er sagt, Hand und Fuß hat. Das sehe ich bei ihm gegeben. Und wenn er gut vernetzt ist, in welchem Orden oder Club auch immer, kann euch das nur nützen.«

»Es wird uns überhaupt nichts nützen, weil ich ihn nicht heiraten werde. Ich werde Theo ehelichen.«

»Das dachte ich mir schon.«

Wütend sprang Emma auf. »Wenn das so ist, hättest du uns diese lächerliche Unterhaltung ersparen können. Guten Abend, Mutter.«

»Bevor du gehst, muss ich dich davon in Kenntnis setzen, dass das Haus Blankenburg ruiniert ist. Das Einzige, was uns ... die Manufaktur, dich und mich davor bewahren kann, ist das Vermögen Caspar von Lerchs. Er hat mir bereits seine großzügige Hilfe für den Fall zugesichert, dass er mein Schwiegersohn wird.«

»So ist das also. Du willst mich an den Meistbietenden verschachern. Dann lass dir eins gesagt sein: Ich benötige kein Vermögen, um glücklich zu sein. Wenn es sein muss, schlafe ich mit Theo im Freien. Ich liebe ihn, das allein zählt.«

»Vielleicht bemühst du dich ein einziges Mal, auch an andere zu denken.«

»Du wirst schon irgendwie zurechtkommen, Mutter.«

»Ich meinte nicht mich, mein Kind.«

Die von Elise in dem Moment geöffnete Tür gab den Blick auf ein Dutzend Frauen und Männer frei, die sich im Atrium versammelt hatten. Ihrer Kleidung nach zu schließen waren es Arbeiter, einfache Leute.

»Emma, darf ich dich mit einigen Mitarbeitern der Manufaktur bekannt machen? Dietlinde Höfel, sie hat die Serie ›Gartentraum‹ entworfen. Du erinnerst dich, das Dessin hat dir damals sehr gut gefallen, vor allem die Tulpen.«

Die Vorgestellte knickste. »Gnädiges Fräulein.«

»Herbert Vogler. Er wartet die Öfen seit neunundvierzig Jahren.«

Er deutete eine Verneigung an. »Gnädiges Fräulein.«

»Trine Wantrup, sie ist seit einundzwanzig Jahren für die Sauberkeit zuständig. Wie viele Kinder haben Sie?«

»Acht, gnädige Frau. Aber drei sind schon aus dem Haus.« Sie knickste. »Gnädiges Fräulein.«

Noch weitere neun Mitarbeiter stellte sie Emma vor, Familienväter und Mütter, junge Frauen und Männer am Beginn ihres Berufslebens, ältere, die schon für Blankenburg gearbeitet hatten, als Wilhelm I. noch Kaiser war, als es weder Automobile noch Flugzeuge oder Telefone gab.

»Sie alle sind Blankenburger«, schloss Elise, eine Botschaft, die nicht nur die Angestellten adeln, sondern vor allem Emma beschämen sollte. »Ich danke Ihnen, dass Sie hergekommen sind.«

Als Mutter und Tochter wieder unter sich im Arbeitszimmer waren, schwieg Emma eine Weile, und Elise gab ihr die Zeit, die sie brauchte. Die Inszenierung hatte ihre beabsichtigte Wirkung nicht verfehlt. Es war für Emma eine grauenhafte Vorstellung, daran schuld zu sein, dass Dutzende Menschen ihre Arbeit verlieren würden, und das in diesen Zeiten. Emma hatte sich bisher so gut wie gar nicht mit den politischen und wirtschaftlichen Verhältnissen im Land beschäftigt. Der Tod ihres Vaters, die aufkeimende Liebe zu Theo und die Malerei hatten sie gewissermaßen absorbiert. Trotzdem, so betrübt und verliebt konnte man gar nicht sein, um die allgemeine Misere zu übersehen.

»Für uns arbeiten weitere zweiundachtzig Männer und Frauen«, sagte Elise.

»Das ist gemein«, murmelte Emma.

»Ja, das ist es.«

»Du lädst alles auf mich.«

»Hätte Ritter von Lerch mir diesen Antrag gemacht, ich würde ihn annehmen.«

»Natürlich. Du hast Vater nie geliebt.«

»Ich weiß nicht, warum du ausgerechnet jetzt deinen Vater ins Spiel bringst.«

»Das ist keine Antwort.«

»Mir ist die Frage entgangen.«

»Hast du Vater jemals geliebt?«

»Ganz am Anfang, vielleicht. Nein, eher nicht. Ich habe sein Selbstvertrauen geliebt, seine Selbstbeherrschung, sein Selbstallesmögliche. Er war ein Alleskönner, zumindest nach seiner eigenen Definition, und damals wusste ich noch nicht, wie wenig aufregend diese Charaktereigenschaft ist. Er hat mir imponiert. Einer Zwanzigjährigen zu imponieren ist ein Spaziergang für jemanden, der darin geübt ist. Worauf es ankommt: Ritter von Lerch ist ein aufrichtiger und aufrechter Mann, dem die Gabe der Selbstdarstellung fehlt.«

»Wenn das der Versuch sein soll, ihn mir als braven August zu verkaufen, dem der wetterwendische Künstler gegenübersteht, ist er gründlich schiefgegangen, Mutter. Theo ist fantasievoll, brillant, tiefgründig. Er ist zu wahrer Liebe fähig, und er liebt mich. Du erwartest, dass ich den einzigen Mann aufgebe, den ich jemals ins Herz schließen werde, nur um eine Manufaktur zu retten, die in ein paar Jahren vielleicht ohnehin untergehen wird?«

»Vielleicht aber auch nicht.«

Emma wurde ihr eigener Körper schwer, während sie reglos auf dem Stuhl saß, so als habe ihr dieser Ordensritter ein Kettenhemd übergezogen.

Ihr Blick fiel auf die Hände ihrer Mutter, an denen

kein einziger Ring mehr steckte. Sie hatte alles verkauft, auch die Ohrringe und Halsketten, wohingegen Emmas Schmuckschatulle noch gut gefüllt war. Allzu lange hatte sie die Augen verschlossen vor der Notlage der Familie, nein, vor der Familie schlechthin. Ihre dummen Cousins, ihre frustrierte Tante Ophélie samt ihrem snobistischen Ehemann, dann Tankred, der Schmutzfink, die unheimliche Chinesin, der kränkelnde Onkel – seit dem Tod ihres Vaters hatte sie kein Gefühl mehr für ihre Verwandtschaft. Allein dieses Wort … Emma fühlte sich Theo weit mehr verwandt als jenen, mit denen sie nur ein bisschen Blut gemein hatte. Sogar ihrer Mutter brachte sie kein starkes Gefühl mehr entgegen, das einen Namen hatte.

»Du darfst meinen ganzen Schmuck verkaufen«, sagte Emma. »Außer das Medaillon mit Papas Porträt. Nimm den Tand, nimm meine Mäntel, meine Möbel und gib den Erlös den Arbeitern in der Manufaktur.«

»Das ist eine freundliche Geste, doch nichts weiter als ein Tropfen auf den heißen Stein.«

»Mehr als diesen Tropfen habe ich nicht zu geben«, sagte Emma traurig. »Es tut mir leid, ich werde Caspar von Lerch nicht heiraten und an seiner Seite einen prosaischen Alltag führen. Ich bin eine Frau, die liebt, ich will nicht so werden wie du, Mutter.«

Der Hieb saß, wie Emma unschwer an Elises Gesicht ablesen konnte. Vermutlich hatten sich ihre Worte böser angehört, als sie gemeint gewesen waren. Es war schlicht die Wahrheit, und es war ein Tag für Wahrheiten.

»Ich kann nicht sagen, dass ich von deiner Entscheidung überrascht bin«, sagte Elise und klappte ein Buch auf.

Emma erkannte den weinroten Einband sofort, es war der Kalender ihres Vaters. Sie hatte sich als Kind oft schmollend daraufgesetzt, wenn sie wollte, dass er Zeit mit ihr verbrachte. Marmoriertes Leder mit seinen Initialen und dem Jahr 1929.

»Bitte schlag den sechsten November auf.«

»Da … da war Papa schon eine Woche tot.«

»Ich weiß.«

Nach einigem Zögern kam sie der Bitte nach. Dort stand für sechzehn Uhr: *Kaffee mit Caspar von Lerch, Besprechung Heirat mit Emma.*

Es war seine Handschrift, kein Zweifel, sie hätte sie aus tausend anderen wiedererkannt. Und doch war es unmöglich.

Unmöglich!

»Er wollte, dass ich … dass ich …«

»Dass du heiratest. Vielleicht erinnerst du dich, dass Ritter von Lerch ein paar Wochen zuvor bei uns zu Gast war, und nicht zufällig hat dein Vater dich neben ihn gesetzt.«

»Und du … du hast davon gewusst?«

»Dein Vater hat die Dinge erst mit mir besprochen, nachdem er sie beschlossen hatte. Ich habe diesen Eintrag erst vor einigen Wochen zufällig entdeckt.«

Noch einmal starrte Emma auf die knappe Zeile, die keinen Zweifel über die Absicht ihres Vaters zuließ. Einerseits ergab das einen Sinn: Richard Dobels Streben war stets der gesellschaftliche Aufstieg gewesen, und alter Adel war neben neuem Reichtum das Beste, was in dieser Hinsicht zu bekommen war. Trotzdem – ohne sie zu fragen! Es ohne ein Wort über ihren Kopf hinweg einzufädeln.

Sie konnte es einfach nicht glauben.

Der Gegenbeweis lag in ihren Händen.

»Angenommen«, sagte Elise, »dein Vater wäre damals nicht gestorben, und er säße hier an meiner statt. Würdest du dich seinen Wünschen widersetzen?«

Ein schonungsloses Gedankenspiel. Wie hatte sie es vorhin im Stillen genannt? Der Tag der Wahrheiten.

Tränen lösten sich aus Emmas Augen. »Ich wollte eine Muse werden, und nun werde ich das Gegenteil davon, eine Soldatenbraut.«

Nachdem Emma gegangen war, stützte Elise das Gesicht in die Hände. Nie hatte sie etwas Schrecklicheres getan. Selbst Ophélie das Auge auszustechen war nicht annähernd so schlimm, war es doch die unüberlegte Tat eines überreizten Kindes gewesen. Die Aktion von heute dagegen war ein absichtlicher, geplanter Betrug an ihrem einzigen Kind.

»Wie haben Sie das nur übers Herz gebracht, gnädige Frau?«, fragte Biene, die auf leisen Sohlen hereingekommen war, was einem Kunststück gleichkam.

»Hast du mir nicht gesagt, ich solle endlich die Führung übernehmen?«, antwortete Elise mit halb erstickter Stimme. »Ich hatte die Wahl, Chen Lus Angebot anzunehmen und mich auf dubiose Geschäfte einzulassen oder die Manufaktur zu schließen. Das war eine Entscheidung zwischen Pest und Cholera.«

»Und Sie haben sich für die Pocken entschieden.«

»So schlimm ist Caspar von Lerch nun auch wieder nicht. Emma wird es gut bei ihm haben. Er hat einen angenehmen Charakter, ist aufmerksam, ausgeglichen, ohne Eitel…«

»Nur hat Emma ihn sich nicht ausgesucht. Sie reden sich da etwas schön.«

»Sehe ich aus, als wäre die Welt schön?«, konterte Elise, die ein Taschentuch in den Händen zusammendrückte. »Ich bin eine schreckliche Mutter. Aber ich will verdammt sein, wenn ich auch noch eine unfähige Blankenburg werde. Die Manufaktur wird weiterleben, unsere Familie wird weiterleben. Vor Emma haben schon andere Frauen und Männer Opfer für das Überleben der Blankenburgs gebracht.« Elise hielt inne und tupfte sich ein letztes Mal die Wangen, bevor sie das Taschentuch wegsteckte. »Ohne dich wäre das nicht möglich gewesen«, sagte sie mit einem langen Blick in Bienes Augen. »Offen gestanden, war ich überrascht, dass du dein Talent im Fälschen von Handschriften gegen Emma eingesetzt hast, nur weil ich dich darum bat. Emma liegt dir doch so sehr am Herzen …«

Biene kniff die Lippen zusammen. »Ich habe meine Gründe.«

»Theo Schatt?«

»Ich habe meine Gründe.«

»Also nicht Theo Schatt. Wer sonst?«

»Bitte fragen Sie nicht weiter, gnädige Frau.«

Elise nickte. »Es geht um Tankred. Indem wir Caspar ins Boot holen, wird Tankred vom Steuermann zum einfachen Matrosen degradiert. Deine Wut auf ihn muss immens sein.«

»Entschuldigen Sie, der Staubwedel wartet auf mich.«

»Moment, Biene. Dir ist klar, dass das, was wir heute getan haben, unser Geheimnis bleiben muss? Für immer.«

Es war nicht gerade ein genialer Einfall, der Chen Lu dazu brachte, mit Tankred wegen ihres Anliegens in Kontakt zu treten. Die bevorstehende Eheschließung Emmas mit einem betuchten Mann versetzte Elise in die Lage, Chen Lus Angebot abzulehnen. Blieb also nur Tankred übrig. Ein Motiv, sich auf ihr Angebot einzulassen, hatte er allemal: Sowohl die Löwenkinds als auch die Blankenburgs waren durch die neuen Schwiegersöhne aus dem Gröbsten raus. Elise hatte die Zügel in die Hand genommen, Wido ging es von Woche zu Woche besser, und Tankreds Einfluss in der Manufaktur beschränkte sich nunmehr auf das Viertel, das ihm gehörte. Gestern noch der größte Hecht im Karpfenteich war er zur Forelle geschrumpft.

Ihr Vorschlag, Tankred ins Boot zu holen, entlockte dem Vizekonsul ein beifälliges Nicken, da er zuvor seine Hausaufgaben gemacht und Nachforschungen über den jungen Deutschen angestrengt hatte. Zwei Körperverletzungen, zwei Diebstähle, außerdem illegales Glücksspiel – er war die Idealbesetzung für ein krummes Ding.

Ihn direkt dem Vizekonsul vorzustellen war dennoch zu riskant, daher übernahm es Chen Lu, ihn einzuweihen. Die Einladung in ihre Wohnung nahm Tankred an, ohne eine einzige Frage zu stellen. Als er pünktlich erschien, sah er ausnahmsweise einmal nicht wie ein Räuber aus. Er hatte sich die Haare gekämmt, den Flaumbart rasiert, die Hände gewaschen und roch nach Moschus.

Auffällig oft blickte er sich nach allen Seiten um, so als erwartete er jemanden in der Ecke oder als könnte im nächsten Moment wer zur Tür hereinkommen.

Doch bis auf Widos drei Hunde, die herumscharwenzelten und ihren strengen Eigengeruch verströmten, waren sie allein. Chen Lu erklärte ihm ohne Umschweife, worum es ging, und er nickte verständig wie jemand, der sich mit der Materie auskannte. Ab und zu stellte er eine Zwischenfrage.

»Wieso Porzellan? Wieso haben die sich ausgerechnet eine Manufaktur als Vertriebszentrale ausgesucht?«

Nach allem, was Chen Lu herausgefunden hatte, war die Grüne Bande um Herrn Du schon lange auf der Suche nach Absatzmöglichkeiten für die Anti-Opium-Pille in Europa. Man konnte sie gut in der Knochenasche verstecken, die für die Herstellung des hochwertigen elfenbeinweißen Bone-China-Porzellans gebraucht wurde. Kein Zöllner wühlte gerne in der Asche von verbrannten Knochen herum.

»Warum ist die Einfuhr illegal?«

Der Konzern Bayer, der das Patent auf Heroin besaß und den Stoff jahrzehntelang in Hustenmitteln oder zur Einleitung von Geburten verwendet hatte, hatte die Produktion vor einigen Monaten auf internationalen Druck hin einstellen müssen. Seither galt Heroin in Europa als unerwünscht.

Chen Lu fand die Menschen der westlichen Welt scheinheilig. Einhundert Jahre lang hatten europäische Handelshäuser China mit Opium überschwemmt, deren Staaten hatten sogar im Namen des liberalen Welthandels Kriege deswegen geführt, von chinesischen Rauschmitteln dagegen wollten man nichts wissen. Bei der Herstellung der Anti-Opium-Pille war man auf große Importmengen an Strychnin angewiesen, das die I.G. Farben bereitwillig lieferte. Die deutschen Behörden wussten sehr genau, was die Chinesen damit anfingen, und hatten mit der Ausfuhr kein Problem, verboten anschließend jedoch den Import des fertigen Produkts.

»Warum gerade eine Pille?«, wollte Tankred wissen.

»Die orale Einnahme mildert die Wirkung des Heroins stark ab. Zu Rauschzuständen kommt es kaum. Man fühlt sich bloß leichter, freier und lustvoller.«

»Nett gesagt. Was ist dabei unsere Aufgabe?«

»Du musst die korrekten Papiere für den Zoll ausstellen, und du musst die Pillen von der Knochenasche trennen. Außerdem musst du dafür sorgen, dass keiner etwas mitbekommt. Und ich muss die Ware an die Männer der Triade übergeben.«

»Triade?«

»So nennt man die chinesischen Banden.«

»Du gehörst dieser Bande an?«

»Ja.«

»Und Onkel Wido?«

»Er nicht.«

»Welche Rolle spielt er?«

»Keine. Er wird tun, was ich ihm sage, das ist alles. Er frisst mir aus der Hand.«

»Im wahrsten Sinne des Wortes, wie? Und was ist mit mir? Bin ich dann auch ein Bandenmitglied?«

»Nein. Aber du bist mit uns verbunden. Wie sagt ihr hier ... assoziiert.«

»Ein schönes Wort für angekettet. Ich nehme an, deine Triade schätzt es nicht, wenn man versucht, eigene Wege zu gehen.«

»Laotse sagt: ›Wo man nehmen will, muss man geben.‹ In diesem Fall ein kleines Stück deiner Freiheit.

Dafür bekommst du null Komma zwei fünf Prozent des Erlöses. Das hört sich nur im ersten Moment wenig an, aber bedenke die Mengen, um die es geht.«

Tankred überlegte nicht lange. Abschätzen und rechnen waren seine großen Stärken. »Wann soll es losgehen?«

»Die erste Lieferung kommt in zwei Wochen in Hamburg an.«

»Verdammt wenig Zeit. Ich muss ein paar Arbeiter in der Manufaktur schmieren.«

»Bekommst du das hin?«

»Unter einer Bedingung.«

»Welcher?«

»Ich darf am Samstag mit Shuilian ausgehen.«

Ein Chinese erkannte sofort, dass Shuilian keinen europäischen Vater haben konnte. Sie war entweder Vollchinesin oder hatte zumindest nur ostasiatisches Blut. Trotzdem hatte Chen Lu Wido erzählt, die Kleine sei sein Kind. Der Lüge kam zugute, dass Shuilian tatsächlich einen etwas helleren Teint hatte als die meisten chinesischen Mädchen, ihre Augen waren größer und runder, und wie so viele Mischlingskinder hatte sie ein überaus entzückendes, gewinnendes Gesicht, wie es sich jeder Vater für seine Tochter wünschte. Chen Lu sagte zu Wido: »Sieh dir nur ihren Mund an, wie schön er ist, der ist von dir.« Und tatsächlich war Wido im Jahre 1914 ein ungemein attraktiver Mann gewesen, was ihm durchaus bewusst war.

Möglich, dass seine Eitelkeit ihn die Lüge hatte glauben lassen. Viel wichtiger jedoch war, wenn man einem Europäer ein Kind unterjubelte, dass die Daten stimmten. Stimmten sie, war also rechnerisch möglich, der Vater zu sein, dann war man es auch. Die Männer aus dem Westen hielten es für ausgeschlossen, dass ein chinesisches Mädchen, das sich freiwillig mit ihnen einließ, nebenher noch einen chinesischen Liebhaber hatte. Das war nur ein Beispiel dafür, dass ein Land, welches ein anderes Land dominierte, quälte und aussog, noch lange keine Ahnung von seinem Wesen hatte, seiner Seele.

Tatsächlich war es zu einer guten Übung für chinesische Familien geworden, die Ehre ihrer gefallenen schwangeren Töchter und damit auch ihre eigene Ehre zu retten, indem sie das Kind einem Europäer aufschwatzten. Der dadurch entstandene Schaden galt als minderschwer. Besser jedenfalls, als wenn das uneheliche Kind von einem Chinesen stammte. Oder sogar – der allerschlimmste Fall – mit einem Japaner gezeugt worden war.

Bei Ausbruch des Ersten Weltkrieges 1914 hatten die Japaner nicht lange gefackelt, sondern sich die Situation zunutze gemacht und die deutsche Kolonie Kiautschou mit der Haupt- und Hafenstadt Quingdao angegriffen, die die Deutschen Tsingtau nannten. In gerade einmal sechzehn Jahren hatten die Deutschen das verschlafene Fischerdorf in eine Musterstadt umgewandelt, mit einer Straßenbahn, elektrischer Beleuchtung, gepflasterten, breiten Straßen, einer Bibliothek … In erster Linie war der neue Wohlstand natürlich den Kolonialherren zugutegekommen, doch auch die Chinesen bekamen etwas davon ab. Als junger Mann war Chen Lus Vater mit seinen Brüdern noch in einem klapprigen Boot hinaus aufs Meer gefahren, um zu fischen, so wie sein

Vater, dessen Brüder, deren Vater und so weiter. 1905 wurde er Fischhändler, 1911 Co-Fabrikant von Fischkonserven, die vor allem nach Deutschland gingen. Er gehörte also zum gehobenen Mittelstand, als die Japaner angriffen.

Die deutsche Garnison verteidigte sich tapfer gegen die Belagerer, aber im November 1914 ging ihnen die Munition aus, und sie mussten sich ergeben, um ein Blutbad zu vermeiden.

Zu Letzterem kam es nicht, was aber nicht bedeutete, dass die neuen Herren zimperlich waren. Die Europäerinnen blieben weitgehend verschont, nicht so die Chinesinnen. Je weniger man sich daran zurückerinnerte, desto besser.

Ein paar Monate lang hatte Chen Lu Glück, die japanischen Soldaten »arbeiteten« sich in den Gesellschaftsschichten nach oben. Die Armen kamen zuerst dran, Fischersfrauen, Fischerstöchter, Mägde, Krankenschwestern ...

Während der rosa Kirschblüte im Februar wurde Chen Lu von einem Unteroffizier geschändet. Er war jung und hatte ein unübersehbar harmloses Gesicht, was er zu verbergen suchte, indem er sie angestrengt grimmig anblickte. Das hatte etwas Lächerliches. Was er tat, das tat er, weil seine Vorgesetzten es von ihm erwarteten. Aber als er das Verbrechen beging, vergaß er seine Scheu mit jedem Stoß ein wenig mehr. Er nahm sie von hinten, und der Mann, der von ihr aufstand, war nicht mehr der Mann, der sich auf sie gelegt hatte. Sie wusste es, und er sah es in ihrem Blick. Er schämte sich und tilgte seine Scham, indem er danach Chen Lus Mutter schändete.

Damit war auch Chen Lus Vater entehrt, da er seine Familie nicht hatte beschützen können. Einen Tag und eine Nacht lang war er am Boden zerstört. Danach war er auf Schadensbegrenzung bedacht. Er sagte: »Es ist schwer, verschüttetes Wasser wieder aufzusammeln.« Damit meinte er: Redet nicht über das, was geschehen ist.

Im März wusste Chen Lu, dass sie schwanger war, im selben Monat fand ihr Vater eine Lösung für sie.

Die Soldaten der deutschen Garnison wurden als Kriegsgefangene nach Japan gebracht oder dienten irgendwo als Arbeiter. Die meisten gefangenen deutschen Zivilisten jedoch entließ man bald wieder in die Freiheit, da sie keine Bedrohung darstellten. Ihre Habe allerdings wurde beschlagnahmt, und so waren sie völlig auf sich allein gestellt. Sogar die ärmsten Chinesen besaßen nun mehr als sie.

Mit leeren Taschen streunte Wido tagelang durch die Stadt, die seine Leute wenige Monate zuvor noch beherrscht hatten, schlief unter freiem Himmel, ernährte sich von Abfall. Er besaß nichts als den schmutzigen weißen Leinenanzug, in dem man ihn gefangen genommen hatte, und Schuhe, deren Sohlen sich bereits lösten.

Chen Lus Vater sammelte ihn buchstäblich vom Bürgersteig auf, gab ihm ein Bett und etwas zu essen, erwies ihm jede weitere erdenkliche Gastfreundschaft und tat im Übrigen das Gegenteil von dem, was chinesische Väter sonst tun. Er sah geflissentlich weg, als Chen Lu sich dem Deutschen an den Hals warf.

Wido war ein unangenehm leichtes Opfer, viel zu gutmütig, viel zu arglos. Obwohl er sich selbst gefiel, war er kein Frauenheld, und vermutlich hätte er unter anderen Umständen drei Monate gebraucht, um mit Chen Lu zu schlafen. Sie wusste, so lange durfte es nicht dauern.

Doch kein Weg ist länger als der Weg vom Kopf zum Herzen. Drei Tage lang schaffte sie es nicht, Wido um den kleinen Finger zu wickeln, weil sie ihn nicht um den kleinen Finger wickeln wollte.

Ihr Vater sagte: »Ob du eilst oder langsam gehst, der Weg wird der gleiche sein: Irgendwann muss irgendwer betrogen werden. Oder das Kind wird betrogen ... um ein gutes Leben.«

Natürlich war das, was sie mit Wido anstellte, nicht vergleichbar mit dem Verbrechen des Soldaten. Doch hinterher schämte auch sie sich. Und sie tilgte ihre Scham, indem sie sich schwor, dass niemand – außer ihrem Vater, den sie schon bald verlassen und nicht mehr wiedersehen würde – jemals die Wahrheit erfahren sollte. Keine Menschenseele.

Es spielte keine Rolle, ob Chen Lu sich wegen der Vergangenheit aufrieb oder sie erfolgreich beiseiteschob, denn sie kroch ihr so oder so ins Gesicht, unaufhaltsam wie der Nordwind, und machte es herb und rau. An manchen Tagen hasste sie sich für das, was sie Wido angetan hatte. An manchen Tagen hasste sie den Japaner für das, was er ihr angetan hatte. Und an manchen Tagen hasste sie Shuilian dafür, dass sie das sichtbare, präsente Symbol von beidem war.

Shuilian war mit ihren knapp sechzehn Jahren viel schöner als Chen Lu in ihrem Alter und auf geradezu magische Weise sinnlich. Trotzdem entdeckte Chen Lu Ähnlichkeiten zu sich an ihrer Tochter: das runde Kinn, die klassische Vollmondform des Gesichts, der zierliche

Körper. Die weitaus größeren Ähnlichkeiten jedoch fanden sich im Charakter. Wie Chen Lu hatte auch Shuilian früh verstanden, dass sie in einer Welt lebte, der man nur mit Härte und Raffinesse etwas abringen konnte. Dieses Wissen, dieser ständige Kampf durchdrang sie beide. Nur sah man Shuilian nicht an, dass sie kämpfte, während Chen Lus Gesicht davon gezeichnet war. Außerdem überflügelte die Tochter die Mutter bei Weitem, sowohl was ihren Ehrgeiz anging als auch die Opferbereitschaft, um diesen zu befriedigen. Wenn Shuilian etwas wollte, dann jammerte sie nicht über den Preis. Sie legte ihn, ohne mit der Wimper zu zucken, auf den Tisch.

Gleich nachdem Tankred ihre Tochter abgeholt hatte, bereitete sie Reisbällchen mit Spezialmischung zu, ein Dutzend für Wido, der sie statt des Abendessens verschlang, und das dreizehnte »extrastark« für einen seiner Hunde. Zwei Stunden später war er tot.

Tankred führte Shuilian aus drei Gründen nicht in die Lokale, in denen er sonst verkehrte.

Zum einen, weil die erste Verabredung mit einer Frau die wichtigste war, wegen des guten Eindrucks, und man ihr deswegen etwas Besonderes bieten sollte. Na gut, daran hatte er sich nicht immer gehalten. Es kam auf die Frau an. Ein junges, zartes, unerfahrenes Ding wie Shuilian, das gerade aus dem Kokon schlüpfte, hatte das Recht auf ein wenig Glitzern und Funkeln.

Zum anderen wollte er sie gar nicht in seine Spelunken mitnehmen. Sie passte dort nicht hin, und zwar nicht nur wegen ihrer Jugend. Shuilian war nun einmal – exotisch. Sie war – Chinesin. Halbchinesin. Eine

Halbchinesin war in den Kreisen, in denen er verkehrte, dasselbe wie eine Vollblutchinesin. Eine Chinesin konnte er nicht als sein Mädchen vorstellen, und wenn er sie dorthin mitnahm, dann war sie sein Mädchen, auch wenn er sie als eine Cousine vorstellte. Im Übrigen erführe dann Gitti von ihr, und aus irgendeinem Grund gefiel ihm der Gedanke nicht.

Außerdem hatte er es Chen Lu versprochen, und im Allgemeinen, also ziemlich oft, hielt er sich an seine Versprechen, manchmal sogar auch an die Schwüre.

Das Tanzlokal im Frankfurter Zentrum nahe der Konstablerwache gab sich den Anstrich, schick und modern zu sein, also amerikanisch: polierte Tanzfläche, alles in Blau und Silber gehalten, ein Schwarzer in der Kapelle. Damit wollte man kaschieren, dass man zutiefst bieder war. Die Musik war im besten Fall gediegen, zwischendrin von einer Langsamkeit, dass der Pianist nebenher ein Buch hätte lesen können. Kein Leben in der Bude. Dafür Champagner auf dem Tisch, bunte Lichter und ein weiß livrierter Kellner, der alle paar Minuten mit Kanapees aufwartete.

»Sind das hier alles Millionäre?«, fragte Shuilian und schob sich eines der bunt belegten Brote zwischen die weichen, vollen Lippen, die sie erst im Auto chinesisch rot geschminkt hatte.

»Was denkst du?«

»Sie sehen aus wie welche.«

»Die Hälfte von denen kommt genau deswegen hierher, damit junge, schöne Frauen sie für Millionäre halten.«

»Bist du auch Millionär, oder willst du nur, dass andere es von dir denken?«

»Ich bin deinetwegen hier. Ich dachte, der Laden gefällt dir.«

»Das ist keine Antwort. Bist du Millionär?«

»Heute nicht. Aber langfristig werde ich einer sein.«

»Langfristig wirst du Runzeln und eine Glatze bekommen.«

»Besser runzlig und reich als runzlig und arm.«

»Darauf trinken wir«, sagte sie. »Bekomme ich Champagner?«

»Ein Glas. Ich habe deiner Mutter …«

Sie verdrehte die Augen. »Eine böse Frau.«

»Weil sie nicht will, dass du Alkohol trinkst?«

»Nein, weil sie wirklich böse ist. Ich dachte, du wärst anders als die anderen Männer, deswegen bin ich mit dir ausgegangen. Deswegen und weil du ganz gut aussiehst.«

»Welche anderen Männer?«

»Die, die sich von meiner Mutter einschüchtern lassen.« Sie schob ihm mit einer schnellen Bewegung das Glas zu. »Merk dir: Keine Frau steht auf einen Mann, der sich von Frauen einschüchtern lässt. Meine Ration, bitte.«

Er schenkte ein, doch sie wartete nicht auf seinen Trinkspruch, sondern kippte das teure Gesöff in einem einzigen Schluck hinunter.

»Wie geht es jetzt weiter?«, fragte sie. »Sitze ich hier die nächsten zwei Stunden herum, trinke Kaffee und lasse mich von dir anstarren?«

Ihr letzter Satz machte Tankred, der durch die harte Schule der Berliner Gosse gegangen war, kurz sprachlos. Und dass er sprachlos war, machte ihn gleich noch einmal sprachlos.

»Hast du im Ernst geglaubt, ich merke es nicht? Ich sage dir jetzt mal was: Ich werde angestarrt, seit ich zwölf bin. Eine Zwölf-, Dreizehn-, Vierzehnjährige anstarren, das ist krank. Meistens waren es Chinesen, alte Männer über fünfzig. Aber ein paar Europäer und Amerikaner waren auch dabei. Sie starren, schlucken den Sabber hinunter, starren weiter ... Krank. Seit ich fünfzehn bin, stört es mich nicht mehr. Bald bin ich siebzehn, inzwischen finde ich es in Ordnung. Auch wenn du mich anstarrst, ist es in Ordnung. Aber eine Teichrose ernährt sich nicht von den Blicken ihrer Bewunderer, sie braucht die Bienen, will heißen, ein wenig summende Geselligkeit ... Tanzen wir?«

»Kannst du denn tanzen?«

»Finden wir es heraus.«

Ein wenig ärgerte es ihn, dass sie ihn durchschaute. Er hatte immer geglaubt, er sei vorsichtig beim Anstarren. Genauso wie er geglaubt hatte – und da war er sicher nicht der Einzige –, dass Shuilian ein unbeschriebenes Blatt sei.

Dass sie den Foxtrott beherrschte, sagte nicht viel aus, da selbst Mondsüchtige diesen Tanz im Wachschlaf beherrschten. Als sie aber nach einem Lindy Hop fragte, wusste er, dass sie in Shanghai ein fröhlicheres Vögelchen gewesen sein musste als die letzten Monate in Frankfurt.

»Ich bin mir nicht sicher, ob sie den hier spielen«, wandte er ein. »Ist denen wahrscheinlich ein bisschen zu ... wild.«

Sie zuckte mit den Schultern, ging zum Kapellmeister und bat um einen Lindy Hop. Als der Mann sich weigerte, setzte sie ihre Augen ein – und das zauberhafteste Lächeln, das Tankred je gesehen hatte. Im Handumdrehen bekam sie ihren Willen. Und Tankred ein Problem. Er hatte zwar schon Leute beim Lindy Hop beobachtet, den Jazztanz aber noch nie ausprobiert.

»Na, das ist ja vom Allerfeinsten. Ich turtele mit der halben Kapelle und wofür? Also, ich kann dir nicht helfen, da musst du jetzt durch.«

Sie schwang die Arme und Beine, als gehörten sie nicht zu ihrem Körper, sondern wären nur mit losen Fäden daran befestigt. Das allein hätte genügt, um die umstehenden Gäste, die im Durchschnitt um die sechzig waren, zu schockieren. Als Shuilian dann auch noch laut jauchzte, griff der Clubbesitzer ein und brach die Vorstellung ab.

Shuilian hatte das wohl bereits erwartet, denn sie diskutierte nicht, sondern gab nur einen verächtlichen Lacher von sich, begleitet von einer entsprechenden Armbewegung, und verließ anstandslos die Tanzfläche.

Tankred hatte die ganze Zeit wie ein Bauerntölpel daneben gestanden. Eine Sechzehnjährige hatte ihn, den Vierundzwanzigjährigen und mit allen Wassern Gewaschenen, ziemlich alt aussehen lassen, sowohl beim Tanzen als auch bei der Diskussion mit der Kapelle und im souveränen Umgang mit dem Clubbesitzer.

Am Tisch schenkte sie sich ein zweites Glas Champagner ein. »Ich habe Durst«, lautete ihr knapper Kommentar, und Tankred hatte nun endgültig das Gefühl, das sie ihn führte und nicht umgekehrt.

»Du musst dir keine Sorgen machen, meine Mutter interessiert sich viel weniger für das, was ich tue, als sie vorgibt. Ich habe in Shanghai andauernd getrunken, und sie hat nie was gesagt. Ich musste sogar trinken.

Habe nämlich für die Grüne Bande sabbernde alte Männer ausgehorcht und Vertrauliches aus ihnen herausgeblinzelt, du verstehst?« Sie zeigte ihm ihren besten Augenaufschlag. »Die chinesische Mata Hari«, lachte sie. »Bei kleinen Mädchen werden solche Typen redselig. Ich habe der Triade ein paar wichtige Informationen gegeben, wofür sie mir Zugang zu den Clubs verschafft hat. Und mitten im besten Geschäft verfrachten meine Eltern mich einfach ans andere Ende der Welt. Hier kenne ich niemanden, man lässt mich nicht in die Clubs, und Frankfurt ist ein Kaff gegen Shanghai. Weißt du, was Shuilian bedeutet?«

»Nein.«

»Teichrose.«

»Daher vorhin der Vergleich.«

»So sehen mich alle, wie eine kostbare Blüte, wunderschön und wohlriechend. Aber ich bin keine Teichrose. Ich bin eine junge Frau, die Spaß haben will. Ja, und Ziele habe ich auch. Vor allem will ich nicht in der Bruchbude meiner Eltern verkümmern. Von wegen große Fabrikanten. Wir leben in dieser Dachwohnung wie Kleinbürger. Warum ich dir das alles erzähle? Damit du gleich über mich Bescheid weißt. Dir will ich nichts vormachen. Dich mag ich. Überrascht?«

»Einigermaßen.«

»Ich finde dich süß. Darauf lässt sich aufbauen.«

Man hätte es netter ausdrücken können, doch im Prinzip freute Tankred sich darüber, dass sie ihn mochte. Jedes Mal, wenn er sie ansah, empfand er sie als das schönste Wesen, das ihm je über den Weg gelaufen war. Daran hatte sich seit ihrer ersten Begegnung vor eineinhalb Jahren bis zum heutigen Abend nichts geändert.

Mehr und mehr fächerte sich sein Gefühl für sie jedoch auf, andere Facetten kamen hinzu, ihre Abgebrühtheit, ihre Offenheit, ihre Redseligkeit … Hinter ihrer Perlmuttfassade lauerte offenbar ein Abgrund. Das zog ihn in gewisser Weise an – und irritierte ihn zugleich. Er konnte sich das selbst nicht erklären.

Der Clubbesitzer trat an ihren Tisch und wandte sich an Tankred. »Ich muss Sie leider bitten zu gehen. Die anderen Gäste sind wegen Ihrer … kleinen Freundin verärgert. Ein solches Auftreten ist mit der Atmosphäre dieses Hauses nicht vereinbar.«

»Mein Name ist Blankenburg, von der Manufaktur Blankenburg.«

»Nicht der Name ist das Problem, mein Herr.«

»Hören Sie, es wird nicht wieder vorkommen. Wir trinken in Ruhe unseren Champagner aus und …«

»Ich bedaure. Bitte verschwinden Sie mitsamt Ihrem Namen und dieser … Person.«

Tankred stand auf. »Sie werden meine Begleiterin gefälligst mit Respekt behandeln.«

»Das ist der springende Punkt«, erwiderte der Clubbesitzer. »Ihre Freundin benimmt sich auch nicht wie eine respektable Person.«

Ein Muskelpaket tauchte hinter ihm auf und verlieh der Forderung Nachdruck. Tankred hätte keine Chance gehabt.

Doch dann stand wie aus dem Nichts Schimmi neben ihnen, der kleine Schimmi. Tankred hatte ihm gesagt, wo er zu finden war, weil er etwas Wichtiges im Hinblick auf den Schmuggel mit ihm zu besprechen hatte.

»Sie haben an meinen Freunden etwas auszusetzen, Lindemann?«, sagte Schimmi.

»Nun …« Der Clubbesitzer war irritiert. »Gehören … gehören die Herrschaften etwa zu Ihnen, Herr Kriminalsekretär?«

Schimmi setzte sich demonstrativ an den Tisch. »Bringen Sie mir doch bitte ein frisches Pils, ja?«

Der Clubbesitzer, sein doppelt so großer Schatten und das ganze Problem verschwanden binnen Sekunden. Stattdessen brachte der Kellner ein Pils und eine Etagere mit Pralinen, die er mit cremiger Höflichkeit servierte.

Schimmi schob sich drei Pralinen hintereinander in den Mund. »Vorteil, wenn man bei der Politischen Polizei ist«, sagte er schmatzend. »Es kostet uns nur ein Husten, und schon werden ganze Clubs für drei, vier Monate dichtgemacht.«

»Du hast dich zur rechten Zeit geräuspert, Herr Kriminalsekretär«, sagte Tankred. »Eindrucksvoller Titel.«

Schimmi griff nach zwei weiteren Pralinen, die in seiner Hand zu schmelzen anfingen. »Freut mich, wenn ich helfen konnte. Wen haben wir denn da?«

»Das ist Shuilian. Sie ist aus Shanghai.«

»Sieht man.«

»Sie ist Widos Tochter, meine Cousine.«

Schimmi legte zur Begrüßung den linken Zeigefinger an seinen neuerdings kurz geschorenen Schädel, der dadurch noch kleiner, allerdings auch strenger wirkte. Sein Blick sagte: Schätzchen, lässt du uns mal kurz allein?

»Ich gehe mir die Nase pudern«, sagte Shuilian, die diesen Blick offenbar gut kannte.

Nachdem sie gegangen war, hätte Tankred seinem Freund am liebsten aufgefordert, ein bisschen freundlicher zu Shuilian zu sein. Da Schimmi ihm aber gerade aus der Patsche geholfen hatte, sah er davon ab. Auch das selbstsichere Benehmen des Freundes machte ihn stutzig.

»Worum geht's?«, fragte Schimmi. »Du hast dich am Telefon ziemlich nebulös ausgedrückt.«

Tankred schilderte ihm frank und frei, wobei er Hilfe brauchte. Es gab nur drei Menschen auf der ganzen Welt, denen er hundertprozentig vertraute, nämlich sich selbst, Gitti und Schimmi. Dubbe gehörte nicht mehr zum Club, dafür war er zu ideologisch geworden. Faselte ständig von Revolution, von Weltverschwörung und so weiter. Nach Tankreds Erfahrung stellten ideologische Menschen ihre Überzeugungen über ihre persönlichen Beziehungen, und das bedeutete den Tod des Vertrauens.

»Hamburg?«

»Ja. In einer Woche. Kennst du dort jemanden beim Zoll? Ich muss mir ganz sicher sein, dass die Fracht nicht kontrolliert wird.«

»Ein heikles Ding«, sagte Schimmi und schleckte sich die klebrige Schokolade von den Fingern. »Diese Pillen werden seit Kurzem als Drogen eingestuft.«

»Erzähl mir mal, was ich noch nicht weiß.«

»Hitler hat am Wochenende einen Auftritt in Hamburg. Wir überwachen ihn. Eigentlich ein Witz, dass ihn gerade diejenigen, die mit ihm sympathisieren, überwachen sollen, um Hindenburg Gründe zu liefern, ihn als Reichskanzler abzulehnen.« Schimmi schob sich zwei weitere Pralinen in den Mund. »Ich werde mich um diesen Job da oben bemühen. Versprechen kann ich nichts. Weißt du, ich bin beinahe das kleinste Rad in der

Truppe. Aber vielleicht ... Ja doch, ich habe eine Idee. Einer von der mittleren Führungsebene hat einen Narren an mir gefressen. Glaube ich wenigstens. Ist das geschafft, finde ich sicher jemanden beim Hamburger Zoll. Auf die Schnelle, irgendwie.«

»Da sind schon sehr viele Vielleichts und Irgendwies drin.«

»Jetzt bügele dir halt mal die Sorgenfalten glatt. Wenn ich sage, dass ich das schaffe, dann schaffe ich das auch.«

Solche Ansagen kannte Tankred von Schimmi nicht. Auch nicht, dass der Freund ihm die Hand zum Einschlagen hinhielt.

»Ein Drittel von deinem Anteil für mich.«

»Ich habe an ein Viertel gedacht. Wenn ich hopsgehe, bunkern die mich ein.«

»Also ein Drittel?«

»Ja, gut«, hörte Tankred sich sagen. Was ging denn hier ab?

»Noch was anderes, Tanke. Ich hab gehört, dass du übermorgen einen Termin bei Himmler in Berlin hast. Wenn er dich nimmt für ... na ja, für das, was er dir übermorgen selbst erklären wird, dann ist das eine Riesenchance für dich. Und weil das eine Riesenchance ist, gibt's gleich noch einen Tipp von mir: Nimm deine kleine Freundin nicht mit und lass dich künftig nicht mit ihr in der Öffentlichkeit blicken. Wenn sie Holländerin wäre, Schwedin, Engländerin oder so ... Aber eine Chinesin? Sie gehört einer minderwertigen Rasse an, du verstehst?«

Nach einer Pause von etwa drei Sekunden, die Tankred zwei Sekunden zu lange dauerte, fügte Schimmi, nachdem er sich den Daumen abgeleckt hatte, hinzu: »Ist nicht meine Meinung. Wie gesagt, ich bin nur das kleinste Rad.«

Auf der Fahrt zur Wohnung von Shuilians Eltern war Tankred schlecht gelaunt. Auf Anhieb erkannte er dafür keinen Grund. Schimmi machte bei dem Schmuggel mit, und zusammen mit ihm und Shuilian hatte Tankred noch einen unterhaltsamen Abend verbracht. Wenn Schimmi etwas trank, wurde er auf angenehme Weise albern. Sie hatten geraucht und getrunken und diskutiert und Anekdoten ausgetauscht, was das Zeug hält. Schimmi hatte sich im Laufe des Abends gegenüber Shuilian verhalten, wie sich jemand gegenüber der Begleiterin seines besten Freundes verhalten sollte, weshalb die abfällige Bemerkung zu Anfang als Ausrutscher durchging. Und was Shuilian betraf – ihre unverhoffte Erfahrenheit hatte auch etwas Gutes. Dass sie so offen zu ihm war, machte ihn zu einem Vertrauten, einem Mitverschwörer, was sie einander näherbrachte.

Lange brauchte Tankred jedoch nicht, um seiner schlechten Laune auf die Spur zu kommen. Vor Schimmi hatte der Clubbesitzer mehr Respekt gehabt als vor ihm – dabei hatte Schimmi selbst gesagt, er sei bloß das kleinste Rad in der Politischen Polizei. Schimmi haute ihn raus, Schimmi stellte Bedingungen für seine Hilfe. Schimmi war jemand. Tankred dagegen blieb, was er immer schon gewesen war: ein kleiner Gauner. Unausgesprochen war Tankred der Anführer ihrer Gruppe gewesen. Er hatte die Schecks, er hatte die besten Ideen, die meisten Verbindungen gehabt und irgendwie auch den größten Mumm.

Und jetzt? Schimmi war Kriminalsekretär, Dubbe kommandierte als Sturmführer die SA von Frankfurt. Vor ihnen kuschten die Leute. Nicht dass er den beiden den Erfolg nicht gönnte. Nur wollte er ebenso erfolgreich, ebenso respektabel sein wie sie.

Nach dem heutigen Abend sah er erstmals der Möglichkeit ins Auge, im Leben abzurutschen und keinen Fuß mehr vor den anderen zu bekommen. Keinen einzigen Traum zu verwirklichen. Den Mut zu verlieren und immer ein kleiner Wurm zu bleiben. So etwas hatte er noch nie in Betracht gezogen.

»Du hast dir den Abend anders vorgestellt, was?«, fragte Shuilian.

»Das liegt nicht an dir.«

»Wirklich nicht?«

»Vielleicht ein wenig. Du bist sehr ... direkt. Das habe ich nicht erwartet.«

»Ich war immer schon so. Direktheit kann man lernen wie ein Kind das Sprechen.«

»Man kann zu viel sprechen, und man kann zu direkt sein.«

»Du stehst eher auf schwache Mädchen, habe ich Recht? Mädchen, denen du die Welt erklären kannst. Die dich umwerfend finden, einmalig ...«

»Übertreibe es nicht.«

»Bist du böse auf mich?«

»Nein.«

»Liebst du mich?«

»Du bist meine Cousine.«

»Also ja. Das finde ich gut. Du bist ein interessanter Mann.«

Sie öffnete einen Knopf seiner Weste, dann seines

Hemdes, fuhr auf seinem Bauch auf und ab und sah ihn dabei auf eine Weise an, als wolle sie ihn zähmen. Langsam glitt ihre Hand an seinem Körper hinunter. Zugleich näherte sich ihm ihr halb geöffneter Mund, und er war unfähig, etwas zu sagen oder sich zu bewegen. Holperte der Wagen, war es, als würde der Blitz in Tankreds Unterleib fahren. Er musste sich zusammennehmen, um nicht laut zu stöhnen, konnte es irgendwann jedoch nicht mehr vermeiden. Als Shuilians Lippen die seinen berührten, als sie sein Keuchen schluckte, als ihre Zunge in seinen Mund drang, gab es die Welt um sie und ihn herum nicht mehr.

Der Chauffeur, der öfter in den Rückspiegel blickte, als es notwendig gewesen wäre, die Lichter der Großstadt, die erschrockenen Passagiere der anderen Fahrzeuge – das alles verschluckte ein alles beherrschendes Gefühl der Gleichgültigkeit und Entrücktheit.

Später erfuhr Tankred vom Chauffeur, dass dieser fünfmal das Stadtviertel umrundet und schlecht beleuchtete Straßen bevorzugt hatte, bevor er an der Wohnung von Shuilians Eltern anhielt.

6

Im Sommer 1932 ist das Kabinett Brüning am Ende, seine eiserne Sparpolitik hat die Wirtschaft des Landes ruiniert. Der folgende Wahlkampf ist der gewalttätigste, den die Republik je erlebt hat. Innerhalb eines Monats gibt es in Deutschland 99 Tote und 1125 Verletzte bei Auseinandersetzungen, hauptsächlich zwischen Nationalsozialisten und Kommunisten. Schießereien, vor allem in den jeweiligen Versammlungskneipen, sind an der Tagesordnung. Als am Altonaer Blutsonntag zwei SA-Leute erschossen werden, erschießt die Polizei 16 Altonaer Bürger. Hindenburg setzt daraufhin die von der SPD geführte Regierung des Freistaates Preußen ab, was den Föderalismus erheblich schwächt.

Bei den Reichstagswahlen im Juli wird die NSDAP mit großem Abstand stärkste Kraft, gefolgt von SPD und KPD und den abgeschlagenen Konservativen. Der parteilose Franz von Papen versucht als neuer Reichskanzler, eine Koalition ohne Beteiligung des rechten und linken Randes zu schmieden. Unterdessen bereitet man sich in der NSDAP auf die baldige Übernahme der Regierung vor.

Arabella konnte sich noch gut an die Weihnachtsfeste ihrer Kindheit und Jugend erinnern. Es gab immer Hase, den der Förster vorbeibrachte, zubereitet nach einem alten Familienrezept und unter Verwendung von reichlich Hagebuttenmark. Nachdem Adalmar das Ruder in Firma und Haus übernommen hatte, ließ man das Hagebuttenmark weg, und den Förster brauchte auch niemand mehr. Adalmar selbst schoss die Tiere am Weihnachtsmorgen, und wer beim Essen die meisten Schrotkugeln auf dem Teller hatte, bekam einen zweiten Nachtisch. Außer ihm hatte keiner Freude an diesem Spiel, er dafür umso ausgiebiger. Bei jeder Kugel, die jemand aus dem Mund fischte, schrie er auf und trank einen Schluck vom Roten – was bei dreiundzwanzig Kugeln allein drei volle Gläser machte.

Wohlwollend bemerkte Arabella, dass Elise die Tradition nicht fortführte. Es gab Karpfen, was Adalmar niemals geduldet hätte – ein träger Fisch und nicht mal selbst gefangen: unmöglich so etwas. Und was die Tischgesellschaft anging, vier Juden und die verbannte Schwester, der arme Mann würde sich sofort ein zweites Mal erschießen.

Es war auch, aber nicht nur als nette Geste zu werten, dass Elise Arabellas Neffen Isaac, seine Kinder Esra und Debora sowie Deboras Gatten Yaron Amsel zum zweithöchsten christlichen Feiertag eingeladen hatte. Ein paar Wochen zuvor war sie Isaacs Gast zu Chanukka gewesen, und beides zeigte, dass mehr als Sympathie und Freundschaft im Spiel war. Elise und Isaac tanzten seit geraumer Zeit umeinander, allerdings eher wie Jungverliebte in einer Spieluhr, die sich unentwegt anschmachteten, jedoch nie näherkamen. Ein langweiligeres Geplänkel hatte Arabella noch nie beobachten müssen, und normalerweise hätte sie längst den Cupido gegeben und den einen oder die andere zu größerem Tatendrang animiert. Nicht nur dass die beiden Manufakturen auf diese höchst unerwartete Weise doch noch miteinander verbunden würden, es wäre auch den beiden Verwitweten sehr zu wünschen.

Doch in letzter Zeit war sie sich nicht mehr so sicher, ob diese Verbindung tatsächlich eine so gute Idee war. Die Zeiten waren rau geworden. Nicht in finanzieller Hinsicht, da hatten »die Vögel« Abhilfe geschaffen, wie Arabella Amsel und Lerch, die beiden schwerreichen Schwiegersöhne der Häuser Blankenburg und Löwenkind, insgeheim titulierte. Doch die Hetze, welche die Nazipartei gegen die Juden betrieb, nahm bedrohliche Ausmaße an. Allein die Wortwahl ließ Arabella schaudern, die sonst kein Jargon so leicht einschüchterte. Für den Januar waren neue Reichstagswahlen angekündigt, und die Nazis schwärmten aus in die Kneipen, auf die Märkte, vor die Kaufhäuser, die Banken und in die Parks. Sie waren neuerdings überall, auch an diesem Tisch.

Arabellas Blick wanderte nicht zum ersten Mal an diesem Abend hinüber zu ihrem jungen Großneffen in der schwarzen Uniform, und diesmal bemerkte er ihn.

»Gefällt sie Ihnen?«, fragte Tankred. »Sie ist nagelneu. Eine der ersten. Ein Weihnachtsgeschenk von Heinrich Himmler.« Tankred zwinkerte. »Meinem Boss sozusagen.«

»Sie steht Ihnen«, gab Arabella zu. Tatsächlich sah Tankred gut darin aus, deutlich besser als in seinen verbeulten Hosen, besser auch als in Smoking und Hemd mit Manschettenknöpfen, was nicht recht zu seinem Wesen passte. Die Uniform hatte, nüchtern betrachtet, etwas Minimalistisches und Beeindruckendes, sie verlieh ihrem Träger Charisma, selbst wenn er persönlich keines besaß. Jemand wie Tankred, der auch mit abgewetzten Schuhen noch Wirkung erzielte, strahlte darin wie eine schwarze Sonne.

»Ja, Sie sehen verdammt gut aus in Ihrer schwarzen Uniform mit den Reitstiefeln. Und Sie sehen zum Fürchten aus.«

Die Gespräche am Tisch verstummten. Emma unterbrach ihre Konversation mit Debora, Yaron Amsel die mit Esra und Caspar von Lerch, Isaac die mit Elise.

Arabella fügte hinzu: »Ich habe nie die christliche Tradition verstanden, dem Teufel eine hässliche Fratze zu geben. Denn das Teuflische besteht aus Verführung, und man verführt niemanden, wenn man wie eine Kreuzung aus Hyäne und Haifisch daherkommt. Das Böse ist süß und cremig, aufregend und unterhaltsam, es ist schön wie Apoll und Aphrodite, man möchte am liebsten sofort mit ihm ins Bett hüpfen.«

Elise räusperte sich und lächelte. »Tante Arabella, es ist nicht sehr nett, Tankred als böse zu bezeichnen, vor allem nicht an Weihnachten.«

»Ich bin niemals nett und sehe nicht ein, heute eine Ausnahme zu machen, nur weil jemand vor eintausendneunhundertzweiunddreißig Jahren geboren wurde«, gab sie zurück, fand ihre Erwiderung aber sogleich selbst zu heftig. Sie ließ sich Elises Einwurf durch den Kopf gehen. »Also gut, ich weiß nicht, ob Sie böse sind, junger Mann. Bisher dachte ich, Sie seien gerissen, und das ist eine Eigenschaft, der ich durchaus etwas abgewinnen kann, vor allem in Verbindung mit Intelligenz, die ich bei Ihnen in Ansätzen bemerkt zu haben glaubte. Und ich kenne auch Ihren Herrn Himmler nicht. Ich weiß allerdings, dass Sie, je länger Sie diese Uniform tragen, mit jedem Tag ein wenig übler werden. So wenig wie man im eiskalten Wasser die Körpertemperatur halten kann, so wenig kann man einem schlechten Herrn dienen und dabei auch nur halbwegs moralisch bleiben.«

»Die Nazis haben Moral«, widersprach Tankred.

»Für die Nazis ist die Moral eine hübsche Ehefrau, die sie gerne vorzeigen, aber morgens und abends verprügeln. Sie, mein Guter, haben mehr Dreck unter den Fingernägeln als die Nazis Anstand.«

Esra lachte laut heraus. Ihren missratenen Großneffen zu amüsieren und den anderen zu verletzen war das Letzte, was Arabella wollte. Doch sie war in Fahrt und konnte sich nicht länger zügeln. Alle diese Verleumdungen der braunen Schreihälse, die sie seit Monaten und Jahren ungehindert von den Tribünen der Republik grölten, hatten Arabella stark mitgenommen. Sie hatte es sich nicht eingestanden, weil sie sich auf die Fahne schrieb, immer den Überblick zu behalten, auch über ihr Gemüt. Nun musste sie einsehen, dass sie sich nicht mehr beherrschen konnte, und das machte sie gleich noch wütender.

Die anderen am Tisch blickten entweder betreten zu Boden oder starrten sie in einer Mischung aus stummem Beifall und vornehmer Zurückhaltung an.

»Vielleicht möchte jemand etwas dazu sagen, damit ich weiß, dass diese Unterhaltung nicht bloß in meinem Kopf stattfindet. Amsel, was meinen Sie?«

»Ich?« Deboras Ehemann schien es vorzuziehen, nicht anwesend zu sein.

»Ja, Sie! Sie haben mir doch selbst erzählt, dass Ihre Häuser andauernd von Braunhemden beschmiert werden, sogar am helllichten Tag, und die Polizei sieht zu.«

»Ja, schon …« Das war alles, was er beisteuerte.

»Und du, Isaac! Ist dein Arzt nicht neulich zusammengeschlagen worden, weil er auf einer Nazikundgebung einen der Dummschwätzer mit Argumenten widerlegt hat?«

»Nicht ganz, sie haben am nächsten Tag seine Praxis verwüstet, er selbst ist unbehelligt geblieben.«

»Oh, da müssen wir uns aber beim Mob bedanken, dass er ihm nicht die Nase gebrochen, sondern nur die wirtschaftliche Existenzgrundlage entzogen hat. Seht ihr denn alle nicht, was in unserem Land passiert? Und wenn ihr es seht, wollt ihr denn nichts dagegen tun?«

Isaac räusperte sich. »Hitler ist Politiker, Tante Arabella, und wie alle Politiker wird er ein Drittel seiner Wahlversprechen zur Hälfte umsetzen und die anderen beiden Drittel durch den Schornstein blasen, Blatt für Blatt. Sobald er Reichskanzler ist, wird er seine Truppe an die Kette legen, da habe ich keinen Zweifel.«

»Natürlich«, sagte sie. »Und dann fassen wir uns alle an den Händen und tanzen Ringelreihe. Also, ich weiß nicht, was mich mehr erschreckt, die Nazis oder eure Naivität. Denken hier alle so? Elise, was ist mit dir?«

»Nun, ich … ich denke, ich pflichte Isaac bei.«

»Wirklich? Bist du dir auch ganz sicher, dass du denkst?«

»Ja, ich finde, man kann diesen Hitler nicht ernst nehmen.«

»Das hat auch Cäsar über Brutus gedacht.«

»Du hast mich nach meiner Meinung gefragt, und das ist sie.«

»Dann muss ich dir sagen, meine Liebe, dass das keine Meinung ist, sondern nur nachgeplappert. Ich habe mich in dir getäuscht, deine Schwester ist viel klüger als du. Ophélie hat früh erkannt, was in Deutschland vor sich geht, sie hat damals mit mir darüber gesprochen. Das war einer der Gründe für ihren Umzug nach Frankreich, den ich inzwischen für das Beste halte, was unsere Familie seit Langem unternommen hat.«

Elise schnappte nach Luft. »Wenn dir die Nazis und die Naivität deiner Familie so sehr auf die Nerven gehen, steht es dir frei, Deutschland zu verlassen und ein wenig Loire-Luft zu schnuppern.«

»Das werde ich mir ernsthaft durch den Kopf gehen lassen.«

»Wenn es so weit ist, oh Mutter der Weisheit, sage uns bitte rechtzeitig Bescheid, damit wir die Blaskapelle an den Bahnhof beordern können. Nur weil du älter bist als wir, hast du nicht das Recht, uns alle zu behandeln wie sitzengebliebene Schüler. So, das musste mal gesagt werden.«

Arabella wollte soeben zum Gegenangriff ausholen, als sie bemerkte, wie sich Isaacs Hand auf Elises legte, eine Geste des Beistands, des Trostes und der Zuneigung. Noch im selben Atemzug erkannte sie, dass sie zu weit gegangen war. Denn in einem hatte Elise Recht: Ihre Nerven waren tatsächlich beansprucht. Zum ersten Mal in ihrem Leben fühlte Arabella sich hilflos. Sie sah dunkle Zeiten aufziehen und konnte nichts dagegen tun, nicht einmal ihre Familie vor der Gefahr warnen.

»Jetzt weiß ich, wie sich Kassandra gefühlt hat, die Prinzessin von Troja«, gab sie kleinlaut nach. »Sie lag ihren Familienangehörigen so lange in den Ohren, bis diese seufzten und flohen, sobald sie um die Ecke kam. Ich habe es nicht so gemeint, Elise.«

»Ich auch nicht.«

»Es muss an Weihnachten liegen, diese verordnete Harmonie macht mich immer so aggressiv.«

Ihre Nichte lächelte und ergriff ihre Hand, wodurch sie, Elise und Isaac am Kopfende des Tisches miteinander verbunden waren. In den letzten Jahren waren sie und Elise sich stetig nähergekommen. Arabella hatte sogar überlegt, Elises Vorschlag anzunehmen und in die Villa Vanora einzuziehen. Seit Emma ihren eigenen Hausstand gegründet hatte, fühlte Elise sich oft verloren in dem großen Haus, und Arabella war des Lebens im Hotel überdrüssig, auch wenn es luxuriös war. Nur der schlechten Erinnerungen wegen hatte sie sich bisher nicht durchringen können, das Angebot anzunehmen. Sie glaubte zwar nicht an Geister, hatte jedoch Freuds Theorie über das Unterbewusstsein zur Kenntnis genommen. Ihr Bruder Adalmar spukte eifrig dort herum, da war sie sich sicher, und wann immer sie einen Fuß in die Königsteiner Villa setzte, stellten sich ihr ein paar hundert Nackenhärchen auf.

Inzwischen bereute sie ihren Entschluss. Vermutlich, weil sie keinen anderen Ausweg wusste, hatte Elise Tankreds Drängen nachgegeben, der unbedingt in der Villa Vanora wohnen wollte. Ein halbes Dutzend Mal hatte er vergeblich gefragt. In einer Mischung aus familiärer Solidarität und Einsamkeit hatte sie schließlich zugestimmt, und nur wenige Tage vor Weihnachten hatte er sich in Emmas früheren Zimmer eingerichtet. Mit dieser schwarzen Uniform in einem Haus zu leben war für Arabella unmöglich, und da Debora ebenfalls einen eigenen Hausstand gegründet hatte, war sie zu Isaac nach Wiesbaden gezogen. So weit, so gut. Doch es lag auf der Hand, dass Tankred die räumliche Nähe zu Elise nutzen wollte – wofür, das stand noch nicht fest.

Der Karpfen, den Biene servierte, schmeckte köstlich.

»Trotzdem«, sagte Esra schmatzend, »sollte jemand diesem Hitler mal auf offener Bühne in den Hintern treten oder ihn in den Schwitzkasten nehmen, damit die Leute endlich sehen, was das für ein blutleerer Waschlappen ist.«

»Waschlappen … Dieses Wort aus deinem Mund zu hören ist wirklich witzig«, kommentierte Tankred.

»Ach ja? Ich höre niemanden lachen.«

»Wer sollte die heroische Tat vollbringen? Du etwa?«

»Ja, warum nicht, du Großmaul?«

»Wieder so ein witziges Wort. Vermutlich kannst du nicht mal ein Huhn in den Schwitzkasten nehmen.«

»Ich könnte es an dir demonstrieren.«

»Jetzt schießt du wirklich den Vogel ab«, sagte Tankred und feixte. »So viel Humor hätte ich dir gar nicht zugetraut.«

»Du kannst gleich eine aufs Maul haben, dann vergeht dir das Lachen.«

»Esra!«, mahnte sein Vater mit ungewohnt strenger Stimme. »Was ist denn das für ein Benehmen. Wir sind Gäste in Elises Haus.«

»Na und, sie ist deine Metze, nicht meine.«

Isaac erhob sich, ging um den Tisch herum und befahl seinem Sohn aufzustehen. »Du wirst dich sofort bei Elise entschuldigen.«

»Esra Löwenkind entschuldigt sich niemals und bei niemandem.«

»Dann ist Esra Löwenkind ein Idiot.«

»Besser ein Idiot als ein ...«

»Ein was?«

Im letzten Moment schwand das bisschen Mut, das Esra zusammengekratzt hatte. »Nichts, Vater.«

Arabella hatte ihren Großneffen mit der Verschwendungssucht eines Edelmanns und dem Auftreten eines Räuberhauptmanns noch nie leiden können. Sie fand nicht das Mindeste an ihm, das sich bewundern oder begrüßen ließe. Isaac hätte seinen missratenen Sprössling verprügeln sollen, als er noch jung genug dafür war, jetzt ging das natürlich nicht mehr. Isaac jedoch hatte niemals die Hand gegen eines seiner Kinder erhoben, gegen überhaupt niemanden. Sie kannte ihn allerdings gut genug, um zu wissen, dass er Esra das schäbige Verhalten nicht durchgehen lassen würde, zumal es sich nicht gegen ihn, sondern gegen Elise gerichtet hatte.

»Da du uneinsichtig bist, wirst du den Preis dafür zahlen. Du bist mit sofortiger Wirkung entlassen.«

»Was?«

»Gekündigt, gefeuert, an die frische Luft gesetzt. Ich dulde niemanden in der Manufaktur, der meine Freunde beleidigt. Hol dir nach Weihnachten den letzten Lohn ab, und das war's. Ach ja, bevor ich es vergesse, sag deinen Buchmachern, dass ich ab sofort nicht mehr für deine Schulden aufkomme. Und jetzt setz dich, sei ruhig und iss den Karpfen auf, anderenfalls fliegst du auch noch aus meinem Haus.«

»Bravo!«, entfuhr es Arabella, die das Wort eigentlich nur denken wollte. Es hatte sich selbständig gemacht, getragen von Freude. Sie hatte nicht die Spur von Mitleid für Esra, der wie versteinert neben seinem Stuhl stand und seine Worte vermutlich bereits bereute – ein Gefühl, das ihm sicherlich neu war. Wie sie ihn einschätzte, kam er in den nächsten Tagen sicher angekrochen, wenn nicht bei seinem Vater, dann bei ihr oder sogar bei Elise. Sie mussten unbedingt einen Eimer für den Schleim bereitstellen.

»Hast du nicht gehört, was Papi gesagt hat?«, sprach Tankred ihn an. »Du sollst dich setzen und den Karpfen aufessen. Danach lass uns gerne noch mal über die lustigen Wörter sprechen, du weißt schon, den Waschlappen und das Großmaul.«

»Du ... du Arsch, du.«

»Hui, jetzt bin ich aber schockiert. Es ist leichter, in einen feinen Zwirn zu schlüpfen, als fein zu sprechen, nicht wahr?«

Esra schien fast zu platzen. »Sprechen wir doch mal über deinen schlechten Geschmack bei Frauen, über deine Besuche bei Gitti zum Beispiel.«

Er wandte sich an die anderen. »Ihr müsst wissen, dass der feine Herr hier regelmäßig zu einer Frankfurter Puffmutter geht, einer hässlichen Schlampe mit verkorkstem Busen, die ...«

Der erste Schlag traf Esra in die Magengrube, der zweite ins Gesicht, und danach ging alles zu schnell, als dass Arabella dem Geschehen noch folgen konnte. Mehrere Stühle fielen um, Gläser stürzten zu Boden, die Anwesenden sprangen auf, Schreie, Klirren, dazwischen ein Knacken wie das von morschem Holz.

Als sie wieder freie Sicht hatte, saß Tankred auf Esras Brustkorb und malträtierte die Nase seines Kontrahenten. Der Einzige, der etwas unternahm, war Caspar von Lerch. Er versuchte, Tankred von seinem Opfer herunterzuziehen, doch der saß wie festgeklebt im Sattel. Erst ein Schlag des Majors brachte ihn zu Fall und schickte ihn ins Reich der Träume.

Einige Sekunden lang war es still. Alle standen wie auf einem Heldengemälde um die blutenden Rivalen herum.

Schließlich ächzte Elise: »Mein Gott, was für ein Desaster.«

Arabella erwiderte: »Was willst du, es ist Weihnachten.«

Emma tupfte Tankreds linke Wange mit einem kalten Tuch ab. Die Schwellung sah übel aus und zog sich bis in den Mundwinkel und unters Auge. In diesem Jahr würde sie nicht mehr abklingen. Sie bat Debora, die neben ihr stand, um frisches Wasser und ein frisches Tuch, worauf diese beflissentlich zu Biene in die Küche lief. Mit einem Lächeln auf den Lippen kehrte sie zurück, als handele es sich bei dem Tuch auf dem Tablett, das sie vor sich hertrug, um Karamellpudding zum Kindergeburtstag.

»Soll ich dich ablösen?«, fragte sie.

Emma machte den Weg frei, und Debora wischte auf Tankreds Gesicht herum, als würde sie eine Skizze davon anfertigen.

Sie lächelte, Tankred lächelte, dann lächelte auch Emma und schließlich sogar Caspar. Nur Yaron Amsel verzog keine Miene. Er hatte ohnehin etwas von einem

Bestattungsunternehmer an sich, und seine langen, buschigen Koteletten, die fast bis zum Kinn reichten, verstärkten den griesgrämigen Eindruck noch.

»Es ist schon spät«, sagte er zu seiner jungen Frau, deren Verhalten an eine Schäkerei mit dem verflossenen Angelobten grenzte. »Wir wollen die Gastfreundschaft dieser Leute nicht länger in Anspruch nehmen.«

»Ich bin gleich fertig.«

»Im Übrigen hat er sich das selbst zuzuschreiben«, insistierte der eifersüchtige Amsel und fuhr damit fort, über Tankred in der dritten Person zu sprechen. »Wenn nur die Hälfte von dem stimmt, was Esra behauptet hat, sollte der junge Mann sich was schämen. Zu den Prostituierten gehen … pfui! Zu den Nazis gehen … pfui!« Er ließ offen, was von beidem er für verwerflicher hielt.

»Debora«, sagte er schließlich, und jegliche Höflichkeit war aus seiner Stimme gewichen. »Wir gehen.«

Sie wischte weiter, als hätte sie seit Langem auf eine solche Gelegenheit gewartet. »Hörst du noch Wagner und Strauss?«

»Ja, ebenso Sibelius und Ravel.«

»Deine Hände sind viel schöner geworden.«

»Das habe ich dir zu verdanken.«

»Debora«, peitschte Amsels Stimme dazwischen. »Wir gehen, sagte ich.«

»Vielleicht gehst du besser mit«, sagte Tankred lächelnd. »Eine Prügelei am Abend reicht.«

»Besuch uns doch bald mal«, sagte sie.

»Das wird er nicht«, stellte Amsel klar, doch Debora sah aus, als wäre das letzte Wort in dieser Angelegenheit noch nicht gesprochen. Amsel zog sie fast am langen Arm aus dem Speisezimmer.

Emma nahm wieder ihren Platz ein. »Sie trauert dir wohl nach«, sagte sie.

Er schien ein wenig stolz darauf zu sein, woraufhin Emma beschloss, dass es an der Zeit sei, etwas Alkohol auf die Wunde aufzubringen.

»Autsch!«

»Schau nicht mich so böse an. Mein Mann hat dir das Veilchen verpasst.« Sie blickte zu Caspar auf. »Du hättest nicht so fest zuschlagen müssen.«

»Wie man weich zuschlägt, hat mir noch keiner gezeigt. Wie wäre es mit einem Whisky, Tankred? Einen zur inneren, nicht zur äußeren Anwendung.«

»Da sage ich nicht nein. Danke, Caspar.«

»Ich gehe und hole uns einen. Und nichts für ungut, ja?«

»Schon gut.«

Emma tauchte das Tuch in kaltes Wasser und wischte damit das letzte Rinnsal Blut ab, das von der Platzwunde stammte. Zum ersten Mal war sie allein mit Tankred, im Speisezimmer, wo das Gefecht stattgefunden hatte. Debora war mit Amsel und Esra bereits auf dem Weg zurück nach Wiesbaden, und Emmas Mutter hatte sich mit Isaac und Arabella vor den Kamin in den Salon gesetzt, um sich von ihnen und vom Portwein trösten zu lassen.

»Wieso bist du so nett zu ihm?«, fragte sie Tankred.

»Zu wem?«

»Meinem Mann.«

»Wieso bist du es nicht?«

Sie wechselte einen kurzen Blick mit ihm. Viele Gedanken hatte sie bisher nicht an ihren Cousin verschwendet, der aus dem Nichts aufgetaucht war, mit nichts als Löchern in den leeren Hosentaschen. Nun, drei Jahre später, lebte er in ihrem Zimmer, das nicht mehr ihres war, trug den Namen, den sie abgegeben hatte, und war einer der Direktoren jener Firma, dessen Direktor einst ihr Vater gewesen war. Von seiner Position her glich er inzwischen eher einem Bruder als einem unehelichen entfernten Verwandten.

Was ihr Vater wohl über den Streuner gedacht hätte? Vermutlich hätte er ihn im Auge behalten, einerseits aus Anerkennung, andererseits aus Vorsicht.

»Ich bin nett zu meinem Mann.«

»Nett wie eine genervte Katze. Keine seiner zahllosen Aufmerksamkeiten beantwortest du mit mehr als einem Nicken und einem so zaghaften Lächeln, dass die Mona Lisa dagegen über beide Wangen strahlt. Du bist ein ganz schöner Muffel, weißt du das?«

Sie tupfte die Wunde absichtlich ein wenig zu fest ab, sodass Tankred kurz die Luft durch die Zähne einsog.

»Tut mir leid.«

»Das glaube ich dir aufs Wort.«

An seiner Beobachtung war nichts falsch, das wusste sie auch. Es war, als sehe sie sich selbst dabei zu, wie sie Caspar kühl behandelte, dann nahm sie sich zusammen, und für einen Tag ging es besser. Wenn sie an ihn dachte, nannte sie ihn einfach den »Major«, wozu er unlängst befördert worden war, und manchmal entschlüpfte ihr der nicht gerade zärtliche Kosename auch im Beisein anderer. Hatte Caspar das verdient? Er war stets geduldig mit ihr, brachte ihr zuverlässig wie ein Uhrwerk an jedem Freitag Blumen mit, erfüllte all ihre Wünsche, ging mit ihr ins Theater ... Es war nur so, dass sie seinem Verhalten die Echtheit absprach. Geduldig war er, weil seine ganze Familie geduldig war. Da fuhr keiner aus der Haut, da redete keiner frisch von der Leber weg, da tat keiner etwas Verrücktes. Tausend Jahre lagen wie ein morscher, verrottender Baumstamm auf ihren Temperamenten. Und was die Aufmerksamkeiten anging, so entsprangen sie Emmas Meinung nach seinem soldatischen Pflichtbewusstsein und nicht wahrer Liebe. Ihn Major zu nennen war also nicht gemein, sondern passend.

Davon abgesehen, konnte sie ihm eines einfach nicht verzeihen: Der Major war schuld daran, dass sie Theo verloren hatte. Eine ganze Zugladung von Blumen und Theaterkarten konnten das nicht wiedergutmachen.

Tankred sah sie an. »Darf ich dich etwas Persönliches fragen?«

»Nein.«

»Warum hast du Caspar geheiratet? Um die Manufaktur zu retten?«

Es gab keinen Grund, mit ihm darüber zu sprechen, außer dass er der Erste war, der ihr diese Frage stellte, und es Augenblicke gab, in denen sie sich gewünscht hatte, dass jemand sie stellte.

»Das allein wäre Grund genug, oder nicht?«, erwiderte sie.

Tankred griff in die Innentasche seiner SS-Jacke und holte einen Briefumschlag hervor, den er ihr überreichte.

»Frohe Weihnachten«, sagte er. »Den hier habe ich hinter einer der Kommoden gefunden.«

Es waren drei der Bilder, die sie seinerzeit von Theo angefertigt hatte. Sie mussten ihr heruntergefallen sein. Emma hatte sie fast vergessen.

»Oh«, seufzte sie.

»Dein Geliebter?«, fragte er.

Sie war sich unsicher, ob sie Tankred davon erzählen sollte. Dafür kannte sie ihn einfach nicht gut genug.

Da sagte er mit leiser Stimme: »Was Esra vorhin erzählt hat, du weißt schon, über Gitti, das stimmt. Ich … sie … Ich gehe wirklich manchmal zu ihr, und sie … Sie ist eine Puffmutter. Eine junge zwar, aber eine Puffmutter. Nur ist sie weder eine Schlampe, noch ist sie hässlich oder verunstaltet. Auf eine gewisse Weise … liebe ich sie. Nur dass wir nie … Wir werden nie zusammenkommen, verstehst du? Wir werden nebeneinander leben, ich hier, sie dort, selbst wenn wir im selben Raum sind. Und irgendwann nicht einmal mehr das.«

Emmas Blick auf ihren Cousin wurde sanft. Sie hatte ihn immer selbstbewusst und ausgebufft erlebt. Nun war sie Zeugin eines völlig anderen Mannes, eines traurigen, verletzbaren.

»Er heißt Theo«, sagte sie und ließ sich auf einen Stuhl gleiten. »Theo Schatt. Er ist Maler. Am Tag, als wir uns heimlich verlobten, habe ich einer Heirat mit dem Major zugestimmt. Widerwillig zwar, aber … Was für eine miese Verräterin ich doch bin. Und feige dazu. Ich hatte nicht den Mut, Theo danach noch einmal unter die Augen zu treten. Ich wäre vermutlich schwach geworden, also habe ich Papier und Stift genommen. Als ich fertig war, dachte ich, ich hätte vier oder fünf Seiten geschrieben, dabei waren es neunundzwanzig. Und nur eine gute Stunde war vergangen. Ich habe den Brief gleich am nächsten Tag abgeschickt, doch Theo hat nicht geantwortet. Wir haben uns nicht wiedergesehen.«

Es war nicht unangenehm, darüber zu sprechen, obwohl dadurch alles wieder hochkam, was sich in fünfzehn Monaten gesetzt hatte. Vielleicht wollte sie, dass es wehtat. Der Schmerz war besser als die Betäubung, die Erinnerung besser als das Vergessen. Nicht einmal mit Biene hatte sie noch über Theo gesprochen, so als wäre er eine nicht wiederkehrende Traumfigur gewesen.

»Du hast ein großes Opfer gebracht«, sagte Tankred. »Offen gestanden, war ich damals überrascht, dass du so sehr an der Familie und der Manufaktur hängst.«

Sie lächelte selbstironisch. »Ich hätte Theo geheiratet, wenn nicht... Es war Papas Wille, dass ich den Major eheliche. Er wollte diese Hochzeit.«

»Dein Vater war lange tot, als du ...«

»Es gibt einen persönlichen Kalendereintrag meines Vaters vom November neunundzwanzig. Mama hat ihn mir gezeigt. So ist es nun einmal. Da kann man nichts machen. Vaters Wünsche waren mir immer heilig. Nach seinem Tod hat sich das nicht geändert. Ich weiß, das hört sich gewiss dumm für dich an ...«

Inzwischen hörte es sich sogar in ihren eigenen Ohren ein wenig dumm an. Wenn sie sich vorstellte, wie ein Weihnachtsfest mit Theo ausgesehen hätte – ein Spaziergang zum Altkönig, ein Kaminfeuer am Abend, eine kärgliche Bockwurst mit Kartoffelsalat, der Geruch von Farbe, der aus dem Atelier herüberzog, Theos warmer Körper auf ihrem –, dann kam das tatsächliche Weihnachtsfest dem Aufenthalt in einer Folterkammer gleich. Silberbesteck und Tradition, Villen und Schlösser, in dieser Welt drehte sich alles um Statussymbole und lange vergangene Jahreszahlen, also um Selbstinszenierung. Solche Dinge ödeten sie an. Und die Familie des Majors war noch schlimmer als ihre eigene, sie war sozusagen die Priesterschaft der eigenen Historie.

»Immerhin«, sagte Tankred, »lebst du in einem Schloss.«

Sie begann, etwas Heilsalbe mit kreisenden Bewegungen auf die Wunde aufzutragen. »Lerchenberg ist ein Gefängnis, in dem ich mit alten Tanten und Weltkriegsveteranen eingesperrt bin und die ganze Zeit über an Ausbruch denke.«

Er lachte, was ihm sogleich wehtat. »Autsch.«

»Du darfst nicht lachen.«

»Du darfst mich nicht zum Lachen bringen.«

»Kann ich ahnen, dass dich die Tragödie meines Lebens belustigt? Weißt du, das Leben dort ist für mich, als würde ich mit lauter Leuten zusammenleben, die ich nicht verstehe und die mich nicht verstehen. Es ist wie nach dem Turmbau zu Babel, nur eben auf geistiger Ebene. Von denen ist keiner in unserem Jahrhundert geboren. Ich glaube, die meisten sind nicht mal im letzten Jahrhundert geboren.«

Wieder lachte Tankred und biss die Zähne zusammen.

»Stillhalten. Der Major, nun gut, der ist schon ein wenig moderner, aber aus Gründen, die ich selbst nicht verstehe, bringt ihm das auch keinen Pluspunkt bei mir ein. Höflichkeit ist eben ein schwacher Ersatz für wahre Liebe.«

»Du brauchst eine Aufgabe.«

»Jetzt fängst du auch noch damit an. Auf Schloss Lerchenberg werde ich schon schief angesehen, weil ich nach über einem Jahr Ehe noch nicht schwanger bin. Die Familie erwartet von mir nicht weniger als männliche Zwillinge ... für den Anfang.«

»Ich dachte nicht an Kinder, Emma. Jetzt, wo ich deine Bilder gesehen habe … Fang doch bei uns als Porzellanmalerin an. Wir suchen sowieso gerade nach neuen Entwürfen, wofür wir frische Köpfe brauchen.«

»Ist das dein Ernst?«

»Ja, mein voller Ernst.«

»Aber … Was wird Mama dazu sagen? Und erst der Major?«

»Überlass das nur mir, ich regele das.«

»Auch mit ihm?«

Tankred richtete sich auf. »Vor allem mit ihm. Wir kommen gut miteinander aus, alles in allem.«

»Er hat dich vor einer halben Stunde zu Boden geschlagen.«

»Du verstehst wirklich nicht viel vom Wesen der Aristokratie. Wenn ich dir sage, dass ich das regele, dann tue ich es auch.«

»Ja, dann … dann danke ich dir«, sagte sie und räumte, dreifach irritiert, die Utensilien weg, die sie für Tankreds Verarztung benötigt hatte. Erstens verstand sie nicht, wie er ihre Mutter und ihren Mann überzeugen wollte, dass sie eine gewöhnliche Arbeitsstelle annehmen durfte. Ebenso gut hätte er den Major darum bitten können, sie drei Monate lang den kongolesischen Dschungel erforschen zu lassen. Zweitens wunderte sie sich, dass Tankred sich für sie einsetzte, da sie ihn vor nicht allzu langer Zeit noch links liegen gelassen hatte. Und drittens wäre diese Wendung – sollte sie sich wirklich ereignen – das Beste, was ihr passieren konnte. Eigentlich das Zweitbeste, denn das Beste wäre, sie würde, umgeben von Heide und Singdrosseln, erwachen, ihren Kopf müde von Theos Brust erheben, ihn anblicken und sagen: »Hoppla, ich bin wohl eingenickt.« Doch das würde nicht geschehen.

Porzellanmalerin – sie würde malen. *Sie* würde malen. Sie würde künstlerisch arbeiten. Nach Vorgaben zwar, aber Tankred hatte neue Entwürfe erwähnt. Das wäre ein erster Schritt. Und ja, es wäre eine Aufgabe.

Was wohl Theo dazu sagen würde? Er würde sich für sie freuen. Er würde sie küssen.

»Na, Sportsmann, geht's wieder?«, fragte Caspar, der ihm ein gut gefülltes Whiskyglas in die Hand drückte. »Diesem Widerling eins auszuwischen, dagegen ist nichts einzuwenden. Aber du hast es ein wenig übertrieben, meinst du nicht?«

Tankreds Antwort bestand darin, mit dem Major anzustoßen. Beide prosteten sich zu und waren, so schien es zumindest, die besten Freunde. Wahrscheinlich hatte Tankred Recht, und Emma würde solche Gepflogenheiten nie verstehen. Würde eine Frau eine andere zu Boden schlagen, wären sie noch vor dem Himmelstor in Todfeindschaft verbunden.

»Mit euch Nazis ist es genauso«, sagte Caspar. »Im Prinzip liegt ihr gar nicht so falsch, aber ihr übertreibt es. Ich meine, der Versailler Vertrag ist eine Kette mit einer Eisenkugel daran, die man mitschleppt, während man durch sumpfiges Gelände stapft. Deutschland steht das Dreckwasser bis zum Hals, und keiner der anderen Staaten ist bereit, uns den Schlüssel zu geben. Dagegen muss man etwas tun, und ich kann nicht sehen, dass Franz von Papen, so sehr ich die Konservativen schätze, der Richtige dafür wäre. Aber wie gesagt, Hitler treibt es auf die Spitze. Er beschuldigt alle und jeden, die Juden, die Liberalen, die Sozialisten …

wen als Nächstes? Den Papst? Er sollte dringend ein kaltes Bad nehmen, dann wird er auch Reichskanzler.«

Erneut stießen sie an und tranken einen großen Schluck.

»Was mir an der Sache gar nicht schmeckt«, ergänzte Caspar, »ist die Absicht, die Reichswehr der SA zu unterstellen. Das darf niemals passieren. Sag das deinem Chef.«

»Das ist Röhms Idee«, rechtfertigte sich Tankred. »Nicht Himmlers. Die SS ist der SA unterstellt, das finden wir auch nicht toll. Bei mir rennst du da offene Türen ein.«

Noch ein weiteres Mal stießen sie an, leerten das Glas.

»Wir müssen uns bald mal zusammensetzen«, sagte Tankred. »Interessiert mich sehr, was du zu alldem denkst.«

»Warum nicht? Hast du an Silvester schon etwas vor? Ich wollte mit Emma, ein paar Kameraden und deren Frauen feiern. Wenn du dazukommen willst?«

»Gerne.«

Nicht zu fassen, dachte Emma. Den Major hatte ihr begabter Cousin glatt schon halb um den Finger gewickelt.

Es war Mitternacht durch. Elise und Isaac saßen im Salon und tranken die Reste vom Weihnachtspunsch. Nur eine zuckrige Pfütze war noch in dem Bowlengefäß, und im Widerschein des Feuers schwammen längliche, knotige und sternförmige Teile auf der schwarzen Oberfläche: Zimtstangen, Nelkenkörner und Sternanis.

Isaac griff in das Gefäß, fischte umständlich darin

herum, nahm ein paar der durchtränkten Gewürze heraus und warf sie ins glimmende Feuer, das sofort zischend aufloderte. Kurz darauf erfüllte ein orientalischer Duft den Raum.

»Das haben wir als Kinder immer gemacht«, sagte er, der dämmrigen Dunkelheit angemessen, leise. In seinen Augen lag ein nostalgischer Schimmer, als er sich ihr zuwandte.

War ihm bewusst, was er gerade getan hatte? Eine kleine Handlung nur, eine rührselige Geste, hübsch anzusehen, nichts weiter. Und doch – es war seine erste selbständige Aktion in diesem Haus, etwas, das ein Gast nie tun würde: einfach so über etwas verfügen, das ihm nicht gehörte. Bisher hatte er immer gefragt: »Darf ich?« Er durfte einen Stuhl verrücken, Kerzen anzünden, das Kaminfeuer schüren, er durfte immer alles. Er hätte auch jetzt gedurft. Doch es war nicht mehr nötig zu fragen. Die Selbstverständlichkeit, mit der Isaac die Reste des Punsches ruinierte und die Atmosphäre des Salons veränderte, war ein klares Zeichen. Er war kein Gast mehr in diesem Haus, er lebte bereits mit einem Bein darin.

Ein Teil von Elise war glücklich darüber. Dieser Teil freute sich jedes Mal, wenn ihre Beziehung zu Isaac eine tiefere Ebene erreichte, wenn ein Blick oder eine Handlung von ihm verriet, dass er sich in sie verliebt hatte. Denn ihr ging es ebenso. Anfangs hatte sie es nicht wahrhaben wollen. Inzwischen fühlte sie, was sie nie gefühlt hatte, auch bei Richard nicht, nicht einmal während ihrer Verlobungszeit und in den ersten Jahren ihrer Ehe. Es war das Gefühl, einen Mann kennengelernt zu haben, den sie und der sie zutiefst verstand. Da war nicht nur eine körperliche, sondern auch eine geistige und seelische Verbundenheit.

Den anderen Teil beunruhigte diese Entwicklung und ließ die bange Frage aufkommen, wohin das alles noch führen würde. Natürlich fragte sie sich, warum. Vielleicht gönnte sie sich das Glück nicht wegen dem, was sie Emma abverlangt hatte. Isaac besaß so wenig wie sie selbst, eine Ehe hätte kaum wirtschaftliche Vorteile, würde also nur aus Zuneigung geschlossen. Etwas, das sie ihrer Tochter verwehrt hatte. Vielleicht zweifelte sie in ihrem tiefsten Inneren aber auch daran, ob die kulturellen Schranken nicht doch zu mächtig waren. Allzu gerne behauptete man, dass einen die Meinung anderer nicht besonders interessierte. Das hörte sich gut und kraftvoll an, deswegen wollte man gerne daran glauben. Tatsächlich blieben nur sehr wenige Menschen dauerhaft unbeeindruckt von der Meinung ihrer Umwelt. Und die Meinung der gesellschaftlichen Kreise, in denen sich die Blankenburgs bewegten, über eine christlich-jüdische Mischehe war denkbar schlecht.

An manchen Tagen obsiegte der eine, an manchen Tagen der andere Teil. Meistens herrschte ein Gleichstand, was nicht nur verwirrend, sondern unglaublich anstrengend war. So, als würden ihre Körperhälften unabhängig voneinander agieren. Was die Linke schuf, zerstörte die Rechte. Elise besuchte auf Isaacs Einladung die höchsten Feste der jüdischen Gemeinschaft und lud Isaac im Gegenzug zu den höchsten christlichen Feiertagen ein. Sie verbrachte mit jedem Monat, der verging, mehr Zeit mit Isaac. Sie ließ es immer öfter zu, dass sie allein miteinander waren, und die Detailliebe, mit der sie diese Zusammenkünfte arrangierte, enthielt Hinweise auf die Liebe zu dem Mann, dem sie galten. Elise wollte unbedingt, dass er sie bemerkte. Das Blut ihrer spanischen Mutter hatte sich bereits vor Monaten bemerkbar gemacht. Pilar Blankenburg Santana war wie ein Flamenco gewesen, der langsam, geradezu scheu anfing und sich kontinuierlich bis zur überschäumenden Leidenschaft steigerte. Deshalb war Elises Mutter auch so früh zugrunde gegangen, weil ihr Ehemann sämtliche Funken der Leidenschaft auszutreten wusste.

Die Rolle des Feuerlöschers übernahm Elise idiotischerweise selbst. Isaac hatte mehrere Versuche unternommen, sie zu duzen, was sie geflissentlich überhörte, sodass er nach ein paar Minuten zum Sie zurückkehrte. Fasste er sie an den Händen, ließ sie es für zwei, drei Atemzüge zu, in denen sie sehr glücklich war, bevor sie einen Vorwand fand, die Berührung zu lösen. Mit zärtlichen Blicken war es das Gleiche. Lud er sie zu einem romantischen Picknick ein, schlug ihr Herz höher, doch fand sie wochenlang keinen freien Termin, wohingegen ein gemeinsamer Restaurantbesuch zum Souper auch schon einmal spontan erfolgen konnte.

Und dann die Sache mit Tankred.

Monatelang hatte sie ihrem Neffen den Einzug in die Villa Vanora verweigert. Vor Kurzem hatte sie es ihm dann doch gestattet, zu seiner und ihrer eigenen Verwunderung, trotz Bienes vehementem Einspruch und trotz jener martialischen Uniform, an die sie sich nur schwer gewöhnen konnte. Eigentlich gerade wegen der Uniform. Jeder wusste, wofür sie stand, und dass ein solcher Mann nun mit ihrer Zustimmung in ihrem Haus lebte, war wie ein Abstandsgebot an Isaac. Weder

Biene noch Arabella konnten ihren Schritt verstehen. Sie selbst erklärte ihn niemandem, und sie war keineswegs glücklich damit.

An diesem Weihnachtsabend jedoch fühlte sie sich voll und ganz zu Isaac hingezogen. Bedingt durch das knisternde Kaminfeuer, die wohlige Wärme des Punsches, das Weihnachtsfest und die vom Wein herrührende Leichtigkeit, war sie in einer beinahe euphorischen Stimmung. Sie lachte übermütig in sich hinein. Eigentlich lächerlich, dass ein bisschen Herumrühren im Weihnachtspunsch eine solche Bedeutung haben sollte – eine Rolle, die sonst Küssen zukam oder gemeinsamen Nächten. Sie wünschte sich plötzlich, in dieser Nacht möge es passieren, die Voraussetzungen dafür waren perfekt. Sie fand die Liebe, nach der sie hungerte, in Isaacs Augen, in seinem Lächeln, in dem, was er sagte und wie er es aussprach, in der Handbewegung, mit der er die Zimtstangen ins Feuer warf, und dem Blick danach zu ihr.

»Was sagen Sie zu Amsel?«, fragte er.

»Hm?«

»Amsel.«

»Oh, Amsel. Tut mir leid, ich war gerade ganz woanders gewesen.« Hätte Isaac sie doch bloß gefragt, wo. Tat er aber nicht. »Nun ja, er hat mehr gesprochen als an Chanukka. Ungefähr … zehn Sätze mehr.«

Sie lachten, und Isaac setzte sich neben sie, dichter als sonst.

»Ich habe ihn ins Gebet genommen, lockerer zu werden. Nicht dass Debora sich beklagt hätte … Ich fühle mich einfach besser, wenn ich auf ihn einwirke.«

»Ihre Tochter hat ihn freiwillig geheiratet. Sie hatte

die Wahl zwischen Tankred und Amsel. Sie haben sie nicht gezwungen.«

»Debora hätte selbst Stalin klaglos geheiratet, wenn ich sie darum gebeten hätte. So ist sie nun einmal. Immerhin, bei Amsel ist sie gut versorgt, und es ist zwar nicht nett, so etwas zu sagen, aber mit vierzig wird sie eine sehr vermögende Witwe sein. Trotzdem wäre es mir lieber gewesen, ich hätte ihr einen Jüngeren zum Mann geben können, jemanden wie Caspar.« Er machte eine Pause, als zögere er. »Es geht mich zwar nichts an, aber ich finde, dass Emma sich sehr verändert hat, seit sie mit ihm verheiratet ist. Einerseits ist sie erwachsener geworden, andererseits … Sie behandelt ihn wie einen Schneider, der sich zum zweiten Mal beim Zuschnitt eines Kleides vertan hat.«

Obwohl der Vergleich amüsant und zutreffend zugleich war, konnte er Elise weder ein Lächeln noch ein Nicken entlocken. Dabei redete sie gerne mit Isaac über ihre Familien, das schaffte eine wohlige Intimität. Beim Thema Emma und Caspar jedoch war ihr stets mulmig zumute, und zwar nicht nur wegen des Betrugs, mit dem sie ihre Tochter in diese Ehe manövriert hatte, sondern weil sie Isaac – eigentlich alle Welt, aber vor allem Isaac – anlog. Denn sie hatte beteuert, Emma habe, ähnlich wie Debora, die Notwendigkeit dieser Ehe zwecks Rettung der Manufaktur eingesehen. Darin lag nur bei sehr oberflächlicher Betrachtungsweise ein Stück Wahrheit, und sicherlich würde Isaac, dem jedes falsche Spiel zuwider war, ihre Handlungsweise missbilligen. Er hatte gut reden, immerhin hatte er eine fügsame Tochter, die ihren Galan mir nichts, dir nichts hatte fallenlassen, um ihrem Vater einen Gefallen zu tun.

»Ich finde«, sagte sie, »wir sollten uns duzen, was meinen Sie? Wir kennen uns nun schon seit drei Jahren und verbringen viel Zeit miteinander.«

»Ich hatte bisher den Eindruck, dass Sie ...«

»Ja, ich weiß. Ich ... war töricht.«

»Sie waren einfach nur Sie selbst. Sie sind sich nicht sicher, was mich angeht.«

»Nein«, sagte sie. »Nein, so ist das nicht.«

»Doch, genauso ist das«, beharrte er. »Es ist völlig in Ordnung zu zweifeln, sogar im Übermaß. Mir sind zweifelnde Menschen lieber als diese Kraftmeier, die immer sofort wissen, was richtig ist. Meine verstorbene Frau Esther ... Wir haben geheiratet, weil sie schwanger war. Wir waren siebzehn, das erklärt wohl, wie es dazu kam. Wenn ich wieder heirate, dann, weil wir beide uns völlig sicher sind. Sicher unserer Liebe. Bewusst der Folgen, die eine solche Heirat mit sich bringt.«

»Heirat?«, hauchte sie. »Du meinst ...?«

»Tut mir leid, dass mein Antrag so scheinbar unaufgeregt und leidenschaftslos erfolgt. Du machst es mir nicht gerade leicht, Elise. Heute Abend nutze ich die Gunst der Stunde. Aber sonst ... Deine Augen sprechen gewöhnlich eine andere Sprache als dein Mund, und ich will endlich wissen, woran ich bin.«

Elise atmete schwer. Was sie erhofft und zugleich befürchtet hatte, war eingetreten. »Das ... das kommt so überraschend.«

»Ich erwarte so bald keine Antwort. Nein, falsch formuliert. Ich will so bald keine Antwort von dir. In Kürze werde ich verreisen.«

»Oh.«

»Mit meinem Asthma ist es schlimmer geworden, ich

fahre zur Kur nach Fehmarn, da ist es zu dieser Jahreszeit schön leer. Amsel kümmert sich so lange um die Geschäfte, nun, da mein Sohn ... Wie auch immer, schreibe mir erst, wenn du dir sicher bist. Und egal, wie deine Entscheidung ausfällt, ich werde ... Jetzt entschuldige mich, mir ist das alles sehr schwergefallen. Gute Nacht.«

»Gute ... Nacht.«

Elise war so perplex, dass sie nichts weiter tun konnte, als ihm schweigend nachzusehen, als er das Zimmer, als er vielleicht ihr Leben verließ.

Der bittersüße Duft von Lorbeer, Nelken und Zimt hing noch lange in der Luft in jener Nacht.

Weihnachten war für Tankred wegen der Nähe zum Jahresende immer eine Zeit des Rückblicks. Seit er Dubbe und Schimmi kannte, hatten die drei dieses Fest zusammen gefeiert: ein paar Flaschen Bier, ein Schweinebraten mit zerdrückten Kartoffeln, manchmal ein Stummfilm im Kino. Dafür hatten sie wochenlang gespart. Er vermisste das. Nicht die Geldnot, aber die Freundschaft. In diesem Jahr hatte es einfach nicht geklappt. Dubbe feierte mit seinen SA-Kameraden in einem Frankfurter Bierkeller, Schimmi war von der PP nach Berlin versetzt worden – ein Karriereschritt, der ihn jedoch in die Ferne rückte. Und Gitti, bei der Tankred als Nächstes angefragt hatte, war inzwischen mit jemandem liiert. Sie wollte nicht sagen, mit wem, aber er war wohl um einiges älter als sie und somit deutlich älter als Tankred. Klar, dass er als dritte Möglichkeit auf seine Familie zurückgegriffen hatte.

Er hatte sich den Abend schlimmer vorgestellt, vor

allem, nachdem er von der Absage Widos und Chen Lus hörte, was natürlich auch Shuilian einschloss. Stattdessen mit dem Greis an einem Tisch zu sitzen, der ihn bei Debora ausgestochen hatte, darauf war er nicht scharf gewesen. Dazu Debora, mit der seit dieser Geschichte kein normaler Umgang mehr möglich war, sondern nur noch stocksteife Konversation, die ihm auf den Wecker ging. Dazu Esra, dessen Dummheit einen Würgereflex bei ihm auslöste. Emma, die ihn bisher gemieden hatte, wo es ging. Der Ritter, dem er vermutlich nicht fein genug war. Wirklich gefreut hatte er sich nur auf Arabella, und zwar gerade weil sie ständig gegen ihn stichelte. Er hatte eine Schwäche für sie, ganz egal, was sie über ihn dachte. Ihre Scharfzüngigkeit weckte seine Lebensgeister und, wie er glaubte, auch ihre eigenen. Es war Teil ihres Wesens, ihrer Identifikation, und wenn er auf bescheidene Weise dazu beitragen konnte, dass das alte Mädchen munter blieb, war ihm das recht. Sie hatte ihn nicht enttäuscht, was das anging.

Aber es war noch viel besser gekommen. Na gut, er war leicht demoliert, aber wenigstens hatte er sich amüsiert. Er hatte Esra eine ordentliche Abreibung verpasst. Kontakte geknüpft, wie den zu Caspar und Emma. Interessante Dinge von Emma erfahren, denen er nachgehen wollte. Und in Amsel, der ihn sehr von oben herab behandelt hatte, einen neuen Antagonisten gefunden. Er zog dieses Wort dem Begriff Hassfigur vor, obwohl es Letzterer besser traf. Diesem stinkreichen Biedermann würde er es eines Tages heimzahlen. Gar keine so schlechte Ausbeute für einen Heiligabend.

Er hatte sich gerade den Schlafanzug angezogen, als Biene, ohne anzuklopfen, hereinkam.

»Ich bringe Ihnen den Eisbeutel. Gute Nacht.«

»Ich habe vor einer Stunde darum gebeten.«

»Wir hatten Wichtigeres zu tun, zum Beispiel die Reste des Weihnachtsessens zu verspeisen. Netter Schlafanzug. Feinstes Kammgarn, Merino, wie? Wusste ich doch, dass die saloppe Kleidung nur eine Masche von Ihnen war, um uns hinters Licht zu führen. Von wegen Bescheidenheit und so.«

»Ich wohne jetzt in einem feinen Haus, da geht man nicht in der Unterhose ins Bett.«

»Man zermatscht in einem feinen Haus auch niemandem die Nase. Das hat Sie nicht davon abgehalten, es zu tun. Aber wenn es das Einzige ist, was man kann …«

»Wir sind unter uns, da darfst du gerne du sagen, so wie früher.«

»Oh, wie jovial der gnädige Herr zu uns kleinen Leuten ist. Hoffentlich schmerzt der Rücken nicht zu sehr, wenn der gnädige Herr sich so weit zu uns hinunterbeugt.«

»Hör mit dem Mist auf. Was habe ich dir eigentlich getan? Wir könnten ein normales Auskommen miteinander haben, wenn du dich nicht so aufführen würdest.«

»Ich war nahe daran zu kündigen, als ich hörte, dass Sie hier einziehen. Einzig meine Loyalität zu Frau Elise hat mich zurückgehalten. Wer weiß, was Sie im Schilde führen, was Sie ihr antun wollen. Aber da stehe ich vor.«

»Meinetwegen steh, wo du willst. Wir müssen hier irgendwie zurechtkommen, du und ich, also empfehle ich dir, die Vergangenheit zu vergessen.«

»Ich werde niemals vergessen, was du deiner Mutter angetan hast«, zischte sie.

»Gar nichts habe ich ihr angetan. Das sind deine Hirngespinste.«

»Ich weiß, was ich weiß. Sie hatte kaum etwas zu beißen, und du hast dir ein schönes Leben gemacht. Hast dich herumgetrieben, gewürfelt, gezockt, gesoffen, krumme Dinger gedreht. Paula war todunglücklich deinetwegen.«

Tankred setzte sich auf die Bettkante, nahm den Eisbeutel und drückte ihn auf die schmerzende Wange. »An allem, was du sagst, ist etwas dran«, gab er leise zu. »Und zugleich ist es maßlos übertrieben. Ja, ich habe ein lockeres Leben geführt. Nicht den besten Umgang gehabt. Zu viel ausgegeben. Aber jeden Monat, wenn Adalmars Scheck kam, bin ich zu Mutter gegangen und wollte ihr die Hälfte davon geben. Sie hat immer abgelehnt, jedes Mal aufs Neue, zwölfmal im Jahr, hundertmal in all den Jahren.«

»Weil sie dich über alles geliebt hat. Sie wollte immer nur das Beste für dich, an sich selbst hat sie kaum gedacht.«

»Du sagst es, so war sie.«

»Und du hast dich einen Dreck um sie geschert.«

Er sprang auf und warf den Eisbeutel in die Ecke. »Das ist eine gemeine Lüge!«, rief er. »Du bist so vernarrt in deine eigene Version der Wahrheit, dass du immer noch einen draufsetzen musst. Dir reicht es nicht, dass ich ein mittelmäßiger Sohn war, nein, ich muss der schlechteste aller Söhne unter der Sonne gewesen sein. Na schön, ich habe gesoffen und gespielt und halb krumme Dinger gedreht. Herrje, ich war jung und bekam jeden Monat Geld geschenkt, für das ich nichts tun musste. Also habe ich es verschwendet. Das ist kein besonders solides Verhalten, aber es ist auch nicht so verabscheuungswürdig, wie du es hinstellst.«

»Gestorben ist sie an deinen Eskapaden.«

»Das ist sie nicht«, erwiderte er sachlich, denn er hatte sich wieder im Griff. »Sie ist an Tuberkulose gestorben, wie so viele in jenen Tagen. Übrigens, den Arzt habe ich bezahlt, und das war kein Hinterhofdoktor, das kann ich dir sagen.«

»Oh, wie nett, der mittellosen, sterbenskranken Mutter den Arzt zu bezahlen.«

»Deine Meinung über mich steht fest.«

»Wie ein Fels. Du hast sie nicht geliebt, und sie wusste es, sie hat es mir selbst gesagt. Mütter irren sich bei so etwas nicht.«

Er setzte sich erneut aufs Bett, wie niedergedrückt von der Vergangenheit, an die er möglichst selten dachte. »Ich glaube«, murmelte er, »dass ich niemanden aus ganzem Herzen lieben kann.«

»Das ist das erste wahre Wort, das ich seit Langem von dir höre«, sagte sie mit der Selbstgefälligkeit, mit ihrer Einschätzung immer schon richtiggelegen zu haben.

Er wollte ja lieben. Er wollte ohne Hintergedanken etwas für andere Menschen tun. Aber der Kopf kam ihm immer in die Quere. Es war ihm einfach nicht möglich, für einen anderen Menschen da zu sein, ohne zu überlegen, wie ihm die Verbindung nutzen konnte. Als er seiner sterbenden Mutter bis zuletzt die Hand gehalten hatte, war er traurig gewesen wie noch nie im Leben, doch hatte sich in diesen Schmerz der Gedanke gedrängt, dass er von nun an frei sein würde, keine Rücksichten mehr zu nehmen hätte. Wenn er Dubbe und Schimmi mit seinem Geld über Wasser gehalten hatte, dann nicht nur aus Sympathie, sondern auch um nicht so allein in der Welt dazustehen. Und Gitti – er prügelte sich für sie, für ihre Ehre, aber wenn er ehrlich war, tat sie sehr viel mehr für ihn als er für sie.

Bis vor Kurzem hatte er tatsächlich geglaubt, dass es Liebe war, wenn er mal zärtlich an seine Mutter dachte oder Gitti einen Besuch abstattete. Erst seit er Shuilian kannte, wusste er, dass er nie wirklich geliebt, sondern immer nur Tauschgeschäfte abgeschlossen hatte, meistens zu seinen Gunsten. Biene hatte Recht: Seine Mutter hatte ihn fast vergöttert, ihr als Einziger auf der weiten Erde hatte etwas an ihm gelegen, und er hatte ihr dafür ab und zu einen gemeinsamen Tag oder Abend geschenkt, ein liebes Wort, ein Streicheln, bevor er für eine ganze Woche wieder in seinen Sumpf verschwand.

Shuilian hatte ihm unabsichtlich die Augen geöffnet für den Opportunismus, mit dem er seine Beziehungen pflegte. Denn von einem Tausch konnte bei ihnen keine Rede sein. Tankred ging mit ihr alle paar Tage aus, und zwar immer dorthin, wohin sie wollte, obwohl Schimmi ihn gewarnt hatte. Er riskierte also etwas für Shuilian, während sie ihm fast nichts gab – keinen Kuss mehr seit jener Stunde im Auto, geschweige denn mehr, und nur ab und zu ein klitzekleines Kompliment hier und da, fallen gelassen wie zerkauter Tabak. Sie spielte mit ihm, sie wusste, dass er es wusste, und sie wusste, dass ihm diese Erkenntnis nichts nutzte, so wenig, wie es der Maus nutzte zu wissen, was die Katze mit ihr anstellt. Ein paarmal hatte er versucht, den Kontakt zu ihr abzubrechen, hatte die Streifzüge durch die Tanzlokale Frankfurts ausfallen lassen, nur um sich wenig später doch zu ergeben, da er ansonsten keinen klaren Gedanken mehr fassen konnte. Er hätte den Hals für sie in die Schlinge gesteckt. War das Liebe?

Als er nun Biene ansah, wurde er sich seiner Verletzlichkeit bewusst und beschloss, ihr den kleinen Triumph nicht zu gönnen.

»Ich führe weder etwas gegen Elise im Schilde noch gegen dich. Sonst hätte ich längst die Briefe benutzt, die du meiner Mutter geschrieben hast.«

Der Volltreffer, den er damit landete, war vorhersehbar gewesen. Biene war ein allzu leichtes Opfer, weshalb es ihm nicht die geringste Freude bereitete, sie zu besiegen.

»Liebesbriefe«, stellte er nüchtern fest. »So eindeutig, dass Tante Elise erröten würde, wenn sie sie in die Finger bekäme. Sie könnte kaum anders, als dich zu entlassen, allein aus Rücksicht auf die konservative Verwandtschaft. Und was erst die Justiz dazu sagen würde. Keine Sorge, die Briefe sind gut bei mir aufgehoben. Für die weitere sichere Aufbewahrung verlange ich nichts weiter, als in diesem Haus von dir so behandelt zu werden, wie es ein Blankenburg verdient. Denn das bin ich. Vielleicht nicht der vornehmste Blankenburg, vielleicht nicht der größte, aber ein Blankenburg. Du wirst das bitte zur Kenntnis nehmen.«

Spielend leicht hatte er sie mundtot gemacht, und tatsächlich ging es ihm um nichts anderes, als dass sie ihn in Frieden ließ. Vorläufig.

»Ach ja, da wir gerade so nett plaudern … Ich hatte vorhin eine interessante Unterhaltung mit Emma, was die Umstände ihrer Verehelichung angeht. Was für ein Glücksfall, dass es diesen Kalendereintrag meines

Onkels gab. Wäre der nicht gewesen … Mir ist spontan eingefallen, ich weiß auch nicht, warum, dass du und Mutter oft beieinandergesessen seid und Arbeitszeugnisse gefälscht habt für irgendwelche armen Frauen. Sie hatten sich geweigert, die sexuellen Bedürfnisse ihrer Herrschaft zu erfüllen, und waren ohne Zeugnis entlassen worden. Verstehe mich bitte nicht falsch, das war eine gute Tat von euch. Hast du noch immer das Talent, Handschriften zu fälschen?«

Es war ein Schuss ins Blaue, dessen war er sich bewusst.

Biene antwortete nicht. Das war ihm Antwort genug.

»Ist ja nicht so wichtig. Danke für den Eisbeutel. Gute Nacht.«

Biene war leicht übers Ohr zu hauen, ein schlichtes Gemüt im besten Sinne, wie seine selige Mutter. Sie hielt sich schon für durchtrieben, wenn sie im Kaufladen an der Ecke zu viel Wechselgeld herausbekam und es einheimste. Aber so leicht, dass sie umgehend oder fast schon panisch versucht hätte, die Beweise ihrer einstigen List zu vernichten, nun auch wieder nicht. Die vermeintlich Schlaue kehrte in den Dienstbotentrakt zurück, räumte dort auf, löschte als Letzte das Licht und verschwand schließlich über die Hintertreppe in ihrer Mansarde unter dem Dach.

Er konnte sich irren, und es hatte keine List gegeben. Er konnte sich irren, und die Beweise für die List waren längst beseitigt. Er konnte sich irren, und die Beweise würden ihn nicht weiterbringen. Andererseits kostete ihn der Versuch nicht mehr als ein paar Stunden Schlaf.

Also kauerte er in Schlafanzug und Morgenmantel,

eingehüllt in eine Wolldecke, in einer ruhigen, dunklen Ecke des Hauses und wartete darauf, dass etwas passierte.

Gar nichts passierte, außer dass er herausfand, wie kalt die Villa bei Nacht war. Er musste mit Elise über den Einbau einer Zentralheizung sprechen, am Geld sollte es nicht scheitern. Seit er für Chen Lu und die chinesischen Triaden arbeitete, schwamm er darin, obwohl er nur ein Viertelprozent vom Umsatz mit den Anti-Opium-Pillen erhielt. Davon trat er nicht nur ein Drittel an Schimmi ab, sondern musste auch noch zwei Leute in der Manufaktur schmieren, die die Pillen aus der Knochenasche filterten. Bis jetzt hatte es keine Probleme gegeben. Als Leiter der Produktion hatte er ziemlich freie Hand, Elise beschränkte ihren Einfluss auf die Verwaltung und die Entwürfe für neue Kollektionen. Die Kooperation mit Löwenkind dauerte zwar noch an, doch hatte sich Esra als Tankreds Co-Produktionsleiter nur um das Allernotwendigste gekümmert, wozu aus seiner Sicht die Kontrolle der angelieferten Asche nicht gehörte. Insofern war Esras Entlassung eine schlechte Nachricht, auch wenn Tankred ihm diese Demütigung aus vollem Herzen gönnte. Ein neuer, aufmerksamer Produktionsleiter könnte Ärger machen …

Um Viertel nach zwei schlich Biene die Treppe hinunter, die sie eineinhalb Stunden zuvor hinaufgegangen war – zumindest gab sie sich alle Mühe zu schleichen. Zweihundert Pfund Gewicht verhinderten, dass sie damit Erfolg hatte.

Tankred folgte ihr mit zwanzig Metern Abstand durch den Dienstboteneingang ins Freie. Sie trug nur eine armselige Funzel, die kaum mehr als den nächsten

Schritt beleuchtete. Nötig wäre sie nicht gewesen. Das Mondlicht erhellte die dünne, fast geschlossene Schneedecke, der Nachthimmel war sternenklar, ein kalter Wind fegte jede Trübung hinweg. Die riesigen Fußstapfen, die Bienes Stiefel hinterließen, hätten einem Wisent gehören können und ermöglichten es Tankred, der nur Hausschuhe trug, einigermaßen trocken und völlig spurlos voranzukommen. Ein Problem ergab sich erst, als sie eine große Freifläche überquerte – an schönen Tagen ein englischer Rasen, gesäumt von Rhododendren und Buchen –, an deren Ende ein Schuppen stand. Er musste warten, bis Biene das Gebäude betreten hatte, bevor er sich aus der Deckung wagte.

Den Geräuschen nach zu schließen suchte sie etwas, und Tankred war ebenso ungeduldig wie sie, dass sie es endlich fand. Die Feuchtigkeit kroch durch seine Hausschuhe, die Kälte durch Decke und Morgenmantel. Es war eine erbärmliche Warterei, die er allerdings gewohnt war.

Für die SS hatte er schon so manche Beschattung durchgeführt. Anfangs war ihm nicht klar gewesen, dass man ihn nur als kleinen Schnüffler in die Truppe geholt hatte. Der erste Termin bei Himmler hatte ganze fünf Minuten gedauert und umfasste je einen Händedruck sowie einen deutschen Gruß als Einstieg und zum Abschied. Dazwischen gab es ein paar spärliche Informationen über das »Einsatzgebiet«, die örtliche Frankfurter Parteizentrale und darüber, wie die parteiinternen Kritiker des Führers auszukundschaften seien. Er erhielt den Rang eines SS-Unterscharführers, was einem Unteroffizier gleichkam. Das »Auskundschaften« war leider sehr wörtlich zu nehmen, er musste an Hausecken stehen und warten, Wohnungen durchstöbern, Menschen quer durch die Stadt verfolgen, bewaffnet mit einer durchlöcherten Zeitung, und Gespräche belauschen. Wie die meisten seiner Kameraden war Tankred handwerklich derart unerfahren in diesen Dingen, dass sie sich Inspirationen aus amerikanischen Gangsterfilmen holen mussten, um ihre Aufgaben halbwegs zu erledigen. Zum ersten Mal in seinem Leben war er sich als Dilettant vorgekommen. Da war er nun der Enkelsohn eines deutschen Industriemagnaten und stand im strömenden Regen unter einem Baum, um auf ein Fenster im dritten Stock zu starren. Nicht dass er sich dafür zu fein gewesen wäre. Aber er hätte Besseres zu tun gehabt.

Nach ein paar Monaten beschloss er, Himmler um einen weiteren Termin zu ersuchen und eine Beförderung zu erbitten. Der Termin wurde ihm umgehend gewährt, zwei Wochen vor Weihnachten, und Tankred sah sich schon in leitender Funktion.

»Bitte, Unterscharführer Blankenburg, setzen Sie sich.«

»Danke, Reichsführer.«

»Interessant, dass Sie sich um ein Gespräch bemüht haben, ich hätte Sie sowieso in Kürze einbestellt. Dann schildern Sie mir mal, was Sie auf dem Herzen haben!«

Tankred begann zu reden. Er schilderte, dass er sich unterfordert fühlte. Dass die ihm zugewiesenen Aufgaben von jedem anderen genauso gut erledigt werden konnten, wohingegen ihm seine Talente und die Stellung, die er als Privatmann bekleidete, Möglichkeiten verschafften, die derzeit ungenutzt blieben.

»Ich verstehe.«

Dass er ein Auto auf eigene Rechnung gekauft hatte,

ein teures zudem, um die Observationen gewissenhaft durchführen zu können.

»Ich verstehe.«

Dass er sich als Produktionsleiter von Blankenburg unmöglich ganze Tage und Nächte unter Bäumen um die Ohren schlagen konnte, als Informant auf hohem Niveau jedoch bestens geeignet sei.

»Verstehe, verstehe.«

Nachdem er fertig war, fragte Himmler: »Das war alles? Sehr schön, Unterscharführer, dann will ich Ihnen sagen, was ich so auf dem Herzen habe.« Er ergriff die oberste dicke Akte in einem Stapel weiterer dicker Akten und schlug sie auf. »Sie wurden aus drei Gründen in die SS aufgenommen. Erstens, aufgrund einer Empfehlung von SA-Sturmführer Friedrich Dewald.«

Seit mindestens fünf Jahren hatte Tankred diesen Namen nicht mehr gehört. Bei ihnen war der Freund einfach Dubbe, so wie Jakob Meining Schimmi und Tankred Schamitzke Tanke war.

Tankred lächelte, ließ es jedoch sofort sein, als Himmlers prüfender Blick ihn traf.

»Zweitens, weil ihr Großvater Adalmar Blankenburg unserer Bewegung großzügige Spenden hat zukommen lassen, gerade in den Gründerjahren, als wir es noch schwer hatten.«

»Das wusste ich gar nicht.«

»Er war unter den größten einhundert Spendern, und wir vergessen unsere Unterstützer nicht. Drittens, Ihr Name. Je mehr bekannte Namen der Partei und der Schutzstaffel angehören, desto anziehender wird sie für den kleinen Mann.«

»Verstehe«, sagte Tankred absichtlich unter Benutzung eines Lieblingswortes des SS-Reichsführers, nahm sich aber vor, nicht mehr so keck zu sein, als ihn ein zweiter prüfender Blick traf.

»Nun denn, sehen Sie diese Akte hier?«

»Natürlich, Reichsführer.«

»Es ist die über Sie, Unterscharführer, und sie ist viel zu dick.«

»Wirklich?«

»So muss eine Akte aussehen.« Er deutete auf den Stapel zu seiner Linken, der nur aus dünnen Akten bestand. »Ein Blatt, zwei Blätter, mehr nicht. Bei Ihnen sind es achtundzwanzig, und was ich da lese, würde mich traurig stimmen, wenn ich zur Traurigkeit neigte.«

»Falls es um meine Vergangenheit in Berlin geht …«

»Ihre Berliner Vergangenheit ist so ziemlich das Einzige, was nicht anrüchig ist. Meine Güte, wer nicht mit dem Gesetz der Weimarer Republik in Konflikt geraten ist, der hat bei uns gar nichts zu suchen. Es ist die Gegenwart, die mir missfällt.«

Für einen Moment fürchtete Tankred, der Pillenschmuggel sei aufgeflogen. Hätte er Waffen geschmuggelt, verbotene Hetzschriften, Schwarzgeld oder irgendwelches republikfeindliches Zeug, es hätte ihm vermutlich einen Parteiorden eingebracht. Bei Drogen verstanden die Nazis jedoch keinen Spaß, da sie »der Gesundheit und dem stählernen Willen des Volkes der Zukunft« abträglich waren.

Diese Angst zumindest nahm ihm Himmler schnell.

»Ihnen fehlt es am ideologischen Unterbau, Blankenburg. Sie waren bisher bei keiner größeren Kundgebung der Bewegung dabei, nicht einmal, als unser Führer in Frankfurt aufgetreten ist.«

»Ich bin viel beschäftigt«, rechtfertigte er sich.

Himmler zog ein Blatt aus der Akte hervor. »Sie verkehren mit Juden.«

»Das muss ich. Die Manufaktur Blankenburg hat eine Kooperation mit ...«

»Davon spreche ich. Von Gesinnung. Von Loyalität, Stärke, eiserner Festigkeit.« Er zog ein weiteres Blatt hervor. »Ihre Tante hat intimen Umgang mit einem Juden. Sie selbst hatten intimen Umgang mit einer Jüdin.«

»Intim würde ich das nicht nennen. Wir haben über Wagner gesprochen.«

»Mit einer Jüdin spricht man nicht über Richard Wagner. Wenn das der Führer wüsste ...« Er legte den einen Bericht beiseite und ergriff den nächsten. »Eine andere Tante von Ihnen ist zum Franzmann übergelaufen.« Nächstes Blatt, es ging jetzt Schlag auf Schlag. »Ihre Cousine ist mit einem Pazifisten verheiratet.«

»Emmas Ehemann ist Major der Reichswehr.«

»Eben, und er lehnt einen Krieg zur Rückeroberung der verlorenen Reichsgebiete strikt ab. Ein Defätist, ein Bremser, ein Spielverderber. Alter Adel. Taugt meistens nichts.«

Tankred räusperte sich. »Reichsführer, ich habe mir meine Familie nicht gebacken.«

Nächstes Blatt. »Nein, aber Ihre Freundinnen. Sie verkehren mit einer Chinesin.«

Das war ja klar. Er schluckte.

»Halbchinesin. Meine Cousine Shui ...«

»Und wenn diese Person eine Achtelchinesin wäre ... Unterscharführer, sind Sie noch bei Trost, Ihre Uniform zu tragen, wenn Sie mit einem solchen Wesen ausgehen? Was soll man denn über unsere Bewegung denken? Wir predigen die Reinheit der Rasse und schmusen mit leichten asiatischen Mädchen, mit Jüdinnen und …« Nächstes Blatt. »Mit Bordellbetreiberinnen, Halbweltfrauen. Sieht so die Zukunft des deutschen Volkes aus? Schon bald werden wir die Regierung übernehmen, und wenn es so weit ist, muss die SS stehen wie eine Eins und nicht wie eine schiefe Acht.«

Der SS-Chef warf den Bericht in die Akte zurück und schloss den Deckel, als handele es sich um eine von Maden bevölkerte Mülltonne. Dieser Himmler sähe aus wie ein Steuerberater, dachte Tankred, wären da nicht die martialisch kurz geschorenen Haare an den Seiten. Die Frisur sollte ihn wohl zu einem großen Krieger machen. Einerseits wirkte er damit ein wenig lächerlich, aber immer gemischt mit der Sorge, man könnte dieses Männlein unterschätzen.

»Der ideologische Unterbau«, wiederholte Himmler, der sich noch immer vom Schreck der Akte erholte. »Der ideologische Unterbau ist bei Ihnen ein Morast, und ich bin kurz davor, Ihnen Ihren Rang, Ihre Uniform, einfach alles zu nehmen.«

»Reichsführer …«

»Wir sind eine geistige Elite«, unterbrach er Tankred, allerdings ohne die Stimme zu erheben. »Haben Sie verinnerlicht, was das bedeutet? Nein. Für Sie sind diese Grundsätze anscheinend nur irgendein Firlefanz. Man könnte auf den Gedanken kommen, Sie hätten sich unserer Bewegung aus opportunistischen Gründen angeschlossen.«

Das war so nahe an der Wahrheit, dass Tankred innerlich zusammenzuckte. Glücklicherweise hatte er seinen Körper gut genug unter Kontrolle, um sich nichts anmerken zu lassen.

Natürlich hatte er sich ausgiebig mit der Naziideologie beschäftigt. Er hatte *Mein Kampf* gelesen, sogar zweimal, um alles zu verstehen, denn ein wenig wirr fand er das Buch schon. Er studierte jede Ausgabe der Parteizeitung und hörte aufmerksam zu, wenn einer der Kameraden seine Weltsicht auf den Tisch packte wie einen gefundenen Koffer. Wie die Nazis war Tankred der Meinung, dass der Versailler Vertrag ein Dokument des Hasses gegen das deutsche Volk war, im Wesentlichen von den Franzosen diktiert. Wie die Nazis fand er, dass Großgrundbesitzer zugunsten kleinbäuerlicher Betriebe teilenteignet, Arbeiter an großen Industriebetrieben beteiligt und Immobilienspekulationen verboten werden sollten. Wie die Nazis betrachtete er die Weimarer Republik als schwach, irrlichternd und schlichtweg unfähig, die gewaltigen Probleme der Zeit zu lösen. Die Rassenideologie hingegen war ihm fremd: komplett überspannt und voller Ungereimtheiten, ja groben Fehlern, dazu dieser ganze Hokuspokus von der jüdischen Weltverschwörung.

Abgesehen davon jedoch hatten ihm die Mitgliedschaften in der Partei und in der Schutzstaffel jede Menge neuer Kontakte eingebracht. Als ein Blankenburg verkehrte er innerhalb der NSDAP mit Wirtschaftsmagnaten, Polizeipräsidenten, ehemaligen Prinzen, renommierten Juristen ... Als SS-Mann forderte ihn niemand mehr auf, mit Shuilian den Laden zu verlassen, und obwohl er nicht wie Schimmi eine Uniform der Republik trug, sondern nur die einer Parteiorganisation, bekam er fast überall den besten oder zweitbesten Tisch. Plötzlich war er jemand. Darauf wollte er nicht verzichten.

»Reichsführer, ich denke, ich habe in den letzten Monaten meine Treue zur Partei durch gute Arbeit unter Beweis gestellt«, erwiderte Tankred, spürte aber sofort, dass dies genau die schwache Antwort war, als die sie sich im nächsten Moment erwies.

»Wie Sie selbst sagten, Blankenburg, Ihre Arbeit könnte jede x-beliebige Person erledigen.«

Sie blickten sich einige Sekunden lang in die Augen, dann sagte Himmler: »Sie bekommen eine zweite Chance, zugleich Ihre letzte.«

Tankred ahnte, was gleich kommen würde, und sein Gehirn spielte in vorauseilendem Gehorsam bereits die einzelnen Möglichkeiten durch.

»Misten Sie aus, Blankenburg, in Ihrem Leben, der Manufaktur, Ihrer Familie. Beweisen Sie mir, dass Sie kehren können. Danach sprechen wir uns wieder. Gesuch um Beförderung abgelehnt.«

Der Reichsführer SS wandte sich einer Schreibarbeit zu, und Tankred erhob sich. Als Himmler aufblickte, war Tankred bereits an der Tür.

»Wo wollen Sie denn hin?«

»Ich dachte, das Gespräch sei beendet.«

»Dass Sie nicht vorzeigbar sind, Blankenburg, bedeutet nicht, dass Sie nicht nützlich sein können. Ihre Kameraden in Frankfurt singen allesamt ein Loblied auf Sie. Ich kenne die Frankfurter Truppe, sie besteht aus Männern, die die Oberschicht hassen, ebenso wie aus Männern der Oberschicht. Offenbar haben Sie beide Gruppen für sich eingenommen. Sie sind ein geschickter Manipulator, Blankenburg. Darin liegt Ihre

Stärke. Melden Sie sich bei Hauptsturmführer Giese, er hat womöglich einen Spezialauftrag für Sie.«

Inzwischen waren Tankreds Füße zwei Eisblöcke auf gefrorenem Boden. Zu allem Übel frischte der Wind auf und trieb kleine Schneeflocken vor sich her, die ihm von den Haaren und der Nasenspitze tropften. Er dachte schon daran aufzugeben, so sehr schnitt ihm die Kälte ins Fleisch.

Da endlich kam Biene aus dem Schuppen. Was sie inmitten einer Winternacht dorthin getrieben hatte, fiel in den Schnee, als sie stolperte. Man hätte es für ein Buch halten können, wäre Tankred nicht längst klar gewesen, dass es sich um den Kalender handelte, das Corpus Delicti. Sie hob es auf und stapfte schweren Schrittes zurück zur Villa. Tankred konnte es kaum erwarten, die Eiseskälte der Christnacht gegen die normale Kälte des Hauses einzutauschen, doch musste er den Sicherheitsabstand wahren und geduldete sich unter Aufbietung aller Kraft noch eine Minute.

Am Haus angekommen, stellte er fest, dass Biene die Tür abgeschlossen hatte.

»Biest!«

Natürlich hätte er zur Vordertür gehen und läuten können, aber dann hätte Biene Lunte gerochen, was er unbedingt vermeiden wollte.

Also ging er ums Haus herum bis zum Fenster der Speisekammer, schlug es mit einem Stein vom Gartenteich ein und zwängte sich hindurch. Nachher würde er ein paar Lebensmittel entfernen, um einen Diebstahl vorzutäuschen. In diesen Zeiten waren Einbrüche so normal wie Bettler an der Ecke.

Als er die Küche betrat, waren vielleicht drei Minuten vergangen, seit Biene ihn ausgesperrt hatte. Er eilte zum Herd, nicht um sich aufzuwärmen, sondern weil sein Instinkt ihm sagte, dass er im Feuerschacht etwas finden würde.

Sein Triumphschrei war still, aber gewaltig. Er hatte es also noch drauf, er konnte Menschen einschätzen, ahnte ihre Reaktionen voraus.

Mit der eisernen Schürzange fischte er den Kalender aus den glimmenden Kohlen. Das Papier war zum Glück nur angesengt, vor allem der Ledereinband hatte Schaden genommen. Eine Minute später und …

Er ließ die Klappe des Schachts offen, sie spendete einiges an Licht und Wärme, was er beides dringend brauchte. Dann kauerte er sich hin und schlug den verrußten Einband auf.

6. November 1929, 16.00 Uhr: *Kaffee mit Caspar von Lerch, Besprechung Heirat mit Emma.*

Während er die Füße gegen das warme Herdblech presste, dachte Tankred nach. Der Eintrag war Biene eine nächtliche Exkursion bei Eis und Schnee wert gewesen, aber für sich genommen war er nicht belastend. Sie verstand ihr Hobby – die Zeugnisse, die sie damals gefälscht hatte, waren allererster Güte gewesen.

»Verdammt«, murmelte er.

Es würde noch eine lange, kalte Nacht werden da draußen in dem Schuppen.

Dritter Teil

Kerkaporta (1933 – 1936)

7

Am 30. Januar 1933 wird Adolf Hitler vom Reichsprä-
sidenten Hindenburg »übergangsweise« zum Reichs-
kanzler ernannt, nachdem alle Bemühungen gescheitert
sind, eine Regierung der bürgerlichen Mitte zu bilden.
Neuwahlen sollen im März stattfinden. Vizekanzler
wird der Konservative Franz von Papen, der Hitler
»einhegen« soll.
Die Gewerkschaften überlegen, einen Generalstreik
zu organisieren, nehmen aber in Anbetracht von sechs
Millionen Arbeitslosen davon Abstand. Allein die Kom-
munistische Partei animiert zum Widerstand, doch der
Aufruf verhallt beinahe ungehört. Lediglich im schwä-
bischen Mössingen kommt es zu einem Streik gegen die
Machtübernahme der Nazis. Mit drakonischen Mitteln
beendet die neue Staatsmacht ihn unter der Mithilfe
Hindenburgs.

Esras Flehen war erbärmlich. Gerade weil es sich Elise
nicht offen zeigte, weil es umhüllt war von einer dicken
Schicht Höflichkeit und einer Schicht Reue, garniert
mit kitschigen Symbolen der Zuneigung, wie einem
Strauß Schneeglöckchen und einer Schachtel Marzipan,
war es fast unerträglich. Arabella hatte sie darauf vor-

bereitet, dass es eine beachtliche Selbstbeherrschung verlangte, die Nettigkeiten zu ertragen. Aber dass Esra sich nicht entblödete, auf die Knie zu fallen, war zu viel. Beinahe zu viel. Wie eine Königin packte Elise den jungen Mann an den Schultern und zog ihn wieder auf die Beine, und wie eine Priesterin vergab sie ihm alle seine Sünden. Als Esra sie verließ, war er rein wie ein Tafelritter.

Eine Minute lang war sie allein in dem Zimmer, von dem sie wusste, dass Isaac sich dort am liebsten aufhielt. Mit Ausnahme der breiten Flügeltür zum Garten und einer Tür zum Salon waren die Wände voller Bücher, und das Faszinierende daran war, dass sie nicht sortiert waren. Immer, wenn Elise nach einem Buch gefragt hatte, war Isaac zielsicher zu einem Regal gegangen und hatte den Suchkorridor auf wenige Zentimeter begrenzt. Tausende Romane, Gedichtbände, Biografien, Bücher über Philosophie, Geschichte, Politik, und er wusste von jedem einzelnen, wo es stand, obwohl es kein erkennbares Ordnungsprinzip gab. Dazu der gemütliche Platz auf dem großen pyramidalen Kachelofen. In seiner Bibliothek hatte Elise sich ein zweites Mal in Isaac verliebt, und dass er nun nicht anwesend war, sondern im fernen Fehmarn auf ihre Antwort wartete, bereitete ihr fast ebensolche Beschwerden wie ihm sein Asthma.

Arabella steckte den Kopf zur Tür herein. »Ist er weg?«

»Ja.«

Ihre Tante begann, mit einem Zerstäuber den Raum zu beduften.

»Was tust du denn da?«

»Den Geruch von Falschheit übertünchen.«

Elise lachte, doch nur kurz, dann ließ sie sich erschöpft zurückfallen. »Ich fühle mich wie ein Nachtfalter, der ihm ins Netz geflattert ist.«

»Genau das will er erreichen. Du fühlst dich schuldig, weil er sich erniedrigt hat. Ich finde, du hättest ihn damals an Weihnachten als Retourkutsche einfach einen Dämlack nennen sollen, dann wäre die Sache eins zu eins abgehakt worden. Aber in unseren Kreisen macht man lieber einen Ritus daraus, vermutlich weil man dann beschäftigt ist. Ist er vor dir gekrochen?«

»Eine schlechte Kopie von Uriah Heep.«

»Dem Wurm aus *David Copperfield*? Schöner Vergleich. Menschen wie Esra tragen den Kopf entweder einen Meter über den anderen oder platzieren ihn in der Not unter einer Schuhsohle. Er ist völlig abgebrannt, die Schuldner sitzen ihm im Nacken, und er konnte sich nicht mal die Busfahrkarte nach Königstein leisten. Darum habe ich dich hergebeten. Die Blumen hat er aus Nachbars Garten gestohlen, und das Marzipan habe ich dir spendiert. Natürlich wird er sein Ziel erreichen, so wie Uriah Heep, und ebenso schnell wieder verlieren, so wie Uriah Heep. Aber nun lass uns nicht länger von ihm sprechen, sonst schmeckt der Tee bitter.«

Arabella öffnete das edle Marzipan, das sie bezahlt hatte, ließ es im Mund zergehen und bestellte den Tee, der bereits darauf wartete, serviert zu werden.

Unterdessen stand Elise an der Flügeltür und blickte auf die unter der Schneelast gebogenen Zweige der Bäume, die kahlen Sträucher und das weite weiße Feld in der Mitte, über das eine Amsel huschte. Ein paar

Meter weiter befand sich ein Futterplatz für die hungrigen Vögel, und Isaac hatte vor seiner Abfahrt angeordnet, dass täglich Rosinen, Haferflocken und zerkleinerte Nüsse nachgefüllt werden sollten. Richard hatte sich nie um solche Dinge gekümmert ...

Als die beiden Frauen wieder unter sich waren, reichte Arabella ihrer Nichte den Teller mit den Süßigkeiten, doch Elise hatte seit Weihnachten keinen Appetit mehr.

»Das Marzipan kommt aus Lübeck«, sagte Arabella. »Gar nicht so weit von Fehmarn entfernt.«

»Du weißt nicht, wie elend ich mich wegen Isaac fühle.«

»Doch, ich weiß es. Ich verstehe nur nicht, warum. Weil du dich entschieden hast oder weil du dich nicht entscheiden kannst?«

»Ich will ihm endlich sagen, dass ich seinen Antrag annehme.«

»Aber?«

»Aber er hat gesagt, dass ich warten soll, bis er zurückkehrt, und dass ich es mir gründlich überlegen soll.«

Arabella seufzte. »Ich komme mir vor wie eine Schellackplatte. Triff deine eigenen Entscheidungen. Als du die Manufaktur gerettet hast, als du Emma mit Lerch zusammengebracht hast, da warst du kurz mal die Frau, als die ich dich gerne sähe, beherzt, entschlossen, zupackend. Leider wirst du jedes Mal rückfällig, und dann bist du wieder Adalmars Tochter oder Richards Frau.«

»Emma ist ein schlechtes Beispiel«, klagte Elise und fingerte an der langen Halskette vor ihrer Brust herum. »Ein ganz schlechtes.«

Arabella zuckte mit den Schultern. »Du musst es wissen. Ich will dir keine Details aus der Nase ziehen, aber dass dein Handeln die Manufaktur gerettet hat, steht fest.«

Elise zog derart stark an dem Anhänger, dass der Verschluss aufsprang und die Kette zu Boden fiel. Arabella hob den Anhänger auf, ein Medaillon mit Emmas Porträt, gemalt von ihrem einstigen Liebhaber Theo Schatt.

»Die meisten Menschen glauben, dass es einen richtigen und einen falschen Weg gibt«, sagte Arabella und legte das Medaillon in Elises Hände. »Tatsächlich gibt es nur Wege. Wahrheiten haben schon Kriege ausgelöst, und Lügen haben sie beendet. Lügen haben schon Kriege ausgelöst, und Wahrheiten haben sie beendet. Unsere Entscheidungen tragen keine Farben. Oft wissen wir erst viele Jahre später, ob wir Gutes oder Schlechtes bewirkt haben. Oder beides. Und noch viel öfter gibt es keine abschließende Antwort. Ich kenne Leute, die an der Ethik verreckt sind. Ebenso kenne ich Leute, die an der Ethik genesen sind.«

»Isaac würde dir jetzt gewiss heftig widersprechen.«

Arabella lächelte. »Das würde er. Aber im nächsten Moment würde er mir einen liebevollen Kuss auf die Wange geben und das passende Buch zu meiner Meinung aus dem Regal ziehen. Einem toleranteren Menschen als ihm bin ich nie begegnet. Das macht ihn so stark … und zugleich verwundbar.«

Nun lächelte auch Elise, da sie an Isaacs Sanftheit dachte, an seine Achtsamkeit, seine Ausgewogenheit. Sie setzte sich zu Arabella auf das Sofa, wandte ihr den Rücken zu und bat sie, die Kette zu schließen.

»Du rätst mir also, umgehend nach Fehmarn zu fahren?«

Sie wandte sich wieder ihrer Tante zu, doch im Geiste sah sie sich bereits im Zug gen Norden sitzen. Sie würde eine Löwenkind werden, wie Arabella, die Frau eines Menschenfreundes, eines Mannes, der sie wirklich liebte, eine glückliche Frau.

Arabella nahm Elises Gesicht in die Hände, streichelte es und sagte: »Nein, das tue ich nicht. Ganz im Gegenteil.«

Auf der Fahrt nach Hause litt Elise, wie sie lange nicht gelitten hatte, nicht mal nach Richards Tod. Sie presste das Gesicht gegen die Seitenscheibe, die von dem Wechselspiel aus Kälte und dem warmen Atem aus ihrem Mund beschlagen war. Ab und an huschte der Schein einer Straßenlaterne über ihr ins Dunkel getauchte Gesicht, und sie erwischte mehrmals den Chauffeur, der sie im Rückspiegel beobachtete. Er war ein junger Mann mit neugierigen Augen und ausbaufähigen Manieren, den Tankred eingestellt hatte. Elise hatte ihren Neffen gewähren lassen, wie so oft, aber in diesem Moment entwickelte sie eine ungeheure Wut auf ihn und seine braunen Kameraden, die in ihrem Leben herumrührten und -pfuschten.

Arabella hatte ihr dringend davon abgeraten, Isaac zu heiraten, ja sie hatte sie regelrecht davor gewarnt. Es würde bald alles noch schlimmer kommen, als man sich das in den wildesten Träumen vorstellen konnte. Als Frau eines Juden würde Elise von den Nazis geächtet werden, und Isaac als ihr Mann würde darunter leiden, vielleicht sogar daran zerbrechen, da er ohnehin zur

Zerbrechlichkeit neigte. Es sei besser für sie beide, einen harten Schnitt zu vollziehen, ansonsten sei die Tragödie nicht zu verhindern.

Ohne Punkt und Pause hatte ihr die alte, wortgewandte Dame ihre düstere Zukunftsvision ins Gesicht geschleudert, hart und mitleidlos wie eine Ohrfeige. Schon in der Wiesbadener Löwenkind-Villa war Elises Wut gewachsen, ein stumm um sich schlagender Furor, der sich gegen die halbe Welt richtete: Hitler, Hindenburg, Tankred, Arabella, den Chauffeur und sogar Biene, die wollte, dass sie bis in alle Ewigkeit eine alleinstehende, souveräne Frau blieb. Alle, die irgendwie verhinderten, dass Isaac und sie zusammenkamen. Die sich an ihrem Unglück weideten. Oder es auch nur beobachteten.

Als sie vor der Villa Vanora ankamen und der Chauffeur ihr die Tür öffnete, sagte sie: »Ich will Sie morgen nicht mehr hier sehen. Sie sind entlassen.«

Im Haus war es trotz der späten Stunde noch warm, praktisch in jedem Raum brannte ein Feuer, im Salon sogar zwei, zählte man die vor sich hin köchelnde Feuerzangenbowle mit, die Tankred gerade drei uniformierten Gästen servierte.

Mein Brennholz, dachte sie. Meine Weine, meine Sitzmöbel, und das alles für meine Feinde. Für die Hetzer.

»Was ist hier los?«, fragte sie.

Die vier Männer erhoben sich, mit Ausnahme des beleibtesten alle in Tankreds Alter.

»Tante Elise, darf ich vorstellen? Der frisch von der neuen Regierung eingesetzte Gauleiter Harald Beckendorf, meine guten alten Freunde SA-Sturmführer

Dewald und Kriminalsekretär Meining von der Politischen Polizei.«

Sie schaffte es gerade, den Gästen ein Minimum an Höflichkeit entgegenzubringen, ein schnelles Nicken, jedoch kein einziges Wort, geschweige denn eine Hand. Die des Gauleiters – was immer das sein sollte, ein *Gauleiter* – ignorierte sie einfach.

»Auf ein Wort, Tankred«, sagte sie, rührte sich jedoch nicht vom Fleck, was bedeutete, dass die Gäste den Salon verlassen mussten. Noch ein gezielter Affront gegen diese Nazis.

»Was soll das, Tankred?«, fragte sie, noch bevor der Letzte die Tür hinter sich geschlossen hatte. »Davon, dass du hier deine Parteitreffen abhältst, war nicht die Rede, als ich dir gestattet habe, in mein Haus einzuziehen.«

»Das ist kein Parteitreffen, Tante Elise.«

»Mir ist egal, wie du diese Versammlung von vier verschiedenen Uniformen nennst. Nazigeklüngel dulde ich nicht unter meinem Dach. Wenn du meine Regeln nicht beherzigst, setze ich dich vor die Tür, so einfach ist das. Ich werde ganz sicher nicht tatenlos dabei zusehen, wie du mein Haus …«

»Wir haben über dich und Isaac gesprochen«, unterbrach Tankred sie.

Sie erschrak. »Wieso? Was meinst du damit?«

Der dicke Stein in ihrem Bauch kam wie aus dem Nichts und zwang sie dazu, sich hinzusetzen. Tankred nahm augenblicklich neben ihr Platz. Gedankenlos ließ sie es zu, dass er ihre Hände ergriff.

»Wie du weißt, steht die neue Reichsregierung den Juden skeptisch gegenüber, gelinde gesagt. Ich habe jedoch Vorsorge getroffen, damit einer Eheschließung von dir und Isaac nichts im Wege steht. Der Gauleiter wird in eine Fusion der Manufakturen Blankenburg und Löwenkind einwilligen, und meine Freunde bei SA und Polizei haben mir zugesichert, dass du und Isaac wohlwollend behandelt werdet. Sie spannen gewissermaßen einen Schutzschirm auf. Niemand wird sich trauen, euch anzufeinden, und bald schon werden sich alle an eure jüdisch-christliche Mischehe gewöhnt haben. Du siehst, ich habe es nur gut gemeint.«

Er reichte ihr einen Becher von der Feuerzangenbowle, den sie irritiert ergriff.

»Aber ich dachte, dass du ... also, dass ihr ... Ich dachte ...«, stammelte sie.

»Nichts wird so heiß gegessen, wie es gekocht wird. Die Marktschreier sind laut, so ist das halt, aber im Alltag wird man die nationalsozialistische Regierung kaum bemerken. Und nun wärme dich mit einer Tasse Bowle auf, die Fahrt nach Fehmarn ist lang. Wernekamp, der Chauffeur, hat morgen seinen freien Tag, aber ich habe mit ihm ausgemacht, dass er dich noch heute zu Onkel Isaac bringt. Du kannst es sicherlich kaum erwarten.«

Nun nannte er ihn schon Onkel!

»Und ich habe geglaubt, dass du entschieden gegen diese Heirat bist.«

»Wie kommst du denn darauf? Ich mag Onkel Isaac, und ich finde, du hast dieses Glück verdient. Wer, wenn nicht du, die du immer so gütig zu mir warst?«

Verrückt, dachte sie. Arabella war strikt gegen ihre Ehe und Tankred unbedingt dafür. Sie hätte ein kleines Vermögen gewettet, dass es sich genau umgekehrt verhielte.

Dankbar fiel sie Tankred um den Hals, was sie vorher noch nie gemacht hatte. Endlich ein Mensch, der ihr zuriet, mehr noch, der für sie die Hindernisse beseitigte. Zwar überblickte sie noch nicht, was er mit alldem meinte – Fusion, Schutzschirm –, aber das war ihr in diesem Moment egal. Allein die Geste tat gut.

»Ich fürchte«, sagte sie lachend, wobei ihr eine Träne über die Wange kullerte, »ich fürchte, ich habe den Chauffeur vor ein paar Minuten entlassen.«

»Dann stelle ich ihn in ein paar Minuten wieder ein, wenn du gestattest. Wernekamp ist nicht empfindlich. Er war früher Schlachter.«

Noch einmal dankte sie Tankred mit einer Umarmung, und während sie den Becher mit dem dampfenden Wein leerte, durchströmte sie zusammen mit der Wärme ein Gefühl des Glücks, des Aufgehobenseins, der Zuversicht.

Kurz darauf dankte sie den drei uniformierten Gästen, die sie zuvor abgekanzelt hatte, mit einem langen Händedruck und einigen freundlichen Worten, bevor sie sich in ihrem Zimmer umzog und die nächtliche Fahrt nach Fehmarn antrat.

Die Hochzeit fand nur wenige Wochen später statt, am 22. Februar 1933 im Rathaus von Bad Homburg. Esra, der sich mit seinem Vater versöhnt hatte, war Isaacs Trauzeuge, Emma die Trauzeugin ihrer Mutter. Auffällig war, dass Arabella der Zeremonie fernblieb, wohingegen die unverhoffte Anwesenheit des Gauleiters etwaige Anfeindungen im Keim erstickte. Tankred hatte sein Versprechen gehalten. Diese Ehe stand, so schien es, unter einem guten Stern.

Nachts um drei Uhr zu bügeln war weder eine Mühe für Chen Lu noch eine Freude, noch eine verrückte Angewohnheit. Es war eine therapeutische Maßnahme, wobei sie das erste Mal in Europa dem Begriff Therapie begegnet war. In China wusste kein Mensch, was das sein sollte, und wenn sie einen Brief in die Heimat hätte schreiben müssen, hätte sie eine ganze Seite benötigt, um es wenigstens ansatzweise zu erklären. Nachts um drei zu bügeln, das bedeutete für sie, mit sich ins Reine zu kommen, und das wiederum bedeutete für sie, Beschlüsse zu fassen. Beschlüsse, die sie selbst und ihre beiden Familien betrafen, die Blankenburgs und die Triade.

Sie war eigens über ein Dutzend Trödelmärkte gewandert, um ein chinesisches Bügeleisen zu finden. Ein richtiges Plätteisen, Vollguss und fünf Kilo schwer, dessen Griff so heiß wurde, dass man ihn nur mit einem dicken Handschuh und einem dreifach gewickelten Tuch anfassen konnte. Es dauerte fast eine Stunde, bis das Eisen auf dem Kohleherd die nötige Temperatur annahm, und noch am Nachmittag des nächsten Tages war ein Rest Wärme vorhanden. Ein großartiger Gegenstand.

Nebenan in der Stube, umringt von den zwei Hunden, die ihm geblieben waren, saß Wido vor dem Radio. Wie sie hatte auch er jedes Zeitgefühl verloren – Tag oder Nacht, das war alles dasselbe – und hörte die BBC, die rund um die Uhr Musik spielte. Wenn er ein Lied kannte, sang er mit, doch es waren nicht viele. Wido hatte schon vor fünfzehn Jahren aufgehört, Musik bewusst wahrzunehmen. Nur das, was vor seiner Sucht schon existiert hatte, war ihm im Gedächtnis geblieben, und obwohl erst vierzig Jahre alt, wirkte er wie ein Greis, der Melodien aus einer fernen Vergangenheit mitsummte.

In solchen Momenten war Chen Lu voller Fürsorge für ihn – das Wort Liebe nahm sie nicht gerne in den Mund, noch dachte sie es gerne. Fürsorge traf es am besten. Sie war Wido etwas schuldig. Immerhin hatte er, wenn auch unwissentlich, die Ehre ihrer Familie gerettet, und er hatte, noch unwissentlicher, allein durch seine Zugehörigkeit zu den Blankenburgs ihr Auskommen gesichert. Für eine Frau ohne Söhne war das ein nicht zu vernachlässigender Aspekt. Aus Reichtümern machte sie sich nichts, aber ein Auskommen zu haben war ungemein wichtig.

Chen Lu revanchierte sich, indem sie Wido vor dem Opium rettete. Außerdem reduzierte sie seit einiger Zeit die Dosis Heroin in den Reisbällchen langsam und kontinuierlich, um ihn auch vor dieser Droge zu retten. Er war schon deutlich konzentrierter, nicht mehr so flatterhaft, und bekam Lust auf für ihn ungewöhnliche Aktivitäten wie Kleidung kaufen und Zeitung lesen. Neulich hatte er sich Ochsenbraten mit Frankfurter Grüner Soße gewünscht. Chen Lu hatte etwas in der Richtung zusammengepanscht, er hatte sich gefreut, und sie hatte sich an seiner Freude erfreut.

Das waren die guten Tage.

An den schlechten Tagen dachte sie daran, die Dosis in den Reisbällchen zu verzehnfachen und ihrer langen gemeinsamen Geschichte ein abruptes Ende zu bereiten. Denn nun, da Wido langsam wieder zu dem Mann von früher wurde, fiel Chen Lu ein, dass nicht erst die Sucht ihn schwach gemacht hatte. Er war damals schon ein Schwächling gewesen, ein saftloser Dandy, der sich für begabt hielt, weil er einen Witz zu Ende erzählen konnte. Sie verachtete Wido für seine Schwäche. Sie verachtete ihn dafür, dass er sich von ihr, der Kuckucksmutter, hatte hereinlegen lassen. Dass er so hager war, ständig vor dem Radio kauerte und dass die einzigen Wesen, die seinen Worten Gehör schenkten, seine strohdummen Hunde waren.

Zugleich machte seine Schwäche sie dominant, und dieses Gefühl genoss sie durchaus. Das passte alles nicht zusammen, war nicht stimmig. Oder etwa doch?

Chen Lu war zwar immer auf der Flucht gewesen – vor der Ehrlosigkeit, den Japanern, der Armut –, aber sie hatte sich durchgeschlagen, das machte sie stark. Sie war weit gekommen. Vielleicht zu weit. Auf alle Fälle weit weg von zu Hause. Weit weg von den einfachen Tätigkeiten, die den Tag einer chinesischen Frau strukturierten. Das Leben einer Fabrikantengattin lag ihr nicht. Sorglosigkeit machte sie nervös und schläfrig zugleich. Vielleicht hatte sie sich nur deshalb auf den Schmuggel mit den verbotenen Pillen eingelassen. Weil sie ein bisschen Aufregung brauchte. Weil sie jemanden brauchte, vor dem sie Angst hatte.

Über solche Dinge dachte Chen Lu mitten in der Nacht nach, wenn es draußen dunkel und von dörflicher Stille war, wenn kühle Luft durch das geöffnete Fenster strömte, nicht sauber, sondern ein bisschen nach Abfall und Fäkalien riechend, wenn ab und zu ein wilder Hund bellte und das Gewicht des Plätteisens schmerzend den rechten Arm hinaufzog. Dann bildete sie sich kurz ein, in China zu sein. Auch deshalb bügelte sie gerne nachts.

Alles konnte passieren. Sie könnte mit Wido alt werden. Sie könnte ihn verlassen und nach China zurückgehen, wo sie sich vor der Triade verstecken müsste, vor den Japanern, den Kommunisten, den Kuomintang, also der ganzen verdammten Welt. Oder sie könnte Wido umbringen.

In der Tasche ihrer Schürze hatte sie es immer parat, ein Reisbällchen. Das Reisbällchen. Manchmal betrachtete sie es wie ein Fabergé-Ei, so wie in dieser Nacht. Allein, dass es griffbereit war, gab ihr das gute Gefühl, ihr Schicksal jederzeit verändern zu können.

Ein Geräusch schreckte sie auf. Es kam aus dem engen Flur, den sie mit allerlei Zeug vollgestopft hatten.

»Wo warst du?«, fragte sie ihre Tochter.

Eine überflüssige Frage, denn Shuilian trug ihre goldfarbenen Sandaletten, nuttige Strümpfe, einen rosafarbenen Rock, der über den Knien endete, eine weiße Seidenbluse und jede Menge Flitter. Ihre Frisur war der Bauweise eines chinesischen Tempels nicht unähnlich.

»Was soll dieser Aufzug?«

»Das nennt man sich schön machen«, gab Shuilian patzig zurück. »Falls du noch weißt, was das ist.« Sie ließ den Kaschmirmantel von den Schultern gleiten und stieß dabei an ein Regal mit Einmachgläsern. »Diese Rumpelkammer unter dem Dach ist das Allerletzte«, fluchte Shuilian. »Wir sind Fabrikanten, die ganze Familie wohnt in Villen und Schlössern, nur wir hausen in dieser engen Mansarde, mit einem Friseur als Nachbarn.«

»Mir gefällt die Wohnung.«

»Dir gefallen auch Kittelschürzen, die du in allen Farben trägst, so wie andere Frauen Abendkleider.«

Wido öffnete die Tür einen Spaltbreit, sagte: »'n'Abend«, und ließ die Hunde in den Flur, bevor er die Tür wieder schloss.

»Du hast meine erste Frage nicht beantwortet«, unterbrach Chen Lu ihre Tochter. »Wo kommst du so spät her?«

»Du hast mir schon vor Langem erlaubt, mit Tankred auszugehen.«

»Na und?«

»Was, na und? Ich war mit Tankred aus.«

Die Ohrfeige, die Chen Lu ihrer Tochter verpasste, war so heftig, dass ihre Hand davon brannte.

Shuilian brauchte nur kurz, um sich von dem Schlag zu erholen. Sie war wie Chen Lu, sie ließ sich keine Schwäche anmerken.

»Tankred ist vor einigen Tagen nach Berlin gefahren«, sagte Chen Lu ruhig. »Chinesische Kinder lügen ihre Eltern nicht an, das verletzt die Ehre. Mach das noch einmal, und du kannst was erleben.«

»Also schön, ich war mit einem anderen Mann aus. Wenn ich will, kann ich an jedem Finger einen haben. Sei froh, dass ich mich bisher mit den kleinen Fingern begnüge.«

»Du dummes Ding, reicht dein Horizont nicht weiter als bis zu deinen Fingern? Ist das alles, was du im Kopf hast, schwanger zu werden von irgendwem?«

»Glaubst du, ich will hier mit euch versauern? Mit einer Essiggurke und einem Waschlappen? Wozu gibt es Engelmacherinnen? Ich bekomme ein Kind, wenn es mir nutzt, nicht vorher.«

»Wie kann einer Frau ein uneheliches Kind nutzen?«

»Mit dir über Schminktipps zu reden liefe auf dasselbe hinaus. Du hast keine Ahnung von den Freuden des Lebens, vom Leben in Europa, von den Möglichkeiten hier.«

»Vielleicht nicht. Aber ich verstehe etwas von Männern, und die sind überall gleich. Sie verachten dich, je mehr du dich ihnen aufdrängst. Natürlich verbergen sie das hinter ihrer Lust ...«

»Du verstehst etwas von Männern?« Shuilian lachte. »Wieso? Weil du dir den da geangelt hast?« Sie deutete auf die Tür zur Stube, hinter der ein schmalziger Foxtrott dudelte.

»Sprich nicht so abfällig über deinen Vater, ich habe dich gewarnt.«

Wieder lachte Shuilian. »Meinen Vater? Das kannst du vielleicht ihm weismachen, und auch nur weil er an der Stelle, wo bei anderen Menschen das Gehirn sitzt, Haferschleim hat. Ich frage mich, was wohl passiert, wenn ich ihm die Augen über deine Lügen öffne.«

Die zweite Ohrfeige stand der ersten in nichts nach. Diesmal wehrte sich Shuilian. Sie holte zum Gegenschlag aus, den Chen Lu jedoch mit der linken Hand abblockte, um nur einen Lidschlag später mit der rechten die dritte Ohrfeige auszuteilen.

Shuilian wankte und stützte sich an der Tür ab, durch die sie möglicherweise noch in derselben Nacht gehen würde, um Chen Lu zu verlassen. Der Tempel auf ihrem Kopf fiel in sich zusammen, die Haare hingen an ihr herunter wie an einem Luder aus der Gosse.

Könnte Chen Lu weinen, sie hätte es in diesem Moment getan. Weil sie ihre Tochter schlug. Weil das nichts nutzte, weil sie Shuilian verloren hatte, so oder so und nicht erst heute, sondern schon vor langer Zeit, an die

Triade, an die Verlockungen des Lebens und den teuren Flitter, der auf ihrer Haut glitzerte. An die Dummheit. Selbst wenn sie ihre Tochter noch zur Räson brächte, wäre ihr auf Dauer nicht zu helfen. Versuchen musste Chen Lu es trotzdem. Sie war eine Mutter.

»Bist du so närrisch, dass du nicht mal mehr deinen Vorteil erkennst? Als Widos Tochter bist du eine der Erbinnen der Manufaktur. Wendest du dich von ihm ab, bist du nichts.«

»Ich brauche ihn nicht«, erwiderte Shuilian mit Tränen in den Augen, die allerdings nur auf die Schläge zurückzuführen waren. »Und dich auch nicht. Ich komme besser zurecht, als du denkst. Wären wir noch in Shanghai, wäre ich längst die Braut von einem der Bandenführer. Hier bin ich noch auf der Suche nach etwas Vergleichbarem. Bestimmt findet sich bald jemand. Und dann bin ich frei.«

»Wer sich in einen Abgrund stürzt, ist auch einen Moment lang frei.«

Shuilian ging in ihr Zimmer und packte einen Koffer, verfolgt von den Hunden. »Bestimmt nicht vermissen werde ich diese chinesischen Weisheiten, die seltsamerweise immer nur die armen, unglücklichen Schlucker beherzigen.«

»Wenn du schon nicht an deinen Vorteil denken willst«, redete Chen Lu weiter auf sie ein, »dann vielleicht an die Nachteile.«

»Ist das das Kreuzworträtsel aus der *Frankfurter Allgemeinen*, oder was?«

»Tankred«, sagte Chen Lu. »Wenn du uns verlässt, hast du nur noch ihn.«

»Was heißt hier nur noch? Er ist ein reicher Fabrikant, jung, er wohnt in einer Villa, sieht passabel aus, trägt Uniform … Vorläufig genügt mir das.«

»Darauf will ich hinaus. Es gibt kein Vorläufig, was ihn angeht. Er ist in dich vernarrt.«

»Und das soll ein Nachteil sein?«

»Wenn er dich einmal in den Fingern hat, wird er dich nicht mehr hergeben. Bisher habe ich dich vor seinem Zugriff beschützt, aber wenn du dich von mir lossagst … Dieser Mann ist gefährlich, das spüre ich mit jeder Faser meines Körpers.«

Shuilian stopfte ihr Schmuckkästchen in den übervollen Koffer und lachte auf. »Witzig. Irgendwann mal habe ich ihn vor dir gewarnt, und nun warnst du mich vor ihm. So etwas nennt man hierzulande wohl Familie.«

Ihr Koffer wog so schwer, dass sie ihn kaum vom Bett bekam, und Chen Lu erlag einen Augenblick lang der Hoffnung, allein dieser Umstand könnte ihre Tochter von dem Vorhaben abbringen. Chen Lu wollte Shuilian nicht verlieren. Sie war oft hart zu ihr gewesen, doch nur weil junge Frauen wie Shuilian, die mit Schönheit gesegnet und mit Oberflächlichkeit gestraft waren, dazu neigten, für zwei Jahre Glück mit vierzig Jahren Reue zu bezahlen.

»Also gut. Ich werde dir nicht mehr hineinreden, mit wem du dich triffst. Und wenn du unbedingt willst, kaufe ich dir ein kleines Studio irgendwo hier in Frankfurt.«

»Zuerst schlägst du mir die Backe wund, und dann versuchst du es mit Schmeichelei. Macht man das normalerweise nicht umgekehrt?«

Shuilian stand in der Küche, keine fünf Schritte von

der Haustür entfernt, die eine Hand am Koffer, die andere an der glühenden Wange. Sie zögerte, was selten vorkam. Sonst wusste sie immer blitzschnell, was sie wollte oder nicht. Vermutlich begriff sie in dieser Minute die Tragweite, wenn sie ihr Elternhaus im Streit verließ, denn sie musste damit rechnen, dass es keinen Weg zurück gab. Obwohl ein freches, aufgetakeltes, promiskuitives Ding, war sie noch ein junges Mädchen, viel schutzloser, als es den Anschein hatte, eben weil sie den Anschein pflegte. Von sich selbst dachte sie, dass sie mit allen Wassern gewaschen sei, nur weil sie große Ambitionen und ein kleines, kaltes Herz hatte. Hochmütig blickte sie auf jene Menschen hinab, die sich ihren Gefühlen hingaben, und dachte: Mir kann das nicht passieren. Gerade deswegen war sie im tiefsten Inneren furchtbar einsam, und eine Ahnung davon hielt sie zurück.

Shuilian öffnete die tiefrot geschminkten Lippen, schloss sie wieder und öffnete sie erneut.

In diesem Moment steckte Wido seinen knochigen Kopf zur Tür herein, und zum ersten Mal an jenem Abend waren Chen Lu und Shuilian sich über etwas einig, nämlich dass er sie störte.

»Was ist?«, fragte Chen Lu, wobei sie sämtliche Reste ihrer Geduld zusammenkehren musste, um ihrem Mann nicht die Tür vor der Nase zuzuschlagen.

»Komm mal rein, das musst du dir anhören.«

»Was denn?«

Widerwillig ließ sie sich von ihm zum Radio zerren. »Ich verstehe kein Englisch, das hast du wohl vergessen, du Dummkopf.«

»Die BBC«, sagte er. »Eben haben sie gemeldet, dass der Reichstag in Berlin lichterloh brennt.«

»Was geht mich das an?«, entgegnete sie.

Als Chen Lu in den Flur zurückkehrte, war Shuilian gegangen. Noch in derselben Minute gab sie das Reisbällchen einem der Hunde. Er starb noch in der Nacht.

Es war seit langer Zeit endlich mal wieder ein gemeinsames Projekt gewesen, bei dem sie alle drei an einem Strang zogen. Schimmi, Dubbe und Tankred saßen in einem Wagen und feierten ihren Erfolg, begossen ihn mit reichlich Champagner, grölten Lieder und lachten sich kaputt. Tankred saß am Steuer seines Daimlers, der bereits den Zusammenstoß mit einem Weidenzaun und die Fahrt durch einen Wald überstanden hatte. Ein Förster hatte sie angehalten, aber als er ihre Uniformen gesehen hatte – die geballte Macht im neuen Staat –, hatte er sie ziehen lassen, Alkohol hin, gesperrter Waldweg her.

Dubbe im Fond des Wagens trank am meisten, obwohl sein Anteil am Erfolg am geringsten war. Fast zwei Flaschen hatte er schon intus, die Zunge wurde ihm merklich schwer, gefolgt von den Augenlidern. Er lallte nur noch blödes Zeug, über das sich Schimmi und Tankred lustig machten. Auf halber Strecke zwischen Berlin und Frankfurt, irgendwo bei Göttingen, schlief er endlich ein.

»Puh, das war aber auch Zeit. Er ist mir schon auf die Nerven gegangen«, sagte Schimmi auf dem Beifahrersitz.

»Ja, aber das ist durchaus in Ordnung«, erwiderte Tankred. »Darf auch mal sein.«

In letzter Zeit lief es nicht mehr so gut zwischen Schimmi und Dubbe, vielleicht weil Dubbe allzu sehr betonte, dass seine SA ganz oben in der Hierarchie des verkündeten »Dritten Reiches« stand. Tankred störte sich nicht daran, Schimmi schon.

»Was hat er schon groß getan? Den Taxifahrer hat er gespielt, das war's.«

»Er war dabei, nur das zählt, Schimmi. Hey, Mann, zieh nicht so ein Gesicht, lach mal wieder. Los, komm, schenk mir noch mal ein.«

»Der Pommery ist aus.«

»Im Kofferraum habe ich noch eine Flasche Veuve Cliqot.«

Tankred hielt neben der Landstraße an, sie stiegen aus und pinkelten in einen Graben. Schimmi köpfte die Witwe, wie er den Schampus nannte, und sie vertraten sich mit der Flasche in der Hand ein wenig die Beine.

Plötzlich lachte Schimmi, leise zuerst, kichernd, so als wollte etwas aus ihm heraus, das er noch zurückhielt, dann lauter, kopfschüttelnd, befreit und ein wenig verwundert. Tankred stimmte in das Gelächter ein. Er konnte Schimmi gut verstehen. Es war wirklich kaum zu glauben. Sie hatten ein riskantes Spiel gespielt und gewonnen.

Vor einigen Wochen war Tankred auf Schimmi und Dubbe zugegangen. Das Kommando unter SS-Hauptsturmführer Giese, dem Tankred zugeteilt worden war, hatte einen ebenso heiklen wie bedeutenden Spezialauftrag bekommen: die Operation Vulkan. Hierfür hatte Tankred sich seine eigenen Helfer aussuchen dürfen, und er musste nicht lange überlegen, wen er engagierte.

Tankred und Schimmi hatten sich, natürlich getarnt, in die Berliner Kommunistenszene begeben. Dubbe wäre aufgefallen, denn er verstand nichts von Politik im Allgemeinen und Sozialismus im Besonderen, wohingegen Schimmi sich damit bestens auskannte. Seine Eltern waren früh gestorben, er war bei Onkel und Tante aufgewachsen, die leuchtende Augen bekamen, sobald sie über Lenin, Trotzki und Stalin sprachen. Als Sechzehnjähriger war er für kurze Zeit Mitglied eines kommunistischen Zirkels gewesen, hatte aber schnell das Interesse daran verloren. Wichtig war nur, dass er mitreden konnte. Außerdem war er ein Typ, dem man alles abkaufte, was wohl an seinem harmlosen Aussehen lag. Im Nu gewann er das Vertrauen der Berliner Trotzkisten, und sobald er es hatte, brachten sie es auch Tankred entgegen. Wochenlang suchten die beiden nach einem geeigneten Kandidaten für das, was sie vorhatten. Das stellte sich als schwieriger heraus als gedacht. Die meisten Jungkommunisten ließen sich zwar rasch zu Flugblattaktionen, Schlägereien und kleineren Provokationen hinreißen, doch vor einem großen Schlag gegen die Nazis oder den Staat schreckten sie zurück.

Giese wurde langsam ungeduldig. Er war ganz in Ordnung, alles in allem, aber äußerst ehrgeizig, wie die meisten SSler. Hätte Tankred noch zwei, drei Wochen länger gebraucht, wären er und Schimmi abgelöst worden. Doch dann war ihnen der Zufall zu Hilfe gekommen. Einer der Berliner hatte einen Holländer eingeladen, den es in den Fingern juckte, »etwas zu tun«, wie er mehrfach betonte. Was genau, wusste er selbst nicht. Aber es musste groß sein.

Marinus war ihr Mann. Marinus van der Lubbe.

Tankred stellte sich schnell gut mit ihm. Ein paarmal betranken sie sich mit billigem Wodka, scheußliches

Zeug. Im Rausch, aber auch nüchtern, fantasierte Marinus von einem Überfall auf das Adlon, dem *Wespennest des Kapitalismus*, oder der Besetzung des Stadtschlosses, des *Symbols der Ungleichheit*. Tankred drängte ihn zu noch Größerem. Einmal schien Marinus stutzig zu werden ob der Ungeduld seines Genossen und äußerte gegenüber einem anderen Kommunisten den Verdacht, mit Tankred könnte etwas nicht stimmen. Aber Schimmi verbürgte sich für seinen Freund, und damit war die Sache vom Tisch.

In glühenden Farben malte Tankred das Bild des brennenden Reichstags, das Fanal für die Revolution. Und Marinus sprang darauf an.

Sie setzten die Aktion zeitnah auf den 27. Februar fest. Dubbe spielte den Chauffeur und stand Schmiere, während Marinus, Tankred und Schimmi in den Reichstag einbrachen. Giese hatte alles vorbereitet, ihnen gewissermaßen den Teppich ausgerollt. Der Portier und die Wachleute waren abgelenkt, die Türschlösser ließen sich fast spielend knacken. Im Inneren teilten sie sich auf. Alles andere konnte man in den offiziellen Verlautbarungen nachlesen. Binnen Minuten brannte der Kasten wie ein Osterfeuer.

Marinus wurde verhaftet, und weil er seine vermeintlichen Genossen nicht verpfeifen wollte und selbstverständlich auch sonst niemand Interesse daran hatte, die Komplizen zu ermitteln, blieb er ein Einzeltäter. Die Operation Vulkan war ein Triumph.

»Noch ein Schluck gefällig, Stabsscharführer?«, fragte Schimmi.

»Ich glaube, ich habe genug, Herr Kriminalrat«, antwortete Tankred augenzwinkernd.

»Mannomann, ist das ein irres Gefühl. Endlich kommen wir groß raus.«

Sie waren beide befördert worden, gleich um mehrere Ränge. Auch Dubbe war mit einem höheren Dienstgrad belohnt worden und trug nun die Abzeichen eines Obersturmführers. Es war klar, dass sie niemals und mit niemandem über die Operation Vulkan sprechen durften, das war der Preis für ihren Aufstieg. Sämtliche Aufzeichnungen wurden vernichtet. Sie waren fortan Geheimnisträger des Dritten Reiches, und als solche würde man sie genau im Auge behalten.

Vielleicht auch deswegen ebbte die ausgelassene Stimmung ein wenig ab. Als Eingeweihte eines ungeheuerlichen Vorgangs waren sie einerseits privilegiert und wurden andererseits beargwöhnt. Ein falsches Wort, ein falscher Schritt, und man würde kurzen Prozess mit ihnen machen, deutlich kürzer als mit Marinus van der Lubbe, der inzwischen formell angeklagt war. Auf Gedeih und Verderb waren sie fortan voneinander abhängig, und was man einem von ihnen zur Last legen würde, fiele als finsterer Schatten auch auf die beiden anderen.

Schimmi war das klar, Tankred auch. Bei Dubbe konnte man sich da nicht ganz sicher sein.

»Ich muss dir was sagen«, seufzte Tankred, der nun, da die Aufgabe erfüllt war, seine Aufmerksamkeit auf das große Problem richtete, das ihn zu Hause erwartete.

»Es geht um Esra, den Stiefsohn meiner Tante. Er arbeitet wieder als mein Co-Produktionsleiter in der Manufaktur. Früher war das egal, weil er sowieso fast nie da war. Aber neuerdings will er seinem Vater in den

Hintern kriechen und legt sich so richtig ins Zeug, schnüffelt herum, schaut mir auf die Finger. Er hat schon mehrere Leute ausgetauscht, horcht die anderen über mich aus, und es ist nur eine Frage der Zeit, bis er dahinterkommt, was wir treiben. Entweder wir stoppen den Pillenschmuggel, oder wir lassen uns was anderes einfallen. Ich weiß bloß noch nicht, was.«

»Wäre schade, wo es doch so gut läuft.«

»Ich weiß. Aber das Risiko ist zu groß.«

»Kannst du ihn nicht beteiligen?«

»Esra? Er ist zwar permanent knapp bei Kasse, aber er hasst mich wie die Pest. Wenn ich ihn einweihe, erpresst er mich bestenfalls. Wahrscheinlicher ist, dass er mich hopsgehen lässt. Und jetzt, da die da oben mit der Lupe auf uns schauen ... Wir haben ein echtes Problem, Schimmi.«

Obwohl er erst vor zehn Minuten gepinkelt hatte, stellte sich Schimmi ein weiteres Mal in Positur, so als könne er dabei am besten nachdenken.

»Falsch«, sagte er, und für den Bruchteil einer Sekunde dachte Tankred, er würde hinzufügen: Du hast ein echtes Problem. Aber nicht Schimmi. Nein, Schimmi nicht. Seine Zeit bei der Politischen Polizei hatte ihn abgebrüht, und wenn Tankred sich eines Freundes sicher sein konnte, dann Schimmi.

»Ganz falsch«, wiederholte er und blickte auf den Strahl, der ihm aus der Hose schoss. »Wir hatten ein echtes Problem. Betrachte es als erledigt.«

8

Am 28. Februar, dem Tag nach dem Brand des Berliner Reichstages erlässt Reichspräsident Hindenburg die »Verordnung zum Schutz von Volk und Staat«, mit der die Bürgerrechte zur »Abwehr kommunistischer staatsgefährdender Gewaltakte« außer Kraft gesetzt werden. Das Recht auf freie Meinungsäußerung, die Pressefreiheit und das Versammlungsrecht werden massiv beschnitten, das Post- und Fernsprechgeheimnis wird weitgehend aufgehoben, polizeiliche Hausdurchsuchungen und Beschlagnahmungen sind ab sofort legal.

Eine Verhaftungswelle ist die Folge, der nicht nur Kommunisten, sondern auch andere den Nazis missliebige Personen zum Opfer fallen. Erste Haftlager werden in Thüringen, Brandenburg und Bayern errichtet, die späteren Konzentrationslager. Die Politische Polizei wird zur Geheimen Staatspolizei (Gestapo), ausgestattet mit weitreichenden Befugnissen.

Bei den allgemeinen Wahlen eine Woche nach dem Reichstagsbrand wird die NSDAP fast überall stärkste Kraft, verfehlt trotz Einschüchterung der Opposition die absolute Mehrheit, treibt jedoch mit Hilfe einer weiteren rechtsnationalen Partei den Umbau der parlamentarischen Demokratie in eine totalitäre Diktatur voran.

Der 9. März sollte ein denkwürdiger Tag in Tankreds Leben werden, einer von denen, die man nie vergisst und von denen man – im Guten wie im Schlechten – noch im Alter träumt, wenn das Glück oder Leid längst von den Jahren und den dazwischen liegenden Ereignissen verhüllt worden ist.

Am Morgen überraschte ihn Esra in seinem Büro. Es war das erste Mal, dass Isaacs Sohn bei ihm vorbeischaute, und er betrachtete den Raum mit der Geringschätzung des Kapitalisten für den Arbeiter. Esras Büro am anderen Ende des Ganges war viel nobler eingerichtet, mit einem riesigen Schreibtisch, hohen Regalen mit Intarsien und einem Teppich, so weich, dass man darauf wie auf Wolken lief. Tankreds Büro hingegen ähnelte eher dem Hinterzimmer einer Spelunke. Einfachste Ausstattung, leicht morbide, wie zufällig auf dem Speicher gefunden. Weder hingen Bilder darin – nicht einmal Hindenburg oder Hitler – noch Lampen. Tankred mochte keine Deckenbeleuchtung, sie war ihm zu grell. Er bevorzugte schummeriges Licht.

Im Übrigen verbrachte er nur wenig Zeit hinter dem Schreibtisch. Meistens lief er zwischen den Abteilungen hin und her, stellte und beantwortete Fragen, löste Probleme, informierte sich, lobte und machte Vorschläge. Tankred betrachtete sich als Kümmerer. Er hatte sich in die Aufgaben des Produktionsleiters eingearbeitet, indem er sich mit den tausend Banalitäten befasste, die zusammen eben keine Banalität ergaben, sondern den gesamten Entstehungsprozess eines Tellers, einer Kanne oder einer Skulptur. Inzwischen hatte er die Produktion recht gut im Griff. Mehr aber auch nicht.

Er war sich bewusst, dass er kein Stratege war, dass es ihm an theoretischem Wissen mangelte, an Vertriebserfahrung und der Kenntnis von den überbetrieblichen Zusammenhängen. Ein echter Kaufmann dachte alles zusammen, den Kundengeschmack, die Entwicklung neuer Geschäftsideen, deren Umsetzung und den Verkauf ebenso wie die betriebliche Organisation, die Investitionen, die Steuern ... Bei Letzteren stieß er definitiv an seine Grenzen. Er war eben »nur« ein Kümmerer, der seine Schäfchen umsorgte, dem aber jene tiefere Spiritualität abging, wie Isaac sie besaß.

Dieser hatte eigentlich alles richtig gemacht. Vor 1929 hatte Löwenkind doppelt so hohe Wachstumsraten gehabt wie Blankenburg, ein plausibles Geschäftsmodell, nämlich funktionelles Bauhaus-Gebrauchsporzellan mit klaren innovativen Formen und eine hoch motivierte Belegschaft. Wäre der Schwarze Freitag nicht gewesen, hätte er Blankenburg in sechs oder acht Jahren in die Tasche gesteckt.

Nie vermochte Tankred in dieser Hinsicht an Isaac heranzureichen, und instinktiv spürte er, dass er Isaac brauchte, wenn die Manufaktur einen echten Aufschwung erleben sollte. Immer nur das Schmuggelgeld in die Firma zu pumpen konnte auf Dauer nicht gut gehen. Was Blankenburg-Löwenkind jetzt nötig hatte, war ein Hohepriester des Porzellans, einer, der dieses Material im Blut hatte. Worauf Blankenburg-Löwenkind verzichten konnte, war diese Unke namens Esra.

»Schön, dass du auch mal wieder vorbeischaust«, begrüßte er Tankred.

»Ich weiß nicht, wie ich es dir sagen soll, Esra, aber deine Sprüche fallen immer auf dich selbst zurück. Vor ein paar Monaten noch warst du eine Vollniete, und nur weil du deinem Vater zuliebe die Nutten der Stadt vorübergehend mit deiner Anwesenheit verschonst, heißt das noch lange nicht, dass du jetzt ein anderer bist. Und jetzt entschuldige mich, ich habe zu arbeiten.«

»Ich wollte dich nur verabschieden an deinem letzten Arbeitstag. Wir machen morgen aus deinem Büro das, was es jetzt schon ist: eine bessere Abstellkammer.«

»Verrätst du mir, was du damit meinst?«

»Von Herzen gerne. Ich habe einen deiner Leute umgedreht, Willibald ...«

»Schubarth.«

»Ich habe mich gefragt, warum du einen Neuling in der Qualitätskontrolle einsetzt. Das ist doch dumm, und du bist alles, nur nicht dumm.«

»Schönen Dank.«

»Oh, bitte, bitte. Zuerst dachte ich, weil er ein Nazi ist wie du. Aber er ist noch etwas, nämlich arm wie eine Kirchenmaus. Ich habe ein wenig hinter ihm hergeschnüffelt und fand es bemerkenswert, dass er als Einziger die Aschelieferungen aus China betreut. Den Rest kannst du dir denken. Ich habe diesem Willibald ...«

»Schubarth.«

»Schubarth. Ich habe ihm tausend Reichsmark und das Versprechen gegeben, ihn anzuzeigen, wenn er nicht sofort mit der ganzen Geschichte herausrückt. Die Kombination aus warm und kalt, meine persönliche Abwandlung der Kneipp'schen Wechselgüsse, hat Wunder gewirkt. Ich weiß nun alles, zumindest fast alles. Das Telegramm nach Fehmarn ist bereits unterwegs, und du, mein Bester, hast hier ab morgen weniger zu sagen als der Portier. Ich lasse dir gleich von deiner ...

pardon, meiner Sekretärin einen Kaffee bringen, ja? Schönen letzten Tag.«

Im Hinausgehen nahm Esra das Namensschild von der Tür, die Tankred hinter ihm schloss. Er ging zum Telefon, nahm seelenruhig den Hörer ab und wählte eine fünfstellige Nummer.

»Hier Tankred. Es ist so weit.«

Nur vierzig Minuten später holten drei Beamte der neu gegründeten Geheimen Staatspolizei unter dem Kommando von Kriminalrat Meining Esra ab. Danach herrschte natürlich große Aufregung unter den Mitarbeitern, doch Schimmi ließ sich nicht aus der Ruhe bringen und fläzte sich auf den Besuchersessel in Tankreds kleinem Büro.

Tankred schloss die Tür. »Ich dachte nicht, dass du ihn selbst verhaftest«, sagte er mit gedämpfter Stimme. »Wir beide kennen uns, und man könnte denken, dass wir ein krummes Ding drehen.«

»Wir drehen ja auch ein krummes Ding.«

»Schon, aber ...«

»Hast du einen Schnaps?«

Tankred hob die Augenbrauen. »Es ist noch nicht mal zehn Uhr.«

»Danke für den Hinweis, Mama.«

Tankred hatte tatsächlich Spirituosen im Schrank, falls jemand mal einen Schluck für den Magen brauchte. Er griff nach einer x-beliebigen Flasche und stellte sie zusammen mit einem Glas auf den Tisch.

»Was passiert denn nun mit Esra?«, fragte er.

»Ich übergebe ihn an Dubbe, die SA unterhält ein Lager in Thüringen, da ist er erst mal gut aufgehoben.«

»Und dann?«

Schimmi trank. »Überlass das ruhig mir.«

»Wie lautet die Anklage? Macht ihr eine Hausdurchsuchung?«

Schimmi trank. »Überlass das mir.«

»Da ist noch etwas. Esra hat heute Morgen ein Telegramm nach Fehmarn geschickt. Sobald Isaac es bekommt, zählt er eins und eins zusammen, und er und Elise setzen mich doch noch vor die Tür. Auch dir könnte man ans Bein pinkeln, weil du …«

Schimmi trank, griff nach dem Telefon und wählte. »Bender? Hier Meining. Lassen Sie die Telegrafenämter auf Fehmarn abriegeln. Ja, Fehmarn. Sämtliche dort eintreffenden Telegramme des heutigen Tages werden konfisziert und mir in einem versiegelten Briefumschlag zugeschickt. Der Grund? Kommunistische Umtriebe. Erstatten Sie mir heute Abend Bericht. Heil Hitler.« Schimmi trank erneut. »Erledigt.«

Was Tankred in diesem Augenblick überkam, war vergleichbar mit den warmen und kalten Güssen, von denen Esra eine Stunde zuvor gesprochen hatte. Mir nichts, dir nichts hatte Schimmi eine Maschinerie in Gang gesetzt, ein ganzes Mühlwerk an polizeilichen Aktivitäten. Ein Gegner wurde verschluckt, ein Telegrafenamt okkupiert, eine Geschichte aufgehalten und in seinem Sinne verändert. Aus dem Handgelenk. Andererseits hatte dieses System auch etwas Furchteinflößendes, im wahrsten Sinne des Wortes Gewaltiges. Es passierte etwas mit diesem Land, und wer heute noch Akteur war, konnte morgen schon Opfer sein.

»Bist du so abgebrüht oder tust du nur so?«, fragte Tankred.

Vermutlich bemerkte Schimmi den nervösen Blick

seines Freundes, denn er antwortete: »Du hast eines noch nicht ganz verstanden, mein Guter.«

»Und was?«

Schimmi trank. »Die Zeiten, in denen wir leben. Die Möglichkeiten sind endlos. Mit mir bei der Gestapo und dir bei der SS ... wer soll uns da noch aufhalten?«

»Und Dubbe bei der SA«, fügte Tankred hinzu.

»Ja«, sagte Schimmi knapp und trank, bevor er sich mit einem gemurmelten »Heil Hitler« verabschiedete.

Mittags war Tankred im Frankfurter Städelmuseum verabredet, am Mainufer. Zur Kunst hatte er ungefähr das gleiche Verhältnis wie zur Zahnmedizin, er dachte so selten wie möglich an sie, wusste aber, dass sie nützlich sein konnte. In seinem Fall, um Kontakte zu Mäzenen zu bekommen, die meistens aus den besseren Kreisen kamen. An jenem 9. März hatte er ein Familienmitglied gebeten, ihn dort zu treffen.

Emma sah sehr viel reifer aus, als er sie von Weihnachten in Erinnerung hatte, geradezu damenhaft. Die Ehe mit dem Adligen veränderte sie, auch wenn sie es nicht wollte. Ihre Augen hatten unter dem breiten Hut ihre jugendliche Keckheit verloren, der agile Körper auf den hohen Schuhen seine Beweglichkeit. Der Fuchs um ihren Hals tat ein Übriges. Natürlich sagte er ihr, dass sie elegant aussehe. Entweder glaubte sie ihm nicht, oder das Lob war in ihren Ohren keines. Vielleicht wollte sie gar nicht elegant aussehen, musste es als Caspar von Lerchs Frau jedoch. Tankred kannte diese Art Frau, den unglücklichen Typ im Pelzmantel. Gitti nannte sie die Penelopes. Am Tag spielten sie Königin, in der Nacht Verräterin. Und wenn nicht, dann träumten sie davon. Sie taten, als seien sie ohne Sorgen, und hofften zugleich, dass jemand die Wahrheit erriete. Glücklicherweise hatte Tankred zwei Nadeln dabei, um die Fassade zu durchstoßen.

»Du siehst nicht aus, als wärst du an Rodin und der Spätromantik interessiert«, sagte sie mit einem Blick auf seine SS-Uniform. »Legst du deine Würden denn nicht mal ab, wenn du ins Museum gehst?«

»Gerade hier nicht. Dann stellen mir die Leute keine Fragen, was ich von Rodin und der Spätromantik halte. Im Übrigen bin ich wegen der Sonderausstellung gekommen.«

»Ich habe in einer Stunde einen Termin beim Arzt. Du sagtest am Telefon, es sei dringend.«

»Bist du schwanger?«

»So etwas fragt man seine Cousine nicht.«

»Ich frage nicht als Cousin, sondern als dein Chef.«

»Mein … wie bitte?«

Es dauerte eine Weile, bis der Groschen bei Emma fiel. Aber als er fiel, tat er es geräuschvoll. Sie warf sich ihm an den Hals und quietschte wie ein Autoreifen.

»Ich darf an den Entwürfen für die neue Kollektion arbeiten? Oh mein Gott, oh mein Gott. Und Caspar und Mama haben zugestimmt? Oh mein Gott, wie hast du das geschafft, Tankred? Wie nur? Vor allem Caspar!«

Elise zu überzeugen war ein Kinderspiel gewesen. Er hatte sie kurz vor ihrer Abfahrt in die Flitterwochen darauf angesprochen, zu einem Zeitpunkt, als sie vor lauter Glück sogar zugestimmt hätte, Emma als Kantinenköchin in der Manufaktur arbeiten zu lassen. Sie dachte ganze fünf Sekunden darüber nach, bevor sie einwilligte.

Caspar dagegen hatte sich als harte Nuss erwiesen. Die Liste der Gründe, die aus seiner Sicht dagegensprachen – eine Frau, die arbeitet! –, war ähnlich lang wie ein Waschzettel: die Tradition, der Titel, seine Stellung als Offizier, der zu erwartende Spott der Kameraden, die Missbilligung sämtlicher Onkel und Tanten mitsamt den Brüdern und Schwestern, den Schwägerinnen und Schwagern und, und, und … Viermal hatte sich Tankred mit Caspar getroffen, bevor er das Thema zum ersten Mal anschnitt, und bereits diese vier Treffen anzuberaumen war eine Herkulesaufgabe gewesen. Denn Caspar war kein geselliger Mensch, und wenn er doch mal gesellig wurde, dann aus Pflichterfüllung. Zudem mochte er die Nazis nicht, vor allem, seit sie die Regierung übernommen hatten, und SA und SS noch weniger. Tankred musste ein finanzielles Problem der Manufaktur erfinden, um sich mehrmals mit ihm zu treffen. Das Ergebnis war ernüchternd. Caspar lehnte die Idee rundweg ab.

Man konnte ihn nicht bestechen, denn er war reich wie Krösus und hatte exakt so viele gute Kontakte, wie er haben wollte. Überreden ging auch nicht, denn er handelte stets aus Überzeugung, und zwingen schon gar nicht, denn er brach eher, als dass er sich verbog.

Eine Achillesferse hatte er jedoch, und dass ausgerechnet Tankred sie erkannte und verstand, lag daran, dass er dieselbe hatte. Er liebte.

Caspar, der Soldat und Ritter, liebte seine Frau von ganzem Herzen. Gut versteckt unter dem Prunk der Tradition und dem Gehabe von nüchternem Verstand, betete er Emma an – so wie Tankred Shuilian anbetete, aber nicht willens war, es ihr oder sonst irgendjemandem zu zeigen. Vielleicht, weil er sich ansonsten verletzbar gefühlt hätte? Vielleicht, weil es nicht seinem Selbstverständnis entsprach, ja er sich sogar ein wenig seiner großen Gefühle geschämt hätte? Emma hingegen erkannte Caspars Liebe nicht, weil die ihre in eine ganz andere Richtung ging.

Tankred hatte Tacheles mit Caspar gesprochen. Er hatte ihm gesagt, dass er die Wahl habe zwischen einer Frau, die allen Normen und Pflichten entsprach, aber in der übrigen Zeit unglücklich in ihrem Schlossturm hockte, oder einer erfüllten Frau, die aus der Rolle fiel. Caspar dachte darüber nach, war allerdings noch nicht restlos überzeugt, bis Tankred den Schlüsselsatz aussprach: »Genau eine solche Frau hast du gesucht, vielleicht instinktiv und ohne es zu wissen. Du liebst Emma, weil sie so ist, wie sie ist, und wenn sie deinetwegen nicht so sein kann, dann kann auch eure Liebe nicht sein.«

Ganz schön dick aufgetragen, außerdem gar nicht seine Art zu reden. Man musste jedoch flexibel sein. Und tatsächlich, es klappte. Damit hatte er Caspar im Sack.

»Sagen wir, ich habe sein Vertrauen gewonnen«, erläuterte er Emma sein Vorgehen knapp, äußerst knapp.

»Ich bin erneut beeindruckt«, sagte sie. »Und dankbar. Ich verstehe nur nicht, wieso du mir die Nachricht ausgerechnet im Städelmuseum überbringst. Ich hätte doch in die Villa Vanora oder in die Manufaktur kommen können.«

»Da kommt wieder die Sonderausstellung ins Spiel, die ich vorhin erwähnt habe. Hessische Landschaften.«

Offenen Mundes blickte Emma auf den Prospekt,

den Tankred ihr überreichte. Auf der ersten Seite gleich ein Bild, das sie kannte, ja dessen Entstehung sie miterlebt hatte: die Mammolshainer Kastanien.

»Theo?«, hauchte sie.

»Dort hinten.« Tankred deutete auf eine Flucht von Räumen am anderen Ende des Saales der Spätromantiker. »Seine erste Ausstellung. Als großzügiger Spender mit Verbindungen zum neuen Oberbürgermeister und dem Gauleiter hat man so seine Möglichkeiten.«

»Er … er weiß, dass ich hier bin?«

Tankred verneinte stumm. »Ich eröffne dir Chancen, ergreifen musst du sie schon selbst. Und jetzt muss ich mich verabschieden.«

»Wieso tust du das alles für mich?«

Die letzte Frage ließ er unerwidert, aber auf dem Nachhauseweg dachte er darüber nach.

Die Angelegenheit war kompliziert. Einerseits strebte Tankred danach, in dieser Familie aufzugehen, so als wäre er schon immer ein Teil von ihr gewesen, und der einfachste Weg zu diesem Ziel war, sich mit möglichst vielen Mitgliedern gut zu stellen, mehr noch, ihnen Gefallen zu erweisen. Emma glücklich zu sehen, Elise glücklich zu sehen, mit Chen Lu Hand in Hand zu arbeiten und ein Geheimnis zu teilen, das fiel auch auf ihn positiv zurück. Doch so einfach war es nicht. Tankred konnte nicht anders, als immer auch einen Vorteil für sich mitzudenken, einen, der über das bloße Wohlbefinden hinausging, Glück zu spenden. Oft bemerkte er gar nicht, dass er längst dabei war, ein Netz zu weben, in dem er irgendwann einmal irgendwen fangen würde.

In der Villa Vanora erwartete ihn eine Überraschung, die den erfolgreichen Tag zu einem glorreichen machte.

»Im Salon wartet Besuch auf Sie, gnädiger Herr«, sagte Biene, als er das Atrium betrat.

»Gnädiger Herr? Das sind ja ganz neue Töne. Was ist denn in dich gefahren?«

»Sie haben der gnädigen Frau einen Dienst erwiesen. Ich weiß noch nicht, warum, und es hat sicher mit irgendeiner Sauerei zu tun. Aber bis ich herausgefunden habe, mit welcher, bekommen Sie von mir einen Löffel voll Respekt. Mehr werde ich dazu nicht sagen.«

»Wer ist es?«

»Wie meinen?«

Er deutete auf die Tür zum Salon.

»Sehen Sie selbst«, antwortete sie mit einer Handbewegung, mit der man eine Fliege verscheucht. Der Löffel Respekt war offenbar bereits gegessen.

Er lächelte ihr nach und warf einen langen Blick auf die Tür zum Salon, bevor er sie öffnete.

Drinnen saß Shuilian, neben sich zwei Koffer, und sagte: »Ich würde gerne eine Weile bei euch wohnen, wenn das geht.«

Die schönen Tage von Petersdorf waren vorbei. Flitterwochen auf Fehmarn, in denen Elise mehr erlebt hatte als in den zwanzig Jahren ihrer ersten Ehe. Kein Grandhotel hatte Isaac ihr geboten, kein Souper im Wintergarten, keinen Ausflug mit der Yacht. Stattdessen ein kleines Reetdachhaus ohne Bewirtschaftung, nur dreimal wöchentlich kam für die groben Arbeiten eine ältere Frau vorbei, die man mit ihrem Dialekt kaum verstand. Die Stunden flogen nur so dahin: Fahrradausflüge zu den Leuchttürmen, Ausritte, Strandspaziergänge, Croquet – alles bei kühler Witterung. An Regentagen versuchten sie sich im Backen von Kranzkuchen, die man auf der Insel traditionell den jung Verheirateten kredenzte. Ansonsten aßen sie sehr einfach: Brot und Fisch mit Gurkensalat, Kartoffeln mit Speck, Rüben mit Speck, Aufläufe mit Speck, dazu Milch und gelegentlich einmal einen Grog oder Glögg. Eine absolute Premiere war, dass Elise und Isaac mit dem Handwagen zum Einkaufen gingen. Isaac machte sogar Fotos davon. Überhaupt fotografierte er sehr viel, ganz so, als wolle er sich selbst versichern, dass er das alles nicht träumte.

Die Liebe kam keineswegs zu kurz, und die Zärtlichkeit, mit der er seine Frau umsorgte, war umso ehrlicher, als er Elise auf andere Weise durchaus forderte. Er traute ihr Dinge zu, die Richard ihr niemals abverlangt hatte, und der Handwageneinkauf war nur das lustigste Beispiel. Er forderte sie intellektuell, indem er vor dem abendlichen Kaminfeuer mit ihr über Politik, Musik und Literatur sprach, ihre Meinung zu Shakespeare wissen wollte, zu Freud, Marx und Stalin, zur Weltwirtschaftskrise. Sie fühlte sich von ihm ernst genommen, wohingegen Richard ihr immer nur den Rang eines – zugegeben bedeutenden – Dekorationsgegenstandes zugebilligt hatte.

Isaacs Gesundheit besserte sich derart schnell, dass Elise von Tag zu Tag die Veränderung beobachten konnte, was sich wiederum auf ihr eigenes Befinden auswirkte. Sie fühlte sich tatsächlich wie im Traum, am Ende eines Märchens, in dem es hieß: Und sie lebten glücklich bis ans Ende ihrer Tage.

Tatsächlich endete das Märchen am 10. März. Absichtlich hatten sie weder Zeitungen gekauft noch Radio gehört und deshalb nichts vom Reichstagsbrand und der anschließenden Verhaftungswelle mitbekommen. Gleichzeitig war je ein Telegramm von Tankred und von Debora eingetroffen, in denen sie von Esras Festnahme berichteten, und es war selbstverständlich, dass sie daraufhin die Hochzeitsreise abbrachen.

»Ich werde das Gefühl nicht los, dass dein Neffe etwas damit zu tun hat«, gestand Isaac ihr im Zug, als sie endlich mal allein im Abteil waren. »Die beiden haben sich nicht gut verstanden, um es mal höflich auszudrücken.«

»Niemand hat sich gut mit Esra verstanden«, korrigierte sie. Ihr gefiel nicht, dass alle immerzu auf Tankred herumhackten. Er mochte seine Fehler haben, hatte jedoch mehr als einmal seinen Familiensinn bewiesen.

»Im Gegensatz zu Esras sonstigen Feinden hat dein Neffe beste Verbindungen zur Gestapo.«

»Wieso betonst du andauernd, dass er mein Neffe ist? Er ist jetzt auch dein Neffe. Und vor nicht allzu langer Zeit hast du ihn sogar als Schwiegersohn in Betracht gezogen.«

»Eine meiner besten Entscheidungen, dass ich das gestoppt habe.«

»Ein wenig Protektion der Staatsmacht schadet unserer Familie in diesen Zeiten sicher nicht. Davon abgesehen ist Tankred amüsanter als Amsel.«

»Was du an einem SS-Offizier amüsant findest, erschließt sich mir nicht.«

»Ich mag die Nazis so wenig wie du …«

»Das bezweifle ich. Den Gauleiter hast du zu unserer Hochzeit eingeladen. Die SS war da. Die Gestapo war da. Die SA. Der ganze verdammte Naziapparat hat mir die Hand geschüttelt.«

»Wäre es dir lieber, sie hätten dir Handschellen angelegt wie Esra?«

»Da haben wir's. Du redest von einem Regime, das unbescholtene Bürger drangsaliert, und ausgerechnet von diesen Leuten sollen wir uns beschützen, tolerieren lassen? Beseitigen müssten wir es.«

Sie unterbrachen ihr Gespräch, als der Schaffner die Billetts kontrollierte. Er nötigte ihnen ein seichtes Gespräch auf, das sie über sich ergingen ließen wie einen Schnupfen.

Nachdem er endlich gegangen war, schwiegen sie für eine Weile. Elise konnte Isaacs Standpunkt gut verstehen. Die Nazis waren Unsympathen, Republikfeinde, unsäglich in ihrem Antisemitismus, Antikommunismus, Antiliberalismus ... Und Esra war selbstredend kein Kommunist, die Anschuldigung war lächerlich. Aber irgendeine Reaktion hatte der Reichstagsbrand ja erfordert, und Hindenburg hatte den Aktionen seinen Segen gegeben.

»Die Frage ist doch«, begann sie in bewusst versöhnlichem Tonfall, »ob wir Tankred und seine Freunde mit Vorwürfen überschütten sollen, womit wir nichts, aber auch gar nichts erreichen. Oder ob wir Tankreds Beziehungen in Esras Sinne nutzen. Jemanden beschimpfen und ihn eine Minute später um einen Gefallen bitten, das wird nicht funktionieren. Lass uns besonnen und taktisch vorgehen, das sind eigentlich deine Stärken.«

Isaac dachte eine geraume Weile über ihre Worte nach. Erst niedersächsische, dann hessische Dörfer flogen an ihnen vorüber.

Als sich das Ende der Fahrt näherte, sagte er: »Seit

Deboras Geburt bist du das Beste, was mir begegnet ist im Leben. Ich glaube, du weißt nicht, wie sehr ich dich liebe und brauche.«

Elise war ihrem Neffen sehr verbunden, als er sie mit dem Wagen vom Hauptbahnhof abholte, um sie sofort eingehend zu informieren. Selbst Isaac rang sich zu einem wenn auch knappen Dankeschön durch. Tankred hatte inzwischen mehr über die Gründe von Esras Festnahme erfahren. Offenbar hatte Elises Stiefsohn losen Kontakt zu einigen Kommunisten gehabt. Er war denunziert worden, man hatte das überprüft, bestätigt gefunden und ein Verhör angeordnet. Ein Vorgang, wie er in diesen Tagen schon fast normal war.

»Man muss leider sagen, dass sie derzeit eher einen zu viel als einen zu wenig verhaften«, erklärte Tankred den beiden. »Man ist nervös, was verständlich ist. Die meisten Verhafteten kommen aber bald wieder auf freien Fuß.«

»Absurd«, murmelte Isaac nach beinahe jedem Satz. »Das ist absurd.«

Das Wort war neutral genug, damit Tankred es nicht als Beleidigung verstehen konnte, und brachte andererseits Isaacs ungläubige Verwunderung zum Ausdruck. Immerhin, Elise gestand ein, dass Esra Kommunisten kennen könnte. Er verkehrte in den verschiedensten Kreisen, mit Glücksspielern, Bordellbesuchern, Wettfreunden, wieso nicht auch mit marxistischen Romantikern? Dass er jedoch selbst politisch aktiv war – nein, ausgeschlossen, nicht Esra. Es sei denn, jemand hätte ihm Geld geboten.

In der Villa Vanora wartete bereits Tankreds Freund

auf sie, Kriminalrat Meining, den sie bereits auf ihrer Hochzeit kennengelernt hatten und der leutselig darauf bestand, dass sie ihn Schimmi nannten.

»Tankred hat mich gebeten, mit Ihnen zu sprechen«, sagte er, gab ihnen – statt eines deutschen Grußes – die Hand und deutete sogar eine Verbeugung an. Sein Auftreten unterschied sich sehr von dem anderer Gestapo-Offiziere. »Ich habe Ihren Sohn auf Befehl höherer Stellen verhaftet, Herr Löwenkind. Sehr viele Einzelheiten sind mir leider nicht bekannt.«

»Wo ist er?«, fragte Isaac. »Kann ich zu ihm?«

»Leider nicht. Wir haben ihn bereits nach Berlin überstellt.«

»Warum denn das?«

»Dort befindet sich unsere Zentrale.«

»Kein Mensch kann mir weismachen, dass Esra Kommunist ist.«

»Bei seiner Durchsuchung hat man Propagandamaterial gefunden, nichts Schwerwiegendes, nur ein paar Handzettel. Das genügt jedoch …«

»Niemals!«, sagte Isaac.

»Ich habe die Handzettel selbst aus seiner Jackentasche gezogen, Herr Löwenkind.«

»Sehen Sie mich an, junger Mann. Sehen Sie mir in die Augen. Sie sprechen mit einem liebenden, verzweifelten Vater, und nun bitte ich Sie um die Wahrheit. Schwören Sie bei allem, was Ihnen heilig ist.«

Ohne zu zögern, erwiderte Tankreds Freund: »Ich schwöre es, Herr Löwenkind, ich sage Ihnen die Wahrheit. Ich habe diese Handzettel bei Ihrem Sohn gefunden, und nun befindet er sich in der Zentrale in Berlin. Mehr weiß ich wirklich nicht.«

Es tat Elise geradezu körperlich weh mit anzusehen, wie der Optimismus, die Vitalität und der Schwung der letzten Wochen aus ihrem Mann entwichen. Seine Aura wandelte sich binnen Sekunden.

»Dann habe ich keine Hoffnung mehr«, murmelte er. »Wenn die ihn erst mal haben …«

»Oh, das sollten Sie aber«, korrigierte ihn der junge Gestapo-Mann, wobei er den Nachsatz geflissentlich überhörte. »Hoffnung haben. Sehen Sie, die Zuständigkeiten von SA, SS, Gestapo, Ministerien und anderen Institutionen haben sich noch nicht zurechtgeruckelt. Da geht es manchmal etwas drunter und drüber. Wir sind ja alle noch recht neu. Sehr gut möglich, dass Sie Ihren Sohn schon bald wieder in die Arme schließen dürfen. Ich bleibe an der Sache dran, das verspreche ich Ihnen.«

Tatsächlich kehrte ein wenig Hoffnung in Isaacs Haltung zurück. Dennoch legte er sich sehr bald nach Meinings Abfahrt schlafen, müde von der Reise und den Ereignissen.

»Scheint ein netter Mann zu sein, dein Freund Schimmi«, sagte Elise, die noch mit Tankred zusammensaß. »Er sieht aus, als könnte er kein Wässerchen trüben, aber da er in der Gestapo aufgestiegen ist, wäre es wohl sehr naiv, das auch zu glauben. Ich traue ihm kein bisschen.«

»Traust du mir?«, fragte Tankred.

Sie lächelte ihn vielsagend an. Dann bestellte sie Tee für zwei.

»Mach drei Tassen draus. Shuilian ist für eine Weile bei uns eingezogen.«

»Mit Billigung ihrer Eltern?«

»Die haben sich bisher nicht geräuspert.«

»Also meinetwegen. Eins steht fest: Langweilig wird das Leben mit dir als Hausgast nicht.«

In den darauffolgenden Tagen rief »Schimmi« Meining Elise und Isaac regelmäßig an, um zu berichten, was er herausgefunden hatte. Esra sei noch immer zu Verhören in Berlin, die Vorwürfe gegen ihn hätten sich erhärtet, er sei nach Thüringen gebracht worden, Meining habe die Verlegung nach Hessen beantragt, er versuche zu erwirken, dass sein Vater ihn besuchen dürfe …

Den Eifer konnte man dem jungen Mann nicht absprechen, und Elise gingen allmählich die Argumente für ihr Misstrauen aus. Wieso gab er sich solche Mühe? Sie hatte von anderen Fällen gehört, in denen die Gestapo weit weniger freundlich aufgetreten war, als Meining es tat. Die Mitarbeiter dieser ebenso dubiosen wie gefürchteten »Behörde« waren als launisch und ungehobelt verschrien.

Natürlich gab sie Isaac Wort für Wort weiter, was Tankreds Freund ihr erzählte. Ihr Mann wollte nicht mit der Gestapo sprechen, auch wenn sie in der Person Meinings überaus verbindlich daherkam. Mit der Zeit schöpfte er tatsächlich wieder Hoffnung, vor allem, als die Nachricht kam, dass Esra nach Hessen verlegt worden sei. Er war demnach nicht mehr weit weg. Der Antrag für einen Besuch zog sich dennoch in die Länge.

Einige Wochen später legte Tankred Elise die ausgearbeiteten Verträge für eine Fusion vor. Ein Drittel der Anteile von Blankenburg-Löwenkind sollte Isaac halten, die anderen zwei Drittel würden sich Elise, Tankred und Wido teilen.

»Löwenkind ist mehr wert als ein Drittel«, wandte sie ein.

»Ist es nicht«, widersprach Tankred. »Ich habe die Zahlen hier.«

»Aber nur weil du die Aktiva seit einiger Zeit kräftig erhöhst: neue Öfen, neue Garagen, neue Fahrzeuge. Denkst du, das wäre mir nicht aufgefallen? Drei Kredite in drei Monaten.«

Es hatte sie große Überwindung gekostet, sich mit der trockenen Materie der Geschäftsbücher vertraut zu machen. Lieber hätte sie Wäsche auf einen Stein geklopft, als Zahlen zu studieren. Doch es ging nicht anders, wenn sie den Überblick behalten wollte.

»Was ist gegen neues Inventar einzuwenden? Wenn eine Fusion uns frischen Wind bringen soll, dann brauchen wir auch die Mittel, um den Wind zu nutzen. Denn auch mit den besten Reifen wird ein Traktor nicht zum Sportwagen.«

»Isaacs Anteil beträgt vierzig Prozent, keines weniger. Und die Manufaktur wird Löwenkind-Blankenburg heißen, nicht umgekehrt.«

Am Ende setzte Elise sich durch, war aber immer noch nicht zufrieden. Sie hätte nicht mit dem Finger darauf zeigen können, aber ihr Bauch sagte, dass Tankred die Fusion nicht nur aus ökonomischen Gründen und Familiensinn vorantrieb. Andererseits waren die künftigen Mehrheitsverhältnisse zufriedenstellend – mit ihren zwanzig und Isaacs vierzig Prozent konnte keine Entscheidung gegen sie beide getroffen werden. Das beruhigte Elises Misstrauen ungemein. Zudem würde die Fusion tatsächlich wirtschaftliche Stabilität bringen.

Isaac stimmte zu, auch ihm gelang es nicht, das Haar in der Suppe zu finden, und so fand die erste Fusion zweier der zehn größten Manufakturen des Deutschen Reiches am 14. April 1933 statt.

Man musste schon sehr verzweifelt sein, um bei so jemandem Rat und Hilfe zu suchen. Und genau das war sie: verzweifelt. Seit Wochen schon schob sie das Problem vor sich her. Morgens erwog sie, sich in ihr Schicksal zu ergeben, das Kind auszutragen und aufzuziehen. Abends erwog sie, unter dem Schicksal hindurchzutauchen und das Kind wegmachen zu lassen.

Etliche Frauen hätten sich Emmas »Problem« gewünscht: ein Kind zu bekommen vom eigenen Mann. Doch Emma war nicht wie andere Frauen, deren größter Wunsch es war, eine Familie zu gründen, auch wenn das manchmal bedeutete, andere Wünsche, Begehrlichkeiten, Leidenschaften zu verdrängen und aufzugeben.

Caspar war nett. Punkt. Gegen einen netten Mann war nichts zu sagen, nur leider verkörperte er alles, was Emma fremd war: Disziplin, umständliches Benehmen, Durchschnittlichkeit. An ihm gab es nichts, was sie in irgendeiner Weise beeindruckt hätte.

Sie wollte kein Kind von ihm. Im Geiste hatte sie ihr gemeinsames Leben längst verlassen. Vielleicht steckte hinter ihrem Unwillen auch lediglich die Hoffnung, es könnte noch etwas geschehen, was ihr Leben in letzter Minute in eine andere, in eine bessere Richtung lenkte. Was genau das sein könnte, darüber weigerte sie sich nachzudenken. Auch betete sie nicht für eine Wendung. Sie sollte jedoch eintreten.

Es geschah in Gestalt von Theo. Ein fünfminütiges Wiedersehen im Museum, arrangiert von Tankred, hatte genügt, um leibhaftig zu spüren, was sie verloren hatte. Theo war etwas Besonderes vom Scheitel bis zur Sohle und bis tief ins Herz. Er war warmherzig, fantasievoll, lyrisch. Er interessierte sich nicht für Geld, Titel oder Ansehen. Sein ganzes Streben bestand darin, die Welt, wie er sie sah, auf Leinwand zu bannen und so anderen Menschen näherzubringen. Das machte ihn glücklich, und es würde Emma glücklich machen, ihn dabei zu unterstützen, von ihm zu lernen und eines Tages selbst zum Pinsel zu greifen.

Seit einigen Wochen trafen sie sich wieder, heimlich und bisher rein platonisch. Doch Emma wusste, dass es dabei nicht bleiben würde, und sie zählte die Stunden, bis Theo derselben Meinung war.

Die Schwangerschaft kam ebenso ungewollt wie unverhofft. Es mochte naiv gewesen sein, doch sie hatte einfach nicht damit gerechnet, dass es passieren könnte. Im Ehebett war sie so zurückhaltend wie nur möglich, und Caspar tat es ihr gleich. Er drängte sich niemals auf. Auch sprachen sie nie über Emmas Reserviertheit, das war kein Thema für einen Mann von Caspars Schlag.

Ausgerechnet in dem Moment, da ein wenig Glück und Abenteuer in ihr Leben zurückkehrten, da sie sich dank ihres Cousins als Porzellanmalerin ausbilden ließ und Theo wiederbegegnete, drohte ein Rückfall in die geistige Enge von Lerchenberg: die Aristokraten, die ihre Aufwartung machten und die immer gleichen Bouquets überreichten, der Kaffee um drei Uhr, die prüden Tanten, deren aufgeblasene Kinder und Kindeskinder, die Gespräche, die vom besten Mittel zur Parkettpflege über die Hutmode bis zur Predigt des Dorfpfarrers reichten ... Das alles nur, weil sie ein Kind erwartete. War das gerecht?

Am Grab ihres Vaters suchte sie Trost. Warum?, fragte sie ihn. Warum hast du mir das aufgebürdet? Womit habe ich das verdient? Es war ihr immer noch unbegreiflich, dass er über ihren Kopf hinweg einen Mann für sie ausgesucht hatte.

Als sie sich endlich – es war allerhöchste Zeit – entschlossen hatte, niemanden in ihre Schwangerschaft einzuweihen und das Kind nicht zu bekommen, stellte sich die Frage, wie sie das anstellen und wen sie um Hilfe bitten könnte.

Ihre Mutter schied aus, die hatte sie zu dieser Vernunftehe gedrängt und erwartete geradezu täglich die Kunde von Emmas Schwangerschaft. Biene wäre eine gute Option gewesen, doch teilte sie ihre Loyalität zwischen Emma und ihrer langjährigen Dienstherrin auf. Freundinnen, die diesen Ehrentitel wirklich verdienten, hatte Emma nur sehr wenige, und die waren entweder sittsam verheiratet, glücklich verlobt oder aus Überzeugung keusch. Gewiss lehnten sie den Schritt ab, den Emma gehen wollte. Außerdem verkehrte keine von ihnen, so wenig wie Emma selbst, in jenem Milieu, aus dem »Engelmacherinnen« kamen.

Natürlich war ihr der Gedanke gekommen, sich an Tankred zu wenden. Er hatte ihr mehrfach geholfen, war ihr wohlgesonnen und kannte gewiss jemanden, der jemanden kannte ... Doch er war ein Mann, noch dazu ein Nationalsozialist, und dieser Menschenschlag stand unerlaubten Abtreibungen, gelinde gesagt, skeptisch gegenüber. Dazu kam, dass er sich in letzter Zeit mit Caspar auffällig gut stellte. Hundertprozentig konnte sie sich demnach nicht auf seine Hilfe und Verschwiegenheit verlassen.

Und was Theo anging – selbstredend durfte er nie erfahren, was sie für ihn, für seine Liebe getan hatte.

So kam es, dass zum Schluss nur noch Shuilian übrig blieb.

Emma mochte ihre Cousine nicht. Shuilian sah aus wie die Favoritin eines chinesischen Kaisers, was sich sowohl in ihrer Distanziertheit als auch in ihrem narzisstischen Gehabe niederschlug. Bei den seltenen Gelegenheiten, zu denen die Familie zusammentraf, sprach sie kaum ein Wort, lächelte unmäßig und mit einer gewissen Verachtung und benutzte immerzu einen chinesischen Fächer, um sich Luft zuzufächeln, obwohl die Temperaturen dazu keinen Anlass gaben. Kurz gesagt, sie tat so, als wäre sie etwas Besseres, allen anderen überlegen oder im Besitz eines besonderen Wissens. Dabei war selbst Emma, die nun wirklich keinen Kontakt mehr in die Jeunesse dorée von Frankfurt hatte, zu Ohren gekommen, was die zwanzigjährige Exotin dort so trieb.

Alles Mögliche.

Sie erschien im Hosenanzug und mit langer Zigarettenspitze in Tanzclubs. Sie ließ sich an einem Abend von drei verschiedenen Kavalieren zu drei verschiedenen Drinks einladen und brachte die Männer dazu, sich ihretwegen zu prügeln. Sie tanzte wie Salome, rauchte wie Marlene Dietrich und verschlang Männer mit ihren Blicken wie Katharina die Große. Urplötzlich tauchte sie irgendwo auf und verschwand genauso schnell wieder, schien gar an mehreren Orten gleichzeitig zu sein, verbreitete Geschichten aus Shanghai. Binnen Monaten war sie eine bekannte Partylöwin geworden, und dennoch wusste keiner wirklich etwas über sie. Sie galt als anrüchig und faszinierend.

Selbst wenn nur die Hälfte davon stimmte: Shuilian war gewöhnlich, selbstverliebt, dubios und oberflächlich. Alles in allem hatte Emma nicht mehr mit ihr gemeinsam, als in ein Tintenfass passte. Genau deswegen war ihre Cousine die Einzige, die Emma einfiel.

Neuerdings wohnte sie in der Villa Vanora. Auch darüber gab es Gerüchte – angeblich war Tankred hingerissen von ihr. Wie auch immer, das machte es für Emma leicht, sich an sie zu wenden. Als sie mit Caspar wieder einmal nach Königstein kam, suchte sie Shuilian unter einem Vorwand in ihrem Zimmer auf.

Dieser Gang war unproblematischer, als Emma gedacht hatte. Wenn einem nur eine einzige Tür zum Aufstoßen bleibt, denkt man nicht mehr lange darüber nach, was sich dahinter verbirgt. Ebenso überraschend war, dass Shuilian nicht im Geringsten überrascht war, weder von der Frage an sich noch davon, dass Emma sie ihr stellte. Emma hätte sie auch nach der Adresse ihres Friseurs fragen können. Wie aus der Pistole geschossen wusste Shuilian, was zu tun war und wo.

Man betrat das Gebäude durch eine Gasse, die von einer Seitenstraße abging. Das Gebäude Haus zu nennen, wäre geschmeichelt gewesen. Fäulnisgestank, die Wände gelb und schwarz, die Treppe ein Abenteuer. An vielen Stellen fehlte das Geländer.

Vierter Stock. Eine Tür mit Guckloch.

Auf ihr Klingeln öffnete eine Frau, die so alt aussah, als hätte sie noch Goethe gekannt – wäre sie Deutsche gewesen. Eine Chinesin, natürlich. Wie, wann und warum sie nach Deutschland gekommen war, interessierte Emma in diesem Moment überhaupt nicht. Es war unmöglich für sie, an etwas anderes zu denken als daran, diese Wohnung so schnell wie möglich wieder zu verlassen.

»Wie lange wird es dauern?«, fragte sie das Weib.

Shuilian übersetzte die Frage, ebenso die Antwort.

»Das ist von Frau zu Frau unterschiedlich und hängt auch von der gewählten Methode ab.«

»Welche Methoden sind das?«

Die Stimme der Engelmacherin war wispernd und sanft wie ein Windhauch, dadurch aber auch so flüchtig, dass man meinen konnte, sie hätte nur gesummt.

Shuilian erklärte: »Es gibt zum Beispiel Kräuter, die zum gewünschten Ergebnis führen. Das dauert dann ein paar Tage.«

»Unmöglich, ich kann doch nicht tagelang von zu Hause wegbleiben.«

»Das musst du auch nicht. Es passiert dann irgendwann.«

»Was passiert irgendwann?«

»Na, das!«

In Emmas Kopf hämmerte es. »Und die Alternativen?«

»Ein operativer Eingriff, hier und jetzt.«

»Wird es wehtun?«

Shuilian übersetzte: »Das ist von Frau zu Frau unterschiedlich.«

»Also gut, hier und jetzt.«

Die Alte reichte ihr mit der einen Hand einen Tee, mit der anderen verlangte sie Geld. Der Trank schmeckte bitter bis an die Grenze des Erträglichen. Nach und nach wichen die Kräfte und Empfindungen aus Emma. Sie hätte gerne jemanden gehabt, der ihre Hand hielt, Biene zum Beispiel. Shuilian wirkte weder so, als könnte sie die Rolle der Trösterin übernehmen, noch als wollte sie es. Sie sah unbeteiligt aus, doch auch sie schien sich nicht ganz wohl zu fühlen.

Die Alte hielt eine Zange und eine große metallische Schlaufe über eine Flamme, legte sie dann auf ein Baumwolltuch, setzte sich in eine Ecke und wartete reglos. Keiner von ihnen sprach. Draußen im Hof spielten Kinder, eine Mutter rief nach ihrem Sohn, ein Radio dudelte.

Aus Emmas Körper, dann aus ihrem Geist schwand jedwedes Gefühl, sie gingen eines nach dem anderen und hinterließen eine seltsame Lücke, eine Leere, die immer mehr ausgefüllt wurde vom Warten auf das Kommende. Die Zeit bemaß sich einzig am Atemgeräusch der Alten und an Shuilians Fingernägeln, mit denen sie auf irgendetwas trommelte.

Endlich legte sich Müdigkeit über Emma wie eine schwere Decke. Ohne dass sie einschlief, schlossen sich ihre Augen. Sie bekam das Klappern mit, das Reiben von Metall auf Metall, hörte irgendwann die Alte keuchen.

Plötzlich ein Ziehen in ihrem Unterleib, mittendrin im Körper. Etwas später ein Zwicken, dann noch eines. Wieder ein Ziehen.

Dadurch kehrte ihre Fähigkeit zurück, etwas zu

empfinden. Bin ich ein Ungeheuer?, fragte sie sich. Spürt das Kind etwas von dem, was ich ihm antue? Kann es mir verzeihen? Kann ich mir verzeihen?

Das Keuchen der Alten.

Das Keuchen der Alten.

Plötzlich nichts mehr, kein Geräusch.

Emma hob den Kopf. Sie war allein.

Nein, dachte sie. Nein, ich bin nicht allein. Es ist noch da. Mein Kind ist noch in mir drin. Es lebt. Ich spüre es.

Eine unbekannte Zeitspanne war vergangen, als die Alte mit Shuilian zurückkehrte. Emma war wieder wach, wenn auch noch immer benommen.

Die Alte wisperte, und Shuilian übersetzte: »Die Gebärmutter sitzt nicht gut, sie sitzt zu hoch, man kriegt sie nicht zu fassen. Das kommt manchmal vor. So ist das. Damit bleiben dir nur die Kräuter. Sie wirken ganz bestimmt. Sie wirken immer. Das kostet allerdings extra.«

Am nächsten Tag, zurück auf Schloss Lerchenberg, war Emma derart übel, dass sie glaubte, sich jeden Moment übergeben zu müssen, was jedoch nicht geschah. Stunde um Stunde verging, ohne dass sich etwas an ihrem Zustand verändert hätte. Der zweite Trank war noch widerlicher als der erste gewesen, woran auch drei Löffel Honig nichts änderten.

Es konnte jederzeit geschehen: nachts im Bett, beim Tee, zu den Mahlzeiten, jetzt gleich... Die Alte hatte gesagt, es kündige sich mit Krämpfen an.

Caspars Eltern und Tanten bemerkten sofort, dass etwas mit Emma nicht stimmte, was sie wieder und wieder abstritt. Selbstverständlich bekam sie keinen Bissen hinunter. Schließlich tischte sie eine Geschichte von verdorbener Sahne auf dem Kuchen auf, den sie angeblich mit Shuilian in einem Frankfurter Caféhaus gegessen hatte. Eine halbe Stunde lang drehte sich das Gespräch um verdorbene Sahne, verdorbene Lebensmittel überhaupt, und wie sehr man achtgeben müsse ...

Emma legte sich ins Bett und horchte, tastete, spürte in ihren Körper hinein, wo das Gift sein Unwesen trieb.

Caspar, der von einem dreitägigen Manöver zurückkehrte, kümmerte sich rührend um sie. Er brachte ihr Zwieback und Kamillentee, hielt ihre Hand, schickte nach dem Arzt und erkundigte sich zweimal stündlich nach ihrem Befinden. Obwohl er gerade zum Oberst einer Panzerbrigade befördert worden war, weigerte er sich, seinen Eltern und den Tanten ausführlich davon zu berichten, sondern kümmerte sich einzig um Emma. In seinen Augen las sie die Hoffnung, die Übelkeit sei vielleicht nicht auf die verdorbene Sahne, sondern auf eine Schwangerschaft zurückzuführen.

Emma ertrug seinen liebevollen Blick nicht länger. Sie gab vor, schlafen zu wollen. Stattdessen weinte sie.

Und währenddessen trieb das Gift weiter sein Unwesen in ihrem Körper.

Am nächsten Morgen behauptete sie, es gehe ihr schon viel besser, was ausnahmsweise nicht gelogen war. Passiert war gar nichts, und Emma ertappte sich bei der stillen Hoffnung, die Kräuter hätten ihr zerstörerisches Werk ebenso wenig getan wie zuvor die Instrumente der Alten.

Wenig später jedoch überkam sie eine unwiderstehliche, geradezu wahnsinnige Sehnsucht nach Theo, und mit der Sehnsucht erlosch auch die kurzzeitige Hinwendung zu dem Kind in ihr.

»Ich fahre nachher wieder zu Shuilian nach Königstein«, sagte sie zu Caspar, der ihr das Frühstück ans Bett brachte.

»Heute? So kurz nach deiner Krankheit?«

»Es war nur ein Unwohlsein.«

»Was findest du neuerdings an dieser Shuilian? Ihr Ruf ist …«

»Sie ist viel netter, als die Leute behaupten. Wir haben viel zusammen gelacht.«

»Nun denn, wenn sie dich zum Lachen bringt, soll es mir recht sein. Ich fahre dich hin.«

»Nicht nötig. Wozu gibt es Chauffeure? Du hast ein anstrengendes Manöver hinter dir. Ruh dich aus.«

Im Wagen, auf halbem Weg nach Königstein, setzten die Krämpfe ein. Emma bat den Chauffeur anzuhalten. Sie befanden sich auf einer Autobahn, die zum Teil noch im Bau befindlich, wegen des Sonntags jedoch so gut wie leer war.

Hier, dachte Emma, hier soll es passieren? Neben einer Baustelle? Dies war kein Ort. Dies war gar nichts. Es war ein Alptraum.

Die Krämpfe hörten auf. Die Fahrt ging weiter.

In Königstein angekommen, war sie froh zu hören, dass ihre Mutter und Isaac eine Fahrt ins Blaue unternahmen und Biene mitgenommen hatten. Vermutlich hätte Emma es geschafft, den dreien etwas vorzuspielen, doch es war ihr lieber, wenn es nicht nötig war.

Ohne sich nach Tankred und Shuilian zu erkundigen, ließ sie ein Pferd satteln und ritt zu der Stelle im Wald, wo sie sich immer mit Theo getroffen hatte. Natürlich war es eine geradezu irre Hoffnung, er könnte dort auf sie warten, denn sie waren nicht verabredet. Schön wäre es dennoch gewesen.

Den Rest des Weges zu seinem Mammolshainer Häuschen ging sie zu Fuß. Unterwegs durch einen Wald aus Buchen und Kastanien, erfüllt von frischer, kühler Luft und satt an grüner Farbe, vergaß sie fast, dass das Gift noch immer in ihrem Körper sein Unwesen trieb.

Es war unvernünftig. Es war riskant. Es war gegen ihre Abmachung, und trotzdem klopfte sie an Theos Tür.

Als er öffnete, von oben bis unten bekleckst mit Farbe, küsste sie ihn. Er wusste zunächst gar nicht, wie ihm geschah, dann zog er sie ins Haus, ließ das schmutzige Tuch fallen, an dem er sich die Hände abgetrocknet hatte, nahm ihr Gesicht zwischen die Finger, sah sie an, sah sie an …

Sein Kuss beendete die Farce, die sie sich seit Wochen vorspielten, nämlich ihre Liebe verleugnen und irgendwie überwinden zu können. Wie ein Fluss suchte sich ihre Liebe einen Weg.

»Ich will es tun. Mit dir. So wie früher. Jetzt.«

»Emma! Bist du sicher?«

»Noch nie war ich mir mit irgendetwas so sicher.«

»Aber Caspar … Deine Ehe … Das Treueversprechen …«

»Das sind nur Worte, Theo. Sie haben keinen Bestand, wenn sie nicht mit Gefühlen untermauert sind. Nimm mich. Bitte halte mich, drück mich an dich, sieh mich an, leg dich auf mich. Oh mein Gott, ich ertrage dieses bedeutungslose, hohle Leben ohne dich nicht länger.«

Theo tat an diesem Tag alles, was sie wollte. Er hielt sie, küsste sie, sah sie an und legte sich auf sie. Wenn sie die Augen schloss, wenn sie die Gedanken aussperrte, war alles wie an jenem Tag auf der Wiese, als er sich mit ihr verlobt hatte. Sie waren füreinander bestimmt, allen erzwungenen Gelübden zum Trotz.

Fünf Stunden lang hielten sie sich aneinander fest. Und das Gift trieb noch immer sein Unwesen in Emmas Körper.

Abends kehrte sie in die Villa Vanora zurück. Die Ausflügler waren auch wieder da, alle waren hungrig, sogar Emma, und so setzte man sich bald zu Tisch. Shuilian suchte ein paarmal Blickkontakt zu ihr, den Emma geflissentlich mied.

Sie unterhielten sich über den Frühling, den Rosengarten, den Elise anzulegen gedachte, und natürlich über Emmas Ausbildung zur Porzellanmalerin, die bereits erste Früchte trieb. Es war auf ihre ureigene Idee zurückzuführen, dass Blankenburg eine Serie mit Landschaftsmotiven plante, die in deutschen Romanen und Gedichten eine Rolle spielten. Fontanes Mark Brandenburg etwa, Goethes Land der Zitronen und Hauptmanns Küstenkulissen, begleitet von kurzen Zitaten aus den besagten Schriften. Eine aufwändige, anspruchsvolle Arbeit an jedem einzelnen Stück, für die man sich nur deswegen Zeit nehmen konnte, weil andere, »veraltete« Serien auf Elises Betreiben hin ausliefen. Eine weitere neue Serie, vom Stil des Bauhauses inspiriert, entwickelte sich zu Elises Lieblingskind. Sie sollte weiß und nackt sein und allein durch das neuartige experimentelle Design ihre aufregende Wirkung entfalten.

Die Konversation über moderne Formen und Motive verlief derart angeregt, dass Emma von dem jähen Krampf in ihrem Unterleib völlig überrascht wurde.

»Bitte entschuldigt mich einen Moment«, sagte sie, wie es fast jeder an jedem Tag bei Tisch einmal sagte. Es war so normal, dass niemand das Zucken in Emmas Gesicht bemerkte, als sie aufstand. Niemand außer Shuilian.

Im letzten Moment erreichte Emma den Abort, länger hätte sie sich nicht zusammennehmen können. Beinahe riss sie sich das Kleid entzwei, als sie sich auf die Schüssel sinken ließ. Der Schmerz war so übermächtig, dass sie nach einem Handtuch griff, in das sie mit aller Kraft hineinschrie.

Es fühlte sich an, als verletzte sie jemand, als bohrte jemand ein Messer in sie hinein, und zugleich begriff sie, dass auch sie jemanden verletzte.

Von den erstickten Schreien entzündete sich ihre Kehle.

Dann geschah es, irgendwann. Ein Klumpen löste sich und mit ihm der Schmerz.

Reglos, ohnmächtig, so saß sie da. Nicht hinsehen, dachte sie unentwegt. Sieh bloß nicht hin. Doch als sie aufstand, verspürte sie den Drang, sich zu verabschieden.

Der Klumpen war lila, größer als gedacht. Er war hässlich und sah warm aus, entsetzlich, dennoch konnte sie das Entsetzen nicht spüren. Es blieb abstrakt, eine Abscheu in weiter Ferne. Emma war drauf und dran, dieses »Etwas« anzufassen.

Shuilians Klopfen an der Tür hielt sie davon ab.

»Alles in Ordnung?«, fragte sie.

Wie in Trance entriegelte Emma das Schloss, ohne aufzublicken.

Shuilian krümmte und übergab sich sofort. So als ob sie, die Gleichgültige und Abgebrühte, Emmas Trauer, Emmas Schmerz, Emmas Ekel in einem einzigen Schub abbekommen hätte.

Für eine Minute stützten sie sich gegenseitig. Jetzt, da es geschafft war, mischte sich Erleichterung in Emmas Scham sowie das Erstaunen, zu einer solchen Tat fähig gewesen zu sein.

»Danke«, würgte sie hervor, denn im tiefsten Inneren war sie Shuilian nicht dankbar dafür, dass sie ihr bei dieser Wahnsinnstat geholfen hatte. Sie war sogar ein bisschen wütend auf sie. »Wenn ich mal etwas für dich tun kann ...«

Ihre Cousine rappelte sich auf, wischte sich den Mund am Ärmel ab, sah Emma an und sagte: »Ich brauche dringend neue Kleider.«

Elise benutzte gerne das Bild des dritten Lebensabschnitts, wenn sie über ihr erstes Ehejahr mit Isaac nachdachte. Sich aufgehoben fühlen, schwerelos sein, sich angenommen fühlen, angekommen sein – das alles traf zu, war aber nicht die eigentliche Ursache ihres Glücks. So fremd war ihr dieses Gefühl, dass sie mehrere Monate benötigte, um dessen Existenz zu bemerken und, als sie es erkannte, einen Ausdruck dafür zu finden.

Sie war mit sich selbst im Einklang.

Das war es.

Es bedeutete, einer Bestimmung zu folgen, die nicht künstlich erzeugt worden war, die nichts Manisches,

Zwanghaftes oder Getriebenes hatte, sondern aus dem eigenen Charakter entstand, aus den geheimsten Wünschen, die so tief vergraben waren, dass man sie erst freilegen musste. Viele Jahre nach ihrer Kindheit, etliche Abwege, Umwege und Ablenkungen, zahllose Blockaden, Gedankensperren und Hindernisse später, verstand Elise erst, was für ein Mensch sie war, was sie konnte, was sie wollte und zu geben hatte.

Dort stand sie nun.

Am Anfang.

Am Anfang einer neuen Persönlichkeit.

Gleich nach der Fusion mit Löwenkind schloss sie mehrere Kapitel ab, die ihr viel zu eng mit der Vergangenheit verknüpft waren. Als Erstes zog sie die Klage gegen Ophélie zurück. Zwar war diese durchaus gerechtfertigt, schließlich hatte Ophélie viel zu viele Güter und Materialien mitgenommen, weit mehr, als ihr zustanden. Außerdem benutzte sie den Namen Blankenburg, wenn auch leicht abgewandelt in Blancbourg, und sie hatte keineswegs das Recht, ihr Kapital vollständig abzuziehen. Doch es war besser, sich auf die eigenen Stärken zu konzentrieren, als sich an den Gemeinheiten anderer abzuarbeiten.

Isaac wandte ein, dass Elise damit große Ansprüche aufgäbe, unter anderem den auf den Firmennamen.

»Vor den meisten Kämpfen in meinem Leben bin ich weggelaufen oder habe sie anderen überlassen«, antwortete Elise. »Damit ist nun Schluss. Wollen wir doch mal sehen, wer besser ist, Blancbourg oder Blankenburg.«

Vor Jahren schon hatte Arabella sie ermutigt, den »Blumenquatsch« aus dem Sortiment zu verbannen.

Ihre Tante hatte Recht, es war eine neue Zeit angebrochen. Sogar der prüde Nationalsozialismus konnte nicht verhindern, dass spannende Stile wie das Bauhaus und das Art déco entstanden. Nicht nur in der Architektur, auch in der Mode, der Musik, im Freizeitvergnügen fanden spektakuläre Veränderungen statt. Der Swing kam auf, Jazz setzte sich durch. Das Automobil gewann an Bedeutung, es wurde schneller, Rennen fanden statt. Sport kam in der Breite der Bevölkerung an. Verspielte und verzärtelte Jugendstilformen und -muster machten klaren, jedoch kunstvollen Arrangements Platz.

All das sollte nach Elises Ansicht auch im Sortiment der Manufaktur Widerhall finden. Sie legte Reihen für Sammeltassen auf: Rennwagen, junge Musiker, prominente deutsche Sportler, sie meldete Patente an, schloss Verträge. Eine junge Designerin entwarf das Bauhaus-Porzellan, das, kaum auf dem Markt, auch schon ausverkauft war. Sie kamen kaum hinterher mit den Bestellungen. Auch die Art-déco-Porzellanbilder mit den Motiven deutscher Städte und deutschem Stadtleben schlugen ein wie eine Bombe. Eine völlig verrückte Idee hatte Elise, als sie aus dem Fenster blickte und den Wagen auf der Auffahrt betrachtete. Die Kühlerfigur war die des Herstellers, doch was, wenn sie individuelle Kühlerfiguren anbieten würden, stoßfest natürlich? Sie selbst zeichnete eine Medusa, auf die weitere mythische Gestalten und Symbole folgten. Wer eine Nobelkarosse fuhr und etwas auf sich hielt, der kaufte bald schon eine imposante Figur von Löwenkind-Blankenburg, oft sogar mehrere, da sie austauschbar waren.

Binnen weniger Monate florierte das Geschäft, sodass sie bald schwarze Zahlen schrieben. Die Investitionen waren beträchtlich, doch dank Caspars und Amsels großzügigen Einlagen waren sie zu stemmen. Ein schöner Nebeneffekt war, dass der Erfolg die Manufaktur unabhängig machte von den Bestrebungen Tankreds, der darauf bestand, dass sie für die SS produzierten, was Elise und Isaac strikt ablehnten.

Einzig ein Service, das auf eine Idee von Emma zurückging, passte nichts ins Sortiment. Es zeigte romantische Landschaften voll Honigbienen, Hafer und Herbstlaub. Es war ein Rückschritt, der erwartbare Verluste einfuhr, doch Elise brachte es nicht übers Herz, Emma ein Erfolgserlebnis zu versagen. Für ihre Tochter korrigierte sie die Verkaufszahlen heimlich nach oben.

Natürlich hatte Elises schlechte Gewissen dabei die Finger im Spiel. Es war unübersehbar, dass Emma in ihrer Ehe nicht glücklich war, obwohl Caspar sich redlich bemühte. Dass er ihr sogar die Ausbildung zur Porzellanmalerin ermöglichte, war kein selbstverständlicher Schritt, widersprach er doch den Gebräuchen seines Hauses, und es war ihm hoch anzurechnen, dass er ihn dennoch ging. Elise fragte sich allerdings, ob er Emma damit wirklich einen Gefallen tat. Nach allem, was die Mitarbeiter Elise erzählten, war Emma oft unkonzentriert bei der Arbeit. Sie lernte langsam und machte viele Fehler, aber am schwersten wog ihre Ungeduld. Als Porzellanmalerin brauchte man, neben einer ruhigen Hand, vor allem eine große Liebe zum Detail und eine Hingabe an den Augenblick, wohingegen Emma mit ihren Gedanken immer schon beim nächsten Pinselstrich zu sein schien. Ihre Ausbilderin hatte sie anfangs noch geschont, da sie die Tochter der

Chefin war. Irgendwann war das nicht mehr möglich, und Elise ließ der Ausbilderin freie Hand. Von da an kam es regelmäßig zum Streit, und es war unübersehbar, dass Emma das Talent zu einer guten Porzellanmalerin fehlte – leider nicht bloß das technische, sondern auch das künstlerische. Sie dachte viel zu klassisch. Ihr das deutlich vor Augen zu führen vermied Elise.

Als eines Tages Caspar in der Manufaktur vorbeischaute, wusste Elise sofort, dass das kein Höflichkeitsbesuch war, auch wenn er behauptete, er sei gerade zufällig in der Gegend. Er bewunderte ihr Büro im ersten Stock, das sie fast vollständig verglast zwischen einer Produktionshalle und dem Atelier hatte einrichten lassen. Von dort hatte sie einen guten Überblick über die Geschehnisse, und Isaac saß nur eine Tür weiter.

Nach einigem Geplänkel kam Caspar auf den wahren Grund seines Besuchs zu sprechen.

»Stimmungsschwankungen hatte Emma schon immer«, berichtete ihr Schwiegersohn. »In letzter Zeit allerdings ... das ist nicht mehr normal. Sie fährt meine Eltern, meine Tanten und neuerdings auch mich in einem Ton an, den man sich bei aller Nachsicht nicht mehr gefallen lassen kann. Am nächsten Tag ist sie dann wieder sanft wie ein Lamm. Zwischendurch verfällt sie in Apathie, man könnte ihr eine Enzyklopädie auf den Fuß fallen lassen, und sie würde kaum Aua rufen. Dann wieder finde ich sie weinend vor, ohne dass sie mir einen Grund dafür nennen will. Ach ja, nicht zuletzt das hier ... Sieh dir mal ihre Ausgabenliste an. Kleider, Schuhe, Hüte, mehr als zehntausend Reichsmark in bar ... Ich erkenne meine Frau nicht wieder. Es muss irgendetwas mit Ihrer Nichte zu tun haben, Elise. Seit

Emma vor einiger Zeit mit ihr unterwegs war, ist sie völlig verändert.«

Auch Elise war die Veränderung aufgefallen, wenngleich sie vom Ausmaß überrascht war. »Shuilian? Sehr oft sehe ich die beiden nicht zusammen. Glauben Sie, durch meine Nichte gerät Emma in schlechte Gesellschaft?«

»Nein, Emma geht so gut wie nie aus. Sie hat zu nichts mehr Lust. Zu gar nichts mehr, verstehen Sie?«

Er sagte es mit jenem Unterton, den Männer benutzen, wenn sie wollen, dass man sie versteht, ohne dass sie darüber sprechen müssen. Was Elises Schwiegersohn andeutete, wäre in jeder Ehe ein Problem gewesen, in der Familie von Lerch kam es jedoch einer Katastrophe gleich. Noch immer hatte das Paar keine Kinder, und Caspar hatte keine Geschwister, die in die Erbfolge eingetreten wären. Hundert Ahnen, tausend Jahre, alles hing an ihm – und an Emma.

Für Elise war der desolate Zustand der Ehe ihrer Tochter mit Caspar in mehr als einer Hinsicht ein Problem. Ihre Hoffnung, dass Emma trotz allem irgendeine Form von Zufriedenheit in der Rolle als Ehefrau, Mutter und Repräsentantin einer alten Dynastie finden würde, hatte sich längst zerschlagen. Wieder einmal wurde ihr bewusst, dass sie das Überleben der Manufaktur mit dem Glück ihrer Tochter erkauft hatte. Das für sich war traurig genug. Hinzu kam, dass ein Scheitern der Ehe den Abzug von Caspars Einlagen bedeuten könnte, was schwere Turbulenzen bis hin zur Zahlungsunfähigkeit zur Folge hätte.

Noch etwas ganz anderes gab Elise zu denken. Caspar konnte das als Mann nicht wissen, doch die

Rechnungen, die er Elise vorgelegt hatte, bezogen sich auf Kleider, die Emma unmöglich passten. Ihre Tochter war immer schlank gewesen, allerdings auch recht groß für ein Mädchen oder eine Frau. Was sie gekauft hatte, war für eine kleinere Frau. Auch die Schuhe waren zwei Größen zu klein. Shuilian hingegen mochten sie passen …

Caspar trat an das Fenster, von dem aus man das Atelier im Blick hatte. Vergeblich suchte er dort unten nach Emma. Wie so oft in letzter Zeit fehlte sie unentschuldigt, was Elise in diesem Moment lieber nicht erwähnte.

»Ich habe von Anfang an gewusst, dass sie mich nicht liebt, so wie ich sie liebe«, sagte er, der Soldat, der Ritter, und wirkte dabei verletzlich, mehr noch, verletzt. »Schon als ich ihr den Heiratsantrag gemacht habe. Ich dachte, dass wir mit der Zeit … dass Emma mich eines Tages wenigstens ein kleines bisschen … Dass sie, wenn ich ihr ein paar Freiheiten lasse … Das hat alles nicht geholfen, und es sieht auch nicht danach aus, dass sich irgendetwas ändert«, resümierte er und atmete tief durch. »Sie hat mich aus reinem Pflichtgefühl geheiratet, und ich habe mir etwas vorgemacht.« Er wandte sich Elise zu. »Ich liebe Emma noch immer, und ich möchte nicht auf sie verzichten. Aber wenn ich ihr zuwider bin …«

»Das sind Sie ganz bestimmt nicht, Caspar«, widersprach Elise. »Ich sehe doch, wie sehr Sie sich um meine Tochter bemühen. Vielleicht ist alles nur eine vorübergehende Missstimmung. Ich rede mal mit ihr.«

»Gibt es irgendetwas, das ich wissen müsste?«, fragte er. »Wollte Emma diese Ehe überhaupt?«

Mit weichen Knien ging Elise auf ihren Schwiegersohn zu und umarmte ihn, was sie zuletzt und auch nur ein einziges Mal bei der Hochzeit getan hatte. Am liebsten wäre sie vor Scham im Erdboden versunken.

»Wie gesagt, mein Lieber, ich rede mit ihr.«

Elise hätte diese schwierige, peinliche Aufgabe gerne auf Biene übertragen. Es wäre sinnvoller gewesen, denn Biene kam viel leichter an Emma heran als sie. Doch Elise hätte jede Selbstachtung verloren, wenn sie nicht mehr den Mut hätte, den Konsequenzen ihrer Entscheidungen ins Gesicht zu blicken. Beispielsweise nahm sie – oder Isaac – jede Entlassung selbst vor, einfach um niemals zu vergessen, was Menschen dabei empfinden, wenn man ihnen die Arbeit wegnimmt. Konnten sie die Löhne nicht pünktlich zahlen, was zum Glück immer seltener vorkam, ging sie von Abteilung zu Abteilung und sah den Menschen in die Augen, wenn sie ihnen die schlechte Nachricht überbrachte. Und was für sie als Geschäftsfrau galt, musste in erhöhtem Maße für sie als Mutter gelten.

Zunächst wandte sie sich jedoch an Shuilian. Ihre Nichte hatte es sich im Gästetrakt der Villa gemütlich gemacht und trieb das Personal mit ihrer notorischen Unordnung zur Verzweiflung. Trotzdem und obwohl sie Shuilian manchmal eine ganze Woche nicht sah, genoss Elise ihre Anwesenheit. Die Villa Vanora war immer ein Haus voller Menschen gewesen, Platz war ebenfalls genug da, und die Familie um sich zu haben, selbst wenn sie bisweilen lästigfiel, verschaffte einem ein gutes Gefühl. Dasselbe galt für Tankred. Seine Karriere in der SS stellte Elise und Isaac auf eine harte Geduldsprobe. Da Tankred sich jedoch an einige Spielregeln hielt – etwa legte er zu den Mahlzeiten die Uniform ab und zog einen Anzug an –, war seine Gesellschaft alles in allem angenehm.

Kurz nach Shuilians Einzug war Elise zum letzten Mal im Zimmer ihrer Nichte gewesen, um sie zu fragen, ob sie alles habe. Seither nicht mehr. Bienes Berichte waren nicht übertrieben, denn in dem Raum sah es aus, als wäre ein Wirbelsturm einmal quer hindurchgefegt. An die zwanzig Kleider lagen oder hingen herum, auch an Stellen, wo man sie nie vermuten würde, etwa einer Hängelampe.

»Gehst du heute Abend aus?«, fragte Elise, nur um einen Gesprächsanfang zu haben, denn Shuilian ging fast jeden Abend aus.

Tankred hatte ihr einen Chauffeur besorgt, der sie überall hinbrachte – und ein Auge auf sie hatte, denn sie schien es in Frankfurt ziemlich doll zu treiben.

»Was hältst du von einem grünen Schal zu dem orangefarbenen Kleid, Tante Elise? Etwas gewagt, oder?«

»Wenn du rote Schuhe dazu anziehst, kannst du auf eine Ampel-Party gehen.«

Shuilian lachte, allerdings nur so lange, bis Elise sich erkundigte, wie sie sich all die Sachen leisten konnte.

»Ich bekomme Taschengeld von meiner Mutter«, erwiderte sie.

»Ich habe mit deiner Mutter gesprochen. Sie gibt dir fünfzig Reichsmark im Monat. Das kostet allein der grüne Schal, den du zu dem orangefarbenen Kleid tragen willst.«

»Sie ist ein Geizkragen.«

»Das stimmt«, gestand Elise zu, denn Chen Lu kam wirklich mit sehr wenig aus. Die Frankfurter Wohnung, die Sachen, die sie und Wido trugen, alles ohne Schmuck – neben Chen Lu wäre sich eine kleine Blumenverkäuferin dekadent vorgekommen. »Das beantwortet jedoch nicht meine Frage.«

»Tankred ist umso großzügiger.«

»Es gibt Gerüchte über euch. Ihr sollt euch sehr nahestehen.«

»Er ist gut zu mir, das ist alles.«

»Ich will hoffen, dass das alles ist. Aber jetzt möchte ich mit dir über Emma sprechen. Sie gibt dir ebenfalls Geld und kauft dir grüne Schals, ja? Mich würde interessieren, warum.«

»Wir sind Freundinnen geworden.«

»Das ist lächerlich«, schleuderte Elise ihrer Nichte entgegen. »Emma würde eher mit Heidi Freundschaft schließen als mit einem aufgehenden Nachtclub-Sternchen. Hättest du mir eine bessere Lüge aufgetischt, so hätte ich dir vielleicht geglaubt. Nun weiß ich, dass etwas nicht stimmt.«

Shuilian wollte protestieren, was Elise jedoch unterband. »Bevor du etwas erwiderst, lass dir sagen, dass ich jedem Gast nur eine einzige Lüge zugestehe, keine zweite. Die Wahrheit, wenn ich bitten darf, oder du fliegst hier mitsamt deinem orangefarbenen Kleid im hohen Bogen raus, mein Fräulein.«

Was Elise von Shuilian erfahren hatte, erschütterte sie derart, dass sie gar nicht anders konnte, als Isaac einzuweihen. Dabei ahnte sie, dass es ihn sogar noch härter treffen würde. Wenn auch nicht im klassischen Sinne religiös, so glaubte er doch an unveräußerliche, indiskutable Werte. Ein Leben galt ihm mehr als alles andere, und selbst für seinen missratenen, undankbaren Sohn Esra hätte er alles hingegeben, was er hatte, um ihn zurückzubekommen. Mehr als einmal hatten sie darüber gesprochen.

Als Elise ihm spätabends im Ehebett erzählte, was Emma getan hatte, fing er fast an zu weinen, so sehr nahm es ihn mit. Um es ihm leichter zu machen, wandte sie den Blick von ihm ab und schmiegte sich an ihn. Sofort legte er den Arm um ihre Schultern.

»Es ist alles meine Schuld«, sagte sie. »Ich habe Emma dazu getrieben mit meinem Fanatismus, die Manufaktur zu erhalten.«

»Ehen wie die von Emma und Caspar sind schon Millionen Mal geschlossen worden, und meistens gingen sie irgendwie gut«, beschwichtigte Isaac sie. »Du konntest nicht wissen, dass das passiert. So etwas kann man nicht vorhersehen.«

»Du hättest anders gehandelt. Du hättest deine Tochter nicht hereingelegt, um sie zu verheiraten.«

»Ich habe leicht reden. Debora hat keine Sekunde gezögert, der Ehe mit Amsel zuzustimmen.«

»Aber hätte sie sich geweigert ...«

»Dann wären wir beide jetzt vermutlich nicht verheiratet, wir wären nicht hier, würden uns nicht lieben. Stattdessen wäre ich weiterhin allein, du wärst allein, und Debora wäre womöglich todunglücklich mit Tankred verheiratet. Wer weiß, ob Emma mit ihrem Maler glücklich geworden wäre.«

»Es wäre wenigstens ihre Entscheidung gewesen.«

»Das bringt doch jetzt alles nichts, Elise. Caspar ist ein guter Kerl, und wenn Emma sich ein wenig angestrengt hätte, wäre diese Tragödie nicht passiert.«

»Ich muss es ihr sagen«, murmelte Elise. »Ich muss ihr sagen, was ich ihr angetan habe.«

»Um Himmels willen!«, rief er.

»Ich habe es schon nicht geschafft, mich bei meiner Schwester zu entschuldigen. Nun Emma. So darf das nicht weitergehen.«

»Denk nicht an dich, sondern an deine Tochter. Wenn du es ihr jetzt sagst, wirst du sie zerstören.«

Elise begriff, dass sie aus dieser Klemme nicht mehr herauskam. Emma würde ihr und Biene niemals verzeihen und damit auch die letzten Menschen von sich weisen, die sie aufzufangen vermochten. Um ihrer Tochter weiter nahe zu sein und um Schlimmeres zu verhindern, musste sie die Lüge fortführen.

Wie die allermeisten Mütter verspürte Elise seit Emmas Geburt eine große Verantwortung, die nie abnahm. Nun kam noch eine Ladung obendrauf, fast unerträglich schwer. Ihr beistehen genügte nicht. Sie musste Emma aus diesem Tal herausholen, und das konnte nur gelingen, wenn sie einen äußerst gewagten Schritt tat, den Abgrund gleich neben sich.

Die Villa Vanora hätte bequem zweimal in den Westflügel von Schloss Lerchenberg gepasst. Das Gemäuer aus dem sechzehnten Jahrhundert thronte imposant über dem Rhein und den es umgebenden Weinbergen. Seine Vergangenheit als Trutzburg ließ es leicht abweisend erscheinen, eine Eigenschaft, die sich auf die meisten Bewohner übertragen hatte.

Elise war nach dem Tod ihres Vaters nur zweimal an diesem Ort gewesen: bei Emmas Hochzeit sowie an ihrem ersten Hochzeitstag. Seit ihrer Eheschließung mit »so einem«, rangierte Elise für Caspars Eltern und Tanten knapp oberhalb einer Persona non grata. Auf solche Gesellschaft konnte Elise gut verzichten, doch an diesem Tag blieb ihr nichts anderes übrig, als im Schloss vorstellig zu werden. Zuvor hatte sie sichergestellt, dass Caspar anwesend und Emma unterwegs war.

Mit den schmallippigen Lerchs hielt sie sich nicht länger auf als nötig, was diesen sehr entgegenkam, und hätte Caspar nicht nach Kaffee geklingelt, hätte Elise völlig auf dem Trockenen gesessen. Die beiden zogen sich in einen Raum zurück, den man nur mit viel Fantasie als Arbeitszimmer bezeichnen konnte, eher schon als Atelier. Das Atelier eines Feldherrn. An den Wänden hingen zahllose vollgekritzelte Tafeln, Plakate mit Skizzen von Panzern, Schlachtplänen, Aufmarschplänen, manchmal einfach nur Linien, Pfeile, Kreuze – ein großes Wirrwarr für den Laien. Es sah nach Krieg aus, mitten im friedlichen Herbst 1933.

Caspar bot Elise einen Platz an, rückte ihr den Stuhl zurecht und lehnte sich gegen einen Tisch, auf dem an die tausend kleine Holzsoldaten standen. Ein kleines Schild klärte darüber auf, dass hier die Schlacht von Roßbach nachgebildet war, bei der im Jahr 1757 Friedrich der Große die vereinigten Truppen Frankreichs und des Deutschen Reiches geschlagen hatte. Vermutlich hatte ein Lerch auf der Seite der preußischen Sieger gekämpft.

»Ich bitte das Verhalten meiner Eltern zu entschuldigen«, sagte er. »Der Adel ist zwar für gutes Benehmen bekannt, doch erstreckt sich das nicht auf seine Gesinnung. Die ist leider allzu oft schäbig.«

»Für seine Eltern kann niemand was«, erwiderte Elise. »Davon kann ich ein Lied singen.«

Sie räusperte sich, trank den Kaffee aus, stellte die Tasse beiseite und fasste sich ein Herz. Vielleicht hatte sie sich noch nie so sehr geschämt wie in jener Stunde. Was sie ihrem Schwiegersohn nun unterbreitete, war nicht weniger als die ganze Wahrheit: wie sie Emma getäuscht hatte, welche Motive sie dazu veranlasst hatten und schließlich, was sie von Shuilian erfahren hatte.

Die meisten Männer hätte diese Nachricht umgehauen. In Caspar von Lerch allerdings flossen dreißig Generationen Soldatenblut, er selbst hatte als Fremdenlegionär in Marokko gekämpft, und so war das Einzige, was umfiel, ein kleiner Haufen Soldaten auf dem Schlachtfeld von Roßbach. In einer heftigen Bewegung schlug Caspar auf die Tischkante, fing sich jedoch schnell wieder, ging zum Fenster und blickte auf den Rhein hinunter.

Eine Minute lang schwieg Elise.

Erst die halbe Arbeit war getan. So schwer und beschämend die erste Hälfte gewesen war, die zweite stand dieser in nichts nach. Denn was sie ihm nun vorschlug, war nach dem, was sie ihm zuvor gestanden hatte, geradezu unverfroren, eine Zumutung.

In dem Augenblick, als er sich umdrehte und sie ansah, wäre Elise am liebsten im Erdboden versunken. Jeglicher Mut verließ sie. Um Kopf und Kragen hatte sie sich geredet. Von der Tochter aus ehrbarem Haus, der vornehmen Erbin, der Geschäftsfrau, der liebenden Mutter war sie binnen einer Stunde zur Täuscherin, Lügnerin und Manipulatorin geworden. Und Emma hatte sie mit hineingezogen in diesen Schlund. Ihre

Tochter war jetzt die Mörderin von Caspars ungeborenem Kind.

»Wie auch immer Sie sich entscheiden«, presste sie mühsam hervor, »was auch immer Sie tun, von diesem Gespräch darf Emma nie erfahren. Wenn Sie mir nur dies versprechen ...«

»Sie erwarten von mir«, unterbrach er sie mit leiser, sachlicher, kalter Stimme, »dass ich Emma wieder bei Ihnen einziehen lasse, damit sie sich dort ›erholt‹. Das kann ein halbes Jahr, ein Jahr oder zwei Jahre dauern. Sie erwarten von mir, dass ich sämtliche ehelichen Rechte gewissermaßen ruhen lasse. Ich soll auf meine Ehefrau verzichten, auf meine Gefährtin, meine Vertraute, die Vorsteherin meines Haushalts, die künftige Mutter meiner Kinder ... Ich soll mich zum Gespött meiner Familie machen, meiner Nachbarn und Freunde, meiner Kameraden, die alle sehr schnell mitbekommen werden, dass meine Frau Zuflucht bei meiner Schwiegermutter gesucht und gefunden hat. Und womöglich nicht nur dort. Sie haben angedeutet, dass es da einen anderen gibt.«

Elise nickte. »Ich weiß zwar nicht, in welchem Verhältnis die beiden zueinander stehen. Ob sie sich überhaupt wiedergesehen haben. Er ... er ist ganz anders als Sie, Caspar. Ein Freigeist, fast mittellos, Ausländer. Er entspricht Emmas romantischen Vorstellungen. Sie kennen meine Tochter ja.«

»Das dachte ich.«

Elise wusste selbst nicht, welcher Teufel sie ritt, doch sie stand auf, ging zu ihrem Schwiegersohn ans Fenster und berührte ihn an der Schulter.

Wie zu erwarten war, fuhr er sie an: »Wie viele meiner Ahnen haben für eine Frau Duelle geführt, und ich soll wie ein Trottel daneben stehen, wenn meine eigene mir Hörner aufsetzt?«

»Sie werden Emma verlieren, so oder so, wenn Sie sie einsperren. Entweder wird sie verrückt oder zur Feindin unter Ihrem eigenen Dach, Caspar. Wenn sie sich erst einmal beruhigt hat, wenn sich ihre Verstörung gelegt hat, wenn sie zu Sinnen gekommen ist, dann ...«

»Was dann?«

»Es gibt da eine Seite in Emma, die Sie liebt, Caspar.«

Er lachte bitter auf, doch Elise blieb beharrlich.

»Ich habe es selbst gesehen, wenn Sie beide bei uns zu Gast waren. Manchmal blitzt ein zärtlicher, dankbarer Blick auf, wenn Emma Sie ansieht, immer dann, wenn Sie sie umsorgen. Nehmen Sie sie wieder in Besitz, und Sie verlieren sie. Lassen Sie ihr etwas Luft, und eines Tages ... wer weiß. Mir ist bewusst, dass es nicht gerade viel ist, was ich Ihnen in Aussicht stelle. Ein Samenkorn, mehr nicht.«

Elises Schwiegersohn wandte sich wieder dem Fluss und den Weinbergen zu. Er steckte in einem Dilemma, wie es größer kaum sein konnte. Eine Scheidung kam für ihn, den gläubigen Katholiken, nicht in Frage und eine Annullierung der Ehe ebenfalls nicht. Würde er die verbotene Abtreibung öffentlich machen, wäre das ein Riesenskandal, der seiner Wehrmachtskarriere beträchtlich schaden könnte, vom Gesichtsverlust ganz zu schweigen. Andererseits – wie sollte er fortan mit Emma an seiner Seite weiterleben? Wie könnte er mit ihr Kinder bekommen, eine normale Ehe führen, alt werden? Wie könnte er einen Nebenbuhler dulden?

Und das nach allem, was Elise ihm gerade über das trickreiche Zustandekommen seiner Ehe erzählt hatte.

Elise kannte niemanden, der unter ähnlichen Bedingungen auf einen Vorschlag wie den ihren eingehen würde, der seiner Ehefrau gewissermaßen einen Blankoscheck ausstellen würde. Nicht einmal bei Isaac war sie sich sicher, obwohl sie keinen sanftmütigeren, zärtlicheren Mann kannte als ihn.

Elise hatte alles gesagt, was es zu sagen gab. In der Absicht, Caspar in Ruhe nachdenken zu lassen, ging sie zur Tür.

»Was Sie vorschlagen, ist absolut unehrenhaft!«, rief er ihr mit bebendem Gesicht hinterher.

»Eine ehrenhafte Lösung gibt es nicht«, sagte sie leise. »Wenn Sie Emma zurück nach Lerchenberg zwingen, wird sie für einen Skandal sorgen, das garantiere ich Ihnen. Sie wird Ihre Ehe zerstören, Ihre Karriere, Ihren Namen und sich selbst. Wollen Sie das? Nein, nichts davon, vor allem Letzteres nicht. Ich weiß, dass Sie Emma lieben, sonst hätten Sie sie nicht geheiratet, obwohl sie ohne Mitgift und aus einem … nun ja, nicht aus dem allerbesten Haus war. Sie hätten bei Ihrer Brautschau auswählen können aus einem Dutzend reicher Baronessen, wie es so viele andere Ihres Standes tun. Sie aber haben sich für die mittellose Tochter eines gescheiterten Porzellanherstellers entschieden. Nur deswegen bin ich überhaupt zu Ihnen gekommen, weil ich glaube, dass Emma Ihnen mehr bedeutet als Ihre Ehre.«

Elise verabschiedete sich. Ein Tag verging und eine Nacht. Dann kam Caspars Anruf.

»Emmas Glück ist mir wichtiger als das meine«, sagte er nur. Danach legte er auf.

9

Im Jahr 1933 und 1934 werden im Dritten Reich die Medien gleichgeschaltet, über Themen wie die rasant steigende Staatsverschuldung darf nicht mehr berichtet werden. Die Sozialprogramme der Nazis, der Autobahnbau und die massive Aufrüstung der Wehrmacht verschlingen eine Unsumme. Erfahrenen Ökonomen ist schon sehr bald klar, dass Deutschland die im Ausland aufgenommenen Staatsschulden nie wird tilgen können – was Hitler auch gar nicht vorhat. So ist der Weg in den Krieg bereits im ersten Jahr der Naziherrschaft eine ausgemachte Sache.

Der absoluten Herrschaft des Diktators stehen nur noch zwei Männer im Weg: der greise Reichspräsident Paul von Hindenburg und der ehrgeizige SA-Führer Ernst Röhm, der sich weigert, Hitlers Rassenideologie mitzutragen, und den Nazis viel zu hemdsärmelig ist. Das »Problem Hindenburg« wird sich durch den sich abzeichnenden baldigen Tod des Staatsoberhaupts auf friedliche, natürliche Weise lösen. Bei Röhm sieht die Sache ganz anders aus. Eine Verschwörung muss her...

Es mochte am nasskalten November und Dezember liegen, dass Arabella Bekanntschaft mit einem Gefühl machte, das ihrem Gemüt bis dahin fremd war: einer andauernden Melancholie. Was weder die Ächtung durch ihren Bruder geschafft hatte noch der versagte Kinderwunsch, weder der Erste Weltkrieg noch der Tod ihres Mannes, gelang nun einer Wetterlage. Zumindest war das die Version, die sie den Menschen in ihrer Umgebung auftischte, wenn diese sie auf ihre ungewohnte Schweigsamkeit und Niedergeschlagenheit ansprachen. Sie war oft geistig abwesend, und wenn sie sich doch einmal an einem Gespräch beteiligte, hatten ihre Sätze jenen Biss verloren, der sie immer gekennzeichnet hatte.

Natürlich war der Dauerregen nicht der Hauptgrund, sondern allenfalls das letzte Glied in der Kette. Die Wahrheit verbarg sie vor sich selbst nicht schlechter als vor allen anderen. Was sie bedrückte, waren die Hakenkreuzfahnen vor dem Hotel Augusta, in das sie wieder eingezogen war, überhaupt die vielen Hakenkreuzfahnen. Was sie bedrückte, waren die Sprechgesänge der braunen Pimpfe, die ideologiegetränkten Radiosendungen und Wochenschauen, das ständige Heil Hitler, das die Leute einem überall entgegenschmetterten, selbst wenn man nur Stricknadeln kaufen wollte. Was sie bedrückte, waren die Schmierereien an den Wänden jüdischer Geschäfte, die Boykottaufrufe, die davor postierten Halbstarken, die jeden Nichtjuden grimmig anblickten, der den Aufruf ignorierte. Arabella hätte das niemals, niemals, niemals zugegeben, aber es war der Nationalsozialismus, der sie zutiefst frustrierte und in die Schwermut zwang.

Es war von gehässiger Ironie, dass sie, die sie immer von einer Vereinigung der Häuser Löwenkind und Blankenburg geträumt hatte, Tag für Tag miterleben musste, wie ebenjene Vereinigung den direkten Weg ins Unglück bedeutete. So als wäre sie Zeugin eines unbarmherzigen Verdauungsvorgangs, gegen den es kein Mittel gab und an dessen Ende die totale Zersetzung stand. Ihr Lebensmut schwand in dem Maße, in dem ihr bewusstwurde, dass es nichts mehr gab, für oder gegen das sie kämpfen konnte. Sich gegen die Fusion auszusprechen hätte bedeutet, gegen die Liebe von Isaac und Elise Stellung zu beziehen, und das wollte sie nicht. Sich das Elend anschauen jedoch auch nicht. Daher zog sie sich von ihrem geliebten Neffen und seiner Frau zurück.

Eine Zeit lang suchte sie die Nähe von Debora, fand Gefallen an ihr und führte sie in Konzerte und die Oper aus, da die Ärmste mit einem Mann geschlagen war, der regelmäßig im Parkett einschlief. Ein paar Wochen lang ging das gut, doch als Arabella bemerkte, dass ihr altes Herz sich an die Großnichte hängte, kehrte sie der jungen Frau vorsichtig wieder den Rücken. Zu schrecklich war der Gedanke, dass mit Debora dasselbe passieren könnte wie mit Esra, den sie zwar nicht vermisste, dessen Verschwinden jedoch eine große Beunruhigung in ihr auslöste.

Es wurde einsam um Arabella, weil sie die Einsamkeit suchte. Sie überlegte, nach New York zurückzukehren. Nur, was sollte sie dort? Zuletzt hatte sie sich in der Stadt nicht mehr wohl gefühlt. Die meisten ihrer Freunde verbrachten ihre Zeit damit, von morgens bis abends Longdrinks zu schlürfen, einzukaufen und Klatsch auszutauschen. Einige waren auch tot oder weggezogen, was fast auf dasselbe hinauslief. Arabella verlor die Lust an der Idee, kaum dass sie in der Welt war. Zum allerersten Mal wusste sie mit ihrem Leben nichts anzufangen, und dass dieser Tag einmal kommen würde, hätte sie nie gedacht.

Es musste am Wetter liegen.

Die Wochen vergingen, ohne dass sie zu einer Entscheidung kam, was ihre Frustration noch verstärkte. Bis ein Vorfall sie aufrüttelte, im wahrsten Sinne des Wortes.

Sie wollte gerade das Hotel für einen Spaziergang verlassen, als ein junger Mann sie beinahe umrannte. Er versuchte, ins Foyer zu gelangen, wurde aber von einem Pagen daran gehindert. Nur einen Lidschlag später stürmten vier weitere junge Männer, eindeutig Nazis, an Arabella vorbei, holten den Verfolgten ein und schlugen wild auf ihn ein. Weder der Page griff ein noch zwei kräftige Gepäckträger, die direkt daneben standen.

Arabella schrie: »Aufhören!« Und: »Polizei!« Und, an die Gaffer gewandt: »So tun Sie doch etwas!«

Keiner rührte sich.

Einer der Nazis griff nach der dünnen goldenen Halskette des Opfers, riss sie ihm vom Hals, warf sie zu Boden und spuckte darauf. Jetzt erst bemerkte Arabella, dass der kleine Anhänger daran ein Davidstern war.

Sie versuchte vergeblich dazwischenzugehen. Jemand stieß sie beiseite.

Verzweifelt blickte der junge Jude sie an, und in seinen fast noch kindlichen Augen lag Schicksalsergebenheit: Als könne er zwar nicht verstehen, was da vor sich ging, hätte aber keine Kraft mehr, es herauszufinden. Da traf ihn ein weiterer Faustschlag, und ein Strahl Blut ergoss sich auf Arabellas Gesicht.

Kurz darauf suchten die Schläger das Weite.

Mit einer Geldnote, die er schon lange nicht mehr gesehen hatte, ließ sich der Taxifahrer von Arabella überreden, den Verwundeten ins nächste Hospital zu fahren. Sie begleitete den jungen Mann. Sie glaubte, es bräuchte nur ein paar Verbände und Pflaster, um ihn wiederherzurichten. Aus einer Stunde wurden zwei, dann drei. Schließlich teilte man ihr mit, dass der Patient an einem Milzriss verstorben sei.

Sie kannte noch nicht einmal seinen Namen: Ephraim Goldmann, wie sie später erfuhr. Neunzehn Jahre alt. Er hatte gerade ein Studium der Biologie begonnen, sein besonderes Interesse galt der Pflanzenkunde, vor allem den Züchtungen. Sie suchte seine Familie auf, trauerte mit ihr, nahm an der Bestattung teil. Kaum ein Wort hatte sie in den wenigen Minuten vom Hotel zum Hospital mit ihm gewechselt, und doch: Auf ewig würde sie verbunden sein mit Ephraim, durch das Blut, das er vergossen hatte, auf sie vergossen hatte.

In den Tagen danach fiel Arabella in ein tiefes Loch, und als sie ganz unten angekommen war, sagte sie sich: Nein, hier will ich nicht bleiben. Sie meinte ihren Zustand – und sie meinte Deutschland.

Arabella unterrichtete niemanden von ihrem Entschluss. In aller Stille bereitete sie ihre Abreise vor und verfasste Briefe an Debora, Elise und Isaac, die sie erst kurz vor der Abreise aufzugeben gedachte. Als der Tag näher rückte, spürte sie allerdings, dass noch etwas zu tun war. Irgendetwas war unerledigt, ohne dass sie einen Namen dafür gehabt hätte.

Ihre Unruhe steigerte sich und erreichte ihren Höhepunkt, als die Koffer im Taxi verstaut waren.

»Zum Hauptbahnhof.«

»Wird gemacht, meine Dame.«

»Aber vorher …« Sie zögerte. Doch, sie war sich sicher. Sie war es Ephraim Goldmann schuldig, sie war es dem Namen Blankenburg schuldig, sich selbst ebenso und seltsamerweise auch Tankred, dass sie einen letzten Versuch unternahm, ihn zu überzeugen, auch wenn es zum Scheitern verurteilt war. »Vorher fahren Sie mich zur SS«, sagte sie dem Taxifahrer.

Vor Schreck verschaltete er sich. »Wohin?«

»In die Frankfurter Zentrale der Schutzstaffel oder wie das heißt.«

»Kaserne Klingerschule. Kein schöner Ort, meine Dame.«

»Ich will da auch keinen Kurzurlaub verbringen. Was ist? Soll ich Sie anschieben, oder fahren Sie endlich los?«

Sowohl von außen als auch von innen hätte die SS-Kaserne genauso gut ein Hauptpostamt sein können. Noch nicht einmal die zahlreichen Uniformen sowie Hitler- und Himmlerporträts an den Wänden schafften es, den Räumen etwas Martialisches zu verleihen. Allenfalls die rege Betriebsamkeit unterschied sich von so mancher dösigen Behörde. Das allgegenwärtige Schreibmaschinengeklapper war nervtötend, und bei dem Gedanken, dass jeder getippte Brief eine Existenz bedrohte, wurde Arabella wütend. Wenn es einen Ort gab, um sich zu vergewissern, dass ihre Entscheidung richtig war, so war es dieser.

Sie fragte sich durch und landete in einem engen Vorzimmer ohne Wartebereich, das eine schnippische Sekretärin und ihr Parfüm beherrschten. Alles recht piefig. Ein Witz, wenn es nicht grausamer Ernst gewesen wäre.

»Er hat jetzt Zeit.«

»Wie schön.«

Da die Sekretärin keine Anstalten machte aufzustehen, wollte Arabella selbst die große Tür öffnen.

»Nicht die. Die da.«

»Sind Sie sicher, dass dahinter nicht die Rumpelkammer ist?«

»Es ist die Rumpelkammer. Trotzdem ist es die richtige Tür.«

Zwischen Aktenbergen, verkrusteten Kaffeetassen und Lampen, die dringend hätten geputzt werden müssen, standen drei Schreibtische, an denen drei Männer saßen. Einer davon war Tankred. Ihm fiel beinahe der Griffel aus der Hand.

»Großtante Arabella!«

»Großneffe Schamitzke alias Blankenburg«, erwiderte sie und brachte ihn mit der Erwähnung seines früheren Namens vor seinen Kollegen in Verlegenheit.

»Ich wusste nicht, dass Sie es sind. Man sagte mir nur, dass … nun ja, dass …«

»Dass eine alte Schachtel zu Ihnen möchte. Und Sie dachten, irgendein neugieriges Schrapnell will den kommunistischen Sohn der Nachbarin verpfeifen.«

»Sie … haben Glück, mich anzutreffen. Ich bin nur an einem oder zwei Tagen in der Woche für ein paar Stunden hier.«

»Ich würde es nicht Glück nennen, aber Sie haben Recht, ich hätte es bedauert, Sie vor meiner Abreise nicht noch einmal zu sprechen.«

»Wohin fahren Sie?«

»An einen besseren und sichereren Ort. Ich schicke Ihnen von dort eine Postkarte.«

Sie wurde ihm sichtlich peinlich. »Lassen Sie uns ein anderes Plätzchen zum Plaudern suchen. Hier drin ist leider sehr wenig Platz.«

»Ich besitze Hutschachteln, die geräumiger sind. Doch ich brauche nicht lange. Sehen Sie, wenn ich einem Menschen etwas zu sagen habe, dann sage ich es ihm ins Gesicht. Aber was soll man tun, wenn man einem Regime etwas zu sagen hat? Einen Brief schreiben, der ungelesen im Mülleimer landet? Sich mit einem Schild vor ein Regierungsgebäude stellen und binnen Minuten von der Bildfläche verschwinden? Sie, mein lieber Großneffe, Sie sind heute für mich das Gesicht des Regimes. Ein Regime, das vor meinen Augen einen unschuldigen Menschen verfolgt und umgebracht hat. Keine Sorge, ich werde Ihnen keine Liste mit Untaten herunterleiern, denn Sie wissen selbst am besten, welchen Schaden Sie jeden Tag anrichten.«

Sie deutete nacheinander auf seinen Schreibtisch und seine Kollegen, die ihre Arbeit eingestellt hatten und Arabella halb verblüfft, halb aufgebracht ansahen.

Tankred schob sie mit sanfter Gewalt ins Vorzimmer und wandte sich an die Sekretärin. »Ist er da?«

»Nein, aber Sie dürfen sein Büro nicht einfach …«

»Haben Sie nichts zu tippen? Das kann ich gleich ändern«, fuhr er sie an, nahm Arabella an der Hand und zog sie mit sich in das Büro seines Vorgesetzten.

Dort sah es deutlich aufgeräumter aus als in seinem eigenen, und in der Ecke standen einige gemütliche Sessel mit einem Tisch in der Mitte, auf dem eine Dose mit Keksen stand.

»Setzen Sie sich bitte«, sagte er.

»Ich stehe lieber.«

»Sie wollen Tacheles reden? Also schön. Was ist denn nur in Sie gefahren? Was habe ich Ihnen getan? Gut, Sie mögen meine Uniform nicht. Sie mögen die Regierung nicht. Aber weder ich noch die Regierung haben diesen Mann, von dem Sie sprechen, umgebracht.«

»Sie waren es nicht höchstpersönlich, das ist wahr. Und vielleicht haben Sie es nicht gewollt, ja womöglich hätten Sie das Verbrechen sogar verhindert, wären Sie dabei gewesen. Dennoch haben Sie es mit verursacht. Einfach, weil Sie hier Ihre Arbeit tun, Ihre Uniform tragen, Ihren Kaffee trinken ... Sie haben Fähigkeiten, ohne Zweifel. Doch jede Begabung, die im Dienst einer bösen Sache steht, ist eine verlorene.«

»Was denn für eine böse Sache? Wir senken die Arbeitslosigkeit, wir bauen Autobahnen, planen eine Landreform, bekämpfen die ausufernde Kriminalität. Wir bringen der Jugend Disziplin bei, schützen Deutschland vor dem Stalinismus ... Unser Ziel ist ein gedeihender, glücklicher Staat. Was ist daran falsch?«

»Nicht das Ziel ist falsch, sondern der Weg, wenn er gespickt ist mit Aggression, Ausgrenzung, Demütigung und Verachtung. Und Sie mittendrin, ein Repräsentant des Unrechts.«

Erst jetzt, nachdem Arabella diese Worte ausgesprochen hatte, traf sie die Enttäuschung über Tankred mit voller Wucht. Gerade weil er so wenig geschliffen und alles andere als vornehm gewesen war, gerade weil sein Verstand nicht verstellt war von Dünkel und Tradition, sondern frisch und zielgenau arbeitete, hatte sie Hoffnungen in ihn gesetzt. Nicht nur als Mitinhaber der

Manufaktur, auch und vor allem als Familienmitglied. Gewissermaßen war er ihr Projekt gewesen.

Völlig unerwartet stand ihr mit einem Mal ein Bild vor Augen, das nicht an diesen Ort und auch nicht zu diesem Augenblick zu passen schien: sie, halb noch Mädchen, halb schon junge Frau, daneben ein junger Mann, ein Rasen, ein Baum, ein gespanntes Netz, zwei Tennisschläger und ein Tisch mit Erfrischungsgetränken. Arabella und Onkel Konstantin, die in die Sonne blinzelten. Er hatte den Arm um ihre Schultern gelegt, sie traute sich kaum, seinen Rücken zu berühren. Es war einer der glücklichsten Momente ihrer Kindheit.

In den nunmehr vier Jahren, die sie Tankred kannte, war ihr die Ähnlichkeit zwischen ihm und Konstantin nie aufgefallen. Vermutlich lag es an den Haaren, die bei Konstantin immer klar gescheitelt gewesen waren und von Pomade glänzten, während Tankred stets ungekämmt ausgesehen hatten, so als sei er gerade aus dem Bett gestiegen.

»Sie haben etwas mit Ihren Haaren gemacht«, murmelte sie.

»Wie bitte? Ja, ich … ich musste mich anpassen«, stotterte er irritiert. »Wieso fragen Sie?«

Arabella setzte sich nun doch. Tankred war ihrem verstorbenen Onkel, in den sie einmal verliebt gewesen war, wie aus dem Gesicht geschnitten und heute etwa im selben Alter wie Konstantin damals.

Glücklicherweise war sie noch nicht so verkalkt, dass sie den Unterschied zwischen den beiden jungen Männern nicht erkannte. Abgesehen davon, dass der eine quicklebendig war und der andere seit einem Menschenalter unter der Erde lag, waren sie auch im Wesen recht verschieden. Konstantin hatte einen eleganten Stil gepflegt, er war belesen, äußerst humorvoll und wenig ehrgeizig gewesen. Eines jedoch hatten sie – abgesehen vom Aussehen – gemeinsam: Jeder war auf seine Art ein Verführer.

Sehr viel milder als zuvor sprach sie weiter. »Ich bin nicht hergekommen, um mich über die Regierung zu beschweren. Es geht um Sie, mein Junge. Ob Sie es glauben oder nicht, mir liegt etwas an Ihnen, trotz all Ihrer Mängel und Untaten. Glauben Sie etwa, ich nehme Ihnen die Geschichte ab, dass Sie mit Esras Verschwinden nichts zu tun haben? Und dann diese Fusion. Sie spekulieren auf die ganze Macht über Löwenkind und Blankenburg, machen Sie mir nichts vor.

»Mir gehören gerade mal zwanzig Prozent.«

»Einer unserer Vorväter, Friedrich Moritz, hat die Manufaktur nicht seinem ältesten, sondern dem dritten Sohn hinterlassen, weil er ihn am begabtesten fand. Konrad wiederum, ein anderer Vorvater, hinterließ die Firma lieber einem Neffen als seiner einzigen Tochter. Beide mussten jedoch um ihr Erbe kämpfen, und das haben sie mit harten Bandagen getan, letztendlich erfolgreich. Diesmal geht es um zwei Manufakturen, Blankenburg-Löwenkind vereint in einer Hand. In Ihrer Hand. Der Bastard, der zum neuen Stammvater seiner Dynastie wird. Das wollen Sie doch, leugnen Sie es nicht. Nur die Wände sind unsere Zeugen.«

Er stand auf und ging zum Fenster, von wo aus man auf einen imposanten Innenhof blickte. »Wäre ich ehelich geboren, hätte der alte Adalmar nicht gezögert, alles mir als seinem Enkel zu überschreiben.«

»Vermutlich. Er war ein Chauvinist, hat großen Wert

auf die direkte männliche Blutlinie gelegt und jedwede Schwäche verachtet. Ophélie, Elise, Richard und Wido waren stets nur zweite und dritte Wahl für ihn.«

»Also bitte, was ist falsch daran, wenn ich den mir zustehenden Platz einnehmen will?«

»Im Prinzip ... nichts. Im konkreten Fall ... alles. Denn Sie werden nicht anständig kämpfen.«

»Wie kommen Sie darauf?«

»Wie ich darauf komme?« Sie machte eine Geste mit beiden Händen, fuhr an seinem Körper auf und ab. »Diese Uniform sagt es mir. Ich habe Sie in den vergangenen Jahren kennengelernt, und ich schreibe mir ein wenig Menschenkenntnis auf die Fahnen. Ein Teil von Ihnen ist, wie Sie es ausdrücken würden, ein prima Kerl mit allem Drum und Dran und auf eine eigentümliche, wirklich sehr eigentümliche Weise sogar ehrbar. Der andere Teil ist in der Lage, schlimme Dinge zu tun, und sollte er je die Gelegenheit dazu haben, wird er sie auch tun. Die Uniform wird Ihnen entsprechende Gelegenheiten verschaffen. Und wenn das passiert, wünsche ich niemandem, in Ihrer Nähe sein.« Sie ergriff die Türklinke, wandte sich jedoch noch einmal um. »Ich bete dafür, dass Ihre gute Seite obsiegt. Tut sie es nicht, wünsche ich Ihnen, dass Sie eines Tages solche Angst vor dem Regime bekommen, das Sie unterstützen, wie Ephraim Goldmann. Das ist der junge Mann, den Ihre Schergen vor meinen Augen ermordet haben. Denken Sie in dem Moment an mich. Guten Tag.«

Arabella reiste zunächst nach Wien, von wo die dort ebenfalls beginnende Verehrung des Nationalsozialismus sie wieder vertrieb. Weihnachten und Neujahr verbrachte sie in Rom, das ihr sehr gelegen hätte, wären da nicht die unzähligen unerträglichen Porträts des Duce mit Machomiene und dicker Hose gewesen. In Nizza erging es ihr besser. Das Klima, das Meer, die nostalgische Altstadt, die Lichter, die Leichtigkeit der Menschen – all das war so weit entfernt von den Geschehnissen in Deutschland, dass man die Augen davor verschließen konnte.

Für eine Weile war das erholsam. Arabella frischte ihr Französisch auf, sie lernte Kaffee zu trinken, Schnecken zu essen, Croissants zu frühstücken, Cézanne zu verehren und sich auf Bürgerfesten von alten Männern mit Schlapphut zum Tanz auffordern zu lassen. Einmal spielte sie sogar Pétanque, eine Variante des Boule. Es ging ihr gut, und da wochenlang keine Post ankam, weil ihr diese von Wien über Rom nachgeschickt werden musste, gelang es ihr, nur selten an ihre Verwandten zu denken.

Im Frühling lernte sie zufällig einen deutschen Schriftsteller kennen, der vor den Nazis ins südfranzösische Exil geflohen war, durch ihn einen zweiten und einen dritten. Einer war Jude, einer Kommunist, einer konservativ, und sie alle leisteten auf die eine oder andere Weise Widerstand gegen das, was in ihrem Heimatland passierte.

Die tun etwas, sagte sie sich. Und ich trinke Pastis.

So war sie eigentlich nicht: passiv, gleichgültig, entrückt. Immer hatte sie die Dinge mitgestaltet, mal als aktiver Part, mal als Beraterin ihres Mannes. Selbst während der zehn Jahre in New York hatte sie in den Vorständen so vieler Stiftungsräte gesessen, dass sie auf keine Visitenkarte passten. Natürlich wäre es illusorisch gewesen, sich einzubilden, den Nationalsozialismus aufhalten zu können. Doch zumindest könnte sie versuchen zu verhindern, dass ein Nazi die Kontrolle über das Erbe ihres Vaters und das ihres Mannes erlangte. Das wäre kein großer Sieg, nur eine kleine Tat, aber es verliehe ihrem Dasein wenigstens wieder einen Sinn.

Eine Woche später klopfte sie an die Pforten von Schloss Villeny.

»*Je suis desolée.* Madame ist nicht zu sprechen«, sagte das Hausmädchen.

»Ich bin Madames Tante.«

»Sind Sie angemeldet?«

»Seit wann melden Tanten sich an? Wo bliebe da das Vergnügen?«

»In diesem Fall ... Dann muss ich nachfragen.«

»Wollen Sie mich denn nicht hereinbitten?«

»Gedulden Sie sich bitte einen Moment.«

»Diese Konversation ist ja wie Zähne ziehen«, sagte Arabella, schob das kaum zwanzigjährige Mädchen beiseite und betrat das Atrium, von wo aus eine herrschaftliche Treppe nach oben führte.

»Sie können doch nicht einfach ... So warten Sie doch.«

Wie ein verstörter Falter schwirrte das Hausmädchen um sie herum, traute sich jedoch in Anbetracht des gesellschaftlichen Rangunterschiedes und womöglich auch Arabellas Alter nicht, sie aufzuhalten. Erst oben stellte sie sich demonstrativ vor eine Tür.

Arabella lächelte. »Danke sehr, jetzt weiß ich, wo ich finde, wonach ich suche. Ansonsten hätte ich womöglich eine geschlagene Stunde gebraucht, alle Türen aufzustoßen. Das ist ja ein wahrer Palast hier.«

»Keinen Schritt weiter.«

»Mein liebes Kind, ich will Ihnen nicht wehtun. Wissen Sie, ich habe schon einmal einen Jahrmarktringer von der Bühne geworfen.«

»Das ist ja lächerlich.«

»Sie haben leider Recht, das ist es.« Arabella stieß eine ziemlich teuer aussehende Vase im Rokokostil von einer Konsole gleich neben der Tür. Mit ohrenbetäubendem Lärm zerbarst sie in tausend Stücke.

»*Merde!*«, rief das Hausmädchen und eilte den Scherben wie eine Krankenschwester zu Hilfe.

Arabella öffnete die Tür und stand unmittelbar vor Ophélie, deren Gesicht rot und verschwollen vom Weinen war.

Alles hatte so gut angefangen. Der Umzug an die Loire war einem Triumph gleichgekommen. Die Manufaktur Blancbourg hatte unweit des Flusses in historischen Gemäuern eröffnet, einem verlassenen schlossartigen Kloster, das sie fortan im Wappen des Unternehmens führten. Über Edmonds skandalumwitterte Vergangenheit war ausreichend Gras gewachsen, weshalb seine Familie ihn wenn schon nicht mit einem roten Teppich empfangen hatte, so doch immerhin tolerierte. Seine einflussreichen Feinde waren entweder verstorben oder auf andere Weise ihres Einflusses beraubt worden, und so stand der glorreichen Rückkehr des einst Verstoßenen nichts mehr im Wege. Auf Anhieb fanden sie, nur wenige Kilometer von der Manufaktur entfernt, in Chateau Villeny einen mehr als mondänen Familiensitz, der geradezu nach Festlichkeiten verlangte.

Ophélie und Edmond geizten nicht mit Einladungen.

Die halbe Pariser Gesellschaft hatte ein Schlösschen zur Sommerfrische an der Loire, Orléans war praktisch um die Ecke, Neuankömmlinge wurden gerne beschnuppert, damit man etwas zum Tratschen hatte – drei gute Voraussetzungen für ein volles Haus.

Und das bekamen sie tatsächlich. Die Bourgeoisie rannte den Fleurys die Tür ein. Ophélie ließ Literaten auftreten, Pianisten und Streichquartette, Poeten, die Gedichte deklamierten, ein kleines Ballett sowie Magier des Feuerwerks. Manchmal picknickte die Gesellschaft in Booten auf einem der zahlreichen Gewässer, begleitet von Händels Wassermusik. Oder die Männer frönten der Jagd in den ausgedehnten Wäldern der Umgebung. Natürlich war Ophélie bewusst, dass ein großer Teil jener Leute nur nach Villeny kam, um sich hinterher das Maul über sie zu zerreißen. Um über das Essen, die Einrichtung, die Gärten zu lästern, die Musik schlechtzureden oder all das im Gegenteil so in den Himmel zu loben, dass man es als protzig verunglimpfen konnte. Denn als waschechter Bourgeois des zwanzigsten Jahrhunderts lehnte man die Dekadenz ab, nachdem man sie ausgiebig genossen hatte.

Selbstverständlich würde Ophélie für Jahre, wenn nicht für immer, *l'allemande* bleiben, die Deutsche, oder *la borgne*, die Einäugige. Aber das war egal. Hauptsache, man war interessant und blieb im Gespräch.

Nicht ganz ein halbes Jahr nach ihrem Umzug sollte die erste Kollektion ausgeliefert werden. Davon hing ab, ob Blancbourg in Frankreich einen festen Platz unter den großen Manufakturen einnehmen konnte oder nur eine Fußnote sein würde. Wochenlang grübelten Edmond und sie – eigentlich mehr sie als Edmond –

über einer zündenden Idee. Sie befragten Zeichner, Createure, Sammler und Liebhaber des weißen Goldes und wälzten mehrfach die Kataloge der Konkurrenten, doch die Erleuchtung blieb aus. Am Ende gab ihr siebzehnjähriger Sohn Maxim den entscheidenden Hinweis.

»In diesem Land sind die Menschen von drei Dingen absolut hingerissen«, sagte er. »Von der Liebe, von der Kunst und von der eigenen Geschichte. In der Schule sprechen wir über nichts anderes. Entwerfe ein Porzellan, in dem all das vereint ist, dazu ein wenig Schnickschnack, und die feinen Geldscheißer werden dir das Zeug aus den Händen reißen, versprochen.«

Nach einer Weile unterbreitete sie ihm ein paar Vorschläge, die er jedoch alle als zu harmlos abtat.

»Du denkst noch viel zu deutsch, zu brav. Was du brauchst, ist Sex.«

»Was?«

»Sexualität.«

»Ich verstehe nicht.«

»Erotik, Mama, Erotik. Irgendwas Schmutziges, mit einem Schleifchen hübsch in Kultur verpackt.«

Dank Maxim entstand die Serie mit den verruchtesten Mätressen der Könige, vom Mittelalter bis Napoleon Bonaparte, von Diana de Poitiers über Madame Pompadour bis Maria Walewska. Ihre Konterfeis prangten auf den opulenten, stilistisch aufwendigen Kaffeetassen, ebenso wie die größten Amouren der französischen Geschichte und Literatur, die sie auf Blumenvasen verewigten. Jede Menge verspielter Schnickschnack in der Form und ein Hauch von Skandal bescherten der Serie *Le jardin secrète* – der geheime Garten – hervorragende Verkaufszahlen.

Edmond bedeutete der Erfolg zwar nichts, denn er gehörte zu den wenigen Menschen, denen es egal war, ob man wegen ihrer tatsächlichen oder vermeintlichen Fähigkeiten große Stücke auf sie hielt. Doch das »Liebesporzellan«, wie er es nannte, brachte ihm jede Menge neuer Bekanntschaften, sogar Freundschaften ein – alles Menschen, mit denen er das Nichtstun kultivieren konnte. Formal war er der Direktor von Blancbourg, tatsächlich war er höchstens zwei Stunden am Tag in der Firma anwesend und verbrachte die übrige Zeit in Brasserien, Salons, Clubs, Restaurants und Cafés sowie auf Landgütern und Chateaus. Trotzdem leistete auch er seinen Beitrag zur prosperierenden Manufaktur, denn er besaß ein unglaublich geschicktes Händchen, was die Anbahnung geschäftlicher Verbindungen sowie Geldanlagen betraf. Die Arbeit vor Ort leistete ein angestellter Vizedirektor, wohingegen Ophélie sich ganz auf die Planung und Durchführung der gesellschaftlichen Repräsentation konzentrierte.

An Deutschland dachte sie in jener Zeit nur wenig. Manchmal, wenn sie zwischen der Baronesse von Sowieso, der Ehefrau des Direktors von Renault und einer berühmten Chansonnière stand, seufzte sie stumm: Ach, könnte Elise mich jetzt nur sehen. Ophélies Leben unterschied sich sehr von dem in Frankfurt, nicht nur in Bezug auf das Äußerliche, Sichtbare, sondern auch hinsichtlich des eigenen Selbst. Wie sie sich sah. Was sie bewirkte. Von dem Moment an, als ihr Vater gestorben war, hatte sie aktiv eingegriffen. Zuerst hatte sie Wido zurückgeholt, dann den Umzug nach Frankreich möglich gemacht, schließlich eine Manufaktur aus dem Boden gestampft. Das alles hatte sie getan, die einäugige, dicke Ophélie, die man fast ihr ganzes Leben lang verspottet hatte, angefangen mit dem Stich ins Auge. Denn was war diese Verletzung anderes gewesen als ein gewaltiger Spott ihrer kleinen Schwester, eine Verhöhnung ihrer Autorität als der Älteren?

Ach, könnte Elise mich jetzt nur sehen. Zu guter Letzt hatte sie es allen gezeigt, dem toten Vater, der verwöhnten Schwester.

Doch sie war noch nicht fertig.

Dass das so war, stellte sie erst fest, als die Dinge in Frankreich einigermaßen geordnet waren und sich so etwas wie ein Alltag einstellte.

Edmond bemerkte ihre Unruhe. »Immer, wenn du herumflatterst wie eine Flattermaus, geht dir eine Plan durch den Kopf«, sagte er, als sie beim Diner zusammensaßen. »Was ist es diese Mal?«

»Fledermaus.«

»Pardon?«

Sie seufzte und wechselte ins Französische. »Ich muss an die Fleur de Caroline kommen, die Karolinenblume.«

»*Mon Dieu*, wenn es weiter nichts ist. Wir machen dir eine neue Blume.«

»Du verstehst das nicht, Edmond. Die Karolinenblume symbolisiert eine einhundertsiebzigjährige Familien- und Firmengeschichte. Wer die Blume besitzt, der ist sozusagen das Familienoberhaupt, und dass ausgerechnet Elise diese Rolle innehaben soll, ist eine Beleidigung für mich.«

Natürlich verstand Edmond sie nicht. Ihn konnte man ja nicht beleidigen, und mit Symbolik brauchte man ihm gar nicht zu kommen.

»Als mein Vorfahr Ludwig Emanuel die Idee für diese Blume hatte, ließ er eine zweite nach Versailles schicken, die Fleur de Louis, die später von den Revolutionsbanausen zerstört wurde. Das bedeutet jedoch, dass schon der Gründer der Manufaktur eine breite Brücke nach Frankreich schlagen wollte. Wir haben also jedes Recht, die Karolinenblume hier aufzustellen, in Villeny, um damit den Anspruch zu unterstreichen, dass das Herz der Blankenburgs künftig an der Loire schlägt.«

»Wenn es dir so wichtig ist, dann kauf deiner Schwester die Blume doch ab«, schlug Edmond vor. »Was man so hört, braucht sie dringend Geld.«

»Was man so hört, fusioniert sie bald mit Löwenkind, und zwar in mehr als einer Hinsicht. Damit dürfte sie auch ihre Finanzen sanieren. Aber das ist nicht der Punkt, Edmond. Ihr die Blume einfach abzukaufen, das ist irgendwie billig, verstehst du?«

»*Pas du tout.*«

Sie seufzte und wechselte wieder ins Deutsche. »Eine Krone erwirbt man entweder durch Erbfolge oder durch Kampf und nicht, indem man einen Scheck ausstellt. So erlangt man weder Autorität noch Selbstachtung.«

»Also lieber eine furchtbar Gemetzel als eine Stift und eine Strich? *Bon*, es ist deine Gemetzel. Was mich angeht, so bin ich zu eine Mokka bei den Duponts verabredet. *A bientot, chérie.*«

Der Weg von der Untätigkeit bis zum Entschluss ist oft genauso weit wie der vom Entschluss bis zur Fertigstellung des Plans. Ophélie wusste genau, was sie wollte, doch was es bedeutete, das Vorhaben umzusetzen, bemerkte sie erst, als sie die einzelnen Möglichkeiten überprüfte. Um durch Kampf an die Karolinenblume zu kommen, war tatsächlich nicht weniger nötig als ein Gemetzel. Sie musste Blankenburg wirtschaftlich an den Rand des Abgrunds treiben, um ihrer Schwester dann im allerletzten Moment die rettende Hand zu reichen – und die Rechnung gleich dazu.

Doch wie sollte das gelingen? Falls Elise wirklich Isaac Löwenkind heiratete, wären Ophélies Chancen gering. Zunächst einmal brauchte sie gesicherte Informationen über die Finanzen von Blankenburg und Löwenkind, über die Produktion, die künftige Ausrichtung, die Kunden … Das konnte Jahre dauern. Es sei denn, sie fände einen Eingeweihten.

Wo immer Fusionen stattfanden – auch eine Heirat war letztendlich eine Fusion –, gab es viele Gewinner, aber auch ein paar Verlierer oder vielmehr Gegner. In diesem Fall war der Verlierer Esra Löwenkind. Einen besseren Verräter als ihn konnte sie nicht finden. Esra war verschwenderisch, nicht besonders intelligent, ziemlich faul, und was seine Loyalität anging, so passte sie gerade eben in den Würfelbecher, den er mehrmals pro Woche in den Kasinos von Frankfurt schüttelte.

Ihn zu kaufen dauerte nicht länger, als ein Ei zu kochen.

Vermutlich war ihm selbst nicht bewusst, was er Ophélie bei den wöchentlichen Telefonaten und den gelegentlichen Briefen übermittelte. Nun gut, es handelte sich um alle möglichen Bilanzen und Auflistungen, so viel verstand er schon. Die Brisanz des Inhalts entging ihm jedoch komplett.

Es war Ophélie, der auffiel, dass ihr Neffe Tankred

auf Umwegen erhebliche Gelder in die Firma pumpte. Sicher war es eine spannende Frage, warum er das in diesem Umfang tat. Ophélie interessierte sich mehr dafür, woher das Geld stammte, und so setzte sie Esra darauf an. Sie sagte ihm, er solle darauf achten, für welche Aspekte des Betriebs sich Tankred besonders interessierte.

Die letzte Information von Esra lautete, dass Tankred großes Augenmerk auf die Anlieferung der Asche für das Bone China legte. Er äußerte zudem die Vermutung, Asche sei womöglich nicht das Einzige, was in den Behältern zu finden sei.

Danach hörte sie nie wieder etwas von ihm, und kurz darauf erreichte sie die Information, Esra sei verhaftet worden.

So bedauerlich das Verschwinden ihres Spions war, Ophélie hatte einen Anknüpfungspunkt, und sie setzte enorme Mittel ein, um die Spur weiterzuverfolgen. Sie beauftragte eine französische Detektei, später sogar noch eine österreichische. Sie hatten es nicht leicht. Im sogenannten Dritten Reich herrschte eine Atmosphäre aus loyaler Begeisterung für die Obrigkeit und kleinmütiger Furcht vor ihr. Trotzdem gelang es Ophélie nach und nach, ein Bild zusammenzusetzen, und wäre es erst fertig, könnte sie Tankred mitsamt seinem Geld ausschalten und Blankenburg jenen Schlag versetzen, von dem Ophélie schon so lange träumte.

Alles fügte sich ganz wunderbar ineinander, bis …

Das Unglück kam aus einer Richtung, genauer gesagt aus zwei Richtungen, die Ophélie nie vermutet hätte.

Ihre Söhne Damian und Maxim studierten beide in Orléans, der ältere Ökonomie, der jüngere hatte gerade mit Jura angefangen, und kamen an manchen Wochenenden sowie in den Ferien nach Villeny. Besonders viel Zeit verbrachte Ophélie jedoch auch dann nicht mit ihnen, dafür waren sie zu quirlig. Damian war zwar ernsthaft und nachdenklich, er trieb allerdings viel Sport, war am liebsten an der frischen Luft und nahm seine Schwester Marie zu ausgedehnten Wanderungen rund um die Loire mit. Die beiden hingen sehr aneinander, was Ophélie gerne sah, denn Marie war oft allein. In dem Mädchenpensionat, das Ophélie für ihre Tochter ausgesucht hatte, war sie unglücklich gewesen, also war sie mit dreizehn Jahren nach Villeny zurückgekehrt, wo die Heranwachsende jedoch kaum Anschluss fand. Die Gleichaltrigen aus dem Dorf hielten sie für zu fein, die höheren Töchter der Umgebung für zu unfein. Denn Marie führte eine kesse, direkte, geradezu derbe Lippe, und kein Lehrer, keine Erziehungsmaßnahme vermochte daran etwas zu ändern. Im Grunde kam nur Damian wirklich gut mit ihr zurecht.

Und was Maxim anging: Er trieb sich sonst wo herum. Eigentlich wusste man fast nie, wo er gerade war, wenn er nicht zufällig neben einem saß. Und saß er mal neben einem, konnte man die Sekunden zählen, bis er wieder fort war. Er war im physischen ebenso wie im übertragenen Wortsinn schwer greifbar. Seine Lehrer hatten stets seinen Charme, seine Intelligenz, seine Schlagfertigkeit und Kreativität gelobt und dann hinzugefügt: Seine Noten sind ein Desaster. In keinem einzigen Fach war er wirklich gut, und dass er auch nur das erste Juraexamen überstehen würde, glaubte niemand. Vermutlich nicht einmal er selbst.

Im Frühling 1934 kam Maxim in Ophélies Ankleidezimmer, was so gut wie nie vorkam, und gab ihr einen Kuss auf die Wange.

»Ich habe lange überlegt, ob ich es dir sagen soll«, begann er, was bedeutete, dass er etwa fünf Minuten darüber nachgedacht hatte. »Aber ich finde, du hast ein Recht darauf. Papa hat eine Affäre. Sie heißt Agnès Lamartine und ist fünfundzwanzig Jahre alt. Er hat sie im Theater kennengelernt. Sie soll bildschön sein. Ich will nur, dass du es weißt. Wir sehen uns heute Abend.«

Er küsste sie erneut und ging.

Ophélie hatte immer gewusst, dass dieser Tag irgendwann kommen würde, und war darauf gefasst gewesen. Edmond war Franzose, und er war vorbelastet. Überhaupt hatten sie sich nur kennengelernt, weil seine Familie ihn wegen seiner zahlreichen Affären verbannt hatte. Nun gut, er war zwanzig Jahre älter geworden, aber Ophélie hatte noch nie gehört, dass zunehmendes Alter einen Mann treu gemacht hätte, im Gegenteil.

Vom Theater also, eine kleine Schauspielerin, eine Tänzerin, eine Pausensängerin, irgendein Tingeltangelmädchen. Die Nachricht warf Ophélie nicht aus der Bahn. Sie kannte ihre körperlichen Unzulänglichkeiten nur zu gut, und sie kannte Edmond.

Sie hätte es dabei belassen sollen. Denn die angestellten Nachforschungen ergaben, dass Mademoiselle Lamartine Bühnenautorin war, die schon vom Premierminister empfangen worden war und die der herausragende Schriftsteller, Regisseur und Choreograf Jean Cocteau gewissermaßen geadelt hatte, indem er sich um eine Zusammenarbeit mit ihr bemühte. Alles andere als ein Tingeltangelmädchen also, das man schnell irgendwo aufliest und ebenso schnell wieder fallenlässt, und vor allem von durchschnittlichem Aussehen und keineswegs eine Schönheit, wie Maxim berichtet hatte.

Vor allem Letzteres war eine bittere Erkenntnis für Ophélie. Ihr Mann suchte nicht einfach nur Jugend und Liebreiz bei Agnès, sondern auch die Schöpfungskraft und Freiheit der Boheme.

Dennoch, Ophélie behielt die Contenance. Sie ließ sich nichts anmerken und machte einfach so weiter wie bisher. Sie küsste Edmond und ließ sich von ihm küssen. Sie lag neben Edmond und er neben ihr. Sie sprachen über Blancbourg, die nächste Soiree, die neusten Theaterstücke … Eines Tages sprachen sie beim Frühstück sogar über das Werk dieser neuen Autorin, dieser … »Wie heißt sie noch gleich, Edmond?« Er gab vor, es nicht zu wissen.

Mit Migräne blieb Ophélie an jenem Tag zu Hause. Mittags, es war ein Donnerstag, schneite Damian herein.

»Was machst du hier?«, fragte Ophélie. »Ist die Universität abgebrannt?«

»Ich wollte etwas mit dir besprechen. Aber du siehst nicht gut aus, Mama. Vielleicht …«

»Nein, nein, es ist nichts. Was gibt's?«

»Ich denke, an einem anderen Tag ist es …«

»Nun sag schon.«

Nach einigem Herumdrucksen eröffnete er ihr, dass er das Studium abzubrechen gedachte.

»Und was willst du stattdessen studieren? Jura?«

»Weißt du, ich habe mir überlegt … also, ich würde gerne Stabhochspringer werden.«

»Was?«

»Stabhochspringer, Mama. Du nimmst Anlauf, wuchtest einen langen Stab in einen Kasten, stemmst dich mit Hilfe des Stabs in die Luft und springst über eine Stange. Das ist schwerer, als es sich anhört. Man kann das natürlich nicht studieren, aber ich bin recht gut darin. Mein Lehrer sagt, ich könnte in ein Förderprogramm kommen.«

»Aber… aber… Du sollst in zwei, drei Jahren die Führung von Blancbourg übernehmen. So ganz ohne Studium, ich weiß nicht.«

»Mama, lass mich ganz offen sein. Ich mag nicht für Blancbourg arbeiten. Das ist deine Firma, dein Kind und das von Papa, aber nicht meins. Ich will Sportler werden und danach, irgendwann, andere Sportler trainieren. Das ist jetzt hoffentlich kein allzu großer Schreck für dich. Ich habe mir das reiflich überlegt.«

»Ja. Natürlich. Es… Es wird sich schon ein Weg finden, wie wir die Manufaktur… Mach dir mal keine Sorgen.«

»Wirklich? Danke, Mama, dass du es so gut aufnimmst. Es ist mir nicht leichtgefallen, dir dieses Geständnis zu machen.«

»Oh mein Lieber, mein Lieber«, sagte sie, streichelte seinen Kopf und schickte ihn mit einem Lächeln fort.

Sobald er zur Tür hinaus war, fiel sie auf das Bett und brach in Tränen aus, die nicht mehr aufhören wollten zu fließen. Der Himmel stürzte ein, es wurde dunkel um sie. Sie wusste nicht, wie viel Zeit vergangen war, die Bettdecke war schon ganz feucht, als irgendein Lärm sie irritierte. Sie hob den Kopf, ging zur Tür und wollte gerade nachsehen, als plötzlich Tante Arabella vor ihr stand.

»Stabhochsprung?«, rief Arabella. »Du meinst diese Sportart, die sich ein Sadist ausgedacht haben muss? Oder ein Masochist? Und das kann man als Beruf betreiben? Ich werde wirklich alt.«

Sie hatte den Eindruck, genau zur rechten Zeit nach Villeny gekommen zu sein. Wenn den Gastgebern gerade die Brocken um die Ohren flogen, waren sie viel eher geneigt, ihr betagtes Tantchen eine Weile bei sich wohnen zu lassen und als Kummerkasten zu benutzen.

»Was deine Sprösslinge angeht, kann ich nichts für dich tun. Die einzige Sportart, die ich je betrieben habe und bis heute betreibe, ist, mich morgens in diese Strümpfe zu zwängen. Ich fürchte also, ich kann mich nicht in das Gehirn eines Menschen versetzen, der im Sprung eine Stange hinaufkrabbelt, nur um eine weitere Stange zu überspringen und dann mehrere Meter zu Boden zu stürzen. Aber mit Edmond kann ich dir vielleicht helfen.«

»So?«

»Nun trockne dir erst einmal die Tränen, setz dir deine Augenmaske auf und mach dich frisch. In der Zwischenzeit überrede ich die Diener, mein Dutzend Koffer ins Haus zu schleppen.«

Eine Stunde später, bei einem Spaziergang um den Froschteich, der in Frankreich zu einem Chateau gehörte wie ein Swimmingpool zu einer Villa auf Long Island, unternahm Arabella die ersten Schritte, um sich unentbehrlich zu machen.

»Ich werde dieser Mätresse einmal auf den Zahn fühlen. Über Cocteau komme ich ganz leicht an sie heran.«

»Du kennst Cocteau?«

»Ich bin ihm in den Staaten auf einigen Cocktailpartys begegnet. Kein Mensch hat verstanden, wovon er eigentlich redet, aber genau deswegen lädt man die Europäer ja ein, nicht wahr? Ich fahre also nach Paris, gehe ins Theater, stelle ihm ein Bein, bin entzückt, ihn zufällig wiederzutreffen, und schwupps ...«

»Schwupps ... was?«

»In ein paar Wochen wissen wir mehr. Man muss seinen Feind kennen, um ihn zu schlagen.«

Arabella gelang es tatsächlich, Mademoiselle Lamartine dank ihrer *connections* in New York und der Bekanntschaft mit Cocteau ein Engagement am Broadway zu verschaffen. Innerhalb weniger Wochen war dieses Problem über den Ozean entschwunden. Wenn nur alles so einfach gewesen wäre.

Die Aktion hatte sie kaum ins Schwitzen gebracht, trug ihr allerdings die Dankbarkeit und das Vertrauen von Ophélie ein, die sie schließlich in ihre Spionageaktivitäten einweihte. Plötzlich ergab alles einen Sinn: Esras Verschwinden, Tankreds gefüllte Geldbörse, seine zunehmende Machtfülle ...

Arabella bot ihre Hilfe beim Sammeln von Beweisen gegen Tankred an. Ihre Bekanntschaften erstreckten sich nicht nur auf Künstler, die sie auf New Yorker Cocktailpartys kennengelernt hatte. Ihr Mann Samuel hatte zahlreiche Freundschaften in Deutschland gepflegt, jüdische wie nicht jüdische, und Arabella hatte nie den Kontakt zu diesen Freunden einschlafen lassen. Mit vereinten Kräften sollte es ihnen gelingen, an die Informationen zu gelangen, die sie noch brauchten.

Natürlich wusste sie, dass Ophélies Rache nicht hinter Tankred Halt machen, sondern sich auch auf Elise erstrecken würde. Die Karolinenblume wäre dabei nur die sichtbare Trophäe, die Genugtuung des vollständigen Sieges wäre die eigentliche. Auch wenn Arabella Ophélies Gefühle nachempfinden konnte, musste sie dennoch berücksichtigen, dass es nicht mehr nur um Blankenburg, sondern auch um Löwenkind ging.

»Du bist nicht allein wegen deines Mannes nach Frankreich gegangen«, sagte Arabella bei einem kleinen Rundgang um das Chateau. »Du bist auch aus Deutschland fort, weil du nichts mit den Nazis zu tun haben wolltest. Das war schlau, Ophélie. Kehre deine Schläue nun nicht in Torheit um, indem du den Nazis in die Hände spielst. Wenn du Elise triffst, dann triffst du zugleich meinen Neffen Isaac, den anständigsten Menschen, den ich kenne. Es muss uns in erster Linie darum gehen, den Nazis nicht den geringsten Einfluss auf die Firma zu erlauben. Blankenburg, Löwenkind, Blancbourg ... wir sind eins. Wenn wir uns gegenseitig zerfleischen, lachen am Ende die Bösewichter.«

Es gelang ihr, Ophélie das Versprechen abzunehmen, jeden Schritt mit ihr vorab zu besprechen und nichts ohne ihre Einwilligung zu unternehmen.

»Im Gegenzug verlange ich«, forderte Ophélie, »als Haupterbin und Familienoberhaupt anerkannt zu werden, auch von Elise. Und ich will die Karolinenblume.«

Arabella willigte ein, ihre Nichte dabei zu unterstützen.

»Was ist das nur für ein starkes Gift, das in dieser Blume steckt?«, fragte Arabella.

Eines musste Tankred dem alten Mädchen lassen: Es war Arabella als einem von ganz wenigen Menschen gelungen, ihm Angst zu machen. Nicht von der Art, die einem ins Gesicht springt. Nein, die Angst ließ Tankred nur wissen, dass sie da war. Geistern gleich schlich sie im Dunkeln um ihn herum. Er konnte sie für ganze Tage oder sogar über Wochen vergessen, und irgendwann – mal mitten in der Nacht, mal beim Lesen der Abendzeitung, mal im Auto – kehrte sie zurück, unsichtbar und trotzdem präsent. Eines Tages, so lautete Arabellas Fluch, sollte er um sein Leben fürchten müssen und einer Gefahr ausgesetzt sein, die von seinen eigenen Leuten ausging.

Angriffspunkte und Schwachstellen bot Tankred genug, damit sich das Verhängnis erfüllte. Da er das wusste, ergriff er Vorsichtsmaßnahmen, ohne etwas Grundlegendes an seinem Leben und seinen Plänen zu ändern. Sein Glück war, dass er die Schliche der Spitzel kannte und ihnen entgegenwirken konnte, ohne dass sie es mitbekamen.

Shuilian zum Beispiel. Seit Emma ihr altes Zimmer wieder in Beschlag genommen hatte und Tankred in den Gästetrakt umgezogen war, wohnte er quasi Tür an Tür mit ihr in der Villa Vanora. Auf diese Weise konnten sie sich diskret sehen, was zwei- oder dreimal pro Woche vorkam, je nachdem, wie viel Tankred zu tun hatte oder wie oft Shuilian ausging. Wenn sie ausging, dann ohne ihn. In der Öffentlichkeit sah man die beiden, gemäß Himmlers Ratschlag, nicht mehr zusammen. Tankred hatte ihr ein zweites Auto samt Chauffeur besorgt, der sie fuhr, wohin sie wollte, und der ihn über ihre Eskapaden auf dem Laufenden hielt.

Derer gab es nicht wenige. Als exotisches Sternchen am Frankfurter Nachthimmel schillerte Shuilian in allen Farben. Aufgrund seiner Beziehungen wies man sie nirgendwo ab, und wenn sie allzu sehr über die Stränge schlug, bügelte der Chauffeur mit einer Banknote die Wogen wieder glatt. Sie trank zu viel, sie lachte zu viel und zu laut, aber wenn sie ihren Blick in jemanden hineinsinken ließ und den Mund ganz leicht öffnete, durfte das schönste Mädchen der Welt sich alles erlauben. Ständig war sie irgendwo eingeladen, an die hundert Kerle hatten es schon bei ihr versucht, doch nachgegeben hatte sie nie.

Schließlich war sie nicht blöd. Hätte sie nachgegeben, wäre das Spielchen, das sie seit Jahren mit Tankred trieb, nicht mehr aufgegangen. Nachdem sie ihn einmal heißgemacht hatte, gab sie die Keusche. Dieser Kniff war so alt, dass er einen Bart gehabt hätte, wären es die Männer gewesen, die ihn seit Jahrtausenden anwendeten. Doch es waren die Frauen, meistens mit Erfolg. Auch Tankred hatte Tage, an denen er dachte, dass er es nicht mehr aushielt ohne eine Berührung von ihr oder wenigstens ein liebes Wort. Doch sie ließ ihn einfach weiter zappeln. Manchmal, wenn sie es auf die Spitze trieb, richtete sie es so ein, dass er sie »zufällig« für eine ganze Woche nicht zu Gesicht bekam. Das traf ihn wirklich hart. Denn Shuilian schien immer schöner zu werden. Inzwischen hatte sie ihre Art zu gehen, ihre Gesten und ihre Konversation der westlichen Welt angepasst. Sie verstand jetzt in Vollkommenheit, eine Zigarettenspitze zu halten, die Beine übereinanderzuschlagen oder ein Glas zum Mund zu führen. Doch dann, genau im richtigen Moment, wenn Tankred dachte, das ist mir jetzt aber fast zu nobel und weltgewandt, lachte sie obszön oder sagte etwas Ordinäres, und er war aufs Neue hingerissen.

Natürlich diente ihr Spiel einem Zweck. Er tat so, als durchschaute er ihn nicht, was umgekehrt sie verrückt machte, denn eines Tages konnte sie nicht länger an sich halten.

»Sag mal, kannst du dir vorstellen, dass ich deine Frau werde?«, fragte sie ihn eines Abends im Salon, in einem gewagten roten Kleid, kurz bevor sie sich mal wieder ins Nachtleben stürzen wollte.

Er gab den Kühlen und Ahnungslosen, aber die Vorstellung jagte ihm, von der Hüfte ausgehend, einen vibrierenden Schauer durch den ganzen Körper.

»Wir sind miteinander verwandt.«

»Das ist eine Farce. Wido ist nur offiziell mein Vater. Das lässt sich rückgängig machen, und meiner Mutter wäre es nur recht. Dann wäre sie seine Haupterbin. Sie könnte alles verkaufen und sich in ihr chinesisches Loch verkriechen, in das sie sich so sehr zurücksehnt.«

»Du würdest deine Ansprüche verlieren.«

»Die als Tochter verliere ich, die als deine Ehefrau gewinne ich. Außerdem, Wido kann noch zwanzig Jahre vor sich hin vegetieren, aber ich will jetzt gut leben und frei sein.«

»Frei mit einem Ehemann?«

»Das ist ja das Wunderbare an dir, neben so vielen anderen Dingen natürlich. Du legst mir keine Ketten an.«

Nein, das würde er nicht tun. Er liebte Shuilian so, wie sie war, mit all ihren Eskapaden, ihrer Schläue und ihrer Berechenbarkeit, ihrer Oberflächlichkeit und ihrer Durchtriebenheit. Genau betrachtet, war sie ein gewöhnliches Ding, das so fest davon überzeugt war, eine Zukunft als Prinzessin zu haben, dass er ihr diesen

Wunsch unbedingt erfüllen wollte. Gut zu jemandem sein, eine Frau umsorgen, mit ihr wetteifern, sich von ihr aufziehen lassen und sie seinerseits aufziehen – das fehlte ihm in seinem Leben.

Tankred hätte sie sofort geheiratet. Er hätte eine Absprache mit Chen Lu und Wido getroffen und …

Doch es ging nicht. Er und eine Chinesin, in diesen Zeiten und bei seinen Ambitionen – unmöglich! Himmler würde ihm den Kopf abreißen und seine Überreste in den Fluss werfen.

Das konnte er Shuilian natürlich nicht sagen. So viel Offenheit vertrug sie nicht. Sie würde ihre Koffer packen und ihr Glück woanders suchen, oder besser, bei jemand anderem. Einer ihrer Galane wäre mal fast zum Ziel gekommen. Sie fand ihn attraktiv und fühlte sich zu ihm hingezogen, was Tankred daran bemerkte, dass sie ihn niemals erwähnte. Zum Glück wurde der Typ ungeduldig und schlug sie. Tankred ließ ihn anderntags von zwei angeheuerten Muskelprotzen, die Dubbe ihm vermittelt hatte, zu Brei schlagen. Mehr war nicht drin, der Kerl war Leutnant der Reichswehr und damit Tankreds Zugriff entzogen.

Die Gefahr, dass Shuilian ihn verließ, weil er sie hinhielt, war genauso groß wie die Gefahr, dass Tankreds Vorgesetzte irgendwann einmal herausbekamen, was da vor sich ging. Es war wie ein Tanz auf dem Vulkan.

Ähnliches galt für den Pillenschmuggel. Das Geschäft florierte, spülte unentwegt Geld in die Kasse. Ohne dieses Geld hätte er Shuilian nicht den Luxus bieten können, der ihm half, sie an sich zu binden. Zugleich war es die Treppe ins Verlies, sollte irgendwann einmal irgendwer die falsche Tür öffnen.

Manchmal dachte Tankred, dass die ständige Gefahr ihm langsam die Luft zum Atmen nahm, dann wieder dachte er, dass er genau das brauchte, um atmen zu können: Risiken, Drahtseilakte, Damoklesschwerter.

Bald nach Arabellas Besuch in seiner Dienstelle war Tankred um einen weiteren Rang in der Hierarchie nach oben geklettert. Als Sturmscharführer bekam er ein eigenes Büro, wenn auch ein kleines. Man hatte ihn der Frankfurter Außenstelle des SD zugeteilt, des Sicherheitsdienstes des Reichsführers SS, wo er nachrichtendienstliche Erkenntnisse zusammentrug, sortierte, analysierte und dem Leiter des SD persönlich in München vortrug. Wie Himmler war auch Reinhard Heydrich von Tankreds Rolle bei der Inszenierung des Reichstagsbrandes angetan, was ihm einen gewissen Bonus sicherte. Allerdings lehnte er Tankreds verwandtschaftliche Nähe zu Juden strikt ab, so lange, bis dieser ihm die Vorteile der *alliance* darlegte. Vorteile, von denen er bereits Schimmi und den Gauleiter überzeugt hatte. Schließlich gab Heydrich seinen Segen und nannte Tankreds Plan scherzhaft »Operation Kerkaporta«, nach der kleinen, unbeachteten Seitentür in Konstantinopel, durch die es den Muselmanen einst gelungen war, die Metropole zu erobern.

Alles in allem liefen die Dinge gut, als Tankred am 28. Juni 1934 einen Anruf von Schimmi bekam und Arabellas Fluch sich zu erfüllen schien.

Er und Schimmi hatten sich in den vergangenen Monaten recht oft getroffen, meistens in Restaurants oder Bars. Zwar waren beide viel beschäftigt, Tankred mit der Doppelaufgabe in der Manufaktur und dem SD, dazu die Beziehung mit Shuilian, wohingegen Schimmi so gut wie kein Privatleben mehr hatte und ganz in seiner Aufgabe bei der Gestapo aufging. Trotzdem hatten die Operation Vulkan und der anschließende gemeinsame Aufstieg in ihren jeweiligen Behörden sowie der zeitgleich erworbene Reichtum durch den Pillenschmuggel ihr Verhältnis noch enger werden lassen. An dem, was Schimmi mal gesagt hatte, war etwas dran: Sie halfen sich gegenseitig und kamen sich dadurch unverwundbar vor. Manchmal, wenn sie stundenlang über ihre Arbeit sprachen, sich die Bälle und die Fälle nur so zuwarfen und austüftelten, wie sie mehr Gewinn in Form von Prestige für sich herausschlagen konnten, kam es Tankred vor, als zelebrierten sie ihre Freundschaft regelrecht, so als wäre sie nicht auf Sympathie gegründet, sondern gewollt.

Als Schimmi ihn fragte, ob er Lust habe, mit ihm ins Freibad zu gehen, wusste Tankred sofort, dass etwas nicht stimmte. Sie waren nur ein einziges Mal zusammen schwimmen gewesen, ganz am Anfang ihrer Freundschaft. Schimmi paddelte durchs Wasser wie ein Hund und schämte sich dafür.

Das Freibad lag ruhig da, umgeben von bewaldeten Hügeln im Schatten einer Burg. Es duftete nach Erde und frischem Grün. Das Wetter war so lala, Tankred fror, als er sich auszog, und legte ein Handtuch um die Schultern. Beide Körper hatten wenig Sonne abbekommen in den letzten zwei Jahren, doch Tankred hatte als Enkel einer andalusischen Spanierin immerhin eine gewisse Grundbräune, während Schimmis Haut blass war wie Rahmkäse.

»Ich habe einen Ort ausgesucht, der möglichst harmlos und unverdächtig ist«, sagte Schimmi, als sie neben-einander auf ihren Decken lagen. Er setzte eine Sonnen-brille auf, obwohl die Sonne hinter einer dicken Wolke verborgen war.

»Unverdächtig«, wiederholte Tankred, ohne zu wis-sen, warum. Er fand dieses Wort wohl einfach seltsam aus dem Mund seines Freundes.

»Es geht um Dubbe. Nein, eigentlich geht es um etwas viel Größeres als Dubbe, aber er steckt da viel-leicht mit drin.«

»Wo drin?«

»In der Scheiße.«

»Scheiße? Kannst du das bitte etwas kürzer und all-gemeiner erklären?«

Schimmi lächelte ihn an, dann lächelte er über Tankreds Schulter hinweg zu einem allenfalls zwanzig-jährigen Bürschchen in ihrer Nähe.

»Die SA plant einen Putsch. Bevor du gleich wieder das letzte Wort wiederholst, bedenke bitte, dass wir eventuell, eher sogar wahrscheinlich beschattet werden.«

Tankred sah seinen Freund ungläubig an. »Das glau-be ich nicht. Weder das eine noch das andere.«

»Man hat mich gestern von ganz oben informiert.«

»Heißt?«

»Himmler.«

»Wieso ruft Himmler dich an?«

»Schon vergessen? Die Gestapo untersteht neuer-dings dem Reichsführer SS.«

»Ich meinte eher, wieso ruft er *dich* an?«

»Wegen der Sache im letzten Jahr mit dem ... du weißt schon, dem Vulkan. Die Aktion hat uns eine Menge Meriten eingebracht. Ich meine, es geht jetzt um nicht weniger als«, Schimmi senkte die Stimme, »um den Fortbestand der Bewegung, was die Ausschaltung der SA-Führung bedingt. Und jetzt lächele bitte, als hätte ich dir gerade einen Witz erzählt.«

Tankred war nicht zum Lachen zumute, im Gegenteil. Sein Freund Dubbe war inzwischen der stellvertretende SA-Führer von Hessen und zählte als solcher zu den einhundert wichtigsten Mitgliedern seiner Sturmabteilung. Mit dem Freund hatte Tankred sich im vergangenen Jahr selten getroffen, meistens in normalen Kneipen, da Dubbe sich in Restaurants oder schicken Bars unwohl fühlte. Er war der einfache Bursche geblieben, als Einziger von ihnen authentisch, wohingegen Tankred längst in feinen Kreisen verkehrte und Schimmi seine Pflichten in der Gestapo geradezu generalstabsmäßig wichtig nahm. Auch hatte Dubbe nie viel zu erzählen, meistens schwelgten sie daher in Erinnerungen und erzählten sich Anekdoten, die sie längst auswendig kannten.

Zu dritt hatten sie sich nach dem Reichstagsbrand deutlich seltener getroffen als früher. Keiner sprach es aus, aber Dubbe kam mit Schimmis und Tankreds Entwicklung einfach nicht mehr mit. Er war an ihren geheimen Geschäften nicht beteiligt, ja noch nicht mal darüber im Bilde, wofür er nichts konnte, und hatte demzufolge deutlich weniger Geld als sie. Doch nicht nur das. Immer stärker war spürbar, dass Dubbe auch intellektuell nicht mit ihnen Schritt halten konnte, so wie fast alle SA-Mitglieder. Vom Niveau eines Schlägertrupps konnten und wollten sie sich nicht erheben. Am meisten begünstigte die Entfremdung jedoch, dass Dubbe sich als waschechter Nazi verstand, als Revolutionär und Antikapitalist (obwohl er das Wort nicht mal hätte buchstabieren können), als Nationalist und Wegbereiter des Tausendjährigen Reiches. Schimmi und Tankred dagegen waren an nichts anderem als Geld, Prestige und Macht interessiert. Natürlich gestanden die beiden sich das gegenseitig nicht ein, aber es gab dieses unausgesprochene Wissen übereinander, und so seltsam es klang, auch das war eine zusätzliche Klammer, die sie zusammenhielt.

Dubbe war also in jeder Beziehung außen vor, und zwar, und das war das eigentlich Tragische dran, ohne es zu bemerken.

»Lächeln, hab ich gesagt.«

Tankred verzog irgendwie den Mund, und Schimmi lachte, so gut er konnte. Dann knuffte er Tankred in die Schulter, um den Eindruck gelösten Zusammenseins zu verstärken.

»Die SA-Führung trifft sich in Bad Wiessee in Bayern. Dort werden sie den Putsch besprechen und sehr bald zuschlagen.«

»Was ist mit Dubbe?«

»Ich habe versucht herauszubekommen, ob er auch nach Wiessee fährt. Nichts zu machen. Ich müsste nachhaken, aber das könnte auffallen, und Himmler hat mir eingeschärft, dass jegliche Aktion zu unterlassen ist, was die SA misstrauisch machen könnte. Es geht um alles, Tanke. Wirklich um alles. Das ist nicht übertrieben. Ich meine, wenn Röhm Erfolg hat, dann ...«

»Ich habe dich verstanden«, erwiderte Tankred gereizt. »Wieso erzählst du mir das?«

»Nur einige wenige bei der SS, der Gestapo und der Reichswehr sind eingeweiht, und wir gehören dazu.

In ein paar Tagen geht es los. Ich werde die Aktion in Frankfurt leiten, du sollst nach Wiessee. Heydrich wird die Einzelheiten noch mit dir besprechen. Und lächle zwischendurch mal wieder, du siehst viel zu ernst aus. Nicht dass wir noch Verdacht erregen.«

»Lass mich mit diesem blöden Lächeln in Ruhe. Das ist doch Wahnsinn, Schimmi, der helle Wahnsinn.«

»Nicht so laut, du Idiot.«

Sein Freund sah neuerdings überall Gespenster – vermutlich eine Nebenwirkung, wenn man in einer Überwachungsbehörde arbeitete. Doch Schimmis Befindlichkeiten interessierten Tankred im Augenblick herzlich wenig.

Tankred sagte: »Wir müssen Dubbe warnen.«

»Spinnst du?«

»Verdammt, Schimmi, er ist unser Kumpel. Wir sind durch dick und dünn gegangen, wir haben zusammen gehungert, gefroren und gefeiert, wir haben uns die verdammte Fischtunke geteilt …«

»Ich verstehe dich ja.«

»Sag das noch mal, und du fängst dir eine ein. Gar nichts verstehst du, jedenfalls nicht von Freundschaft, wenn du Dubbe einfach so über die Klinge springen lässt, nur weil er die falsche Uniform angezogen hat.«

Derart zurechtgestutzt, schwieg Schimmi. In den letzten Monaten war er Tankred ein wenig zu selbstbewusst geworden, fast bis an die Grenze zur Arroganz, aber Tankred konnte ihn immer noch stutzen, wenn er es wirklich darauf anlegte.

»So, nun da geklärt ist, dass wir Dubbe nicht hängenlassen, müssen wir uns etwas überlegen. Die Verschwörer besprechen sich in Bad Wiessee, richtig? Also müssen wir dafür sorgen, dass er sonst wo ist, nur nicht dort. Am besten, ich lade ihn für ein paar Tage nach Königstein ein, oder wir spendieren ihm einen Urlaub. Wandern in der Altmark oder so.«

»Das Problem ist Folgendes«, murmelte Schimmi, wobei sein Tonfall nun dem eines Angestellten glich, der jeden Moment einen Wutausbruch seines Chefs befürchtete. »Wenn wir ihn warnen, steckt er es vielleicht seinen Vorgesetzten, womöglich sogar Röhm selbst. Bist du dir so sicher, dass Dubbe uns nicht ans Messer liefert?«

Tankreds Miene verdüsterte sich. »Schimmi.«

»Nur nicht aufregen. Gut, akzeptiert, Dubbe würde uns nicht ans Messer liefern. Jedenfalls nicht wissentlich. Aber er muss doch nur Piep zu einem seiner Kameraden sagen, und unsere Aktion fliegt auf. Was Himmler dann mit dir und mir macht, das muss ich dir ja wohl nicht erklären.«

So Unrecht hatte Schimmi mit seinem Einwand nicht. Gewiss hatte Dubbe auch unter seinen Kameraden Freunde, echte Freunde, wie sie es waren. Mit ihrer Warnung würden sie ihn vor ein entsetzliches Dilemma stellen, und im Umgang mit Dilemmata war Dubbe ganz sicher nicht der Geschickteste. Er würde versuchen, es allen recht zu machen, und dabei alle in Gefahr bringen.

»Einer von uns muss jetzt mal schwimmen gehen, das ist sonst zu auffällig«, sagte Schimmi, kaum dass der Bursche von der Decke nebenan an ihnen vorbei zum Becken lief.

»Geh du nur«, sagte Tankred und folgte seinem Freund mit den Augen.

Schnell fanden die beiden jungen Männer im Wasser zusammen, begannen ein Gespräch, kraulten eine Bahn. Schimmis Schwimmstil hatte sich verbessert, aber der andere war sehr sportlich und ließ ihn schnell zwei Körperlängen hinter sich. Eigentlich drei, wenn man Schimmis Körperlänge zugrunde legte. Sie verstanden sich offenbar sehr gut. Nach zehn Minuten kam Schimmi zurück.

»Der Kerl hat mir erzählt, er wäre Schlosser. Hast du schon mal einen Schlosser mit blitzblank geputzten Schuhen gesehen?« Er machte eine Kopfbewegung zur Decke des Nachbarn. »Die SA tut den halben Tag nichts anderes, als Schuhe zu putzen. Er ist einer von denen, jede Wette.«

Tankred verdrehte die Augen. »Deinen Verfolgungswahn kannst du gerne ein andermal kultivieren, wir haben jetzt Wichtigeres zu besprechen. Während du mit Romeo im Wasser geplanscht hast, hatte ich eine Idee.«

»Lass hören.«

»Dubbe hat bei denen da oben einen Stein im Brett, genau wie wir. Er hat den Holländer damals zum Reichstag gefahren, das ist doch was wert, oder nicht? Er ist Geheimnisträger des Reiches. Wir bitten also Himmler, ihn zu verschonen, wenn die Verhaftungswelle anrollt.«

»Daran habe ich auch schon gedacht, aber … nicht Himmler leitet die Operation.«

»Sondern?«

»Der Führer selbst, und der lehnt solche Gnadenlisten strikt ab, was man so hört.«

»Verdammt, dann hauen wir Dubbe eben raus, sobald er im Knast sitzt. Da wird sich schon ein Weg finden.«

Schimmi biss sich auf die Lippe. »Er kommt ganz bestimmt nicht in den Knast.«

»Jetzt verstehe ich gar nichts mehr. Hast du nicht eben gesagt ...«

»Das wird keine Verhaftungswelle, Tanke. Das wird eine Welle ganz anderer Art.«

Schimmi sah ihn lange an, dann verstand Tankred. Zum ersten Mal wünschte er, nie in die SS eingetreten zu sein, nie seinen kleinen Platz in dem riesigen Mosaik des Regimes eingenommen zu haben. Bisher hatte er nur Vorteile davon gehabt. Keine Uniform bedeutete weit weniger Geld, weniger Einfluss, weniger Kontakte, weniger Schutz. Die Kneipenwirte, die Postbeamten, die Empfangschefs im Restaurant, die Geschäftspartner, die Angestellten der Manufaktur, Shuilian, Chen Lu, Elise, Isaac, Emmas Mann Caspar, ja sogar Dubbe und Schimmi achteten ihn weit mehr, als wenn er nur Zivilist gewesen wäre. Manche respektierten, manche fürchteten, manche bewunderten ihn dafür, doch fast niemanden ließ diese Uniform kalt. Selbst jene, die ihn verachteten, wagten es kaum, ihre Geringschätzung offen zu zeigen. Insofern ging sein Kalkül auf. Nur mit einem hatte er nicht gerechnet: damit, dass er sich selbst verachten könnte.

»Wir geben Dubbe also auf?«, murmelte er, tief betroffen. »Wir liefern ihn denen ans Messer?«

»Mir passt das auch nicht, was glaubst du denn! Aber wir können nichts mehr für ihn tun.«

Wie leicht ihm das von den Lippen ging. Was ging bloß in Schimmis Kopf vor in diesem Moment? Plante er bereits die Verhaftung seines Beschatters, mit dem er eben noch geschäkert hatte? Dessen Einweisung in ein

Lager? Dessen Erschießung? Seine anschließende Beförderung? Die Feier zur Beförderung? Verlor er überhaupt noch einen Gedanken an Dubbe, mit dem er jahrelang gezecht, gelacht und gelitten hatte?

»Wer wird der Nächste sein, Schimmi?«, fragte Tankred mit dunkler Stimme. »Wer ist in einem Jahr, in fünf Jahren dran? Die SS? Werde ich es sein, Schimmi? Und was wirst du dann mit mir machen?«

Es war stockfinstere Nacht, als Gitti Tankred vor ihrer Wohnungstür auflas. Er war betrunken genug, um zu lallen und zu torkeln, aber nicht betrunken genug, um zu vergessen. Ohne ein Wort führte sie ihn in die kleine, leicht schmuddelige Küche, tauchte seinen Kopf in eine Schüssel mit kaltem Wasser, anschließend gleich noch einmal und rubbelte ihm die Haare mit einem Handtuch trocken. Dann kochte sie ihm einen starken Kaffee und setzte sich zu ihm an den Tisch.

Sie ließ ihn die ganze Tasse austrinken, bevor sie das Schweigen brach. »Hallo, Bubi. Wie geht's?«

»Sehr witzig.«

»Bist du schon anwesend, oder soll ich in einer halben Stunde noch mal vorbeikommen?«

»Wie spät ist es?«

»Vier Uhr durch.«

»Dann bin ich anwesend. Ich muss anwesend sein. In ein paar Stunden sitze ich im Auto nach Bayern.«

»Eine Spritztour?«

»Höchstens eine Bleispritztour.«

Er lachte und lachte und wollte gar nicht mehr aufhören. Ihm kam es vor wie mehrere Minuten, bis er merkte, dass er schon nicht mehr lachte, sondern längst weinte. Sein Kopf sank auf die Arme, die schwer auf der Tischplatte lagen. Er spürte, wie Gitti ihm durch die Haare fuhr, ihren Atem an seinem Ohr, ihre warmen, weichen Brüste an seiner Wange.

Irgendwann erzählte er ihr alles. Vermutlich war es eine furchtbar wirre Geschichte, denn Gitti stellte ihm etliche Fragen und kochte eine weitere Kanne Kaffee, bis sie alles verstanden hatte. Eine Weile schwieg sie.

»Um wen«, fragte sie endlich, »weinst du eigentlich? Um den Freund, der um die Ecke gebracht werden soll? Um den Freund, der achselzuckend dabei zusieht, wie euer Freund um die Ecke gebracht wird? Oder um dich, dem das schlechte Gewissen bis zum Hals pocht?«

Als könnte er das auseinanderhalten! Als könnte irgendjemand drei Sorten gemischter Gülle auseinanderhalten! »Mir hat mal jemand gesagt, dass mich die Uniform mit der Zeit verändern, dass ich gewissermaßen ihren Geruch annehmen würde.«

»Und jetzt fängst du an zu stinken, ja?«

»Wenn ich meinen Freund ins Verderben schicke, nur um weiter diese Uniform zu tragen? Ja, eindeutig ja, dann stinke ich.«

»Da gibt es nur eins: Zieh sie aus, häng sie an den Nagel.«

»Das geht nicht.«

»Warum nicht?«

»Ich brauche sie noch.«

»Wofür? Erzähl mir jetzt bloß nichts von Anerkennung und dem ganzen Quatsch. Früher hast du dich auch nicht darum geschert, da warst du dir selbst genug. Du hast niemanden gebraucht, nicht einmal mich.«

»Und das hast du gut gefunden?«

»Nicht immer. Aber es hatte was. Wenn du früher gestunken hast, dann nach Ebbelwoi, Zigarettenrauch und drei Tage ohne ein Bad. Sieh dich jetzt an. Du stinkst nach Ehrgeiz und beklagst dich deswegen bei mir, beklagst dich über dich selbst. Aber ich bin nicht deine Beichtmutter, Bubi, auch nicht deine Frau. Nicht mal deine Geliebte bin ich, die sitzt in deinem Palais. Warum gehst du nicht zu ihr? Sie hat bestimmt weit weniger Verständnis für deine Skrupel und kann sie dir daher schnell ausreden. Jemanden wie sie brauchst du in deiner Lage. Ich dagegen verstehe dich viel zu gut.«

Er wusste nicht, was er darauf erwidern sollte. Stumm trank er in kleinen Schlucken den heißen Kaffee, der im Kontrast zu der Kälte stand, die ihn auszufüllen drohte, zur kalten Monstrosität der Möglichkeiten. Als sie Esra verhaftet hatten, da hatte er sie erstmals gespürt und seither immer öfter. Um zu wissen, wie es mit ihm weiterging, musste er nur Schimmi ansehen, dessen Entwicklung zwar schneller vonstattenging als seine eigene, letzten Endes aber denselben Verlauf hatte.

Gitti wischte ihm eine Träne vom Kinn und ließ ihre Hand dort liegen.

»Ich kenne dich besser, als du dich selbst kennst«, sagte sie. »So gut, dass ich dir genau sagen kann, was dich zu dieser Uniform hinzieht. Es ist die Macht, Bubi. Du brauchst diese Macht.«

»Wofür?«, fragte er, leicht benommen von Gittis zärtlicher Berührung, die er sich manchmal auch von Shuilian wünschte, seiner wunderschönen Teichrose.

»Einfach so«, erwiderte sie schulterzuckend. »Menschen, die vom Nektar der Macht gekostet haben und ihm verfallen sind, ist es letztendlich egal, für oder gegen wen oder was sie sie einsetzen: über einen Ehepartner, eine Geliebte, ein kleines Büro mit drei Angestellten, einen Hinterhof, eine Firma ... Von außen betrachtet, wirkt diese Macht manchmal lächerlich winzig, im Inneren der Zelle ist sie allerdings immer groß und furchterregend. Genau so möchtest du sein. Groß und furchterregend.«

»Das ist absurd.«

»Red nicht mit mir wie mit einem deiner noblen Verwandten, das ertrage ich nicht. Zu mir bist du immer gekommen, weil du ehrlich sein wolltest. Ändere das bitte nicht, sonst werden wir uns über kurz oder lang verlieren.«

Er stand abrupt auf und stellte sich vor das Mansardenfenster, hinter dessen schlierigen Scheiben ein perfekter Sonnenaufgang stattfand. Wie auch immer dieser Sommertag zu Ende ginge, er sollte denkwürdig und blutig werden. In solchen Momenten, am Morgen vor einer Schlacht, war man gemeinhin ehrlicher als sonst, vor allem zu sich selbst.

Gitti trat hinter ihn, ohne ihn zu berühren. »Du bist unehelich geboren, ein kleiner Filou, wie er an jeder Ecke zu finden ist. Du glaubst, du brauchst diese Uniform, um mächtig zu sein. Wahrscheinlich hast du Recht. Allerdings hat die Macht ihren Preis, und langsam dämmert dir, wie hoch er tatsächlich ist.« Gitti zündete sich eine Zigarette an, machte zwei Züge. »Schamlos hoch«, sagte sie.

Er wandte sich ihr zu. »Du hast mir mal gesagt, dass du eine miese Type erkennst, wenn sie dir gegenübersteht. Also, was ist? Bin ich eine?«

Tankred borgte sich einen von Gittis Türstehern aus, einen mit einer Fresse wie zerknautschter Stahl, und fuhr mit ihm zu Dubbes Wohnung. Er wollte seinen Freund fesseln und knebeln und für ein paar Tage irgendwo gefangen halten lassen, bis die Sache vorüber und Dubbe außer Gefahr war. Als er anklopfte, ertappte er sich beim Beten, dass sein Freund zu Hause war.

War er nicht.

Zwei Stunden später saß Tankred im SS-Dienstwagen nach Bayern.

Die Operation in Bad Wiessee verlief weitgehend geräuschlos. Die SA wurde entwaffnet und die Führung verhaftet, ohne dass ein einziger Schuss fiel. Der Führer persönlich nahm an der Aktion teil. Zum einzigen kritischen Moment kam es, als sich ein mit schwer bewaffneten Männern voll besetzter Mannschaftswagen der SA Zugang zum Areal verschaffen wollte. Nur mit Mühe, Geschrei und wilden Gesten gelang es Hitler, die Männer zum Umkehren zu bewegen. Nach einer Stunde war die Aktion vorbei.

Rund achtzig Verhaftete, einer von ihnen war Dubbe. Sie überraschten ihn mit einem Mädchen im Bett. Tankred befahl, das Mädchen laufen zu lassen, und er war drauf und dran, dasselbe für Dubbe anzuordnen. Ihm doch egal, welche Folgen das haben mochte.

Ein ranghöherer Offizier ordnete an: »Den Mann da abführen, Transporter zwei.«

Tankred fuhr als Beifahrer auf Transporter zwei mit, Ziel: München. Dubbe kauerte drei Meter hinter ihm auf der Ladefläche, verängstigt und verwirrt. Es zerriss Tankred fast die Nerven. Er überlegte, den Fahrer außer

Gefecht zu setzen, den Laster in eine Seitenstraße zu lenken und die Ladeluke zu öffnen. Doch hinten saßen sechs Bewacher, alles Soldaten einer Eliteeinheit der Reichswehr, die nicht seinem Befehl unterstanden. Überhaupt war das eine verrückte Idee.

Er sprach kaum ein Wort auf der Fahrt, die ihm viel kürzer vorkam, als sie tatsächlich war. Mit der Ankunft in München-Stadelheim war seine Aufgabe erfüllt.

Zum Abschied sah Dubbe ihn noch einmal an, und diesen Blick würde Tankred nie vergessen. Keine Anklage, keine Verurteilung, kein Hass lag darin, sondern nichts als Traurigkeit, Unverständnis und Verzweiflung. Dubbe öffnete kurz den Mund, als wolle er Tankreds Namen rufen. Doch im letzten Moment wurde ihm wohl bewusst, wie sehr er seinem Freund damit schaden konnte.

Als Tankred das Gefängnis verließ, lebten noch alle, die er dort abgeliefert hatte, aber ihm kam eine Gruppe der Gestapo entgegen, und später hieß es, dass die etwa achtzig Verhafteten tot waren.

Eine Woche danach wurde Tankred befördert. Himmler persönlich heftete ihm die Abzeichen an.

»Wir haben eine neue Abteilung gegründet«, sagte er. »Das Hauptamt für Wirtschaft, zuständig für Erwerb und Verwaltung von Wirtschaftsbetrieben aller Art für die SS. Ist doch Ihr Metier, Blankenburg. Hiermit berufe ich Sie in den Leitungsstab des neuen Hauptamtes. Übrigens, wie schreitet eigentlich Ihr Plan voran? Sie wissen schon, die Operation Kerkaporta.«

Es war die beste Zeit ihres Lebens. Es war die schlimmste Zeit ihres Lebens. Den ganzen Frühling, Sommer und Herbst 1934 verbrachte Emma in einem ständigen Taumel zwischen höchstem Glück und tiefstem Elend. Dazwischen gab es nichts. Sobald sie mit Theo zusammen war oder auch nur mit ihm telefonierte, ihm einen Brief schrieb oder ganze Seiten ihres Tagebuches widmete, kam sie sich wie eine ganz andere Frau vor als die, die sie ohne seine Anwesenheit war. Als würde jemand den Stöpsel aus der Wanne ziehen, floss die Energie in dem Moment aus ihr heraus, da sie nicht bei Theo sein konnte, und sei es in Gedanken. Dann bereitete ihr nichts mehr Freude, weder das Essen noch die Porzellanmalerei, weder ein Sonnenbad auf der Terrasse noch ein Erfrischungsgetränk bei heißem Wetter. Ohne ihn war alles hohl, fad, bedeutungslos.

Allein zu sein war das Schlimmste. Dann fielen die Schatten über sie her, die Bilder, die Fragen. Wie alt wäre es jetzt? Was würde es jetzt gerade tun? Welches Spielzeug würde ich ihm kaufen? Wie würde es heißen? Welchen Spitznamen hätte es?

Wegen dieser Qualen ging sie auch Shuilian aus dem Weg. Glücklicherweise war das nicht weiter schwierig, obwohl sie unter einem Dach lebten. Denn ihre Cousine blieb meistens bis mittags im Bett, wenn Emma längst zu Theo gegangen war, und brach gegen sieben Uhr am Abend, wenn Emma gerade von Theo zurückkehrte, zu ihren nächtlichen Touren durch Frankfurt auf. In der Manufaktur ließ Emma sich nur blicken, wenn Theo verhindert war, was nur selten vorkam.

Normalerweise aber lebte sie neun Stunden pro Tag, zwischen zehn am Morgen und sieben am Abend, so leidenschaftlich, dass die Eindrücke sie manchmal überwältigten. Sie roch Dinge, die ihr früher entgangen waren, Theos Haut, Theos Kleider, Theos Haare. Seine Ölfarben kamen ihr bunter vor als sonst, die Sonne leuchtete heller denn je in jenen Monaten. Diese Zeit war angefüllt mit gemeinsamen Wanderungen durch die Taunushöhen, die Kornfelder, Streuobstwiesen und Mischwälder. Wenn Theo malte, sah sie ihm zu, stundenlang, ohne ihn auch nur mit einem einzigen Wort zu stören. Ihr war nie langweilig dabei, im Gegenteil, sie bekam einfach nicht genug von seinem konzentrierten Blick auf das Objekt. Wenn er minutenlang innehielt, um dann, wenn er eine Eingebung hatte, plötzlich mit flinken Bewegungen weiterzumalen. Bei der Entstehung jedes einzelnen Bildes war sie dabei, kannte gewissermaßen dessen Geschichte, weshalb sie sich als Teil von Theos Arbeit verstand. Wenn er sie zwischendurch ansah oder wenn ein Lächeln über seine Lippen huschte, ging ihr das durch und durch.

Natürlich liebten sie sich auch körperlich, sehr oft sogar, und seit Emma ihm gestanden hatte, dass sie unfruchtbar war, taten sie es mit noch größerer Leidenschaft als früher. Sie wusste es seit Februar. Bei dem Eingriff, den die alte Chinesin vorgenommen hatte, war die Gebärmutter zerstört worden. Der Gynäkologe hatte »mit an Sicherheit grenzender Wahrscheinlichkeit« festgestellt, dass sie nie wieder Kinder bekommen konnte. Theo wusste nichts von der Abtreibung, und ihre Mutter wusste nichts von ihrer Unfruchtbarkeit. So war es am besten.

War sie mal nicht bei Theo, etwa weil er verhindert war, verbrachte sie die meiste Zeit mit Biene. Wenn Emma »das Thema« von sich aus mied, brauchte sie in der Gesellschaft ihrer alten Vertrauten keine Furcht zu haben, dass es zur Sprache käme. Biene umsorgte sie einerseits, ließ ihre Lieblingsspeisen kochen, frische Blumen aufs Zimmer bringen, angenehme, tröstliche Bücher zur Lektüre geben, andererseits beschäftigte sie Emma, indem sie ihr leichte Aufgaben zuwies, etwa das Familiensilber zu zählen, Kleider umzunähen, Marmelade einzukochen. Das waren keine Arbeiten für eine Frau von Emmas Stand, und sie stellte sich auch nicht besonders geschickt dabei an. Dennoch waren es die einzigen Gelegenheiten, abseits von Theo, bei denen sie wenigstens ab und zu einen Anflug von Gelassenheit verspürte.

Diese verflog, sobald ihre Mutter auf der Bildfläche erschien. Allein deshalb, weil eine Mahnung in der Luft lag, auch wenn diese nicht sicht- und hörbar war.

»Hier bist du also, in der Gesindeküche«, sagte Elise, und das reichte Emma, um gleichsam die Hand zu spüren, die an ihrem Ohr zog. »Silberbesteck putzen, wie ich sehe?«

»Ja, Mutter, das ist eine überaus nützliche und entspannende Tätigkeit. Beinahe kontemplativ.«

»Gut zu wissen. Ich werde bei künftigen Gelegenheiten das Personal darauf hinweisen, wenn es die Aufgabe mal wieder monatelang vor sich herschiebt.«

»Ach, lassen Sie das Kind doch«, sagte Biene, die sich offenen Widerspruch als Einzige erlauben durfte. »Wenn es ihr Spaß macht ...«

»Von mir kein Einwand. Vielleicht wärst du so nett, Emma, dem Chauffeur nachher beim Reifenwechsel zu helfen ... Nun springt mir nicht gleich ins Gesicht, ihr zwei, das war nur ein Scherz.«

Sie setzte sich zu Biene und Emma an den Gesindetisch, nahm einen Keks und bediente sich beim Kaffee. Emma fand, dass ihre Mutter seit ihrer Hochzeit mit Isaac lockerer geworden war. Auch ihren Kleidungsstil und die Frisur hatte sie leicht verändert: klarere, moderne Formen, weg vom Üppigen, Hausfraulichen. Man sah ihr jetzt an, dass sie eine Firma leitete, und es stand ihr gut. Auch ihre Anweisungen an das Personal waren präziser als früher, ohne dass die Freundlichkeit darunter gelitten hätte.

Neuerdings war Emma sogar ein wenig neidisch auf sie. Ihre Mutter hatte nicht nur einen Mann gefunden, sondern auch eine Aufgabe. Sie hatte der Liebe einen neuen Platz in ihrem Leben gegeben, ein Unternehmen gerettet und es vergrößert, etwas, worauf sie stolz sein konnte. In ihrem eigenen Leben sah es völlig anders aus.

»Es muss fünfzehn Jahre her sein, dass wir zuletzt an diesem Tisch zusammensaßen«, stellte Emma fest. »Du warst nur selten in der Küche, und ich sollte irgendwann auch nicht mehr herkommen.«

»Dein Vater hat es nicht gerne gesehen. Er wollte, dass du mit höheren Töchtern und Söhnen spielst. Deswegen hat er auch nur Bedienstete ohne Kinder eingestellt und sich bei jüngeren Leuten die Kinderlosigkeit sogar in den Vertrag schreiben lassen.«

Biene schmunzelte. »Ja, das stimmt. So einen habe ich auch. Und den hebe ich auf, worauf Sie sich verlassen können. In zwanzig Jahren kann man so was im Museum ausstellen.«

Emma hatte inzwischen genug Abstand zu ihrer Kindheit und zu ihrem Vater, um zu erkennen, dass er weder als Ehemann noch als Dienstherr der Heros war, den sie damals in ihm gesehen hatte. Es fiel ihr vor allem auf, wenn sie sah, wie Isaac mit ihrer Mutter umging. Es war gar nicht mal so, dass er sie auf Händen trug oder ihr jeden Wunsch von den Augen ablas. Nein, er ließ sie einfach Dinge tun, die Emmas Vater ihr nie erlaubt hätte – und hatte. Manchmal besprachen die beiden bei Tisch etwas Geschäftliches, wobei keiner den anderen belehrte. Am schönsten aber war es, wenn Isaac sich ans Klavier setzte und zu spielen begann, sie sich dann neben ihn setzte und ein Duett aus dem Stück machte. Oder sie sang ein Lied dazu. Oder sie tanzte ein paar Schritte. Oder Emma spielte weiter, und die beiden tanzten zusammen. Da hatten sich einfach zwei Menschen gefunden ...

Wie aus dem Nichts fing Emma an zu weinen. Noch wenige Augenblicke vorher hatte sie keine Ahnung gehabt, dass das passieren würde.

»Emma«, flüsterte ihre Mutter, rückte näher an sie heran und nahm sie in die Arme. »Emma, mein Kind. Was ist los? Was hast du denn?«

»Es ist nur, weil ... weil ich mich so für dich freue, Mama. Für dich und Isaac. Und ich bin dir unendlich dankbar. Ohne dich säße ich jetzt nicht hier, sondern in Lerchenberg. Du hast mich da herausgeholt, und ich habe nicht einmal danke gesagt. Du hast immer zu mir gehalten, du auch, Biene, ihr beide habt sogar zu mir gehalten, nachdem ich ... nachdem ...«

»Ist ja gut«, flüsterte Elise. »Schon gut, liebste Emma, schon gut.«

»Nein, es ist nicht gut. Ich war so hässlich zu dir, damals, nach Vaters Tod. An allem habe ich dir die Schuld gegeben, und das war falsch. Du kannst auch nichts für meine ... jetzige Lage. Letztendlich war es nicht deine, sondern Papas Idee, dass ich Caspar heirate, und wenn ich nicht so ein blindes, gehorsames Vaterkind gewesen wäre ... Bitte verzeih mir, Mama.«

Biene und Elise warfen sich einen langen Blick zu, der Emma verunsicherte.

»Habe ... ich etwas Falsches gesagt?«

»Nein«, erwiderte Elise. »Nein, eigentlich nicht. Da gibt es nur etwas ... nun ja ...«

Wieder sahen Biene und Elise sich an, bis Biene aufstand und den Tisch verließ, um frischen Kaffee aufzubrühen.

Elise atmete tief durch. »Da gibt es etwas, deinen Vater und Caspar betreffend, das ...«

Das Stichwort war gefallen, und Emma musste, sie musste diese Frage einfach stellen. Jetzt sofort.

»Du hast Caspar dazu gebracht, dass ich ausziehen durfte. Kannst du ihn nicht auch davon überzeugen, sich von mir scheiden zu lassen? Bitte, Mama.«

Ihre Mutter wirkte plötzlich zerstreut. Sie brauchte eine Weile, um zu antworten. »Er wird sich nicht scheiden lassen, mein Kind. Denn dann könnte er niemals wieder heiraten, jedenfalls nicht vor Gott und der Kirche. Aber er ... Ich habe gestern mit ihm gesprochen, er hat mich angerufen. Jedenfalls, er lässt sich nach Goslar versetzen, zu einem gewissen Oberst Rummel oder Rommel oder so, der hoch angesehen ist in seinen Kreisen. Du wirst Caspar also eine ganze Weile nicht sehen.«

Emma wischte sich die Tränen ab. »Na gut, aber das bringt mich nicht weiter.«

»Mach dir bitte klar, dass Caspar schon weit mehr

auf dich zugegangen ist, als es die allermeisten Ehemänner seines Standes tun würden. Du lebst nicht bei ihm, du kannst tun und lassen, was du willst, wovon du übrigens reichlich Gebrauch machst, und du erhältst dennoch eine monatliche Apanage.«

»Das Geld ist mir egal.«

»Deine Freiheit ist es nicht, und die gewährt Caspar dir in überreichem Maße.«

»Ständig höre ich, wie gut er zu mir ist. Was ist mit seinen Fehlern? Legen wir die doch mal auf die Waage.«

»Wir sind nicht beim Fleischer, Emma. Du bist nun einmal Caspars Frau, mit allen Rechten und Pflichten, an dieser Tatsache kommst du nicht vorbei.«

»Ich gehöre nicht zu ihm, so wenig, wie du zu Papa gehört hast.«

»Immerhin bist du aus dieser Verbindung hervorgegangen. Auch problematische Ehen können Erfüllung finden, umgekehrt können Beziehungen, die auf den ersten Blick erfüllt wirken, böse Überraschungen in sich bergen. Bist du dir der Liebe deines Malers denn so sicher?«

»Absolut.«

»Angenommen, jemand würde ihm ein großzügiges Angebot machen, das ihn jedoch von dir entfernen ...«

Emma stand auf. »Du kannst es gerne versuchen, Mutter. Er wird zu mir halten. Und jetzt entschuldige mich bitte, meine Hände sind schon ganz wund von der Putzerei. Übrigens, was wolltest du mir vorhin erzählen, als ich dich unterbrochen habe?«

Ihre Mutter nahm das Putztuch und begann, das Messer zu wienern. »Du hast Recht, Liebes. Diese Arbeit hat wirklich etwas Entspannendes.«

In der folgenden Nacht lag Emma lange wach. Der Wink vom »großzügigen Angebot« ging ihr nicht aus dem Kopf. Die Sonderausstellung im Städel hatte Theo etwas bekannter gemacht, ihn aber auch Angriffen der Kunstkritik ausgesetzt. Sein Stil sei restaurativ, gestrig, hieß es. Er behauptete zwar, es mache ihm nichts aus, doch Emma nahm ihm das nicht ab, zumal das Museum im Anschluss an die Ausstellung nichts mehr von sich hatte hören lassen. Zwar verkaufte er weiterhin fast alle seine Werke, die Preise allerdings stiegen nicht, und die Kundschaft verlangte letztendlich immer das Gleiche von ihm: Wälder, Bäche, Krokusse und Hirsche. Das behinderte seine künstlerische Entwicklung, doch Aufträge abzulehnen konnte er sich nicht leisten. Wenn ihm jemand in dieser Lage ein verführerisches Angebot machte, das ihn von ihr wegführte – konnte er es ablehnen?

Emma zweifelte nicht an Theos Liebe. Er würde immer wieder zu ihr zurückkehren. Doch ein Jahr, ja selbst ein paar Monate ohne ihn wären nicht auszuhalten.

Vielleicht war es besser, dass ihm jemand ein »kontrolliertes« Angebot unterbreitete, eine Person, auf die sie zählen konnte.

Anderntags wandte Emma sich an Tankred. Immerhin hatte er Theo schon einmal, damals ohne ihr Wissen, unter die Arme gegriffen. Wieso nicht wieder?

Tankred hörte sich ihr Anliegen an, versprach, sich darum zu kümmern, und blieb dennoch unverbindlich. Drei Tage lang wagte Emma nicht, ihn noch einmal darauf anzusprechen. In einem günstigen Moment, als gerade alle aus dem Haus waren, klopfte er an ihre Tür.

»Eine Porträtserie«, sagte er. »Großporträts von Himmler, Göring, Goebbels, Frick, Hess und noch ein paar anderen. Theo wird in Berlin ein gutes Jahr zu tun haben. Keine fürstliche, aber eine sehr anständige Bezahlung. Und das Beste ist, dass ich dich ebenfalls nach Berlin schicken werde, wo du die erste Blankenburg-Filiale errichten sollst. Einzige Bedingung: Dein Theo muss Deutscher werden. Die Größen des Staates können sich unmöglich von einem Ausländer porträtieren lassen.«

Emma war sprachlos. Das war viel mehr und deutlich besser, als sie sich erhofft hatte. Den Stellvertreter des Führers zu malen, den preußischen Ministerpräsidenten und den für Kunst zuständigen Propagandaminister – das war ein Karrieresprung sondergleichen, eine unglaubliche Auszeichnung. Danach mussten die Leute Theo ernst nehmen. Außerdem, endlich mal etwas anderes als Landschaften. Porträts waren seine große Leidenschaft, beim Malen ihres Porträts hatten sie sich ineinander verliebt. Es war, als hätte Tankred das perfekte Geschenk für sie geschnürt.

»Wenn ich mal irgendetwas für dich tun kann ...«, sagte sie. »Mehr, als nur eine Platzwunde zu versorgen.«

Er lächelte. »Da gibt es durchaus etwas.« Er überreichte ihr ein Schriftstück. »Lies dir das hier bei Gelegenheit mal durch.«

Tankred ließ sich von Emma per Vertrag ihre Stimmrechte an der Manufaktur für den Fall des Erbfalles oder alternativ das Vorkaufsrecht zusichern. Das war kein allzu hoher Preis, immerhin hatte sie das Interesse an der Manufaktur längst verloren und konzentrierte sich ganz auf ein Leben an Theos Seite. Daher unterzeichnete sie das Schriftstück noch am selben Abend und gab es Tankred zurück.

Eine Woche später saß sie mit Theo im Zug nach Berlin. Als ein Schaffner sie mit »Frau Schatt« ansprach, war sie sich ganz sicher, dass sie in eine hellere, bessere Zukunft fuhr.

10

Auf dem Reichsparteitag der Freiheit in Nürnberg im September 1935 wird die Wehrpflicht wieder eingeführt – ein eindeutiger Verstoß gegen den Versailler Vertrag, der diesen faktisch außer Kraft setzt.

Überraschend wird auch ein »Gesetz zum Schutz des deutschen Blutes« beschlossen. Eheschließungen sowie außerehelicher Geschlechtsverkehr zwischen Juden und Nichtjuden werden verboten. Das Reichsbürgergesetz regelt, ob man Voll-, Halb- oder Vierteljude ist und welche Rechte einem noch zustehen. Der Straftatbestand der Rassenschande wird geschaffen, bei Verstößen droht Zuchthaus. Juden dürfen keine nicht jüdischen Dienstmädchen unter fünfundvierzig Jahren beschäftigen, keine öffentlichen Ämter bekleiden, nicht als Beamte arbeiten, nicht wählen.

Das Eheverbot gilt auch für »Zigeuner, Neger und ihre Bastarde«, da Angehörige nicht arischer oder nicht nordischer Völker als minderwertig betrachtet werden. Einige Mischehen, zum Beispiel mit Asiaten, sind nicht gerne gesehen, wenn auch nicht ausdrücklich verboten.

Percival Rawat war ein britisch-indischer Geschäftsmann mittleren Alters, der sich überall auf der Welt zurechtgefunden hätte. Neben Börsengeschäften und Handelsbeziehungen hatte ihn jedoch auch ein einträglicher Posten als Honorarkonsul nach Frankfurt verschlagen. Mit Tankred hatte er eine Menge gemeinsam: Beide waren sie von illegitimer Herkunft, hatten ihre Jugend in zweifelhaften Milieus verbracht, waren danach irgendwie aufgestiegen, und – die heikelste Gemeinsamkeit – sie waren alle beide in Shuilian verliebt.

Als Tankred spätabends vom Reichsparteitag in Nürnberg zurückkehrte, hatte Shuilian die Villa Vanora bereits verlassen. Wie Biene ihm süffisant mitteilte, war seine Angebetete mit drei prall gefüllten Koffern, zwei strahlenden Augen und einer unglaublich ausführlichen Erklärung gegangen: »*Bye, bye.*«

Er brauchte keine Minute, um herauszufinden, wer sie fortgebracht hatte. Denn ihr Schatten, jener Chauffeur, der sie überall hingefahren hatte, war so dreist gewesen, die Karte seines neuen Arbeitgebers zu hinterlassen.

Tankred hatte noch nie von Percival Rawat gehört. Honorarkonsuln gab es in der Mainmetropole etliche, ebenso wie ausländische Spekulanten und Lebemänner. Dass der Chauffeur sich offenbar hatte bestechen lassen, erklärte, wieso Tankred nicht längst von dieser Liaison wusste. Auch im Tausendjährigen Reich war ein Scheckbuch ein überaus nützliches Utensil.

Seinen eigenen Chauffeur, der ihm als frischgebackener SS-Hauptsturmführer zustand, hatte er mitsamt Dienstwagen nach Hause geschickt. Blieb also nur Elises und Isaacs Fahrer.

»Weck mir Wernekamp«, befahl er Biene.

»Nicht da.«

»Dann fahre ich selbst.«

»Das Auto ist auch nicht da. Ihre Tante und ihr Mann sind auf einer Abendgesellschaft bei den …«

»Den Garagenschlüssel«, sagte er, die Hand ausstreckend.

»Aber ich haben Ihnen doch gerade gesagt …«

»Den Garagenschlüssel«, herrschte er sie an.

Sie griff an das klappernde Schlüsselbund, das an ihrer breiten Hüfte baumelte. »Ich weiß zwar nicht, was Sie in der Garage wollen, denn ohne Auto kann man sich da drin ja nicht mal umbringen, aber bitte sehr.«

Als er nach draußen ging, setzte Regen ein, der sich schon bei seiner Abfahrt aus Nürnberg angedeutet und ihn gewissermaßen verfolgt hatte. Es war, als wollte der Himmel sagen: Nun habe ich dich doch noch erwischt. Die Tropfen fielen derart wütend vom Himmel, dass Tankred kaum die Flüche verstand, die ihm aus dem Mund quollen.

Er schnappte sich Emmas altes Fahrrad, schlug den Kragen seines schwarzen Ledermantels hoch und rollte den Hang hinunter. Weit musste er nicht fahren, der Honorarkonsul Rawat residierte in Kronberg, keine drei Kilometer entfernt. Doch bei Dunkelheit, strömendem Regen, mit einem verbogenen Lenker und einem lädierten Ego war die kurze Strecke eine Tortur. Zu allem Übel kam auch noch ein platter Vorderreifen hinzu. Ein paar hundert Meter vor dem Ziel warf Tankred den Drahtesel in den Straßengraben und ging das letzte Stück zu Fuß.

Wie ein Wachposten, der vor den Goten warnt, läutete Tankred Sturm, zwei Minuten, fünf. Obwohl das Haus verdunkelt blieb, ließ er sich nicht beirren. In der

Villa gegenüber öffnete jemand einen Fensterladen, um sich zu beschweren, und schloss ihn sofort wieder, als er die Uniform des Ruhebrechers erkannte.

Seine Geduld machte sich bezahlt. Ein Hausdiener mit Nachtkappe kam herbei, schloss das Tor auf und führte Tankred hinein. Er wartete nicht, bis der verschlafene Domestik ihm den Mantel abgenommen hatte, sondern ließ ihn mitten in der Halle fallen und trat beherzt durch die Tür, die als einzige halb geöffnet war und durch die ein wohliges Licht strömte.

Der Mann im exotisch bestickten Morgenmantel, mit exotisch brauner Haut und ebenso exotischer Haarpracht – einem Pferdeschwanz – begrüßte ihn mit einem wissenden Lächeln.

»Man hat mir schon berichtet, dass Sie nur dann gute Umgangsformen haben, wenn sie Ihnen nutzen. Das ist eine, verzeihen Sie, wenn ich das so offen sage, sehr deutsche Eigenart. Darf ich Ihnen einen Sherry anbieten?«

»Reden wir nicht lange herum. Holen Sie Shuilian, dann sind Sie mich und meine barbarischen Umgangsformen ganz schnell wieder los.«

»Also keinen Sherry?«

»Schieben Sie sich Ihren Sherry sonst wohin.«

»Wenn Sie gestatten, lasse ich ihn auf der Bar stehen, wo er mir sehr viel bessere Dienste leistet. Ein Handtuch gefällig oder ein trockenes Hemd?«

»Shuilian.«

»Die Angehörigen der Schutzstaffel haben die bedauerliche Eigenschaft, eindimensional zu denken. Dass sie auch so reden, wusste ich nicht.«

»Sofort.«

Rawat seufzte. »Effizienz ist oft nützlich, sympathisch ist sie nie.«

Tankred hatte für einen Abend genug Bonmots gehört und machte zwei Schritte auf seinen Rivalen zu.

»Bevor Sie noch weiter im Niveau sinken«, sagte Rawat, »gebe ich zu bedenken, dass Sie sich auf fremdem Territorium befinden. Die Residenz eines Konsuls ist tabu.«

»Darüber mache ich mir morgen Gedanken.«

»Und weil sie tabu ist, ist sie entsprechend gesichert.«

Erst jetzt, da Rawat, das volle Sherryglas in der linken Hand, in einen schlecht beleuchteten Winkel des Raumes deutete, bemerkte er zwei Goliaths mit grimmigen Gesichtern, Armen wie Oberschenkel und Oberschenkeln wie Baumstämme.

»Nachdem Ihrem Verstand nun klar sein dürfte, dass Sie Shuilian heute Nacht nicht mit bloßen Fäusten aus den Fängen eines indischen Wilden befreien werden, stellt sich nur noch die Frage, ob Ihre Leidenschaft stärker ist als Ihre Vernunft. Solange dieser Punkt nicht geklärt ist, erlauben Sie mir, mich zu setzen. Vom Sessel aus lässt sich das Schauspiel viel komfortabler betrachten.« Percival Rawat versank in einem riesigen viktorianischen Lehnstuhl, nippte am Sherry und betrachtete Tankred, als erwarte er eine Darbietung. »Schade«, sagte er ein paar Atemzüge später. »Ein wenig hatte ich gehofft, Sie würden durchdrehen. Nicht nur gehofft, ich habe sogar darauf gewettet. Shuilian meinte jedoch, dass es dazu nicht kommen würde.«

Die Erwähnung ihres Namens ließ erneut den Zorn in Tankred hochkochen. Zum ersten Mal hatte ihn eine Frau aus freien Stücken verlassen. Seine Mutter hatte er an den Tod verloren, und ihre letzten Gedanken hatten ihm gegolten. Seine frühen Liebschaften hatte stets er beendet, nicht die Frauen. Und was Debora betraf: Er hatte sie nie besessen, also war sie ihm auch nicht genommen worden.

Mit Shuilian war das etwas anderes. Freiwillig hatte sie sich in seine Obhut begeben, hatte sein Geld verprasst, seine Liebe entgegengenommen und erwidert. Aus ihren Eskapaden hatte er sich nichts gemacht. Aber dass sie sich in den Schutz eines anderen Mannes begab, ausgerechnet eines versnobten Windbeutels ...

»Damit kommen Sie nicht durch«, sagte Tankred. »Sie wissen wohl nicht, mit wem Sie sich anlegen.«

»Jetzt enttäuschen Sie mich aber. Bitte nicht diese langweilige Arie: Ich bin bei der SS, ich habe Verbindungen nach ganz oben, ich kann Sie zerquetschen wie eine Laus, meiner ist größer und so weiter und so fort. Sind Sie denn kein bisschen amüsant, Hauptsturmführer Blankenburg? Haben Sie überhaupt keinen Esprit? Damit hatte ich fest gerechnet. Nun habe ich schon wieder eine Wette gegen Shuilian verloren. Sie hat sie, glaube ich, als so inspirierend wie eine Briefmarkensammlung bezeichnet.«

»Das hat sie nicht gesagt.«

»Nun, vielleicht hat sie es getan, vielleicht auch nicht. Sie werden es nie erfahren. Ich handle derzeit mit Öl, wissen Sie? Öl, das Ihre stetig wachsende Wehrmacht mir geradezu aus den Händen reißt. Außerdem besitze ich einen diplomatischen Status. Und noch etwas besitze ich, nämlich das Recht, Staatsbürgerschaften zu erteilen. Shuilian ist seit gestern Mittag Britin. Sollten Sie mich oder sie anrühren, kann Ihnen nicht einmal

Ihr Herr Himmler noch beistehen. Was sagen Sie jetzt? Wer von uns beiden hat den Größeren, Sie oder ich?«

Rawat erhob sich aus dem Sessel, und es sah so aus, als hätte er gewonnen.

Oberflächlich war Tankred aufgewühlt und voller Hass, am liebsten hätte er seinen Gegenspieler verprügelt, selbst wenn er danach die doppelte und dreifache Dosis kassiert hätte. Aber bereits eine dünne Schicht tiefer begriff und akzeptierte er, dass Rawat im Moment tatsächlich am längeren Hebel saß. Tankreds ganze Karriere konnte den Bach hinuntergehen, wenn er einen diplomatischen Affront beginge, nur um eines chinesischen Mädchens habhaft zu werden.

»Ich will mit ihr sprechen«, sagte er.

»Kommt nicht in Frage.«

»Ich kann Ihnen trotz allem das Leben schwer machen, das wissen Sie. So viele Gorillas können Sie gar nicht engagieren, um Shuilian überall und jederzeit vor meinen Gorillas aus der Unterwelt zu schützen. Selbst wenn Sie sie nach London bringen, nach Kalkutta oder sonst wohin, ich werde sie aufspüren. Das alles können Sie sich und ihr ersparen, wenn Sie mir hier und jetzt ein Gespräch gestatten. Eine Viertelstunde, mehr verlange ich nicht.«

Percival Rawat dachte nach, bevor er nickte. »Sieht so aus, als hätte ich auch die dritte Wette verloren. Ich habe geglaubt, dass Sie nicht so schnell den Schwanz einziehen.«

Tankred gestand es sich nicht gerne ein, aber Shuilian sah viel besser aus als in den letzten Monaten. Glücklich wäre ein zu hochtrabendes Wort gewesen, glücklich wirkte Shuilian eigentlich nie, höchstens mal für ein paar Stunden fröhlich. Zu dieser Fröhlichkeit hatte sich nun eine seltsame Ruhe gesellt. Fast andächtig kam sie ihm vor und in dieser Ruhe und Andacht sehr verletzlich. Sie war schöner denn je.

»Warum machst du es dir so schwer?«, fragte sie und versetzte ihm damit einen Stich. Sie hätte wenigstens fragen können, warum er es ihnen beiden so schwer machte.

»Weil ich dich liebe«, antwortete er.

Sie wandte sich dem Servierwagen zu und goss Crème de Cacao über zwei große Eiswürfel. Wie üblich leckte sie den Glasrand ab, nachdem sie einen Schluck getrunken hatte. Dabei sah sie Tankred aus den Augenwinkeln an, als wollte sie sagen: Da siehst du mal, was du an mir verloren hast. »Und weil du mich liebst, hast du mich zwei Jahre lang links liegen lassen, oder wie?«

»Wovon redest du? Ich habe dich auf Händen getragen, dir jeden Wunsch von den Augen abgelesen.«

»Wenn keiner zugesehen hat. Hast du mich etwa auch zum Essen ausgeführt, ins Theater oder Museum, in die Oper oder zum Flanieren in den Stadtpark? Hast du mich deinen Freunden vorgestellt? Steht ein Foto von mir auf deinem Schreibtisch? Gemeinhin tun Verliebte all diese Dinge. Du nicht.«

»Ich glaube, du hast dich ohne mich ganz gut amüsiert.«

»Vielleicht hätte ich mich gerne auch mal mit dir amüsiert.«

»Wir hatten viele schöne Stunden, oder nicht?«

»Stehe ich in deinem Kalender? Liebe machen mit Shuilian, abgekürzt LmmS.«

»Du bist sehr verletzend.«

»Kann man das überhaupt, dich im Herzen verletzen?« Sie trank erneut von ihrem klebrigen Trunk und leckte den Glasrand ab. »Selbst wenn, so etwas tun enttäuschte Mätressen nun mal. Du verachtest mich, und nun zahle ich es dir heim.«

»Wie kommst du nur auf diesen idiotischen Gedanken?«

»Tut mir leid, ich habe mich ungenau ausgedrückt. Du verachtest mich in der Hälfte der Zeit mit der Hälfte deines Wesens. Deiner Partei, deinem ganzen Naziclub ist mein Gesicht zu chinesisch, als dass du es ihnen stolz präsentieren dürftest.« Erneut leckte sie das Glas ab, diesmal noch erotischer als sonst. »Ich stelle es mir furchtbar anstrengend vor, auf jemanden herabzusehen, den man anbetet. Aber auch für mich war es anstrengend, und deswegen stehen wir jetzt hier.«

»Wieso hast du mir nicht früher gesagt, wie sehr dich das quält? Ich hätte …«

»Gar nichts hättest du«, fiel sie ihm ins Wort. »Du wirst deine Leute nicht für mich aufgeben. Außerdem ist mir erst vor ein paar Tagen klar geworden, wie tief deine Verachtung für mich geht. Ich habe dich im Kino gesehen, in der Wochenschau, in einem Bericht über den pompösen Parteitag in Nürnberg. Du warst kurz im Bild, schräg hinter diesem grässlichen Himmler mit seiner Nickelbrille und dem dämlichen Grinsen. Dem Parteitag, auf dem sie das Blutschutzgesetz beschlossen und verkündet haben. Dieses Gesetz deiner Parteifreunde macht mich zu einem minderwertigen Geschöpf, das es nicht wert ist, einen Deutschen wie dich auch nur anzufassen, geschweige denn mit ihm liiert zu sein. Sag jetzt nicht, dass du dieses Gesetz nicht mit beschlossen hast. Fakt ist, du hättest es getan, wenn man dich darum gebeten hätte. Und sei es nur aus Opportunismus. Glaubst du, es macht für mich einen Unterschied, ob jemand mich aus Opportunismus verachtet oder aus tiefer Überzeugung?«

Darauf wusste Tankred nichts zu erwidern, was nicht häufig vorkam, meist dann, wenn ihm jemand den Spiegel vorhielt.

So verrückt es klang: Shuilian tat ihm einen Gefallen, den er ihr übel nahm. Indem sie ihn aufgab, machte sie ihm das Leben leichter, und gleichzeitig versenkte sie einen schweren Stein in seinem Herzen. Er spürte, dass er ohne sie nicht vollkommen war – und mit ihr, auf andere Art, ebenso wenig. In dieser Minute wünschte er sich, ein anderer zu sein, jemand wie Percival Rawat, dessen ganze parfümierte Lebensart er nicht ausstehen konnte, der sich als reicher Mischling aber um Dinge wie Herkunft und Rasse nicht zu scheren brauchte.

»Wieso ausgerechnet diese Knalltüte, diese schlechte indische Kopie von Oscar Wilde?«, fragte er.

»Ich weiß nicht, wer Oscar Wilde ist, aber Percival ist gut zu mir und betrachtet mich als seinesgleichen.«

»Wirst du ihn heiraten?«

»Falls er mich fragt.«

»Falls? Du gehst also ins Unbekannte?«

»Wer denn nicht? Als wüsstest du, was morgen ist. Wenn du mich wirklich liebst, dann legst du mir keine Steine in den Weg. Wäre es nicht viel schöner, wenn wir uns im Guten trennen?«

Er hatte sie unterschätzt, all die Jahre verkannt. Sie war in der Lage, genau den richtigen Ton zu treffen und auf der Klaviatur seiner Gefühle zu spielen. Immer hatte er geglaubt, die Hoheit über sich und sie zu haben, und nun stellte er fest, dass es bloß eine Illusion war. Diese Erkenntnis irritierte ihn beinahe noch mehr als der Verlust, den er hinzunehmen hatte. Sie machte ihn von einer Minute zur anderen zu so etwas wie einem durchschnittlichen, verletzbaren Menschen, was die größte Irritation bei ihm verursachte.

»Bitte geh nicht«, hörte er sich sagen. »Ich werde … ich werde dich heiraten.«

Sie ließ es zu, dass er mit den Händen ihre Schultern umklammerte. Das machte ihm Mut.

Er sagte: »All dieses blöde Rassenzeug interessiert mich nicht. Nur du bist wichtig.«

Sie blickte ihn von unten an mit ihrem berühmten Augenaufschlag, der einen Preis verdient hätte. »Das blöde Rassenzeug kannst du vermutlich über Bord werfen, Tankred. Aber nicht deine Karriere. Solltest du es doch schaffen, wirst du mich das eines Tages spüren lassen.«

»Niemals.«

»Dein Niemals hat das Gewicht einer Feder, das wissen wir doch beide.«

»Ich liebe dich.«

»Ich habe nie ein Geheimnis daraus gemacht, dass ich nicht sehr anspruchsvoll bin, was wahre Liebe angeht. Mit deinem halben Herzen könnte ich mich zufriedengeben, sogar mit einem Achtel, wenn der Rest nicht mit deinen Widersprüchen ausgefüllt wäre. In den Zeiten, in denen du mich liebst, hasst du dich dafür, und in den Zeiten, in denen du mich hasst, hasst du dich erst recht. Sei froh, dass ich dich davon erlöse.«

»Du siehst müde aus«, sagte Elise, als sie sich an den gedeckten Frühstückstisch setzte.

Um zu dieser Einschätzung von Tankreds Zustand zu gelangen, musste man keine besondere Beobachtungsgabe besitzen. Der Dunst von Cognac in der Luft, der sich allem Anschein nach allein vom Atem ihres Neffen speiste, war Hinweis genug, womit er die Nacht verbracht hatte.

Sie goss sich und ihm von dem starken schwarzen Tee ein. »Warst du überhaupt im Bett? Biene meint, nein.«

»Biene ist eine Tratschtante wie alle Hausmädchen«, entgegnete er schroff. »Jeder Tag, an dem sie etwas Gemeines über mich sagen kann, ist für sie ein guter Tag.«

»Dafür, dass sie dich wirklich gar nicht leiden kann, ist sie ziemlich nett zu dir. Was ist denn nun, hat sie Recht?«

»Ja«, maulte er, trank einen Schluck Tee und verzog den Mund. »Das ist ja widerlich.«

»Vermutlich, weil er nicht nach Cognac schmeckt«, kommentierte Elise süffisant. Obwohl sie sich über Tankred geärgert hatte, war sie bester Laune, wobei dies nichts mit ihrem Neffen zu tun hatte. Die vergangenen Tage mit Isaac waren wundervoll gewesen, vom Moment des Aufwachens bis zum Liebesakt in der Nacht. Sie hatte gut geträumt, gut gegessen, viel gelacht, und bis zum Mittag des vorherigen Tages waren schlechte Neuigkeiten ausgeblieben, was in letzter Zeit eher selten vorkam.

Dann war die Nachricht vom Beschluss der Nürnberger Rassengesetze in das zerbrechliche Idyll gekracht.

Doch der abendliche Besuch bei Isaacs Freunden, jüdischen wie nicht jüdischen, hatte sie wieder aufgeheitert. Niemand hatte über Politik gesprochen, stattdessen über Rilke, die Gebrüder Grimm und das neueste Buch von Stefan Zweig. Jemand hatte Bach auf der Violine gespielt. Sie hatten sich gemeinsam an einem Kanon von Telemann versucht – mit ebenso schrägem wie lustigem Ergebnis. Auf der Heimfahrt war Elise von dem guten Gefühl erfüllt gewesen, dass sie in einer Kulturnation lebte, deren lange Tradition nicht einfach ein paar Banditen mit bemalten Armbinden und grotesken Ideen zunichtemachen konnten. Selbst wenn diese abscheulichen Rassengesetze in Kraft träten, würden sie keine breite Akzeptanz in der deutschen Bevölkerung finden.

»Bitte nehmen Sie das vierte Gedeck weg«, befahl Elise einem der jüngeren Hausmädchen und deutete auf den Platz gegenüber von Tankred. Es war Shuilians Platz.

»Du weißt, dass sie gegangen ist?«, fragte Tankred verwundert.

»Sicherlich. Ich habe sie sogar dazu ermuntert. Nachdem sie mit mir die Wochenschau besucht hat, wollte sie einen Rat von mir, und ich …«

»Was fällt dir ein?«, unterbrach er sie lautstark. »Wie kannst du es wagen!«

Seelenruhig träufelte sie Honig auf die Waffel auf ihrem Teller. »Worauf genau bezieht sich deine Frage? Darauf, dass ich die Unverfrorenheit besitze, mit meiner Nichte ins Kino zu gehen, obwohl man ihr von deiner Partei mitgeteilt hat, dass sie zu einem Wesen dritter Klasse herabgestuft wurde? Oder darauf, dass ich

Shuilian geraten haben, ihr Leben nicht auf ihren Cousin zu bauen? Sie hat mir erzählt, was ihr beide seit einiger Zeit da drüben im Gästetrakt ... Wie nahe ihr euch gekommen seid. Ich halte das für absolut unangemessen.«

»Das geht dich überhaupt nichts an.«

Sie ließ sich vom Hausmädchen Kaffee nachgießen. »Selbst in deinem Zustand müsstest du die Lächerlichkeit deiner letzten Aussage erkennen.«

»Du hast Shuilian gegen mich aufgebracht!«

»Nun wird es grotesk. Vielleicht schläfst du mal einen Tag drüber? Und die darauffolgende Nacht. Hm, was meinst du?«

»Du hast sie in die Arme eines indischen Luftikus getrieben.«

»Ich habe sie nirgendwo hingetrieben. Aber ich gebe zu, dass ich sie lieber mit einem Wanderzirkus herumziehen sähe als mit ihrem Blutsverwandten im selben Bett liegen.«

Er leerte sein Glas in einem Zug. »Das ist dein Problem? Die Blutsverwandtschaft? Sieh sie dir doch mal an, deine Nichte, und dann sag mir, dass sie die leibliche Tochter deines Bruders ist.«

»Sie ist es.«

»Was für eine miserable Lügnerin du bist.«

»Und wenn sie es nicht ist, geht mich das nichts an.«

»Du hast eine seltsame Art, darüber zu urteilen, was dich etwas angeht und was nicht.«

Elise war sich der gesellschaftlichen Doppelmoral in dieser Frage bewusst. Die Aristokratie verheiratete seit jeher Cousins und Cousinen, wenn es dem eigenen Vorteil diente, und seit es die Aristokratie nicht mehr gab, war das Bürgertum eifrig bemüht, ihre guten und noch mehr ihre schlechten Sitten zu übernehmen. Falls Tankred Shuilian einen Heiratsantrag gemacht hätte, wäre kaum etwas dagegen einzuwenden gewesen. Doch eine Liebesbeziehung zwischen Geschwisterkindern war ein Skandal. Erschwerend kam Shuilians Herkunft hinzu, die – darüber war sich Elise im Klaren – durchaus anzuzweifeln war.

Sie sagte: »Es war nur eine Frage der Zeit, wann etwas über eure Beziehung an die Öffentlichkeit gedrungen wäre. Das hätte nicht nur ein schlechtes Licht auf uns alle geworfen, sondern auch die Frage von Shuilians Legitimität aufgebracht. Sie ist Widos Erbin, und Widos Gesundheit ist launenhaft. Noch immer prozessieren wir gegen Ophélie wegen ihrer Anteile. Was ist, wenn sie gegen Shuilians Anspruch klagt? Einen weiteren Erbschaftsstreit können wir uns nicht leisten, das lähmt die Firma und schreckt Investoren und Großkunden ab. Ganz zu schweigen von der zwischenmenschlichen Dimension. Eure Beziehung hat keine Zukunft. Das solltest du selbst am besten wissen. Eines Tages wirst du heiraten, natürlich eine Vollblutarierin oder wie ihr das nennt. Und dann?«

Elise kannte ihren Neffen inzwischen lange genug, um zu wissen, womit sie ihn am besten überzeugen konnte, nämlich mit seinen eigenen Argumenten. Tankred legte größten Wert auf Geltung, die maßgeblich abhängig war vom Erfolg der Manufaktur und seinem Ansehen bei den Spießgesellen. Eine Schwächung der Firma und ein öffentlicher Skandal brächten beide Standbeine seines Prestiges ins Wanken.

Umso überraschter war sie, als er rief: »Zum Teufel

mit meinem guten Ruf. Zum Teufel mit den Vollblutariern und der Partei. Ich will Shuilian zurückhaben.«

Man konnte die Flüche seiner Trunkenheit zuschreiben, doch Elise hielt es für besser, dass das Hausmädchen das Frühstückszimmer verließ.

»Warum schickst du sie weg?«

»In deinem Interesse.«

»Sie soll mir noch Cognac bringen.«

»Mit der Menge Cognac, die du in den letzten Stunden getrunken hast, flambieren Spitzenköche einen ganzen Monat lang ihr Chateaubriand.«

Tankred sank auf seinem Stuhl zusammen, als ginge einem Reifen die Luft aus. Leer starrte er vor sich hin, dann schloss er die Augen.

Elise wusste beim besten Willen nicht, was sie von ihm halten sollte, und das nicht erst seit diesem Tag. Charmant war er nie, was ihm nicht vorzuwerfen war, denn dieser Charakterzug besaß in dem Milieu seiner frühen Jugend keinerlei Wert. Und ein Typ zum Gernhaben war er eigentlich auch nicht, dafür war er zu undurchsichtig. Zwar hatte er ihr zu der Ehe mit Isaac verholfen, aber er hatte auch in zu vielen undurchsichtigen Vorgängen die Hände im Spiel, angefangen von Esras Verschwinden bis hin zu Emmas Gang nach Berlin. Irgendwie wurde Elise nicht richtig warm mit ihm. Andererseits kam er ihr, entgegen Bienes felsenfester Überzeugung, nicht wie ein heilloser Fiesling vor. Es war schwierig …

Sie legte die dritte Waffel auf ihren Teller, wobei sie dachte, dass sie aufpassen musste, nicht Ophélies Maße anzunehmen. In letzter Zeit jedoch bekam sie von Waffeln nie genug.

»Guten Morgen, mein Schatz.«

Isaac trat ein, so guter Dinge wie sie selbst, was sie ihm hoch anrechnete, denn für ihn waren die Tage weit beschwerlicher als für sie. Außer Tankreds knappen Berichten, die Isaac ihm aus der Nase ziehen musste, erfuhr er nichts über den Verbleib und Zustand seines Sohnes, der seit mehr als zwei Jahren in Haft war. Tankred behauptete, er müsse solche Informationen selbst über Dritte, Vierte und Fünfte beschaffen, das sei langwierig und heikel. Außerdem müsse er höllisch aufpassen, und sein Freund Schimmi sei auch an seine Grenzen gestoßen.

Elise nahm ihm das nicht ganz ab, denn seit die SA gewissermaßen ausgeschaltet war, unterstanden die Lager, in denen Sozialisten und andere vermeintliche Regimegegner untergebracht waren, der SS und damit Tankreds Kumpanen. Doch was nutzte es, sich über den glitschigen Boden zu beschweren, wenn es keinen anderen Weg gab? Tankred versicherte, dass Esra gesund sei, obwohl er hart arbeiten müsse, irgendwo in Bayern. Also glaubten sie ihm das – und dankten ihm mit einem Frosch im Hals für seine Hilfe.

Vor einigen Monaten waren weitere Sorgen hinzugekommen. Die wirtschaftliche Lage von Isaacs Schwiegersohn Amsel wurde schlechter und schlechter. Immer mehr seiner »arischen« Mieter zahlten die Miete nicht mehr. Wollte er sie hinauswerfen, spielten die Gerichte nicht mit, und gab ihm auf wundersame Weise ein Richter doch mal Recht, setzte die Polizei das Urteil nicht um. Die Kosten liefen natürlich weiter. Amsel war bereits gezwungen gewesen, ein Viertel seiner Wohnungen zu veräußern – zu einem Spottpreis, da sich seine

Misere schnell herumgesprochen hatte. Wenn das so weiterging, war er in zwei bis drei Jahren bankrott, und Debora natürlich mit ihm.

Wie Isaac das nur aushielt! Elise bewunderte ihn für seine Fassung, von der er behauptete, dass er sie aus Deboras Nähe und Ruhe schöpfte. Ihr kam es genau umgekehrt vor.

»Was ist mit ihm?«, fragte Isaac mit einem Blick auf Tankred.

»Frag lieber, was in ihm ist. Riechst du es nicht? Zünde bloß kein Streichholz an, sonst gehen wir alle in Flammen auf.«

»Für ihn ist eben ein Telegramm angekommen, aber er sieht nicht aus, als wollte er es jetzt lesen. Reichsjugendführung … was die wohl von ihm möchten?«

Eben noch hatte Tankred gewirkt, als könnte ihn selbst ein Erdbeben nicht aufwecken. Eine Sekunde später war er wie durch Zauberhand hellwach.

»Reichsjugendführung? Gib her.«

»Wir dachten, du seist tot«, sagte Elise und verteilte Schlagsahne mit warmem Pflaumenkompott auf der Waffel.

Während Tankred das Telegramm las, gab Isaac ihr einen langen, zärtlichen Kuss auf die Wange, fast schon auf den Mundwinkel. Im Beisein eines anderen war das die äußerste Grenze der Schicklichkeit, von der sie kurz hoffte, er möge sie überschreiten. Dass er es nicht tat, war einer der Gründe, weshalb sie ihn liebte.

»Ich freue mich, dass du einen so guten Appetit hast«, sagte er, beeindruckt von dem dreistöckigen Schlachtschiff auf ihrem Frühstücksteller. »Mir selbst ist nur nach einem Ei. Wo ist denn das Hausmädchen?«

»Lange Geschichte.«

Elise klingelte nach dem Mädchen.

»Fantastisch!«, rief Tankred und bestellte für sich gleich zwei Eier. »Ich hatte es gehofft, aber ehrlich gesagt nicht erwartet. Schirach will mich hier besuchen. Ihr wisst schon, Baldur von Schirach. Ich bin ihm auf dem Parteitag begegnet.«

»Ist das nicht der Führer der Hitlerjugend?«, fragte Elise.

»Sämtlicher Jugendorganisationen. Wir sind etwa gleich alt. Er hat den Rang eines Reichsleiters mit direktem Zugang zum Führer, das muss man sich mal vorstellen. Und er will mich besuchen.«

Elise nahm sich Zeit, eine große Portion Waffel mit Sahne und Kompott im Mund zergehen zu lassen, bis sie die Serviette kurz auf die Lippen presste und dann sagte: »Nein.«

»Wieso nein? Hier steht es schwarz auf weiß.«

»Er kann dich besuchen, wo er will, aber nicht in diesem Haus, in Isaacs und meinem Zuhause.«

»Ich wohne ebenfalls hier«, entgegnete Tankred ärgerlich.

»Als unser Gast. Aus Respekt vor deinem Status als Familienmitglied. Deine Kumpane dagegen sind in der Villa Vanora nicht willkommen.«

»Der Gauleiter war auch schon hier.«

»Ein einziges Mal, bei unserer Hochzeit. Das war, bevor deine Parteifreunde meinen Mann sowie drei Viertel der übrigen Menschheit als minderwertige Wesen deklariert haben. Dein Schirach ist der Einpeitscher der Jugend, der diesen armen jungen Geschöpfen mit seinen aberwitzigen Thesen und aggressiven Parolen den Kopf verdreht. Mir sind grauenhafte Dinge zu Ohren gekommen.«

»Von Juden natürlich.«

»Von Eltern, deren Kinder beigebracht bekommen, dass ihre Spielgefährten von gestern auf derselben Stufe rangieren wie Fußmatten.«

Tankred stand auf, schwankte leicht, stützte sich mit den Fingerspitzen auf der Tischkante ab und sagte: »Er will in drei Tagen kommen, und ich werde ihn gebührend empfangen.«

»Wie du möchtest. Es steht dir frei, dies an deinem neuen Wohnsitz zu tun.«

»Du ... du schmeißt mich raus?«

»Ich bin sicher, ich könnte eine geeignetere Formulierung finden, wenn mir danach wäre. Da es sich jedoch um dich handelt ... ja, Tankred, ich schmeiße dich raus. Und da das Kompott ohnehin kalt geworden ist, liefere ich dir sogar eine ausführliche Begründung. Schirach ist nur der Tropfen, der das Fass zum Überlaufen bringt. Kannst du dir eigentlich vorstellen, wie Isaac zumute ist, mit einem Mann im selben Haus zu leben, der an etwas glaubt, das nicht nur an seine Ehre rührt, sondern auch an sein Dasein als Mensch? Stufe um Stufe steigst du in einer Organisation auf, die es sich zur Aufgabe gemacht hat, alles niederzutrampeln, schlechtzureden oder zu verleugnen, was Juden diesem Land an Gutem gegeben haben, sei es an großen Entwürfen und Taten oder an ehrlicher, harter Arbeit. In den letzten zwei Jahren hast du so getan, als ginge dich das alles nichts an. Als wärst du eine Putte, die von oben das Treiben der Leute da unten neugierig verfolgt, ab und zu in den Niederungen mitspielt, sich anschließend die Hände wäscht und wieder in luftige Höhen entweicht. Doch du bist mittendrin, Tankred. Du bist das Regime. Du bist Antisemit, solange du dich damit brüstest, Mitglied einer antisemitischen Organisation zu sein. Deine Hände sind so dreckig wie die von Schirach, Himmler, Göring und Konsorten. Du bist der Gegner meines Mannes. Also bist du auch mein Gegner.«

Eine seltsame und geradezu magische Ruhe durchströmte Elise, eine Ruhe, die nicht der angespannten Situation entsprach. So hatte sie noch nie mit jemandem innerhalb oder außerhalb der Familie gesprochen, und bis eben hatte sie sich nicht vorstellen können, es jemals zu tun. Nun, da es geschehen war, kam es ihr vor, als hätte sie gerade frische Waldluft an einem klaren Herbstmorgen eingeatmet. So als hätte sich etwas in ihr immer schon danach gesehnt, aber ohne dass sie es bemerkt hätte. Sie schien sich selbst nicht mehr zu kennen, doch die Frau, diese neue Frau, war ihr auf Anhieb sympathisch.

Schade, dass Biene das nicht miterlebt hat, dachte Elise und gönnte sich eine weitere Gabel der cremigen Leckerei.

Isaac räusperte sich. Vermutlich war er nicht weniger verwundert als sie, doch dieser neue Zug an seiner Frau schien ihm nicht unangenehm zu sein, wie sie seinem kurzen, fast unmerklichen Schmunzeln entnahm.

»Mit Rücksicht auf Elise und den Frieden in diesem Haus habe ich bisher geschwiegen«, sagte er. »Aber ich kann nicht leugnen, Tankred, dass mich deine Entwicklung sehr traurig macht. Ich habe dich mal gemocht … Das ist jetzt anders. Elise hat bereits die menschliche

Dimension erwähnt, und dem schließe ich mich an. Aber auch, was du mit der Manufaktur vorhast, missbillige ich zutiefst, weshalb ich keinesfalls in deine Pläne einwilligen werde. Löwenkind-Blankenburg wird niemals für die SS produzieren, auch nicht für die NSDAP. Löwenkind-Blankenburg wird formschönes und günstiges Porzellan für die einfachen Bürger herstellen, wie Löwenkind es immer schon getan hat, sowie in blankenburgischer Tradition hochwertige Produkte für Begüterte und Sammler. Zwei Linien, ein Haus. Das ist unsere Zukunft. Wir haben uns entschieden, Elise und ich und übrigens auch Wido, dass wir diesen Weg beschreiten wollen, und damit bist du überstimmt. In diesem Lichte muss man auch deine Position in der Firma überdenken. Ich bin der Ansicht, dass jemand, der sich mit der Ausrichtung der Manufaktur nicht identifiziert, nicht an führender Stelle stehen sollte. Wido könnte deinen Platz im Marketing einnehmen, er spricht drei Fremdsprachen und lernt schnell. In letzter Zeit geht es ihm gesundheitlich besser … Die Produktionsleitung übernehme ich selbst. Für dich wird sich gewiss etwas finden. Lass uns darüber sprechen, wenn du … wenn du wieder voll auf dem Posten bist.«

Eine Minute lang herrschte Schweigen. Der Bruch mit Tankred hatte in der Luft gelegen, im Grunde schon seit Esras Verhaftung, und nur mit Rücksicht auf Esra hatten Isaac und Elise auf jede Kritik an Tankred und seiner SS verzichtet. Die Eheleute hatten darüber gesprochen, dass es Esra keinen Vorteil brachte, wenn sie Tankred wie ein rohes Ei behandelten. Er war im Arbeitslager und würde dort bleiben, bis das Regime abgelöst war. Dieser Wahrheit mussten sie ins Auge blicken.

Tankred, der gestanden hatte, während das Donnerwetter auf ihn herniedergeprasselt war, setzte sich nun wieder hin, wie zum Zeichen, dass er nicht gewillt war davonzulaufen.

»Seid ihr verrückt geworden?«, fragte er leise, fast sanft. »Seid ihr euch eigentlich darüber im Klaren, was ihr an mir habt? Tragt ihr geistige Scheuklappen?« Er schlug mit der flachen Hand auf den Tisch, sodass sein Cognacglas beinahe umfiel, und rief: »Merkt ihr denn nicht, was um euch herum vorgeht?«

»Wir merken es allzu deutlich«, erwiderte Elise bissig.

»Aber ihr zieht nicht die richtigen Schlüsse daraus«, sagte Tankred und schlug noch einmal auf den Tisch. »Ich bin es, der hier den Laden zusammenhält. Ohne die Fusion wäre Löwenkind längst pleite. Überall werden Juden boykottiert. Jüdische Geschäfte müssen schließen oder werden notverkauft, jüdische Hersteller werden enteignet, jüdische Geldgeber verlassen das Land. Juden erhalten keine Kredite mehr, keine Aufträge, manchmal kommt nicht mal mehr die Post zu ihnen. Durch die Fusion mit Blankenburg und meine Verbindungen in höchste Kreise lebt Löwenkind quasi auf einer Insel der Seligen. Der Umsatz stagniert doch nur, weil ihr euch weigert, enteignete Konkurrenten aufzukaufen.«

»Wir werden bei diesem zynischen, unanständigen und widerlichen Spiel nicht mitmachen«, warf Isaac ein. »Wir sind keine Aasgeier.«

»Das habt ihr mir bereits deutlich zu verstehen gegeben, und deswegen ist die einzige Alternative, dass wir uns neue Großkunden erschließen. Ansonsten werden wir mittelfristig in der Bedeutungslosigkeit versinken oder zugrunde gehen, was dasselbe ist. Die SS, die Partei und die Wehrmacht, diesen drei Organisationen gehört die Zukunft, und verdammt noch mal, wir werden uns die Zukunft erobern.«

»Zwei davon sind Teufel«, murmelte Elise.

»Tante Elise, ich würde die komplette Hölle mit unseren Erzeugnissen beliefern, wenn ich die Manufaktur Blankenburg dadurch zur größten und besten des Landes machen könnte.«

»Glücklicherweise«, sagte Isaac, »hast du nicht darüber zu befinden. Elise und ich besitzen die Mehrheit an Löwenkind-Blankenburg, und wir halten zusammen. Mit deinen zwanzig Prozent kannst du nichts ausrichten.«

Tankred grinste. »Sobald ich mit dem Finger schnippe, wird die Manufaktur binnen sechs Monaten austrocknen wie ein Tümpel im heißen Sommer, was die Auftragslage angeht. Ende des Jahres ist sie am Ende. Bevor es dazu kommen kann, wird sie allerdings enteignet, da gebe ich euch Brief und Siegel. Ich würde eine andere Lösung vorziehen ...«

Das Hausmädchen kam mit dem Serviertablett herein, darauf Eier und frischer Tee.

»Gehen Sie raus!«, fuhr Tankred sie an. Als sie nicht sofort reagierte, stand er auf, stellte sich vor sie hin und wiederholte, diesmal leiser: »Gehen Sie raus.«

Sie huschte hinaus, und er schloss die Tür hinter ihr. Kurz schwindelte ihn, er lehnte sich gegen eine Wand, atmete durch. Sein Gesicht war kreidebleich, vielleicht vor Trunkenheit, vielleicht von einem verdrehten Magen, vielleicht aber auch ein wenig von der Last seines Gewissens.

»Wenn ich die Mehrheit an der Manufaktur hielte«, fuhr er leise fort, »könnte man ihr nichts tun. Sie wäre gewissermaßen unantastbar. Aber dazu muss jeder von euch, auch Wido, mir die Hälfte seiner Anteile verkaufen. Ich zahle … deutlich über dem Marktwert, am Geld soll es nicht scheitern. Ihr bekämt ein großzügiges Mitspracherecht bei den neuen Kollektionen und der Qualitätssicherung, die strategische Ausrichtung … läge allerdings allein bei mir.« Tankred sah aus, als müsste er sich jeden Moment übergeben. Er öffnete die Tür und sagte im Gehen: »Tut es oder lasst es. Leben oder sterben, die Entscheidung liegt ganz bei euch.«

Dann stürmte er ins Freie.

Leben oder sterben. Tankred hatte immer schon ein Talent für direkte Ansagen, dachte Elise, als sie mit Isaac durch den Garten spazierte. Dort hatte sich viel getan, seit sie in die Villa Vanora eingezogen war. Ausgedehnte Rasenflächen waren Staudenbeeten und Gehölzgruppen gewichen, im Frühling war die gesamte Fläche von Krokussen, Tulpen und Narzissen übersät, und nun, im September, blühten Herbstzeitlose und Anemonen. An der einen oder anderen Stelle des weitläufigen Areals wurde bereits sichtbar, dass Elise die Tochter einer Spanierin und Enkelin einer Britin war – Angehörige zweier großer Gartennationen. Sie hatte mehrere Brunnen und Becken installieren und einen romantischen Rosengarten anlegen lassen, und das war nur der Anfang. Wenn sie ehrlich war, hatte sie dem

Garten in letzter Zeit größere Aufmerksamkeit entgegengebracht als der Firma und auch größere Träume für ihn gehegt.

Plötzlich war das anders. Wiederholt hatte sie notgedrungen mehr oder weniger halbherzige Versuche unternommen, eine Geschäftsfrau zu werden, und jedes Mal hatte sie sich mehr oder weniger schnell in die Villa zurückgezogen, in den Garten, die vertraute Rolle. Die Heirat mit Isaac hatte ihr das schlechte Gewissen genommen, denn er war weit erfahrener als sie, wenn es darum ging, eine Firma zu führen. In diesen Zeiten jedoch war das nicht genug, wie Tankreds Drohung ihr nun vor Augen führte. Man musste Kämpfer sein und Kapitän, Prophet und Philosoph – und allem voran ein Diplomat.

Leben oder sterben. Tankred hatte gar nicht mal so Unrecht, wenn er von Scheuklappen sprach. Isaac und sie hatten nicht gesehen oder nicht sehen wollen, dass das Schicksal der Insolvenz, das so manch andere Firmen in den letzten zwei Jahren ereilt hatte, auch sie treffen könnte. Die Methode, mit denen die Machthaber die jüdischen Unternehmen in die Knie zwangen, war immer dieselbe. Zunächst erfolgte ein Boykottaufruf, der meist nur begrenzte Wirkung entfaltete, da zahlreiche Bürger ihn nicht mittrugen. Gefährlicher waren die Boykotte durch die Zulieferer, wodurch die Produktion ins Stocken geriet. Als Nächstes trat die Finanzbehörde auf den Plan, die jeden Kieselstein umdrehte und immer etwas fand, was zu einer vorübergehenden Schließung führte, die wiederum Entlassungen mit sich brachte. Es folgten Beschlagnahmungen von Unternehmensteilen, oder die halbe Belegschaft wurde für irgendwelche fadenscheinigen Projekte rekrutiert. Am Ende stand dann der Notverkauf oder die Enteignung. Aus ihrem eigenen Gewerbe wussten Isaac und Elise von zwei solchen Fällen: die Manufaktur Haberle in Baden sowie Gries & Giffroy in Jena. Alle beide zwar recht klein, aber in anderen Branchen waren bereits mittelgroße Firmen ins Visier des Regimes geraten. Es würde nicht aufhören, gewiss nicht.

Leben oder sterben.

Bei den üppig gedeihenden Strauchrosen, die kurz vor der letzten Blüte standen, setzten sie sich auf eine Bank. Das Wetter war wechselhaft, mal wärmte die Sonne ihre Gesichter, mal verdunkelte sich der Himmel, sogar ein paar Regentropfen fielen. Doch sie blieben sitzen. Sie wussten beide, dass dieses Gespräch keinen Aufschub duldete, und sie wussten, es würde nicht leicht werden.

»Du ahnst, was ich denke«, sagte Isaac.

Natürlich tat sie das. Ihr Mann würde seine Anteile nicht verkaufen, auch nicht für eine astronomische Summe. Seine Ehre, die Verpflichtung gegenüber den Ahnen, die Verpflichtung gegenüber der nächsten Generation, all das untersagte ihm, die Firma aufzugeben. Er musste standhalten, das war er dem Blut schuldig, das in ihm floss, und dem Herzen, das in seiner Brust schlug. Er war schon weiter gegangen als jeder seiner Vorfahren, als er einer Fusion zugestimmt hatte. Der nächste Schritt könnte einer zu viel sein.

»Ich hoffe, du stimmst mir zu«, sagte er.

»Uns muss nur klar sein, worauf wir uns da einlassen. Tankred hält alle Trümpfe in der Hand, und wir stehen da mit einem Buben und einer Dame.«

»Tankred ist ein ausgebuffter Bluffer. Kein Wunder bei seiner Kindheit.«

»Er ist nicht mehr aufs Bluffen angewiesen, denn er steckt mit dem Kartengeber unter einer Decke.«

»Heißt das, du willst nachgeben?«

»Ich werde ihm ganz sicher keine Anteile verkaufen, falls du das meinst, und ich rate dir und meinem Bruder ebenfalls davon ab.«

Isaac atmete auf. »Das beruhigt mich ungemein. Ich hatte schon Sorge …«

Sie schmiegte ihre Wange an seine. »Nein, Liebster, bitte zweifle nie wieder an mir. Ich könnte nichts tun, von dem ich weiß, dass es dir schadet.« Sie sah ihm fest in die Augen. »Um konkret zu werden: Ich werde nicht versuchen, Blankenburg zu retten, indem ich Löwenkind opfere. Wir gehören zusammen, und das, was unsere Vorfahren uns gegeben haben, tut es auch.«

Sie legten ihre Stirnen aneinander und verharrten eine Weile so.

Dann sagte er: »Und jetzt kommt das Aber.«

Sie lächelte. »Wir müssen klug agieren, Isaac. Mit dem Kopf gegen die Wand zu rennen wirft uns nur zu Boden und bringt die Wand nicht zum Wackeln. Irgendetwas müssen wir Tankred anbieten, das ihn vorübergehend zufriedenstellt. Etwas, das er normalerweise nie in die Hände bekäme und dem er deshalb nicht widerstehen kann. Etwas, das seinem Ego schmeichelt und uns nicht wehtut. Zumindest nicht unerträglich.«

Die Villa Vanora aufzugeben fiel Elise schwerer, als sie gedacht hatte. Es war der Ort ihrer Kindheit und Jugend, mehr als die Hälfte ihres Lebens hatte sie dort verbracht. Wenn sie auf die letzten fünfundvierzig Jahre zurückblickte, so kam es ihr vor, als wäre die Zeit mit Richard im Frankfurter Stadthaus nur ein Intermezzo gewesen. Das Königsteiner Haus und der Garten trugen inzwischen ihre Handschrift. Dort hatte sie mit ihrer Mutter das laufen gelernt und von einem wahnsinnig gut aussehenden Lehrer das Reiten, dort hatte sie mit Biene und Ophélie im Park Verstecken gespielt, den ersten Kuss von einem Nachbarsjungen bekommen ... Sie war dorthin zurückgekehrt, und viel zu früh verließ sie diesen wundervollen Ort nun ein weiteres Mal. Abgesehen von ihren persönlichen Dingen nahm sie nur zweierlei mit. Zum einen Biene. Zum anderen einen Gegenstand, um den sie wie eine Löwin gekämpft und für den sie die Abmachung mit Tankred beinahe noch über den Haufen geworfen hätte: die Karolinenblume.

Tankred hatte nachgegeben. Als Gegenleistung zogen Isaac und sie nur zwei Tage nach dem Disput mit ihm aus der Villa aus, sodass er den Reichsjugendführer Baldur von Schirach als Hausherr empfangen konnte. Der Köder war für ihren prestigehungrigen Neffen zu verlockend, als dass er sich damit begnügt hätte, nur damit zu liebäugeln. Er musste ihn schlucken. Im Gegenzug unterschrieb er eine Vereinbarung, in der er für die nächsten fünf Jahre darauf verzichtete, weitere Anteile der Manufaktur zu übernehmen, anderenfalls fiele die Villa zurück an Elise.

»Er wird die Vereinbarung irgendwann brechen, das ist doch klar«, wandte Isaac ein. »Was gewinnen wir also?«

»Zeit.«

»Eine Galgenfrist. Wir befinden uns auf dem Rückzug, ohne auch nur eine Patrone verschossen zu haben.«

»Wer rechtzeitig davonläuft«, sagte Elise, »kann später kämpfen.«

Als Elise das Château Villeny zum ersten Mal sah, streifte sie für einen Augenblick, der einige Minuten andauerte, der blanke Neid. Ophélie lebte offensichtlich mondän: eine breite Zufahrt, an deren Ende ein Rondell lag, in dessen Mitte ein riesiger Springbrunnen, ein großes Portal, große Fenster, Rokokoverzierungen …

Ein livrierter Diener öffnete ihr die Autotür, ein zweiter nahm die Koffer, und ein Hausmädchen knickste vor ihr. Elise blickte auf Wälder und Wiesen, zwei Gärtner schnitten die Hecken des formal angelegten Gartens und zückten ihre Kappen vor dem Gast. Alles war eine Stufe nobler als in der Villa Vanora – und gleich zwei Stufen edler als in Elises jetziger Wohnlage. Sie und Isaac hatten sich vorübergehend in einem Hotel in Bad Homburg eingemietet, vier Zimmer, davon eins für Biene – alles recht nett, doch verglichen mit dem Waldschlösschen ihrer Schwester ein Witz ohne Pointe.

Drinnen war es kalt, obwohl überall Kaminfeuer loderten. Auch ein Teppich hier oder da hätte der Gemütlichkeit gutgetan. Dafür waren die Möbel exquisit, entweder zartblau lasiert, pastellgrün oder weiß. Es wimmelte von floralen Motiven auf Stoffen, Gemälden und Geschirr. Platz war überreich vorhanden, und wenn man bedachte, dass nur eine Handvoll Menschen dauerhaft im Chateau wohnten, mochte es sein, dass auf so manchem Sessel nur einmal im Jahr jemand saß, wenn überhaupt.

Es waren jedoch nicht die Gegenstände, die Elise eifersüchtig machten. Den Luxus früherer Tage hatte sie mehr hingenommen als gesucht. Vor allem beneidete sie Ophélie darum, dass sie in einem Land lebte, das sie nicht zu fürchten brauchte.

In einem Erker des Salons mit Blick auf den in Herbstfarben leuchtenden Wald gesetzt, wusste Elise, dass sie gewiss nicht lange warten musste. Ophélie hätte es freilich fertiggebracht, sie eine geschlagene Stunde hier herumsitzen zu lassen. Doch Elises Schwester wurde erst morgen wieder auf Chateau Villeny erwartet, sie besuchte ihre Söhne in Orléans, Edmond weilte geschäftlich in Paris, und so war es an Arabella, sie zu empfangen. An ihre Tante hatte Elise die beiden Telegramme ebenfalls geschickt. Das erste vor einer Woche, um ihren Besuch anzukündigen, das zweite am Vortag, um die genaue Ankunftszeit am Bahnhof mitzuteilen. Arabella hatte ihr den Wagen geschickt, und es war nicht ihr Stil, Elise auflaufen zu lassen, auch wenn sie ihre Nichte gewissermaßen im Unfrieden verlassen hatte. Sie erschien keine drei Minuten später. Ihre Begrüßung war ohne Einschränkung herzlich zu nennen.

»Du bist sicher furchtbar müde«, sagte Arabella.

»Es geht. Die Freude, dich zu sehen, verjagt die Erschöpfung von der langen Fahrt. Ich war mir nicht sicher, ob dich mein erstes Telegramm erreicht, ob du überhaupt noch bei Ophélie lebst oder schon in Paris.«

»Ich bin nicht aus New York weg, um in Paris zu leben, meine Liebe. Ich habe die großen Städte über, und wie es meine Art ist, habe ich mich für ein extremes Kontrastprogramm entschieden, vermutlich nur um Paris eins auszuwischen.«

»Das Château ist wunderschön. Sehr ... friedlich«

»Abgelegen, sprich es nur aus. Geradezu unanständig ländlich. In einer solchen Umgebung ist Madame Bovary zur tragischen Ehebrecherin avanciert. Glücklicherweise ist mein Zenit in dieser Hinsicht seit Langem überschritten. Wie dem auch sei, hier finden fast jede Woche Soireen, Matineen oder Aprés-midi-Veranstaltungen statt. In diesem Land tragen gesellschaftliche Zusammenkünfte stets den Namen der Tageszeit, obwohl man dabei letztendlich immer dasselbe tut, nämlich essen und trinken und dabei lästern, was das Zeug hält. In Amerika sagt man dazu einfach Party. Aber ich gebe zu, auf Französisch klingt es besser. Du bist blass, mein Kind.«

»Ach, das gibt sich wieder. Ein heißer Tee wäre schön.«

Arabella nahm eine kleine Glocke von einem der Tische und klingelte. »*Le thé, s'il vous plait. On le boit dans le jardin*«, befahl sie dem Hausmädchen.

»*Très bien, Madame.*«

»Draußen«, erklärte Arabella Elise, »ist es genauso kalt wie hier drinnen, aber im Garten wärmt uns wenigstens die Herbstsonne, und die Luft ist schön frisch. Das bringt dich wieder auf die Beine.«

Den kleinen runden Tisch am Rande einer abgemähten Wiese hatte die Dienerschaft im Nu eingedeckt, ehe sie rasch einen zweiten beistellte und mit süßen Pasteten und Pralinen bestückte. Der Tee kam, kaum dass sie saßen, und ein weiß behandschuhter Diener reichte die Etagere. Er stellte sich einige Meter entfernt in Warteposition, bis ihm ein leichtes Nicken Arabellas erlaubte, zurück ins Haus zu gehen.

»Gibt es Neuigkeiten von Esra?«, fragte Arabella.

»Leider nicht.«

Arabella seufzte. »Er ist ein nutzloser Flegel, keine Frage. Aber diese Verhaftung ... Ich habe gut daran getan, mein Heimatland zu verlassen.« Sie roch an einer weißen Rosenblüte in der Vase auf dem Tisch. »Meine eigene Züchtung. Ich habe sie Ephraim Goldmann genannt, nach dem jungen Mann, den die Nazis in Frankfurt vor meinen Augen ermordet haben. Er war Biologiestudent. Nie hätte ich gedacht, dass ich einmal Rosen züchten würde ...« Erneut seufzte sie. »Lassen wir das. Ich könnte dich als Nächstes fragen, wie es Isaac geht. Und eurer Ehe. Oder Emma. Und ihrem Mann. Oder Debora. Und deren Mann. Danach könnten wir über Ophélies Familie sprechen. Dann wären da noch das Château, die Loire und nicht zu vergessen das Wetter. Doch bis wir das alles durchgekaut haben, bin ich tot. Erstickt an unbefriedigter Neugier. Warum, zum Teufel, bist du hergekommen?«

Arabellas erfrischende Direktheit hatte Elise gefehlt. Sie wusste noch, wie befremdlich ihr die Tante anfangs vorgekommen war, die Teekannen zertrümmerte und einfach weiterging, wenn sie in einen Fettnapf trat. Mit ihren Ratschlägen konnte sie einem auf die Nerven gehen, aber wenn man ehrlich war, hatte sie oft Recht behalten und vieles vorhergesehen, was inzwischen Realität geworden war.

Daher war es keineswegs schönfärberisch, als Elise sagte: »Ich habe dich schrecklich vermisst.«

»Wohl mehr schrecklich als vermisst, wie?«

»Durchaus nicht. Ich hätte ab und zu auf dich hören sollen, dann wäre mir einiges erspart geblieben. Nur in einem hast du dich geirrt. Ich bereue es keine Sekunde, Isaac geheiratet zu haben, und ich kann mir keine Situation vorstellen, in der das anders wäre.«

»Mein Kind, du weißt, weshalb ich euch damals abgeraten habe. Nicht weil ich dich ...«

»Trotzdem liegst du falsch. Vermutlich wäre mir so manches Problem erspart geblieben, das ich wegen meiner Ehe habe, aber ich würde noch hundert weitere Probleme lieber ertragen, als ein Leben ohne Isaac zu führen, ohne seine Liebe, seine Wärme ... Er liebt mich auf eine Weise, zu der Richard nie fähig war.«

»Das ist gut so«, sagte Arabella. »Wirklich, es freut mich, das zu hören. Denn es werden tatsächlich noch hundert Probleme dazukommen. Deine Schwester hält es zum Beispiel für wahrscheinlich, dass Esra längst tot ist.«

»Sie hat ihn doch kaum gekannt.«

»Muss man einen Hasen kennen, hinter dem die Meute her ist, um vorherzusagen, dass er nicht mehr lange lebt?«

»Esra ist kein Kommunist, dieser Vorwurf ist absurd, und sobald die Nazis ihn durch Arbeit umerzogen haben, wie sie das grauenhafterweise nennen, wird er freikommen. Ophélie war immer schon eine Schwarzmalerin, daran ist Vaters Erziehung schuld.«

»Ich glaube, du schätzt deine Schwester falsch ein, wenn auch aus nachvollziehbaren Gründen, und was eure Fehde angeht, erkläre ich mich offiziell zur Schweiz. Doch eines kannst du nicht leugnen: Alles, was sie vorhergesagt hat, ist eingetroffen. Deswegen residiert sie wie eine Dauphine, und du lebst in einer Vierzimmerwohnung mit Ausblick auf eine Grundschule.«

Wie die meisten Menschen ärgerte auch Elise sich über unangenehme Wahrheiten, doch mehr darüber, dass jemand sie aussprach, als über ihre Existenz.

»Woher weißt du davon? Isaac und ich sind erst vor zwei Wochen umgezogen. Wer hat dir geschrieben? Isaac gewiss nicht, das hätte er mir gesagt. Also Emma?«

»Du vergisst, dass ich noch immer über gute Beziehungen nach Frankfurt verfüge. Ich weiß eine Menge, nur nicht, warum ich meine erste Tasse Tee bereits ausgetrunken habe, ohne dass du mir erklärt hast, wieso du hergekommen bist. Nun raus damit und auf den Tisch, Madame.«

Das wird nicht genügen, dachte Arabella, als sie am Abend im Bett lag. Nicht Ophélie. Ihre Nichte wollte mehr. Sie wollte den Kampf, nicht unbedingt mit Elise, aber mit Tankred. Sie wollte in die Schlacht ziehen, eine Walküre auf Rachefeldzug, und ihren Neffen in die Schranken weisen. Wenn sie ihre jüngere Schwester als Verbündete in Betracht ziehen sollte, dann musste Elise schon mit einem Aufmarschplan und einem Waffenarsenal daherkommen, statt mit ein paar Zaubertricks. Aus Elises Sicht war ihre Zurückhaltung völlig verständlich. Sie lebte mitten unter den Nazis auf gewissermaßen feindlichem Territorium, mit einem Juden als Mann, einer Tochter, einer angreifbaren Firma … Man verteidigte eine Porzellanmanufaktur nicht, indem man ein paar Elefanten aufmarschieren ließ.

Dennoch, Elises Plan würde nicht funktionieren, und zwar aus einem einzigen Grund: Er war nicht entschlossen genug. Er stieß nicht ins Herz.

Ophélies hingegen …

Arabella richtete sich auf, zum Teil wach gehalten von quälenden Gedanken, zum Teil von einem Sturm, der Regen und Hagel gegen die Fenster schleuderte. Sie versuchte, eine Öllampe zu entzünden. Das Erdgeschoss des Château Villeny war bereits elektrifiziert, die Schlafzimmer im Obergeschoss noch nicht. Edmond und Ophélie schoben es immer wieder auf, obwohl ihnen ihre Söhne damit ständig in den Ohren lagen. Die letzte Öllampe hatte Arabella 1918 vor ihrem Aufbruch nach Amerika entzündet – undenkbar, eine Öllampe in New York. Entsprechend lange dauerte es, bis das alte Ding endlich der Aufgabe nachkam, für die es einst gefertigt worden war.

Aus einer Truhe kramte sie das Foto hervor, das sie eigentlich nicht betrachten musste, um den Moment vor Augen zu haben. Sie, halb noch Mädchen, halb schon junge Frau, daneben ein junger Mann, ein Rasen, ein Baum, ein gespanntes Netz, zwei Tennisschläger und ein Tisch mit Erfrischungsgetränken. Arabella und Onkel Konstantin, die in die Sonne blinzelten. Er hatte den Arm um ihre Schultern gelegt, sie traute sich kaum, seinen Rücken zu berühren.

Diese Ähnlichkeit mit Tankred …

Ihre Finger krallten sich in das Foto und schickten sich an, es zu zerreißen. Doch im letzten Moment brachte sie es nicht übers Herz. »Nein!«, rief sie in das Halbdunkel des Zimmers.

Nein, sie empfand keine Genugtuung bei dem Gedanken, ihren Großneffen in die Knie zu zwingen, ihn zu besiegen oder gar »auszuschalten«, wie Ophélie zu sagen pflegte. Im Gegenteil, kurzzeitig hatte sie große Hoffnungen für ihn gehegt, als Isaacs Schwiegersohn,

als Isaacs und Elises Nachfolger in der Manufaktur ...
Die Nazis hatten ihr diesen Tankred genommen, so,
wie ein Maulwurf ihr einst Konstantin genommen hatte.
Ihn aber aufzugeben, ihn gar zu vernichten, bereitete
ihr mehr als Unbehagen, fast schon Qualen.

Gleichzeitig half sie Ophélie dabei, genau diesen Plan
in die Tat umzusetzen. Schon sehr, sehr bald. Tankreds
Tage waren gezählt.

In dieser Nacht fand Arabella keinen Schlaf.

Der nächste Morgen war klar, der Himmel wie rein-
gewaschen über einer verwüsteten Erde. Der Sturm
hatte das Laub und die Zapfen von den Bäumen gerissen, die Kübelpflanzen umgestoßen, ein Fenster ein-
gedrückt und einen Fernmeldemast in Sichtweite des
Châteaus umgeknickt. Die Croissants standen dennoch
pünktlich um acht Uhr auf dem Tisch.

»*Où est Madame Elise?*«, erkundigte sich Arabella.

Der Diener und das Hausmädchen wussten es nicht,
versprachen aber, nach ihr zu sehen.

Kaum eine Minute später trafen Ophélie und ihre
drei Kinder ein. Das Auto, mit dem sie vorfuhren, war
völlig verdreckt, ebenso die Uniform des Chauffeurs
und die Studentenuniform von Ophélies ältestem Sohn
Damian.

»Wir sind stecken geblieben«, erklärte Ophélie, als
sie sich zu Arabella an den Frühstückstisch setzte.
»Zwischen zwei umgestürzten Bäumen. Die halbe
Nacht haben wir im Auto verbracht.«

»Ist euch etwas geschehen?«

»Außer Übermüdung nichts, Tante Arabella. Damian
und der Chauffeur haben Herkulisches geleistet und

einen der Baumstämme beiseitegeräumt. Abenteuerlich war es schon ...«

Damian war ein athletischer junger Mann geworden, und zwar im wahrsten Sinne des Wortes. Arabella konnte nicht viel mit ihm anfangen, denn außer Sport hatte er nur noch kommunistische Ideen im Kopf, und beides hielt sie für ausgemachten Blödsinn. Aber sie musste zugeben, dass er fleißig war. Sein um wenige Minuten jüngerer Bruder Maxim hingegen war glitschig wie Schmierseife und schwer zu packen. Passenderweise wollte er später mal Rechtsanwalt werden und, wie er ungeniert bekannte, Mafiosi verteidigen. Und Marie? Man hätte denken können, sie sei schüchtern, weil sie so wenig sprach. Tatsächlich war ihr Missmut der Grund für ihr Schweigen. Die Tochter der Schlossherrin hätte viel lieber als Jungbäuerin gearbeitet, als in feinen Kleidern herumzulaufen, und so redete sie auch.

»Du hast wohl auch geholfen, den Baumstamm beiseitezuräumen?«, stellte Arabella mit einem Blick auf das verschmutzte Kleid ihrer Großnichte fest.

»Ohne mich hätte er es nicht geschafft«, sagte Marie unnötig laut. Überhaupt hatte sie eine viel zu kräftige Stimme.

Damian zeigte lachend seinen Bizeps, und Marie tat es ihm gleich.

Ihre Mutter schüttelte den Kopf. »Ist Elise eingetroffen?«, fragte sie. »Was sagst du, Tante Arabella? Steht sie auf unserer Seite?«

Arabella kam nicht mehr dazu zu antworten. Der Diener kam eilig die Treppe herunter.

»Madame Ophélie, Madame Ophélie, *sa sœur est malade, très malade.*«

Das Fieber, mit dem sich Elise bewusstlos im Bett wälzte, war so hoch, dass ernsthaft Grund zur Sorge bestand.

»Wir müssen einen Arzt rufen«, sagte Ophélie. »Doch das Telefon ist ausgefallen, und der Arzt von Villeny ist voriges Jahr gestorben, ohne einen Nachfolger zu hinterlassen.«

»Der nächste Arzt ist in Montrieux«, wusste Damian.

»Das ist viel zu weit weg, und die Straßen sind unpassierbar.«

»Für ein Auto, nicht für ein Pferd. Ich nehme Werther, der galoppiert wie ein Gott.«

»Ich komme mit!«, rief Marie.

»Seid ihr denn alle beide wahnsinnig?«, sagte Ophélie. »Das ist viel zu gefährlich. Die Wege sind ... Halt!«

Sie war zu langsam, um ihn aufzuhalten, aber sie bekam im letzten Moment Marie zu fassen. »Du bleibst hier, Mademoiselle.«

»Verflucht noch eins, lass mich los, Mama. Mama! Du sollst ... Scheiße, verdammte.«

»Pass auf dich auf, mein Junge«, sagte Arabella, die ihm nachgelaufen war, als Damian auf den Hengst aufsaß. »In deinem Alter hält man sich für unsterblich. Aber glaub mir, das ist eine Illusion.«

»Nanu, Großtante. Sie verschwenden Worte an mich?«

»Es sind ja nur zwei Handvoll.«

Sie lächelten sich an, und im nächsten Moment verschwand er auch schon zwischen den Bäumen.

»Schwanger? Sie müssen sich irren, Doktor«, sagte Ophélie. »Meine Schwester ist fünfundvierzig.«

Der Arzt war sich jedoch sicher, Arabellas Nichte erwartete ein Kind. Ihr Zustand war stabil, das Fieber sank, wenn auch nur langsam, und was die Ursache der Erkrankung betraf, so vermutete er eine Kombination aus Überanstrengung durch die Reise und großer innerer Anspannung. Darauf angesprochen, was zu tun sei, sagte er das, was alle Ärzte sagen. Die Patientin brauche nun viel Ruhe und keine Aufregung. Dabei machte er ein wichtiges Gesicht, das er gewiss extra in Rechnung stellte.

Bei einem Spaziergang durch den Garten besprachen Arabella und Ophélie, inwiefern Elises Ankunft und Erkrankung ihre Pläne berührte.

»Das ändert gar nichts«, sagte Ophélie.

»Das ändert alles«, sagte Arabella.

»Liebe Tante Arabella.« Ophélie atmete tief ein und aus. Schon ein paar Schritte strengten sie an, denn das Leben zwischen Coq au vin, Croissants und Cognac hatten ihre Beweglichkeit noch weiter eingeschränkt. »Dieses sogenannte Angebot, mit dem Elise hier erschienen ist, befriedigt in keiner Weise meine Absichten und Ziele. Ich soll regelmäßig zwei Drittel ihrer Produktion aufkaufen, wenn auch zu einem günstigen Preis, diese neue Bauhaus-Linie und ein komplettes Service mit deutschen Landschaften. Und dann soll ich alles ins entmilitarisierte Rheinland exportieren, das von Frankreich verwaltet wird. Das hat sie sich fein ausgedacht, meine kleine Schwester, um etwaige Boykotte gegen Löwenkind-Blankenburg ins Leere laufen zu lassen. Nur, was habe ich davon, abgesehen von einem gewissen monetären Gewinn, den ich überhaupt nicht brauche? Und der Bastard? Der lacht sich ins

Fäustchen. Intrigiert sich weiter Stufe um Stufe nach oben. Lebt in der Villa, in der ich aufgewachsen bin, die mein Großvater gebaut hat ...«

Ophélies Brust bebte, und Arabella ließ sie sich erst einmal abregen. Sie setzte sich auf die niedrige Mauer, die den Kräutergarten umgab, pflückte einen Estragonzweig zu ihren Füßen, zerrieb ein paar Blätter mit Daumen und Zeigefinger und roch lange daran.

Sie konnte Ophélie durchaus verstehen. Ihr Plan war gut durchdacht, von langer Hand vorbereitet und wirksam. Er war unbarmherzig gegen Tankred und schonte weitgehend Elise und Isaac.

»Elise ist deine Schwester«, sagte Arabella. »Sie ist fünfundvierzig und schwanger. Selbst wenn sie sich in ein Kloster zurückziehen und den lieben langen Tag nur beten und Kartoffeln schälen würde, wäre diese Schwangerschaft lebensgefährlich für sie. Und du willst sie mitten in eine ausgemachte Fehde hineinstoßen. Was, wenn Tankred um sich schlägt?«

»Er könnte genauso gut den Schwanz einziehen.«

»Du widersprichst dir wohl gerne selbst. Nach deiner Theorie ist Tankred irgendetwas zwischen einem Proleten und einem Ungeheuer. In diesem Fall wird er ganz sicher um sich schlagen. Oder wie viele Ungeheuer kennst du, die den Schwanz einziehen? Solltest du dich jedoch irren, und Tankred ist eher ein Schachspieler, ein Verstandesmensch, wie ich vermute, dann wäre meine Methode ohnehin die bessere.«

Erschöpft vom vielen Laufen und den inneren Kämpfen, ließ Ophélie sich neben Arabella auf die Mauer plumpsen.

»Ich bin so nah dran, Tante Arabella. So nah. In ein,

zwei Wochen könnte ich losgeschlagen. Wieso bleibt Elise nicht einfach hier, in Sicherheit?«

»Glaub mir, sobald es ihre Gesundheit zulässt, wird sie zum Vater ihres Kindes zurückkehren, und Isaac wird Löwenkind und Debora niemals aufgeben.«

»*Sacrebleu*«, fluchte Ophélie.

»Aufgeschoben ist nicht aufgehoben. Wie lange eine Schwangerschaft dauert, muss ich dir ja nicht erklären.«

Ophélie zog ein Gesicht, als hätte man ihr den Kindergeburtstag vermiest. »Nenne mir einen guten Grund, weshalb ich auf eine Person Rücksicht nehmen sollte, die mir mein halbes Augenlicht und damit mein halbes Leben genommen hat. Noch dazu ist sie mir bis heute jegliche aufrichtige Reue schuldig geblieben.«

Arabella konnte nur ahnen, wie schwierig es war, die eigene Festung zu verlassen, ein Bollwerk, gebaut aus schlechten Erfahrungen, Zerknirschung, Wut, Neid, Traurigkeit, schlaflosen Nächten und unterdrückten Rachegefühlen. Sie hatte sich nie in einer solchen Festung verbarrikadiert. Weder als ihr Bruder sie verstoßen hatte, noch als ihre Kinderlosigkeit oder der Tod ihres Mannes sie hatten verbittern lassen. Allerdings rührte ihre Resistenz gegenüber länger andauernden negativen Gefühlen von der unendlichen Liebe her, die sie als Kind von ihren Eltern erfahren hatte. Mehr als ein halbes Jahrhundert war das her, und noch immer zehrte sie davon. Ophélie war diese Selbstverständlichkeit leider nicht zuteilgeworden. Nach dem Tod ihrer Mutter hatte sie ihre Familie nur noch als schwelende Bedrohung empfunden, und was man fürchtet, das kann man nicht lieben. Nicht einmal sich selbst zu lieben hatte man ihr erlaubt.

»Den Konflikt deines Lebens löst du nicht, indem du ihm den Kopf abhackst«, sagte Arabella. »Wenn Elise Unheil widerfährt, bedeutet das in gewisser Weise auch dein Ende, Ophélie. Du wirst dir das nie verzeihen. Ob es dir gefällt oder nicht, ihr seid miteinander verbunden.«

Die Jahre an der Loire hatten Ophélie verändert. Das spürte sie instinktiv, obwohl sie lange Zeit nicht gewusst hatte, worin diese Veränderung bestand. Erst jetzt, da sie am Bett ihrer fiebernden, schlafenden Schwester wachte, bekam sie eine Ahnung davon. Sie konnte Elise vergeben. Sie konnte ihr deswegen vergeben, weil sie ihren Körper angenommen hatte, wie er war, mit all seinen Pfunden und Wunden. Er gehörte zu ihr, sie war eins mit ihm. Zwar tuschelten die Leute in Frankreich kaum weniger über ihr Gewicht und das entstellte Gesicht als in Deutschland. Körpersprache zu interpretieren und anderen von den Lippen abzulesen hatte sie als Mädchen zur selben Zeit gelernt wie das Tanzen, das Sticken und das Klavierspiel, mit dem einzigen Unterschied, dass sie sich Ersteres selbst beigebracht hatte. Noch aus fünfzig Schritt Entfernung erkannte sie, ob jemand gerade über sie sprach und in welcher Weise. Doch es hatte sie während der letzten Jahre immer weniger gekümmert, was sie dadurch erfuhr.

Sie hatte gelernt, aus der Not eine Kraft zu entwickeln, den Mangel zum Keim ihrer Kreativität zu machen. Inzwischen fertigte sie Gesichtsmasken nach eigenen Entwürfen und mit eigener Hand an. Es waren Masken aus Seide oder Samt, aus Damast oder Spitze, Gardinenstoff, Tüll, Tweed … Der Fantasie waren keine

Grenzen gesetzt. Mehrere Wochen gingen oft ins Land, bis sie mit einem Stück zufrieden war. Seit die Kinder in Orléans studierten und nur noch am Wochenende nach Hause kamen und seit Edmond mehr Zeit in Paris verbrachte als in Villeny, fehlte es ihr ohnehin an Beschäftigung. Zum Schluss hatte sie viel zu viel Champagner getrunken und sich zur Hälfte von Konfekt ernährt. Gewissermaßen hatten die Gesichtsmasken sie gerettet. Ophélie trug sie mit Stolz, und dieses positive Gefühl übertrug sich seltsamerweise auf die Leute, die vorher über sie getuschelt hatten. Inzwischen war ihre neueste Maskenkreation das Hauptgesprächsthema der Damen auf den Soireen, doch meist ohne spöttischen Unterton, sondern voller Bewunderung.

Sie war stärker, weil gelassener geworden, ohne es sich klarzumachen. Der Anblick ihrer hilflosen kleinen Schwester führte es ihr vor Augen. Sie hatte den Groll gegen Elise nur noch aus Gewohnheit kultiviert.

»Ophélie.«

»Elise. Du bist wach, wie schön.« Ophélie legte ihr die Hand auf die Stirn. Das Fieber war weiter gesunken, wenn auch noch nicht besiegt.

»Was ist passiert?«

»Im Grunde nichts Schlimmes, im Gegenteil.«

Elise die Nachricht von der Schwangerschaft zu überbringen war Freude und Belastung zugleich, und sicherlich galt dasselbe für das Empfangen der Nachricht, wie Ophélie dem Mienenspiel ihrer Schwester entnahm. Für ein im eigenen Leib heranwachsendes Wesen Verantwortung zu tragen war für jede Frau, neben der riesigen Freude, auch eine kleine Bürde. Mit Mitte vierzig gingen Freude und Bürde fast Hand in Hand.

»Isaac und ich bekommen ein Kind, das ist ... wundervoll.«

»Ja, Liebes, das ist es. Aber du musst künftig sehr achtsam sein.«

Elises Tränen flossen auf das Kissen. »Ich bin überglücklich.«

»Dann bin ich es auch«, sagte Ophélie und drückte Elises Hand. »Natürlich tun wir alles, um dir die nächsten Monate so angenehm wie möglich zu machen. Sag ja, liebe Schwester. Ich würde mich so gerne um dich kümmern. Edmond ist dauernd beschäftigt, und die Kinder sind so gut wie aus dem Haus.«

»Dein Angebot macht mich sehr froh, Ophélie. Wirklich, das tut es. Doch ich will zu Isaac, sobald es mir wieder besser geht. Habt ihr ihn schon informiert?«

»Nein, wir dachten, das sei vielleicht zu viel für ihn. Du bist schwanger und liegst mit Fieber im Bett, er wäre sicher umgekommen vor Sorge. Du kannst ihn nachher anrufen, ich werde eine Verbindung nach Deutschland beauftragen. Doch zunächst musst du etwas essen und dann ein paar Stunden ruhen. Ich lasse dir etwas zu lesen bringen, Maupassant vielleicht, der beruhigt ungemein. Außerdem eine Bouillon mit extra viel Schnittlauch, so wie du es gernhast.«

»Du hast es nicht vergessen.«

»Wie könnte ich? Du hast als Kind die Köchin zur Verzweiflung gebracht, weil sie dir nie genug Schnittlauch in die Brühe tun konnte.«

Ophélie stand auf, schenkte ein wenig Wasser aus einem Krug in ein Glas, reichte es Elise und ging zur Tür.

»Schwester?«, rief Elise, und Ophélie konnte am

Klang ihrer Stimme erkennen, welche Frage sie ihr gleich stellen würde. »Hat dir ... Tante Arabella von meinem Angebot berichtet?«

»Ja.«

»Und ... was sagst du dazu?«

»Lass uns in zwei, drei Tagen darüber sprechen.«

»Nein, bitte jetzt gleich. Ich muss es wissen.«

Ophélie zögerte, glücklicherweise kurz genug, um keinen Verdacht bei Elise zu wecken. Was sie ihrer Schwester zu sagen hatte, würde Elise erfreuen. Insofern gab es keinen Grund, ihr nicht gleich zu erzählen, dass sie auf das Angebot einging. Problematisch war das, was Ophélie verschwieg.

Am Tag nach der Entbindung würde Ophélie ihren Plan in die Tat umsetzen, einen Plan, von dem Elise nichts erfahren sollte. Es würde sie zu sehr beunruhigen. Zudem bestand die Gefahr, dass sie Isaac davon erzählte, vielleicht sogar Biene oder Emma, und dass Isaac wiederum seine Tochter oder den Schwiegersohn informierte. Das würde den Kreis der Eingeweihten gefährlich erweitern, und Ophélie hatte nicht zwei Jahre lang auf den großen Schlag hingearbeitet, damit ihr jemand im letzten Moment einen Strich durch die Rechnung machte, nur weil er den Mund nicht halten konnte. So war es für alle Beteiligten am besten, auch für Elise.

Ihre Schwester im Unklaren zu lassen, sie gewissermaßen zu täuschen, fiel Ophélie jedoch nicht leicht. Vor ein paar Wochen noch wäre es ihr egal gewesen. Nun nicht mehr.

»Das ist ja großartig, Ophélie! Wie kann ich dir nur danken?« Elise war außer sich vor Freude. »Ich habe es

nicht zu hoffen gewagt, dass du … dass wir wieder …
Ich bin dir ja so dankbar. Meine Güte, ich bekomme
kaum Luft vor Glück. Isaac wird staunen, das sage ich
dir. Er hat uns schon am Ende gesehen, rettungslos verloren. Wenn es irgendetwas gibt, was wir für dich tun
können, dann sag es mir, ja?«

Ophélie versuchte, heiter auszusehen, doch sie war
bekümmert. So oder so, früher oder später würde die
arme Elise nicht als Siegerin vom Platz gehen. »Schon
gut.«

»Vergiss den Maupassant. Ich würde nach dem Essen
viel lieber mit dir und Arabella einen Schwatz halten.«

Genau das taten sie. Elise war aufgekratzt wie selten,
binnen zwei Stunden holte sie drei Mahlzeiten nach,
die sie verpasst hatte, und sprühte vor Tatendrang und
Ideen. Sie bewunderte Ophélies halbe Gesichtsmaske,
die aus venezianischer Spitze gefertigt und an Haar und
Halstuch befestigt war. Dabei kam sie auf den Gedanken, solche Halbmasken über einen schönen Porzellan-
kopf zu ziehen.

»Das ist schick, extravagant und geheimnisvoll, es
könnte eine Dekorationslinie werden, ein Modetrend.
Glaub mir, das hat Potenzial.«

Irgendwann schlief sie zwischen zwei Sätzen ein.

»Und dieses arglose Geschöpf willst du wirklich hinters Licht führen?«, flüsterte Arabella.

»Du hast es geschworen, Tante Arabella. Kein Wort
zu Elise oder sonst jemandem.«

»Ja, ich habe es geschworen, und ich fühle mich elend
dabei. Ich halte mich nur daran, weil du mir deinerseits
das Versprechen gegeben hast, bis nach der Geburt des
Kindes zu warten.«

»Im Sommer sechsunddreißig, keine Stunde früher«, gelobte Ophélie.

Für Chen Lu war es schön, dieses Glück mit anzusehen, und zugleich war es schmerzhaft. Widos Schwester Elise und deren Mann beim Tanzen zuzusehen war eine Lehrstunde in Sachen Verliebtheit, einem Gefühl, das ihr nie zuteilgeworden war und dem sie deswegen mit einer gewissen Faszination begegnete. Schwanger zu sein in einem Alter, in dem die eigenen Kinder bereits Kinder bekamen, und das von einem herzensguten Mann, war die letzte Hoffnung oder vielmehr Illusion in Chen Lus verkorkstem Leben gewesen. Mit nunmehr fünfzig Jahren waren nur noch Enkel zu erwarten. Doch selbst das musste sie sich verkneifen, da Percival Rawat es bisher ablehnte, Shuilian zu heiraten.

Anlässlich von Elises Schwangerschaft hatte das glückliche Paar in das Bad Homburger Kurhotel eingeladen, in dem die beiden logierten, seit sie aus der Villa Vanora ausgezogen waren. Diesmal hatte Chen Lu die Einladung nicht abgelehnt wie bei so vielen anderen Gelegenheiten. Sie hatte es sich zur Aufgabe gemacht, ihren Mann langsam in die Gesellschaft zurückzuführen, von der er als Flüchtling in einem fernen Land und dann als Süchtiger seit vielen Jahren abgeschnitten war. Es war der letzte Gefallen, den sie Wido erweisen wollte. Denn sie hatte den Entschluss gefasst, in einigen Monaten, gleich nach Shuilians einundzwanzigstem Geburtstag, für immer nach China zurückzukehren.

Wieder und wieder malte sie sich die Szene aus. Es war Nacht. Sie hatte ihm einen Brief hinterlassen. Im Geiste schrieb sie schon seit Monaten daran.

»Der Kaviar ist exquisit, finden Sie nicht auch, meine Liebe?«, fragte Rawat und spülte die Fischeier mit Champagner hinunter. »Russisch oder persisch? Ich tippe auf Persisch. In Russland ist man zu sehr mit Exekutionen beschäftigt, um Fische zu melken.«

Elise und Isaac hatten ihn und vor allem Shuilian vermutlich nur eingeladen, um sicherzustellen, dass Wido und Chen Lu der Einladung diesmal wirklich folgten. Ein Gefallen, weiter nichts, denn Chen Lu sah ihre Tochter allzu selten. Rawat war nicht gerade das, was Elise und Isaac unter angenehmer Gesellschaft verstanden. Seine breite und tiefe Bildung sprach zwar für ihn, doch kochte er sie bei jeder sich bietenden Gelegenheit auf und servierte sie in großen Portionen: die Geschichte des Tees während des Grußes aus der Küche, Hugo von Hofmannsthal zur Vorspeise, eine kleine Platte griechisches Theater zum Zwischengang, alles gewürzt mit lateinischen Begriffen. Chen Lu hatte sich lange nicht so gelangweilt, und Elise war mit Isaac auf die Tanzfläche geflohen.

»Ich bin schon sehr auf die Ochsenbäckchen an Orangenjus zur Hauptspeise gespannt. Etwas gewagt nach dem Kaviar.«

»Und ich bin gespannt, wann Sie meine Tochter ehelichen«, erwiderte Chen Lu. Sie hatte Tankred nach und nach still und heimlich ausgebootet, indem sie den Schmuggel mit Billigung des Vizekonsuls nun mit Rawat organisierte. Die Pillen waren in Holzstatuetten versteckt, hölzerne Miniaturausgaben chinesischer Soldaten und Würdenträger, die Rawat importierte. Das alles tat sie nur, um Shuilian von Tankred zu entfremden. Allerdings hatte Rawat sich als Windhund erwiesen, der kaum bessere Absichten mit Shuilian verfolgte als sein Vorgänger.

»Mama«, sagte Shuilian. »Wir haben doch schon darüber gesprochen.«

»Aber nicht zu Ende. Also, mein Herr, wann machen Sie endlich Nägel mit Köpfen?«

»Meine Güte, was für ein Vergleich, Teuerste. Nägel mit … Sehr amüsant.«

»Ich höre.«

Rawat genehmigte sich einen Esslöffel Kaviar, bevor er antwortete. »Ihre Tochter ist … nun, sie ist mir viel zu kostbar, um sie in eine Institution zu zwingen, in der jede aufregende Frau zwangsläufig verkümmert.«

Chen Lu verstand kein Wort. »Wovon redet er?«, fragte sie Shuilian.

»Er meint, dass ich … dass ich zu wertvoll sei, um geheiratet zu werden. Habe ich das richtig wiedergegeben, Percy?«

»Auf deine Art und Weise, ja. Das war richtig, gewissermaßen.«

»Dann«, entgegnete Chen Lu, »ist das der größte Quatsch, den ich je gehört habe. Habe ich das richtig wiedergegeben, Wido?«

Ihr Mann sprach wie üblich wenig bei Tisch. Jedem Außenstehenden musste er debil erscheinen. Die Sucht hatte sein Gehirn angegriffen, er hatte Mühe, sich zu konzentrieren, auch die Motorik war hin und wieder beeinträchtigt. Aber er bekam sehr viel mehr mit, als man ihm zutraute. Und die Tage, in denen er einen passenden Kommentar abgab oder einen Scherz machte, wurden mehr.

»Auf deine unnachahmliche Art und Weise, Liebste.

Ich würde sagen: mitten ins Schwarze. Ich hätte bloß nicht Quatsch gesagt. Besser Kappes.«

Die Kapelle beendete den Foxtrott und ging zu einem langsamen Blues über. Der verärgerte Rawat forderte Shuilian zum Tanz auf, indem er sie an der Hand packte und sie wie ein Muli auf das Parkett zerrte.

»War das gut?«, fragte Wido und sah seine Frau an, wie er sie schon sehr lange nicht angesehen hatte, nämlich ohne jede Unterwürfigkeit und mit einem Augenzwinkern. Nicht einmal in den klaren Momenten zwischen seinen unzählbaren Opiumschüben hatte er mehr als nur ein Gefühl der Fürsorge bei ihr erzeugt. Keine Spur von echter Hingabe, wie sie sie in dieser Minute erlebte.

»Ich habe dich vermisst«, sagte sie und wusste nicht, wie ihr geschah, als sie eine seltsame Wärme in ihren Wangen spürte, der fast so etwas wie feuchte Augen folgten, was sie allerdings zu unterdrücken verstand.

»Wen? Den verlotterten Kerl, der neunzehnhundertvierzehn durch die Straßen von Tsingtau gestolpert ist?«

»Ja, den. Er war vielleicht verlottert, er war weder reich noch vornehm oder brillant, er war nicht einmal abenteuerlustig wie andere abgerissene Typen. Aber er hatte ein gutes Herz. Und er hat mich geliebt. Kein anderer Mann hat mich jemals so geliebt wie du. Das ist mehr wert, als ich lange Zeit akzeptiert habe.«

Seine Hand erfasste ihre. Es lag kaum Kraft in seinem Griff, und doch ging er ihr durch Mark und Bein. Sie zuckte, sie schluckte, sie fühlte sich verletzbar, doch es machte ihr nichts aus.

»So viele Jahre«, sagte Wido, »haben wir durch meine Schuld verloren.«

»Nein, sprich nicht so.«

»Aber es ist wahr, Chen Lu. Ich habe nichts getaugt, war ein schlechter Mann, ein schlechter Vater … Mir kommt es dieser Tage so vor, als erwachte ich aus einem bösen Traum, und ich selbst war der Schurke.«

»Du bist alles, nur kein Schurke. Ich bin viel schlechter als du, Wido. Und ich war es auch viel früher. Ich … ich habe …«

Es war schon ein wenig verrückt, an einem solchen Ort mit elementaren Wahrheiten herauszurücken. Keine fünf Meter entfernt spielte die Kapelle, tanzten die Menschen, es wurde gelacht, gegessen, getrunken, das Geschirr blitzte im Licht der Ballonlampen, und Chen Lu sehnte sich zurück in das Haus ihres Vaters in der Seitenstraße von Tsingtau, wo es immer nach Sardinen roch und wo die ersten großen Lügen ihren Anfang nahmen. Alles würde sie beim zweiten Mal anders machen, wenn sie könnte.

»Ich habe dich damals furchtbar getäuscht, Wido. Das ist jetzt ein Schock für dich, und es gäbe bessere Gelegenheiten, dir die Wahrheit zu sagen, doch später mache ich es ja doch wieder nicht. So oft habe ich es mir schon vorgenommen und jedes Mal einen Rückzieher gemacht.«

»Du willst mir sagen, dass Shuilian nicht mein Kind ist«, sagte er seelenruhig.

Sie hätte überrumpelt sein sollen, weil er offenbar längst durchschaut hatte, was sie ihm seit zwanzig Jahren vorgaukelte, und einerseits war sie es auch. Aber etwas in ihr war auf diese Reaktion vorbereitet gewesen.

»Du weißt es längst, und ich habe mich all die Jahre zur Närrin gemacht«, murmelte sie.

»Ich liebe Shuilian, als wäre sie von mir.«

»Du beschämst mich.«

»Ohne diese Lüge«, sagte er, »wäre ich längst tot. Ich wäre in einem Straßengraben verreckt, in einer Opiumhöhle gestorben, unter einer Brücke erfroren. Wie könnte ich dich da beschämen? Du bist das Beste, was mir im Leben passiert ist.«

»Wieso bist du so gut zu mir?«, fragte sie. »Ich habe dich schäbig behandelt, wie einen Lump. Ich habe zwei deiner Hunde umgebracht. Ich habe hinter deinem Rücken krumme Geschäfte gemacht. Ich war ungeduldig mit dir bis an den Rand der Bösartigkeit. Zumindest das musst du doch bemerkt haben.«

Auch seine zweite Hand legte sich nun um ihre. »Vielleicht bin ich ja der Schwachkopf, den alle in mir sehen. Aber ich liebe dich nun einmal, Chen Lu, und was ich bereue, hat ausschließlich mit den Drogen zu tun und nichts mit dir, mein Stern.«

Dieser Güte hatte Chen Lu nichts entgegenzusetzen. Plötzlich fühlte sie sich schwach und fehlerhaft.

»Versprich mir etwas«, bat Wido. »Wenn ich eines Tages wieder abdrifte in die Drogen oder wenn ich in eine Situation gerate, in der meinem Geist oder meinem Körper große Qualen drohen, dann bereite dem ein Ende. Ich weiß, dass du das vermagst. Zögere nicht, hörst du? Mach mit mir das, was du mit den Hunden getan hast.«

»Nein, nein …«

»Du hast schon früher daran gedacht. Tu es, mein Stern. Tu es für mich. Versprichst du mir das?«

»Nein.«

»Du machst mich traurig. Ich bitte dich von ganzem Herzen.«

»Also gut. Aber dieser Tag wird niemals kommen.«

»Lass uns darauf trinken, ja?«

»Darf ich dir ein Geheimnis verraten? Ich finde Champagner zum Speien, einfach nur widerlich, das Zeug. Wie flüssiger Brotteig im Mund und dabei trocken wie ein Waldbrand.«

Wido lachte. Hatte sie ihn jemals so lachen gehört? Er brachte sie dazu, in das Gelächter einzustimmen, sehr zur Verwunderung der Leute an den Nachbartischen, aber noch mehr der beiden Tanzpaare.

Einundzwanzig Jahre lang hatte sie im Glauben gelebt, rein gar nichts für den Mann an ihrer Seite zu empfinden und ihn jederzeit loswerden zu können, wenn ihr danach war. Doch an diesem Abend erkannte sie, dass ihre Geschicke miteinander verbunden waren, dass es nie anders sein würde und dass ihr einerlei war, wie man das nannte.

11

Der Boykott jüdischer Geschäfte, Warenhäuser, Arzt-
praxen und dergleichen, alltägliche Diskriminierung
und zunehmende gewalttätige Übergriffe führen dazu,
dass immer mehr Juden ihre Firmen und Habe weit
unter Wert verkaufen müssen. Verschiedenen Berufs-
gruppen wird die Arbeit zunehmend erschwert, bei-
spielsweise Notaren, Rechtsanwälten und Apothekern.
Nicht arische Ärzte dürfen zwar noch behandeln, nicht
arische Medizinstudenten jedoch keine Prüfungen mehr
ablegen, was einem Berufsverbot für den Nachwuchs
gleichkommt. Bestimmte Rohstoffe dürfen nicht mehr
an Juden geliefert werden. Bereits die Hälfte der rund
100 000 jüdischen Geschäftsinhaber musste aufgeben.
Wer nicht auswandert, verarmt zusehends.
  Die SS gründet und erwirbt mehr und mehr Wirt-
schaftsbetriebe aus den verschiedensten Branchen (dar-
unter Bau, Land- und Forstwirtschaft, Textil und
Leder). Himmlers Ziel ist es, seine Organisation auch
wirtschaftlich und finanziell zu einer Art »Staat im
Staate« auszubauen.

Anfang März 1936 erhielt Tankred während des Früh-
stücks in der Villa Vanora einen Anruf von Schimmi. Es

war Sonntag, das Wetter war für die Jahreszeit ungewöhnlich warm und schön, fast schon spätfrühlingshaft. Tankred dachte erst, sein Freund wolle ihm eine Landpartie vorschlagen, einen Besuch am Badesee oder ein opulentes Essen, was bei Schimmi stets auf das Gleiche hinauslief, nämlich ein Besäufnis. Viel anderes gab es eigentlich nicht zu besprechen. Der Pillenschmuggel war fast zum Erliegen gekommen. Chen Lu hatte behauptet, die Triade verfüge inzwischen über hervorragende Kontakte nach Italien, Frankreich, Großbritannien und Norwegen, und Osteuropa werde über die Transsibirische Eisenbahn versorgt. Tankred fehlten die Mittel, das nachzuprüfen, ein wenig auch der Antrieb. Er hatte inzwischen ein kleines Vermögen angehäuft, und im Verhältnis zum unveränderten Risiko war der Nutzen der Straftat dadurch erheblich geschrumpft.

Schimmi sah das anders. Der Schmuggel war seine Haupteinnahmequelle gewesen, was er bei der Gestapo verdiente, deckte nicht annähernd die Kosten des Lebensstils, an den er sich gewöhnt hatte. Er lag Tankred ständig in den Ohren, ihn mit ein paar Prozenten an der Manufaktur zu beteiligen, und er würde es an diesem Tag gewiss erneut versuchen. Tankred wusste daher nicht, ob er Lust auf ein Treffen mit seinem alten Freund hatte.

Wie sich herausstellte, war zumindest diese Frage schnell entschieden.

»Hast du die Zeitung gelesen?«, fragte Schimmi ohne Begrüßung.

»Ja.«

»Die *Wiener Sonntagszeitung*?«

»Was soll ich mit der *Wiener Sonntagszeitung*?«

»Da steht alles drin, Tanke. Fast alles. Seite drei. Der Schmuggel und wie er abläuft. Woher die Pillen kommen, wer sie herstellt, worin sie versteckt sind, wohin sie gelangen. Namen werden in dem Artikel zwar nicht genannt, aber er ist voller Andeutungen. Wie viele Firmen im Frankfurter Umland gibt es schon, die Knochenasche importieren?«

Tankred fiel beinahe die Tasse aus der Hand. »Gottverflucht, woher wissen die das?«

»Jemand hat die Sache auffliegen lassen. Wer, das ist im Moment egal. Wichtig ist jetzt nur, die Spuren zu verwischen. Unsere eigenen Leute knüpfen uns sonst auf, verstehst du das?«

»Ich bin ja nicht blöd«, gab Tankred gereizt zurück. »Verdammt, ich muss nachdenken.«

»Musst du nicht. Ich habe nachgedacht. Es gibt nur einen Weg.«

»Und welchen?«

»Vertrau mir.«

»Das letzte Mal, als du das gesagt hast, lag Dubbe ein paar Tage später, von Kugeln durchsiebt, in einer Gefängniszelle. Und davor ist Esra Löwenkind auf Nimmerwiedersehen verschwunden.«

»Mit Dubbes Tod habe ich nichts zu tun. Und was hast du gedacht, was mit Esra passiert? Dass ich ihn bei Kakao und Keksen davon überzeuge, ein lieber Junge zu sein? Du wolltest, dass er sein Maul hält, und jetzt hält er sein Maul, oder nicht?«

»Ja, schon gut«, sagte Tankred. »Ich mache dir ja auch keinen Vorwurf. Ich will nur wissen, was du vorhast.«

»Na schön, wenn's sein muss. In einer Stunde bin ich bei dir.«

Diese eine Stunde reichte Tankred aus, um ein paar Dinge klarer zu sehen.

Esra war nur der Handlanger von jemand anderem gewesen, der ihn auch bezahlt hatte. Schimmi und Tankred hatten nie herausgefunden, woher Esra die zehntausend Reichsmark hatte, die man bei ihm fand. Bevor er verhaftet wurde, hatte er sein Wissen weitergegeben, doch er wusste zu jenem Zeitpunkt noch nicht besonders viel, und deswegen hatte der Hintermann eine Weile gebraucht, um die Nachforschungen zu Ende zu führen. Jemand in der Fabrik oder beim Zoll war bestochen worden, doch da die Beteiligten nicht schlecht an der Sache verdienten und sie sich zudem selbst der Gefahr einer Strafverfolgung aussetzten, musste die Summe beträchtlich sein. Es wäre ein interessantes Ratespiel herauszufinden, wer hinter der Veröffentlichung steckte. Schimmi hatte jedoch Recht. Momentan gab es bedeutend Wichtigeres zu tun, denn wenn der Hase den Schuss hörte, analysierte er nicht, wer ihn abgegeben hatte, sondern ergriff die Flucht.

In den drei Jahren, die vergangen waren, seit Schimmi für die Gestapo arbeitete, hatte Tankred seinen alten Freund von einer ganz anderen Seite erlebt. Er hatte seine Entwicklung aus nächster Nähe mitverfolgt und wusste inzwischen, wie sein Verstand arbeitete. Daher war es ihm möglich, mit großer Wahrscheinlichkeit vorauszusagen, was Schimmi vorschwebte.

Sie trafen sich auf Burg Königstein. Besichtigungen waren eigentlich nur in den Sommermonaten vorgesehen, doch wenn man Blankenburg hieß, SS-Offizier und mit dem Gauleiter bekannt war, bekam man den Schlüssel zur Ruine selbst sonntags von einem Eilboten überbracht, nebst Grußkarte vom Leiter der zuständigen städtischen Behörde. In der Villa hätte es zu viele zu große Ohren gegeben, denn das Hörvermögen von Dienstboten war kaum schlechter als das von Falken. Auf dem Burgturm waren sie dagegen sicher vor Lauschern. Zur Not konnten sie sich dort auch anschreien, was, wie Tankred glaubte, durchaus nötig werden könnte.

Schimmi drückte ihm zur Begrüßung ein Exemplar der *Wiener Sonntagszeitung* in die Hand. »Es ist nur eine Frage der Zeit«, sagte er, »bis unsere Vorgesetzten den Artikel lesen. Was hierzulande in den Zeitungen steht, erfahren sie sofort, aber die deutschen Blätter schreiben nur noch, was sie dürfen. Deswegen hat der Mistkerl, der dahintersteckt, es in Österreich versucht. Der Artikel frisst sich jetzt den Weg nach oben, landet im ersten Körbchen, dann im zweiten ... Die zwei Tage, die uns bleiben, sind unsere Chance.«

Sie standen unter einem ägyptisch blauen Himmel, umweht von nordischen Winden, zwischen nebligen Waldhängen, dunstigen Wiesen, zwischen Schafherden und Kirchengeläut, und sprachen über nicht weniger als ihr Überleben. Sie sprachen über den Tod – ihren eigenen oder den anderer.

Irgendwann sagte Schimmi: »Da steht, dass die Pillen aus China kommen, zusammen mit der Knochenasche. Da liegt es doch auf der Hand, dass sie zuerst Chen Lu und Wido verdächtigen, weil die beiden lange dort gelebt haben.«

»Du willst sie verhaften lassen?«

»Noch heute.«

»Wido weiß nichts. Und Chen Lu ist hart im Nehmen, sie wird dichthalten.«

»Wahrscheinlicher ist, dass sie nicht dichthalten wird«, widersprach Schimmi. Sein Tonfall ließ durchblicken, dass er wusste, wovon er sprach, und keine weiteren Nachfragen zu diesem Thema wünschte. Er zog einen silbernen Flachmann aus dem Mantel und trank einen Schluck. »Sie wird deinen Namen nennen, Tanke, aber sie wird ihn nur mir nennen. Ich werde sie persönlich verhaften und verhören. Und Wido natürlich auch.«

»Wido hat mit der Sache nichts zu tun.«

»Du weißt das, ich weiß das, und Chen Lu weiß es auch, sonst keiner. Wir brauchen jemanden, der in der Manufaktur gearbeitet hat, am besten ein Familienmitglied. Die Rechnung ist ganz einfach.«

Das alte Gesetz der Flucht: Einen von ihnen würde es erwischen, entweder Tankreds von Drogen gezeichneten Onkel oder ihn selbst. Ganz egal wie er darüber dachte, Schimmi würde nicht zulassen, dass der Verdacht auf Tankred fiel, nicht nur aus Freundschaft, sondern auch aus eigenem Interesse. Jeder wusste, dass sie alte Kumpel waren.

»Aber das ist noch nicht alles, oder, Schimmi?«, fragte Tankred fast traurig.

»Natürlich nicht. Ich habe schon vor einiger Zeit herausgefunden, wer dieser Vizekonsul ist und wo man ihn findet. Er wird ebenfalls verhaftet, zusammen mit seinen Verbindungsleuten nach China. Um die ist es wirklich nicht schade, das sind alles Zecken.« Er nahm einen weiteren Schluck aus dem Flachmann. »Tja, außerdem ... Ich habe dir bisher nichts davon gesagt, um dich nicht aufzuregen.«

»Was hast du mir nicht gesagt, Schimmi?«

»Ich habe vor einiger Zeit nachgeforscht, warum unser Geschäft zurückgeht. Es stimmt, die Chinesen haben für ihre Pillen inzwischen Verteilerpunkte in ganz Europa. Aber es gibt noch einen weiteren Grund: Percival Rawat, den Rammler deiner Ex-Kokotte.«

»So wirst du sie nicht noch mal nennen, haben wir uns verstanden?«

Schimmi verdrehte die Augen. »Gott, bist du empfindlich geworden. Zurück zum Eigentlichen. Rawat ist der neue Hauptansprechpartner der Triade für den Pillenschmuggel ins Reich. Kein Wunder, er ist im Import-Export-Geschäft tätig und hat hervorragende Kontakte. Deine chinesische Tante weiß über seine Dienste für die Bande Bescheid, ich lasse sie seit einiger Zeit beschatten. Geh mal davon aus, dass es kein Zufall war, dass deine … dein chinesisches Mädchen diesen Pascha kennengelernt hat.«

Chen Lu, dachte Tankred. Sie hatte alles eingefädelt, um Shuilian von ihm zu trennen und in Rawats Arme zu treiben.

»Verhaftest du auch den Inder?«

»Aber sicher doch. Möchtest du seinen Kopf auf einem Silbertablett?«

Urplötzlich fand Tankred Gefallen an Schimmis Gegenschlag, ja im Grunde war er die Erfüllung seiner finsteren Träume. Seit Shuilian ihn verlassen hatte, war sein Leben merklich trister geworden. Jeden Tag dachte er mindestens zwanzigmal an sie, und die einsamen Sonntage waren so unerträglich, dass er oft aus der Not heraus arbeitete, sei es für die Manufaktur oder die SS. Er hätte nach Frankfurt zu Gitti fahren können, was er manchmal auch tat, weil es jedes Mal schön und belebend war, aber es war irgendwie nicht dasselbe. Sobald er nach Hause kam, fiel er wieder in ein Loch. Ohne Shuilian war die Villa leblos, statisch, nichts als eine Kulisse.

»Ich will seinen Kopf gar nicht«, sagte er. »Mir genügt, wenn er von der Bildfläche verschwindet.«

»Das wird er. Und das Mädchen natürlich auch.«

Schimmis Worte tröpfelten wie durch einen Filter in Tankreds Ohren, er brauchte an die zehn Sekunden, bevor er verstand. »Was?«, rief er und begann, im Kreis zu laufen.

»Sieh mal, ich kann meinen Vorgesetzten nicht erzählen, dass der Vater, die Mutter und der Geliebte deines Ex-Püppchens in dem Schmuggel mit drinhängen, während sie völlig ahnungslos ist. Noch dazu bei ihrem Ruf und ihren Eskapaden. Da lachen ja die Hühner.«

»Ist mir egal, wer lacht. Du lässt sie in Ruhe.«

»Tut mir leid, Tanke, ich kann nicht anders. Aber keine Angst, ein Verhör wird nicht nötig sein. Ich zeige ihr einfach, was wir mit Rawat gemacht haben, und dann wird sie ganz schnell von sich aus ...«

Tankred stürzte über die halbe Plattform des Burgturms auf Schimmi zu, packte ihn am Revers und drückte ihn über eine Zinne, sodass der Oberkörper seines Freundes über dem Abgrund hing.

»Das war keine Bitte. Du lässt sie in Ruhe, andernfalls bekommst du es mit mir zu tun. Mach mit Rawat, was du willst. Mach mit Wido und Chen Lu, was du willst. Aber krümmst du ihr auch nur ein Haar ... bedeutet das Krieg, Schimmi. Krieg! Und glaub mir, ich lasse mich nicht so leicht abfertigen wie Dubbe.«

Der Flachmann glitt Schimmi aus der Hand und fiel

entlang des Bergfrieds in die Tiefe. Tankred war ihm so nahe, dass er den Whisky im Atem seines Freundes roch und sein Spiegelbild in dessen Augen erblickte: eine wutverzerrte Grimasse.

Tankred kam es vor, als lägen sie eine ganze Minute dort auf der Burgmauer und starrten einander an.

»Also gut, ich ... werde sie in Ruhe lassen«, keuchte Schimmi.

»Wirklich?«

»Ja, wirklich. Ich denke mir etwas aus. Und jetzt lass mich los.«

»Schwöre es.«

»Ich schwöre es, du Spinner. Und jetzt lass mich endlich los, verdammt noch mal.«

Tankred löste den Griff, von dem er erst merkte, wie fest er gewesen war, als Schimmi sich krümmte vor Husten und das Blut wieder durch seine bleiche, kalte Hand strömte.

»Geht's wieder, mein Freund?«, fragte er nach einer Weile beinahe fürsorglich.

Schimmi sah ihn ungläubig an. »Du weißt hoffentlich, dass du gerade nicht mehr bei Verstand warst? Sei froh, dass nur ich diese Seite von dir erlebt habe. Ein anderer würde sich die Situation zunutze machen. Früher oder später wird genau das passieren, wenn du deine Gefühle für dieses Mädchen nicht in den Griff bekommst.«

»Tut mir leid, wenn ich eben ...«

Schimmi rückte seinen Ledermantel und die Uniform zurecht und tat danach, als wäre nichts gewesen. »Machen wir kein Drama daraus. Obwohl, es ist schon ein Drama, dass mir der Flachmann abhandengekommen ist. Scherz beiseite. Du hast gerade deinen Joker für dein Püppchen verbraten, mein Freund. In Ordnung, das ist deine Sache, aber der Rest wird so gemacht, wie ich es für richtig halte, damit das klar ist.«

Zwei mittelgroße schwarze Horch, die mit quietschenden Reifen vor dem Haus vorfuhren, sechs Männer in dunklen Ledermänteln, die ausstiegen und finster die Hauswand emporblickten – Chen Lu war gewarnt worden. Ein Gehilfe des Vizekonsuls hatte sie am Morgen angerufen und ihr dringend geraten, das Land zu verlassen. Wäre sie nur schon früher gegangen, doch Shuilians einundzwanzigsten Geburtstag in drei Wochen wollten Wido und sie noch mit ihr feiern. Die Schiffspassagen von Bremerhaven nach Kairo und von dort weiter nach Shanghai waren bereits gebucht.

Noch wäre Zeit gewesen, zumindest einen Fluchtversuch zu unternehmen, wenn Wido sich just an diesem Tag nicht so elend gefühlt hätte. Kaum dass ihn seine Beine trugen. Gegessen hatte er zuletzt vor vierundvierzig Stunden. Ein Rückfall, wie er manchmal vorkam. Meistens dauerte er ein oder zwei Tage, gelegentlich auch nur ein paar Stunden. Doch ihnen blieben weder Tage noch Stunden. Jetzt oder nie! Durch das rückwärtige Treppenhaus in den zweiten Hof, von dort in den dritten … Es wäre möglich.

»Geh, mein Stern«, sagte Wido. »Lass mich zurück.«

»Nein, steh auf. Es wird gehen, wenn du nur willst.«

»Das ist es ja«, erwiderte er. »Ich will nicht. Es ist so weit.«

»Was?«, fragte sie, obwohl sie genau wusste, was er meinte.

»Das Reisbällchen, mein letztes.«

»Aber sie …sie werden nur ein paar Fragen stellen und uns dann gehen lassen.«

»Sechs Männer und zwei Wagen für ein paar Fragen? Lass das sein, du hast es versprochen.«

Im Treppenhaus waren bereits laute Stimmen und Schritte zu hören, die näher kamen. Chen Lu eilte zur Tür, um den zweiten Riegel und eine Kette vorzulegen.

Zurück bei Wido am Bett, sagte sie: »Dann gehen wir eben zusammen.«

»Willst du das wirklich?«

»*Shì!*«, rief sie. »*Shì, shì, shì!*«

»Aber du weinst ja, mein Stern. Und ich dachte, du hast es verlernt.«

»Das ist nur Staub, du dummer Kerl.«

Er lächelte sie an.

Jemand hämmerte gegen die Tür, was den Hund aufschreckte und an Widos Seite trieb.

»Und mein vierbeiniger Freund hier geht auch«, sagte er. »Er ist der einzige Freund, den ich habe. Du hast doch alles vorbereitet?«

»Eine schöne Giftmischerin wäre ich, wenn nicht.«

Sie griff in ihre Schürze und holte drei Reisbällchen hervor, zwei mit der zehnfachen Dosis Heroin und reichlich Strychnin versetzt, einer mit der dreifachen Menge für den Hund.

Die Haustür ächzte unter den Hieben und Tritten der Polizisten.

»Der Hund zuerst«, sagte Wido, streichelte ihn ein letztes Mal und hielt ihm das Reisbällchen hin, das er gierig verschlang. Gleich darauf brach er zusammen.

»Jetzt ich. Gib es mir.«

Sie sahen sich in die Augen, und nun, da sie am Ende waren, überflutete Chen Lu ein Gefühl, das sie nicht kannte, von dem sie aber glaubte, dass man es Glück nannte.

Wido starb, während sie ihn küsste.

Als die Tür barst, schluckte Chen Lu das verbliebene Bällchen.

Erst zum zweiten Mal in ihrem Leben hatte Chen Lu nackte Angst, eine Beklemmung, die ihr die Brust einschnürte und fast den Atem nahm. *Konghuang Kongjù.* Panik. Blankes Entsetzen. Das erste Mal war, als sich der Japaner auf sie legte. Heute noch, mehr als zwanzig Jahre später, wachte sie manchmal mitten in der Nacht auf und meinte, seinen tropfenden Speichel auf ihrem Nacken zu spüren, den Brandpfeil in ihrem Unterleib, seine Hände auf ihrem Körper … Das zweite Mal war, als sie im Gefängnis aufwachte und merkte, dass sie nicht gestorben war. Wie konnte das sein? Die Dosis hätte einen Bullen getötet. Es gab nur eine Möglichkeit: Sie hatte das Bällchen für den Hund mit ihrem verwechselt.

An einem Ort wie diesem war sie noch nie gewesen: kahl, grau, kalt, quadratisch, mit nichts anderem als einer Pritsche und einem Eimer darin. Ein winziges Fenster, kaum größer als ein Buch, das besser gar nicht vorhanden gewesen wäre, da es kaum Licht durchließ, dafür aber die Schreie der anderen Gefangenen.

Was für eine Närrin du bist! Das war der einzige Gedanke, der diese Bezeichnung verdiente und den sie festzuhalten vermochte. Du Närrin, du! Alles andere flog vorüber wie Glühwürmchen in stockdunkler

Nacht: die schwarzen Berge, die braunen Flüsse, die roten Laternen, gelbe Strohhüte, Reisschalen, das Geräusch des Teeschlürfens, der scharfe Geruch der Garküchen, eine beleibte Frau, die einen Kuli beschimpfte, Ausländer in Rikschas.

Und dann, irgendwann, ein weiterer Gedanke: fort. Fort von hier.

Die Zellenwände waren beschmiert, mit Fratzen, mit Worten. Gedichte in Sprachen, die sie nicht beherrschte. Halbherzige Versuche von Wärtern, sie auszuradieren.

Was war unheimlicher? Die Stille, die in manchen Stunden fast vollkommen war, höchstens mal von einem pfeifenden Luftzug unterbrochen? Zu glauben, dass man allein auf der Welt war, für immer eingesperrt in diesem Verlies, wo man verhungern oder verdursten würde. Oder das unverhoffte Geräusch von Metall auf Metall, wenn Türen geöffnet und wieder geschlossen wurden? Der Gedanke: Jetzt holen sie mich? Oder wenn ein ferner Schrei die Zelle erreichte, der ihr das Blut in den Adern gefrieren ließ und zugleich das makabre gute Gefühl gab, dass die Wärter so schnell nicht zu ihr kommen würden, da sie anderes zu tun hatten?

Wie viele Stunden vergingen? Es wurde Nacht. Es wurde Tag. Es wurde Nacht. Es wurde Tag …

Wie lange hatte ihr Körper mit dem Gift gekämpft? War sie seit zwei, seit drei oder noch mehr Tagen hier? Ein Ort, an dem man in China noch nicht einmal ungeliebte Tote aufbahren würde, der für Menschen gemacht war, die keine Menschen sein durften, von Menschen, die nicht menschlich sein konnten.

Du Närrin.

Fort.

Nach Hause.

Zweimal brachte man ihr Wasser. Einmal brachte man ihr Haferbrei. Ein andermal öffnete jemand die Tür, blickte Chen Lu an und schloss sie wieder.

Es wurde Nacht.

Es wurde Tag.

Ein Wärter mit Bulldoggengesicht brachte ihr Wasser und Haferbrei.

Es wurde Nacht.

Es wurde Tag.

Ein Wärter mit eingedrücktem, schiefem Gesicht brachte ihr Wasser und Haferbrei.

Es wurde Nacht.

Ein Offizier kam herein. Er sah nicht aus wie die anderen Wärter. Eher harmlos, so wie einst der Japaner …

»Nein«, sagte sie und wunderte sich kurz, dass ihre Stimme noch funktionierte.

»Nein, nein.«

»Du musst keine Angst haben«, sagte er und gab dem Bulldoggengesicht ein Zeichen, ihn allein zu lassen. Die Tür fiel hinter ihm ins Schloss.

»Nein.«

»Ganz ruhig.«

Er überreichte ihr eine Tafel Schokolade, so wie Menschen Affen oder Spatzen füttern, um sie zutraulich zu machen. Chen Lu durchschaute die Absicht, und für die Dauer einiger Atemzüge war sie drauf und dran, die süße Versuchung achtlos zur Seite zu legen. Doch war Stolz keine dominante Eigenschaft ihres Wesens, und das bisschen, das sie besaß, hatten Angst und Hunger dahingerafft.

Sie brach die Schokolade und aß davon.

»Mein Name ist Jakob Meining, Kriminalrat Meining. Ich bin ein Freund von Tankred. Schimmi. Na, geht dir ein Licht auf?«

Sie hatte schon von ihm gehört, allerdings waren ihr Tankreds Freunde stets egal gewesen.

»Wie auch immer. In einer Stunde wird mein Vorgesetzter dich verhören. Dann wäre es gut, nein, von allergrößter Wichtigkeit für dich, wenn du ihm die Namen einiger deiner Komplizen bei dem Pillenschmuggel präsentieren könntest. Nenne den Vizekonsul und seine engsten Kumpane. Denen kannst du ohnehin nicht mehr schaden, denn sie sind bereits tot. Haben sich der Verhaftung widersetzt. Sehr bedauerlich. Aber so was kommt vor. Und dein Mann, nun, das weißt du ja selbst. Deswegen bist du auch so wichtig.«

Er lehnte sich lässig gegen die Wand, direkt über einem eingeritzten Gedicht in fremder Sprache, so als wartete er an einem freien Nachmittag unter einer Linde auf seine Liebste. Er war ziemlich klein, aber nett anzusehen, und erinnerte Chen Lu an die jungen Kulis in den herrschaftlichen Häusern ihrer Heimat.

»Natürlich wirst du einen Namen ganz bestimmt nicht nennen, wir verstehen uns hoffentlich. Ob du diesen Namen preisgibst oder nicht, macht den größten Unterschied für dich aus, nämlich den von Tod und Leben. Ich schlage dir stattdessen ein paar Alternativen vor ...«

Jemand klopfte gegen die Tür, das Bulldoggengesicht sperrte sie auf, und zum Vorschein kam ein älterer Mann. Chen Lu hatte ihn schon einmal gesehen, vor vielleicht einem oder zwei Jahren in der Villa Vanora.

Sie war nie gerne in Königstein gewesen, hatte Wido immer von dort ferngehalten, aber ein paarmal war es dennoch vorgekommen, vor allem an Ostern oder zu Geburtstagen.

Der Mann hatte einen so seltsamen Namen, dass sie ihn behalten hatte.

»Amsel«, sagte sie.

Das Bulldoggengesicht schob den gefesselten Greis zur Seite und zerrte eine junge, ebenfalls gefesselte Frau in den Türrahmen. Sie sah noch ängstlicher aus als Chen Lu und war wesentlich zerbrechlicher.

»Seine Frau. Debora, glaube ich.«

»Falsch. Du glaubst es nicht, du weißt es. Yaron und Debora Amsel.«

Die Tür glitt wieder zu und rastete lautstark ins Schloss.

»Der dritte Komplize ist dein toter Mann Wido, der vierte Isaac Löwenkind, der fünfte sein Sohn Esra, ehe er vor einigen Jahren dank Tankred und meiner Wenigkeit verhaftet wurde. Alle außer Wido sind Juden, sie werden dir also glauben, ohne es groß nachzuprüfen.«

»Und ... dann komme ich frei.«

»Ich will dich nicht belügen. Eine Freilassung ist vorerst ausgeschlossen. Du bist eine Kriminelle, die nicht unserer Volksgemeinschaft angehört. Aber ich sichere dir hiermit zu, dass deine Tochter, die wunderschöne Teichrose, unbehelligt bleibt. Was dich angeht, so wirst du in ein Gefängnis mit annehmbaren Haftbedingungen überführt, wo du eine gewisse Zeit bleiben wirst, bevor sie dich in dein Heimatland abschieben.«

»Fort«, sagte sie.

»Ja«, bestätigte er. »Siehst du dieses Dokument hier? Das ist der Stempel dazu. Wenn ich diesen Stempel auf dieses Papier drücke, bist du schon halb zu Hause.«

»Nach Hause.«

»So ist es, nach Hause. Aber nur, wenn du ...«

»Yaron und Debora Amsel«, fiel sie ihm ins Wort. »Isaac Löwenkind und sein Sohn Esra.«

Der junge Mann lächelte. »Ich sehe, wir verstehen uns.« Er drückte den Stempel auf das Papier, so wie er es versprochen hatte. Sie kannte das Wort nicht, das daraufstand: DACHAU.

Als Elise auf ein Klopfen hin die Tür ihrer Hotelsuite öffnete, stürmte Tankred an ihr vorbei. Isaac telefonierte gerade, um herauszubekommen, wohin sie Debora gebracht hatten, doch als er seinen Neffen sah, legte er sofort auf.

»Ihr müsst fort«, sagte Tankred atemlos. »Sofort. Mein Wagen steht vor der Tür, er bringt euch über die Grenze nach Österreich. Oder in die Schweiz, wenn euch das lieber ist.«

Isaac hörte ihm gar nicht zu. Seit er von der Verhaftung Deboras und Amsels gehört hatte, erkannte Elise ihn nicht wieder, so voller Wut und Sorge war er.

»Wo ist sie? Wohin hat deine Verbrecherbande meine Tochter gebracht?«, fragte er.

»Ich weiß es nicht. Wirklich nicht, Onkel Isaac.«

»Nenn mich nicht so.«

»Lass uns später streiten, zunächst müsst ihr das Nötigste zusammenpacken und ...«

»Ich gehe nirgendwohin, solange ich nicht weiß, dass es Debora gut geht.«

»Eure Verhaftung steht vermutlich unmittelbar bevor. Ich bin eigens hergekommen, um …«

»Das ist doch eine Falle!«, rief Isaac. »Wir sollen fliehen und werden dann auf der Flucht erschossen, ja?«

»Ich schwöre, ich habe nichts mit diesen Verhaftungen zu tun. Es ist Schimmi, er … er will irgendwie … Ich vermute, er will eure Anteile ergattern und sich dadurch einen Namen machen. Er dreht völlig am Rad.«

»Deine Schwüre sind so verfault wie deine Moral!«, brüllte Isaac und packte Tankred am Kragen. »Was habt ihr mit meiner Tochter gemacht, ihr Unmenschen? Was hat sie euch getan?«

Tankred warf Elise einen Blick zu. »Bitte, Tante Elise, bring deinen Mann zur Vernunft. Ihr müsst auch an das Kind denken, das du unter dem Herzen trägst.«

»Versuch ja nicht, uns und unsere Kinder gegeneinander auszuspielen. Wäre ich nicht so gut erzogen, ich würde dich anspucken.«

»Ihr müsst mir glauben …«

»Nein, lass mich ausreden«, unterbrach Elise ihn. »Ich ertrage deine Ausflüchte nicht länger, genauso wie deine Lügen und Hinterhalte. Sei ein Mal aufrichtig und gib zu, dass du ein verräterischer Halunke bist. Mein Vater, dem du offenbar nachzueifern versuchst, war kaltherzig, ohne jedes Mitgefühl und Zärtlichkeit, aber wenigstens war er direkt. Man wusste immer, woran man bei ihm war. Du dagegen bist vordergründig hilfsbereit, und während du mir die eine Hand entgegenstreckst, hältst du mit der anderen das Beil hinter dem Rücken verborgen. Was versuchst du, uns weiszumachen? Dass du uns retten willst? Du wirst diese Situation, in die du und dein Kumpan Schimmi unsere

Familie gebracht haben, rücksichtslos ausnutzen. Wir sollen fliehen, damit du uns enteignen kannst, ja?«

»Nein, ich schwöre, dass …«

Isaac umfasste Tankreds Uniformkragen enger. »Nie wieder«, sagte er, »wirst du uns etwas schwören, sonst schwöre ich dir etwas, nämlich dass das hier gerade dein letzter Schwur war.«

Erneut versuchte Tankred, Partei für sich zu ergreifen, doch eine energische Handbewegung Isaacs ließ ihn verstummen.

»Meine Familie und ich«, sagte Elise, »haben dir das Erbe deines Vaters geschenkt, unseren Namen, unsere Herzen, ja sogar unser Haus. Und wohin hat uns das gebracht? Ins Zuchthaus oder auf den Friedhof. Nein, Tankred, an dir ist nichts Nobles, nichts Liebenswertes und auch sonst nichts, was unseren Respekt verdient. Vielleicht hätte ich dir dein Verhalten bis vor ein paar Tagen noch nachgesehen, aber den Tod meines Bruders werde ich dir nie verzeihen. Niemals.«

»Wido ist tot?«, fragte er.

»Tu nicht so überrascht«, fauchte Isaac.

Tankred löste sich aus seinem Griff. »Tante Elise, ist das wahr? Sie haben Wido erschossen?«

»Die Umstände sind uns nicht bekannt.«

Sie trat ans Fenster, blickte hinunter in den Kurpark. Flaneure erfreuten sich am jungen, frischen Grün der Knospen und den ersten Baumblüten.

Wido hatte ihr einen Brief hinterlassen, ergreifend in seiner Kürze.

Liebste Schwester,
wenn du diese Zeilen liest, bin ich tot, und vermut-

*lich war mein Ende so erbärmlich wie mein Leben.
Neun Zehntel davon habe ich weggeworfen. Nicht
einmal neues Leben habe ich gezeugt. Shuilian ist
nicht mein Kind, und obwohl ich sie liebe, als wäre
sie meins, soll sie meinen Anteil an der Firma nicht
erhalten. Sie unterliegt zu vielen schlechten Ein-
flüssen. Die Anteile gehören nun dir. Doch ich bitte
dich, kümmere dich um das Mädchen. Und wenn du
eines Tages zu dem Schluss kommst, sie habe es
verdient, dann gib ihr das Erbe, das ich ihr heute
verweigere.
Meine letzten Gedanken gelten der Frau, die mir
das Teuerste war auf der Welt. Es war verrückt, sie
zu lieben. Aber was will man machen, so war ich
nun mal.*

*Dein kleiner Bruder
Wido*

Elises Trauer um ihn ging beinahe unter in all dem
Chaos. Zu viel zerbrach, zu schwer wogen die Scherben. Der lange verschollene, totgeglaubte Bruder war
ihr auch nach seiner Rückkehr fremd geblieben. Aus
eigenem oder Chen Lus Entschluss hatte er sich von
der Familie abgesondert, und dass letztendlich er Ophélie die Spaltung der Manufaktur ermöglicht hatte, trug
nicht gerade dazu bei, dass Elise sich um ihn bemühte.
Auch zu Shuilian hatte sie in der ganzen Zeit, in der die
junge Frau unter ihrem Dach gelebt hatte, kein intimes
Verhältnis aufbauen können. Dennoch hatte auch dieser Zweig der Familie ein anderes, ein besseres Schicksal verdient, als im Nazidunkel zu verschwinden oder

totgeprügelt zu werden. Besser, sie malte es sich nicht so genau aus.

»Chen Lu«, sagte Elise zu Tankred, »ist ebenso verschwunden wie Debora, Amsel und Esra. Wir werden ganz sicher nicht über irgendeine Grenze gehen, Tankred, aber wenn du etwas für unsere Familie tun willst, dann kümmere dich um diejenigen, die dein Regime verschluckt hat.«

Ein Angestellter des Hotels betrat die Suite, deren Tür weit offen stand. Er räusperte sich: »Diese Herren hier möchten zu Ihnen.«

Neben ihm standen vier Männer in schwarzen Ledermänteln. »Isaac Löwenkind? Kommen Sie mit.«

»Moment mal, wo ist der Haftbefehl?«, schritt Tankred ein.

»Wir brauchen keinen.«

»Seit wann ist das so?«

Der leitende Polizist zog eine Augenbraue hoch. »Seit gerade eben. Und mischen Sie sich nicht ein, Hauptsturmführer, das bekäme Ihrer Biografie ganz und gar nicht.«

»Was ist mit mir?«, fragte Elise. »Werde ich nicht abgeführt?«

»Unbescholtene Arierinnen verhaften wir nicht, gnädige Frau, selbst wenn sie sich an einen von dem Dreckspack vergeuden.«

»Isaac«, flüsterte sie.

»Elise. Ich liebe dich, Elise.«

Nachdem die Gestapo gegangen war und Isaacs Rufe längst verklungen waren, sackte sie auf dem Sofa zusammen. Seit Esras Verschwinden hatten sie mit der Möglichkeit gelebt, dass so etwas geschehen könnte.

Aber nun, da es real geworden war, war sie nicht besser darauf vorbereitet, als wenn es aus heiterem Himmel passiert wäre. Die Leere, die sie empfand, füllte sie aus wie ein ungeheures Gewicht.

Tankred ergriff ihre Hand. »Ich werde mich nach ihm erkundigen, noch heute, und morgen gleich wieder. So lange, bis er wieder frei ist.«

Sachte, aber bestimmt entzog sie ihrem Neffen die Hand, um sich die Tränen von der Wange zu wischen. »Tu das«, sagte sie. »Und jetzt lass mich bitte allein.«

»Ich habe das nicht gewollt«, beteuerte er.

»Geh einfach«, beharrte sie. »Geh.«

Stunden später saß Elise noch immer auf exakt demselben Platz auf dem Sofa, erfüllt von kaltem Bangen und umschwirrt von tausend Gedanken. War es eine Ahnung, eine innere Stimme oder nur eine aus der Angst geborene Eingebung, die ihr zuflüsterte, dass sie ihren geliebten Mann, den Vater ihres Kindes, heute zum letzten Mal gesehen hatte?

Was blieb ihr nun zu tun?

Sie wusste, dass sie irgendwann aufstehen und banale Tätigkeiten ausführen musste, doch jedes Mal, wenn sie es versuchte, erfasste eine Lähmung ihren Körper.

Es war surreal. Vor ein paar Jahren erst hatte sie Isaac kennengelernt, scheinbar in einer anderen Zeit, einem anderen Land. Da war Deutschland noch das Land der Galane gewesen, der Rosensträuße, des Theaters, das Land Marlene Dietrichs, Sigmund Freuds und Albert Einsteins, das Land der Gemütlichkeit, ein wenig biedermeierlich vielleicht, bisweilen arg betulich, geprägt von preußischer Geradlinigkeit und der schnoddrigen

Schnörkellosigkeit des kleinen Mannes. Ging man noch ein paar Jahre zurück, war es die Organisation des nächsten Wohltätigkeitsbasars, um den sie sich sorgte. Das war ihre Welt gewesen. Wo war sie geblieben? Und wie wenig hatte es bedurft, um sie zum Einsturz zu bringen? Ein Börsenkrach, eine Wahl und ein Brand – und nichts war mehr wie früher.

Biene weckte sie schließlich aus ihrer Lethargie. Die gute Seele hatte ihren freien Tag gehabt, war ausgegangen und wartete nun mit einer Tasse Tee auf.

»Ich habe es schon gehört«, sagte sie. »Von Ihrem Neffen. Er sitzt unten in der Hotelbar beim tausendsten Glas sonst was und beharrt auf seiner Unschuld. Trinken Sie das hier, gnädige Frau, es wird Ihnen guttun.«

»Wird eine Tasse Tee mir Isaac zurückbringen? Und Wido? Die Welt, in der ich aufgewachsen bin?«

»Nein, gnädige Frau. Aber sie wird die Lage auch nicht schlimmer machen.«

Elise lächelte müde und trank.

»Wie soll es denn nun weitergehen?«, seufzte sie. »Was würde Isaac als Nächstes tun?«

»Das kann ich Ihnen sagen«, antwortete Biene. »Um Debora freizubekommen, würde er den Nazis alles geben, was sie haben wollen. Firmen, würde er sagen, lassen sich mit einem Federstrich neu gründen, aber alles Geld der Welt ersetzt die Tochter nicht. Was ist wichtiger als die Menschen, die man liebt? Ich bin mir ziemlich sicher, dass er bereit wäre, dafür alle materiellen Werte zu opfern.«

Elise musste Biene Recht geben: So war Isaac. Debora hatte aus der Zeit im Internat Freunde in Belgien und neben dem deutschen auch einen belgischen Pass. Im Nachbarland wäre sie sicher vor dem Zugriff der Nazis. Wenn er selbst schon weggesperrt war, würde er wenigstens wollen, dass es Debora, Elise und seinem ungeborenen Kind gut ging. Firmenanteile waren Staub, ein Name nichts als Schall und Rauch. Die Familie hingegen war unersetzlich.

»Du meinst also, ich soll Tankred und seinem Kumpan nachgeben?«

»Sie haben mich gefragt, was Ihr Mann an Ihrer Stelle tun würde. Sie sind aber nicht Ihr Mann. Wissen Sie, einer Ihrer Ahnen ist siebzehnzweiundneunzig mit Sack und Pack vor den französischen Revolutionstruppen geflohen. Ein anderer vor Napoleon, ein dritter vor den plündernden Aufständischen von achtzehnhundertachtundvierzig. Und Ihr seliger Vater, man muss es so deutlich sagen, der ist gewissermaßen ja auch abgehauen, nicht wahr? Es ist nicht an mir, Ihnen zu raten, gnädige Frau, denn ich gönne Ihrem Nazineffen nicht mal die Haare auf seinem Kopf. Keiner hätte einen besseren Grund abzuhauen als Sie, wo Sie doch auf Ihr ungeborenes Kind achtgeben müssen. Trotzdem wünschte ich mir, irgendeiner aus dem Blut der Blankenburgs würde mal nicht abhauen.«

Die Hotelbar war zur elften Stunde am Abend bereits geschlossen, dennoch stand ein Schankkellner hinter dem Tresen und ein weiterer Kellner daneben, beide mit langem Gesicht. Sie hatten längst Feierabend, alles war aufgeräumt und verstaut, und die Leuchter waren erloschen. Bis auf die funzelige Lampe auf einem Tisch in der Ecke, an dem ein SS-Hauptsturmführer saß, den sich niemand wegzuschicken traute. Vielleicht hatte sich auch jemand getraut und war kleingemacht worden.

»Wir haben geschlossen, gnädige Frau«, schallte es Elise mit kaum verhohlener Ungeduld entgegen, kaum dass sie einen Fuß in die Bar gesetzt hatte.

»Bringen Sie mir bitte einen Kamillentee an den Tisch dort hinten, an dem der SS-Offizier sitzt.«

»Einen Kamillentee um zehn nach elf, selbstverständlich, wie Sie wünschen.«

Ein wenig kühl war es in dem Raum, weshalb Elise den Schal enger um die Schultern zog. Offenbar hatte man die Heizung bereits abgedreht, weshalb Tankred wohl zu heißem Apfelwein übergegangen war, den er wie eine Gebetsschale mit beiden Händen umfasste.

»Das habe ich zuletzt mit Richard getrunken«, begann Elise in leisem, vertraulichem Ton, wie er sich zu später, dunkler Stunde ganz selbstverständlich einstellt. »Wir waren jung verheiratet, und er hat mich auf einen Weihnachtsmarkt geführt. Ich glaube, ich hatte einen Schwips, etwas, was Richard noch weniger tolerierte, als wenn ich barfuß durch die Stadt gelaufen wäre.«

Tankred sah sie an. Er war nicht betrunken, noch nicht, aber in deprimierter Stimmung, ganz so als hätte man ihm einen geliebten Menschen entrissen. Ihm, nicht ihr.

»Hört sich an, als hättest du wenig Spaß in deiner ersten Ehe gehabt.«

»So ist es. Deswegen war ich ja auch umso dankbarer für die Freuden in meiner zweiten Ehe. Wir haben es geliebt zu musizieren, haben dieselben Bücher gelesen, und das gemeinsame Kind hätte unser Glück ...« Sie unterbrach sich, als sie bemerkte, dass sie in der Vergangenheitsform über Isaac sprach. Das war grausam. Es tat weh. Wenn sie sich jedoch vor Augen hielt, was mit Esra und mit so manch anderem geschehen war, der vom einen Tag auf den anderen verschwand ...

»Ich habe deinen Mann nicht verhaften lassen«, sagte Tankred nachdrücklich.

»Gut, du hast ihn vielleicht nicht verhaften lassen«, gestand Elise ihm zu. »Trotzdem wurde er verhaftet. Von deinem Freund, von dessen Freunden, von deinen Leuten. Denkst du, dass mich solche Details interessieren? Denkst du, ich sollte dir weniger grollen, weil dein Herz noch nicht völlig erkaltet ist, sondern knapp über dem Gefrierpunkt schlägt? Isaac und ich, wir haben vorhin im Eifer des Gefechts so manches harte Wort gesagt, und ich bestehe nicht auf jedem einzelnen davon. Doch ein paar Dinge sind unübersehbar, das kannst selbst du nicht leugnen.« Sie blickte an seiner Uniform hinauf und hinab, dann auf sein Glas. »Sieh dich an, Tankred, du weißt es doch selbst. Ist das noch der Bursche, der nichts anderes sein wollte als ein Blankenburg?«

»Die Welt dreht sich weiter.«

»Und du willst, dass sie sich in deine Richtung dreht, nicht wahr?«

»Wäre ich als legitimer Sohn geboren ...«, brauste er kurz auf, doch seine Empörung fiel sogleich wieder in sich zusammen. Es war nicht die Stunde für Feindseligkeiten, weder von seiner noch von ihrer Seite.

»Glaubst du, die Welt ist nur zu dir ungerecht?«, fragte Elise. »Dein Vater ist im Krieg gestorben, deine Mutter arm und viel zu früh, meine Schwester hatte eine furchtbare Kindheit, ich selbst eine freudlose erste

Ehe, Emma durfte nicht heiraten, wen sie wollte … Ich könnte die Aufzählung beliebig fortsetzen. Ja, man hat dir zwanzig Jahre lang verwehrt, was dir zugestanden hätte. Dafür bist du mit Fähigkeiten ausgestattet, die nicht jeder hat, mit Zähigkeit zum Beispiel. Ich bezweifle, dass du diese Eigenschaft als Kind in der Villa Vanora entwickelt hättest.«

Der Kellner servierte den Kamillentee, und während Elise in kleinen Schlucken davon trank, schwiegen sie.

Nach einer Weile sagte Tankred: »Ich habe zusammen mit Chen Lu die Anti-Opium-Pillen ins Land geschmuggelt.« Er trank den heißen Apfelwein aus und gab dem Kellner ein Zeichen, ihm einen weiteren zu bringen.

Sie war überrascht, dass er ihr ein solches Geständnis machte. Aber auch wieder nicht. Sie hatte ihm die Hand hingestreckt, und er war nicht der Mensch, der eine solche Geste ausschlug. Trotz einiger Gemeinheiten steckte auch Gutes in ihm, an das man appellieren konnte.

»Als ich von dem Artikel in dem Wiener Journal hörte«, sagte sie, »habe ich eins und eins zusammengezählt. Ich hätte mir denken können, dass sich Chen Lu, nachdem ich sie habe abblitzen lassen, an dich wendet. Andererseits wusste ich nicht, worum es ging … und wollte es wohl auch nicht wissen.«

»Esra ist dahintergekommen.«

»Oh.«

»Ja. Deswegen musste er … aus dem Verkehr gezogen werden.«

Sie schluckte. »Das heißt …«

»Nein, das heißt es nicht«, sagte Tankred und ersparte ihr eine Feststellung, die ihr nicht leicht über die

Lippen gekommen wäre. »Nicht zwangsläufig. Ich weiß nicht, wo er ist, jedenfalls in keinem der von der SS betriebenen Lager. Vielleicht hat ihn die Gestapo. Oder der Arbeitsdienst. Schimmi sagt mir nichts, entweder, weil er wirklich nichts weiß, oder ... Er hängt da mit drin.«

»Du bist sehr offen, das finde ich gut.«

Tankred verzog spöttisch den Mund und nahm das Glas dampfenden Apfelweins entgegen, das der Keller ihm hinhielt. Nachdem der Mann gegangen war, sagte er: »Nicht übertreiben, Tante Elise. Was kannst du mit diesem Wissen schon anfangen? Keiner, auf den es ankommt, wird der schwangeren Frau eines Juden Glauben schenken.«

»Auch wenn du geradeheraus bist, sicherst du dich stets nach allen Seiten ab.«

»Gewohnheit.«

»Wären wir damit am Ende der Nettigkeiten angelangt?«

»Warum bist du hergekommen?«

»Um mit dir über die Firma zu reden. Es gibt vieles, was ich heute Abend lieber tun würde. Mich in den Schlaf weinen, zum Beispiel. Schreien. Beten. Jemandem den Kamillentee auf die Hose schütten, vorzugsweise dir. Deinem Freund Schimmi die Gurgel umdrehen. Aber all das wird mir Isaac nicht zurückbringen. Daher ...«

Sie atmete tief durch. Die Entscheidung war ihr nicht leichtgefallen. »Was meinen Mann angeht«, sagte sie dann, »fühle ich mich verpflichtet, seinen Willen in die Tat umzusetzen ... oder das, von dem ich glaube, er würde es wollen. Du sorgst dafür, dass Debora und ihr

Mann unversehrt freikommen und eine Passage nach Belgien erhalten. Dafür überschreibe ich dir die Hälfte von Isaacs Anteilen. Die andere Hälfte erhältst du dann, wenn er selbst freikommt.«

»Du überschätzt meine Möglichkeiten. Ich muss schon mein ganzes Gewicht in die Waagschale werfen, damit sie Debora gehen lassen.«

»Zwanzig Prozent für Debora und erwarte kein Dankeschön obendrauf.«

»Damit hielte ich vierzig.«

»Womit geklärt wäre, dass du auch nach einem Dutzend heißer Apfelweine noch rechnen kannst. Solange ich meinen Mann nicht wiederhabe, bekommt du gar nichts von mir, egal, womit du mir drohst oder was du tust. Bis zu meinem letzten Atemzug werde ich kämpfen, damit du niemals der Mehrheitseigner von Blankenburg wirst. Ich sage das ohne Zorn, es ist einfach nur eine Feststellung.«

»Du vergisst Widos Anteile«, sagte er. »Jetzt, da er tot ist, stellt sich die Frage ...«

Verständlich, dass Tankred Widos Tod ins Feld führte, denn seine Kalkulation sah so aus: Shuilian erbte, Shuilians Beschützer Rawat war verhaftet, Tankred eroberte Shuilian zurück oder setzte sie unter Druck ...

Elise gab ihm Widos Brief, den er gewiss fünfmal länger in der Hand hielt, als es nötig gewesen wäre, um ihn einmal durchzulesen.

»Wie du siehst«, unterbrach sie Tankreds Gedanken, »erkennt Wido Shuilian nicht als sein leibliches Kind an, stattdessen hat er mich als Erbin eingesetzt. Dir muss ich ja wohl kaum erklären, dass kein deutsches Gericht dieses Testament anzweifeln wird, andernfalls würde es eine Chinesin vor einer Deutschen begünstigen. Es bleibt dabei, um die Mehrheit an der Firma zu bekommen, müsst du und dein Spießgeselle Schimmi mich schon um die Ecke bringen, und selbst dann … Emma und Caspar sind auch noch da, und mit der Wehrmacht werdet ihr euch ja wohl nicht anlegen, oder etwa doch?«

Tankred wirkte getroffen, da sie ihm mörderische Absichten unterstellte. Aber was erwartete er, wenn er bei einer Mörderbande mitmischte? So genau wussten die wenigsten, was die SS trieb, aber dass man sich nicht mit ihr anlegen sollte, hatte sich inzwischen bis zu den Kellnern durchgesprochen, die auch kurz vor Mitternacht noch in bravem Abstand ausharrten.

»Schade, jetzt sind wir anscheinend wirklich am Ende der Nettigkeiten angelangt«, sagte er.

»Tut mir leid, auch mein Reservoir an Duldsamkeit ist irgendwann aufgebraucht, und es wird mit jedem Jahr geringer, das ich dich kenne. Ich bin nicht mehr das dumme Kaninchen, das du bei deiner Ankunft vor sechs Jahren vorgefunden hast. Aber ich sage dir ganz ehrlich, dass ich mir diesen Zustand manchmal zurückwünsche, könnte ich damit all das Unglück ungeschehen machen, das über uns gekommen ist.«

Elise wurde schlagartig übel und schwindelig. Tankred verschwamm vor ihren Augen. Sie wusste nicht, warum, denn es war das Dümmste, das sie tun konnte, doch sie stand auf. Tankreds Schulter war Stütze in höchster Not.

Er brachte sie zum Aufzug, fuhr mit ihr in den fünften Stock, wo sie nur wenige Meter vor der Suite einen Schwächeanfall erlitt. Er trug sie auf den Armen über die Schwelle, weckte Biene und setzte Himmel und Hölle in Bewegung, um zu mitternächtlicher Stunde einen Arzt zu rufen, der dann auch kam. Trotz Bienes Versuchen, ihn hinauszubugsieren, blieb er bis zur Diagnose an Elises Bett sitzen.

Zum Glück war es nichts Ernstes.

»Du hast dich nur überanstrengt«, sagte Tankred.

»Ob die Tatsache, dass man die halbe Familie der gnädigen Frau verschleppt hat, wohl etwas damit zu tun hat?«, fuhr Biene ihn an.

»Biene, lass gut sein«, hörte Elise sich noch selbst sagen, ehe dieser grauenhafte Tag endlich für sie zu Ende ging.

Als Tankred eine Stunde später Shuilian vor der Villa Vanora erblickte – zusammengekauert unter einem Dachvorsprung, mit nassen Haaren und zitternden Gliedern –, überkam ihn für die Dauer von einigen Herzschlägen eine ungeheure Genugtuung. Vor gar nicht so langer Zeit war er bei Nacht, Wind und Regen mit dem Drahtesel nach Kronberg gefahren, um Shuilian zur Rückkehr zu bewegen, und nun war sie bei ähnlichem Wetter den umgekehrten Weg gegangen, um Abbitte zu leisten. Doch als er vor ihr stand und sie zu ihm aufblickte, besiegt, sklavisch, da verflogen sein Ärger und der Triumph, und er war ganz erfüllt von Mitleid und Liebe für dieses hilflose Geschöpf.

»Wir waren essen. Sie … haben Rawat zusammengeschlagen, im Restaurant, vor meinen Augen«, murmelte sie. »Er war völlig machtlos. Und im nächsten Moment war er weg. Im Konsulat haben sie mir die Tür vor der Nase zugeschlagen. Mein Vater ist tot, meine

Mutter ist verschwunden. Ich weiß nicht, wo ... wo ich hinsoll, Tankred.«

Er sagte nichts, legte ihr seinen Mantel um die Schulter, half ihr auf die Beine und brachte sie in die Villa, wo er ein Kaminfeuer für sie entzündete. Er zog ihr die nassen Kleider aus, brachte ihr Decken und einen heißen Kakao. Anschließend brach sie in Tränen aus.

»Ich habe nichts mehr«, schluchzte sie. »Nichts und niemanden.«

»Doch, du hast mich.«

Ihr Schluchzen verstärkte sich, sie wurde von Krämpfen geschüttelt, verschüttete den halben Kakao. Egal was er sagte und wie zärtlich er es sagte, ihr Zustand besserte sich nicht, im Gegenteil. Bald brachte sie keinen zusammenhängenden Satz mehr zustande und redete wirr, doch die meiste Zeit weinte sie einfach nur. Er versuchte vergeblich, ihr ein Schlafmittel einzuflößen.

Wen konnte er anrufen? Sie hatte ja Recht, es gab keine Menschenseele mehr in ihrem Leben, außer ihn.

Es vergingen weitere Minuten, in denen sich seine Hoffnung zerschlug, sie möge einfach einschlafen.

Schließlich wählte er eine Nummer.

»Gitti? Hier Tankred. Kannst du jetzt gleich bei mir vorbeikommen?«

Um zwei Uhr zwanzig traf sie ein. Shuilian und sie hatten sich nie getroffen, aber Gitti konnte gut mit Leuten, besonders mit Frauen. Mehrmals im Monat musste sie eine ihrer Nutten wieder aufrichten, die irgendeine schlimme Erfahrung gemacht hatte oder schlicht vom Leben überfordert war. Auf Shuilian traf gerade beides zu.

Tankred ließ die beiden Frauen allein, setzte sich in die Gesindeküche und trank eine Kanne Kaffee. Der heiße Apfelwein und die Aufregungen des Tages verhinderten, dass er in aller Nüchternheit über die Dinge nachdenken konnte. Die Namen und Begriffe huschten wie fette schwarze Fliegen in seinem Halbbewusstsein herum: Kerkaporta, Blankenburg, Isaac, Esra, Arabella, Schimmi, Dubbe, Himmler, Chen Lu, Gefahr, Tod …

Kurz nach drei fand ihn Gitti und setzte sich zu ihm.

»Sie schläft jetzt.«

»Wie hast du das geschafft?«

»So, wie man alle kleinen, weinenden Mädchen tröstet. Man nimmt sie an die Brust. Genau das ist sie nämlich, Bubi. Vielleicht ist sie raffiniert. Vielleicht ist sie eigensinnig. Vielleicht ehrgeizig. Aber am Ende doch nur ein kleines Mädchen.«

»Ich werde mich gut um sie kümmern.«

»Da bin ich mir sicher«, seufzte sie und stand auf. »Kann mich jemand nach Hause fahren? Ich bin müde.«

»Du kannst gerne bis morgen bleiben.«

»Nein, lieber nicht.«

»Ich fahre dich.«

Sie sprachen während der Fahrt sehr wenig, und wenn, dann nur über Banalitäten. Er spürte, dass das kein gutes Zeichen war, dass irgendetwas nicht stimmte, wagte aber nicht zu fragen. Der Tag war so unglaublich anstrengend gewesen …

Als er vor ihrem Haus hielt, ließ er den Motor laufen, und Gitti sah ihn traurig an. Spärliches fahles Licht drang in den Wagen, und selbst dieser Schein schien sie nicht zu vereinen, sondern zu trennen.

»Ich habe von den Verhaftungen gehört«, sagte sie. »Dein jüdischer Onkel, deine chinesische Tante … So etwas spricht sich in meinen Kreisen schnell herum, du weißt ja. Und jetzt … jetzt ist es so weit, Bubi.«

»Was ist so weit?«

»Bitte komm nicht mehr zu mir. Ruf mich nicht an und schick auch nicht nach mir. Ich will dich nicht mehr sehen, Bubi. Leb wohl.«

Sie küsste ihn auf die Wange und stieg aus, bevor er etwas sagen konnte. Und selbst wenn, er hätte nicht gewusst, was. Auch hatte er nicht die Kraft, auszusteigen und Gitti zu folgen.

Bei laufendem Motor saß er eine unbestimmte Zeit reglos da. Jeder Mensch, den er liebte, hatte ihn nun verlassen, und er fühlte die Kälte, die ihn langsam einhüllte und die ihm Angst machte.

Es war Jahre her, zur Einstandsfeier, dass Tankred zuletzt in Schimmis Maisonettewohnung nahe der Hauptwache gewesen war. Sie war hochmodern eingerichtet und verfügte über eine Zentralheizung, einen offenen Kamin und eine Loggia nach Süden, außerdem ein nagelneues Parkett sowie ein Bett, in dem zwei Flusspferde Platz gefunden hätten.

»Einmal klingeln hätte genügt«, sagte Schimmi, als er ihm im Bademantel die Tür öffnete. »Zwölfmal war unnötig.«

»Ich dachte, du schläfst.«

»Ich habe im Bett gearbeitet.«

»Arretierungslisten gepflegt, oder wie? Welche Sippe ist morgen dran?«

»Wovon redest du?«

»Schimmi, du hast fast meine ganze Familie verhaftet.«

»Ja und?«

»Wido ist tot.«

»Also dafür kann ich nun wirklich nichts. Möchtest du ein Bier?«

»Ich möchte, dass das alles aufhört.«

»Ich dachte, das hätten wir neulich auf der Burg geklärt. Ich lasse Shuilian in Ruhe, damit du sie weiter vögeln kannst, und du lässt mich in Ruhe, damit ich weiter unseren Plan verfolgen kann. Wird langsam Zeit, dass er aufgeht. Deine Leute werden ungeduldig, meine Leute werden ungeduldig... Willst du wirklich kein Bier?«

Er ging zu dem brandneuen Kühlschrank, einem amerikanischen Modell in Knallrot, und zog zwei Flaschen hervor, die er geübt entkorkte. Eine drückte er Tankred in die Hand, mit der anderen stieß er mit ihm an.

»Hast du die Anteile?«, fragte Schimmi.

»Ich bekomme die Hälfte von Isaacs. Sobald seine Tochter in Belgien ist.«

»Lässt sich machen. Sie hat enge Kontakte nach Belgien, richtig? Na bitte, das ist ein Grund, sie dorthin abzuschieben.« Schimmi trank die halbe Flasche in einem Zug leer. »Ich bekomme zehn Prozent, das war abgemacht. Hab ich mir hart erarbeitet, das kann ich dir sagen. Bin hungrig. Stulle?«

»Kannst du Amsel auch freilassen?«

»Nein, den schwarzen Vogel brauchen wir als Präzedenzfall. Raffgieriger Jude und so. Außerdem sind wir gerade dabei, ihn zu enteignen. Ist ein dicker Fisch fürs geliebte Vaterland, ein paar hundert Wohnungen in bester Lage in Mainz und Wiesbaden. Wird mir einen Orden einbringen. Schinken und Gewürzgurke?«

»Isaac? Ich meine, wir haben doch bald seine Anteile, also …«

»Die Hälfte, Tanke, nur die Hälfte. Außerdem … ein jüdischer Industrieller als Drogenschmuggler, besser geht's doch nicht. Das könnte dir einen Orden einbringen.«

»Was ist mit Chen Lu?«

»Ist schon weg.«

»Wohin?«

»Mensch, Tankred, hör endlich auf. Trink dein Bier und kümmere dich um deinen Teil des Plans.«

Kerkaporta – genau genommen, war es gar nicht mehr sein Plan. Er war Tankred entglitten, oder besser, aus der Hand genommen worden. Von Verhaftungen, Verschleppungen und noch Schlimmerem war nie die Rede gewesen.

Kerkaporta war so entstanden: Tankred war nach dem Bruch mit Ophélie bewusst geworden, dass weder Blankenburg noch Löwenkind langfristig überleben konnte, wenn die Firmen ihre jeweiligen Stärken nicht zusammenbrachten. Eine Fusion schien der einzig gangbare Weg zu sein, da sich zwei rivalisierende Familienunternehmen nicht dauerhaft in einer funktionierenden Kooperation halten ließen. So gesehen war die Liebe von Elise und Isaac auch in geschäftlicher Hinsicht ein unglaubliches Geschenk.

Dass es dabei noch einen weiteren Aspekt gab, war Tankred erst in der Nacht nach dem Gespräch mit Elise aufgegangen, als sie bereits überglücklich auf dem Weg nach Fehmarn zu ihrem künftigen Mann war.

Schon damals ging ein Wort um, wenn auch noch hinter vorgehaltener Hand: Enteignung. Die Enteignung der Juden. Überrascht war er eigentlich nur von der Geschwindigkeit, mit der dieses Gespenst Gestalt annahm. Er hatte mit fünf oder sechs Jahren gerechnet, bis die Politik so verwegen und die Gesellschaft empfänglich genug waren, um die wirtschaftliche Neutralisierung einer ganzen Bevölkerungsgruppe zu betreiben oder vielmehr hinzunehmen. Isaac wäre dann in einem Alter gewesen, in dem man die Geschäfte ohnehin der jüngeren Generation übergibt. Tankred hätte Blankenburg mitsamt den enteigneten Anteilen von Löwenkind geschluckt und Isaac unter dem Tisch eine passable Summe gezahlt, von der er und Elise prächtig leben konnten. Damit wäre er zum neuen starken Mann an der Spitze der drittgrößten Manufaktur des Deutschen Reiches avanciert.

Tankred weihte Schimmi ein, Schimmi holte den Gauleiter ins Boot, Himmler erteilte aus der Ferne seinen Segen. Vermutlich hatte die Aussicht auf eine baldige Arisierung Löwenkinds durch die Hintertür und die Etablierung eines SS-Mannes an der Spitze eines großen hessischen Wirtschaftsunternehmens die NS-Obrigkeit dazu gebracht, beide Augen bei der Eheschließung eines Juden mit einer Volksdeutschen zuzudrücken.

Aus den angepeilten acht Jahren waren zwei geworden und aus einem angegrauten Isaac auf der Zielgeraden zum Ruhestand ein junger Vater in spe. Mit einer Abfindung hätte er sich niemals abspeisen lassen. Hinzu kamen Isaacs Enttäuschung über Tankreds Werdegang, Schimmis Forderungen nach einer Beteiligung an der Manufaktur sowie Himmlers Ungeduld, Tankred solle endlich Tabula rasa in seiner Familie machen. Und so war mit der Zeit alles aus dem Ruder gelaufen.

Tankred wurde nicht mehr los, was Gitti mal zu ihm gesagt hatte. An die zwei Jahre war es her, am Abend, bevor er nach Bad Wiessee gefahren war, um bei der Ausschaltung der SA mitzuwirken. Er hatte sie gefragt, ob er schon zum Arschloch geworden sei.

»Verdammt nah dran«, hatte sie gesagt.

Kaum zwei Jahre später fand sie, dass er die Schwelle überschritten hatte.

»Wir waren mal Schlitzohre, Schimmi. Wir haben uns durchgeschlagen, ein bisschen hier getrickst, ein bisschen da geschwindelt, aber wir haben anderen Menschen nicht wirklich wehgetan. Was wir jetzt machen, das … das ist etwas völlig anderes.«

»Was willst du eigentlich? Dass ich dir dein schlechtes Gewissen abnehme? Bitte schön, ich nehme es und stecke es … Wo sollen wir es denn hintun? Komm, ich schlucke es runter, einverstanden?« Er trank die Flasche leer. »So, jetzt trage ich allein die Verantwortung.«

»Niemand kann einem anderen das schlechte Gewissen abnehmen, Schimmi. Meine Tante hätte eine Fehlgeburt erleiden können, weil man ihren Mann vor ihren Augen verhaftet hat. Das hätte ich mir nie verziehen. Shuilian ist ein Nervenbündel, Gitti will nichts mehr mit mir zu tun haben …«

»Verdammte Scheiße, verdammte«, fluchte Schimmi, stellte die leere Flasche beiseite und schnürte seinen Bademantel auf. »Wir klären das jetzt ein für alle Mal.«

»Du willst dich mit mir prügeln?« Tankred schmunzelte. »Lass es, du hast keine Chance, mein Freund.«

»Ich will mich nicht mit dir schlagen.« Der Bademantel fiel zu Boden. Er trug jetzt nur eine Unterhose. Fast sein ganzer Körper war mit blauen und roten Flecken übersät.

»Was ist denn das?«, fragte Tankred.

»Frag lieber, wer das war. Dreimal darfst du raten. Der Gauleiter, Tanke, der Gauleiter war's. Er hat spezielle Vorlieben. Damals, als du mit deinem hübschen Plan zu mir gekommen bist, da wollte er nur mitspielen, wenn ich ihm meinen Arsch hinhalte. Daraus ist dann … immer mehr geworden, und zwar seit zwei Jahren, Tanke. Jetzt glotz mich nicht so entsetzt an. Warum lasse ich mir das wohl gefallen? Ist dir schon mal der Gedanke gekommen, der Gauleiter könnte Isaacs Anteile für den Gau beschlagnahmen? Oder Himmler sie für die SS vereinnahmen? Ich habe das alles erduldet, damit du groß rauskommst, Tanke. Ich habe es erduldet, um Teilhaber bei Blankenburg zu werden und endlich diese Gestapo-Nummer hinter mir zu lassen. Ich habe es erduldet, damit mein Arsch eines Tages wieder mir gehört, verdammt noch mal, und zwar nur mir. Ausgerechnet jetzt entdeckst du dein Gewissen für irgendwelche Tanten, Nutten, alte Chinesinnen und jüdische Großgrundbesitzer, und ich soll mal wieder leer ausgehen, oder was? Das kannst du dir von der Backe putzen.«

Er holte sich ein zweites Bier aus dem Kühlschrank, entkorkte es, trank, ging auf den Freund zu und tippte ihm mit dem Flaschenhals auf die Brust. Tankred stand da wie angewurzelt.

»Du musst dich mal entscheiden, Tanke. Glaubst du, ich merke nicht, was in dir abgeht? Glaubst du, dass ich, der jeden Tag die Angst in den Gesichtern der Menschen sieht, keine Ahnung habe von der Angst in deinem Bauch? Du fürchtest dich vor dem Dreck und dem Blut und der Ungerechtigkeit und der Schuld, und gleichzeitig willst du der große Chef werden. Anständige Raubritter gibt es aber nicht. Der Konflikt steht dir bis zur Unterlippe. Pass auf jeden weiteren Schritt auf, den du tust, mein Freund, denn sie wissen um deine Unsicherheit. Ich soll dich im Auge behalten, auf Anweisung meines Vorgesetzten. Glaub mir, das ist bestimmt nicht seine Idee. Wenn ich raten müsste, würde ich auf Heydrich tippen, vielleicht sogar auf Himmler.«

Tankred hatte gespürt, dass er noch immer nicht das volle Vertrauen der SS-Führung genoss. Trotz seiner Verdienste beim Reichstagsbrand und der Ausschaltung der SA, trotz der Bekanntschaft mit einigen NS-Größen und zahlreicher Beförderungen und Belobigungen musste irgendwann auffallen, dass ihm der glühende Übereifer, der allseits anzutreffen war, offensichtlich abging. Treue konnte man spielen, Gehorsam und Pflichterfüllung konnte man einstudieren. Fanatismus dagegen lebte man mit Haut und Haar oder gar nicht, und echte Fanatiker rochen den Gestank des Zweifels, des Eigensinns und der Vernunft bei ihren Mitmenschen.

»Werde ... ich etwa beschattet?«, fragte er Schimmi.

»Noch nicht. Es steht auf der Kippe, Tanke. Ich riskiere Kopf und Kragen, indem ich dir all das erzähle, aber Freunde helfen und warnen einander, nicht wahr?«

Tankred war nicht oft sprachlos, aber er wusste tatsächlich nicht, was er darauf entgegnen sollte. Fast beneidete er Schimmi, der keine Sentimentalität kannte, keine Prinzipien, keine sichtbare Leidenschaft, keine echte Liebe – alles Mängel, die ihm halfen, seine Rolle gut zu spielen.

Schimmi ergänzte: »Ich ziehe es für dich durch, mein Freund. Du musst nichts weiter tun, als den Dingen ihren Lauf zu lassen. Morgen ist die Nagelprobe. Wenn du irgendetwas unternimmst, um Isaac oder Chen Lu zu helfen, bist du ein für alle Mal draußen. Das werden dir deine Chefs nicht durchgehen lassen, und dann landest du eines Tages dort, wo ich dich nie sehen will, im Verhörraum.«

Das war vermutlich nicht übertrieben. Die Sache war simpel: Isaac oder er. Chen Lu oder er. Tankred hatte sich in eine Lage manövriert, in der jeder Schritt zurück in den Abgrund führte. Er konnte entweder vorangehen oder dabei zusehen, wie andere vorangingen und somit an das Ziel gelangten, das eigentlich seines war. Weder Chen Lu noch Isaac wäre damit geholfen, wenn er stürzte. Durchzuhalten war demnach lebensklug, geradezu überlebensklug.

»Nimm die Anteile, die man dir angeboten hat«, sagte Schimmi und drückte ihm eine neue, kalte Bierflasche in die Hand. »Gib etwas davon an die SS ab, das kommt bei denen gut an, und dann sorge dafür, dass deine Tante keine Kredite erhält. In ein paar Wochen hat sie gar keine andere Wahl, als weitere Anteile an dich abzutreten.«

Obwohl Tankred mehr als genug heißen Apfelwein getrunken hatte, kippte er sich einen großen Schluck Bier hinter die Binde.

»Sie braucht keine Kredite, Schimmi. Sie hat mich ausgetrickst, indem sie Porzellan ins vom Ausland verwaltete Rheinland liefert, wo es keine Boykotte gegen jüdische Unternehmen gibt. Soweit ich die Lage überblicke, halten diese Einnahmen sie über Wasser. Ganz so einfach wird es also nicht.«

Schimmi zog grinsend den Bademantel wieder an. »Mann, Tanke, du wirst wirklich alt. Hörst du denn kein Radio mehr? Mach mal.«

12

Im März 1936 rücken deutsche Truppen ins entmilitari-
sierte, von Frankreich und Großbritannien verwaltete
Rheinland ein. Die Alliierten verhalten sich passiv. Der
Einmarsch wird verurteilt, bleibt jedoch folgenlos. Hit-
ler hält im Reichstag eine seiner Friedensreden, mit
denen er das Ausland beschwichtigt.

Trotzdem geht Hitler mit dieser Aktion ein großes
Risiko ein. Später wird er sagen, die achtundvierzig
Stunden nach dem Einmarsch seien die aufregendste
Zeitspanne in seinem Leben gewesen. Wären die Fran-
zosen damals ins Rheinland eingerückt, hätten die
Deutschen sich umgehend wieder zurückziehen müs-
sen, denn die militärischen Kräfte, über die sie verfüg-
ten, sind zu diesem Zeitpunkt noch viel zu gering. Mög-
licherweise hätte ein frühes Eingreifen der Alliierten
den Gang der Geschichte völlig verändert.

So aber gelangt das Rheinland wieder unter die volle
Kontrolle Nazideutschlands.

Am 2. Juni 1936 brachte Elise einen gesunden Jungen
zur Welt, dem sie den Namen Noah gab. Das war
durchaus passend, denn nur wenige Tage später ging
die Welt unter. Löwenkind-Blankenburg konnte nicht

länger die Kredite bedienen, welche die Firma bei diversen Banken sowie bei Tankred aufgenommen hatte. Zuvor hatten die Behörden das gesamte Vermögen von Isaacs verhaftetem Schwiegersohn Yaron Amsel beschlagnahmt, darunter auch seine Einlagen bei der Manufaktur. Der zweite große Geldgeber, Elises Schwiegersohn Caspar von Lerch, schrieb ihr daraufhin einen Brief.

Teure Schwiegermutter, geschätzte Elise,
ich bedaure, Ihnen mitteilen zu müssen, dass ich meine Einlagen bei Löwenkind-Blankenburg zurückziehen werde. Das Unternehmen ist nicht mehr jenes, in das ich einst investiert habe. Die Veränderungen sind dergestalt, dass mein Name Gefahr läuft, diskreditiert zu werden.
Ich darf behaupten, Ihnen meine Loyalität weit über Gebühr erwiesen zu haben, wenn man bedenkt, dass unsere Bande durch Ihre Tochter, meine Ehefrau, fortwährend zerschnitten werden. Wie ich höre, lebt Emma inzwischen in einer wilden Ehe mit einem Maler in Berlin zusammen, und die Hoffnungen, die Sie mir damals bei Ihrem Besuch auf Lerchenberg gemacht haben, scheinen sich nicht zu erfüllen. Der Schaden ist für mich enorm, und ich kann Ihnen versichern, am größten ist er in meinem Herzen.
Ich kann nichts unternehmen, was zu Emmas Nachteil wäre. Gott weiß, ich habe oft daran gedacht. Mein Glaube und meine Liebe, die beide unerschütterlich sind, verbieten es mir. Ob und wie die Geschichte von Caspar und Emma weitergehen und

enden wird, liegt nun nicht mehr in meiner, sondern eines Höheren Hand.
Ihr ergebenster
Caspar

Noch im Wochenbett, als Elise glücklich den kleinen Noah stillte, erkannte sie die Ausweglosigkeit ihrer Situation. Natürlich hatte sie versucht, andere Geldgeber zu finden, doch keiner wagte es, sich mit der SS und der Gestapo anzulegen. Tankred hatte die zwanzig Prozent Anteile, die Elise ihm im Gegenzug für die Freilassung von Debora überschrieben hatte, zur Hälfte der SS und zur anderen Hälfte seinem Freund Schimmi zu einem jeweils symbolischen Preis verkauft. Elises nicht jüdischen Freunde wandten sich nach und nach von ihr ab. Ihre jüdischen Freunde hingegen fürchteten, ihrerseits ins Visier der mächtigsten Behörden des Dritten Reiches zu geraten, und gingen ebenfalls in Deckung.

Elise stand allein da, die Falle schnappte zu. Nur zehn Tage nach Noahs Geburt befahl sie Biene, die Karolinenblume zu holen und für den Transport nach Königstein vorzubereiten, um sie Tankred als Symbol der Kapitulation zu überreichen. Erstaunlicherweise empfand sie dabei so gut wie nichts.

»Das ist meine Schuld«, sagte Biene zerknirscht. »Ich habe Sie zum Kämpfen und Durchhalten gedrängt, und nun ist alles verloren.«

»Es wäre so oder so passiert, Biene.«

»Müssen Sie diesem Gauner wirklich alles abtreten?«

»Alles, meine Liebe. Nachdem ich keinen Geldgeber gefunden habe, wollte ich wenigstens einen Käufer auftreiben. Nicht einmal für ein Viertel des Wertes wollte mir jemand die Anteile abnehmen. Hinter Tankred steht Himmler, und Himmler ist der zweit- oder drittmächtigste Mann des Landes. Wen er sich vorknöpft, der ist erledigt.«

»Haben Sie Ihrer Schwester geschrieben? Vielleicht hätte Ophélie …«

»Mehrmals, Biene. Ohne Antwort. Entweder, sie hat mir damals nur etwas vorgespielt, oder, was wahrscheinlicher ist, Tankred und sein Freund lassen meine Briefe und Telegramme abfangen. Wenn ich beim Fernmeldeamt ein Gespräch nach Frankreich anmelden will, kommt jedes Mal unter fadenscheinigen Vorwänden keine Verbindung zustande. Und eine Reise nach Frankreich ist in meinem Zustand nicht in Frage gekommen.«

»Hätten Sie doch mich geschickt.«

»Und dich damit in Gefahr gebracht? Sie haben mir schon Isaac genommen. Dich ebenfalls zu verlieren, würde ich nicht ertragen. Weißt du, Biene, mich macht nur eines wirklich traurig: dass ich Löwenkind nicht retten konnte. Blankenburg, nun ja, ich habe fast das Gefühl, dass diese Firma einfach nicht zu mir gehören wollte und ich vielleicht auch nicht zu ihr. Sonst ginge mir der Verlust viel näher. Aber Isaac und Löwenkind, das war meine große Liebe.«

»Keine Selbstvorwürfe, gnädige Frau. Gegen Banditen und Schufte zu verlieren ist keine Schande. Außerdem haben Sie den kleinen Noah. Wäre Ihr Mann jetzt da, er würde platzen vor Stolz und Glück über seinen Stammhalter.«

»Putzt du die Karolinenblume bitte, bevor du sie verpackst?«

»Worauf Sie sich verlassen können. Mit reichlich Spucke.«

Die Villa Vanora war wie zu einem Staatsbesuch herausgeputzt. Überall Reichs- und Hakenkreuzflaggen, dicke Karossen, eine Ehrenwache der SS, ein roter Teppich … Himmler erschien persönlich zur geplanten Vertragsunterzeichnung, und da die SS zehnprozentiger Teilhaber war, stand ihm dies auch zu. Ebenfalls anwesend waren Schimmi Meining, der fast platzte vor Stolz, weil er neben seinem obersten Dienstherrn saß, sowie der Gauleiter, ein Notar und natürlich Tankred.

Das ehemalige Arbeitszimmer von Elises Vater war von Grund auf renoviert worden. Jeglicher Prunk der Gründerzeit war einer spartanischen Sachlichkeit gewichen, gesprenkelt mit Monumentalismus. Auf dem Schreibtisch hätte man mit ein wenig Geschick Walzer tanzen können, das Fenster zum Garten war erheblich vergrößert und ein paar Bäume waren gefällt worden, um einen freien Blick auf die Mainebene zu gewähren.

Der Empfang für Elise fiel kühl aus. Niemand, außer der Notar, gab ihr die Hand. Tankred nickte ihr immerhin respektvoll zu. Die Übrigen standen noch nicht einmal auf, als sie das Büro betrat. Sie war für diese Leute nichts weiter als eine Verräterin am deutschen Volk, und schon mit ihr am Tisch zu sitzen war eine Zumutung.

Elise stellte die Karolinenblume in die Mitte des Tisches, um den sie saßen.

»Das ist sie also«, sagte Himmler. »Größer, als ich dachte. Hübsch, wenn auch recht verschnörkelt. Nichts für meine Vitrine. Wenn wir dann jetzt zur Sache kommen könnten. Aber kein langes Schwadronieren, wenn ich bitten darf.«

Der Notar räusperte sich. »Gerne. Der Vertrag sieht, kurz zusammengefasst, die Abtretung sämtlicher Anteile der Manufaktur Löwenkind-Blankenburg ...«

»Ein schrecklicher Name«, unterbrach Himmler. »Der Löwendingsda muss weg, nur Blankenburg.«

»Jawohl, Reichsführer.«

Der Notar räusperte sich. »Sämtliche Anteile der anwesenden Elise Dobel-Löwenkind, geborene Blankenburg, werden an den hier anwesenden Tankred Blankenburg übertragen, ebenso sämtliche Rechte, Pflichten und Verbindlichkeiten. Der Begünstigte zahlt die Summe von einer Million Reichsmark, zu begleichen in vier Raten, jeweils am ersten Juli eines Jahres, an die Abtretende ...«

»Lächerlich«, warf Himmler ein. »War das Ihre Idee, Blankenburg? Die Summe ist viel zu hoch. Der Frau eines kriminellen Juden eine Million Reichsmark hinterherzuwerfen ... Wo kommen wir denn da hin? Summe halbieren«, befahl er. »Und die Raten auf zehn erhöhen. Sollte die Rassenschänderin das Land verlassen, freiwillig oder unfreiwillig, werden die verbliebenen Raten nicht ausbezahlt. Notieren und weitermachen. Der Führer erwartet mich heute Abend auf dem Obersalzberg.«

Der Notar räusperte sich. »Es wird einige Minuten dauern, die Änderungen einzuarbeiten. In der Zwischenzeit ...«

»Wenn ich etwas dazu sagen dürfte«, warf Elise ein und genoss zum ersten Mal die ungeteilte Aufmerksamkeit der Versammelten. »Ich erspare uns allen viel

Zeit, wenn ich Ihnen mitteile, dass ich meine Anteile an Löwenkind-Blankenburg nicht verkaufen werde.«

»Was?«, rief Himmler.

»Wie bitte?«, rief der Notar.

»Warum?«, rief Tankred.

»Ich kann sie gar nicht mehr verkaufen, da ich sie bereits verkauft habe.«

»Unmöglich!«, rief Himmler.

»Wann?«, rief Tankred.

»Wie kann das sein?«, rief Schimmi.

»Vor einer Viertelstunde«, erklärte Elise. »Im Auto. Trotz der Bemühungen der SS und der Gestapo, mich zu isolieren und potenzielle Interessenten einzuschüchtern, ist es mir gelungen, einen Käufer zu finden, und zwar nicht irgendjemanden, sondern eine Person, die mir sehr am Herzen liegt.«

»Wen?«, fragte Himmler mit einem Seitenblick auf Schimmi, und in seinem Blick schwang noch eine weitere Frage mit: Wie konnte das passieren?

Elise erhob sich, ging zur Tür und öffnete sie. »Reichsführer, darf ich Ihnen meine Tante Arabella Löwenkind sowie meinen Neffen Damian de Fleury vorstellen?«

Die Genannten traten ein und grüßten in die Runde.

An die höchstgestellte Person gewandt, sagte Arabella: »Man hat uns noch gar nicht vorgestellt. Herr Himmler, ja?«

»Reichsführer Himmler«, korrigierte er.

»Wie merkwürdig, in der Wochenschau wirken Sie viel größer, Reichsführer. Nett, Ihnen mal gegenüberzustehen.«

»Sie sind also die geheimnisvolle Käuferin?«

»Oh nein, das ist ein Missverständnis. Mein Großneffe Damian und ich sind lediglich die Abgesandten
und Bevollmächtigten von Ophélie de Fleury, der
neuen Mehrheitseigentümerin von Löwenkind-Blankenburg. Meine Nichte hat sich geschworen, deutschen
Boden erst wieder zu betreten, wenn das Tausendjährige Reich vergangen sein wird. Sie wäre vermutlich
auch nicht ganz sicher in diesem Land, aber wer ist das
schon?« Sie wandte sich an Schimmi. »Sie müssen dieser Magier sein, der es schafft, Menschen verschwinden
zu lassen. Bevor Sie Ihren kleinen Kopf mit der Frage
beschäftigen, wie Sie mich und Damian am besten verschwinden lassen können, merken Sie sich eins: Dank
meiner *connections* hat man mich zur amerikanischen
Staatsbürgerin und Sonderbotschafterin ernannt. Mein
Großneffe Damian nimmt in wenigen Wochen für
Frankreich an den Olympischen Spielen in Berlin teil
und genießt für diese Zeit ebenfalls Immunität. Lassen
Sie Ihre Zaubertricks also mal besser im Hut stecken.
Gibt es hier eigentlich auch Erfrischungen, oder hätte
ich mir meinen eigenen Champagner mitbringen sollen?«

»Wie sind Sie in das Auto Ihrer Nichte gekommen,
ohne dass …«, fragte Schimmi.

»Ohne dass Ihre Kettenhunde es mitbekommen,
meinen Sie? Nun, auch ich verfüge über ein gewisses
magisches Talent und Elises Wagen über einen großen
Kofferraum. Diese Art zu reisen war mir völlig neu,
und mein Großneffe Damian und ich sind uns in der
Enge regelrecht ans Herz gewachsen. Übrigens war die
Frage nach den Erfrischungen ernst gemeint. Ich sterbe
vor Durst, junger Mann.«

Daraufhin verließ Himmler mitsamt seiner Ehrenwache und ohne ein weiteres Wort die Villa Vanora, der Gauleiter ebenso. Auch der Notar packte seine Sachen, und Schimmi Meining schlenderte schulterzuckend zur Tür.

»Das ist ja wohl nicht so gut gelaufen«, sagte er zu Tankred. »Himmler ist wütend wie ein Kind, dem man die Bauklötzchen weggenommen hat. Hätte schlimmer kommen können. Wie auch immer, ich habe meine zehn Prozent. Man sieht sich, Kumpel.«

Als die Familie unter sich war, brachen Elise, Arabella und Damian in ein schallendes Gelächter aus, während Tankred ernst blieb.

»Sehr gut gespielt«, lobte Arabella ihre Verwandten.

»Sie waren aber auch nicht schlecht, Großtante Arabella«, sagte Damian. »Diesem Giftzwerg von Reichsführer haben Sie es ganz schön gegeben.«

»Ich habe ihn mir nackt vorgestellt, das hat geholfen. Also, mein Lieber, schreiten wir zur eigentlichen Vertragsunterzeichnung.«

Damian zog die Verkaufspapiere aus der Tasche und legte sie Elise vor. Ophélie hatte sie bereits unterzeichnet, und Arabella und Damian hatten ihre Unterschrift bezeugt.

Das war es also. Elises siebenjähriger Ausflug in die Welt der Unternehmerin fand mit diesem Tag ein Ende. Ihre eigenen zwanzig Prozent sowie die vierzig Prozent, die sie je zur Hälfte für Isaac und gewissermaßen auch für Shuilian verwaltete, gingen mit einem Federstrich an Ophélie, die dafür eins Komma fünf Millionen Reichsmark bezahlte. Ein mehr als fairer Preis.

Ophélie hätte die Summe problemlos drücken können, doch das hatte sie nicht nötig. Außerdem setzte sie damit ein Zeichen – die Vergangenheit ruhte.

Angesichts der gewaltigen Bedrohung durch die Nazis wurde ihre geschwisterliche Fehde klein, wofür auch Ophélies zweite Geste sprach. Sie setzte Elise als Geschäftsführerin der Manufaktur ein, eine Aufgabe, um die sie nicht gebeten hatte, die sie im Sinne Isaacs jedoch bereitwillig annahm. Der Name Löwenkind blieb erhalten, und Elise nahm sich fest vor, bei allen Entscheidungen stets auch Isaacs mögliche Argumente zu bedenken.

Nachdem Elise sämtliche Dokumente unterschrieben und Damian die Papiere zurückgegeben hatte, blickte sie quer über den Tisch zu Tankred.

»Ohne dich wäre diese Scharade nicht möglich gewesen«, sagte sie. Eigentlich hätte sie ihm danken müssen, doch fiel ihr das zu schwer, angesichts der Grausamkeiten von Tankreds Bande und seiner eigenen Winkelzüge, die zur Misere beigetragen hatten. »Hättest du verhindert, dass Arabella und Damian herkommen, würden dir jetzt achtzig Prozent der Manufaktur gehören. So sind es zwanzig.«

»Ich muss auch sagen, dass ich positiv überrascht bin von Ihrem Sinneswandel«, stimmte Arabella zu. »Wenn es denn einer ist.«

»Wie meinen Sie das, Großtante Arabella?«, fragte Damian.

»So genau weiß ich das auch nicht, mein Junge. Um das festzustellen, müssten wir alle mal die Hosen runterlassen, aber vor Kindern tut man so etwas nicht.«

»Ich bin kein Kind mehr«, protestierte Damian.

»Dass Sie, auf eine Stange gestützt, über eine Latte hüpfen, macht Sie noch lange nicht zum Erwachsenen. Wie wäre es, wenn Sie uns mit Ihren Muskeln eine Flasche Champagner heranschleppen, während wir reden? Dann erzähle ich Ihnen nachher alles.«

»Wirklich?«

»Natürlich nicht. Nun holen Sie schon das Gesöff, damit wir reden können.«

Damian verließ den Raum, und Arabella sagte ohne Umschweife: »Ich mache den Anfang. Im Hosenrunterlassen war ich immer schon einsame Spitze. Der Artikel in der *Wiener Sonntagszeitung*, der die Sache ins Rollen gebracht hat … das waren Ophélie und ich. Und auch wieder nicht. Es war zwar unser Plan, aber nicht der von uns gewählte Zeitpunkt.«

Arabella erläuterte Elise, dass Ophélie und sie mit der Veröffentlichung dessen, was sie über Tankred in Erfahrung gebracht hatten, bis nach ihrer Entbindung warten wollten. Entweder hatte Ophélie sich nicht an die Abmachung gehalten, was sie bestritt, oder jemand anderer hatte die Veröffentlichung veranlasst. Wer das sein könnte, darüber gedachte Elises Tante sich den Kopf zu zerbrechen. Doch das würde Isaac nicht zurückbringen.

Elise sagte: »Noah ist glücklicherweise gesund auf die Welt gekommen, und ich habe die Geburt auch gut überstanden. Davon abgesehen wurde Isaac nicht von einem Zeitungsartikel verhaftet, sondern von den Nazis.«

»Von Schimmi, um genau zu sein«, warf Tankred ein.

»Wofür du ihn mit zehn Prozent der Firmenanteile belohnt hast«, konterte Elise.

»Ich hatte keine Wahl.«

»Diese Floskel kann ich nicht mehr hören. Sogar die SS hast du an der Manufaktur beteiligt.«

Tankred stand auf, ging um den Tisch herum und überreichte Elise ein Buch. Erst auf den zweiten Blick erkannte sie, dass es sich um Richards Tagebuch mit der gefälschten Eintragung handelte.

»Ich habe nicht lange gebraucht, um zu verstehen, was es damit auf sich hat«, sagte er. »Und ich gebe zu, ich war tatsächlich in Versuchung, es zu benutzen. Behalte es und tu damit, was du willst.« Er ging zurück und setzte sich wieder auf seinen Platz. »Was die SS angeht… Himmler wollte sich noch stärker engagieren«, erklärte er. »Mittelfristig hat er auf vierzig, fünfzig oder noch mehr Prozente abgezielt. Das ist mit dem heutigen Tag vom Tisch. Außerdem wird er mir die zehn Prozent wahrscheinlich schon sehr bald zurückverkaufen. Die SS kann schlecht Teilhaberin einer Firma in französischer Hand sein, der Hand des Erzfeindes. Wenn das der Führer mitbekäme…«

»Wie ich es mir gedacht habe«, sagte Arabella. »Nur ein Hauch von einem Sinneswandel bei Ihnen. Sie können einfach nicht…«

»Danke«, unterbrach Elise ihre Tante zu deren Verwunderung und hielt das Buch hoch. »Ich danke dir hierfür.« Sie meinte es ernst. Nicht auszudenken, wenn Emma die Wahrheit von jemand anderem als ihr erfahren würde. Tankred hätte viel Schaden anrichten können. Das hatte er auch, nicht aber in diesem Fall.

Er nickte ihr zu. »Ich werde alles daransetzen, Chen Lu und Isaac aus der Haft zu befreien, wo immer sie sich derzeit befinden«, versprach er mit fester Stimme. »Aber wenn wir schon dabei sind, die Hosen runterzulassen … Ich strebe weiterhin die vollständige Kontrolle über die Manufaktur meiner Vorväter an. Bis dahin ist es mir allerdings lieber, dass sie von einer Tante geführt wird als von Himmler.«

Seltsamerweise fiel in diesem Augenblick ihrer aller Blick auf das Objekt in der Mitte des Tisches, die Karolinenblume in ihrer filigranen und verspielten Schönheit. Sie wanderte nun an die Loire, zu Ophélie nach Villeny – die einzige Bedingung, die Elises Schwester gestellt hatte.

Der Coup des Tages war gelungen, und die Flasche Champagner, die Damian hereinbrachte, hätten sie sich deswegen alle verdient. Doch war das wirklich ein Grund zu feiern?

Tankred hatte gerade noch den Kopf aus der Schlinge gezogen und war weit davon entfernt, sein Ziel zu erreichen. Elise hatte Isaacs Sohn glücklich geboren, war aller Geldsorgen ledig und hatte sich so einigermaßen mit Ophélie versöhnt, andererseits hatte sie den Kampf um Blankenburg verloren und war von der Akteurin zur Statistin geworden. Am schwersten wog die Abwesenheit Isaacs, den sie hundertmal am Tag schmerzlich vermisste. Letzteres erging auch Arabella so, für die Isaac stets mehr ein Sohn als ein Neffe gewesen war. Keiner von ihnen hatte Grund, das Glas zu erheben.

Dennoch ließ Arabella sich nicht davon abhalten. »Kommt schon, Kinder. Ihr kennt doch sicher diesen klugen Spruch, von wem auch immer der ist. Am Ende wird alles gut. Und wenn es noch nicht gut ist, ist es noch nicht das Ende.«

Die historischen Hintergründe
zu dieser Geschichte

Der Roman ist vielleicht der einzige Ort, wo Fantasie und historische Wahrheit keine unversöhnlichen Gegner sind. Meine Blankenburgs sind fiktiv, ihre Schicksale, Kämpfe, Hoffnungen, Ängste und Beweggründe sind es nicht. Im Verlauf dieses Romans verzahnen sich die Lebensläufe der literarischen Protagonisten und der bewegten Zeitgeschichte immer mehr, weshalb es mir angezeigt schien, diesen Anhang zu schreiben. Am Anfang eines jeden Kapitels steht eine knappe Zusammenfassung der politischen, gesellschaftlichen und wirtschaftlichen Verhältnisse der damaligen Zeit, beginnend mit dem Schwarzen Freitag, der sich später als einer der letzten Sargnägel der Weimarer Republik erweisen sollte. Dies dient dem Überblick der Leserinnen und Leser, soll jedoch keine genauere Einordnung ersetzen.

Die Verbrechen der Nazis sind derart gewalttätig und monströs – sowohl in ihrer Ausführung als auch in ihrer Anzahl –, dass unser heutiger Blick verstellt ist auf den unheimlichen Reiz, den die NSDAP Anfang der Dreißigerjahre auf viele Wähler ausübte. Von den unterschiedlichen Gründen, die dazu beitrugen, werden im Roman einige erwähnt.

Tankreds Freunde Dubbe und Schimmi, beide arm und arbeitslos, wünschen sich anfangs einfach nur eine warme Mahlzeit und bekommen sie von den Leuten der SA, der Sturmabteilung. Von Faszination ist da zunächst keine Spur. Sie wollen überleben und nehmen, was man ihnen bietet. Das Parteiprogramm der NSDAP, das tatsächlich eine Enteignung großer Güter und die Verteilung von Land an Kleinbauern vorsah, zog ebenfalls die Wähler an, vor allem solche, die mit dem Kommunismus nichts zu tun haben wollten. Darüber hinaus waren die Nazis so ziemlich die Einzigen, die über den Versailler Vertrag offen aussprachen, was sehr viele dachten, nämlich dass er zutiefst ungerecht sei – ein Dokument finsterster Bosheit. Emmas Mann Caspar von Lerch, der mit den Nazis eigentlich nichts am Hut hat, steht stellvertretend für viele Wehrmachtsoffiziere, die sich nur deswegen mit den Faschisten gemein machten. Tankreds Weg in die SS hat andere Ursachen. Ihm verschafft die Uniform, was man ihm sein ganzes junges Leben lang verweigert hatte: Anerkennung und Respekt.

So simpel, ja geradezu nichtig uns all diese Gründe angesichts des Verbrechens gegen die Menschheit und Menschlichkeit heute erscheinen mögen, das Gros der damaligen Anhängerschaft der Nazis, selbst in ihren martialischen Institutionen wie SS, SA oder Gestapo, war zunächst kein Haufen finsterer Brutalos, die nur auf eine Gelegenheit warteten, um zu quälen und zu morden. Gewiss, mit der Zeit wurden sie zu diesem Haufen, zu Beginn jedoch waren sie oftmals ganz normale Leute, denen man ein wenig Arbeit, ein wenig Achtung und – das Wort ist in diesem Zusammenhang wirklich erschreckend – ein wenig (vermeintliche) Würde gab. All das führte dazu, dass sie über die ersten Untaten der Nazis hinwegsahen. Später dann setzte das in der Psychologie bekannte Phänomen ein, dass man zuerst vor sich selbst und schließlich auch vor anderen rechtfertigt, woran man – wenn auch unwissentlich oder halbherzig – selbst beteiligt war. Es ist ein »Trick« unserer menschlichen Psyche, die einen Ausweg aus dem Dilemma sucht, einerseits ein Schurke zu sein und andererseits keiner sein zu wollen. Dies mindert keine Schuld, erklärt jedoch so manches, was uns heutzutage unerklärlich scheint.

Natürlich gab es auch die anderen – jene Menschen, denen die Nazis die Gelegenheit verschafften, endlich ihre niedersten Triebe ungestraft ausleben zu dürfen. Als Romanautor interessieren mich solche eindimensionalen Figuren jedoch kaum, daher kommen sie bei mir nur als Statisten vor.

Mit voller Absicht lasse ich also meine Figuren langsam, beinahe unabsichtlich den Sumpf betreten, aus dem sie irgendwann nicht mehr herausfinden können oder wollen.

Die Hintergründe einiger historischer Ereignisse, die im Roman eine Rolle spielen, liegen im Dunkel oder Halbdunkel der Geschichte verborgen, beispielsweise der Reichstagsbrand. Tatsächlich gibt es bis heute keinen schlagkräftigen Beweis dafür, dass die Nazis dahintersteckten, doch dass Marinus van der Lubbe zumindest an dem Anschlag beteiligt war, darf allerdings als Fakt angesehen werden. Dennoch kam dieser Brand den neuen Machthabern so verteufelt gelegen, dass man darüber spekulieren darf, ob sie etwa doch die Hände im Spiel hatten. Tatsächlich wurde ein SA-Mann zur Tatzeit in der Nähe des Reichstags gesehen, und offenbar war van der Lubbe, als er nach Berlin kam, keineswegs derart radikalisiert, dass er ein so drastisches Vorhaben plante und in die Tat umsetzte. Möglicherweise hat man ihn gezielt dazu verführt, und da er aufgrund der Gabe von Drogen während seines Gerichtsverfahrens apathisch war, blieb diese Seite des Anschlags ungeklärt.

Die Theorie, die ich im Roman dazu entwerfe, ist also nicht völlig frei erfunden, wenngleich sie eine Theorie bleibt. Ich weise aber darauf hin, dass die Nazis sich in den zwölf Jahren ihrer Herrschaft des Öfteren die Vorwände für ihre Verbrechen selbst schufen. Beispielhaft erwähnt sei hier der inszenierte »polnische Überfall« auf den Sender Gleiwitz, den Hitler 1939 als Anlass zum Einmarsch in das Nachbarland nahm.

Zur Ausschaltung der SA gibt es ebenfalls mehrere in Teilen einander widersprechende Thesen. Dass Röhm tatsächlich, wie die anderen Nazis behaupteten, einen Putsch plante, ist unwahrscheinlich, aber nicht ganz auszuschließen. Sicher ist nur, dass SS, Gestapo und Reichswehr ein Interesse an der Beseitigung der SA-Spitze hatten.

Einen völlig anderen historischen Hintergrund, der uns auf die andere Seite der Erdkugel führt, hat die Geschichte von Chen Lu. Die chinesischen Triaden gab es wirklich, ebenso die Grüne Bande und Mister Du. Sie entstanden während des Niedergangs des Kaiserreiches. Die Ähnlichkeit zur Mafia ist kein Zufall – staatlicher

Autoritätsverlust und Parallelgesellschaften sind für die organisierte Kriminalität der beste Humus, den sie sich wünschen kann. Die Triaden teilten China in mehrere Einflussgebiete auf und verdienten ihr Geld – auch nicht anders als anderswo – mit Prostitution, Drogen, Glücksspiel und sonstigen windigen Geschäften. Sie betrieben Opiumhöhlen und machten gleichzeitig Geld mit dem Verkauf der »Wunderpille«, die tatsächlich wirkte – und aus Opiumsüchtigen Heroinabhängige machte. Als man das in Europa erkannte, wurde ihre Herstellung verboten, woraufhin die Triaden unentwegt nach Möglichkeiten suchten, sie zu schmuggeln.

Die im Roman erwähnten Hintergründe zum Opium beruhen ebenfalls auf Fakten. Es gehört zu den finstersten Kapiteln der britischen Kolonialgeschichte, dass die Verantwortlichen die letzten chinesischen Kaiser mit militärischen Mitteln dazu zwangen, britische Waren zollfrei ins Land zu lassen, darunter eine Unmenge von Opium. Aus reinem Gewinnstreben wurde ein ganzes Volk so wissentlich in die Abhängigkeit und die damit einhergehende Apathie getrieben, und der zynische Hinweis, das sei immerhin eine freiwillige Entscheidung eines jeden Individuums, zeugt von unglaublicher europäischer Arroganz.

Ich frage mich manchmal, wenn ein chinesischer Wettbewerber mal wieder ein Plagiat eines westlichen Produkts anfertigt, ob darin nicht auch ein wenig späte Rache für die jahrhundertelange Gängelung einer großen Nation mitschwingt.

Liste der handelnden Personen
(in alphabetischer Reihenfolge ihrer Vor- oder Rufnamen)

Adalmar Blankenburg
Familienpatriarch; Elises, Ophélies und Widos Vater; Bruder von Arabella

Arabella Löwenkind
Adalmars Schwester; Witwe des verstorbenen Samuel Löwenkind; Tante von Isaac

Biene
Eigentlich Eberhardine; Stubenmädchen bei den Blankenburgs

Caspar von Lerch
Offizier der Wehrmacht; später Emmas Ehemann

Chen Lu
Widos Ehefrau; Mutter von Shuilian

Damian de Fleury
Ältester Sohn Ophélies und Edmonds; Bruder von Maxim und Marie

Debora Löwenkind
Isaacs Tochter; später Ehefrau von Yaron Amsel

Dubbe
Eigentlich Friedrich Dewald; Tankreds und Schimmis
Freund; geht zur SA

Edmond de Fleury
Verheiratet mit Ophélie; Vater von Damian, Maxim
und Marie

Elise Dobel
Adalmars Tochter; Witwe von Richard Dobel; Emmas
Mutter; Schwester von Ophélie und Wido; später Isaacs
Ehefrau

Emma Dobel
Tochter von Elise und Richard; später Caspar von
Lerchs Ehefrau

Esra Löwenkind
Isaacs Sohn; Arabellas Großneffe

Gitti
Bordellbesitzerin; Freundin von Tankred

Heinrich Himmler
Reichsführer SS; Tankreds oberster Vorgesetzter

Isaac Löwenkind
Neffe von Arabella; Deboras und Esras Vater; später
Elises Ehemann

Marie de Fleury
Jüngstes Kind Ophélies und Edmonds; Schwester von Damian und Maxim

Maxim de Fleury
Ophélies und Edmonds zweitältester Sohn; Bruder von Damian und Marie

Ophélie de Fleury
Adalmars Tochter; Elises Schwester; verheiratet mit Edmond; Mutter von Damian, Maxim und Marie

Percival Rawat
Angloindischer Geschäftsmann; kurzzeitig Shuilians Geliebter

Richard Dobel
Elises erster Ehemann; Emmas Vater

Schimmi
Eigentlich Jakob Meining; Tankreds und Dubbes Freund; geht erst zur SA, später dann zur Gestapo

Shuilian
Tochter von Chen Lu und Wido; Tankreds Cousine und Geliebte

Tankred Blankenburg
Ursprünglich Tankred Schamitzke; unehelicher Sohn des verstorbenen Otto Blankenburg und der Wäscherin Paula Schamitzke; Freund von Dubbe und Schimmi; erst Gittis, dann Shuilians Geliebter

Theo Schatt
Maler; Emmas Geliebter

Wido Blankenburg
Adalmar Blankenburgs jüngster Sohn; galt als in China verschollen; verheiratet mit Chen Lu; Vater von Shuilian

Yaron Amsel
Geschäftsmann; später Deboras Ehemann